第二次握手

张扬 / 著

四川人民出版社

图书在版编目（CIP）数据

第二次握手 / 张扬著. -- 成都：四川人民出版社，
2025. 1. -- ISBN 978-7-220-13818-8
I. I247.5
中国国家版本馆CIP数据核字第2024T3A790号

DIERCI WOSHOU

第二次握手 张 扬 著

出 版 人	黄立新
策　　划	陈小梅
责任编辑	任学敏　刘　笛
封面题字	李　锐
装帧设计	郭　阳
责任校对	申婷婷　林　泉　吴　玥
责任印制	周　奇
出版发行	四川人民出版社（成都三色路238号）
网　　址	http://www.scpph.com
E-mail	scrmcbs@sina.com
新浪微博	@四川人民出版社
微信公众号	四川人民出版社
发行部业务电话	（028）86361653　86361656
防盗版举报电话	（028）86361653
照　　排	四川胜翔数码印务设计有限公司
印　　刷	成都市东辰印艺科技有限公司
成品尺寸	140mm×190mm
印　　张	22.125
字　　数	432千
版　　次	2025年1月第1版
印　　次	2025年1月第1次印刷
书　　号	ISBN 978-7-220-13818-8
定　　价	78.00元

中国女物理学家与“曼哈顿工程”——写在前面

1963年2月我去北京，在京期间住在舅舅家中。他是个化学家。我自少小即对科学充满兴趣，现在有机会与科学家零距离接触，科学成了两人之间的经常话题。一次谈到“曼哈顿工程”，他不经意道：“当年一位中国女物理学家参加了‘曼哈顿工程’……”但他戛然而止，不再往下说。我也不追问。我知道他于40年代中后期以科学家和外交官的身份在美国驻华大使馆工作过，这在后来是算作“政治历史问题”的。不过我一直猜想，是否正由于这段“政治历史”，他才得以知道一位中国女物理学家参加过“曼哈顿工程”的？

这次北京之行，我意外听说了这位风度翩翩的化学家的一段凄惘的爱情故事。

回到南方后，我写了一个短篇小说。我发现很多人喜爱它。在以后漫长的岁月中，这部小说的篇幅、篇名乃至人物情节几经衍变，但那段发生在科学家之间的凄惘爱情，和那位中国女物理学家参加“曼哈顿工程”的故事，不曾变化。

这部作品在1963至1970年间多次重写，手稿均被人借走不知所踪。中国人曾遭逢过社会生活极不正常的漫长岁月。在特殊的时代背景下，本作品于1970至1979年间曾以手抄本的形式流传全国，并因此于1975年1月导致我被捕入狱和被内定死刑，罪名是“利用小说进行反党活动”。1979年1月平反，7月这部作品以长篇小说的形式和《第二次握手》的书名正式出版。发行量很快达到430万册，长时间居新时期以来我国当代长篇小说发行量的首位。这以后的《第二次握手》没有了“刑事”问题，却出现了另一个多年缠夹不清的问题——

1982年，《中国青年报·星期刊》发表“一些留美中国学者和研究生”的来信，题为《为什么哄堂大笑——在美国看影片〈第二次握手〉》。“留美中国学者”们宣称没有任何重要的中国男女科学家参加过此项绝密试验云云。

此前，1980年第5期《新湘评论》徐运汉的文章《文章得失众心知》对《第二次握手》有很多好评，但也认定中国人参加“曼哈顿工程”是“大胆的凭空想象”。

1986年，参加过新中国核武器理论设计的著名科学家、中国科学院院士何祚庥在《光明日报》撰文谈《第二次握手》，谓此书“浓墨重彩影响很大”，可是所写重大事件完全不符合史实，众所周知，当年没有任何中国人参加“曼哈顿工程”，可是作者却虚构出这样一个女物理学家丁洁琼。

20世纪80年代中后期，日本的片山义郎译出《第二次握手》，但他先后找到的七位日本书商均拒绝出版，理由也是当年没有任何中国人参加过“曼哈顿工程”——其实这里最重要的已经不是历史事实，而是“民族感情”。原子弹在广岛和长崎爆炸，日本被迫无条件投降，而这原子弹的研制者中还有部分日本人最为蔑视的中国人，尤其是中国女性——这成了那些人心目中的奇耻大辱。

韩国人则相反。《第二次握手》2006年版刚问世，他们立刻要求译成韩文出版。朝鲜半岛在历史上曾沦为日本的殖民地。所以，当韩国人从书中看到一个东方女子为民族复兴不远万里赴美留学，为“曼哈顿工程”做出贡献时感到振奋。

然而说来说去，最重要的终归是史实：当年到底有没有中国人参加“曼哈顿工程”？

《百科知识》1984年第2期《华裔美国人》（据托马斯·索维尔著《美国民族问题》，陈华编译）最早透露了这方面的信息：“一位华裔美国女物理学家在第二次世界大战期间曾参与研制美国第一枚原子弹。”

——与中国有一点沾边了。不过仍然不是中国人，而是美国人，“美国女物理学家”。

又过了漫长的时日，直到20世纪90年代中期，我才偶然从海外中文期刊上明确得知了那位女物理学家的姓名、身份，和她当年参加“曼哈顿工程”的来龙去脉，得知了她何以在长时期内避而不谈那段史实，得知了她作为20世纪最优秀的物理学家之一的杰出贡献，还得知了非常关键的一点——她从30年代赴美留学，到整个40年代至50年代在美国工作期间，一直是中国国籍。这就是说，她不是以“华裔美国女物理学家”即美国人的身份，而是以“中国留美女物理学家”或“中国女物理学家”即中国人的身份参加“曼哈顿工程”的。

进入互联网时代后，这位中国女物理学家当年参加“曼哈顿工程”的伟大事迹已广为人知。这才使我有机会在2006年版里让故事情节最大限度地贴近史实，这也是韩国人在看到2006年版后才积极要求翻译出版的原因所在。

因缘际会，我几乎是最早知道有一位中国女物理学家当年参加过“曼哈顿工程”的，也是最早把它写进文学作品的。

按照罗斯福与丘吉尔的协议，当年只有拥有美、英两国国籍的人经过严格审查后才可参加“曼哈顿工程”。先后参加该工程的人员总数达53.9万，其中科学家和工程师15万人，包括28个英国科学家。那位中国女物理学家的参与，是在特殊情况下发生的。她的文学形象便是丁洁琼。

因此，本书中周恩来总理关于“所有的中国科学家在整个战争期间都保持节操，忠于民族和国家。但是，他们之中直接参加过‘曼哈顿工程’，以这种方式为人类反法西斯战争的伟大胜利，为中国人民抗日战争的最后胜利做出了卓越贡献的，只有丁洁琼教授一人”的说法，符合历史的真实。

也因此，本书中艾森豪威尔总统说的“哪怕只有一个丁洁琼，我们也不能说当年参加‘曼哈顿工程’的全都是美国人和英国人。哪怕只有一个丁洁琼，我们也不能忘记她身后那个伟大的民族”，符合历史的真实。

张扬

目录

深巷来客

一九五九年深秋的北京，金风萧瑟。苍翠的香山，在西风吹拂下变得赭红紫黛，斑斑驳驳。

一辆棕红色华沙牌小轿车行驶在郊区一条沥青公路上，从公主坟地带自西向东进入市区，经过西单路口和西长安街，在天安门广场转弯，从刚落成的人民大会堂前驶过，从彩绘一新的正阳门和箭楼西侧驶过，自北而南驶上前门大街。这里行人如织，车水马龙，各种商店栉比鳞次，霓虹灯闪闪烁烁。

华沙车逐渐放慢速度，朝东驶入一条小街，缓缓停在一处巷口。附近全是平房，灰砖灰瓦灰色地面，冷落单调但干净齐整。偶有自行车和行人从旁匆匆拂过。

小轿车后座门被推开，一个宽肩膀、高身材的中年男子钻出来。他捋捋灰白的长发，舒展双臂和腰肢，挺了挺胸脯，做了几下深呼吸。一位圆脸姑娘从副驾驶座钻出来，站到他面前盈盈笑道：“苏老师，到家了。”

“时间过得真快呀，”中年男子略微环顾四周，语含感慨，“转眼就是一年了！”

中年男子额头凸出，面目清癯，肌肤呈古铜色。他身着黑西服，打一条蔚蓝色丝质领带，外穿灰色风衣。他望着姑娘说：“小星星，到家里坐坐吧，妈妈一定很想你。”

“妈妈一定更想您！”

中年男子笑起来。

“您跟妈妈多说说话吧。”小星星仍然满面笑容，“我常来看妈妈，今天就不进屋了。”

司机从后备厢中搬出一大一小两口皮箱，大步跨进小巷，又踅回车前：“苏副所长，行李放到您家门口了。”

“谢谢，小赵。”

“哪天上班？我来接您。”

“过几天吧。咳，阔别一年，所里变化一定很大。”

“所里变化不大，”小赵的口气忽然变得怪怪的，“变化大的是咱们的金星姬同志。”

“什么意思，赵德根？”小星星警惕起来。

“阿弥陀佛，我哪敢有什么意思。”

“我有什么变化？”

“女大十八变嘛，总得有点变化。”

“我哪儿变了？”

“如果你一定要逼我，我就只好如实禀报苏副所长，在他出国工作这一年中，他钟爱的女儿、学生兼助手小星星，在精神面貌方面或曰感情生活领域已经发生了可喜的和天翻地覆的……”

姑娘一把掐住赵德根的耳朵。

小伙子嚎叫起来。

中年男子微笑不语。

“快开车，”姑娘使劲捶打赵德根的肩膀，“长舌鬼！”

“遵命，遵命。”司机一面钻进汽车，一面朝中年男子眨巴了一下眼睛，“再见，苏副所长。”

“苏老师，再见。”金星姬也回到副驾驶座上，朝车窗外招手，“代我向妈妈问好。”

小轿车缓缓开动，徐徐远去。

中年男子回头走入小巷。两侧的几栋门楼虽已石阶磨蚀，漆皮剥落，但还看得出从前的气派。他跨过一道高高的门槛，一座寻常的四合院呈现在眼前。院中铺砌青砖，栽着几株西府海棠——这是一种高约丈余的落叶小乔木，春季开淡红色花朵，秋天结紫红色果实。现在树叶虽已凋零殆尽，但圆滚滚、沉甸甸的海棠果依旧挂满枝头，有如一颗颗琥珀珠子。正房檐廊上，室内灯光使门窗玻璃上弥漫着苹果绿，也照映着窗下层层摆放的几十盆兰草。

无线电广播恰在此时透过门窗传出。一位女播音员正在报告首都新闻：“由中国医学科学院实验药物研究所副所长苏冠兰教授率领的中国医药专家组一行七人，结束在越南民主共和国的工作后，今天下午乘飞机回到北京。”

苏冠兰正待敲门，这时停住手，侧耳倾听：“卫生部、外交部、中国医学科学院和军事医学科学院有关负责同志，以及越南民主共和国驻华使馆官员，前往机场迎接。”

屋里传出一声轻叹：“广播都报了，怎么还没到家呢？”

“到家了，到家了！”苏冠兰笑着叫道。房门没闩，一推就开了。他拎起搁在门外的两口皮箱跨进屋里并立刻回身带上房门，以免凉气尾随而入。

“冠兰，你回来了！”女主人回身一瞅，喊出声来。她仿佛要比丈夫矮一头，身躯单薄，脸色苍白，满脸浅细皱纹，灰黄的鬓发中掺有不少银丝。但五官端正，双眸清澈。现在，这两颗眼睛因潮润而发亮。

“玉菡，是我，我回来了！”苏冠兰说着，展开双臂。

玉菡扑过来，伏在丈夫胸前。

“玉菡，玉菡，我的玉菡！”苏冠兰拥抱妻子，喃喃低语。妻子比一年前更加单薄了，身躯有如纸片，急剧起伏的胸脯是扁平的，肩膀和脊背瘦骨嶙峋。教授闭上发烫的两眼，用面颊和嘴唇默默地、久久地摩挲妻子的鬓角、脸庞、脖颈和肩胛。

“冠兰，这不是做梦吧？”玉菡半闭眼睛，感觉如同梦幻，“一年来我无数次梦见此情此景。”

“这次不是做梦，玉菡！”苏冠兰的嗓音微微发颤，“此刻的咱俩两位一体，你的两只眼睛离我只有四英寸。”

“四英寸？”

“就是十点一六公分。”苏冠兰伸出右手的拇指和中指比画。

“你呀，冠兰！”玉菡忍不住笑起来。她挣开一点，双手捧着丈夫的脸：“孩子们听见了，会笑你的。”

啊，孩子！苏冠兰心头一热：“是呀，孩子们呢？”

几乎与此同时，通往里间的一扇门打开了，露出两张胖胖的小脸和两双亮晶晶的黑眼睛。紧接着响起一阵欢呼和喧闹：“啊，是爸爸！”

“爸爸，爸爸，真是爸爸！”

“爸爸回来啦，爸爸回来啦！”

一个小男孩和一个小女孩争先恐后跑出来，扑向父亲。苏冠兰乐呵呵地蹲下来，将一对儿女紧紧搂在怀里。

玉菡拭拭眼角，深深舒一口气，倚在门框上，含笑注视着抱作一团的丈夫和孩子们。

“爸爸，您从国外回来，带了什么好吃的？”五岁的男孩苏圆忽然问道。七岁的女孩苏甜瞪了弟弟一眼：“你这小馋虫！爸爸出国是为了工作，不是为了吃。你也不问问爸爸多么辛苦，就知道问吃的！”

苏圆眨巴了一下眼睛：“我问了吃的，接着就要问爸爸多么辛苦了。”

“啊哈！”教授扑哧一笑，“我的小馋嘴儿子，没想到又变成小贫嘴了。”说着，他在儿子的脸蛋上使劲亲了一口。苏圆咯咯笑着，躲开父亲的胡茬。苏冠兰转过脸来，摸摸苏甜的脑袋问：“好女儿，你已经成了小学生，是吗？告诉爸爸，学习成绩怎么样，有几门不及格？”

“连一门三分、四分都没有，”小姑娘竖起一根食指，“全部是——”

教授睁大眼睛：“哎呀，全部是两分？”

女儿骄傲地张开手掌：“不，全部是——五分！”

苏冠兰将两个孩子更紧地拢在胸前：“好啊！甜甜不是想成为一名医生吗？这么好的成绩，一定能成功。”

小男孩伸开两只胳膊，嘴中发出轰鸣：“呜——我可不当医生，我要当飞行员，开着喷气机满天飞，满天飞！爸爸再出国，就坐我开的飞机。”

玉菡费好大力气才将一双儿女从丈夫怀里拽开。苏冠兰得以直起身来。妻子帮他脱掉风衣和西服，解开领带。这间屋兼做客厅、餐厅和起居室，称为大厅。玉菡叫孩子们洗手，准备吃晚饭。苏冠兰将皮箱拎进隔壁书房。妻子在背后催促：“快点换鞋，准备吃饭。饭菜热了凉，凉了又热，都没滋味了。”

书房很大。东、北两面墙壁整个都是书柜。朝南亦即朝院子那边开着窗户。西墙挂着世界地图、中国地图和中印半岛地图。越南位于中印半岛的东部，苏冠兰刚从那里回来。书房还挂着两幅印刷精美的油画。这两幅画都出自俄罗斯“巡回展览画派”画家手笔：一幅是克拉姆司柯依[1]的《无名女郎》，另一幅是艾伊瓦佐夫斯基[2]的《第九个浪头》。

书柜中排列着上千本书籍，除工具书外，都是化学、药物学、植物学、医学、人类学、微生物学、细菌学和病毒学领域的专业外文书籍。摆放着几只铜镜和陶俑，十来件陶瓷、角骨、象牙、玻璃、玉石、玛瑙和景泰蓝制品，还有文房四宝。

南墙的窗外挂着一张竹帘，透过帘隙可以窥见小院。窗内的苹果绿绸帘朝两边拉开。窗前有一把安乐椅和一张红木写字台；桌面尽管很大，却几乎被台灯、小书架、文具、电话机、英文打字机和收音机等占满了，玻璃台板下可以看到苏冠兰全家和亲友的照片。美多牌五灯收音机还在播送新闻。教授伸过手去拧动旋钮，将音量降得很低，扬声器中传出轻音乐《花儿与少年》明快而富于跳跃感的旋律。

---

1 克拉姆司柯依（1837—1887），俄国画家，曾组织“巡回展览画派”。其名作《无名女郎》画于1883年，被认为是一幅魅力四射的肖像画，表现的是一位面容姣好、气质高雅的女性之形象。

2 艾伊瓦佐夫斯基（1817—1900），俄国风景画家，擅画海景。代表作《第九个浪头》，即《九级浪》。

天花板正中垂下一盏花枝状吊灯。灯下的大理石方桌上摆设着茶具、镜子、座钟和留声机。西墙下两张松软的单人沙发之间放了一张茶几，各处还摆设着几盆菊花、文竹和仙人掌。总之，到处一尘不染，仿佛在有情有义地迎候男主人风尘仆仆地从远方归来。

“玉菡，”苏冠兰心头一热，高声道，“你辛苦了！”

“怎么了？”

“在国外工作起来不分昼夜，又脏又累。乍一回家，像是进了天堂，你营造的天堂。”

“哦，我忘了一件事：兰草还没搬进屋呢。”

“吃了晚饭，咱俩一起搬吧。”

苏冠兰在大理石方桌旁的软垫靠椅上坐下，开始脱皮鞋。他捋起袖口，跷起二郎腿解皮鞋带，顺便从桌上小镜中瞅瞅自己：瘦长的面孔，长而亮的眼睛，长而高的鼻梁，后掠的灰白色长发……

“玉菡，”因为隔着屋子，苏冠兰必须抬高嗓门，“出国前我的头发大半是黑的，现在大半成了白的。”

“整整一年啊，而且这一年里你太累了。”那边厢，玉菡也抬高嗓门，“不过，白发主要是由基因决定的，遗传性状非常明显。爸爸长白发不是也很早吗？”

“基因，基因。”苏冠兰失笑，“对，你是研究病毒学的，时时要用到这个。”

玉菡又说了句什么，苏冠兰没听见。他被小院中某种动静吸引过去了，趿着拖鞋踱到窗前。透过帘隙往外一瞥，一位女郎的身影映入他的视野。女郎身材高挑，体态窈窕，步履轻盈缓慢，栗黑色的浓密长发在脑后盘成圆髻。面庞呈椭圆形，五官富于雕塑感，嘴唇线条优美；大眼睛朝两侧高高挑起，睑袋较深，睫毛很长，瞳人在黑褐中泛着蓝色，像雪山中的湖泊般深邃清澈。双手丰腴修长，肌肤洁白柔润；左肘挎一只鳄鱼皮坤包，灰黄色风衣上随意斜系着腰带……

她是谁？苏冠兰心头隐隐涌起不安之感。

女郎挺胸直背，高昂着头，神态淡漠，俨如一尊大理石雕像。

“我仿佛在哪里见过她……”苏冠兰更加不安了，“不，我肯定在哪里见过她！”

突然，不安之感变成了不祥之感。教授甚至不寒而栗，像是沿着冰山的边缘下滑，下滑，即将坠入寒冷刺骨深不可测的大海！

恰在此时，对门的邻居朱尔同推门出来。

小院中只住着苏、朱两户人。朱尔同矮胖，秃顶，戴浅度近视眼镜，是个画家，在中国新闻社当美术编辑兼摄影记者。他正从檐廊推着自行车步下台阶，不经意间瞅见女客人，顿感其光彩照人，竟有点手足失措起来。倒是女郎从容，脸上掠过一丝微笑，颔首道：

“请问，苏冠兰先生是住在这里吗？”

她操着标准的“国语”，语调轻柔悦耳。苏冠兰听见了她的话。女郎既然问起他，显然是认识他，是来找他的。那么……

那边厢，朱尔同避开对方熠熠的目光，口吃得厉害："哦哦，你是问苏，苏冠兰教授吗？对，是的，他，他就住在那里，喏，那，那里。"画家指指屋里亮着灯的正房："他出国很久了，听说快回来了，今天该到家了吧。"

女郎顺着朱尔同的手势朝苏家这边看看："谢谢！"

"哦哦，不谢不谢。"画家仍然避开对方的目光，推着自行车朝院子一角的大门径直走去。

女郎收敛了微笑，仍然宛如一尊大理石雕像，端庄，冷漠，没有表情，伫立不动，目光仿佛能穿透苏家的门窗和墙壁。

苏冠兰仍然想不起这位不速之客是谁。他的视线忽然触及克拉姆司柯依的油画《无名女郎》。画面上那位矜持而美丽的贵族女郎正居高临下，朝他投来冷冷一瞥。女郎后面是彼得堡冬季的白夜，灰黄色的天空映衬着高楼尖阁的朦胧身影。苏冠兰的目光重新投往窗外，发现雕像般的女客人竟然有了活力，有了热度，有了表情，面部变得温柔起来，眸子晶莹闪烁。原来，她的视线正投向檐廊下摆放着的一盆盆兰草……

苏冠兰终于认出来了。他的心头像是划过一道闪电：啊，是她！

女郎仿佛感受到了深秋傍晚的凉意，她打了个哆嗦，随意拢紧风衣。略作思忖之后，女郎终于迈开步子朝这边走来，款款登上台阶，却又停下脚步，两手伸进风衣兜中，默默伫立。檐廊上充溢着从苏家门窗漫出的灯光，女郎雕像般的面庞也被镀上一层幽幽淡绿。

叶玉菡今天中午到“全聚德”订了一只烤鸭，下午放在广口暖瓶中连同大葱、瓜条、薄饼和甜面酱等全套配菜捧回来。几样卤菜凉拌菜外加女主人下厨炒制的白菜熏干，以及米饭馒头蒸饺红豆粥等等，摆了满桌，热气腾腾。虽然算不上美味佳肴，但叶玉菡的看家本领就这些，而苏冠兰有烤鸭就知足了。当然还得有酒，而家中正好有一瓶保存多年的红葡萄酒。

叶玉菡叫丈夫出来用餐。叫了一声没有反应，再叫一声仍然没有反应。她走过去推开书房门，但见苏冠兰纹丝不动地望着窗外。

“冠兰，你怎么啦？”女主人又叫了一声，丈夫仍然保持着凝固状态。叶玉菡想，院子里一定发生了什么事情。她回身穿过大厅，走到门口，拉开门扇。

主人和客人在目光对接的刹那同时怔住了。叶玉菡来不及细想，本能似的一面用围裙连连擦手，一面微笑颔首：“您——”

“哦，请问，苏冠兰先生是住在这儿吗？”

“是的。您找他？快请进屋，请进屋。”叶玉菡侧过身子，望着室内，“您看，刚做好的晚饭，还冒着热气呢。您快请进屋，咱们一起吃。”

房门敞开，一览无余。餐桌上的主食和菜肴蒸气缭绕，几张椅子上却没有人。

“谢谢……”女郎摇摇头，声音很轻。

“都到门口了，就跟咱们一起吃吧，是家常便饭呀。”叶玉菡很热情，但是并不叫苏冠兰出来。丈夫不露面肯定有原因。

“不，谢谢……我该告辞了。”女郎口气犹豫。

“哎呀，看您！再要紧的事，进屋坐坐，稍微坐坐，也耽搁不了啊。”

客人默然无语，她的视线从室内转向那几十盆兰草，几秒钟后才回过身去，缓缓步下台阶。叶玉菡很无奈，不知道自己是在留客还是送客。不知不觉之间，她已伴随客人拾级而下，踏上青砖地面。她很客气，很恳切，仍在说些挽留的话，可是连她自己也觉得有点不知所云。须臾，她跟客人一起穿过小院，来到大门口。

女郎跨过高高的青石门槛，又停下脚步，回过身来，望着这座寂静的四合院，面容冷寂，神情迷惘。一切似乎都停滞了，时间和空间不复存在。古老的都城沉浸在无边的暮曛中，西天堆积着浓厚的紫绛色云彩。女郎那大理石雕像般的头颈被镀上一层青铜，仿佛只有两颗眸子是活的，熠熠闪光，深不可测。

“您真的不肯进屋坐坐吗？”叶玉菡做着最后的努力。

客人保持缄默。

“我可以问一句吗，”女主人加了一问，“您家住哪里？”

“家……”女郎喃喃道。

“回头，他来看您。”

“我没有家，”客人嗓音低微，听上去有点战抖，“我从来就没有家。”

叶玉菡觉得自己的心脏被攥了一把。

“请问，您，”客人已经迈开脚步，却又停下来，重新凝望叶玉菡，“是苏冠兰的，夫人吗？”

“是的。”女主人茫然答道。

突然吹来的一阵西风像呜咽似的，小院中的海棠树簌簌发抖。无数落叶在青砖地面上翻滚着，发出沙沙声响。客人拢紧风衣，闭上眼睛；当她重新抬起眼睑时，双眸却在诉说着深重的痛楚与哀伤……

“你多幸福啊！”女郎自言自语似的，嗓音轻微，低沉，也像寒风中的海棠树和落叶般，簌簌发抖。忽然，她睁大眼睛，昂首极目远眺，像在闪烁的寒星间搜寻什么，又像从深眠中被惊醒了似的；终于，她朝女主人点点头，转身离去。

叶玉菡目送客人消失在小巷尽头。之后，她独自在门框上倚了一会儿，待心情多少平静一些了，才掩上厚重的院门。

大厅里，甜甜和圆圆都趴在餐桌上狼吞虎咽。苏冠兰则端坐桌旁，面前搁着一只高脚玻璃酒杯，杯底还剩一点酒，深红色的葡萄酒。他面无表情地凝望酒杯，似乎没有觉察到妻子进屋。

叶玉菡也在餐桌边就座。她看到丈夫面前的盘子是空的，便用薄饼、大葱和甜面酱卷了几片焦黄的烤鸭递过去；接着，又关照两个孩子吃喝。高级知识分子家的孩子也早熟似的，不再兴高采烈，都不吱声，只顾埋头吃饭。

苏冠兰并没忘记给妻子也斟上一杯。叶玉菡端起面前的酒杯抿了一小口，苍白的面庞立刻泛上红晕，还呛了两下。该吃点什么了，但看着满桌饭菜，她却毫无胃口。于是，她做出啜酒的样子，一口接一口，其实不过是用嘴唇和舌尖沾沾红酒而已。可是，奇怪，舌头仿佛麻木了，感觉不到任何滋味。她就这样啜着酒，不时朝丈夫投去一瞥。叶玉菡知道，冠兰这人看似冷静，不动声色，但那只是表象。神秘女客的来而复去，已经在他胸腑深处激起狂澜！

苏冠兰一杯接一杯地饮酒，而且一杯比一杯斟得多。当他饮完一杯又去抓酒瓶时，叶玉菡挡住他的手，将酒瓶挪开。随后盛了一小碗红豆粥，又往瓷碟中夹了一个白面馒头和两只蒸饺，摆在丈夫面前。

红豆粥还剩下一半，馒头和蒸饺根本没动，苏冠兰已悄然离席。到盥洗室草草刷牙擦脸之后，他回到书房，拧亮台灯，拉上窗帘，重新打开收音机，选定一个频率。美多牌收音机刻度盘上透出橘黄色光泽，扬声器中传出一段交响乐轻柔、迟缓而哀伤的旋律。那是德彪西[1]开创的印象派音乐——创作于一八九九年的印象派代表

1 德彪西（1862—1918），法国作曲家。

作《夜曲》。教授将音量调得低低的，然后坐在一张单人沙发上。台灯的灯罩是翡翠色的，这使整个书房都沉浸在淡淡绿光里。收音机中的交响诗正演奏到第一乐章《云》：云朵缓慢而孤寂地飘浮在天空，最后消融在灰白色的一片迷茫之中。

教授解开衬衣的衣领和薄毛衣的纽扣，深陷在松软的沙发中，双臂搁在两侧扶手上，左手悬垂，右手五根削瘦而柔软的指头支撑着宽阔凸出的额头，微闭两眼，像是在沉思，又像是昏昏欲睡。

两个孩子吃完了饭。叶玉菡给圆圆洗完脸和手脚，打发他上床睡觉，叮嘱甜甜做完作业后早点休息；接着收拾餐桌，将兰草一盆盆搬进室内，搁在餐厅一角。这时已经很晚了，她将沏好的一壶菊花茶，外加两套杯碟，搁在一只托盘上，端进书房。她带上房门，关上收音机，将一块薄毛毯盖在丈夫的腹下，自己也披上毛衣，坐在旁边的单人沙发上。

鬼使神差似的，墙上的两幅油画恰在这时映入叶玉菡的眼帘。她微微一怔，略感错愕。特别是克拉姆司柯依笔下的“无名女郎”，神态、气质跟刚才那位不速之客多么相像！叶玉菡明白，当年的克拉姆司柯依不知道那位美丽的贵族女子是谁，因之取题“无名女郎”；今天的冠兰却不，他是认识那位美丽女郎的，而且，远不只是认识……

良久，叶玉菡将目光投向另一幅画。艾伊瓦佐夫斯基的油画《第九个浪头》中浊浪排空，惊天动地，小小木筏上的六个人勇敢拼搏。重重阴霾下朦胧的太阳，给与死神抗争的人们带来一线希望……

此刻，叶玉菡想，丈夫胸中是否也汹涌着“第九个浪头”？

“冠兰。”叶玉菡终于开口了，声音很轻，同时往两只瓷杯中注入热气缭绕的金黄色菊花茶。

教授依然深陷在沙发中，两眼微闭，沉默不语。

“冠兰。”叶玉菡微微抬高声调。

教授轻轻动弹了一下，算是回答。

“冠兰，喝茶，菊花茶。”

教授如塑像般纹丝不动，也如塑像般一声不吭。

“冠兰，刚才，晚餐之前，来过一位客人，是个女郎。”叶玉菡不慌不忙，语调低沉，娓娓而述，回顾一个半小时之前的情景，“她很漂亮，个子高，身材好，穿着风衣，风度翩翩，只是显得压抑，忧郁……她，是谁呀？”

苏冠兰依然没有反应。

“我开头以为是个演员，但又觉得不像。再想，也许是一位科学家吧，可是，在首都科学界没有见过她。”叶玉菡略作停顿，“还有一点很奇怪：她提到你时称先生，还问我是不是你的夫人。”

今天的中国，人们彼此叫同志，夫妻相互是爱人。先生、夫人确实成了很稀罕的称谓。

苏冠兰仍然不睁开眼，也不吭声。屋里很静，静得简直能听见两颗心脏在搏动。

“她是来找你的，已经到了咱家门口。”叶玉菡接着说，“可是，却坚持不肯进屋。无论我怎么邀请，挽留，她都不肯。”

教授保持着原来的姿势。叶玉菡又稍作停顿之后，略略加重语气：“更奇怪的是，你看见了她，却不肯露面。”

苏冠兰不由自主地加深了呼吸，胸脯起伏。

“我送她到院门口。我问她家在哪里。她说，她没有家，从来就没有。”

苏冠兰的身躯颤动了一下。

“她对我说的最后一句话是：你多幸福啊。”叶玉菡注视着丈夫，“告诉我，冠兰，她，那位女郎，是谁？”

苏冠兰保持着原来的姿势，也仍然没有睁开眼睛，但是终于开口了，声音喑哑：“玉菡，你忘记她了吗，那位女客人？”

“我从来没有见过她。”

“是的，你从来没有见过她。但是，你是知道她的。”教授微微抬起眼睑，坐直身子，“而且，岂止是知道！她，跟你，跟我，跟我们这一辈子，有着非同寻常的关系。”

叶玉菡睁大眼睛。

“你称她女郎……你看她，什么年纪？”

“有三十多岁了吧。”叶玉菡犹豫起来。

“不，”苏冠兰摇头，“她跟你我同龄。”

“什么，年近半百了！”叶玉菡讶然，“告诉我吧，冠兰，她到底是谁？”

“她，”教授说话艰难，一字一顿，“她就是——琼姐。”

“啊，琼姐！”叶玉菡失声喊道。她神情陡变，脸色苍白，继而起身，在书房中来回踱步，搓揉着双手，额头上汗涔涔的。

苏冠兰教授重新闭上眼睛，往后靠去，陷进沙发中。

过了很长时间，叶玉菡总算平静了一些。她回到沙发前，捧过丈夫冰凉的双手搓揉着，从手背、手心、手腕直到每根修长的手指。良久，她才贴近丈夫，目不转睛地盯着丈夫：“冠兰，告诉我，刚才，你为什么不露面呢？”

“露面？”

“是的。你既然认出了琼姐，怎么不请她进屋呢？”

苏冠兰缓缓地睁开眼，瞅着妻子，默然无语。过了一会儿，他伸出双臂，搂住妻子，轻轻触摸她瘦削的胳膊、肩膀和脊背，同时再度闭上眼睛，闭得更紧，以免泪水夺眶而出。

“冠兰，”叶玉菡贴近丈夫的鬓角和面颊，喃喃道，“琼姐与你分别几十年了。她肯定是经历了重重困难曲折，好不容易才来到我们家门口的。可是，你竟然不露面，不见她。”说着，叶玉菡双眶渗出泪花，哽咽起来，“你知道吗，这会使她受到多么深重的伤害！”

苏冠兰像是遭到电击，浑身战栗了一下。他坐直身子，紧攥住妻子的双手，贴着自己的胸脯。他喘息着，使劲咬住下唇，过了好一阵，才吃力地说："玉菡，不管什么时候，你总是想着别人。"

叶玉菡透过泪翳，凝视丈夫。

"可是，我，我不能请琼姐进来了。"

"为什么？"

"玉菡，别再说了，什么也别说了。"教授几乎是在恳求。他避开妻子的目光，再度紧闭上发烫的眼睛，沉重地叹息道：

"过去的事情，就让它永远过去吧！"

暴风雨中

然而，过去的事情真的会永远过去吗？

不。事情既经发生，就是一种存在，就会以这种那种方式被记录下来，在历史上，在社会生活中留下或深或浅的痕迹，影响着今天和今后的人们。

对苏冠兰来说，就是如此。夜幕沉沉，万籁俱寂，整个书房依然沉浸在幽幽淡绿中。大理石桌面上的座钟不慌不忙地轻声嘀嗒着，指针从九点、十点、十一点走到午夜时分，又指向凌晨。而教授一直深陷在松软的沙发中，微闭两眼。

叶玉菡也仍然坐在另一张单人沙发上。夜气清冷。她裹上披肩，一手托腮，不时瞥瞥苏冠兰。墙上，“无名女郎”依然翘首傲视，“第九个浪头”则排山倒海般滚滚而来，仿佛要吞噬一切。

叶玉菡记不清自己曾经陪伴丈夫度过多少个这样的不眠之夜。直到今天，此刻，她才领悟到此中的全部含义。她明白，琼姐的不期而至，在冠兰胸中激起了何等的惊涛骇浪！

苏冠兰虽然闭着眼，但并没有入睡，他也不可能入睡。那久已逝去的岁月，那曾经发生在他和琼姐之间的一切，正如电影般一幕幕重现，在他的脑海中呼啸奔腾。

教授清楚地记得，他与琼姐最初相识是在三十年前，那是一九二九年的夏天。

呜——

汽笛长鸣。沪宁线上，一列火车从上海向南京疾驰。

这列客车像一条黑色长龙似的，有节奏地震动着，摇晃着。蒸汽机车吭哧吭哧地喘着粗气，在烈日炎炎的原野上拖出团团黑烟白雾。所有座席坐满了人，过道里和每节车厢两头挤满了人，每处空当和每条缝隙都塞满了坐着的、站着的、蹲着的、歪躺着的人，甚至有人横陈在行李架上和座位底下。尽管车窗都敞开着，但丝毫感觉不到空气的流动；车厢中炙热而沉闷，混杂着汗水、烟草、脂粉、腌鱼、狐臭和口臭的气味，乱七八糟，催人欲呕。

“真像被塞在沙丁鱼罐头里！”十九岁的大学生苏冠兰寻思着，拎着一只鼓鼓囊囊的藤编手提箱，挤在两节车厢的连接处，汗流浃背，心烦意乱。南翔、安亭、陆家浜、苏州、浒墅关、望亭……一座座集镇、城市被抛在列车后面。很多乘客在无锡站下车后，车厢里才稍显宽松，但没有出现空座，仍有一些旅客站着。苏冠兰拎着藤箱挤过几节车厢，终于看见前面不远处有个空座。他喜出望外，急忙上前，却看到这张双人座席的另一头，凭窗坐着一位素装少女。

苏冠兰犹豫了一下，问："这儿可以坐吗？"

没人回答。

车内并无阳光，少女却戴着一顶白布帽，后脑勺和脖颈被完全遮挡住。她腰肢窈窕，身着洁白的绸质连衣裙，脸向窗外，右手托着腮帮，右肘支在小桌上。一条南方女子中少见的辫子粗大蓬松，栗黑闪亮，从脑后直拖到腰下。

"请问，这儿有人吗？可不可以坐？"苏冠兰又问。

但是，少女依然端坐不动，脸朝窗外，默然不语，像一尊石雕。她不仅不跟苏冠兰搭腔，甚至没回过头来；她也许是没听见小伙子的话，但多半是装作没听见。苏冠兰感到气恼，又无可奈何。看不见少女的颜面，但她的身姿却充分显示着矜持和高傲。

"毫无礼貌！"年轻的大学生嘀咕。他忍住恼怒，再度提高嗓门："喂，小姐，这儿有没有人，可不可以坐？"

少女仍然不答话，也不动弹。

"喂！"苏冠兰发火了。可是不待他喊出声来，对方终于吭声了，冷冷道："你要坐，就坐吧。"

几乎与此同时，一个男子说话了："坐吧，坐吧，可以坐的。"

这张座席对面坐着两个三十来岁的乘客，一男一女，显然是夫妇。说话的就是那个男子。他戴着金丝眼镜，手拿黑色折扇，面容清秀，气质儒雅。他靠过道坐着，他妻子则贴近窗口。苏冠兰的怒气并未因此消除。少女的轻蔑和不屑使他气愤。但是转念一想，没有办法，只得忍受，因为对方说不上有什么错。他四下瞅瞅，找不出哪怕一个空座了。而他在“沙丁鱼罐头”中挤了几个小时之后，已经头昏脑涨，精疲力竭。他摇摇头，将藤箱搁上行李架，然后往下一坐，直震得整个座席都咯吱作响。接着，他解开衬衣最上方两颗纽扣，露出肌肉发达的胸膛，掏出手帕猛擦一通，喘息片刻。又从藤箱中掏出一本书，低下头来静心捧读。

列车奔驰。汽笛嘶鸣。一节节车厢有节奏地晃动。不知到了什么时间，也不知火车到了哪里。

“先生，看的什么书啊？”

谁在说话，在问谁啊？苏冠兰抬头，哦，对面座位上那位三十来岁的男子正朝他微笑点头。

苏冠兰合上书，递过去。

“嗬，*Grundriß der Topologie*——德文原版，《拓扑学[1]概论》。”对方随口读出封面上的文字，“Toni Klein（托尼·克莱因）著。”

男子看看书封，封面的图案像是一幅抽象派绘画，或一张扭曲的、变形的、印着坐标图的橡胶薄膜。又翻翻书的内容，然后打量

1 高等数学的一个分支。

苏冠兰："先生是学数学的？"

"不，我是学化学的。"

"化学，"对方沉吟道，"化学用得上拓扑学吗？"

"今天用不上，今后也许用得上。"苏冠兰笑笑，"咳，借以多懂一点东西吧，捎带练习德文。我一直记着达尔文说过的'The passion for collecting leads a man to be a systematic naturalist.'（广泛的求知欲，往往可以使人成为有系统的博物学家。）"

三十来岁的男子玩味似的沉默片刻，又问："这书从哪里买的？"

"家父在国外买的。"

"为你买的？"

"是的。"

"可以请问一下令尊的名讳吗？"

"他叫苏凤麒。"

"哦，果然是苏老先生的公子。"

"您知道他？"

"大名鼎鼎的天文学家！"对方接着说，"对不起，我再请问一下，先生在哪所大学就读？"

"齐鲁大学。"

"齐大，在济南。"

"是的。不过，我也可以冒昧请教一下先生贵姓吗？"

“是我冒昧了，本该先自报家门才是。敝姓凌，凌云竹。”对方笑了笑，又朝身边女子点点头，“这是内子，宋素波。”

“您就是凌云竹博士？”苏冠兰双手抱拳，“幸会，幸会。”

“你听说过我？”

“您才是大名鼎鼎呢，大名鼎鼎的固体物理学家。您在哥廷根大学刚获得博士学位便发现了电子能级分布规律，由此创立了‘凌氏定则’。接着，您在西门子公司首创了金属点阵振动计算表，国际上通称‘凌表’……”

“嗬，你对物理学方面的事也这么清楚。”

“所以，您不能再称我先生，而应该叫我学生。”

“这怎么可以！”凌云竹笑起来。

宋素波也笑了：“可我们还不知你的名讳呢。”

“岂敢称讳！我叫苏冠兰，冠军的冠，兰草的兰。”

“苏冠兰——真是个好名字！”

忽然响起一个女子惊异的声音：“冠兰，是你？”

苏冠兰一愣，连忙四下寻觅声音的主人，不料竟是那位少女——身旁那位素装少女！

少女长着一张椭圆形鹅蛋脸，肌肤洁白细腻，五官富于雕塑感，嘴唇线条优美。大而明亮的眼睛向两侧太阳穴高高挑起，睑袋较深，睫毛很长，瞳人在黑褐中泛着蓝色。因为惊喜，她满面绯红，眼中火花闪耀。

“啊，是你！”苏冠兰也吃了一惊。

“是呀，是我，就是我，正是我！冠兰，你还记得我？你呀，你跑到哪里去了？”

少女连声喊着，仿佛要扑上来一把抱住苏冠兰。但是，她忍住没有冲动，只是拉过对方的手来又抓又掐的，欣喜若狂地喊道：“总算找到你啦，找得我好苦好苦哇。咦，冠兰，你倒是说呀，你跑到哪里去了，躲到哪里去了？哦，还有，你还记得该叫我什么吗？”

“记得，记得。”苏冠兰支支吾吾。

“你说，叫我什么？”

“琼，琼姐。”

“对了，就是叫琼姐嘛。”少女用手绢帮小伙子擦拭脖颈和胸脯上的汗珠，“告诉我呀，冠兰，你离开医院后，躲到哪儿去了？”

“不是躲，不是躲。我是上雁荡山去了。”

“上雁荡山做什么？”

“采，采集标本。”

“采集什么标本？”

“昆虫，植物，还有矿苗，各种岩石，等等。”

“哼，你肯定是为了躲我。”

“不是不是。”

"好啦，我也不追究啦。反正我要告诉你，你让我等得好苦啊，你太残忍了！"

凌云竹夫妇看着眼前的情景，如坠五里雾中。宋素波忍不住了："你们是怎么一回事啊，你们原来认识？"

"岂止！"凌云竹说，"好像还有一段传奇呢。"

"真有一段传奇。"少女摘下布帽挂到衣帽钩上，"真是天大的幸事，能在这趟火车上跟冠兰邂逅。教授，夫人，这是托你们的福。"

"恐怕确实是托我们的福。"宋素波插嘴，"既然如此，就该设法感谢我们。"

"怎么感谢呢？"

"不是有一段传奇吗？说给我们听听。"

"好啊，我正要说呢。"少女想了想，"不过，得我和冠兰都说。两个人的事，我一个人说不清楚。"

"有什么可说的？"苏冠兰摇头。

"该说。"凌云竹朝少女笑笑，"这样吧，小姐，哦，琼姐……"

"您怎么也这样叫？"少女难为情。

"这么美的称谓是不该被任何人垄断的。"教授说，"此外，我们不知道怎么叫你，只是刚知道有人叫你琼姐。"

"我叫丁洁琼。"

“‘质本洁来还洁去’的洁，‘琼楼玉宇’的琼，是吗？”教授赞叹道，“这就更美了，跟冠兰一样美。这样吧，听我的，丁洁琼，你先说，然后由苏冠兰做补充。他刚才说了，他是学生，这就决定了他得听我的。”

“好。”丁洁琼很高兴，转向苏冠兰，“我说之后，你得说啊。我对你的情况几乎一无所知，正想借此了解你。了解了你，下次你就躲不掉啦。”

苏冠兰微笑，不置可否。

“一个月前的一天，我去游泳。”少女开始回忆，“我游得太远了，在江上遇到一场可怕的暴风雨！”

圣约翰大学距高桥二十六七公里。苏冠兰经常蹬着自行车从学校出发，去高桥健身。今天清晨他又出发了。他理着平头，戴着墨镜和巴拿马帽，穿着网球鞋和短裤背心，左腕戴一只英纳格游泳表，车后驮着一只沉甸甸的网兜，皮肤晒得黝黑闪亮，四肢乃至全身每块肌肉都随着动作交替隆起。上午十点，抵达高桥。

高桥原是一座古色古香的江南小镇。近十几年，洋人在这里陆续建起一些别墅、商店、俱乐部、网球场、健身房和游泳池。苏冠兰喜欢法国人办的一个天然游泳场。在一条小河注入黄浦江的所在，有几间由铁皮木板组装而成的棚屋，矗立着一座用角铁圆木搭起的瞭望塔，沙滩上分布着一些红红绿绿的蘑菇伞和躺椅之类，岸边漂浮着几只小艇，总之很简陋。苏冠兰喜欢的就是它的天然和简陋。这里离大海不远，地势开阔，河汊密布，到处是芦苇、灌木、树林和水鸟。

苏冠兰自幼就读于英国人办的教会学校。这些学校对他影响很大，使他向往科学，热衷于体育锻炼。他是山西人，山西境内多山。苏冠兰喜欢爬山远足，五台山、黑驼山和太白山等他都爬过；有时在山间庙宇里度过整个寒暑假，拜和尚道士为师，研习经卷，学国术练散打。他有一辆英国三枪牌自行车，经常骑着这辆车做长途旅行，随身携带地图、指南针、照相机、望远镜、标本夹、打气筒、野炊用具和袖珍帐篷等等，有时还带上匕首和猎枪，一走就是几十里、几百里甚至上千里路。

北方缺水。苏冠兰唯一的遗憾是不会游泳。中学毕业后上了济南齐鲁大学，这是英美两国基督教会合办的教会学校。济南在山东，而山东临海。于是，大学期间苏冠兰一放暑假就往青岛、威海或烟台跑，去那里的大海中苦练游泳。

苏冠兰是民国十六年即公元一九二七年夏季进入齐鲁大学的。翌年即一九二八年五月发生“五三”惨案，日本军队占领济南，大肆烧杀抢掠。苏冠兰被迫出逃，辗转到上海圣约翰大学借读。圣约翰又是教会大学，不过不是英国教会而是美国教会办的。

一九二九年五月日军撤出济南。苏冠兰结束借读，准备返回齐鲁大学。在上海逗留的最后日子里，他经常去高桥，到外国人办的健身房练习拳击、摔跤和散打。苏冠兰身高五点九七英尺[1]，肩膀很宽，肌肉发达，满口流利的伦敦英语，还能说点德语法语，跟白种人打交道很方便。

离岸越远，水流越急。苏冠兰不断变换姿势，或逆流而上，或顺流而下，或来回泅渡。每次来高桥，他都是先游泳，再上健身房。这样的锻炼已经持续了十来天，苏冠兰现在的感觉是非常疲劳。他寻思，也许今天不该来高桥的。不过，既来之则安之，减少游泳时间吧；上岸之后也不去健身房了，什么也不干，美美地吃一顿，睡一觉！他这么想着，放缓了动作，游了几圈便上岸了；瞥瞥周围，今天来游泳的还真不少，有五六十人吧。他收回视线，找了一顶蘑菇伞，平躺在沙滩上休息；他喝了一点水，闭上眼睛，不知不觉竟沉沉入睡。

不知过了多久，隐隐雷声把小伙子惊醒了，瞅瞅手表已是下午。他站起来极目远眺。天际涌动着团团乌云，云隙间闪烁着青白色电光。苏冠兰双手叉腰，欣赏着大自然的喜怒无常，感受着风沙扑打，体会着面颊和躯体上麻麻点点的疼痛。顷刻便乌云压顶了，江面上怪风骤起，波涛汹涌，一道道白浪争先恐后扑上岸来。浪越来越凶猛，潮头越来越高。转眼间，最前面的浪头即将扑到苏冠兰

1　1英尺合0.305米，5.97英尺合1.82米。另，1英寸合2.54厘米，1英里合1.61千米。

的脚下!

有人从背后跑上来拽住苏冠兰的胳膊。他回头一瞧，原来是游泳场雇的白俄老头。这家伙五十多岁，秃头，后脑勺围着半圈黄毛，腆着的大肚子上也满是黄毛，两只乳房吊着直晃荡，胖得连脖子都没有，走几步路便气喘吁吁，今天居然跑了几百米到这里。

苏冠兰瞥瞥他："你说什么？"

老头使劲打手势，满口蹩脚的英语夹着上海话。但苏冠兰还是听懂了，他说这场暴风雨非常可怕，非常厉害，必须赶快往回走，逃得远远的，越远越好。

苏冠兰收拾了零星东西，在沙滩上深一脚浅一脚地往回走。途经瞭望塔时，但见塔身被狂风吹得直晃悠。两个洋人救生员正惊恐万状地往下爬，边爬边嚷嚷，还失手让一架望远镜也掉了下来。他们好像是说有人游着游着就不见了。苏冠兰一听，便驻足等候，待那两个人爬下来，他拦住问："发生了什么事，谁不见了？"他们结结巴巴，说还有一名游泳者消失在滚滚波涛里，多半已经淹死了。

"你看，太可怕了！"一个洋人指指浊浪滚滚的江面。那里是小河注入大江的所在，滔滔急流与狂风疾雨迎面相撞，激起巨大的浪峰，发出怒吼和尖啸。此外，电闪雷鸣也越来越近，愈来愈强烈。

另一个洋人惊叹："天哪，谁能从那儿活着回来啊！"

“那你们就扔下他不管了？”苏冠兰怒气冲冲。

“他，他是谁？”对方反问，“我们扔下了谁，我们怎么管？”

恰在此时，一道闪电划过，天地一片惨白。洋人吓得直缩脖子，接踵而来的是一声惊天动地的霹雳。

苏冠兰朝江上望去，发现几艘救生艇都被巨浪卷走了。一阵狂风呼啸而过，粗硬的沙粒猛烈地扑打在人体上，使人感到阵阵疼痛；最后两顶蘑菇伞被连根拔起，在沙滩上滴溜溜地滚动，然后飞往空中。

四五十英尺高的瞭望塔发出异样声响。举目一瞧，是顶棚被掀起，接着是金属和木材断裂。塔身整个斜了，歪了，然后被拦腰摧折，紧接着泰山压顶似的朝他们站立之处直砸下来。

两名洋救生员身手敏捷，拔腿飞奔，连滚带爬，居然在高塔砸到沙滩上的前一刹那逃脱了。苏冠兰紧跟在他们身后，也平安脱险。倒塌的高塔像死去的恐龙般横陈在他们身后，发出爆裂声和轰鸣，水花和泥沙溅了几丈高。

暴风之后紧跟着骤雨。雨点有黄豆那么大，斜着甚至是横着扫来，砸来，劈来！苏冠兰停下脚步，犹豫不决。若是真有那么一个回不来的游泳者呢？可是，茫茫江面，浊流滚滚，怎么搜救呢？他用双手一遍遍抹去脸上的雨水，望着远远近近的江面。忽然，一个小红点跃入他的视野——天哪，那是一个人，一个活人，正在挣扎求生的人。苏冠兰大声叫喊，但立刻发现这是徒劳的，方圆几英里内已经没有任何其他人。再看江面，小红点忽然消失，忽然又冒出来。显然，那人一下被推上浪巅，一下又跌入波谷，已经精疲力竭，正被波涛吞吐着，裹挟着，朝水天相连之处滚滚而去。

苏冠兰当机立断，拔腿朝水边飞跑。浪潮蜂拥而上，吞没了他。年轻人钻出水面，奋起双臂，朝江心游去，朝刚才发现小红点的方向游去。不知费了多少时间，也不知被激流冲了多远，总之，在风狂雨骤的江中终于游到了小红点跟前，将那人的头部使劲托出水面。他这才发现对方是个年轻女性——一个穿红色泳装的女孩，女孩头上还扎着一顶圆圆的红色泳帽，但已经奄奄一息，失去了最后一丝挣扎的力气。苏冠兰用一只胳膊抱着、托着女孩，另一只胳膊奋力划动，劈浪前行。天地沉浸在无边的黑幕里，变得像深夜一样。一片迷茫混沌，不能辨别方向。苏冠兰知道千万不能慌乱，否则就会死无葬身之地，连同这个素不相识的女孩！他感觉着水流方向，朝右侧划，朝右侧划，竭力朝右侧划……

雷电渐渐远去，但仍时时传来沉闷的轰鸣和黯淡的闪光，短促而又频繁地照亮层积的乌云和起伏的江面。苏冠兰轮换使用两臂，一次次推开死神的魔掌。在他即将失去最后一丝力气和最后一丝信心的时刻，他那已经麻木的脚底忽然产生了一丁点触觉。天哪，那不是沙滩就是礁石或某种沉积物，反正不再会是无底深渊。他意识到终于靠岸了。不管是什么样的岸，反正是岸，岸！而此刻，所有的岸对他来说都意味着生命。哦，不，不仅是对他来说，还有蜷缩在他胸怀中的这个女孩。尽管她全然不动弹，似乎完全失去了知觉，但苏冠兰知道她还活着，活着，活着！

苏冠兰抱着女孩，踉踉跄跄地上岸。他绊着一块石头，脚趾疼得麻木了，重重摔倒在地。他抢先扑卧在满是大小石块的河滩上，用自己的身躯保护这个女孩。他的额头被砸破了，满嘴咸咸的，显然在流血。浑身炸裂般剧痛，尤其是肋部，可能骨折了，他不能动弹了。但是，他想，不行，都到这一步了，可不能功亏一篑。还得往前挪，往前挪，一直挪到有人的地方。喘息一阵后，他用一条胳膊护着女孩子，另一条胳膊支撑在地上，匍匐着向高处爬去。他拼命咬住牙关，咬得腮帮咯咯响，咬得嘴唇直流血。这些血与他额头上、面颊上、肢体上的血混在一起，贴着皮肤往下淌，在沙滩上、石头上、泥地上拖出一道长长的痕迹……

松居医院

“醒过来了！”仿佛是一个女子的嗓音。

苏冠兰使劲抬起眼皮，但见一片白晃晃的。天花板和墙壁是白的，门和窗棂也都是白的，到处都是白的。他瞅见了那女子，十五六岁吧，白头巾白罩衫，双手端个白搪瓷盘。她身边那个老者，白帽白大褂，蓄着白花花的山羊胡须，只有鼻梁上那副眼镜的玳瑁框是黑的。老者点点头，面含微笑，脖子上挂着一副听诊器。

“十二个钟头。”老者掏出怀表一瞥。

“什么，”苏冠兰嗓音嘶哑，喘息不已，非常吃力，“什么，十二个钟头？”

“从开始抢救到你此刻苏醒，十二个钟头。”老者竖起右手食指，“你们是被附近的农夫送到我们这儿的。”

苏冠兰觉得万千根钢针在猛扎全身，连脑袋和眼珠都感到刺痛，自己似乎被粗硬的绳索捆绑着，每一处关节、每一块肌肉和每一条神经都被刀割火燎。他努力倾听着，回忆着，使劲思索着，却仍然不明白对方在说什么。

“现在，告诉我，”老者注视着苏冠兰，“怎么一回事，你们是怎么来到这里的？”

“我们？我们是谁？”苏冠兰的脑海像一锅黏稠的、翻滚着的粥，“这里……是哪儿？”

“这里是松居医院。”老者口齿清晰，“你们显然是赶上了那场暴风雨，那确实是一场可怕的暴风雨。喏，这里的松树，很大的松树，都被吹折了不少。你们在什么地方下水的？好险，再下去一点，就进东洋大海喂鱼啦！”

“我们……”苏冠兰越听越糊涂，“我和谁呀？”

“你和那位小姐。”

“哪个小姐？”苏冠兰有气无力，“您，您老先生……”

“叫我院长。”

“哦，院长，我不明白，不明白您在说些什么。”

小护士轻声道：“他还很虚弱呢，爸爸。”

恰在这时，一个戴白头巾的中年女人推门探进头来：“院长，那女孩烧得厉害，呓语不断，您去看看？”

“好。”老者又掏出怀表一瞥，对端盘子的女孩说，“阿罗，这个病人先交给你。再检查一遍，清洗，换药，滴注。然后，可能的话，让他吃点东西。他非常虚弱，但不会有大事了。”

“知道了，爸爸。”

“这里是医院，病房……”苏冠兰扭扭脖颈，发现自己浑身上下满是白色的绷带、棉纱和胶布，到处飘浮着来苏尔、酒精和碘酊的气味，“我怎么会躺在这里呢？”

“你叫什么名字？”阿罗动作轻柔，给苏冠兰解绷带。

“我叫苏，苏，”年轻人使劲说出声来，“苏——冠——兰。”

“冠军的冠，兰草的兰？”

“是，是的。”

“这名字很漂亮，像你人一样。”阿罗瞟他一眼，“那么，那小姐是你妹妹呢，还是女朋友？”

“小姐，哪个小姐？”

“全忘了？也难怪，伤得这么厉害。”

就在此刻，苏冠兰脑海里忽然闪过一个小红点，一个在狂风暴雨中飘摇、在波峰浪谷中出没的小红点。

“啊，是不是一个穿红泳衣的女孩？”

“想起来了？”

“那女孩，是谁呀？”

“你倒来问我。”

“我，我不认识她。”

“不认识，怎么在一起的呢？”

“岂止是在一起？简直是生死相依！”老院长又踅进来，察看了一下苏冠兰的伤势，点点头，“放心吧，很快会好的。”

"爸爸，"小护士说，"我问了名字，他叫苏冠兰。"

"冠军的冠，兰草的兰，好名字。"老院长在察看伤势的同时，轻轻捏弄年轻人胸上、背上和双臂的块块肌肉，"你体格好，不然，就在劫难逃了。哦，还是那个话题，你们——你和那位小姐，是什么关系，怎么一起到了这里？阿罗，端一杯咖啡来，多放些奶和糖。"

苏冠兰抬起上身，小口啜着咖啡，在渐渐恢复体力的同时也在渐渐恢复记忆力。喝完咖啡，他再度平躺下去，断断续续地开始了叙述，从高桥那个游泳场说到暴风雨的袭来，说到江面上那个忽隐忽现的小红点，说到他孤身一人朝滔滔白浪扑去……

"原来你是她的救命恩人。"老院长听完之后大为感叹，"你并不认识她，却舍生忘死去救她，还差一点搭上了自己的命——可钦可敬，可钦可敬。"说着，他略作停顿，凝视着病人问，"你刚才说，你们是在高桥下水的——你知道高桥到这里多远？足有十英里呢。你们在惊涛骇浪中挣扎、拼搏了好几个钟头。"

"我不过做了一件自己该做也能做的事。"苏冠兰说着，忽然想起来，"哦，院长，她呢，那女孩？"

"她比你伤得厉害。不过，你放心，没有生命危险，能治好的。"

"谢谢您，院长。"

"待她醒来，你应该去看看她。"老院长加重语气说，"不，你必须去看看她——必须，懂吗？"

“爸爸，”阿罗从旁添了一句，“那女孩长得真漂亮。”

“是的，”老院长打量小伙子，“一对金童玉女。”

两天后，苏冠兰明显恢复，可以起床了。从窗口望出去，医院被一圈竹篱围着，篱内绿影婆娑，几十棵古柳簇拥在四周。篱外是墨绿色的松林，郁郁葱葱。苏冠兰问阿罗贵姓，小护士指指窗外那些大树：“喏，就姓这个——”

“柳，是个好姓。”

“你什么时候学会了尽说好听的？”

“是真话。古往今来柳姓人才辈出，名人有柳开、柳恽、柳冕、柳贯、柳宗元、柳永和柳公权，传奇人物有柳下惠和柳如是，神话传说有柳毅，星座有柳宿……”

“嗬？”阿罗又瞟了小伙子一眼。

“可以问问你的名字吗？”

“柳如眉。”

“哎哟，更美。”苏冠兰赞叹，“看来你爸爸特别喜欢白居易。”

“‘芙蓉如面柳如眉’嘛。”

“不只是这个。白居易的独生女儿乳名就叫阿罗，老院长给你取的乳名也叫阿罗。”

“你是大学生？”阿罗睁大眼睛。

“是的。”

“哪个大学？”

“问这干什么？”

“你一定是名牌大学国文系的学生。”

阿罗不姓罗也不姓柳，本来姓林，老家在福建。一场瘟疫毁灭了她的故乡和几乎所有亲人，年仅三四岁的她沦为孤儿和乞儿。慈善机构和教会医院派人来实施救治。一位姓柳的大夫在离开疫区时带走了她，后来又成为她的养父。其实按年龄说，柳大夫可以算她的祖父了。老人一直在教会医院习医和行医，妻子死于战乱后再未婚娶。他没有孩子，年过半百后才收养了阿罗，父女相依为命。几年前，柳大夫被教会派到松居医院任院长，他还是这里唯一的医生。

苏冠兰恢复得很快。第四天上午，阿罗送来刮胡子的刀具：“喏，每天刮刮胡子，知道嘛，你已经很像个逃犯了。”接着递上一套洁净的条纹服，然后站在窗前，望着外面：“爸爸说了，给你做最后一个疗程。”

“我已经康复了，不需要再治疗了。”苏冠兰高兴起来。

“大夫是我爸爸，还是你？”

“这疗程怎么做？”

“别多嘴，跟我走。”

一步步跨下阶梯时，苏冠兰才发觉事情没那么简单，头晕，腿软，步履踉跄，全身飘飘然。他想：不错，确实还需要治疗。

松居医院其实只是一家小诊所，全院只有一栋两层小楼。苏冠兰的病房在二楼。阿罗领着他下了楼，在一间病房门上轻敲两下，然后推开门扇。灿烂阳光从窗外射入，屋中飘浮着金黄和淡绿，显得既静谧又温暖。屋内安放着一张白色钢丝床，圆顶蚊帐吊在天花板上。一个身着条纹服的少女正靠着一摞高高的枕头，聚精会神地捧读一本书，显然没有听见敲门声。她身材高挑，体态匀称，手指丰腴修长；从侧面看去，她脸庞苍白、消瘦，鼻梁挺直；栗黑色的浓密长发在脑后束为一把，像马尾般从肩头直垂到高耸的胸前……

“琼姐。”阿罗轻声叫道。

少女抬头举目，将晶莹闪烁的眼光投注过来。她肌肤细腻，面庞呈椭圆形，五官富于雕塑感；嘴唇线条优美，大而明亮的眼睛朝两侧高高挑起，而且是双眼皮；睑袋较深，睫毛很长，瞳人在黑褐中泛着蓝色，像雪山中的湖泊般深邃清澈。她似乎还没有摆脱书中的意境，只是坐直了身子，茫然看着阿罗和苏冠兰。

“琼姐，”阿罗满面笑容地指指苏冠兰，“他就是爸爸和我多次向你谈起的那个年轻人。”

“苏冠兰，苏先生？”少女略略一怔，终于反应过来。她喊了一声，霎时间变得热情而欢快起来，两颊泛起红晕，双眸闪射光彩。她把胸前的书一扔，一骨碌就要爬起来。

阿罗快步上前，制止了她。

苏冠兰呆呆地站着，看着。

“苏先生，苏先生，你过来，你快过来呀！”少女毫不忸怩，直勾勾地盯着小伙子，连连拍打自己的床沿，“过来坐呀，坐，就坐在这儿！”

阿罗朝苏冠兰丢个眼色，搡了他一把。小伙子这才挪到病床前。少女拽住他的袖口，拉他在床沿坐下，高兴地叫道：“对，对！就这样，就坐在这里！这样我和你才可以靠得近近的，好说话。”

病床比一般的床高很多，不好坐。苏冠兰斜倚着床沿，歪着身子，避开对方灼人的目光。

阿罗咬咬嘴唇，忍住笑。

“苏先生，我已经知道你的名字了，柳院长和阿罗全告诉我了，你是我的救命恩人！”少女紧攥住苏冠兰的双手连声道，“我想啊想啊，想了好久好久，想着见到你的时候我该说些什么，该怎么表达我的感激，感激你的救命之恩。我想到很多很多美好的话语，可现在见到你本人，反而一句也说不出来了，怎么办呢？”

“琼姐，”阿罗插嘴，“你已经说了好些感激的话语，每句都非常美好。”

“是吗？那太好了。”少女快乐地瞅瞅阿罗，又转向苏冠兰，“我得知所发生过的一切后，第一个念头就是见到你，尽快见到你，立刻见到你！可柳院长说，不行，我太虚弱，你也太虚弱，还得等几天。我问还得等多久？他说，不久不久，肯定不会拖到七月初七。”

“七月初七？”苏冠兰愣了。

“就是七夕呀。”阿罗解释。

年轻人脸上一热。

“我等呀等呀，总算等到了今天，此刻！”少女目不转睛地望着苏冠兰，“苏先生，真的，你救了我的命，我该怎么报答你呢？”

“没什么，我不过做了一件该做也能做的事而已。”

“你对柳院长和阿罗也是这样说的。可真这样做，谈何容易。那样的滚滚急流，狂风暴雨，排山倒海，真是太可怕了。你为一个素不相识的人，几乎牺牲了自己。苏先生，你真不可思议，真高尚，真伟大……”

“快别这样说，别。”苏冠兰连连摆手。

“琼姐，”阿罗笑吟吟的，“我倒是觉得你应当报答苏先生，不然确实说不过去。”

“当然，当然。”少女急忙点头。

“你能用什么报答苏先生呢？”

“我正发愁呢。你说用什么呀，阿罗？”

小护士撇撇嘴：“用你的心嘛。”

苏冠兰面红耳赤，无言以对。

“我也正是这样想的。”少女很爽朗，“还真被阿罗说中了！”

“哪，哪的话呀。”小伙子结结巴巴。

“你们谈吧，”阿罗眨眨眼睛，走出病房，回身带上房门，“我到别的病房看看。”

小护士一走，屋里沉寂了十几秒钟或几十秒钟，只能听见窗外柳树上蝉在拼命鸣叫，仿佛还能听见一对青年男女的怦怦心跳声。

病床一角撂着少女刚才捧读的那本书。少女发现苏冠兰的视线投向那里，立刻拿起书递过去。书的装帧印刷十分精美，封面上印着一位女子的照片和书名“My life: Isadora Duncan”（《邓肯[1]自传》）。苏冠兰翻了翻，问：“琼姐，你对邓肯有兴趣？”

“你叫我什么来着？”少女睁大眼睛。

“哦，琼姐，阿罗这么叫，我学她，无意中也就，也就这么叫了。”

“无意，为什么不能有意？”

“这个……”

“还有，学阿罗。你自己就不能叫琼姐？”

“我怕你不同意……”

“为什么？”

“琼姐——这毕竟是个很亲切的称呼。”

“正因为很亲切，我才非常希望你这么叫。”

“那好，”苏冠兰有点口吃，“那好……”

1　邓肯（1877—1927），美国女舞蹈家，现代舞的创始人，提倡动作自然、形式自由的舞蹈风格。

“那好，今后就这么叫了，叫我琼姐。”少女欢呼，“我也不再叫你先生，改叫你冠兰，好吗？”

“好的，好的。”

“咦，冠兰，你什么年岁了？”

“十九岁，”小伙子想了想，“上个月刚满的。”

“那你比我还小两三个月呢，更该叫琼姐了。”少女打量苏冠兰，“我还以为你快三十岁了呢。要是那样该多好，我就有个哥哥了。”

“那么，琼姐，我可以问问你的名字吗？”苏冠兰下意识地摸摸下巴，发现胡茬确实很长了。

“当然可以。我叫丁洁琼。”

“哦，琼字就是这么来的。”

“是的。”少女接着问，“冠兰，你有兄弟姊妹吗？”

“有一个妹妹。”

“没有兄弟也没有姐姐，一个也没有吗？”

“是的，没有。”

“真是天作之合，让你有了一个姐姐，让我有了一个弟弟。”丁洁琼拍手，“父母只有我这个独生女儿。我从小就很孤独，真想有个兄弟姊妹，哪怕只有一个也好。今天，上帝终于赐给我一个弟弟，一个好弟弟，一个亲弟弟！”

丁洁琼苍白的脸颊上陡然满是红晕，一把拉住苏冠兰的双手，紧贴在自己胸上。她含笑凝视苏冠兰，着意捕捉他的每一丝表情。

小伙子感受到了少女胸脯的富于弹性和急剧起伏，感受到了对方心脏的快速搏动和青春热力，也觉察到自己内心的惶乱和冲动。

“琼姐，你的名字很好。”苏冠兰试着抽回双手和转移注意力。

“是吗？”

“琼是美玉。洁、琼二字连用，就更美了。”

“你呢，兰已飘逸不凡，而你还是群兰之冠。”丁洁琼说着，一字一顿，很认真也很动情，“真的，弟弟，今后不管在哪里，只要一看见兰草，我就会想起你的。”

苏冠兰避开琼姐的目光，心脏怦怦乱跳。假如他与琼姐继续这样相互注视，假如他的双手继续这样紧贴在琼姐热烘烘的胸脯上，假如此情此景再持续几秒钟，真不知道会发生什么事情。但恰在此刻，少女突然猛烈咳嗽，越咳越厉害，似乎还伴着哮喘，脸色也陡然变得白中透青。苏冠兰慌忙起身：“琼姐，你怎么啦？你太累了。”

丁洁琼继续猛咳，无法出声，至此才被迫松开了小伙子的双手。

“我去找院长。”苏冠兰起身。

“别去，冠兰，好弟弟，听我的，听琼姐的，小柜上有药，你拿给我就是。”少女咳得上气不接下气，“知道吗？有你在我身边，比什么药都好！”

“不行，一定得去找院长。”苏冠兰拉开房门，却愣住了，原来柳院长正站在门外，双手抄在背后，笑眯眯的。小伙子又惊又喜：“啊，是您。”

“对，是我。”老人拍拍苏冠兰的肩，“我来看看洁琼，也来看看你的最后一个疗程。”

“我的最后一个疗程？”

“是的。我看疗效不错，很不错。”

“柳院长。”少女喊了一声，猛烈的咳嗽竟突然止住了。

“我碰巧听见了你刚才的最后一句话，”老院长跨进病房，边走边说，“真够动人心弦的。”

“我最后一句什么话？”

“冠兰，好弟弟，有你在我身边，比什么药都好。”老院长眨眨眼，表情像儿童似的。

“怎么，说得不对吗？”少女顽皮地瞅瞅老人。

“说得好极了，也证明我的‘处方’开对了。”老人莞尔一笑，往耳朵上挂听诊器，“现在，孩子，让我再给你检查一下。你肺部的炎症一直未完全消除，这使我不安。”

“我先离开一会儿。”苏冠兰嗫嚅道。

“你就待在这儿嘛。”琼姐以恳求的目光望着小伙子。

“对，你就待在这儿。”但老人旋即改变了主意，摆摆手，“哦，你去找阿罗，让她把洁琼的病历送来。”

院墙外那片蓊郁的松林，在海风吹拂下发出阵阵喧哗声。松林中蜿蜒着一条小径。尽管环境幽美，空气清新，苏冠兰却心乱如麻。来到这个世界十九个年头了，他还是第一次产生这种难以言喻的情绪。

午后，苏冠兰回到病房。用餐之后，照例上床休息。无论中午还是夜晚，他从来都睡得很好；但是，今天却反常了，他感到异常的燥热和烦闷，在凉席上翻来覆去。一旦闭上眼睛，琼姐那苍白、俊美的鹅蛋脸，那双大而明亮的眸子，那热烈而清纯的欢笑，便翩然浮上他的脑海，搅得他心乱如麻，更加不能入睡。他爬起来躺下，躺下又爬起来，直至太阳偏西依然如此。他终于抓起床头小柜上的安眠药，一口吞下。生平第一次服安眠药，还真管用。昏昏入睡，睡得很沉，连梦都没做一个。待到迷迷糊糊醒来，嗬，已是晚间十一点多了！他点燃一支蜡烛，看到床头柜上的托盘内摆着一碗饭和几碟菜，上面罩着纱布。他下了床，喝了些水，开始在屋内踱来踱去。纱窗外月光澄净，碧空如洗，一片蛙鼓虫琴。好不容易挨到东方露出一抹灰白，远处传来雄鸡的啼叫，才觉察到楼下略有动静，那是早起的老院长在收拾办公室。苏冠兰想了想，蹑手蹑脚地开了门，下了楼，在院长办公室门上敲了两下。

“睡得怎么样，年轻人？”老院长把他让进去。

“非常好。”

“昨天下午和夜里，洁琼来看了你好几次，你都睡得很沉。”

“为什么不叫醒我呢？”

“洁琼不让。不然，昨夜月色很美，凉风习习，你俩可以到树林里散散步。”院长耸耸肩，“哦，这么早，有什么事吗？”

苏冠兰说，他想借一身衣服和一点钱，回高桥和上海一趟。

“什么时候动身？”

“十分钟之后。”

“这么急？”老院长望望窗外。

“早点好，凉爽些。”

“那就快去快回。拍些电报给亲友们，让他们放心。”

苏冠兰个头高。好在阿罗是有心人，已经为他备齐了一套合身的衣裤，还有草帽和零钱。现在，老院长送苏冠兰步出小楼。老人看看丁洁琼病房的窗户，口气带点遗憾：“她也是夜不能寐吧，大概刚睡着。不然，让她也来送送你。”

两人走到院门外，老院长在晨光熹微中端详苏冠兰黧黑清瘦的面孔，良久，拍拍他的肩：“办完事早点回来。洁琼是个好女孩，难得的好女孩啊！”

苏冠兰到了高桥。游泳场已被暴风雨摧毁无余，但见一片淤泥。还好，游泳场主建筑在离岸较远的石堤上，没被摧毁。洋人们见了苏冠兰都大吃一惊，像见了鬼似的。苏冠兰取回了寄存在那里的钱和自行车等物品，蹬着那辆车回到上海，回到圣约翰大学。

苏冠兰估计琼姐的身高在五点五至五点六英尺之间。他请店员帮着选购了一件束腰短袖的白色连衣裙，一顶白布帽和若干其他用品，打成一个包裹，连同一笔钱一并寄往松居医院。然后，带着望远镜、指南针、地图和野炊用具等往雁荡山去。一个月后他赶回上海，将所有带不动或不必带的东西全部送给同学，辞别借读一年之久的圣约翰大学，拎着一只鼓鼓囊囊的藤箱登上火车。

他做梦也没有想到，会在沪宁线列车上，与琼姐重逢！

沪宁线上

苏冠兰与琼姐的“传奇”，使凌云竹夫妇大为惊叹。宋素波说：“此曲只应天上有，人间能得几回闻！”教授说：“记住我的预言——凡有非凡的开头，必有非凡的结局。”

两个年轻人却已经回到现实中来。苏冠兰打量少女那身装束：“难怪我看着眼熟。”

“可不，是你给买的呀。”

“合身吗？”

“就像我自己量身定做的。”丁洁琼想起原来那个话题，“冠兰，你后来为什么不回松居医院了？”

苏冠兰支支吾吾，无言以对。

“你害我等得好苦，也害老院长和阿罗等得好苦。你一去不返，杳无音讯。包裹上写着的寄件人地址是‘极司菲尔路四百〇一号’。老院长托人去问，结果是虽有这个门牌，但那里从来就没有个苏冠兰。”

“我茶饭不思，整天以泪洗面。”丁洁琼哽咽起来，“老院长让阿罗时时陪着我，生怕我没死在惊涛骇浪中，却毁在了你手里。”

苏冠兰听着，深感愧疚不安。

“我出院前，将通信处留给老院长和阿罗。他们说了，一有你的音讯就会告诉我的。哼，阿罗天天骂你！”

“阿罗很可爱。”苏冠兰讷讷道，“她，她还说了什么吗？”

“阿罗说，”丁洁琼忽然一笑，“其实她已经爱上你了。”

“看你，琼姐。”

“女孩子之间什么都说，她就是这么说的，说你简直是上帝赐给她的无价之宝，是她命运中的白马王子——阿门。”

丁洁琼说着，用右手拇指画十字，先从额画到嘴，又在胸上从左画至右。凌云竹教授不禁失笑：“这是你还是阿罗呀？”

“是阿罗，她就是这么做的。”

“看得出这松居医院是天主教医院，”教授还在笑，“因为这十字画得很正宗，正宗的罗马公教画法。”

“真会开玩笑。”苏冠兰低下头。

“反正阿罗就是这么说的。她说若不是为了我呀，她就要主动进攻了，甚至不惜给你注射麻醉药，把你扣下来，让你非跟她成亲不可。”

“那可真成了当代‘奇婚记’。”宋素波转向小伙子，“你离开医院后，怎么就一去不返了呢？”

“也许因为我不愿听别人说什么‘救命恩人’之类的。”苏冠兰低头翻弄那本《拓扑学概论》，“确实，我只是做了我该做也能做的事。”

“你的说法不能令人信服。”凌云竹摇头，“不过，不纠缠这个问题了。下面，你说说，现在怎么办呢？”

“您的意思是——”

“我的意思是，从现在起，你打算怎么对待琼姐。”

“是呀，凌先生和我就到南京，洁琼也是到南京。”宋素波望着苏冠兰，“我们都在南京下车，你呢？”

“真遗憾，我恐怕连车站都不能出。我要立刻换乘另一趟津浦线列车赶回济南。”

“是的，你是齐鲁大学的在籍学生，要赶回去上学。”凌云竹打断苏冠兰的话头，“我们所不知道而很想知道的是，待会儿你在南京站跟琼姐是再度分手，还是暂不分手？”

“怎么才可以暂不分手呢？”苏冠兰小心翼翼。

“你可以下车，在南京小住，哪怕只住一两天。”

丁洁琼喜出望外，渴求的眼神从凌云竹脸上挪到苏冠兰脸上。

“恐怕不行，”苏冠兰嗫嚅道，“齐大校规极严……”

“这，我可以帮助你。”

“哦？”

“我是著名物理学家，”凌云竹莞尔一笑，“作为名教授，我只需给齐鲁大学校长拍个电报就行了。这位校长不就是美国人路德·查尔斯吗？——中国名字叫查路德。”

苏冠兰默然无语，微蹙眉头。

“如果你不在南京下车，待会儿就又要跟洁琼分手了。那么，你会不会像上次离开松居医院那样，一去之后杳如黄鹤？”

“不会不会。”

“怎么让我们相信你呢？”

“我说了不会就不会。”

“好吧，”教授瞥瞥苏冠兰，拖长声音，“我们愿意相信你。”

“我不相信！”丁洁琼喊道。

三位旅伴都望着她。

“是的，我可不相信。”丁洁琼转向小伙子，加重语气，“你离开松居医院时对老院长怎么说的？你说取了钱和衣物就赶回来，可事实上呢！”

“琼姐，”苏冠兰终于想出了以攻为守之计，“你也做过一件令人气愤难平的事，我还正想质问你呢。”

“我能做出令人气愤难平的事？”少女一怔。

“你极端傲慢无礼的性格是怎么养成的？”

“什么，我，我极端傲慢无礼？”少女睁大眼睛，“我从来不是这种人，从来没人这么说过我。”

“那么，我刚到这节车厢，向你问座……”

“哦，这事，”丁洁琼笑了，“你还怀恨在心哪？”

“我可笑不出来。”苏冠兰板起面孔。

丁洁琼收敛了笑意，咬住下唇。

“我当时想，这人不是公主，就是聋子哑巴。”苏冠兰冷冷的，“当然，也可能什么都不是，只是惯于装腔作势而已。”

少女转过脸去，望着窗外。

“你过分了，苏冠兰先生。”凌教授正色道，“这里发生过的事情，你并不都知道。”

凌云竹夫妇与丁洁琼自上车就坐在这里。列车开动后，彼此也并没有对话。少女身旁那男人十有八九是个大烟鬼，伸着脖，耸着肩，又黄又瘦，身着羽纱对襟褂子，捋起袖口，大热天脑袋上还扣着一顶呢绒礼帽，一路上又是吐痰又是抽烟。少女和教授夫妇简直受不了。开车之后他不停地抽烟。车厢中拥挤不堪，烟雾在人群中无孔不入，熏得凌云竹夫妇又是咳嗽又是流泪。教授只得开口了，要大烟鬼将香烟掐灭。他倒是哼哼哈哈答允了，猛吸两口后将烟头甩出窗外，还顺势起身将脑袋探出车窗吐痰，唾沫顺着气流溅了凌云竹夫妇满身满脸。但大烟鬼若无其事，而且他接着就发现了身边这位少女很漂亮，开始找茬搭讪。少女板着脸不予理睬。那家伙又涎皮赖脸，说些不三不四的话。丁洁琼索性戴上草帽，扭过上身，脸朝窗外。大烟鬼恼羞成怒，竟在少女身上动手动脚。丁洁琼面红耳赤，起身痛斥。凌云竹夫妇看不过去，也指责他。周围旅客有看热闹的，也有仗义执言的。那家伙一看势头不对，恰好列车停靠无锡，下车的人多，他才气急败坏，骂骂咧咧，起身溜走。

凌云竹夫妇与丁洁琼由此才开始对话，彼此有了一点了解。都是去南京。教授去教书，少女去读书。

“大烟鬼刚走，你就来了。”教授告诉苏冠兰，“洁琼当时还在气头上，所以对你不大客气。”

“他临溜走时，还鼓起一对耗子眼狠狠瞪了我和凌先生一眼。”宋素波说。

“我一听，”丁洁琼讷讷道，“来问座的又是个男人……”

“你的‘救命恩人’不就是个男人吗？”苏冠兰说。

“是我不对！”丁洁琼摇头，“我当时心里很乱，顾不上细想。”

“好了好了，说清楚了，就可以啦。”宋素波出面打圆场。

就在此时，车厢一端传来一阵骚乱声。一些旅客起身张望，顿时显得紧张起来。凌云竹夫妇翘首察看之后，神情陡变。丁洁琼一瞅，脸色突然发白。苏冠兰觉得奇怪。他循声望去，但见五六个汉子，身着各色衣衫，叉着腰，敞着衣襟，腆着胸脯和肚皮，叼着烟卷，喷吐着烟雾，有两个还戴着墨镜。他们骂骂咧咧，推推搡搡，大摇大摆，沿着过道蜂拥而来。

“天哪，”宋素波神情惶恐，“最前面的就是那个大烟鬼！”

说话间，一伙人已经来到跟前，显然都是恶棍。苏冠兰用目光数了数，一共六人。他们端着膀子，淌着油汗，有的腮帮上贴着膏药，有的耳朵上夹着纸烟，有的摇着折扇。像从半空中倒下一大堆垃圾似的，这帮人哗啦一下堵塞了过道。其中两人穷凶极恶，轰开别的旅客，右脚踩着坐椅，左脚蹬上椅背，居高临下，虎视眈眈。周围旅客知道今天非出大乱子不可，避之唯恐不及。

为首的家伙是五短身材，脸上架着墨镜；他呸的一声，将半截烟头和一口浓痰吐掉，阔嘴中露出两排黄牙和一颗显眼的大金牙。他胳膊粗壮，毛茸茸的，还戴着两只铁护腕；脑袋上斜扣着一顶巴拿马帽，敞开的黑羽纱短衫中露出黑毛蓬乱的胸膛，淌着油汗的肚腹上扎着很宽的茶色腰带。吐掉烟头和浓痰之后，他一手摘掉墨镜，一手抖开漆黑的折扇使劲扑拉，绷紧满脸横肉，乜斜着两只三角眼，目光从丁洁琼脸上到凌云竹夫妇身上扫了一圈，硬着喉咙吼道：“娘希匹，谁欺负了我的徒儿？”

“她，是她，就是她。”大烟鬼挤上前来，对着丁洁琼指指戳戳，吱吱尖叫，活像个猴子。从年龄上看，徒儿的年龄与师傅相差无几，可能还要大几岁。也许因为太热了，大烟鬼一把将呢绒礼帽摘下来，露出满是脓包瘌痢和稀疏毛发的脑袋，又指着凌云竹夫妇叫道：“还有他、他、他们两个。”

“你们想干什么！”丁洁琼倏地起身，涨红了脸。

凌云竹教授也站了起来，同时瞥了苏冠兰一眼。小伙子依然若无其事，端坐不动，但从他板着的面孔上可以感觉到神经是绷得紧紧的。他沉默着，低着头，眯上眼睛，斜视这群虎狼之徒，双肘搁在膝盖上，不停地搓手，搓手，同时将一个个指关节和双腕扳得咯嘣咯嘣直响。

“想干什么，这还用说。”大金牙嘿嘿一笑，怪声怪气，“我不是问了吗，为什么欺负我的徒儿？”

丁洁琼转过脸去，不理睬这伙人。

“说呀，娘希匹！”大金牙将折扇刷地一收，两只箍着铁护腕的毛茸茸大手朝腰间一叉，扯开喉咙吼道。

“喂，你嘴巴放干净些。”宋素波实在忍不住了，指着大金牙大声说，“怎么能说这女孩子欺负了你的弟兄呢？你睁大眼看看，她这模样能欺负人吗？实际上是你的这个手下在火车上行为不端，公然动手动脚，欺负这位小姐。”

“胡说八道！”大金牙嚷着，一把收起折扇，打在宋素波手腕上。

“简直岂有此理！”凌云竹气得发抖，挺身向前，护着妻子，“光天化日之下竟然如此，还像个国家？”

大金牙冷冷一笑，一把揪住凌云竹的领口，略一使劲，教授立刻透不过气来了，脸憋得发青。大金牙顺手一推，教授和妻子一起摔倒在坐椅角上。

"凌先生，凌师母。"丁洁琼惊叫着向凌云竹夫妇扑了过去。但大金牙伸出拿着折扇的胳膊一挡，便挡住了少女。他又一把托起丁洁琼的下巴，捏住，将少女的脸蛋拧过来，嘿嘿笑道："且慢，让我仔细看看。啊哈，四狗子眼力不错，这小雏儿确实长得俏，确实长得俏。算我福气好，这回要开开洋荤了。"说着又啪地打了个响指："小的们，把人带走。"

众流氓蜂拥而上。大金牙刚想往旁边挪挪，不料被不知哪来的一记勾拳狠狠击中。这一拳顿时使他下巴歪斜，口鼻喷血。紧接着又被一只大手抓住脖子。铁硬的手指像秤钩似的深深掐进肉中，大金牙的喉结差点被捏碎。他就这么被掐着往前狠狠拉去，小腹又遭到猛烈撞击，整个身躯扭曲着，痉挛着，像条被猎枪击中的野猪般扑通摔倒。

苏冠兰出手凶猛敏捷，以迅雷不及掩耳之势制服了大金牙。不待流氓们反应过来他又飞快地出拳，击中前面两个家伙的额角和咽喉等要害。顿时一片鬼哭狼嚎。其余流氓见势不妙，跌跌撞撞扭身逃窜。小伙子将大金牙踩在脚下，来回看看过道两端，并不见流氓回头寻衅，也没有其他恶棍前来增援。苏冠兰闪开身子，一把揪起大金牙，往车厢一头拖去，扑通一声扔在两节车厢的连接处，掸掸身上的尘土，不慌不忙地走回来。

"多亏你，多亏你。"凌云竹惊魂未定，"年轻人，你真不简单！"

“冠兰。”丁洁琼眼含泪花。

“别怕，”苏冠兰的嗓音宽厚温暖，“有我呢，琼姐。”

“是的，有你我就不怕了。”少女真想扑到对方怀里大哭一场。

丁洁琼刚说完，一个獐头鼠目的茶房带着两名乘警来到跟前。两名警察身着夏季制服，短裤和短袖上装都是黑色，大热天打着黑布绑腿，顶着黑大盖帽。两个黑狗子一个又黑又胖，一个又黄又瘦。那茶房倒是出现过，刚才车上大乱时他就在场，张着嘴看热闹。现在又钻了出来，朝苏冠兰努努嘴，然后端着膀子站在一旁。

两个黑狗子，黑胖子显然是头儿。他上上下下打量了苏冠兰、丁洁琼和凌云竹夫妇一番，摸着下巴，拽拽斜挎着的武装带，拍拍屁股上的木盒枪，清了清嗓子，有板有眼地问道：“刚才聚众斗殴、致人重伤的，就是你们吗？”

凌云竹夫妇沉默着，连生气的劲头都没有了；少女则一面打量警察，一面紧傍着苏冠兰，拢住他的一条胳膊。

两个黑狗子色厉内荏，精神紧张。瘦黄条直往后缩；黑胖子一只手压在屁股上，随时准备拔枪射击。但是，苏冠兰连瞥都不瞥他们一眼，而是双臂交叉抱在胸前，晃悠着身子不说话。

黑胖子心中发毛。他迟疑片刻，跟茶房和瘦黄条交换了一下眼色。茶房摸摸两撇耗子胡须，又朝凌云竹夫妇努努嘴。

“哦，我说，你们，两个，”黑胖子将目光移到教授夫妇身上，“你们两个，哦，是，干什么的？”

“我来介绍一下吧。”苏冠兰转过脸来，略微做手势，“这位凌先生，是同夫人从德国归来的，这次要去国民政府当大官了。”

“哦？”两个黑狗子一听，愕然，肃然，惴惴然。

“你们是不是警匪一家呀？”苏冠兰接着哼道，“若是这样，今天且记录在案，自会有人找你们算账的。”

“哪里哪里！”两个黑狗子一愣，慌忙点头哈腰赔笑脸，“对这些人，我们只是没办法而已，没办法没办法。人在江湖，身不由己呀，身不由己身不由己。对先生，嘿嘿，我们只是例行公事，嘿嘿。不瞒您说，刚才被打的那小子可赫赫有名哪，他是青帮黄老太爷的第八个干儿子，外号‘八阎罗’——您听听这诨名吧，就能猜出个八九不离十，嘿嘿。黄老太爷在租界上开着十几处香堂呢，这沪宁线上的黑道全归‘八阎罗’统领，连我们局座都让他三分呢。您说您说，这这这，是不是，是不是？嘿嘿，嘿嘿。”

“好了，你们可以去啦。”苏冠兰挥挥手。

“嘿嘿，我们，我们可不可以打听一下贵公子尊姓大名？”黑胖子举手碰碰帽檐，仍然赔着笑脸，“贵公子来头大，不像我们职分卑微，今天这些事，嘿嘿，上司追问起来，我们好交差，好交差，嘿嘿。”

不待苏冠兰搭腔，凌云竹教授开口了：“苏大公子是国家栋梁，前程不可限量。他家老太爷声威赫赫，说出来可别吓着了你们，就是当今国家观象台台座苏凤麒先生，蒋总司令的座上嘉宾呢。”

“哦哦，久仰久仰，打扰打扰。”黑胖子眼珠一转，脚跟一碰，举手敬礼，然后抱拳作揖，一迭连声，“在下就此告辞，就此告辞，嘿嘿。不周到之处，还请多多包涵，包涵，嘿嘿。”

说完，他一摆手，扭头离去。瘦黄条和獐头鼠目的茶房也屁颠屁颠地跟在后面，一眨眼就都不见了。车厢中轰然作响，有人讪笑，有人感慨。

苏冠兰对凌云竹说：“您提我父亲干什么？”

“学你呀。”

“学我？”

“你不是说我要去国民政府当大官吗？”

“他们并不知道什么苏凤麒，什么国家观象台。”

“这就更好唬了。”

大家都笑了。丁洁琼插嘴道：“我在法国时，从报纸上看到过报道苏凤麒先生的文字，还配了照片，记得背景是一架巨大的天文望远镜。”

“写他些什么？”苏冠兰问。

“赞誉他是天文学泰斗，‘神奇的彗星’……”

“彗星，”苏冠兰打断琼姐的话，“就是中国人说的扫帚星！”

“洁琼，你到过法国？”宋素波注意的是另一件事。

“不只是法国。我随父母在欧洲生活过十来年，到过一半以上的欧洲国家。”

“你爸爸是外交官？”

“不，他是音乐家。”

“你妈妈呢？”

“她是舞蹈家。”

“洁琼，”凌云竹教授忽然注意起来，凝视少女，“你父亲是不是丁宏先生？”

“是的。”丁洁琼点点头，声音很轻。

“难怪，”教授与夫人互视一眼，“果然是丁宏的女儿。”

“二位认识我的父母？”

“在欧洲的中国人，丈夫是音乐家而妻子是舞蹈家的，只有丁宏夫妇。”

奇怪，交谈的气氛却由此沉闷起来。只听得火车钢轮在铁轨上滚动时发出的隆隆声响。良久，教授又问：“你们一家什么时候回国的？”

“前年年初。”

教授恢复了沉默，望着窗外，若有所思。苏冠兰一直在倾听几位旅伴的对话，可总是听不明白。他想了想，换了个话题：“琼姐，你这次去南京做什么？”

“我刚考上金陵大学。”

凌云竹夫妇颇感意外似的：“金陵大学，哪个系？”

“艺术系。”

“学什么？”

“舞蹈。”

“母女相承。”宋素波颔首。

“难怪身材这么好。”凌云竹带着欣赏的目光。

“琼姐，”苏冠兰却蹙起眉头，“你如此聪明，为什么要学艺术，学舞蹈呢？”

丁洁琼面露惶惑，不知该说什么好。

“你这是什么意思？”凌云竹打量苏冠兰。

“文学，艺术，以及诸如此类的东西，”苏冠兰倒是干脆利落，“对国家的强盛和民族的复兴，有什么作用！”

“什么才对国家的强盛和民族的复兴有作用？”

“科学，技术，”苏冠兰想了想，“对了，还有工业。”

凌云竹凝视苏冠兰。

“文学艺术是什么，”苏冠兰口气不屑，“‘朱门沉沉按歌舞，厩马肥死弓断弦’，‘商女不知亡国恨，隔江犹唱后庭花’，‘借问汉宫谁得似？可怜飞燕倚新妆’，‘忍把浮名，换了浅斟低唱’……”

“对这些文学艺术，你可是倒背如流呀。”凌云竹笑着摆摆手，“你听说过《满江红》吗？”

“不只是听说过，我还会唱呢。”

“那你应该知道，文学艺术中有‘浅斟低唱’，也有‘壮怀激烈’；有人‘不知亡国恨’，也有人‘驾长车踏破贺兰山缺’！”

苏冠兰无言以对。

教授谈到法国画家德拉克罗瓦[1]的油画名作《自由领导人民》。画面中心位置是一位裸露着半个胸脯，既像圣母又像劳苦妇女的“自由神”。她一手抓枪一手高举旗帜，带领市民阶级冲锋陷阵，脚下是崩溃的旧营垒和横陈的尸体。

“在漫长的历史岁月中，每当发生动荡和战乱，这幅画就被从展厅送往仓库，乃至有人戏言‘自由神已经认识了通往仓库的路’。”凌云竹像在讲坛上授课似的，侃侃而谈，“一幅画何以具有那么巨大的威慑力？因为画面上的一切在召唤民众，投身革命。”

苏冠兰和丁洁琼像课堂中的学生般认真倾听。

教授接着谈到美国长篇小说《黑奴吁天录》。

“不管怎样，这只是一部小说，属文学艺术范畴，也就是‘对国家的强盛和民族的复兴没有作用’的那类东西。但是，林肯总统却称赞这部小说‘发动了我们伟大的战争’。”

1 德拉克罗瓦（1798—1863），法国画家，其代表作《自由领导人民》创作于1830年。

“是吗？”苏冠兰被吸引住了。

《黑奴吁天录》出版于一八五二年。作者斯托[1]夫人是白人，她对黑奴悲惨命运的描绘强烈震撼了广大美国白人的心灵，激活了他们的人性，促成了北方主张废除黑奴制度的共和党人在大选中获胜，和林肯于一八六〇年当选总统。南方农奴主随即发动叛乱，南北战争由是爆发。

“之所以说是‘伟大的战争’，是因为那场战争推翻了罪恶的奴隶制度，成为美国历史的转折点，使美国由黑暗走向光明，从奴隶时代一步跨入了现代社会，从此走向文明，走向强大，走向今天！”

苏冠兰和丁洁琼都睁大了眼睛。

“中国也不例外。”凌云竹接着说，“譬如，前年春初，上海发生了工人起义，起义的工人和贫民中流行《黄浦江号子》《码头歌谣》《赤旗飘飘》和《上海工人进行曲》等歌曲，他们高唱着这些歌曲坚守工厂、码头和仓库，高唱着这些歌曲向军阀部队发动进攻……”

“是的，是的。”苏冠兰兴奋起来，“当时我在济南，很多学生都会唱这些歌。我特别喜欢其中的《黄浦江号子》，觉得它的

1　斯托（1811—1896），美国女作家，其代表作《黑奴吁天录》（林纾、魏易译，即《汤姆叔叔的小屋》）深刻地影响了美国废奴运动和此后的美国社会。

旋律别具韵味，特别浑厚、沉郁和悲壮。我当时想，我若是在上海呀……”

“你就冲上去了。”

“对！”苏冠兰大声说。

“你说最喜欢《黄浦江号子》，可是，知道它的作者是谁吗？”

“不知道。”

“他叫丁宏。”

苏冠兰蒙了，怔怔地看看教授，又望望琼姐。没待他反应过来，火车头已在厉声嘶鸣。他往窗外一瞥：“啊，到南京了。”

列车缓缓驶入南京站。

苏冠兰蹬上坐椅，帮着把凌云竹夫妇的几口大箱子从行李架上拎下来：“东西很重啊。”

“有人来接。”凌云竹关心的是另一件事，“你真的不能在南京逗留一两天吗？”

“真遗憾，不能。”苏冠兰说着，避开丁洁琼失望的眼神。列车终于停稳了，各节车厢上下早已人头攒动。

“年轻人，你会为此后悔的。”教授叹息。

“真高兴在这段旅途上结识你们伉俪。”苏冠兰换个话题，“能不能留个地址给我，以便我今后求教？”

“放心，”凌云竹说，“你很快就会知道我们的通信方式。”

苏冠兰身强力壮，帮完凌云竹夫妇又帮丁洁琼。姑娘的东西很少，只有一只网兜和一口缀有梅花鹿斑点的小皮箱。不待苏冠兰将全部行李拎到车下，一个职员模样的中年人已经带着两名仆役气喘吁吁地赶来了，对着凌云竹夫妇点头哈腰，抱拳拱手，殷勤备至，并立刻动手往一辆小板车上搬那些大箱子。苏冠兰对凌教授说：“看来我蒙对了，您还真是来南京当官的。”

凌云竹笑笑。宋素波问：“洁琼，你直接去金陵大学吗？”

“是啊。”

“凌先生和我会来看你的。”

“应该是我去看望你们。”

“先去学校报到吧。”凌教授说着，回头把右手伸给苏冠兰，一字一顿，“再见了，后会有期。像你这样能给我留下深刻印象的青年，还不多见。你充满生机，求知欲强，乐于助人，临难不苟免，勇于探索和拼搏，富有正义感和爱国心，实属难得。我期盼有朝一日你能成为栋梁之材。”

凌云竹夫妇跟着那个职员和两名推车的仆役往出站口走去。待他们从视野里消失，苏冠兰回过头来，正好碰着丁洁琼感伤而痛苦的眼神。少女的两颗眼睛噙着泪水，显得清澈而潮润。苏冠兰避开那目光，讪讪道：“琼姐，你熟悉南京吗？”

“我这是第一次到南京。”

“凌教授本来可以顺便把你带去金陵大学的……”

少女瞥他一眼：“不就是有意让咱俩单独相处一会儿吗？”

苏冠兰不敢往下想，往下说。他伸出两只胳膊，右手抓起自己的藤箱，左手抓起少女的鹿皮箱和网兜，与琼姐并肩走向出站口。在出站口旁一座花坛边，两人不约而同，停下脚步。苏冠兰把那些沉甸甸的行李放到水门汀地面上。

“你就不能在南京逗留一下吗？”少女以渴求的眼光望着苏冠兰，“哪怕只是一两天。”

“我何尝不想……”小伙子看看手表，又瞅瞅不远处那列即将开往济南的客车，支吾其词，“不过，齐大的校规比地狱的还要苛酷——如果有地狱的话。”

丁洁琼勉强笑笑。

苏冠兰加以说明：“从开学的第一天、第一分钟开始，到学期的最后一天、最后一分钟，都非常严格。比方说，开学那天迟到一分钟也不行，迟到就会受处分，不管你今后的考绩乃至总考绩怎样好，哪怕每次都考满分，哪怕学分完全够了，也不管用。第一名的资格和奖学金等等，一切奖掖一律取消。”

“你得过第一名吗？”琼姐带着打量的眼光。

“从来没有落下过，我总是第一名。”

“所以你就觉得世界上没有更美好的东西了，是吗？”

“琼姐！”苏冠兰哑然失声。

丁洁琼扭过脸去，望着别处。

“我还不至于那么鄙俗吧。”苏冠兰咬住嘴唇。

“那么，你为什么坚持不肯在南京逗留几天呢？我再说一遍，哪怕只是一两天。”丁洁琼转过脸来，目光灼灼，嗓音微颤，简直是哀求，“冠兰，你想过没有呀？哪怕只是短短的一两天，可能就会发生非常美丽的事情！”

苏冠兰怦然心动。他觉察到了自己的胆怯。他避开琼姐的视线。

少女目不转睛：“况且，你在南京又不是没有亲人。”

“亲人，”苏冠兰摇头，“别提我那父亲了，一言难尽。”

“你在南京没有别的亲人吗？”

“别的亲人，”苏冠兰想了想，“还有妹妹。”

“姐姐呢？”

“我没有姐姐。”

“没有？”

“没有。真的，连堂姐、表姐也没有。”

“哼，没有，没有。”丁洁琼的眼神和语气中满含幽怨。

“不，琼姐！”苏冠兰喊道。他突然领悟了什么，却再度哑然失声。他动情，欣喜，爱意涌动，却又感到咽喉被什么堵住了。

丁洁琼却全神贯注地注视某处，仿佛对眼前的一切视若无睹，身边这个小伙子也已不复存在。苏冠兰顺着她的视线看去，发现花坛上摆着几盆兰草，深绿色的叶子肥大茂密，生意盎然。尽管连一丝风也没有，那些叶片却好像迎着气流在摇曳，在冲着少男少女轻笑颔首。

苏冠兰怦然心动。他想起在松居医院病房里，琼姐深邃的眼神和动情的话语："今后不管在哪里，只要一看见兰草，我就会想起你的！"

苏冠兰清楚地记得，当时他避开琼姐的目光，心脏怦怦直蹦，像要蹦出口来。他知道，假如当时继续与琼姐如此相互注视，如此亲近，再持续几秒钟，真不知道会发生什么事情。想到这里，苏冠兰将琼姐的双手一把抓过来紧紧握住，激动地喊道："琼姐，你听我说。"

少女转过脸来。

"琼姐，虽然这次我不能在南京停留，但是，我的心留在了南京。"苏冠兰面红耳赤，结结巴巴，"因为，从此，我在南京又有了一个亲人。"

丁洁琼望着小伙子，眼神中充满温柔和爱意。

"琼姐，"苏冠兰一字一顿，"这个亲人就是你！"

"冠兰。"丁洁琼的泪水夺眶而出。

"琼姐，"苏冠兰的两眼也饱含泪花，"你知道我此刻在想什么吗？"

小伙子想拥抱琼姐！紧紧地拥抱，抱得双方都喘不过气来，抱得你中有我我中有你，抱得两人融为一体。

“我知道，知道，知道。”少女喃喃道。她觉得面庞滚烫，浑身发软，马上就要站不住了。她渴望自己缩小，缩小，更加缩小，整个蜷缩在苏冠兰的胸怀中。她用眼神和表情表达着这种渴望，也用眼神和表情鼓励苏冠兰。

呜、呜——

火车汽笛嘶鸣。苏冠兰回头看看，不错，开往济南的那趟列车即将开动。

两人都想说话，还想说很多很多；但是，奇怪，一个字也说不出来。丁洁琼的双手被苏冠兰握得很紧很紧，少女因此感到剧痛；她在疼痛中体验着从未有过的快意，承受着苏冠兰以这种方式表达的爱情，任由泪水扑簌簌直落，不动弹也不吱声。

呜——

火车头再度厉声嘶鸣，揶揄着两颗依依不舍的心。

齐鲁风烟

列车沿津浦线隆隆北上。

离济南愈来愈近了，苏冠兰也越来越觉得压抑和苦痛。

一九二八年五月，日本军队侵占济南，制造了“五三”惨案。至一九二九年六月，济南的形势才算平稳下来。又过了一阵，苏冠兰得以动身返回齐鲁大学。经历了一番浩劫的济南，成了什么样子啊？他决定提前下车。白马山站是南郊小站，苏冠兰熟悉这一带的山野和乡村。他想从这里步行返校，以便有个适应过程。列车中午抵达白马山站。小伙子拎着藤箱下了车，有时搭乘偶然碰见的驴车马车，有时步行。一些地方是日军去年进攻的阵地，许多农舍只剩下黑糊糊的残垣断壁，战壕、地堡、铁丝网、弹坑和新坟比比皆是，疮痍满目。

小伙子坐下稍憩。环顾四周，方圆七八里内多是起伏不平的丘陵和山包。纵目北望，远远可以看见齐大校园。为了表示对中国传统文化的认同，教会学校的主要建筑一律被设计成仿中国古代宫殿的歇山式。这种楼房一般来说并不会很高，齐鲁大学的也不例外。唯独教堂保持着中世纪的西方风格，钟楼像利剑般直指蓝天。

砰！

突然传来一声枪响。隔得很远，声音清脆。

枪声来自齐大方向。发生了什么事？苏冠兰起身眺望。

砰、砰、砰，杂乱的枪声连续响起。距离越来越近，一些子弹从苏冠兰的头顶上嗖嗖掠过。隐约听见乱哄哄的叫喊声。苏冠兰爬上高地，远远看到军警在山坡丛林间出没。

苏冠兰走下山坡，继续行进，脚下那条弯弯曲曲的土路通往齐鲁大学。时隔一年，土路已经被荒草杂树和壕沟掩体湮没了。穿过一片树林，跨过一座由两块条石搭成的小桥后，在土路转弯处，有个大汉猛冲过来，跟苏冠兰撞了个满怀，双方都人仰马翻。苏冠兰手里拎着的藤箱摔了好远。他急忙爬起来定睛一相，不禁叫出声来："啊，鲁宁！"

"是你，苏冠兰。"鲁宁一骨碌爬起来。他的右手始终紧握着一把手枪。看清楚是苏冠兰之后，他用袖口擦一把汗，回头看看。鲁宁比苏冠兰稍矮，身躯壮实，皮肤黝黑，浓眉深目，脸庞宽阔。眼前的他穿着浅蓝色竹布大褂，撩起的下襟深深扎在腰里。

"老鲁，发生了什么事？"

"他们发现了我。"

“发现了你什么？”没待鲁宁答话，苏冠兰看见对方额头在渗血，“哎呀，你受了伤！”

“没关系，擦伤。”鲁宁拍拍苏冠兰的肩膀并顺势推开他，“我得马上走。”

“不行，老鲁。”苏冠兰瞄瞄四周，枪声越来越近，越来越密集，“你这样跑不出去的。”

“跑不出去，让他们抓活的？”

“不是这个意思。”苏冠兰急忙脱掉上衣，“快，咱俩换着穿。”

鲁宁挡住苏冠兰：“这不是害你吗？”

“我自有办法，快。”苏冠兰将浅灰色学生装上衣抖开递给鲁宁，“快换上，兜里有钱。”

都换上对方的衣服之后，苏冠兰推了鲁宁一把：“过了小石桥往东，半里路外有条小溪，沿着溪流往上游跑。”

砰、砰、砰，枪声更近了。子弹不断从他俩的身旁和头顶掠过，发出丝丝尖啸。细碎的枝叶纷纷落下。已经能听见追捕者的脚步声和吆喝声。

鲁宁走了两步，又回过身来，猛地抱住苏冠兰。这拥抱可能只持续了几分之一秒，却那么热烈，那么有力！鲁宁借助这个短暂的动作将苏冠兰身后扫视了一遍。

待鲁宁消失在小石桥那头，苏冠兰将藤箱往桥墩下的深草中一藏，回身换上鲁宁的浅蓝色竹布大褂，撩起下襟，拔腿奔跑。他忽紧忽慢、曲里拐弯地跑着，故意留下脚印，折断树枝，踏倒草丛。果然，追捕者循踪而来，枪声、叫喊声和脚步声紧紧尾随其后，愈追愈近。苏冠兰爬上一处山坡，扭头一看，五六百英尺开外跟着二三十名追兵。

苏冠兰攀上杂树丛生、乱石峥嵘、地势险峻的山顶，伏在草莽中窥视。一大群追捕者包抄上来，不停地鸣枪壮胆。子弹擦着山坡往上飞，碎石和草屑四处迸溅，扑打着小伙子的面颊和身躯。

“那小子没处逃了！”

“上呀，上！”

“抓活的，赏大洋！”

军警们叫嚷着，吆喝着，却一个个缩头缩脑，蹑手蹑脚。苏冠兰知道他们要“抓活的”，不敢轻易打死他。此外，他们仍然以为他是鲁宁，而鲁宁手中有枪！

鲁宁是齐鲁大学医学院学生，线条粗犷，皮肤黝黑，稳健厚道，也给人某种神秘感。有人说他是“赤色学生”，甚至有“共党嫌疑”，但都只是说说而已，没人深究。很多学生乐意跟他来往，苏冠兰是他的好友之一。

一九二八年四月北伐军包抄济南，准备消灭军阀张宗昌的势力。齐鲁大学有史以来第一次发生学生运动，出现了标语、传单、讲演和集会。学生们涌向街头，与其他学校串联，对市民进行宣传。所有这些活动都带有明显的反日色彩。而包括校长在内的教职员和神职人员也一反常态，不再像过去那样严厉管束学生。

齐大学生宿舍一般是两人一间。苏冠兰则一直住单间。那天夜里有人敲他的房门。开门一看，原来是一副古怪打扮的鲁宁：剃着光头，穿着粗布褂，蹬着黑布鞋，满身尘土，满眼血丝，面黄肌瘦，像个疲惫不堪的车夫。苏冠兰这才想起鲁宁确实越来越神秘了：学校里不见他的踪影，倒是有人说他化了装在市区出没，有人说发现他到郊区跟北伐军接头，还有人说他就是个共产党，等等。

鲁宁要苏冠兰给他弄点吃的，还要在这里睡上一觉。苏冠兰二话没说，都给安排好了，同时也就明白了关于鲁宁的那些传说是怎么一回事。

半夜，鲁宁从酣睡中醒来。苏冠兰摆了饭菜和酒，两人边吃边谈。很快就言归正传，谈中国，谈日本，谈政治，谈这次战事和济南的形势。鲁宁说，日本人将山东视为他们的势力范围，并因此将北伐军进入山东视为对他们在华利益的侵犯，表示绝对不能容忍，决定派青岛、天津的两支日军火速开赴济南。北伐军进占济南后，双方对峙，形势严峻。五月一日上午，北伐军一位营长、一名少校副官和四名连长，带着几个士兵因找房子路过一处路口，被五十多个日军和日本浪人抓去后，用刺刀全部捅死。二日上午，日军在济南闹市区布防，禁止中国军民外出。同时杀戮频发……

“五月二日，不就是今天吗？”苏冠兰讶然。

“不，是昨天。现在是五月三日凌晨三点。”鲁宁掏出怀表看看，起身道，“谢谢你，苏冠兰。我得走了。”

苏冠兰问：“你去哪儿？”

鲁宁瞅瞅苏冠兰，不吭声。

“我也去。”苏冠兰站起来。

“你去哪儿？”

“你去哪儿，我就去哪儿。”

“不行！”鲁宁语气决断，回身跨出房门，迅速消失在夜幕中。远近枪声密集，炮声隆隆，大地颤动，熊熊火光映红了夜空。

五月三日全天，形势急剧恶化。已有英国驻济外交官死于“流弹”者。美、英两国采取措施，加强对领事馆和侨民的保护，同时加紧中日之间的“调停”。齐鲁大学校长查路德博士挺立在校门口，向企图强行闯入校园的日军提出强烈抗议，带领职员张贴用中、英、日三种文字书写的大幅告示，指出齐大校区系美、英产业，日军不得擅入或以炮火相威胁。同时以校长室名义严禁学生外出。凡此种种，使齐大成为战火纷飞中一座相对安全的孤岛。尽管如此，远在北京的苏凤麒先生仍备受煎熬，要求查路德必须想方设法地救出他的独生子苏冠兰。查路德不得不加紧与美、英领事馆联系，成功办妥此事。日军允许齐鲁大学校长一辆共坐四人的专用汽车，悬挂美、英两国国旗，于五月十六日上午穿过火线驶往北京……

就在苏冠兰动身前的一刻，五月十五日深夜，鲁宁又来了。他更加消瘦，极度憔悴，衣衫褴褛，双臂和脸庞上还有划痕和血迹。可以看出他度过了一些怎样的日日夜夜。

“老鲁，”苏冠兰说，“我马上要离开济南了。”

“我听说了，来看看你，也算给你送行。”

苏冠兰感到奇怪。知道他即将离开济南的一共只有三五个人，鲁宁从哪里听说的？但苏冠兰不问。鲁宁也不解释，自顾自地摸出一支皱皱巴巴的纸烟，凑在蜡烛上猛吸了两口，一闪一闪的红光照亮了他铸铁般的脸庞。

“我上次是五月二号夜里来你这儿的吧？”

“是的。”

鲁宁告诉苏冠兰，就在那天，五月二日上午，两个日本兵强奸了一位名叫黄咏兰的小学教员。黄老师痛不欲生，抢过一个日本兵的刀想自杀。日本兵以为黄老师想杀他们，便像疯狗一样扑上来，用刺刀先挖出黄老师的两个眼珠，再割掉她的两个乳房……

苏冠兰听着，目瞪口呆。

“事情发生在一家茶炉店的后院，两个野兽为了泄愤，还把茶炉店女掌柜的双手砍了下来！”鲁宁说着，使劲吸烟，脸色铁青。他还告诉苏冠兰，北伐军山东特派交涉员蔡公时，早年曾留学日本，五月一日率部前往济南。五月三日，日军将蔡公时及其部属共十七人捆绑起来严刑拷打。当蔡公时用日语提出强烈抗议时，日军竟将他的耳朵、鼻子割去，接着又把他的舌头、眼睛挖去；然后架起机关枪对他们疯狂射击。

五月三日全天，日本人在济南烧杀抢掠，几千中国军民被杀。八日，日军在南郊炸毁辛庄弹药库，占领张庄、辛庄及白马山车站，进攻党家庄车站守军，大肆屠杀居民。九日晚，西城根一条街被烧光，居民无一幸存。十一日济南失陷后，日军更是杀红了眼，把装有中国人尸体的大批麻袋投入黄河或运往青岛投入海中。

“起码死了六七千人。不仅人死得多，还死得特别惨！”鲁宁不停地吸烟，面色阴沉，“如果今后史书辞书上有‘五三’惨案这一条，说的就是今天的济南。”

“老鲁，形势如此险恶，这一段你怎么过来的？”苏冠兰问。

鲁宁并不回答。他掏出怀表看看，起身将手伸给苏冠兰：“我该走了，你也该走了。咱俩后会有期。”

翌晨，一辆挂着美、英两国国旗的福特轿车从齐鲁大学开出，穿过硝烟和废墟，颠簸着朝北驶去。

“不许动！”

“站起来！”

“举起手！”

军警们从四面八方收缩了包围圈，直将它缩到一间屋子大小。

一个个黑洞洞的枪口和一把把白晃晃的刺刀从四面八方对准苏冠兰，发出嘈杂刺耳的金属碰撞声。军警们喘着粗气，不敢进一步靠近，仿佛面前不是一个学生，而是一颗炸弹。

“到底让我怎么办呀？”苏冠兰仍旧趴伏着，满含委屈，“不许我动，可又让我站起来举起手。”

“少废话！”一个瘪脸军官大声吆喝，“先站起来，再举起手。”

“咦，怎么变了模样呢？”一名驴脸警官打量着苏冠兰，满脸狐疑。

“是呀。”瘪脸跟着皱起眉头，继而叫道，“喂，你是什么人，怎么到这里来的？说！”

苏冠兰骂骂咧咧地爬起来。几名军警趁势猛扑上去，七手八脚挟持住他，将他全身上下搜了一通，直到证实了没有手枪也没有炸弹才松开。他咧开嘴笑着，使劲掸衣裤上的尘土，连连啐口水。

“他娘的，你还敢笑，笑！”一个大兵一枪托砸过去。苏冠兰闪身躲过并怒喝道：“你们这群狗杂种，想干什么？”

“什么，你还敢骂我们！”那大兵抢上一步，挥拳要打。苏冠兰立刻做骑马桩，蜷曲双拳，端起膀子，像要进行反击。大兵们一阵骚乱，气氛骤然紧张起来。瘪脸军官喝住士兵们，两眼仍在苏冠兰身上骨碌碌打转：“你倒是说呀。”

“说什么啊？”

“你是什么人，叫什么名字，怎么到这儿来的？刚才为什么逃跑，想逃到哪里去？”

“逃跑？我根本没有逃跑，我为什么要逃跑？”苏冠兰双手一摊，“我是齐大学生，经常来这里游逛，采集标本，考察地质。今天听见枪声和叫喊声，不知道出了什么事，特别是子弹从我头顶上嗖嗖飞过，把我吓坏了！于是，我想躲远点。”

又一个挎手枪的矮个子军官走了上来。这家伙一脸麻子，皮肤黝黑，面色阴沉，两只三角眼滴溜溜直转。他个头虽矮，官阶却高，所有军警都对他毕恭毕敬，瘪脸军官和驴脸警官都叫他“高参谋”，还贴在他耳边唧唧喳喳了一阵。最后，他哼哼了两声，往前走了几步，朝苏冠兰上上下下打量了一会儿，带着鼻音，问：“唔，你，是齐大的？”

小伙子点点头。

“什么名字？”

“苏冠兰。”

“哪个系的？”

“化学系。”

“认识鲁宁吗？”

“认识，认识。”苏冠兰连连点头，“你说的是医学院那个鲁宁吗？”

“你跟他，什么关系？”

“同学关系呀。”

“哼，同学关系。”麻脸冷冷一笑，沉吟片刻后，“说吧，为什么帮他逃跑？”

“谁帮谁了？”苏冠兰眨眨眼，“还有，谁逃跑了，鲁宁吗？”

“年纪不大，倒挺狡猾的，哼。”

正在这时，高参谋身后有点动静。他扭过麻脸瞅瞅，接着整个身子都转过去，打着手势连连点头：“请上来吧，牧师。”

哪个牧师，牧师到这山野里来干什么？苏冠兰一怔，紧接着就从闪开的军警中看见了那位牧师，失声叫道：“啊，卜罗米！”

与此同时，卜罗米也瞅见了他；目光对接的一刹那，其惊讶的程度不亚于苏冠兰。但牧师很快就镇静下来了，脸上甚至挤出一丝笑意，只是面颊上的肌肉有点抽搐。

“啊，是冠兰，冠兰。”卜罗米说着朝麻脸军官点点头，“高参谋，别弄错了。他不是歹徒。他叫苏冠兰，齐大的优等生。”

“牧师，这是怎么一回事呀？”苏冠兰盯着卜罗米。

“哦，没什么，没什么，恐怕是误会，显然是误会，肯定是误会。”卜罗米连声道，“政府捉拿逃犯，那家伙是从齐大跑的，往这个方向跑了。他们让我来辨认一下。”

“他们说是要捉鲁宁……”

“哦，这个这个，我不清楚，不清楚。”

“你连这都不清楚，来辨认谁呢？”

“全校就这么多学生，我至少都还认识吧。我只需辨认一下是不是咱们的学生。”

“如果是齐大的学生又怎么样呢？”

牧师不想纠缠这个问题。他换上惊讶的表情，打量了一下苏冠兰，又环顾了一下四周：“咦，冠兰，你怎么到了这里？”

“我刚从上海回来。我从前常在这一带采集标本、考察地质。阔别一年多了，今天特意在白马山下车，想沿途看看。”

“回来了就好，回来了就好。是呀，阔别一年多了，你高了，壮了，更精神了，学问肯定也大大长进了。哦，你稍等一会儿，我跟他们说说，消除误会，嘿嘿。”卜罗米牧师将高参谋和瘪脸军官、驴脸警官拉到一边，交头接耳，嘀嘀咕咕。但见那三个人连连点头，还先后朝他立正敬礼，接着让那二三十号人马集合，排成一字纵队，下山回城去了。之后，卜罗米扭头问道：“冠兰，你的行李呢？”

“太多，托运了，回头去车站提取。”

“你从来穿的是学生装呀。”卜罗米打量了苏冠兰一眼。

“我后来觉得穿长衫也挺好的。”

“呃，好，好。”牧师说着，还往前做了个手势，“咱们回学校去吧，边走边谈。”

卜罗米牧师是中国人，从国籍和血统方面说都是中国人，但是长相很像洋人。由此产生了一个传说，说他是美国传教士跟中国女人的私生子。他从齐鲁大学神学院毕业后在英国和意大利的几家修道院当过修士，又到美国参加纽约基督教教育基金会的工作，被该会派回中国，在齐鲁大学任职。他为人谦逊，温文尔雅，忠于职守，兢兢业业，办事能力强，面面俱到。他得以兼任校长室秘书和小教堂牧师两项重要职务，除有纽约基督教教育基金会的支持外，还因为得到了查路德校长的赏识。

卜罗米本姓卜，但原本并不叫卜罗米。卜是中国“百家姓”之一。他后来取教名卜罗米，是为了表现对普罗米修斯的崇拜。中国人常将普罗米修斯译作“普罗米修士”，恰好卜罗米当时正在当修士。普罗米修斯曾为人类盗取天火并因此触怒主神宙斯，被巨链锁在高加索山的悬崖上，每日被神鹰啄食肝脏，夜间伤口愈合，天亮神鹰复来。他虽受如此酷刑的煎熬折磨，却始终无怨无悔。欧洲的小说、诗歌和绘画自古就以普罗米修斯象征不惜为人类幸福牺牲一切的英雄。

卜罗米牧师对所有教职员和学生都彬彬有礼，对苏冠兰更加关照。苏冠兰却一直不喜欢他，多数教授和学生也不喜欢他。一些顽皮的学生还利用那个缺德的传说，给他取名“杂种修斯”。这绰号还不胫而走，在全校广为人知。

半个多钟头之后，两人沿着那条弯曲土路走进齐鲁大学后门。分手时，卜罗米叮嘱道：“冠兰，快去办公楼办手续，可别迟到。”

卜罗米说的是在籍生的开学报到手续。即使牧师不提醒，苏冠兰也不会忘了这一点。不是为了遵守这种地狱式的规矩，他会那么急地离开琼姐，赶回济南吗？！

“好，好，我马上就去。”苏冠兰连连点头。

“啊，冠兰，还有一件事——”卜罗米拖长声音，“报到之后，请你到杏花村来一下。”

“杏花村”是齐鲁大学校长室的别称。苏冠兰从来不愿意去那里。因此，他犹豫道：“有事吗？”

“没事会请你吗？”牧师耸耸肩。

“什么事？”苏冠兰感到不安。

卜罗米微微一笑：“肯定是好事！”

杏花村里

齐鲁大学分设文、理、医、神四个学院，矗立着五座宫殿式的主楼，由上百幢房屋组成一片建筑群落。苏冠兰跑步到办公楼办妥了报到手续，又钻出学校后门仍然跑步前进，从荒草中找回了藤箱。回到学校已是黄昏。他原来住在“芝兰圃”乙舍，这次仍被安排住在那儿，只是换了一间屋。芝兰圃分两部分，甲舍住神学院和英语系的单身教授和讲师，乙舍住理学院的十来个学生。苏冠兰一直住单间，现在这间屋里却摆着两张床，已经住进了另一个学生。那是一个面孔浑圆的矮个子，口齿伶俐，活泼直爽。他自我介绍名叫朱尔同，家在青岛，刚考进齐鲁大学英文系。

“其实我真想学的是美术，而且想去欧洲留学。”朱尔同说，“我进英文系图的就是这个。学好英文，再选个第二外文，当然是法文，就好办了。”

“学美术是得去法国。”苏冠兰随口道，“不过，文学院宿舍在东边，怎么让你住到这里来了？”

“不知道，他们让我住哪就住哪。”

正说话间，有人敲门。

苏冠兰一看是卜罗米，连声道：“好，好，我马上去，马上去。”

外面夜色浓重，已是晚上九点以后了。

“你还饿着呢。”卜罗米说着，递过一个纸包来。苏冠兰打开一看，嗬，是面包、三明治、煮鸡蛋和火腿香肠，还有一听罐头。

“多谢多谢！”苏冠兰这才发现自己早已饥肠辘辘，马上就着一杯开水开始狼吞虎咽。吃完，他一抹嘴，朝朱尔同摆摆手：“我去杏花村一下。你要是困了，先睡。”

校长室在一座篱笆和溪水环绕的花园中。小溪上有一座满是青苔的石拱桥，篱笆上爬满青藤，篱门上悬挂着隶书“杏花村”匾额。园内遍栽花木，长着几棵杨柳和十几株杏树。每逢春季，杏树一半开白花，另一半开淡红色花，校长室因此得名杏花村。夏秋之交，杏花早就没有了，不过团团浓绿倒也别有风姿。绿树簇拥之中有一座造型别致的两层小楼，既是校长室所在，又是校长宅邸。苏冠兰来到小楼前，拾级而上。没待他拉响门铃，两扇橡木大门忽然悄没声息地打开了，卜罗米牧师微笑着出现并默默做了个“请进”的手势。

穿过曲折的走廊和一两间屋子后，到了校长的书房兼办公室。这里布置得怪怪的：尽管夜色已深，仍然悬挂着紫色绒质帷幔，严密地遮挡了全部窗户。像中世纪的欧洲府第那样，花枝状烛台上燃着蜡烛，橘黄色的光摇曳着，给书柜、地毯、沙发、茶几、地球仪、壁柜、壁炉、油画和摆钟等所有东西全涂上一层浑浊的褐黄，显得斑斑驳驳。壁炉上方有个硬木制作的十字架，钉着一尊跟真人一般大小、紫檀木雕就的“受难的耶稣”。

苏冠兰自幼及长一直在教会学校读书，有时也参加礼拜，读读圣经，听听布道，但并不是教徒。他是学化学的，从原子、分子和高分子的结构中，他找不出上帝的位置。他常看各种各样的十字架和耶稣的苦像，但感觉漠然；唯一例外的是齐鲁大学校长室中的这尊，每次看见，他都感到脊背上凉丝丝的。

一张很大的红木写字台上堆满了书籍、经典、文件和文具。高背安乐椅中端坐着一位体态魁梧、面目慈祥的长者。他看似四十来岁，却已秃顶；黄眼珠，薄嘴唇，高而宽阔的鼻子，丰腴的面庞上肌肤略显松弛，后脑勺围着半圈很长的棕色鬈发。此刻，他正在阅读什么文件。他身穿深色府绸对襟大褂，这种深色使他胸前挂着的银质十字架更显得突出。这个十字架只有火柴盒大小，上面也没钉着耶稣。

苏冠兰跨进屋子，鞠躬，轻声叫道：“校长。”

“哟，冠兰！”查路德博士抬起头来，脸上顿时绽出笑容。他的“国语”很标准，声音浑厚低沉，像男中音歌唱家似的。现在，他缓缓起身，搓着双手，绕过大写字台，边走边说："我说了多少遍，不要这么客气，不要叫校长，就叫查叔叔好了。你不等于就是我的亲侄子吗？"

查路德拥抱苏冠兰，用自己的面庞碰了碰年轻人的双颊，拍拍他的脊背和肩膀，将他推远瞅瞅又拉近瞄瞄："分别一年有余，嗬，晒黑了，健壮了，筋肉更结实了，甚至连身材好像也更高了，总之更帅了。哦，我对你说了这么多，你打算对我说些什么呢？"

"我要说谢谢您，校长。"

"哦，谢谢我。为什么？"

"为了去年五月——"

"那既是因为有你父亲的嘱托，更是上帝赋予我的责任。"查路德感慨地摇摇头，"不过，冠兰，说实话，当时的处境确实非常危险啊。"

"是的，是的。"苏冠兰惴惴不安，"不过，校长……"

"有什么事，你尽管开口。"

"这么晚了，叫我来杏花村，有什么事吗？"

"不是叫你来，而是请你来。"校长微笑纠正道，"卜罗米牧师难道不是这样说的吗？"

"是的，是的。"苏冠兰连连点头。

"是这样的，冠兰，"查路德做了个手势，"我想让你得到一个意外的惊喜——"

苏冠兰顺着校长的手势看过去，但见壁炉旁一张高背雕花扶手椅上端坐着一位长者。他年约半百，面孔瘦长，皮肤红润白皙，额头宽阔突出。鼻子很高，鼻梁像刀刃，鼻翼两侧的细纹像硬弓般伸向深陷的嘴角，嘴巴紧抿着。两道浓密的黑灰色眉毛下嵌着一双深邃的眼睛，长长的眼角向两侧挑起，眼珠也斜着深藏在双眶内，让人无法看清。胡须修剪得体，像眉毛一样呈黑灰色，两撇唇须显然是涂抹了匈牙利须蜡，不然不会像锥尖般翘起。

苏冠兰失声叫道："爸爸！"

长者正跷着二郎腿，在烛光下翻阅摆在膝头上的一部厚重的、深色封面的十六开精装大书。书的扉页上用钢笔写着几行英文——

To my dear old friend Lund Charles

（赠给我亲爱的老朋友路德·查尔斯）

Yours,

Fengqi Su

（你的苏凤麒）

August 12, 1929

（一九二九年八月十二日）

合上大书，可以看见封面上的烫金书名*Celestial Mechanics*

& Cosmic Measurement（《天体力学与宇宙测量》）和同是烫金的Cambridge University Press, 1929（剑桥大学出版社，1929年）字样。

高背雕花扶手椅对面摆着一张椅子，其坐垫比苏凤麒坐着的这张约矮三英寸，靠背约矮一英尺，且造型很普通，不带任何雕饰。苏冠兰挪到这张椅子前，落座，双手搁在膝上，低声问："爸爸什么时候到的，从哪儿来？"

"昨天。北平。"

"您，还好吗？"

"好。你呢？"

"我在圣约翰的情况，您都知道……"

"在齐大呢？"

"您也知道……"

"我不知道。"

"我刚回来……"

"什么叫刚回来？"

"就是说，今天才到济南……"

"今天什么时候？"

"今天，哦，中午……"

苏凤麒教授终于转过脸来，望着儿子，换成比较平缓的语气："我这次从北平来，是为了看看你。此外，你知道，我还一直兼着齐大数学天文系主任——"

苏凤麒瞅了瞅，茶几上那只精美的洋铁筒中还剩三支古巴雪茄。他挑选了一支，拿起洋铁筒旁那把小巧玲珑的镀金雪茄剪，小心翼翼地裁去烟头，然后将雪茄叼在嘴上，不慌不忙地划燃火柴，使劲吸了一口，又徐徐吐出烟来。

"您去北平做什么？"苏冠兰没话找话。

"可能要筹建香山天文台，我得去看看。"

"不是已经决定了建紫金山天文台吗？"

"我更中意香山！"

辛亥革命后南京临时政府设国家观象台，负责行政管理事务，和历法、天文、气象、地磁、海潮等的观测研究。北洋政府将这个机构迁往北京，把苏凤麒博士从英国请回来并委任他为国家观象台台长。

蒋介石打垮北洋军阀后，于一九二七年四月在南京建立国民政府，他自己担任国民政府军事委员会委员长，决定将北洋政府的机构凡合用的都迁往南京，国家观象台便是其中之一。蒋委员长敦请苏博士"屈就"南京。

苏凤麒想办成一件大事，就是将筹划中的中国第一座现代天文台台址由南京紫金山改为北京香山。他为此奔走呼号，不遗余力。不过，苏凤麒仍然参与了紫金山天文台的筹建，因为中央政府和中央研究院筹备委员会已经为此做了正式决定，他不能在未来的紫金山天文台没有一席之地。他参与踏勘并选定在紫金山第三峰天堡城遗址建台，研究并决定了台本部、子午仪室、赤道仪室和变星仪室乃至宿舍等六座建筑物的位置和布局，向德国和英国采购大型反光赤道仪、石英双棱镜摄谱仪、目视望远镜及其配套的摄影仪和太阳放大摄影仪、子午环、罗氏变星摄影仪和海尔式太阳分光仪等精密观测器械。苏凤麒曾长期在剑桥大学和格林尼治天文台供职，这使他在天文台建造方面具有任何其他人很难具备的优势。

但是，博士并没有放弃在北京郊区另建一座天文台的梦想，曾多次前往踏勘，并将台址设定为香山。一九二八年北京改称北平，一九二九年成立北平研究院。苏凤麒希望自己能当上北平研究院院长，尤其希望该院能下辖一个天文研究所。这个研究所将与香山天文台两位一体，并由他任所长兼台长……

他就是为这事专程从南京去北平的。又从北平到了济南。

“你，唔，很有作为呀！”苏凤麒吸着雪茄烟，瞥瞥儿子，带着鼻音，不慌不忙。

苏冠兰不吱声。

“你曾经崇拜诺贝尔，立志要当科学家，当大科学家。”苏凤麒仍然睨视儿子，吞吐烟雾，“可是，看来，你彻底改变了初衷。”

苏冠兰仍然不吱声。

“你不再想当科学家，而是要改行当革命家政治家了。你要施展雄才大略，出将入相，定国安邦，开天辟地，扭转乾坤……”

“我不懂您的意思。”苏冠兰终于开口了。

“不懂我的意思？不，你懂，而且太懂了。”苏凤麒搁下已经熄灭的雪茄，掏出一条洁白的丝帕，一面仔细揩拭左手无名指上那只镶着一颗淡紫色钻石的白金戒指，一面缓缓道，“而最能表现你大无畏革命精神的，当数你今天下午冒着生命危险救助那个共产党逃亡者的凛然义举了。”

苏冠兰屏住呼吸，心脏紧缩。

“我说这些，你当然更不懂了。如果我追问呢，你就会编一个童话，说是从上海匆匆赶回济南，为了考察地理而在白马山车站下了车，却无缘无故地听到了枪声，莫名其妙地遇到了军警，等等。”苏凤麒将跷着的二郎腿换个摆法，左腿搁在上面换成右腿搁在上面，不过两条腿仍在微微晃悠。他摆摆手，仍然微微眯着两眼：“咳，够了，别再表演了，别以为你的童话天衣无缝，居然骗过了那么多军警。说实话，你之所以没有被抓走，只是因为有你父亲这块金字招牌。这一点，你可千万别弄错了。你这套演技连一般人都瞒不过，还能瞒过你专门探索宇宙奥秘的父亲吗？！”

屋中暂时安静下来。查路德校长依然坐在安乐椅上，半闭着眼睛，似听非听，没有表情。苏凤麒教授继续轻拭左手无名指上那颗钻戒，两只瘦削的手白皙而柔软，手指长而灵活。尽管烛光暗淡，但淡紫色钻石仍闪烁着光彩。

苏冠兰知道，那只钻戒非常著名，它的拉丁文名字叫作Cometa（彗星）。

“好了，我不想多说什么了。”博士终于收起丝帕，又拿起那大半截雪茄，一面找火柴一面说，“不过，既然上帝安排了我跟你是父子关系，我就应该对你负责。”

苏冠兰注意倾听。

“我必须对你采取若干措施，以防你误入歧途，弄得不可收拾。”苏凤麒说着，擦燃火柴，重新点着雪茄，深深吸了一口，“这些措施中的一项，就是最近给你完婚。”

“完婚？”苏冠兰一惊，希望自己是听错了。

“是的，而且是最近——这次我在齐大逗留期间。”

“跟谁……结婚？”

“当然是跟菡子，你们是未婚夫妻嘛！”

“不。”苏冠兰起身。

“什么不，不跟菡子结婚吗？”

苏冠兰点头。

“什么，你想悔婚，你胆敢违抗父命？”苏凤麒也站起来，正言厉色，“你说说，为什么不跟菡子结婚？”

苏冠兰低着头，不说话。

“嫌她没有才学，高攀不上你这大学生？”

“不……”

“嫌她相貌丑陋？”

“不是……”

“她品德不好？”

“不，不是……”

“那，到底是怎么回事？”老人目光炯炯。

苏冠兰默然。

“你拒绝跟她结婚，总得有点理由呀！”

“我不爱她。”苏冠兰结结巴巴，“我跟她，没，没有感情。”

“没有感情？”苏凤麒勃然作色，“感情是什么东西？我跟你母亲结婚时，不仅没有感情，连面都没见过呢。”

苏冠兰不敢正视父亲的面孔。那张面孔正由白转青，每一块肌肉都在抽搐。博士发现雪茄又熄灭了，试图再次点燃，但连续几次都失败了。好不容易点燃了，博士猛吸两口又使劲呼气，团团烟雾弥漫开来。其实，烟雾早已弥漫在整个房间，充斥在每个角落，使苏冠兰乃至查路德都感到难受。然而，他俩都隐忍着，不说什么。苏凤麒的面孔越来越白，还渗出涔涔冷汗。他终于离开高背椅，走到一张大皮沙发前，一屁股坐下，全身都深陷在里面，大口喘气。

“冠兰，你看你看，把你父亲气成什么样子了。”查路德起身将深紫色的帘帷拉开一道缝隙。一股新鲜空气乘虚而入，使人顿感舒适。查路德又走到苏凤麒面前，从他手中取过雪茄，掐灭，然后一面轻轻为他捶背，一面看着苏冠兰，口气中含着责备："你倒说说，为什么不愿意跟玉菡结婚？"

"我不爱她。"苏冠兰还是那句话。

"你父母结婚之前确实连面都没见过，当然无所谓爱。但是，爱是可以产生的，感情是可以培植的。你的父母就是这样，很多中国夫妇都是这样，他们婚后的琴瑟和谐、生儿育女证明了这一点。"

"他们是他们，我是我。"

"现在我想问一句，"查路德注视苏冠兰，"你不爱玉菡，那么，你爱谁呢？"

苏冠兰激动起来，想大声叫喊：我不爱谁，我没有爱谁。我还年轻，还没有经历过爱情。但是，我有爱的权利，我期盼爱情！但是这些话尚未出口，便已戛然而止。他从前能这样说，今天仍能这样说吗？事实是他已经开始了初恋，那种只在小说诗歌中感知过的感情，那种深情，激情，爱情。

苏冠兰一直疏远父亲，讨厌父亲，但又仰赖父亲，依靠父亲，不能没有这位父亲，不敢违拗父亲的意志。今天成为他命运中的一个转折点：他竟敢当面拒绝父亲了！而这显然只是今后一连串拒绝的开始。是谁给了他这个勇气？是琼姐，是他对琼姐的爱情，是他与琼姐的爱情。如果没有琼姐，他绝不会表现得如此倔犟和勇敢。他肯定又会无条件屈服，接受父亲的安排。

“说呀！”苏凤麒的一声断喝，使苏冠兰惊醒过来，“回答校长的话，你到底爱谁？”

年轻人重新看见父亲那张因盛怒而白中透青的脸。他避开父亲的目光，倔犟地沉默着，摇摇头。

“你摇头，是什么意思？是表示你并不爱谁，还是你根本就拒绝回答问题？”

苏冠兰仍然不吭声，躯体也纹丝不动。

苏凤麒一拍沙发扶手，霍地站了起来。

“别急，别急，我的老朋友！”查路德赶忙上前，使劲摁住苏凤麒，一迭连声，“冠兰还是个孩子，是个孩子，是个大孩子！别看他人高马大，其实并不懂事……”说着又回身直冲苏冠兰使眼色，“你先去吧，去吧！冠兰，好好考虑考虑。你父亲是为你好，为你好啊！”

香山深处

山西忻州有一座基督教堂——福音堂。牧师查智善是英国人，来忻州传教已四十年。他穿中国衣服，说中国话，而且是一口地道的忻州话，还取了这么个中国名字。他原名查尔斯，而查尔斯无论作为姓还是作为名在英国都很常见。查是中国“百家姓”之一，“智善”则来自基督教的基本教义：宇宙间有一个全智、全善、无所不在、无所不能的上帝。

光绪十六年（一八九〇），福音堂附近出现了一个十一二岁的乞儿，衣衫褴褛，骨瘦如柴，但相貌端正，眉清目秀。查智善与之攀谈，得知小乞儿名叫苏凤麒，凤凰的凤，麒麟的麒。

几个月前的一个夜晚，这孩子拿着星图和望远镜，邀小朋友叶楚波一起攀上山顶的古烽火台，寻找一颗新出现的彗星。但天气陡变，风狂雨骤，山洪暴发，道路阻断，两个孩子走投无路。泥石流吞噬了村落和宅院，包括苏、叶两家；两个孩子虽因外出而幸免于难，却同时沦为孤儿和乞儿。两人后来分手，苏凤麒流落忻州，叶楚波往汾阳方向去了。

查智善收留了苏凤麒，让他在福音堂充当侍童兼歌童。后又收为养子，让孩子叫他“爸爸”。其时查智善已经六十三岁，与苏凤麒的年龄差距相当于祖父和孙子的。

查智善通晓数学历算和多种语言文字，熟谙中国文化。他将自己的学问悉心传授给“儿子”，并很快发现这孩子在数学、天文、语言和音乐方面有着惊人的天赋。一八九二年秋，六十五岁的查智善动身返回英国，将十四岁的中国儿子也带走了。老人住进伦敦北郊的一所修道院，在一所大学兼授汉学课程。苏凤麒则被送进一所公学。这所男子学校曾栽培出许多著名学者和高官显宦，这是第一次接收黄皮肤黑头发的中国男孩。一八九五年，苏凤麒考入剑桥大学。

剑桥位于英格兰中部，在伦敦以北约五十英里，是一座古朴典雅的小镇，绿林掩映，濒临碧波荡漾的剑河。人口仅数万，清静异常，满眼是中世纪古建筑，大小教堂尤多。公元一二八四年，这里最早出现了彼得学院，后来陆续创建了别的学院，逐渐形成了剑桥大学。

苏凤麒在圣约翰学院攻读数学和天文学。获博士学位后在圣约翰学院任教，很快升为教授，并在格林尼治天文台任职。他渐至著作等身，当上圣约翰学院院士，成为国际天文学联合会会员和皇家学会会员。

公元一六七五年，查理二世下令在大伦敦东南部泰晤士河畔一处高坡上建立皇家格林尼治天文台，测绘天图，帮助海上舰船定位，确立计时手段和编纂天文历书，等等。这个天文台一七〇五年公布的《英国天文志》，一七六七年开始出版的《航海天文历》，一八八〇年确立的“格林尼治平时”，都是当时世界上顶尖级的科学成果。一八八一年国际地理学会会议建议以通过格林尼治的子午线为本初子午线——它还是地理经度起点和世界时区起点。太阳直射在这条子午线上的平均时间即所谓格林尼治平时，被定为世界标准时间的基准……

苏凤麒就是在剑桥大学和格林尼治天文台这样的地方接受熏陶的。他个人最突出的成就是对小行星和彗星的研究。他对小行星长期跟踪观测，对直径一百英尺以上的小行星逐颗进行标定。他为此编制的“苏氏星表”特别警告某几颗小行星可能“越轨”，并对地球造成毁灭性的威胁。在彗星的起源和构造方面，苏凤麒也提出了全新的假说。他经过周密计算指出，存在一颗以六千万至七千万年为周期绕太阳公转的隐星，隐星每临近日点便导致大量彗星碎裂，从而造成周期性的地球灾变。

苏凤麒的警告引起关注。他预言的小行星和彗星因而被称为“苏星”。他对小行星和彗星的特殊研究得到很高的评价，他因此被授予一九一七年度“伊丽莎白金冠奖”。从来没有天文学家获得诺贝尔物理学奖，在可以预见的将来似乎也没有这种可能。于是，皇家学会和皇家天文学会决定设立“伊丽莎白金冠奖”，以奖掖那些有世界影响的或足以在人类天文学史上留下足迹的天文学家。每位获奖者除证书和奖金外，还将得到一枚贵重的钻石戒指，指环上用英文镌刻着Elisabeth Golden Crown（伊丽莎白金冠）字样，用拉丁文镌刻着该戒指的专有命名（一般是天体名称），用阿拉伯数字刻着获奖年度。而苏凤麒教授左手无名指上那枚戒指的皇冠状钻托上，镶着的是一颗重达三点三五克拉的淡紫色钻石，白金指环上镌刻着拉丁文Cometa和阿拉伯数字1917。

苏凤麒从此有了一个雅号——cometa，也就是中国人说的扫帚星，它通常也被西方人视为disaster star、unlucky star（灾星）。

在剑桥大学，苏凤麒经常到东方学系去，开头是听讲座，后来是开讲座。他讲得眉飞色舞，大厅中总是挤满了人。苏凤麒说西方人一直以为哈雷彗星的第一次目测记录出自公元前一百六十四年的巴比伦天文学家之手，实际上《春秋左传·文公十四年》“有星孛入于北斗”才是人类目测哈雷彗星的最早记录，比巴比伦人早了四百四十九年，比欧洲人早了六百七十多年。苏凤麒指出中国史籍对哈雷彗星的记载多达三十次，这在世界上是独一无二的。他本人正是据此发现了哈雷彗星轨道周期的变化，并因而推算出木星对哈雷彗星的引力。一九一〇年五月，苏凤麒参加了对哈雷彗星的观测。即使是这样一次寻常的观测，苏凤麒也有世界上所有天文学家都没有的重大发现——磁暴。

苏凤麒认为中国古籍《甘石星经》是世界上最古老的恒星表，断言中国人于公元前六四四年正月有了人类最早关于流星雨的记录，前六八七年有了人类最早关于天琴座流星雨的记录，公元一〇五四年在世界范围内最早发现“亮星”，即现代天文学上的超新星爆炸，等等。苏凤麒认为伏羲时代的“司分”“司至”等是专司天文、季节和物候观测的官职，前五九四年确立的十九年七闰法比西方同类历法早一百六十年，前六二六年至前五九一年中国人用以确定季节和时辰的日晷是人类最早的计时工具。鲁隐公三年二月己巳（前七二〇年二月二十二日）日全食，是《春秋左传》记载三十七次日全食中最早的一次，比世界上公认最早的古希腊希罗多德记录的日全食要早一百三十五年。苏凤麒确认《尚书·胤征》中的“乃季秋月朔，辰弗集于房”是人类最早的日食记录，比此前被公认为最古老的、《巴比伦年代纪》所载公元前一〇六三年七月三十一日的日食早了整整十个世纪！

苏凤麒在每次讲演和每篇论文中都强调：创造古印度、古埃及和古巴比伦文明的人类都湮灭了。居住在今天印度、埃及和两河流域的是“外来的入侵者”和“后来的征服者”，根本不是创造过当地当年灿烂文明的人群，就像“盘踞”在今天中南美洲的西班牙人的祖先并非玛雅文明的创造者一样。苏凤麒甚至断言，他脚下的这片土地也是如此！“野蛮的盎格鲁人、撒克逊人和朱特人”的血腥入侵使大不列颠列岛变成了所谓的联合王国。在地球上，在全世界，古代文明连同其创造者一起延续至今，乃至一次又一次同化了“蒙昧的入侵者”的事实，只在亚洲东部的神州大地上发生过。这本身已经说明了中国文化无与伦比的博大精深。如此伟大的文明，必将最终征服、同化整个人类世界！

苏凤麒的高论经常激起一片喧嚣。一些人咒骂他是“黄祸”，是“疯人”，是“汉武帝与成吉思汗的杂交种”，等等。在西方，这类论战本来是没有结果或是若干世代之后才能看到结果的。意外的是，这些口水战在中国国内引起了一位人物的注意，那就是蔡元培。

蔡元培比苏凤麒年长十岁，一九〇七年在柏林结识了正在那里讲学的苏凤麒。蔡元培任北京大学校长后礼聘苏凤麒为北大“外籍教授”。苏凤麒回信道：“我可以当北大教授，但不能当北大外籍教授——显然，您不知道我一直保持着中国国籍。”

一九二四年五月，苏凤麒回中国定居并担任国家观象台台长和北京大学教授——前者是蔡元培举荐的，后者是蔡元培聘任的。蔡元培先后当过教育总长、北大校长和大学院院长。一九二八年大学院改为中央研究院，蔡元培是第一任院长。一九二九年组建北平研究院，苏凤麒亟望蔡元培能“提携”他当上该院院长。

用苏凤麒的话说，国家观象台台长的权力只限于南池子的衙门院内，经费无从谈起，连职员薪饷都常年拖欠；下辖观测台站在全国范围内也只有几座，且一律设备简陋，举步维艰。苏凤麒雄心勃勃，想借重千年古都的文化积淀和学术氛围，将北平研究院经营成一个集数学、物理学、天文历法和光学仪器研究为一体的重镇，并在北京大学或老朋友司徒雷登执掌的燕京大学内设立相应系科，不然就干脆另立一所大学。苏凤麒决心以这一切为依托，有朝一日建成他梦寐以求的，堪与格林尼治天文台媲美的香山天文台！

苏凤麒已经跟英美一些基金会、大学、学会和天文台谈妥了。只要敲定了台址，它们就会从财力和学术上鼎力相助。条件是天文台建好后，它们可以参与观测研究和分享成果。苏凤麒就是为了实现这个目标，于民国十八年（一九二九）八月下旬的这天，不辞劳苦再到香山的。

一辆黑色道奇牌轿车来到香山，沿着蜿蜒的山间公路爬行，最终停在一片空地上。那里十分静谧，一片断壁残垣隐现在荒草杂树之中，山谷中雾气氤氲，四周古木参天。轿车停稳后，一个戴眼镜的年轻男子首先下车，毕恭毕敬地拉开后座门。苏凤麒拄着手杖，不慌不忙地钻出来，将草帽扶扶正，环顾一下周围："黎濯玉，你是第一次到香山吧？"

"是的，是的，"黎濯玉连连点头。他刚从美国留学回来，在大学给苏凤麒当助教，在观象台给苏凤麒当秘书。

“你看这里怎么样？”

“似乎比紫金山还好。”黎濯玉又连连点头。

“我说了嘛，哼！香山海拔一千八百八十六英尺。喏，看，那里，最高处，香炉峰，也叫鬼见愁。”苏凤麒指指远处，“而紫金山的海拔呢，是一千四百七十二英尺。”

黎濯玉仍然点头：“哦，香山要高出四百一十四英尺呢。”

“不仅是高度问题。香山的空气澄明度要好得多。紫金山除有尘埃、烟雾等外，还有越来越强烈的灯光干扰，以及江南浓重的水蒸气屏障。”苏凤麒说，“好啦，前面没有公路了，咱们三个人只能都迈开双腿了。”

苏凤麒说的“咱们三个人”，包括司机。

“金大定二十六年即公元一一八六年在此修建永安寺，后改名香山寺。”苏凤麒刚迈开步子，又停下来，指指隐现在荒草杂树之中的废墟，“香山由此得名。”

“哦，地因寺名。”黎濯玉又点头。

“七八百年来香山寺多次毁于火焚，屡毁屡建。最后一次毁于一八六〇年，是英法联军纵火的结果。今天，喏，从这片废墟仍能看出香山寺当年的气派。”

“是的，是的。”黎濯玉还是点头。

“好啦，走吧。”苏凤麒掏出怀表瞅瞅，“找一条没趟过的路。”

司机走前面。苏凤麒拄着手杖，兴致勃勃地跟在后面。黎濯玉挎着大包走在最后。

“香山名胜很多：阆风亭，森玉笏，琉璃塔，见心斋，玉华山庄，昭庙，等等。”苏凤麒兴致勃勃，边走边说，“建筑物疏密适度，错落有致，与周围自然景物融为一体，堪称人间仙境。今后在这里建了台，我们就都成了活神仙。”

苏凤麒不时停下来，查看地图，摆弄罗盘，端起望远镜远近眺望，用红蓝铅笔在地图上圈圈点点，在拍纸簿上随手记录些什么。山势越来越陡峭，山径越来越崎岖。山谷中的树丛越来越密，而且颜色浓重，交织成一层层的紫红、绛红和褐红。显然，这里海拔较高，使树叶早早地受到熏染。不知不觉已经走了几个小时，方圆十数里内阒无人迹，一切都像是凝固了。周围很美，美得像一幅油画。

“这里是什么地方？”苏凤麒似乎流连忘返。

“谁知道呀，”司机说，“这可真是一条没趟过的路。”

“我所看过的地方，这里最好。”博士仿佛自言自语，“地形好，空气澄净，特别安静。”

但这安静立刻被打破了，不知什么地方响起了钟声。奇怪的、略显喑哑的、颤颤悠悠的钟声很神秘，像是从天堂或地狱传来。

“这是教堂的钟声。”苏凤麒一摆手，“咱们都渴了。走，去讨点水喝。”

又趔趄了好几里路，三人爬上一处山坳。纵目望去，眼前景物奇特：一座褐红色绝壁直插青天，峭壁上错落分布着一些建筑物，包括一座顶端有十字架的钟楼，几座平房和一座两层楼房。它们前临悬崖，后靠绝壁，险峻异常，只有一条羊肠小道与外界相通。不见一个人影，没有一丝声息。加之危崖高耸，给人一种阴森森的感觉。

苏凤麒深深吸一口气，好久不说话。最后，他重新拄着手杖，迈开脚步。其他两人不吭声地跟在他身后。从这里到教堂约半英里，那条唯一的羊肠小道崎岖不平，稍不小心便会失足堕入深渊。

终于走到院门前了。圆形的门洞很高大。门扇用厚重的木头做成，黑漆剥落，好像从来就没有打开过。门洞上方横嵌着一块黑底木牌，尽管木牌上字迹的金漆剥落，仍能辨认出Saint Virgin Convent的字样。门洞一侧则竖挂着另一块黑底木牌，尽管金漆亦剥落，也仍能辨认出楷书书写的汉字“西山经院”……

苏凤麒伸手拉了拉门铃，同时朝两个同行者悄声道：“这里面全是天主教修女，你们可别胡乱说话和走动。”

司机问：“您怎么知道的？”

“Saint Virgin Convent是拉丁文圣女修道院的意思。圣女不只是一般的修女，还必须是处女。”

“嗬。”不仅是司机，连黎濯玉都发出感叹。

一种窸窸窣窣的声响自远而近，好久，才听得门内有一个沙哑的嗓音："谁？"

"嬷嬷，"苏凤麒说，"我们是过路的，讨口水喝。"

大门上有个长方形小门，小门上开着个巴掌大的窗孔。这窗孔咔嚓一下打开了，孔中露出一双被皱纹缠得密密麻麻的眼眶，里面嵌着两颗幽幽然的眸子。十几秒钟后，小门打开了。老修女是中国人，瘦得像是一袭黑色长袍裹着的一副骨架。她默默做了个"请进"的手势。

"嬷嬷是院长吧？"博士问。

"是的。"嬷嬷领着客人们往里走，"先生呢，我看像是一位教授。"

"是的。"

"先生从欧洲回来？"

"是的。"

"从英国回来？"

"是的。"苏凤麒奇怪起来，"嬷嬷怎么知道的？"

"英国人，或在英国长期生活过的人，走到哪里都会带着一股英国气味。"

苏凤麒发现，老修女并不是一副骨架，并不是那么冷漠和刻板，而且，似乎也带着一股"英国气味"。

修道院所有建筑物都像碉堡般坚实厚重。房屋的窗户很少也很狭小，好像里面的人讨厌那本来已很稀少的阳光似的。三位客人在老修女的带领下，沿着石块铺砌的小道和台阶曲里拐弯地走着。

须臾，一行人来到一座两层楼前，进入一间很像客厅的屋子。里面的摆设朴素而陈旧，但很洁净，所有的桌椅板凳和木沙发都一尘不染。一名同样身着黑袍而眉目端正、肤色苍白的中年修女送来水瓶和水杯，又默默地退了出去，始终没有抬头，不瞥客人们一眼。

“喝吧，后面悬崖上淌下的泉水，滋味极好。”老院长动了动身子，让自己在一张高背椅上坐得更舒服些，同时指指水瓶水杯，“我八十一岁了仍然健康，就是因为天天饮这里的泉水。感谢主——是主赐给我们这眼甘泉，让我得以终身与这眼泉水相伴。”

老修女说着，画了个十字：张开右手五指，先从前额移到胸部，又从左肩挪到右肩。

“贵院是修道院，”苏凤麒边啜泉水边问，“为什么又叫经院？”

“经院就是学校，比叫修道院更中国化一点。”嬷嬷解释，“我们这里一直没有外学，只有内学，专收修生，除了研习宗教教义外，还研习孔夫子式的读、写、算，以及‘七艺’。因为是在中国，又因为是女修院，所以，还要学女红，习儒学。”

欧洲的修道院教育发展历经了十几个世纪。开头设文法、修辞和逻辑学三门课程，称“三艺”。后来增加了算术、几何学、音乐和天文，统称“七艺”。高级神职人员多有学问，即源于此。外学收世俗子弟，内学则训练修生，也就是决定将终身奉献给教会的人。

嬷嬷介绍，这里的修女最多时有二三十个，现在则连她在内只有五人，年岁也都大了。刚才送水的那位是最年轻的，也五十多岁了。不过，近几年仍有好几位年轻而且堪称杰出的女性请求到这所女修道院来。她们有的原本就是修女，想从别的修道院转来这里；有的则是企盼侍奉上帝的少女和学生。

教会在中国和世界各地都有组织，有宣传网络。教友和平民要了解教会和教义，了解各个教堂、修会、修道院和神学院乃至教廷的情况，是很容易的。哪怕是眼前这座深山里的也不例外。因此，有修女乃至少女想投奔这里的说法是可信的；但是，这种说法越是可信，苏凤麒就越感到不是滋味。他是一位父亲，膝下有一子一女，他像所有父亲一样，非常爱自己的孩子，希望他们终身幸福。这幸福的最大含义之一，就是此生此世拥有美满的婚姻和家庭。此时的他首先想起了自己五岁的女儿。别说五岁了，女儿出世五个月、五十天甚至仅仅五天的时候，他这做父亲的就开始想象和设计孩子的未来，未来的一切，包括未来的婚配。他哪怕在睡梦中也从来没想过女儿会出家。如果有人胆敢说他的女儿有朝一日可能成为尼姑或修女——他会立刻抡起手杖，敲打对方的天灵盖！

"但是，我们没有轻易答允。"嬷嬷不紧不慢地说着，嗓音依然沙哑。随着时间流逝，背负斜阳的悬崖绝壁已经黯淡下来，显得更加险峻，更加阴森森的：“我们要为她们着想，也要为修道院考虑。这里过于偏僻，要年轻修女终身守着这么个地方，太不容易。她们必须像中国古话说的那样，心如古井中的死水……”

“是的，是的。”苏凤麒觉得话不投机，而且从时间上说也该告辞了。正要欠身，院长却望着他问道：“敢问先生贵姓？”

“敝姓苏。”

“我已经说了，先生是一位教授。现在看来，先生还是一位名教授，很有成就、很有身份的教授。”

“这个这个，就算是吧。”

“先生今天光临，是缘分，也是上帝的旨意。”

苏凤麒点点头，嘿嘿着。

“有一件事不知能否拜托先生？”

“请说，请说。”

“我刚才说了，有几位年轻女性想来我们修道院，其中还有女学生。”

“哦哦。”

“我特别中意其中的一位，我想上帝会像我一样喜欢她。我希望不久能让她接替我，成为这所修道院的院长。”

“哦哦，这个这个，这样的事情，我能做些什么呢？”

“我想拜托先生打听一下这个女学生的真实情况。先生既是名教授，交游肯定很广，这种事应该不难。”

“我试试看，试试看。”苏凤麒急于起身，“我今天就要赶回城区。她是哪所学校的？”

“齐鲁大学。”

“齐鲁大学，”苏凤麒愕然，“齐鲁大学在济南啊。”

“是的，就是那个齐鲁大学。”

“齐鲁大学哪个系的？”

“她是齐鲁大学医学院的高才生。”

“齐鲁大学医学院，”苏凤麒忽然紧张起来，“名字，年岁？”

“才十九岁呢，名叫叶玉菡。”嬷嬷起身道，“意思是玉琢的荷花——挺美的名字，不是吗？”

“哦哦，这个这个……”

“我去拿那位女学生的信来，对了，还有她的照片。”

“不用了，不用了。我都知道了，知道了。”苏凤麒面色苍白，大汗淋漓，连连摆手，“这事我会放在心上，绝对放在心上。我会立刻去办，立刻去办。谢谢嬷嬷的款待，谢谢。天色不早了，我们就此告辞，就此告辞！”

大学校长

在英国，查智善牧师也总是用山西方言跟苏凤麒交谈，跟孩子一起回忆当年，回忆中国，回忆山西和忻州。一八九八年苏凤麒满二十岁，正在剑桥求学，查智善特意安排他第一次回中国探亲访友。这时的苏凤麒，用他自己的话说，除了脑袋还是"圆颅型"之外，从举手投足、穿着打扮、生活习惯、风度仪表到一口纯正的伦敦腔，已俨然是个年轻英国绅士的模样了。

苏凤麒尊重养父的主张，决定回中国娶妻，并于而立之年即公元一九〇八年完成了这个使命。新娘安氏是忻州的大家闺秀。安顿好新婚的妻子，给忻州福音堂捐了一大笔钱之后，苏凤麒只身返回英国。媒人没有撒谎，新娘确实很漂亮，而且知书识礼。不幸的是，苏凤麒在新婚之夜才发现安氏裹着一双小脚。这就是婚前"连面都没见过"的结果，据说这也是他从来不带妻子出国的真正原因。

一九〇五年，查智善以七十八岁高龄辞世。苏凤麒非常悲痛。

可堪告慰老人的是，此时的苏凤麒已经步入了事业的辉煌。从一九〇八年回中国娶亲至一九二四年回中国定居，这十六年间苏凤麒每一两年回中国一次，每次住两三个月，捎带搜集天文学和算学方面的古籍，考察古代天文设施。一九一〇年，儿子苏冠兰出世。直至一九二四年，苏凤麒才又添了一个女儿，取名苏珊娜。这时他决定举家迁居太原。这里有安氏的一些近亲，还有英国人办的教会中学和教会小学，而博士历来对英国人的一切都情有独钟。然而定居太原不久安氏即病逝。这促成了苏凤麒下决心回国。他没有忘记自己身为父亲的责任。他想，自己在外漂泊半生，现在必须直接关爱两个孩子了。

苏凤麒未再成家。除北京大学教授的身份外，他还是教育部六位"部聘教授"之一；除国家观象台台长职务外，他还有别的一大堆官衔。军阀混战不断，北洋政府头目换了一个又一个，苏凤麒的地位却稳如泰山。无论谁当总统、总理或总长，都对他敬如上宾。一九二八年北洋军阀崩溃，蒋介石定都南京之后，也对苏凤麒优礼有加。

苏凤麒博士公务缠身，实在无力照顾孩子。这是他让一对子女长期在太原接受亲友照顾的原因。儿子苏冠兰一九二七年从太原一所教会中学毕业，考上清华大学。恰在那节骨眼上，苏凤麒到了济南一次。他兼着齐鲁大学数学天文系主任，每年要去视事和讲学一两次。从济南回来，他让清华划掉苏冠兰的名字，接着为儿子办理了齐鲁大学的入学手续。

苏凤麒教授在剑桥大学东方学系开讲座时，前来听课的学生之中有一个瘦高个红发青年。后来得知那人叫查尔斯，从剑桥大学神学院毕业后进了研究生院。像所有准备当神父牧师的人一样，查尔斯相貌端正，口齿伶俐，一表人才。他比苏凤麒小十岁，当时才二十多岁，是个美籍英国人——这很好，博士喜欢青年，喜欢英国人，更喜欢叫“查尔斯”的英国人，因为所有这些使他想起了恩重如山的查智善。老牧师原名就叫查尔斯。

查尔斯曾两次利用假期随苏凤麒去中国，对这个东方古国产生了浓厚兴趣，从此倾心汉学。一九一六年他获神学博士和东方学学士学位后回到美国，一直在争取赴中国工作的机会，终于如愿以偿。

英美基督教会最早于一八六四年在中国山东兴办学堂。这些书院于一九〇九年合并更名为“山东基督教大学”，在中国叫作齐鲁大学，后分设理、医、文、神四所学院，成为中国最早的教会大学。

齐大的经费由设在纽约的基督教教育基金会提供。路德·查尔斯从英国回到美国后，就在这个基金会供职。因为他通晓东方学和汉学，到过中国，能说流利的中国话，熟悉华北地区的风土人情，又是个美籍英国人，还因为他认识大名鼎鼎的苏凤麒博士，于是在一九二一年被派往中国，到齐鲁大学任神学院教授兼小教堂牧师。他的身份和经历有利于调和校内英美两派势力的斗争，有利于齐大在中国的存在和发展。传教士到华后一般都要取个中国名字，苏凤麒说："你就顺理成章地叫查路德吧。"

苏凤麒早就认识同是山西人的孔祥熙。孔祥熙后来春风得意，踌躇满志，官越当越大，但一直很敬重老朋友苏博士，也很关照博士的朋友查路德牧师。苏凤麒一九二四年回国时，三十六岁的查路德在孔祥熙的帮助下刚当上齐鲁大学校长兼神学院院长。苏凤麒还给了查路德一个面子，即答允兼任齐大数学天文系主任。

因此，查路德对苏凤麒感激不尽。

苏凤麒博士位高权重，原本用不着查路德的感激，但几年后却用得着了。那是一九二七年四月，他到齐大讲学，一天下午在杏花村，博士与牧师并肩缓行，观赏烂漫的杏花。苏凤麒有点神情恍惚，低声道："查路德，你得帮我一个忙。"

"说吧，吩咐吧，我一定照办，一定。"查路德连连点头。

"我想请你当我两个孩子的教父。"

"这个这个，这个教父，我怎么当呢，需要我做些什么？"

"我想让两个孩子都来齐大就读。"

"冠兰，他，他不是刚考上清华吗？清华挺好的嘛。"

"我更中意齐大。"

"唔唔，那好，那好。不过，珊珊好像才几岁呀。"

“是的，三岁。”

“那，上齐大幼稚园吗？”

“不是珊珊。我想放到齐大的，是菡子。”

“哦哦，菡子，菡子。”查路德沉吟，“你说过，她考上协和了啊。”

“我想让她改进齐大。”

“齐大哪个院系呢？”

“她想学医，就放到齐大医学院吧。”

“唔唔，这个这个，那好那好，就这样办，就这样办。”

当年的小乞儿苏凤麒被忻州福音堂收养，同为小乞儿的叶楚波则被汾阳县城附近的一位贫苦塾师收养，后又成为塾师的赘婿。多年之后叶楚波也成了塾师，也很贫苦。养父和妻子去世后，他与独生女儿玉菡相依为命。玉菡因自幼生活清贫，个头不高，身体单薄，性格内向，沉默寡言。这女孩早熟，懂事，里里外外的家务事都能操持，既勤快又能干；精心照料长期生病的父亲，还聪明好学，能写一手好字。

苏凤麒很重感情，专程从忻州去看望过叶楚波几次。随查智善赴英国之前，专程到汾阳向叶楚波及其养父一家辞行时，他还倾囊倒箧，将自己带的钱都送给了他们。苏凤麒以后每次回中国，到山西，总要去看望叶楚波，送钱给他。公元一九一〇年，苏凤麒因妻子待产专程赶回中国时，恰逢叶的妻子在生下女儿后死去。女儿虽然侥幸保住了小命，但极其孱弱，体重不足四斤，还喘着气，发着烧，啼哭不止。叶楚波贫病交加，走投无路，正不知如何是好。苏凤麒赶紧又是掏钱又是温言劝慰，抱起孩子往附近一家小医院跑。

“男孩女孩？”医生往耳朵里塞听诊器。

“女孩，女孩。”苏凤麒大汗淋漓。

“多大了？”

“两天，哦，不，三天。”

“什么名字？”

“叶，叶玉菡。”博士忽然想出这么个名字。

“你是孩子的什么人？”医生从老花镜片上方打量苏凤麒。

“我是，对了，我是她爸爸。”

“你贵姓？”

“姓苏。”

“姓苏？你是她爸爸，她怎么姓叶呢？”

“你少啰唆一些好不好！”博士一拍桌子。

“哦哦，您别生气，别生气。”医生慌忙道，“敢问，您是不是苏凤麒苏老先生？”

“你认识我？”

“这方圆几百里，谁不知道您呢？”医生抱拳拱手，一迭连声，“您呀您呀，名不虚传，气势如虹！”

“好好好，快给孩子看病吧。”

叶楚波仍然病着。两天后，苏凤麒留下一笔钱，供他延医买药，然后抱着女婴回忻州。两个月后，他的儿子苏冠兰出世，两个摇篮并排摆着。又过了两个月，他才动身赴英国。他嘱咐，待叶楚波病愈或基本恢复，有能力照顾婴儿了，再考虑将菡子送回去。

可是，叶楚波从此一直病着，只是病情时轻时重而已。女儿每年都被送回他身边短暂地住住，或三五天，或十天半月，就又回到苏家。苏凤麒的妻子安氏将玉菡视为亲生女儿。小女孩叫她“妈妈”，叫苏凤麒“爸爸”，跟苏冠兰就像亲姐弟，读书后也一直在同一所学校和同一班级。

苏凤麒一九一七年回国探亲，听说叶楚波病危，自己直接赶往汾阳，让人接来冠兰和玉菡。病榻上的叶楚波抓住苏凤麒的一只手不放，嘴唇不停地哆嗦，泪水不断流淌，但已说不出话来。苏凤麒用另一只手抚摩着老朋友的额头和面颊，双眶闪烁着泪光，连声道：“你看得很清楚，这么多年了，我们两口子确实是将菡子看作亲生女儿的。”

叶楚波气若游丝，紧抓着的手渐渐松开，却仍旧目不转睛。

苏凤麒迎视着老朋友：“菡子聪明懂事，我会让她尽量多读些书的，中学，大学，出洋留学，能读多少就读多少。”

叶楚波显出欣慰之态。

“还有一件事，趁现在跟你说说。”苏凤麒略微停顿，“菡子跟冠兰刚出世就在一起，相处得很好。我想给他俩订下终身之约，你的意思如何？”

叶楚波流露出一抹笑意，缓缓合上眼帘。

叶玉菡与弟弟冠兰同时进入一所教会小学。举家迁居太原后，又和冠兰同时进入一所教会中学。从小学到中学，姐弟俩都表现出很好的天资，考绩始终名列前茅。

苏凤麒很少在国内，很少有机会直接关心和照顾冠兰和玉菡。一九二四年后苏凤麒虽回国定居任职，却多在北京、南京和上海，还经常出国，很少到太原，也就仍然很少有机会直接关心和照顾冠兰、菡子和珊珊。这样拖到一九二七年，冠兰和菡子临近中学毕业之际，博士才发现麻烦了。

幼年的苏冠兰和叶玉菡姐弟相称，两小无猜。进入中学后，两人得知了原来他们是“未婚夫妻”；叶玉菡对此非常欣喜，苏冠兰却截然相反。他愿意并且只愿意玉菡是自己的姐姐，不能接受她成为自己的妻子。

叶玉菡觉察到苏冠兰对她日渐冷淡和疏远，临近毕业时甚至干脆不理睬她了。她非常痛苦，却尽力掩饰着内心，并不主动接近苏冠兰。她在变得沉默寡言的同时在学业上更加勤奋，始终保持着拔尖的考绩。她有一种宿命式的预感：她与苏冠兰是命中注定的夫妻。无论命运中出现多少坎坷曲折，他俩终归会走到一起的，谁也改变不了这一点！

一九二七年初，两个孩子临近毕业了，苏凤麒回到太原，专程拜访教会中学的英国校长。交谈之中，校长愕然："什么，苏冠兰跟叶玉菡是未婚夫妻？我们可一点都不知道，一点也没看出来啊。"

"你们看出什么来了呢？"苏凤麒蹙起眉头。

"他俩像是互不相识。"

苏凤麒点燃一支雪茄，起身踱步。他想来想去，最终想到了查路德。

齐鲁大学的教会积习很深，课业繁重，校规极严。而最大的优势，就是查路德在那里当校长。已经考入清华大学的苏冠兰就这样被强令改入齐鲁大学化学系。同样，已经考入协和医学院的叶玉菡，也是这样被弄进了齐鲁大学医学院。

一九〇六年，英、美等五国教会和伦敦传道会在北京合办协和医学堂。一九一五年移交美国洛克菲勒基金会，后改为八年制的北京协和医学院，其前三年的基础课在燕京大学生物系进行。所以，叶玉菡实际上是从燕大转往齐大的。

这是一九二七年之秋的事。对中国来说，那可是个多事之秋，而且后来长期不得安宁。一九二八年济南事变发生时，那辆挂着英美国旗穿越火线前往北京的福特轿车上，除司机之外，便是查路德、苏冠兰和叶玉菡。苏冠兰到上海圣约翰大学借读，叶玉菡则回燕京大学借读。一九二九年八月，在北京协和医学院改称私立北平协和医学院的那一年，叶玉菡返回齐鲁大学。

就是在燕京大学期间，一度万念俱灰的叶玉菡给圣女修道院院长写了一封信。然而还没得到回信她就结束了借读生涯，动身返回济南。不久，苏凤麒博士也鬼使神差似的深入香山。

博士对未来的香山天文台顿时丧失了兴趣。而且从此之后，没有再产生过这种兴趣了。在黎濯玉的陪同下，他匆匆赶回北平，又赶往济南，住进齐大杏花村。他向查路德和卜罗米询问了儿子自进入齐鲁大学后的所有经历和表现，大为震惊。

从古巴比伦到古希腊，人们把天上闪烁的群星想象成一个个图案，分别用神话中的人物和动物命名，称为星座，并由此派生出占星术。有十二个星座分布在黄道上。太阳每年沿黄道运行一圈，轮流经过这些星座，就像太阳有十二座行宫——黄道十二宫。占星术认为某人出生时太阳在哪一座行宫，就属于这个星座，其命运即与此星座息息相关。而苏凤麒的生辰星位在狮子座。所有星座都有主宰行星，唯独主宰狮子座的不是行星而是太阳！狮子座的形象是一头雄狮；狮子座的人威严，宽厚，激情沸腾，才华横溢，充满活力，仁慈而高傲，自尊而慷慨，并且会凭借这些优势而走上高位。苏凤麒认为，凡此种种正象征着他的性格和为人。他就是一头雄狮，历来不喜欢别人违拗他的意志，甚至不愿意天象变化违背他的计算和预言。可是，今天，他居然不能制服自己十九岁的儿子，这不能不使他惊愕和愤怒！

那次剑拔弩张的谈话持续至深夜。苏冠兰疲惫不堪地离开之后很久，苏凤麒的面孔才略略放松，白中透青的脸色渐趋正常。他沉默着，思索着，啜咖啡，抽雪茄，满屋子烟雾弥漫。查路德不得不把紫色帷幕统统拉开，让外界气流涌入。但牧师始终不吭声，只是偶尔起身或坐下，那模样像是在不断拾掇写字台上和书柜中的东西。

“查路德，”苏凤麒望着幽暗的屋角，轻声道，“依你说，该怎么办呢？”

“依我看，年轻人的这些事，性，爱情，婚姻，家庭生活，等等，除非他们主动来谈，老一辈人无须过问，也不应该过问。”查路德字斟句酌，“他们之中的任何一个，都有上帝给安排的另一半，都肯定有不同于我们的精神理念和生活方式。”

“你这是美国人的观点。”

“我本来就是美国人嘛。”查路德笑笑。

“那你来中国干什么？”博士瞥瞥牧师。

“来传教呀。”

“那你就好好传教，讲经布道做弥撒分圣餐画十字。为什么要当大学校长呢？”

“这里是教会学校，而我是牧师、博士。”

“牧师博士很多，就非你当校长不可吗？”苏凤麒微微眯上眼睛。

查路德沉默下来，避开对方的目光。

“你是个‘中国通’，应该早就听说过中国人的那句俗话：可怜天下父母心。”苏凤麒长叹，“我当初把两个孩子送到齐大，托付给你，请你当他们的教父……”

“我很喜欢冠兰和玉菡。”查路德摇摇头，神情忧郁，语气恳切，“但是，这种事，学校和师长还真不好管。中国人说得好，捆绑不成夫妻，培养感情得靠他们自己。你说你不知道感情是什么东西，结婚前连新娘的面都没见过。那是你，不能指望别人这样，甚至不能指望我这样。你看，我不是一直没结婚吗？我期待的是真情。”

苏凤麒盯着牧师，表情有点怪异。

“对冠兰和玉菡的事，我会尽力而为的。”牧师接着说，“不过，许多事情取决于时间……”

“多长时间，十年吗？”

“这个这个，就在你这次逗留齐大期间，怎么样？”

“我顶多再逗留两天。”

“我试试看。”

壁钟响了。两人倾听——一下，两下，三下，四下。奇怪，此前响钟，他俩怎么会都没听见？

“快天亮了，我得去睡一会儿。”苏凤麒起身，“哦，我再说一遍：校董会的事，我去找找孔祥熙。神学院的事，以划出去为好，至少表面上划出去，你也不兼院长了吧，专任齐大校长好了。但是最难办的就是这个校长问题。我只能说我会尽力而为的，就像你为我的事尽力一样。”

查路德能听懂对方的话。苏凤麒这次来济南的目的之一，就是对他说这些话。南京政府正在收回主权，励精图治，整顿教育。按新的法规，大学董事会成员必须有三分之二以上是中国人；综合大学必须由三个以上学院组成，但不得设神学院。大学的师资、设备、藏书、课目、建筑物和校园区划等必须经全面考核，合格者方能注册登记，等等。所有这些都好对付，唯一使查路德丧魂落魄的是大学校长不得由外国人担任！

“哦，还有一件事。”苏凤麒已经走到书房门口，又回过身来，“你比我小十岁，该是四十一岁了。”

“你的意思——”

“我的意思是，你该结婚了。”

“我还没有考虑这个问题。”

“为什么？”博士打量牧师，“像你刚才说的，是因为等着真情？”

“是呀。”

“查路德，”苏凤麒瞥瞥对方，“你知道人们给你取了个什么绰号吗？”

“这个这个……”

“都叫你‘花和尚’。”

“哪呀，哪的话呀。”即使在烛光下，也能看出牧师脸红了。

“不是这样？哼，不是就好。”

终身大事

僻静的芝兰圃忽然热闹起来。教务长，理学院院长，医学院副院长，化学系的主任、副主任、秘书、教授、副教授和讲师，各色人等川流不息，摩肩接踵，前来“看望”苏冠兰。有人单独来，有人结伴来；有人只坐十几分钟，有人则坐几十分钟。都是劝他结婚的，跟叶玉菡结婚。有人历数叶玉菡的种种好处，有人缕述苏凤麒博士为父之艰难，有人保证他俩婚后可以立刻住上最好的房子，有人说给办手续让他俩尽早双双赴英国或美国留学，等等。

劝婚从上午到下午，从下午到深夜。翌日早晨，说客们就又来了。这些人都有头有脸，都跟苏冠兰认识，都是好意，这使他无法拒绝谈话。他们有的严肃认真，引经据典；有的则深入浅出，谈笑风生。几十个小时之后，苏冠兰头昏眼花，几乎挺不住了。与此同时，卜罗米把朱尔同叫去谈了一次话，要他关照苏冠兰，主要是不能“出事”。牧师说：“只要你把这件事办好了，日后，奖学金呀，毕业呀，谋职呀，出国呀，都好说。哦，你不是一直想去法国留学吗？”

最后一名说客离去后，已经太阳西斜。朱尔同打了饭菜和开水，回到寝室。苏冠兰瘫在床上，两条胳膊垫在后脑勺下，脸色阴沉，望着天花板发呆。

笃笃！有人敲门。

苏冠兰皱起眉头，沉默不语。

朱尔同大声问：“谁？进来。”

出乎意外，推门而入的不是哪位教授或主任，却是芝兰圃的门房老头。

“哦，是你，老申头。”苏冠兰坐起来。

“是这样的，有你一封信。”老申头六十多岁，在齐大干了二十多年的小工和门房。现在，他浑身冒着浓烈的油汗、白酒和烟草气味，他抬起脏兮兮的衣袖，抹抹乱糟糟的胡茬，一面在衣襟内外又摸又掏，一面结结巴巴：“张，张瘸子叫我去，去喝，喝点。他，他说，他说邮差刚送，送来，一大堆信，刚开学嘛，邮件总是特别多，多，多的，是不是？历来都是，都是这样，那，那一年，我在文学院大宿舍和信义斋当门房，也，也是刚开学，有，有一天，你，你猜收到多少封信？嘿，可他妈的害苦了我，我，我到每栋楼，每间房去送，一封又一封地送，送，足足跑，跑了几，几，几个钟头呢……”

“别啰唆，老申头！”朱尔同蹦起来，“什么信？快拿出来。”

“别这样，”苏冠兰喝止朱尔同，对老申头面露微笑，“是我的信吗，老申头？多谢你啦。怎么取来的呀？”

“是，是这，这样的，张，张瘸子说有你一封信，寄到大，大宿舍了。他，他说，卜罗米先生嘱，嘱咐过，有，有几个学生的信，收到了先拿到小，小教堂给卜罗米先生，或，或凯思修士。其，其中也有你。我，我一听，啊呀，全是同鲁宁相好的几，几个学生，恐，恐怕还是为了鲁，鲁宁的事。张瘸子说，待，待会儿，要，要把几封信送，送到小教堂去。我，我寻思你，苏先生，平日为人义道，便乘张瘸子上，上茅房的工夫，把你，你的这封信，偷，偷了出来。”

老申头费了好大的劲，终于找出一封皱皱巴巴、沾满烟末的信，颤颤巍巍地递给苏冠兰，并且继续叽里咕噜：“其，其实，鲁，鲁宁也是个义气的小伙子，是，是好人，好人哪，无奈这种世道，做，做个好人也真不容易……记，记得那回，我小孙女病了，病得要死，只有出的气，没有进的气，家里没有一文钱，急得全家哭，哭作一团！鲁，鲁宁知道了这事，二，二话没说，就，就掏出几块大洋——是白花花的袁大头哪，嘿！后，后来，小孙女的病治好了，还剩，剩百十个铜板……”

老申头说着，抬起油腻腻的袖管使劲擦眼窝。现在，苏冠兰又摸出十来枚铜板塞在老申头手中，笑着拍拍他的背。朱尔同叫道：

“好啦好啦，去醒醒酒吧，糟老头子。”

“谢谢你，老申头。”苏冠兰连声道，“鲁宁确实是个好人。你火眼金睛，最会看人。”

“酒，酒醉，心里明嘛，嘿嘿。”老申头高兴得直咂嘴，“我呀，我火眼，火眼金睛，看，看人不会错的。就说你苏，苏，苏先生吧，不也是个最，最好的人吗？我逢人就，就说……”

老申头终于啰唆够了，摇摇晃晃地离去。苏冠兰得以认真审视那封信。他将沾满的烟末抖掉，把揉皱的信封抹平，定睛细看，粉红色纸面上用紫色墨水书写着娟秀、流畅的字迹。

一股热流迅即涌上来。

“谁的信？”朱尔同凑上来。

“琼姐……”苏冠兰喃喃道。

“琼姐是谁？”朱尔同喊出声来，“好漂亮的字！什么牌子的墨水？紫色，华贵至尊之色，还透着一股芳香呢。金陵大学，嗬，女大学生呀？字这么漂亮，人一定也非常漂亮。对了，是你的心上人吧？难怪那么多人劝你跟叶玉菡结婚，你就是不肯。”

苏冠兰打开房门，往外扫了一眼，回身闩了门，坐在书桌前，顺口说：“别声张。”

“是的，不能声张。”朱尔同吐吐舌头，“能不能让我也瞅瞅？我这一辈子还没见过情书呢！这是琼姐寄给你的第一百封还是第一百四十五封情书？咳，你真幸运。”

“嗓门放小一点，”苏冠兰嘘道，“别多嘴多舌。”

“是，是。我一定谨记：面对别人的恋情，局外人不得多嘴多舌。”

苏冠兰白了他一眼，再次将粉红色的信封抹抹平整，然后取来一把剪刀，小心翼翼地裁开，抽出折叠得异常精巧的信纸。

“哟，拥抱式！”朱尔同叫道。

“什么？”

“这种折叠信纸的方式叫拥抱式，恋人专用。”

“你怎么知道？”

“我当然知道！我在青岛读中学时，同学中就有人干这个了。”朱尔同得意起来，比比画画，“这样折叠，信纸很难打开，稍不小心就会弄破。对了，此外还有热吻式、接吻式、贴颊式，等等，复杂程度同爱情热度成正比。”

“还有热吻式？”

“对，也叫深吻式。可以使人联想到法国式深吻。”

苏冠兰失笑：“最简单的是什么式？”

“点头式，是最低的层次。”朱尔同手舞足蹈，“琼姐这可是拥抱式！你倒是快打开看呀，快。”

苏冠兰脸发热，心直跳。他小心翼翼，像在实验室里操作精密天平一样，屏住呼吸，手指的动作精确而轻微。几分钟后，厚厚一叠信纸终于完全展开。

一帧约半个巴掌大小的照片首先显露出来。

“哎呀，貌若仙子！”朱尔同先睹为快。

是的，确是琼姐，也确实貌若仙子！顿时，几十个小时以来堆积在苏冠兰心头的痛苦烦恼烟消云散。他捧起照片看了好几分钟，才恋恋不舍地放回信封，摊开琼姐来信的第一页。

亲爱的弟弟！

我想，当你看到我的第一封来信时，一定正如此刻的我一样，处于新学期开端紧张而愉快的生活中吧。我强烈地感受到：与你相识，是我的幸福；与你相处，是我的幸福；提笔给你写信，也是我的幸福！今天和今后，我都希望你不会觉得我的信写得太长——永远不要产生这种感觉！我刚动笔，就预料到这封信将写得很长，今后的信也将写得很长。是啊，我期盼着在幸福的阳光中沐浴的时间越长越好！

那天下午，在南京火车站与你依依惜别之后，我出了站，雇了一辆黄包车直抵金陵大学。跟齐大一样，这也是一所美国教会大学。现有文、理、农三所学院，二十多个系。刚办好入学手续，找到宿舍，铺好床，就有人来看望我了。你猜是谁？你肯定猜不到的——竟是凌云竹先生和夫人！

原来，凌先生就是金陵大学的新任校长。而且是金大第一任中国校长，他还兼着理学院院长。他与我们同乘一列火车，就是来南京赴任的。

凌校长和夫人住在学校中的一栋小楼内。他们把我请去，一起吃宵夜，听留声机，还观看了我的舞蹈，听我弹了钢琴。他们说我今后随时可以去他们家，说他们的家就是我的家。我听着，感到温暖。他们还没有孩子，待我有如亲生女儿。

我要求改行，学理科或农科。凌校长笑起来，说我肯定是在火车上受了你的“蛊惑”。看得出他很喜欢你。他说那天本来可以带着我一起出站赴金大的，但他夫人说他“傻”，说他忘了当年的他们，说应该留些时间空间给咱俩，让我俩说悄悄话。

转系问题，凌校长忠告我别见异思迁，先到艺术系读着。他说我漂亮，苗条，音乐感和节奏感强，天生是个舞蹈家料子，缪斯的女弟子。他说必须对我进行一番考察，再决定是否让我改行，以及如果改行，是以理科还是农科为宜。

“哟，你和琼姐已经‘夫唱妇随’了！”朱尔同笑起来，“你学化学，她也马上要改学理科农科。”

“别嚷嚷，朱尔同。”

“遵命！‘亲爱的弟弟’，咱们接着往下看。”

文学院有一位美国女教授，三十多岁，不仅年轻时风姿绰约，漂亮迷人，现在仍然如此。她是个作家，英语和国语说得同样流利，英文和汉字写得同样流畅。她主要写小说，写中国和中国人。她年轻时曾经爱上过一个中国小伙子，但最终跟一位美国农学家卜凯结了婚，因此大家都叫她卜凯夫人。她是美国西弗吉尼亚人，出生几个月后便随当传教士的父母来到中国，在镇江度过童年和少女时代。去美国读完大学后又回中国，仍在镇江当教师，就是在镇江爱上那个中国小伙子的。前些年，卜凯夫人从镇江到南京，在金陵大学和其他两所大学一面教书，一面翻译《水浒传》。她精通中英两种文字，因此译文好极了。我很喜欢她，看来她也很喜欢我。我甚至想，如果不是因为服从你——我亲爱的弟弟的意愿，哪怕为了卜凯夫人，我也会非常乐意在文学院待下去的，并且不一定再习舞蹈，而会去从事文学……

琼姐还写到金陵大学的校园景色，介绍了各院系的情况，谈到几位名教授，还有大学生活的新鲜，玄武湖畔的夜景，紫金山麓的晨曦……

“琼姐不仅容貌漂亮，还写得一手好字。”朱尔同捧着信纸翻来覆去，啧啧惊叹，“她多才多艺，应该留在艺术系。你瞧，她写的是信吗？简直是诗，散文诗！可是，她竟想远离缪斯，拜到阿基米德门下。”

“朱尔同，你安静一点行不行？”苏冠兰又瞪了他一眼，“你怎么像只老鸹似的，呱呱呱个不停。”

“好，好，遵命，遵命。我保证安静下来，闭口不言，活像一具古埃及的木乃伊。”朱尔同说着，甚至用一只手捂住嘴巴，可立刻又嚷嚷起来，“哎呀，下面写的是哪国文字？”

原来，从第八页的最后一段开始，都是用流畅的德文写成的。

冠兰，我亲爱的弟弟！我回忆起你在火车上看德文书的情景，因此知道你是通晓德文的。我在德国住过很长时间，德文是我最熟悉的外文之一，那么，现在我就改用德文书写。在印欧语系日耳曼语族中，德语是最优美的，它音节铿锵，大气流畅，像山谷中的溪水，有时汩汩流淌，有时水花激溅。用我俩都通晓的文字进行书写，会使我觉得你我更亲近，觉得你就在我的身边！

苏冠兰有点难为情了，因为他对德文并不“通晓”。他希望将来能当上博士，而要得到博士学位就必须出国留学，必须熟练掌握两门外语，其中还不包括英语。于是，他决定学好德语和法语。他读德文和法文书，便都是学。他自知读得结结巴巴，不过，还好，勉强能读懂琼姐的信。

在南京火车站，临别之际，你对我说：“从此，我在南京又有了一个亲人。”

你的话至今萦绕在我耳畔。黄浦江上的暴风雨，列车上的奇遇，把我俩的命运联系在一起，将我俩的感情融为一体。我喜欢你，我爱你！从前读过一篇美国小说，篇名好像叫作《并非特写》。作者借一位记者兼特写作家的口说了一段话，大意谓人生的初恋，初欢，人生的第一次爱情，由于年轻，富于幻想，阅历又浅，所以往往不切实际，成功的绝少。但是，我深信，我俩的爱情一定会成功！

笃笃！寝室的房门响了几声，还被使劲推了推，门扇咯吱咯吱作响。

“谁？”朱尔同大声问。

“卜罗米牧师。”

“我就猜准了是他。”朱尔同朝苏冠兰连连递眼色。

苏冠兰手忙脚乱，赶紧藏起信封信纸，生平第一次觉察到纸张也能发出这么刺耳的声响。弄完之后，他走过去拉开门闩，尽力装出平静的模样，点点头：“哦，牧师。”

卜罗米一步跨进房间，四下溜了一眼：“冠兰，听说，你有一封信，投到理学院大宿舍去了，是吗？”

“是的。”苏冠兰的心脏怦怦乱跳，“中学时代的一位老同学从南京寄来的。他在东吴大学。”

卜罗米盯着小伙子："上海，还是苏州？"

"什么上海苏州？"

"我问，是上海那个东吴大学，还是苏州那个？"

"哦哦，苏，苏州那个。"

美国传教士十九世纪末在上海和苏州办了两所书院，一九〇一年苏州部分改称"东吴大学堂"，一九一一年上海部分并入。

"那，为什么从南京寄信呢？"卜罗米追问。

"他，我那位老同学，开学途经南京，从那里给我写了一封信，"苏冠兰口吃起来，"是的，他的伯父在南京。"

"牧师，你就说有什么事吧。"朱尔同打岔道，"我想，又是叫苏冠兰去杏花村。"

卜罗米想了想，似乎不想纠缠了："冠兰，请你晚餐后去杏花村一趟。"

还是杏花村那座小楼。还是那间高大、宽敞而又阴暗的办公室。还是昏黄的烛光，在轻微的气流中摇曳。

"别忘了，他是你的儿子，身上有你的血统：天赋和个性，狮子般的高傲、倔犟和坚韧。"查路德不紧不慢地说，"弄得不好，可能物极必反，事与愿违。"

"依你看，该怎么办呢？"

"依我看，攻城为下，攻心为上。"

“攻心为上，他的心在哪里，从何攻起？”苏凤麒摇摇头。他仍然坐在壁炉旁那张高背雕花扶手椅上。短短几天，他显得憔悴多了，皮肤苍白，额上多出一些皱纹，但抹了匈牙利须蜡的唇须依然像锥尖般翘起。

“卜罗米刚才的报告，你听见了。”查路德的双手十指交叉，平放在胸前，“关于那封信，可以肯定冠兰没有说实话，至少没有完全说实话。为什么这样？可能没什么事，也可能另有隐情，包括他的生活中可能出现了某个女性。但有一点可以断言，只要他不爱玉菡，那么迟早会爱上另一个女子。”

正说到这里，卜罗米推门而入：“冠兰来了。”

“让他进来。”苏凤麒摆摆手。

十几秒钟之后，高大厚重的门扇再度被推开。苏冠兰踏在厚厚的地毯上面，悄没声息。苏凤麒仰视天花板中央那一圈浮雕，徐徐喷吐着烟雾。倒是查路德满脸笑意，还欠了欠身：“请坐，冠兰。”

苏冠兰按照惯例，坐在与父亲相对的那张靠椅上，双手搁在膝头。他瞥瞥校长，又看看父亲。

“还是为了那件事，你和玉菡的婚事。”苏凤麒带着鼻音，说得很慢，但吐字清晰，“冠兰，也许你有你的道理，譬如说，你想集中精力于学业，因而不打算早结婚，等等。这个，我可以尊重你的意愿，尊重你的人格。现在，我不强迫你，但我要求你凭上帝的名义发誓，凭自己的良心发誓，将来一定跟菡子结为夫妻。就是说，在神的面前庄严履行订婚手续。至于结婚的具体日期，可以由你自己决定。”

“不。”苏冠兰摇头。

苏凤麒睨视儿子，面孔像石头刻成的，表情毫无变化。

“既然你根本不把我这父亲放在眼里，那么，我也就不再视你为儿子。”老人的声音依然又冷又硬，“如果你不接受我的上述最低条件，那么，从明天起，我就和你断绝父子关系。”

苏冠兰一听，怔住了。

博士搁下半截雪茄，起身踱到窗前，将帘帷拉开约一人宽的空隙，双手抄在身后，昂首眺望夜空。苏凤麒熟悉广漠深邃的宇宙空间，能闭着眼睛指点几千个星球、星团、星座、星协、星族、星宿、星系、星云、星系团、星系核和星际云，对它们的名称、别名及其在星空区划的位置倒背如流。他熟悉一切星名、星图、星表和星经，精通几乎所有关于星回、星管的规律，甚至通晓中外各种星命、星相和星术，而且他自己往往被人称作星家、星使和星官，等等。无论当年在英国还是后来回到中国，他都一帆风顺，志得意满，被许多人颂之以“星槎”。总之，苏凤麒的名字与星连为一体，他本人就是一颗夺目的亮星。苏凤麒深谙宇宙空间的许多奥秘，可是，奇怪，对自己的亲生儿子却如此陌生！他能计算并预言许多未知天体的运行出没，可是，今天，却难以预料眼前这番破釜沉舟会是什么结果。但不管怎么说，有一点是确凿无疑的，即他苏凤麒是一头雄狮，他的星座属于太阳。他不容许任何人蔑视他，尤其是他的儿子。如果苏冠兰胆敢违拗他的意旨，那么，他绝对说话算话。

屋子里静极了。除了钟摆轻轻的嘀嗒声，简直还能听见三颗心脏的搏动声。尤其是苏冠兰，他觉得自己的心脏快要撑破胸口了。他虽然自幼就很少跟父亲在一起，却是这个世界上最了解苏凤麒的人。老头子可不是虚声恫吓。如果他被儿子拒绝了，那么，明天的断绝父子关系，就决不会拖到后天。

苏冠兰还知道，一旦断绝父子关系，他失去的绝不只是父亲，还将失去继续求学的权利，和出国留学深造的机会。父亲有一双无形的、有力的、魔鬼般的巨爪，这魔爪不仅笼罩着齐鲁大学，还能伸向中国许多地方，伸向几乎所有的大学和研究院，伸向全部教育界和科学界，甚至伸向国外！

苏冠兰双手抱着发胀的脑袋，十指深深插进蓬乱的长发中，耳朵里嗡嗡乱响。良久，他终于咬咬牙，直起上身，愤懑而迷惘地盯着什么地方，一字一顿："好吧，我答应。"

博士回过身来望着儿子，显然是感到意外。

查路德从安乐椅里欠起身来。没待他开口，苏冠兰已经说话了，一字一顿，说得清清楚楚："我，凭着上帝的名义，凭着自己的良心发誓，将来一定跟叶玉菡结婚。”

苏凤麒与查路德相互看看。

苏冠兰像受刑似的，两眼微闭，脸上的筋肉在抽搐，颤抖。他保持这样的姿势，接着说：“不过，刚才，你已经以父亲的身份答允过我，保证尊重我的意愿和人格，不强迫我，只要求我凭着上帝的名义，凭着自己良心的名义发誓，将来一定跟叶玉菡结婚；你说了，只要求我跟叶玉菡订婚，当着神的面履行订婚手续；你说了，结婚日期可以由我自己决定……”

“是的，是的，”博士搓着手，连声道，“我就是这么说的，就是这么答允你的。”

“我想，”苏冠兰盯着父亲，“你不会违背自己的诺言。”

博士已经回到壁炉前，但并没有急于落座。像在英国时一样，他是个真正的绅士，挺胸直背，气度非凡，表里如一，在做人方面一诺千金。现在，他看着儿子，声调铿锵，信誓旦旦：“怎么会呢？我从来说话算话。”

壁炉上方的硬木十字架上，依旧是那尊用紫檀木雕刻的“受难的耶稣”。

苏冠兰不是教徒，但这不等于他感受不到宗教的威慑力。特别是现在，此刻，他生平第一次在耶稣雕像前起誓之际，莫名的敬畏之感竟使他不寒而栗。他深深吸一口气，咬了咬牙，仰望着紫檀木神像，清清楚楚地说道：“我发誓——”

“且慢，冠兰！”长时间沉默不语的查路德忽然起身，双手捧着一部《圣经》从大写字台后面走过来，神情庄重地将它置放在壁炉前的一个书架上。

苏冠兰不再多言，甚至不看查路德一眼。他神情麻木，动作呆滞，将左手压在《圣经》上，举起右手，手掌朝前，嘴中吐出由一个个音节组成的字句：“今天，此刻，我，苏冠兰，以自己的良心担保，并且凭着圣父、圣子、圣灵的名义起誓，将来一定与叶玉菡结婚。”

“唔，唔，”苏凤麒博士百感交集似的连连点头，“好，好。”

苏冠兰把脸转向父亲：“你说了，结婚日期可以由我决定。”

“是的，是的。”博士连声道，“我们虽然是父子关系，但在人格上是平等的，都得信守诺言和誓言。”

“那么，冠兰，”查路德却流露出一丝不安，“你打算什么时候和玉菡结婚呢？”

“二十年之后。”年轻人一字一顿地答道。

“什么，你说什么？”博士和牧师都睁大眼睛。

“你们是不是以为听错了？不，你们没有听错。”苏冠兰的视线从父亲身上移到校长身上，又从牧师脸上挪回博士脸上，“我说，不，我发誓：二十年之后跟叶玉菡结婚！”

泉水汇成的溪流像柔软的绿色飘带，围绕在杏花村四周。水面较宽的地方形成小小池塘，池塘碧波荡漾，点缀着浮萍，摇曳着几茎显现颓势的莲花和开始枯萎的荷叶。天气在晴朗了足有半个月之后，今天开始阴沉起来。乌云低垂，气温明显降低，仿佛要下雨。岸边仍然杨柳依依，但每当一阵凉风拂来，便黄叶飘零。

苏凤麒与一位衣裙素雅的少女，并肩坐在岸边柳树下的一张长条靠椅上。教授嗓音低沉，不时吐出几个英语、德语或拉丁语单词，显得很费劲："菡子，下午，我，我得走了。"

少女低着头，默然不语。

"你知道，我这次是从北平来济南的。"教授接着说，"可是你不知道，这次我在北平再度考察香山时，寻寻觅觅，竟在深山见到……"

"我知道。"叶玉菡声音轻微，几乎听不见。

"知道什么？"

"知道爸爸到过圣女修道院。"

教授愕然。

"您离去后，院长嬷嬷给我拍了电报。我能看出是谁到过那里。"

苏凤麒感到惊讶。菡子每天都到杏花村来看他，对这事居然只字未提。

叶玉菡单薄消瘦，脸色苍白，并不漂亮；但五官端正，双眸清澈，留着齐耳短发，显得温存而沉静。总之，近几年的她，似乎没有变化。

教授怔了一会儿，开始摸索全身，寻找雪茄和火柴。

“爸爸，您不用说了。”少女语气平静，“我已经打消了出家的念头。”

菡子要去当修女——这是苏凤麒感到最可怕的事情。他就是为此专程赶来济南的。离开香山深处那座女修道院之后，他在整整一个礼拜中没有睡过囫囵觉。他明白叶玉菡外表柔弱，内在刚韧，看似沉默寡言，实则极有主见，一旦有了主意是绝不会轻易改变的——包括她想当修女这样的事，何况古往今来出家的女子本来就不少。

“菡子，你是怎么改变主意的？”苏凤麒深深吁一口气。

“我真想当修女，我不缺这种勇气。”少女摇摇头，轻声道，“但是我知道，那样做，爸爸会受不了的。”

苏凤麒望着叶玉菡，好久说不出话来。教授没料到，这种时候，她首先想的还是别人。老人总算找到了雪茄和火柴。他点燃一支，开始吸，一面吸一面缓缓道：“菡子，不管怎样，你打消了那种念头，我就放心了。我今天下午的火车，先到上海，再回南京。动身之前，我想，有些情况，应该跟你说说。菡子，这个世界上，没有任何人比我更了解你，知道你具有足够的冷静和坚强。”

叶玉菡的头更加低垂，但她坚持倾听。

教授吸着已经熄灭的雪茄，愤懑而又感伤地叙述着过去这几十个小时之内，发生在他们父子之间的一切。

叶玉菡凝视池塘的某处水面，面色由苍白渐趋惨白。老人犹豫着，终于不敢再往下说。

“爸爸，”少女总算有了一点动作和声息，“我已经全明白了。”

“好，那，那么，我就不多说了。”老人语调沉重，眼圈红了，“我，我说这些，很费力呀。唉，惭愧，惭愧。我对不起你，也对不起我的老朋友，你逝去已久的父亲。”

“我一直称呼您什么？”少女忽然举目注视对方。

老人愣住了。

“我一直叫您爸爸。”

苏凤麒点点头：“是，是的。”

“您就是我的爸爸，我的父亲。我一出世后就到了您的怀抱中，在您的关爱和抚育中成长，始终沐浴、享受着您的父爱。您就是我的生身之父。如果说您有两个亲生女儿的话，那么一个是菡子，一个是珊珊。”

“菡子！”老人哽咽了。

“爸爸。”

苏凤麒掏出手绢，擦擦眼窝，思忖良久，缓缓往下说：“冠兰脾气乖戾，刁钻古怪，不通人情，而且不走正道，有危险倾向。我这做父亲的，尚且无法适应他，天下还有谁能跟他相处呢？我想通了，你跟着他，是不会幸福的。”

叶玉菡望着池塘对岸。

“你是个才华不凡的女孩，将来一定会有一番作为，前程绝不会在冠兰之下。世上比冠兰强的青年多的是，何愁找不到一个更适宜的人？既然他如此薄情，你又何必太痴心。你考虑一下吧，现在还来得及，我，我永远会把你当成亲生女儿的。”

“别说了，爸爸。”少女站起来，脸色惨白，胸脯急剧起伏，“冠兰说要我等二十年——是这样的吗？”

“是，是，是的。”苏凤麒结结巴巴。

“好吧，”叶玉菡说着，突然间泪流满面。她紧闭两眼，转过身去，肩膀和整个身躯都在抽搐，战栗。良久，她强忍住抽泣，一字一顿：“我等他二十年！”

“菡子，你，你怎么了？”苏凤麒教授哆哆嗦嗦地站起来，惊慌失措地瞅着少女的背影，“你，你说什么啊？”

可是，少女不再说什么，把面孔埋在两只手掌中，足有十几秒钟，然后抬起头来，沿着卵石铺砌的小径朝杏花村大门跑去，很快就消失在浓绿之中。

时近中午。两位长者踏着弯弯曲曲的小径漫步，踱进一座用树皮和木头搭建的凉亭。葡萄藤爬满了凉亭的顶盖，又像乱发似的披下，随风摇曳。

“查路德，”苏凤麒问，“你怎么看这件事？”

“玉菡愿意等二十年，比冠兰让她等二十年更可怕。”

“为什么这样说？”

“玉菡是个说到做到的人，冠兰却不是。”

“你说的在理。”苏凤麒思忖着，仿佛在自言自语，“唔，待会儿我要上火车了。”

“我去送你。”

“冠兰和玉菡的事，”教授叹一口气，“还是那句话，拜托你了。”

“放心。”

“我再叮嘱一遍：对苏冠兰，必须严加管束。一旦发现异常情况，立刻告知我。”

“好的。”

“如有必要，你可以当机立断，先斩后奏。”

“我会尽力而为。”

“还有，那个鲁宁，后来怎么样了？”

“听说没有抓到，让他逃了。”

“这年头，你这校长不好当呀。”

“去年不是还差一点被日本人打死嘛。”

“青年和学生不用你教，都懂得恨日本人。共产党的问题，就复杂多了。”

“确实，确实。”

“谈到鲁宁，倒是又勾起了我的心事。”苏凤麒忧心忡忡，“对我的儿子，怎样严加管束都不算过分。记住，今后，他不能再享受任何休假。”

“这个这个……”

“就说是我的命令。”苏凤麒语气果决，“他不是学化学的吗？很好。不论是什么样的假期，也不论假期是一两天还是一两个月，都把他安排在化学实验室和图书馆里，任务给他排得满满的。”

“就说是你的命令。”

“此外，要釜底抽薪。没有钱就寸步难行。我今后不再给他本人汇款。你们也只在最低水平上保证他的学费和吃饭穿衣。”

“这也是你的命令。”

“要严格监视他与外人的接触。我这里指的主要还不是鲁宁一类人，而是女孩子。一旦发现他跟某个姑娘有亲密关系，或者哪怕只是有来往，你都务必把那姑娘的名字查出来，告诉我。”

“好的。”

“唔，还有个事。”苏凤麒欲言又止，“我跟你说过了，按中国政府现行法规，综合大学不得设神学院。”

“是呀，这事怎么办呢？”查路德焦虑起来。

“把神学院划出去，不再叫齐鲁大学神学院，改叫齐鲁神学院吧，经费、人事等仍然跟齐大两位一体。至于你还兼不兼神学院院长，再考虑考虑。别不高兴。这是在中国，凡事尚可变通。若是在欧美，就没辙了。”

“行，行。”牧师想了想，“就这样吧，就这样。”

“至于校董会，无非是增添几个中国董事而已，无碍大局。地方官给你们找麻烦的事，我让孔祥熙当齐大董事长，就都解决了，谁敢在太岁头上动土！”苏凤麒带着鼻音，拖长声音，“最难办的是校长问题。”

“是呀，连司徒雷登的燕京大学校长也给免了。”说到这里，查路德急了，“所有教会大学的外国校长，无一例外，有的改称校务长，有的索性什么也不是了。”

“我来创造一个例外。”苏凤麒掐灭雪茄，掏出怀表看看，站起来，“我管这个例外，你管我的儿子。怎么样？”

“你，你有这个把握？”

“我说过，这是在中国，总会想得出办法的。”

“那就太好了，太好了。”牧师几乎叫出声来，“我这边可以保证：凡是你吩咐的事，赴汤蹈火，在所不辞。”

“言重，言重。”苏凤麒笑着伸出右手，“那么，咱俩一言为定？”

“好，好。”查路德伸出双手，“一言为定，一言为定！”

不测风云

民国二十三年（一九三四）二月十四日。

苏冠兰把寝室的门闩紧，把窗帘拉上，躲着写信："亲爱的琼姐！今天是情人节，情人们将互赠鲜花、心形首饰或巧克力，而我俩却仍然只能用纸笔互诉衷情。今天又是中国农历大年初一即春节，全中国的人都在欢庆和享受团圆，而我俩却仍然在分离和孤独中煎熬！"

苏冠兰和丁洁琼早就约定，每年的情人节那天都要给对方写信。

哪见过我俩这样的爱人、恋人、情人啊？相识相爱将近五年了，一千六百多个日日夜夜，居然不曾见过一次面。情人节之际，竟然连一束玫瑰也不能彼此馈赠，更别说想象之中和期盼已久的相拥相吻，真是令人感慨，悲哀。真没想到，交通和通信如此发达的今天，我们仍只能像古人般"红叶题诗""鱼传尺素”，像牛郎织女那样“盈盈一水间，脉脉不得语”——牛郎织女比你我幸运，他俩至少在每年七夕可以“打鼓吹箫银汉过，并肩携手鹊桥游”……

写到这里，苏冠兰双眶发热，停下笔，闭上眼，想起李商隐的诗句：“刘郎已恨蓬山远，更隔蓬山一万重。”想起一千六百多天前那个悲哀、屈辱和无奈的日子，那天夜里他被迫订婚，正式成为叶玉菡的“未婚夫”。

他当时就想，天哪，这事必须尽快让琼姐知道！于是他立刻给琼姐写信。可是，天哪，这信怎么写啊？琼姐的第一封来信使他心潮澎湃，激动不已，沉浸在幸福之中。而他写给琼姐的第一封信，竟是这种内容！

琼姐很快回了信，看得出信纸上满是泪水浸染的痕迹。

真没想到，我还没开始恋爱呢，便已遭逢失恋！真没想到，我爱上的竟是另一个女子的“未婚夫”！我有一种不祥的预感，即你将为你的“订婚”、你的“誓言”付出代价，很大的甚至是终身的代价。因为你人品很好，这就决定了你必然会为自己说过的一切负责。天哪，命运竟能以这种方式揶揄人！

你和她幼年曾被指腹为婚（就用这种比方吧）。那可以说是封建，是包办，是可笑的，对你没有任何约束力。但这次不同，这次你已成人，有你本人的宣誓；而誓言是必须信守的。天哪，你该怎么办，我又该怎么办呢？我想我们只有一个办法，就是沿着这条崎岖坎坷的漫漫长途走下去，走下去，一直走下去，百折不挠，在爱情上坚贞不屈。我希望我们能感动上苍，发生奇迹。我祈祷上苍注视这一切，注视我们，赐福予我们，让有情人终成眷属。

丁洁琼的信中有那么多“天哪”，简直像“天问”似的——

天哪！在你走投无路之际，怎么就没想到我，怎么就没想到我们共同的未来呢？你怎么就选择了宣誓，订婚，投降，屈膝呢？你本来可以拒绝父亲，离开齐大，到南京来，到我身边来的呀！你引用鲁迅先生的话：“第一，便是生活。人必生活着，爱才有所附丽。”但这是小说主人公的话，不是鲁迅本人的话。而且，我们不是涓生、子君，我们怎么会“生活”不下去呢？你知道我是多么地爱你，我会跟你在一起的。你知道这个世界上还有很多好人（譬如凌教授和夫人），他们会关心和帮助我们，也有能力关心和帮助我们。你看得出我们不至于连维持生活的钱也没有。即使我们没钱，你也应该想到我们还年轻，我们受过教育，我们有自己的视野和前程。只要我俩在一起，一起奋斗，一起操劳，就能闯出自己的天地！我俩可以隐居在江南某个小镇或乡村当小学教员——即使是那样，我俩照样能享受幸福，起码会比现在好得多！

看着“宣誓”“订婚”“投降”“屈膝”等字眼，苏冠兰脸上发烫，胸中冰凉！还有，他内心向往的是诺贝尔奖，而不是小学教员……

不要怪我，冠兰弟弟！我知道自己太过分了，也许还苛刻，自私。你刚回去就遇到这种突然袭击，让你措手不及；你连个商量的人也没有，一切靠你独力应对。于是你自以为是，给对方出了个“二十年难题”。这也说明你不了解女性，不懂得上帝当初何以创造夏娃。女性是为爱情而存在的，正是爱情使人类作为一个物种得以生存和进化。即如我吧，别说二十年，为了真正的爱情，哪怕付出一生，付出生命，我也情愿！

丁洁琼当初收到苏冠兰的信后，去找过凌先生。果然，教授说，如果苏冠兰坚持拒绝订婚和宣誓，事情会好办得多……

凌教授还说，令尊的性格在学界为人所共知，你生而为苏凤麒的儿子有如此遭逢并不令人奇怪。他感叹道，今后只能让时间见证一切了。最好是像我企盼的那样，发生奇迹。素波师母则说，二十年之约也许是对的，二十年中什么都可能发生。她认为不会有任何年轻女子能为一个如此渺茫的约定，特别是为一个根本不爱她的男子，去空耗自己的青春和生命。

但是，无论是凌教授还是他夫人抑或是我，谁也没想到更没说到，对这个没有任何凭据的誓言和约定可以反悔，可以说话不算话，可以背信弃义——我想，也许，它的严重性和它的神圣性，正在于此吧！

在“一千六百多个日日夜夜”之前，苏冠兰被迫订婚。苏凤麒离开济南的当晚，朱尔同告诉苏冠兰：“今后你与琼姐通信务必特别小心，千万不能被卜罗米他们觉察。你最好不要自己去投寄信件，我可以代劳；琼姐的来信，更是万万不能再寄往齐大了！”

“我当初住进芝兰圃就是卜罗米的安排，让我监视你。”朱尔同说。

“监视我什么呢？”

“一是你跟女孩子的来往，二是跟鲁宁那种人的来往。他们说了，会给我好处的。”

朱尔同的大哥朱予同是山东省立第一师范的国文教师，家在济南。朱尔同说：“今后，琼姐的信就寄到我大哥那里吧。他交给我，我再转给你。”他还当机立断，跑到邮局，以苏冠兰的名义给琼姐拍了个电报，简略告知了今后的通信方式和采用这种通信方式的原因。

苏冠兰接受了朱尔同的好意。除此而外，他也想不出更好的办法。后来的日子里，琼姐的来信都由朱尔同悄悄捎来，待他看完后再由朱尔同带走，保存在朱予同那里。苏冠兰经常身无分文，给琼姐的信需由朱尔同带出学校去投寄，连买信封邮票的钱也需朱尔同时时接济。琼姐汇钱给他，他也不敢取用，都由朱予同收存。

苏凤麒不知用什么办法居然让查路德既保留了美国人身份又获得了中国国籍，并以此保住了他大学校长的宝座。这在一九二九年以后的中国可真是个绝无仅有的奇迹！从那以后，查路德校长兢兢业业，忠于职守，丝毫不敢放松对苏冠兰的“关照”。

但苏冠兰也创造了奇迹。在朱尔同兄弟的帮助下，他与琼姐的爱情历经四年多的时间竟然始终没有暴露。虽然隐忍着痛苦，但也远比爱情遭遇灭顶之灾好。一千六百多个日日夜夜，这一对男女青年沉浸在期盼和憧憬中。正是这种美好期盼，支持着他们的生活、学业和奋斗。

丁洁琼进入金陵大学艺术系后不久就如愿改入理学院，读的居然是数学系。半年后她又改读化学系，理由是想跟苏冠兰成为同行。又半年后改入物理系，并在该系读了下来，一直考绩优秀。至一九三四年二月，她已修满四年本科学分，取得毕业资格。

苏冠兰所在的齐大化学系学制四年，他早在一九三一年就修满本科学分，戴上了学士帽。他打算赴美国深造。但父亲说，留在齐大也能深造。

齐鲁大学理学院分设化学、物理、数学天文、生物和药学五个系，教授多是美、英、德等国科学家。除数学天文系系主任苏凤麒外，其余各系主任均为外国教授。化学系在中国国内堪称一流。其研究生修业期限为三年，由美国霍普金斯大学授予硕士学位，即苏冠兰应在一九三四年取得硕士学位。而叶玉菡就读的齐大医学院学制七年，毕业后由美国霍普金斯大学医学院授予硕士学位，那恰好也是一九三四年——一切都在苏凤麒的算计之中。

苏冠兰在一九三四年情人节的信中还写道：

一千六百多个昼夜，我得到的伙食费恰好只够吃饭；衣服和日常生活用品由他们买来或备好；礼拜天我只能上教堂和图书馆。节假日给我安排得满满的，帮某博士译书或在某教授指导下没完没了地做实验，统计数据……

书上说女人需要爱情，就像禾苗和花蕾需要阳光雨露。没有爱情的滋润，她们会黯然失色，会萎缩干枯，会迅速苍老。读到这里，我非常不安。如果没有我，该多好呀。你的美丽超群将吸引多少英俊少年，博得多少热烈爱情，你将因此享受多少欢乐！

直至从来信中看到你最近的照片，得知你拒绝了“校花”

称号，我才多少放心了。拒绝，说明你确曾当选；而当选，说明你美丽依然。

昨天碰到卜罗米。他说可能会提前放暑假，讲助会和学生会要组织远足等活动，建议我参加。我说我没有钱。他说："这不成问题。不是早说过嘛，令尊存了一大笔钱在校长室，都是给你用的。"我问："怎么，对我的禁令解除了？"他说："对你从来没有禁令，只有父爱。"我问我的硕士学位授予和赴美留学问题，学校打算怎么安排。他答："令尊是全国学位和留学事务的主管官员，他不会忘了自己的儿子。"——你听，我还能说什么？只能看出我还在他们的掌心里。我必须小心翼翼，万不可功亏一篑。

不知他们要我参加远足意图何在。四五年之久没有抓到任何把柄，也许他们有所松懈了吧。不管怎样，经过一千六百多个日夜之后，我快要恢复自由了。取得硕士学位和报考并留学美国，依我的考绩没有问题。只是父亲希望我去英国而不是美国，但是我不想去英国。既然你想留学美国，那么，我也去美国！

苏珊娜从南京来到济南。小姑娘刚满十岁。

苏凤麒谋当北平研究院院长和筹建香山天文台的梦想都落了空，于是收了心，常住南京，做些该做的事，把女儿珊珊也接来了。苏凤麒在紫金山麓的宅邸是一座围着竹篱的小楼。雇有仆人和司机。珊珊在附近一所英国教会小学读书。临近暑期，博士照例要主持年度全国留学生招考和派遣工作，办公机构设在上海法租界亚尔培路中央研究院内，把小女儿带在身边很不方便。恰好黎濯玉出差天津要途经济南，博士便让他把珊珊带到齐鲁大学去。

齐大校园里人很少，杏花村园门紧闭。经打听，才知春夏之交放了几天假，学生们或回家，或旅行去了，连多年没出过学校大门的苏冠兰也去登泰山了。黎濯玉带着珊珊找到医学院，不凑巧，叶玉菡正在从事一项严密的实验，不能走出屋子。又到办公楼，还好，遇到副教务长米勒博士。博士说纽约基督教教育基金会来人了，查路德校长带着一干人等前往拜会，午后才能回校。黎濯玉说明自己要换乘下午的火车赴天津，托米勒博士把珊珊交给查路德校长。

米勒将珊珊放在幼稚园，让她在那里跟孩子们一起玩耍，进餐，午睡。下午三点，他把小女孩领到杏花村。

“校长还在楼上休息。”米勒迟疑道，“怎么办呢？我去叫醒他吧。”

“别。”小女孩说，“老师告诉我们，打扰别人睡眠是很不礼貌的事。”

“好孩子，你真懂事。”米勒笑了，“可我怎么办呢？教务处那边还有很多事。”

“您去吧，先生。”小女孩说，“我就在这里看画报。查伯伯不会睡不醒的。”

“那好。”米勒博士叮咛了几句，匆匆走了。

苏珊娜看了一阵画报，听见花园里有脚步声。抬头一瞅，一个黄发绿眼的修士满头是汗、步履匆匆地走进大厅，在四下张望的同时从怀里掏出个白纸片似的东西。

“Who are you?（你是谁？）”珊珊举目打量对方，“Who are you looking for?（你找谁？）”

“哦哦，小姑娘，你的英语说得真好。”修士一怔，这才注意到眼前有个孩子。他微微一笑，倒不说英语，而是操着一口地道的“国语”：“你叫什么名字呀，小姑娘？”

“您呢，”苏珊娜忽眨着眼，也换成中国话，“您叫什么名字？”

“我是小教堂的凯思修士。”

“您是找查伯伯吗？”

“查伯伯？”凯思修士一愣。

“就是查路德校长，查路德牧师，查路德博士，查路德教授。我叫他查伯伯。”

“这个这个……”凯思一时回不过神来。

“待会儿再来吧。查伯伯很累，还在休息。您应该知道，妨碍别人睡眠是很不礼貌的。”

说着，小姑娘重新坐下，又拿起那本精美的英文画报。画上面是干旱的非洲草原，还有河马、犀牛、狒狒、羚羊、大象和长颈鹿。

“这样吧，好孩子，”来人沉吟片刻，满脸堆笑，“待会儿校长醒了，你就说，小教堂的凯思修士来过。”

“好的。您可以去了。”珊珊点点头，“待会儿我告诉查伯伯，说小教堂的凯思修士来过。”

“不，不能只说我来过……”

“还说什么？”

“这是我专程送来给校长的，很重要，非常重要，非常非常重要！”凯思晃了晃手中那个白纸片似的东西，选择茶几上一个显眼的位置放下，用一只玻璃杯压住，加重语气说，“请你务必告诉查伯伯。千万别忘了，千万，千万！”

“好吧。”小姑娘投去一瞥，“我就告诉查伯伯，说凯思修士送来一封非常非常重要的信。”

“对。小姑娘，真聪明。”

凯思修士走了，小姑娘继续看画报。又过了一会儿，她对河马、犀牛、狒狒、羚羊、大象和长颈鹿都不感兴趣了，丢开画报，四下打量。于是，茶几上玻璃杯下那个“非常非常重要的东西”再度进入她视野。小女孩凑近去看，嗬，不是白纸片，而是一封鼓鼓囊囊的信，用的是白色信封。珊珊好奇了：什么样的信呀，“非常非常重要”，使得凯思修士那么神秘兮兮！再一细看，白色信封上有很漂亮的紫色墨水字迹：济南，山东省立第一师范，请朱予同老师转交苏冠兰先生亲启。下面的字样是：南京，金陵大学，丁绒。

“苏冠兰不是我哥哥吗？给我哥哥的信为什么要先寄到第一师范一位朱老师那里，再转给他本人？”苏珊娜脑海中冒出一连串疑问号，“给我哥哥的信怎么送到杏花村来了？凯思修士为什么要这样做？”

小女孩索性把信从玻璃杯下抽出来。信还是封着的，没有拆开。珊珊小心翼翼地将信封拆开，抽出一摞色泽鲜亮的信纸。纸质很好，略呈粉红色。随着信纸被摊开，还飘出一缕香气。接着，一行行流畅娟秀的字迹映入她睁得大大的眼睛，那些字仍是用紫色墨水书写的——

“冠兰，我亲爱的好弟弟！”小姑娘开始读，甚至读出声来。字迹虽非常漂亮，但毕竟有些潦草，珊珊读起来很吃力。她虽然结结巴巴，但读得很认真，像读课文一样，连花园里又传来脚步声她都没听见。笃笃的敲门声响了好几下，她才随口应道“请进”。客厅门被推开了。随着西斜的阳光倾泻而入，叶玉菡出现在门口，她的脸上漾出笑意：“珊珊。”

“菡子姐姐，菡子姐姐！”珊珊扔开手里的东西，连蹦带跳地扑了过去。叶玉菡将白大褂搭在门外栏杆上，回身搂住小女孩。由于高兴，还由于一路小跑，她的心脏跳得很快，胸脯急促起伏，双颊泛红。

姐妹俩亲热了好一阵才松开，并肩坐到一张长沙发上。

“校长呢？”叶玉菡环顾四周。

“查伯伯睡了，还没起床。”

“哦，”叶玉菡举腕看看手表，“谁把你从南京领来的？”

“黎大哥。他听说查伯伯进城去了，就把我交给米勒先生，匆忙赶火车去了，说是要去塘沽。”

“是的，”叶玉菡点头，“黎先生去那里有公事。”

“米勒先生让我在幼稚园玩了一阵，下午领我到了这里。他有事先走了。”

“他告诉了我。听说你来了，我真高兴，出了实验室就往这儿跑。”

“菡子姐姐，”珊珊指指搭在门外栏杆上的白大褂，“您开始当大夫，给人看病了？”

“这不是大夫的白大褂，是实验室工作服。”

“您中午也待在实验室里？”

“有些实验不能中断，得连续做几天几夜呢。”

“菡子姐姐，您的脸色又白又黄，好像有病。”

“没关系的，珊珊。”叶玉菡收敛了笑容，自言自语似的，“其实，一天到晚，一年到头，除了待在实验室里，也没什么地方好去。”

“哥哥不是去泰山了吗，您为什么不去？”

叶玉菡瞥了珊珊一眼，没有吭声。

小姑娘忽然想起哥哥和菡子姐姐的关系一直不好，便哦了一声，闭口不言。她弄不明白，这么好的哥哥，这么好的姐姐，他俩为什么就好不起来呢？珊珊问过爸爸好多次。在小姑娘心目中，爸爸是无所不知的。他每每把孩子抱在怀里，放在膝头，对着画报和卡通图片，讲述亚马孙河流域的吃人鱼、巨蟒、火蚁和美洲豹，尼罗河畔的古代神庙、金字塔和狮身人面兽，白令海峡的白熊、白狐、海象和海豹，南极海域的磷虾、企鹅和抹香鲸，等等。爸爸还带她到过青岛天文台、佘山天文台和徐家汇观象台，登上望远镜操纵座，让她把双眼贴在目镜上，向她讲述星球的奥秘……

爸爸无所不知，什么问题都能解答。可是，奇怪，只要珊珊一问到哥哥为什么不跟菡子姐姐说话时，爸爸的慈祥和笑意立刻就消失了，一副心事重重的模样。他会紧蹙眉头，表情变得严肃而刻板，有时还捋捋上唇或下巴的胡须。他会半晌不说话，很长时间之后才轻叹一声，继而嘟囔道：“珊珊，你还小，不懂事，别问了。”

爸爸一定也不懂！珊珊记得，有两次，爸爸摸摸她的头，无限感慨似的说：“孩子，长大了不要学你哥哥的样，要听爸爸的话，嗯？”

珊珊是个好孩子。所以，她总是连连点头，眨着眼睛，认真答道："会的，我长大了一定听爸爸的话。"

每逢这种时刻，父亲总是似信非信地打量着女儿。有一次，他还瞅着别处苦笑了一下，嘀嘀咕咕："哼，听话，听话，长大了就变了，就不听话了……如今这世道啊。"

"哥哥不喜欢菡子姐姐，可我喜欢。"小女孩百思不得其解，"我是好孩子。我现在听话，长大了也听话，可爸爸为什么总是不相信呢？"

苏珊娜想不出所以然，就不再往下想。然而她却忽然想起一件事来："菡子姐姐，我哥哥还有哥哥姐姐吗？"

"没有。"

"那为什么有个姐姐写信给我哥哥，叫他'亲爱的好弟弟'呢？"

"是吗？"

"你看。"苏珊娜找到已经被拆开的信纸信封。

叶玉菡接过来只草草扫了几眼，便触电似的浑身哆嗦了一下。她急忙问道："珊珊，这信怎么来的？谁拆开的？"

听了珊珊的说明，叶玉菡点点头，开始看信。

冠兰，我亲爱的好弟弟！

在这封信的开端，我以热烈的拥吻，回报你的拥吻！更令我高兴的是，这种书面的，精神和感情上的拥吻，很快就要成为事实。

“啊！”叶玉菡面色陡变，额头和面颊上满是冷汗，捏着东西的手因痉挛而战抖。她呻吟着，用一只手支撑着太阳穴，紧闭两眼。

“菡子姐姐，你怎么啦？”珊珊瞪大眼睛，手足失措。

叶玉菡没有反应。片刻，她重新睁开眼，吃力地起身，从玻璃瓶中倒了一杯凉开水，抿了一两口，回到沙发中，继续往下看。

我完全赞成你的意见——咱们一起去美国留学。在那个天堂般的国度，我俩将生活在一起，一同攀登科学高峰，永远不再分离！自从相识相爱以来，我们竟分离了五年，受够了痛苦和煎熬。传教士们终于解除了禁令，允许你离开校门，登山远足，这使我非常高兴，多年来压在心头的一块石头终于放了下来。

既然允许你去泰山，就会允许你去别的地方。我对留学考试简直太有把握了！我现在日夜期盼的是出国之前同你会一次面。正如前文所述，我希望让五年漫长岁月中，无数写在书信上的，纯粹是精神和感情上的爱情，成为事实上的！

五年，天哪，人生能有多少个五年呢？可是，热恋中的你我竟不得一见。不，我们一定要在出国前相见相聚，哪怕一次也行，哪怕只相处一天，一小时，一分钟！在寄出这封信的同时，我汇了一笔钱到朱予同先生那儿，给你做路费。我准备下月一号动身去北平，三号上午可抵达。你也来吧，一定要来！我在颐和园东宫门等你。相拥相吻如胶似漆——所有这些从前只在绘画、小说、诗歌和你我的幻想及梦境中出现的美丽，将会实实在在地出现，而且会更加美丽。我俩一起饱览这座闻名世界的文明古都，除颐和园外，我还想要游历天坛、日坛、陶然亭、故宫、香山、长城和圆明园遗址……

"啊呀，还有照片呢。"珊珊叫道。

是的，从厚厚的信纸中掉下一张照片。画面上一位亭亭玉立、身材高挑的姑娘，学生模样，身着深色连衣裙，斜倚在一棵古树上。树身粗糙巨大，看上去三人才能勉强合抱。背景是浓密的丛林。相形之下，姑娘显得格外白净，窈窕。如果往细里打量，还能看出她的鹅蛋脸上五官端正，表情忧郁，有一双特别美丽的眼睛和一张造型优雅的嘴……

"这个大姐姐真漂亮！"珊珊尖叫。

叶玉菡眼前发黑，什么都看不清了。客厅中的一切都在摇晃，旋转，东倒西歪；阵阵胀痛和绞痛掠过大脑和心脏，千万颗金星在空中晃悠，飞舞。她下意识地将信攥作一团，压在左胸上，把头埋在另一只肘弯中，瘦削的脊背和肩胛激烈地抽搐，抖动。

你的来信无数次提到叶玉菡——父亲给你包办的未婚妻。

你能看出来，我一直避免触及她，尽量不提到她。为什么？不是出于本能的忌妒，或做作的高傲，冷漠。不，我只是不知该说什么。实际上，我一直惦记着她，关心着你与她的关系。你记得，因为她的存在，我曾十分痛苦。我说过，我还没开始恋爱呢，便已遭逢失恋；我说过，真没想到，我爱上的竟是另一个女子的“未婚夫”。我责备过你的宣誓，因为誓言是必须信守的。我呼喊过：“天哪，你该怎么办，我又该怎么办呢？”

五年过去了。随着时间的推移，我的内心开始发生微妙的变化，常常感到矛盾和不安。我几十次几百次地反躬自问，是不是我违反了道德准则？是不是我对不起那位沉默寡言、身世不幸的年轻女性？我想了好久好久，想了五年之久，现在终于有了答案：我无愧地认为，没有。我与你的爱情，在人格、良心和道义上，没有说不过去的地方。可是，为什么我还是常有歉疚之感呢？

你不爱她，不喜欢她，找出许多理由来贬低她，来信中凡提到她的地方都流露出偏见和排斥，但我仅从你来信谈到的内容也能感觉到她绝非寻常女子，而且这种感觉越来越鲜明，强烈。如果说“出于本能”，那么我想说，凭着女性的本能我准确无误地知道：她有着罕见的品格，是个非凡女性。她应当得到幸福，也一定能给她所爱（并且也爱她）的人带来幸福。我有时甚至寻思，如果爱情的本质属性中没有专一和排他，那么，我情愿与她共享。

“菡子姐姐，菡子姐姐！”苏珊娜蓦然一惊，搂住叶玉菡的腰大声叫道，“你怎么啦？你为什么哭呀？”

叶玉菡不回答，不抬头，由抽泣转而吞声哭泣。

楼上有了动静。有人轻咳、走动和洗漱。接着，有了问话声，一个略显嘶哑的嗓音：“唔，谁在大厅里？”

“查伯伯，查伯伯。”苏珊娜朝楼梯口跑去。

“是珊珊呀，你总算来了，欢迎欢迎。”查路德牧师身着丝绸睡衣，趿着一双草编拖鞋，沿着铺红地毯的楼梯款款而下，远远就伸出双臂，“什么时候到的呀，孩子？”

叶玉菡一把抓起信纸信封连同照片一起塞进衣兜，急忙擦擦脸颊揉揉双眶，站起来。

“哟，菡子也来啦。”说话间，牧师已经牵着小姑娘的手来到客厅，拍了拍手，“欢迎，欢迎。菡子可是稀客呀，今天光临杏花村恐怕都是为了珊珊吧。”

“查伯伯，刚才菡子姐姐哭啦。”小姑娘说。

“珊珊，”叶玉菡瞪了小姑娘一眼，“不许胡说。”

牧师注意地看叶玉菡。

“我没有胡说，没有胡说。菡子姐姐刚才看了一个大姐姐写给我哥哥的信，就哭啦！”

“哦？”查路德认真打量叶玉菡。

“是的，是的，就是这样的。”小姑娘喊道，“那个大姐姐很漂亮！”

“珊珊！”叶玉菡真的生气了。

小姑娘吓得一吐舌头，躲进牧师怀里。

“究竟是怎么一回事啊，菡子？”牧师盯着叶玉菡。

“没，没什么，”叶玉菡躲开查路德深沉而锐利的目光，捂住自己的额头，“我，我今天有点不舒服。”

校长仍然目不转睛地望着叶玉菡，伸手在她额上碰碰，显得很关切：“是的，你好像有点低烧，脸色也不好。菡子，你这么大的人了，是个女孩子，还是学医的，理应很细心，可怎么就老学不会照顾自己？你爸爸不在身边，你又不常到我这儿来，我们做大人的无法时时关照你，要靠你自己啊。”

叶玉菡埋头看着地面。

“还有，刚才珊珊说，有一封什么信，还有照片……”

苏珊娜抢着说；“是凯思修士送来的。”

“是吗？”校长瞅瞅小姑娘。

“珊珊，别胡说。”叶玉菡又瞪了小妹妹一眼，“校长，她还是个孩子，不懂事，肯定弄错了。”

“唔，这个这个……”牧师目不转睛地凝视着叶玉菡。良久，他若有所思地点点头，语气关切：“唉，菡子，你不舒服，去小医院看看病。”

齐大医学院附属医院通常称齐鲁医院。小医院是齐鲁医院的一部分，有单独的小院和楼房，专门为神职人员，院长、系主任和教授等高级教职员看病。

“小医院。”校长重复了一遍，“就说是我让你来的，快去吧。”

叶玉菡转过身去，还未跨步，又回头朝小姑娘招手：“珊珊，跟姐姐一起去。”

“珊珊刚来，就在查伯伯这儿玩吧。”牧师笑道，“知道珊珊要来，我买了好多糖果、点心和水果呢。”

“对，我要在查伯伯这里玩。”小姑娘嚷嚷。

叶玉菡无可奈何，犹豫片刻，终于离去。

查路德站在小楼外台阶上目送叶玉菡，直至她走出篱门，消失在远处的苍松翠柏之中。然后，他牵着孩子的手返回客厅，亲手摆上一盘盘水果点心，然后微笑着，不慌不忙地问：“珊珊，读几年级了？”

“四，四年级。”小姑娘满嘴是糖果，说起话来含糊不清。

“在学校，老师是不是说过，要做好孩子，要听大人的话？”

“是，是的，老，老师说，好孩子不撒谎，说真话，不说假话，还，还说……”

牧师很有耐心。直到孩子说完之后，他才轻言慢语：“我知道，珊珊是最好的孩子。”

“是，是，是的，我是最好最好的孩子！”

“那么，回答查伯伯几个问题。记住，一定要诚实，不撒谎，看见什么，就说什么。”

美丽敌人

“走，出去遛遛。”朱尔同回到寝室，招呼苏冠兰。

两人来到小湖边，这里有一片树林。在长条石凳上坐定后，朱尔同朝四周扫视一眼，摸出一团皱皱巴巴的东西。苏冠兰接过来一看，瞠目结舌：“这，这是怎么一回事？”

朱尔同望着别处，不吱声。

“琼姐的信，怎么成了这样？”苏冠兰非常紧张。

“是叶玉菡给我的。”

“你说什么？”苏冠兰顿时浑身冒汗。

“我说呀，”朱尔同长叹，“人算不如天算。”

远足团到了泰山。年轻的讲师、助教和大学生们一览众山小，痛快淋漓，苏冠兰尤其兴高采烈。恰在此时琼姐来信了，照例寄到省立一师。朱予同这时刚当上教务主任，分外忙碌。他估计这对金童玉女临近毕业有要事相商，唯恐误事，便派一名学生及早将信送去齐鲁大学。这位师范生寻到苏冠兰和朱尔同的寝室，但见门上挂着一把锁，得知他们登泰山去了。恰在此时，一位热心肠的，看似慈眉善目的，自称与苏、朱很熟的修士凯思走过来……

苏冠兰听着，倒吸一口冷气。

见苏冠兰惊恐万状，朱尔同不忍再往下说，叹一口气道："还是快读琼姐的信吧，这可是一封不寻常的信啊。"

苏冠兰愣了好一会儿，终于摊开手中的东西。信纸信封皱皱巴巴，琼姐那优美流畅的字迹也因此显得凌乱不堪。现在，它们争先恐后地往苏冠兰眼帘中蹦跳。他读了两三页，竟不知道自己读了些什么。他把信递给朱尔同："这样，你看吧，我的意思是，你先看，看完说给我听。"

"瞅你，吓成这样。唉，事已如此，急也没用，还是硬起头皮看吧，不看是不行的。看看是个什么情况，我或者可以再帮着想想办法。"

苏冠兰重新埋头于信纸中。过了一阵，仍然弄不明白，但总算看清了一些跳进他眼帘里的字眼："有一段话，琼姐似乎是说，要我去北平，颐和园，会面，还要汇路费来。"

"是的，钱已经汇到我大哥那儿了。"

"到这步田地，我还能去北平吗？"苏冠兰叹气，"我是自作自受，只是害苦了你。"

“你怕，我倒是不怕了，我已经没什么可怕的了。”朱尔同说，“哼，顶多开除我。”

朱尔同说着，拾起一块瓦片使劲甩出去。瓦片在低空急速旋转，终于落到碧绿的水面上，连续往前跳跃。水面泛起一串串涟漪，划破了倒映在水中的蓝天、白云、房屋的尖顶和婆娑树影。

“开除，开除还不是大事吗？”苏冠兰沉默了一下，“还有，叶，叶玉菡，她是怎么把信给你的，信是怎么到她手里的？”

“你问到玉菡，这倒是值得谈一谈，早该谈谈了。”朱尔同忽然激动起来，“你记得吧，五年前我是先认识你，后来才认识玉菡的。”

五年前那个新学期开始约两个月后的一天，朱尔同照例带着画夹到学校图书馆去。图书馆每天开馆十六小时，每间屋里都坐着读书的人，他们都是朱尔同练速写的对象。他刚跨入二号阅览室，什么地方突然发生爆炸！图书馆整个被震撼了，天花板摇摇欲坠。窗外火光一闪，接着是烈焰熊熊，浓烟滚滚。朱尔同跌倒在地，蒙头转向。

二号阅览室里的十几个人失声惊叫，乱成一团。桌椅纷纷翻倒，一片噼里啪啦。朱尔同本来身躯肥胖，动作笨拙，反应迟钝。待他略微清醒，爬将起来，室内已空无一人。他跑出阅览室时偶然回头一瞥，不禁愕然——

阅览室西北角最为幽静偏僻，窗户狭窄，窗外树荫浓密，因而采光很差；在这里就座的人历来很少，唯一例外的是一位短发女生。朱尔同第一次来就注意到了她，因为她长时间纹丝不动，像木雕泥塑似的，是最佳速写对象。眼前的她仍然端坐在那个位置，仍是那个姿势，面前仍然摆着一杯凉开水、一只褪色的蓝布书包和一大堆书籍资料笔记本。

朱尔同使劲眨了眨眼，以为那女生已经死了。然而过了几秒钟，对方略微动弹了一下，掏出一条手绢往头上脸上轻掸了几下，吹了吹布满书籍资料的灰土。窗外依然硝烟滚滚，浓烟带着刺鼻的气味直扑屋内！

女学生像突然醒了似的，看看窗外，接着起身拾掇，将书籍资料在桌上堆放整齐，将几件东西塞进蓝布书包，转身迈向门口，匆匆离去。

后来才知道，前年战乱中有日军炮弹落在图书馆旁，深埋土中，那天突然爆炸了。也是后来才知道，那女生名叫叶玉菡，在医学院读三年级。

叶玉菡？朱尔同想，不是苏冠兰的“未婚妻”吗？

朱尔同产生了很强的好奇心。还是在二号阅览室，一天，他主动上前，将两幅速写送给那位女生。当然，上面画的都是叶玉菡。

“谢谢。”叶玉菡声音很轻。她点点头，接过画细看。

“可惜，两幅画上都看不出是你，因为我一直看不见你的脸。”朱尔同说，“直到那次爆炸，才看清了你。”

叶玉菡微微一笑，算是回答。

“我是英文系的，”朱尔同特意加了一句，“住芝兰圃，跟苏冠兰同室。”

“学英文的能画得这么好，真不容易。”女学生对“苏冠兰”这个名字置若罔闻。

两人就这么认识了。之后，最常碰见的地方还是图书馆，有时彼此点点头。一次，朱尔同谈起那次爆炸，那是给他造成了强烈印象的事件：“你非同寻常，那么沉着、镇静。”

“哪里，”女学生略显腼腆，“我是没听见，真的。”

“你的耳朵有毛病？”

“我听力正常。”

“那怎么会没听见呢？”

“我完全沉浸在书里了。”

“你是很晚才往外逃的。真要有事，也来不及了呀。”

“往外逃？不，我是往医院奔。”

“往医院奔？”

“我是学医的呀。伤者会被送往医院，那里肯定需要人手。”朱尔同望着面前这个文弱女子，瞪大眼睛。

四五年一晃就过去了。

一段时期以来，朱尔同已经很少练画，绝大部分的时间精力都放在英语、法语等几门课程上。他成绩不好，必修课和选修课有几门不及格。所以，这几个月他在苦读。一个礼拜天上午，他到图书馆去，在老地方又看见了叶玉菡。他走到女学生身后，轻轻招呼了一声。

“尔同，是你。”叶玉菡回过头来，淡淡一笑，“有什么疑难吗？”

她问的是英语和法语方面的疑难。长期以来她成了朱尔同的义务外语教师，讲得比教授们还好。

“玉菡，来多久了？”

“三十四分钟。”女学生看看手表。

“嗬，开馆才四十分钟，你就来了三十四分钟！看你，脸色如此苍白，身躯这么瘦弱，手背上的血管一条条都数得清。咳，你要多休息，多活动才行。”

“谢谢，你太关心我啦。”

“不，玉菡，应该是我感谢你！”朱尔同连连摇头，面露愧色，“若不是你几次找校长给我讲情，学校早就勒令我退学了。若不是你经常给我指导，我的两门外国语都会不及格的，考绩会更糟。”

“不见得吧，主要靠你自己。”

“玉菡，你历来谦逊。我常想，我要是有你这样一个姐姐就好了。”朱尔同右手扣在胸口，情词恳切，“待毕业时，我一定要用某种方式向你表达我的谢意和敬意。学校里凡是认识你的人，从学生、工友、职员到教授、教务长和校长，没人不夸奖你，每个人都对你赞不绝口。”

“姐姐，我愧不敢当。”叶玉菡仍然面含微笑，“像你们这样聪明伶俐的大学生，何愁找不到更好的姐姐！”

“玉菡，你……”朱尔同听出一点弦外之音。

“至于谢意和敬意，这几年你已经给了我不少，只是我知道得太迟了。”女大学生将脸转向别处，试图不让朱尔同看见她双眶潮润，但却无法掩饰哽咽的嗓音，“说实话，我，我倒真不知该怎样感谢你呢。”

“你，你这是什么意思啊，玉，玉菡？”朱尔同瞠目结舌。

过了几分钟，叶玉菡的情绪平静了一些，用手绢擦擦眼角，回过脸来。她用的还是那只褪色的蓝布书包，只是蓝色褪成了灰白，边角多处磨破，打了补丁。她从中掏出一封皱皱巴巴的信：“这是我去杏花村看望小妹妹时，从她那里得到的。”叶玉菡停顿片刻，补充了一句：“看来，也是她拆的。”

朱尔同接过来一看，顿时惊呆了！他嘴唇翕动，什么也说不出来。

“请你把这封信带给苏冠兰吧，本来是他的信嘛。”叶玉菡低头望着桌上成堆的书籍资料，“而且，本来是该由你交给他的。”

“玉菡！”

叶玉菡瞥瞥朱尔同：“还有什么事吗？”

“我……”朱尔同浑身是汗，喉咙堵塞。

“不用说了。去吧，做你该做的事。”叶玉菡沉默片刻，温存地笑笑，“功课上有疑难，我们一起商量。”

朱尔同抓着那封信，像握着一团火，却又不能扔开。他将信件胡乱塞进裤兜，跌跌撞撞地走开。他来到小湖畔，找一条石凳坐下，呆若木鸡，思绪纷乱，羞愧得无地自容，仿佛偷窃时被人当场逮住了！

朱尔同决定去找苏冠兰，跟他摊牌。

路过图书馆时，朱尔同踮起脚往窗内瞅。叶玉菡伏在桌上，脸埋在胳膊和书堆内，肩膀抽动。

朱尔同的心情紊乱而沉重。他回到宿舍，把苏冠兰叫出来，开始了这番艰难的谈话。

“你不要以为是这次出了事，我才说这些的。”朱尔同激动了，“事实上，几乎是从一开始，我就感到不安。玉菡是个好人，好女人，非常非常好！不错，她算不上漂亮，可是，她的品行出类拔萃。她宽厚，善良，乐于助人。她有毅力，有耐性，坚忍不拔……可惜我不是作家，不是诗人，不然，我会把我所知道的一切赞美之词统统写在小说和诗歌里，奉献给她！她真诚关心我，几次找校长说情保住了我的学籍。我考绩最好的几门课，都是由她辛勤指导的。而我是怎么对她的？我像个窃贼，像个扒手，一直在暗中伤害她，摧残她，破坏她对幸福的憧憬和希望，毁灭她最后的精神支柱。每次见到她，我总是深深地感到惭愧和不安。我不下一千次地咒骂自己：朱尔同，你是个什么人呀，你这彻头彻尾的伪君子！”

朱尔同说着，挥拳猛击粗大的树干，泪水夺眶而出。苏冠兰心乱如麻，沉默不语。良久，朱尔同回头紧盯住苏冠兰的眼睛，一字一顿地问道：“当初，你不是发了誓吗，二十年后一定同叶玉菡结婚？”

“那，那是被迫的。”苏冠兰结结巴巴。

“被迫发誓不是发誓吗？不管怎么说，你用誓言肯定了婚约，肯定了你与叶玉菡的未婚夫妻关系，还订下了婚期。可是，我再问你——当然，也应该问我，不过主要还是应该问你：你订了婚，成了一个女子的未婚夫，却又背地里和另一个女子恋爱，这说得过去吗？”

“你知道当时我并不愿意，”苏冠兰吞吞吐吐，“所以我定了二十年之期……”

“你认为没有任何女子，会为一个如此渺茫的希望等上二十年？”

“朱尔同……”苏冠兰的声音发颤，像是在哀求。

“叶玉菡已经等了五年。”朱尔同坚持往下说，“你凭什么认为，她就不可能再等上三个五年？”

苏冠兰将苍白的面孔埋在双掌中，泪水从指缝中渗出。

苍茫暮色笼罩了校园，悄无声息地淹没了一切。

上海法租界。中央研究院一间高大宽敞的办公室。棕黑色地板上搁着两只浴缸，缸内浸泡着巨大的冰块。天花板上挂着的吊扇嗡嗡转动，掀起的气流多少能带来一丝凉爽。屋里一张很大的写字台上，无数卷宗、文件、函电，各式纸张和一应文具堆积如山。苏凤麒博士深陷在写字台后一张又高又宽的藤椅中，两眼半闭，左手托着下巴，右手搁在写字台上，白皙而修长的食指和中指并拢，有节奏地轻轻敲击着玻璃台板上一封刚被拆阅的英文电报：

那颗多年来引起异常摄动之隐星已有线索系金陵大学理科应届毕业之丁姓女生似性喜使用白色横式信封及有芬芳气息之紫色墨水拟赴美留学你忠实的查

良久，苏凤麒抬起眼皮，揿揿写字台上的一只电钮。主任秘书应声而入。

“哼，”博士慢条斯理，带着鼻音，“金陵大学现任校长，是凌云竹吗？”

“是的，是的。”主任秘书连连点头。

“他还兼着理学院院长，是吗？”苏凤麒显然是在明知故问。

“是的，是的，”主任秘书补充了一句，“还兼着物理系主任。”

“去，把金大应届毕业生的全部档案都给我送来。”

“在南京呢。”

“去南京拿来。”

“是，我派人去一趟。”

“不是派人去，而是你自己去。”

“是，是，我明天就去，就去。”

“不是明天，而是今天就去。”

“是，是，是。”主任秘书偷眼觑。

“马上动身！”老头子挥挥手。

主任秘书点头哈腰，刚走到门口，不料苏凤麒又哼了一声：“且慢。”说着抓过一张纸片写了几个字递过去：“喏，马上拍个电报给齐鲁大学查路德校长。”

主任秘书瞅瞅，纸片上写着Dear God（亲爱的上帝）。

“就这？”主任秘书嗫嚅道。

“就这。”

主任秘书终于蹑手蹑脚地走了出去。

苏凤麒这才缓缓起身，走到茶几旁，从精致的洋铁罐中抽出一支雪茄，裁掉烟头，叼在嘴上，划燃火柴，点着，深吸一口，徐徐吐烟。被气流撕碎的烟雾在室内缭绕。

两天后，仍是这间办公室。两只浴缸内仍然浸泡着冰块，吊扇仍在嗡嗡转动。只是苏凤麒没有抽雪茄。刚从济南乘火车赶来的叶玉菡坐在一张藤编沙发上。

“菡子，”苏凤麒缓缓道，“你知道为什么叫你来？”

“是的，知道，爸爸。”

“关于那封信……”

“我不想谈那封信，爸爸。”叶玉菡摇头，“如果一定要谈，那么，我要说，如果我早知道他的心里另外有人，我当时就会做出另外一种抉择。”

苏凤麒望着叶玉菡。

“是的，这事，我，我知道得晚了一点。不过，事已如此……”叶玉菡说着，低下头去。过了十几秒钟，她接着说：“不过，还来得及，我可以放弃，而且，我决心放弃。”

“你这是……什么意思？”

“就是说，我可以，不，我决定，解除婚约，解除与冠兰的婚约。由我主动提出，比较好，可以使他解脱，再无心理压力。”

苏凤麒仍然望着叶玉菡。

“好在并不费事。我和冠兰的未婚夫妻关系，不是心甘情愿结成的，至少不是双方都心甘情愿。没有任何书面的、法律的和宗教的契约，只有口头约定，而且不是双方在场。”

“我和校长在场。”

叶玉菡摇头。

“还有上帝，还有天理良心。”

叶玉菡仍然摇头。

“菡子，从所谓现代理念上说，只要知道他不爱你，你当时就可以做出另外一种决定。”

“问题是我爱他。”

苏凤麒怔怔然望着叶玉菡。

“而且，我不相信会有别的女性更爱他，更能使他幸福。”

苏凤麒仍然怔怔地望着叶玉菡。

“此外，我一直将您视为生身之父。”叶玉菡接着说，“我知道，我与他结合，对您会是很大的安慰。我因此也能待在您身边，更好地尽孝。”

苏凤麒听着，显出感伤的神情。他沉默了一会儿，轻声道：“如果，他，冠兰，今后跟别的女性结婚了……”

“我就一辈子独身。”叶玉菡的语气依然平静。

“哦？”

“爸爸，您知道，我一度向往出家当修女。而且，至今也并没有完全放弃这个念头。人到了这一步，还有什么想不开的呢？我当时改变主意，是因为觉得应该修完学业。如果我能成为大夫，那么，可以多为老百姓做些事情，同时也可以用这种方式继续等待冠兰。”

“你的意思是——”

“如果他跟别的女子结合了而婚后不幸福，并因此离异，那么，我可能会再给他一次机会。”

苏凤麒起身走到窗前，望着远处。他掏出一支雪茄，在手里攥了一会儿，又悄悄收起来。良久，他回身在室内踱了几步，思忖着问：“那么，你想，他，冠兰，如果跟别的女性结了婚，会幸福吗？”

“这要看那个女性是谁。”

“比方说，就是写信的那个女子呢？”

“她，她非常漂亮。”叶玉菡想了想，“而且，她很爱冠兰。如果是她跟冠兰结合，我想他俩会很幸福。”

“不行！”苏凤麒板起面孔，“在任何情况下，做父母的都决不会允许儿子跟那种女人搅在一起。”

“那种女人，什么女人？”

“她是个交际花！”

叶玉菡讶然。

“你知道她的名字吗？”苏凤麒问。

“既然自称琼姐，名字中应该有个‘琼’字。”

“对了，喏。”苏凤麒说着，从写字台上拿起一叠报纸递给叶玉菡。

那是几种南京小报，几条消息的标题被红墨水笔勾画出来：《金陵大学本年度校花选出·丁洁琼小姐一举夺魁》《金大校花密斯丁·回眸一笑百媚生》《金大校花丁洁琼小姐如吉卜赛女郎·自幼飘萍天涯能歌善舞熟谙五国语言》，等等。

这些小报上还配有照片，或是这位校花正在走路，或是她在练舞弹钢琴，或是坐在树荫下读书，或是在篮球场网球场上，等等。从这些照片上看得出她的身材很好，也确实漂亮。

熟视片刻，叶玉菡愣了。报纸上那朵“校花”，与她见过的照片上那位女大学生确是同一个人。

“怎么样？”苏凤麒瞥了叶玉菡一眼，哼道，“校花，交际花，哼，好女孩能参与这种事？这种人嫁给冠兰，会给他带来幸福？”

叶玉菡沉默了。

“也难怪，在外国长大，像吉卜赛人那样自幼飘萍天涯，风流浪荡并不奇怪，但要成为苏家的人却绝对不行，我决不接受这样的儿媳。”

叶玉菡似乎还在发愣。

“所以，菡子，”苏凤麒将报纸放回写字台上，口气郑重，“你的当务之急是跟上帝一起，帮助我这做父亲的，拯救那只迷途的羔羊，拯救苏冠兰。”

叶玉菡神情迷茫，仍然不吱声，好像一直没有回过神来。

“对了，菡子，还有一件大事。”苏凤麒坐回写字台前，不失时机地转换话题，“唔，你已经毕业了，这很不容易，可喜可贺。下一步，你，怎么考虑的？”

确实很不容易。齐鲁大学各院系中，医学院淘汰率最高。叶玉菡读医预科时的三十名同学，到本科三年级时只剩下十二名，毕业时只剩下四名，能由美国霍普金斯大学医学院授予硕士学位的只有两名，其中一个便是叶玉菡。她从此有了行医、在大学任教和从事研究的资格。

“北平的几所学校和医院有意聘我。”

“你自己愿意到哪里呢？”

“协和微生物科水准很高。”

“微生物学，国外不是条件更好吗？英国牛津，美国霍普金斯，法国巴斯德——你的法文也不错嘛。”

“我想我应该留在中国。”

苏凤麒注视叶玉菡。

“我没有忘记‘五三’惨案！”叶玉菡戛然而止。

苏凤麒沉默了。

日本人一九二八年五月制造“五三”惨案，除杀死六千余中国军民外，还造成数千人的伤残。叶玉菡结束借读生涯回到济南后，随齐大医学院救护队长期参加救治。她多次给苏凤麒写信谈到自己充满痛苦的所见所闻，谈到救护工作中的经历和感受，抒发内心的悲苦和激愤，恨自己身为女子不能亲自拿起刀枪上火线杀敌！

“你要去北平。”苏凤麒再度转换话题，“对冠兰，你有什么想法呢？”

“对冠兰，我为什么要有想法呢？”

“你们毕竟还是未婚夫妻嘛。”

“我唯一的希望是跟他不在同一个地方。”

“为什么？”

“我从小到大，特别是从中学到大学，一直跟他在同一所学校。这给我造成了长期的痛苦和特别深重的伤害。我不希望这种状况继续下去。”

苏凤麒沉思良久，轻声问：“以后呢？”

叶玉菡举目看看老人：“有以后吗？”

苏凤麒把叶玉菡千里迢迢叫来上海，是想从她那里弄到丁洁琼的信，或至少得知那封信的详细内容。但老教授很快就看出这是办不到的事。既然办不到，他索性闭口不谈。

“在上海住几天吧，”苏凤麒站起来，“买点该买的东西，散散心。”

“不，我想尽早回济南，最好今天就走。”叶玉菡也站起来，“我在主持一个实验，特别忙。”

“今天没有车次了。你先去住下，我派人明天送你上火车。”

苏凤麒从窗户看下去，看着叶玉菡钻进一辆黑色轿车，才回到写字台前。浴缸内的冰块早已化为清水，吊扇仍在嗡嗡转动，却不能使人感受到丝毫凉意。教授左手托着下巴，右手食中二指并拢，有节奏地轻轻敲击着玻璃台板，重新半闭两眼，陷入沉思。不久前，他写信给美国霍普金斯大学，通知他们先别把硕士学位授予苏冠兰。与此同时，他写信给美国杜克大学，叫他们对苏冠兰报考该校化学系博士生的申请不予考虑。

“哼，丁洁琼，丁洁琼……”苏凤麒无声咀嚼着这个名字。想起这个女孩他多少有点惭愧，因为他对叶玉菡说的不是实话，特别是关于校花的事。他给叶玉菡看的几张报纸上，有的照片明摆着是偷拍的，这本是小报的惯技。也有普通生活照，大学生们都有的，不足为奇，不知怎么落到记者手里，被登了出来。身为大学教授，苏凤麒知道评选校花在校园里虽是无聊的事，却也是常见的事。所谓校花，无非是全校最美丽的女孩。无论是否评选，全校最美丽的女孩总是存在的。悲剧并不在于她们的美丽，也不在于这种评选，而在于几乎所有校花后来都没有出息，有的甚至沦落了。那并非因为她们美丽，而是因为她们把握不住自己的美丽。

丁洁琼怎么样？苏凤麒其实是知道的。他从后续报道中知道这个女学生拒绝了校花桂冠。他让秘书到金陵大学直接查询，也证实了这一点。说实话，教授甚至为此钦佩过丁洁琼，但这并不妨碍他向叶玉菡隐瞒真相。很简单，因为丁洁琼现在是他的“敌人”。不错，那女孩容貌美丽，但这并不能改变事情的本质，这只会令她从“敌人”变成“美丽的敌人”而已，这样的“敌人”更加危险！

苏凤麒这样寻思着，捧出一个很厚的牛皮纸档案袋。档案袋上的各项栏目都没有填写，只用毛笔写着三个大字：丁洁琼。他望着这个名字，却想起了齐鲁大学那位校长室秘书兼小教堂牧师卜罗米，而且想了很久。最终，他定了定心神，打开那足有几英寸厚的档案袋，从中取出几个鼓鼓囊囊的卷宗来。这里的全部材料他已经审视过多次，但不知何以，总是不放心。终于，现在，他把所有卷宗重新翻出来，摊开来。

第一个卷宗内夹着一百多张丁洁琼最近的照片，但都不是在照相馆里拍摄的，而多是用某种长焦距镜头拍摄的，有些是近乎特写的局部放大照片。还有一份英文打印文件，共十几页。在这份卜罗米致查路德校长和苏凤麒博士的报告中，牧师根据小姑娘珊珊的口头叙述，对那封南京来信的信封式样、字样、信件内容和照片上女主人公的容貌做了尽可能缜密的分析和判断，并据此以查路德的名义给苏凤麒发出那个电报。卜罗米还专程赶到上海拜会苏凤麒本人；又从上海赶到南京，亲至金陵大学，盯上了那位女大学生，跟踪她到了北平。

丁洁琼到北平后住在燕京大学招待所，每天清晨来到颐和园东宫门，一直徘徊到太阳落山，望眼欲穿，心急如焚。三天下来，她迅速消瘦，面色灰黄，憔悴不堪，却连心上人的影子都没能见到。到第四天，她只好怀着深重的痛苦焦虑，动身返回南京。

那上百张照片，都是卜罗米在跟踪过程中，在南京和北平，在金陵大学和燕京大学，在列车上，在颐和园东宫门等许多地点拍摄的。报告中对跟踪的全过程和所拍照片做了说明。苏凤麒非常熟悉光学仪器，一生拍摄的天文照片多达几万张，有些照片的拍摄难度极高，可惜用尽手段也没能拍到所预言的那颗隐星。不料，卜罗米却准确无误地捕捉到了另一颗“隐星”！照片上展现了女大学生的各种衣着、姿势和神情。因为是在长达一周的时间中连续追踪拍摄的，甚至能看得出姑娘容颜、体态和情绪的变化，看得出她离开北平前最后十几个小时的极度憔悴、消瘦和沮丧……

苏凤麒见过卜罗米多次。在他的印象中，这位年轻牧师少言寡语，处事谨慎，谦恭礼貌，表情严肃，偶尔露出一丝微笑。直到这次，博士才有所深思。长时间跟踪一个少女并成功地偷拍大量照片，而又不被任何人觉察，这谈何容易。苏凤麒百思不得其解：卜罗米怎么练就这一招的？他图的是什么？哼，十有八九是想以效犬马之劳讨好我，有朝一日混个齐大副校长、教务长或神学院院长什么的！

苏凤麒下令调来金陵大学应届毕业生的全部档案，只是为了掩人耳目。他唯一感兴趣的，他紧紧盯着的，其实只是“那颗多年来引起异常摄动之隐星”。现在，材料都在那几个鼓鼓囊囊的卷宗内。

丁洁琼在颐和园门前苦苦等待了三天，失望而归。她在火车上便病了，回到南京后病得更厉害，可恰在此时留学考试临近了。她的考绩一直拔尖，本可以保送留学的，即推荐留学或免试赴美留学，可是她要求按章参加公费留学招考——她本来也是能轻而易举地考取的，可是……

丁洁琼带病参加考试。第一天的三门考试，第一门便考得不甚如意，但也许尚能达到录取水平；第二门连及格都成问题。第三门考试刚开始她便支撑不住了，走出试场呕吐，而按照规定，考生一旦离开试场便自动失去该场考试的资格和考绩。她住进医院，第二天和第三天的六门考试都不能参加，后来一连八天也一直住院。因此，卷宗中的“本届留学考绩记录”上的分数基本等于零。

但丁洁琼大学五年的学历档案非常扎实。在第一任中国校长凌云竹治下，金大的管理非常严格。档案中除每个学生必不可少的个人简历和品行记录外，最详细的是历年考绩登记，甚至保存了学生各学年、各学期和各科的部分试卷。苏凤麒审视了丁洁琼的必修课力学、声学、光学、电磁学、固体物理、热学和分子物理的考绩，还有数学物理、化学物理和核物理等各门类考绩，几乎全部是满分，只出现了少数几个九十几分。苏凤麒着意考察了丁洁琼的数学才能，发现其微积分学、微分方程、积分方程、泛函分析、级数论、函数论、变分法、数理逻辑和几何学的考绩也几乎全是满分。

尤其使苏凤麒吃惊的是丁洁琼那篇毕业论文“The Mathematical Analysis of Rutherford Experiment”（《“卢瑟福实验”的数学解析》）——你听，口气多大！卢瑟福[1]是什么人？英国皇家学会会长，荣膺一九〇八年诺贝尔化学奖。一九〇九年的“卢瑟福实验”被公认为一座里程碑，通过这个实验创建的“卢瑟福模型”被奉为原子物理学的圭臬——可是几乎没人知道，剑桥大学教授卢瑟福能将原子核的构造形态天才地想象成行星绕太阳运行，是因为曾受到过同为剑桥大学教授的同事和朋友，以行星研究闻名的苏凤麒博士的启发。

丁洁琼的论文根据“卢瑟福实验”之后各国实验室的报告，提出了一系列数学公式和计算方法，试图反映电子围绕原子核运行的规律。在苏凤麒看来，这篇论文虽有单薄之处，却能从中看出非凡的才气，看出缜密的思维和推导，特别是能看出一个年轻女子在物理学领域不可限量的前景！

丁洁琼自幼生活在国外，在语言能力方面表现出奇迹般的天赋。小报上说她“熟谙五国语言”，恐怕并不止此。她可以把其他学生必须花在外国语学习上的大量时间、精力用在主课上，而驾轻就熟地阅读经典原著对她大有裨益……

1　卢瑟福（1871—1937），新西兰物理学家，世界知名的原子核物理学之父。1909年通过卢瑟福散射实验发现了原子核的存在，并据此在1911年提出“卢瑟福模型”。

“我不会看错的，这个丁小姐很可能是又一位希帕提娅[1]，又一位柯瓦列夫斯卡娅[2]，又一位居里夫人！”苏凤麒站起来，双手抄在背后，在屋里踱来踱去，“可命运为什么如此安排，不让她成为我的学生、朋友或女儿，偏偏让她成为我的敌人呢？”

1　希帕提娅（约370—415），出生于埃及的希腊女数学家、天文学家和哲学家，被誉为“世界上第一位女数学家”，后惨死于野蛮教徒的残害。

2　柯瓦列夫斯卡娅（1850—1891），俄国女数学家，其突出成就是1888年解决了“刚体绕定点旋转问题”。她是俄国历史上获圣彼得堡科学院院士称号的第一位女性，被誉为“二十世纪之前最伟大的女数学家”。

基督受难

校长室秘书请丁洁琼到凌校长家里去一下。

客厅里摆着刚沏的茶，还有水果瓜子点心。墙上挂着几幅字画，其中一幅是郑板桥的墨竹：一根竹子迎风挺立，枝叶的疏密浓淡恰到好处，似乎还发出簌簌声响，背景上有点淡墨晕染。郑板桥常在画上题一段话或一首诗，这幅墨竹上却仅书“高节凌云图”五字。

丁洁琼对小楼里里外外都很熟悉。五年来她无家可归，无须为恋爱而赴约，课业对她来说又很轻松，于是每逢节假日就到凌老师家来，不是节假日也常来。来住，来吃，来帮着侍弄小花园和干家务活，跟凌老师探讨数学和物理学，随素波师母弹钢琴拉小提琴，在客厅里与教授们一起吃点心喝下午茶热烈争论。现在，女学生又来到这间客厅，啜了一小口茶之后，她低头望着茶杯不吭声。

“洁琼，今天让你来，是要谈点重要的事情。”凌校长连开场白都没有，“第一，当然，是你报考留学的事。”

“老师，师母，”丁洁琼的泪水立刻夺眶而出，“这事，我，我对不起你们。”

教授望着姑娘。

“我没出息，没考好，没考取。而我原本是可以考得很好，让老师和师母为我骄傲的。”丁洁琼哽咽着，“我想，我可以先谋个教职，以后再考。”

“不，”凌云竹摆摆手，“你考取了。”

“您说什么？”丁洁琼以为自己听错了。

“我说，你考取了。”

姑娘瞠目结舌。

“你没听错，洁琼。”教授说得更明白了，“你确实考取了‘庚款留学美国’。”

“这，这，这不可能啊。”

“是的，不可能。但在你身上发生了奇迹，不可能竟变成了可能。”凌校长显出思忖的神情，“事实就是你考取了，录取在加州理工学院。”

丁洁琼仍然回不过神来，如处梦幻之中。

“我们请你来，就是为了把这个消息告诉你，并且祝贺你。”宋素波也开口了，“加州理工学院，可是名牌学府啊。”

美国大学排行榜变来变去，排在最前面的总脱不出哈佛大学、耶鲁大学、普林斯顿大学、哥伦比亚大学、宾夕法尼亚大学、杜克大学、麻省理工学院、斯坦福大学和加州理工学院，有时候也算上达特茅斯学院、康奈尔大学和加州大学。

“凌老师，”丁洁琼仿佛从梦境中醒来，“是不是您从中帮了我一把？”

教授笑着摇头：“即使我有其心，亦无其力啊。”

“谁有这样的力量呢？”

“不知道。不过我想，不论他是谁，他都没有做错。就真才实学而言，你够格被世界上任何一所名牌大学录取。”

“您相信我，”姑娘深深舒一口气，“我也这样相信自己。”

“你读研究生，”凌云竹换了个话题，“打算选择什么样的专业方向？”

“原子核物理学。”丁洁琼一字一顿。

凌云竹听着，并不觉得奇怪。丁洁琼的毕业论文《“卢瑟福实验”的数学解析》已经说明了一切。她嘴里出现的频率最高的人名是爱因斯坦。她认为爱因斯坦的理论预言了原子核中蕴藏着巨大的能量。一位著名物理学家意识到了这种巨大的能量，曾在一九二一年说过：“人类住在火药堆成的岛上，庆幸的是人类找不到点燃它的火柴。”但是丁洁琼早就说过：“人类迟早会造出这根火柴！”

“你想造出这根火柴？”凌教授多次笑问。

宋素波提出另一个问题：“洁琼，你二十四岁了。对一个女孩子来说，这就不年轻了。”

“不年轻又怎么样呢？”丁洁琼显得无奈。

凌云竹问：“一直在跟苏冠兰交朋友，谈恋爱吗？”

“是的。”

“还是相互写信，写信，一直写了五年，连一次面都见不上吗？”

“是的。”丁洁琼咬咬下唇。

“牛郎织女尚且每年能在七夕见上一面呢。”

丁洁琼低头不语。

“苏冠兰现在怎么样了，你去北平是不是为了见他？”宋素波望着丁洁琼，“对你俩的事，他到底怎么考虑的？他打算怎么办？”

丁洁琼终于忍不住了，泪水扑簌簌直落。好长时间，她才平静下来，把最近一两个月的不幸遭遇说了一遍。

“什么，苏冠兰又失踪了？”凌云竹夫妇听了大为惊叹。

“真的，”丁洁琼抽泣，“我甚至想不出国了。”

“为什么？”

“留在国内找冠兰。找到之后，再跟他一起出去。”

“你一个姑娘家，到哪儿去找他，找得着吗？”凌云竹焦虑起来，“中国太大太深太险，弄得不好，连你自己也丢了呢。”

“那怎么办呢？我怕……”

“怕什么？”

“我怕苏凤麒下毒手，害死冠兰。”

凌云竹听了直摇头。

“您不是说过，那老头是冷血动物吗？”

“冷血动物也是动物，爱子的本性是不会泯灭的。他只是专横跋扈，非要儿子服从自己的旨意不可，绝不至于置儿子于死地。我估计……”说到这里，凌云竹一拍脑门子，显出恍然大悟的神情。

“您怎么估计的？快说呀，老师。”

“你跟苏冠兰通信五年，几乎是不可能完全不暴露的。估计是被他们发现了，对苏冠兰严加管束。”

“怎么个严加管束？”

“令他闭门思过，使他身无分文，寸步难行，派人盯着他的一举一动，顶多就是这些吧。”

丁洁琼松了一口气。

“这类手段是不能长久的。”宋素波说，“所以，洁琼，一切要从长计议。你先去美国，我们在国内继续寻找苏冠兰，一定会找到的。”

“是呀。”凌云竹宽慰道，“苏凤麒听说你去美国了，就放心了，肯定会放松对苏冠兰的管束。”

“那就太好了。”

谈到这里，客厅安静下来。凌云竹与宋素波对视一眼。教授抖开折扇扇了一阵，又端起杯子小口啜茶，时间一秒一秒地消逝。宋素波刚端起杯子，却又放下，若有所思。他俩似乎想说什么，但又很费劲似的。这一切被丁洁琼尽收眼底。她紧张起来，屏住呼吸，端正身姿。

“洁琼，不久，你将离开我们，离开母校，离开故土，奔向远隔重洋的异国。”凌云竹终于再度开口了，表情和语气都很郑重，说话很慢，“我们为你高兴，也感到恋恋不舍。你在我们身边生活了五年。人生中能有多少个五年呢？你知道我们是多么地爱你。”

“我也深深爱你们，老师，师母。”丁洁琼双眶湿润了。

“临别之际，有一个事实，我们认为，应该告诉你了。”

姑娘举目凝视老师，沉默不语。

“洁琼，”师母在一旁说，“你要坚强一些，更坚强一些啊。”

“老师，师母。”丁洁琼哆嗦了一下。

凌云竹注视着姑娘，端坐不动。

“凌老师，您说，说吧。请相信我。”

“是的，洁琼，我们相信你。”教授竭力镇静情绪，使声音保持平稳，“值此临别之际，我们有责任告诉你，你，你的父母——”

丁洁琼的脸色陡然发白。

“他们的被捕，你是知道的。”凌云竹费了很大力气，一字一顿往下说，“但是你不知道，他们在龙华被囚禁三年之后，于一九三一年二月八日深夜同时遇害了。”

“爸爸，妈妈！”丁洁琼失声叫道。她冷汗涔涔，全身震颤，摇晃。宋素波急忙过来，坐在她旁边，伸展双臂抱着她，抚摸她的肩和背，为她一遍遍拭去额上的汗水和面颊上的眼泪。

“洁琼，你说了，你会有足够的坚强。”师母轻声说，“我们相信你，正如我们爱你一样。”

姑娘将脸埋在宋素波怀中，紧闭眼睛，既不出声也没有动作，只有肩膀在微微抽动，默默地流泪。良久，她抬起头，撩撩略显凌乱的鬓发，用手绢捂住双眶，长时间默然无语。过了一会儿，宋素波用湿毛巾为姑娘仔细拭净面庞，凌云竹端来那杯已经凉透了的茶。

“如果还有什么可以告诉你的，那就是，你的父母视死如归，表现了崇高的气节。”教授说到这里，起身走到窗前，望着外面，沉默了很久，才又回过头来，动情地说，“洁琼，你应该感到荣耀，他们是中华民族的脊梁。”

“谢谢你们，老师，师母。”丁洁琼强忍着哀痛，声音很轻，但吐字清晰，“谢谢你们将真情实况告诉我，谢谢你们在我最痛苦的时刻，跟我在一起。”过了一会儿，她又说，“其实，我早有预感。”

“是吗？”

“这些年来，因为白色恐怖，黑暗统治，很多人被捕，被杀。父母为什么音讯全无？没有别的解释。很长时间了，我不谈，不问，不提起，是因为不愿使你们为难，也害怕触动自己胸腑深处那根最敏感、最脆弱的神经。”

“洁琼！”宋素波热泪盈眶。

“老师，师母，我深深感激你们。五年来，你们给了我家庭的温暖，你们就是我的亲人！”

“你是父母的遗孤，是他们生命的延续，是他们未竟事业的继承者。我们有责任更好地关心你。”凌教授沉默了一会儿，轻声说，“洁琼，我多次说过，你极具天赋。你记得我接着怎么说的吗？”

“您说：洁琼，你一定能够成为优秀的物理学家，”丁洁琼泪光闪闪，“你一定要以优秀物理学家的方式报国。”

“在你出国前夕，我要说的还是这个话。”凌云竹说着，递来一张纸片，“另外——”

丁洁琼接过来一看，原来是一张三千美元的支票。

“凌老师，您这……”姑娘脸红了。

“读了五年大学，父母留给你的钱快花完了吧。”宋素波将支票略一折叠，塞进姑娘的衣兜，“我们心中有数，洁琼。你迢迢万里，远赴美国，花费比较大，这些钱用得着的。”

丁洁琼攥着衣兜，像抓着一团火。确实，她的全部存款只够买一张去美国的船票了。她不再说什么，朝凌云竹夫妇深深鞠躬。

凌云竹转过身去，走到窗前，看着外面，有点哽咽："洁琼，你这一去，万水千山，烟波浩渺，我们不知何年何月能再看到你。我说几句话吧，算是为你送行。"

姑娘泪流满面："您的临别赠言，我一定铭记在心。"

"洁琼，听着，不管什么时候，到了什么地方，都不能忘记自己的父母，不能忘记自己是个中国人。"教授回身凝视姑娘，语气沉重，"还有，学成之后一定要回到中国来，把全部才能献给自己的祖国。"

赵久真博士跟凌云竹是哥廷根大学物理学院的同学，回到中国后也一直是好朋友。赵博士正好要去美国考察，凌云竹托他在赴美途中照顾丁洁琼。赵久真为此在上海多住了几天。等丁洁琼来后，先陪她到美国领事馆，再到领事馆指定的医院体检，之后是办签证和买船票。

现在，好了，总算登上了格陵兰号邮船。船缓缓驶离上海港。辽阔江面上的无数帆影，穿梭的小火轮，外滩的高楼巨厦都逐渐远去，终至消失。轮船开始在辽阔的东海上加速前行。波涛汹涌的大海上阴风呼啸。四顾茫茫，丁洁琼却一直伫立在甲板上，极目西望，满脸泪痕。赵久真一直默默伴随着她，不离左右。终于，博士轻声道："洁琼，放心，我很快就会回中国，回来第一件事就是去齐鲁大学。一定能找到苏冠兰的。我一定帮助你们恢复联系。”

丁洁琼朝赵久真深深颔首。

赵久真有意转换话题：“说实话，我倒是对你不放心。”

姑娘望着博士。

“比方说，洁琼，你很漂亮，可以说非常漂亮。”赵久真斟字酌句，“这样，你就很容易受到异性的爱慕和追求。而你远在异国他乡，长期寂寞孤独……”

“很漂亮，非常漂亮，很容易受到异性的爱慕和追求。”姑娘淡然一笑，“我在金大五年也是这样呀，爱慕和追求过我的男子多得连我都记不清了。可是我从来没动过心，我的胸腔中只能容下冠兰一个人。您放心，今后也不会有两样的。”

“还有，加州理工学院是美国名牌大学，那里出过许多著名学者，包括诺贝尔奖获得者。你在那里镀金之后也可能成为名教授，甚至是世界第一流的科学家。”赵久真拖长声音，“而苏冠兰……”

“不，赵老师。”丁洁琼迎视博士，“第一，很多中国布尔乔亚喜欢把留学叫作镀金，也确实有些人出国是为了镀金。但我不是。我是追求真才实学，我也一定会博得真才实学。第二，将来，即使冠兰是个园丁，农夫，工匠，我对他的爱也不会变化。如果他无力出国，我就接他出去，或者我回国来跟他结婚。”在浓重的暮色中，丁洁琼目光炯炯，“倘若万一他由于这种或那种缘故不幸离开了人世——我就终身不嫁。”

“怎么能这样说呢，洁琼！”

“苏冠兰，苏冠兰，”朱尔同连声叫着，一脚踹开房门，跌跌撞撞地扑进来，把靠椅和茶几都碰翻了。他三脚两步跳到苏冠兰床前，一把扯掉蒙在对方头上的毛巾被，气喘吁吁：“苏冠兰，快起来，起来，快看号外，号外！”

“你嚷嚷些什么啊？”苏冠兰一骨碌爬起来，怒气冲冲，“什么号外，跟我有什么关系！”

“当然跟你有关系。”朱尔同挥舞着一张报纸，“喏，上面有琼姐的名字。”

苏冠兰瞥瞥报纸，又看看朱尔同。

“是真的，真的。”朱尔同将报纸凑到苏冠兰眼前。不错，上面好像是有“丁洁琼”这个名字。

苏冠兰跳将起来。

“别抢，别抢，本来就是送来给你的嘛。”朱尔同说着，比比画画，“你看，喏，这里，就在这里。”

果然，那里清清楚楚印着一个名字：丁洁琼。

苏冠兰竭力平心静气，将报纸翻来覆去地看了看。啊，并非“号外”，是三天前的《中央夜报》，南京《中央日报》的增刊。报上公布了民国二十三年年度公费留学招考录取的研究生名单。名单中白纸黑字地印着：丁洁琼。金陵大学物理系应届本科毕业。学士。录取在美国加州理工学院物理系。研究方向原子核物理学。攻读硕士学位。

是的，白纸黑字。那一个个铅字黑得像铁钉，又冷又硬的铁钉，好像还发出一下下敲击的声响。

朱尔同嚷嚷："也巧，我去图书馆从来不看报纸，今天偶然瞥了一眼，就瞅见了，嘿嘿。咦，苏冠兰，你怎么啦？"

苏冠兰目光呆滞，像是盯着报纸，又像是瞅着别的什么地方。《中央夜报》在他手中纹丝不动。

朱尔同也愣住了。

报纸被搁在小桌上。苏冠兰重新躺下，屈起双臂枕在脑后，望着天花板。

他很久没有收到琼姐来信了，也不敢给琼姐写信。他在实验室和图书馆里消磨时日，好像忙碌不堪，实则脑海中一片空白，心中想的除了琼姐还是琼姐。他无法想象琼姐在极度失望之余是怎样离开北平的。他甚至担心琼姐会在迷离恍惚中遭遇车祸，或因深陷痛苦而身患重病。更担心的是……

"苏冠兰，你为什么不吭声？"

"吭什么声？"

"你应该马上给琼姐写信，热烈祝贺她。"

"写了信往哪儿寄？"

“寄加州理工学院啊。”

苏冠兰睨视朱尔同：“不久前你还替叶玉菡说了很多好话，可今天又催促我与琼姐恢复联系，鼓动我跟她恋爱下去。”

“我承认我自相矛盾。”朱尔同搔搔脑袋，“叶玉菡确实是个难得的好人。但我要说，你跟琼姐才是真正的爱情。”

“这矛盾怎样解决呢？”

“不知道。”朱尔同想了想，摇摇头。室内沉寂了一会儿之后，他又问：“什么时候给琼姐写信？”

“我不是报考了杜克大学吗？发榜之后再说吧。”

“万一你没考上，还会给她写信吗？”

苏冠兰沉默了一阵，摇了摇头。

“为什么？”

“朱尔同，你真的不懂？”苏冠兰望着天花板，“琼姐镀金之后，可能就看不上我了。”

“琼姐不是这种人。”

“可我会自惭形秽的呀。”

笃笃。有人敲门。

“请进。”朱尔同抬高嗓门。

卜罗米牧师在推门而入的同时，习惯性地四下溜了一眼，朝苏冠兰点点头：“校长请你去一下。”

“什么时候去？”

“现在就去吧。”

一刻钟后苏冠兰到了杏花村。校长办公室内像往常一样，紫色帷幕把所有光线都挡住了，十几支蜡烛插在几座花枝状烛台上，摇曳着橘黄色的光，给室内的一切泼上一层浑浊的褐黄。

查路德牧师坐在高背安乐椅中，埋头于一大堆卷宗。

苏冠兰鞠躬叫道：“校长。”

“啊哈，是冠兰来啦，欢迎欢迎。”查路德摘掉眼镜，站起来，满面笑容地绕过大写字台，走到年轻人面前，又是握手又是拍肩膀，“哦哦，请坐，这边坐。凯思，沏茶。”

苏冠兰哼哼哈哈应付着，顺便环顾四周。像以往一样，他的视线不由自主地被壁炉上方那尊耶稣苦像吸引过去。

“校长，您叫我来，有什么吩咐？”

“我说过无数次了，应该叫查叔叔嘛。我跟你父亲情同手足。”牧师把脖子上的银链子拉拉正，使链子下端的十字架悬在胸口正中。他回到安乐椅上往后一仰，显得满面春风：“首先，冠兰，请接受我最热烈的祝贺！”

“什么事呀，校长？”年轻人心上如千万只蚂蚁在爬。

“我要向你宣布一个好消息。”查路德拉开抽屉，找出一份文件，重新戴上花镜，满脸笑容地宣布，“你在中华民国二十三年年度公费留学招考中，已经被美国杜克大学研究生院录取。”

“校长！”苏冠兰霍地站起来。

“冠兰，还有更好的消息呢。”校长又取出一份文件，抬抬眼镜，站起来挺直身子宣读，“下面，是国民政府教育部朱字（廿三）第一一七号指令：鉴于苏冠兰品学兼优，特指定为齐鲁大学校长特别助理。此令。”

“您说……什么？”苏冠兰瞠目结舌。

“你问‘朱字’是什么意思吗？‘朱’就是指朱经农先生，教育部常务次长，也是齐大校董会董事长。就是说，此项指令是朱次长亲自定的。你知道，朱次长经农先生可是孔庸之先生的亲信，当然也是令尊的至交。否则，这等好事恐怕未必会落在你身上。”查路德摘掉眼镜，重新落座，十指交叉搁在胸前，“冠兰，你知道，在齐大，校长特别助理的地位很高，待遇优厚，历来都由名教授担当。像你这样，刚结束学业就能获此殊荣的，绝无仅有。所以，你理应得到最热烈的祝贺。”

查路德还说了些什么，苏冠兰连一个字也没听清楚。他身体麻木，神情呆滞，思维停顿，浑身像浸泡在冰水里。他摇摇晃晃地站起来，两腿如同灌了铅似的，朝门口挪去。使劲拉开高大沉重的橡木门扇之后，他缓缓回过身来，首先映入眼帘的是高高的十字架和“受难的耶稣”。一股气流从偶然张开的门洞灌入，无数烛火忽然一齐摇曳，闪闪烁烁。而那深陷痛苦和面临死亡的耶稣，他瘦削的面庞和枯槁的身躯正像受刑般抽搐，扭动着。

花信风来

“苏先生，有人找。”一位助手走过来，轻声说。

“谁？”

“说是从北平来。”

苏冠兰一抬头，发现窗外大雪纷飞。他出了实验室，在更衣室换掉白罩衫和软拖鞋，穿过走廊。

会客室中坐着一个三十五六岁的男子，中等身材，肤色较深，方脸上架着一副黑框眼镜，穿深灰色西服。大衣和皮包搁在身边沙发上。他起身伸出右手：“是苏先生吧？”接着递上一张极普通的白色名片，上面只竖印着三个楷体字：赵久真。

“久仰久仰。”苏冠兰说。

“我们是第一次会面。”

“我拜读过您在哥廷根大学时的地磁学论文。”苏冠兰沏了两杯茶，“博士从北平来？”

“不，从加利福尼亚。”

“哦，美国？”苏冠兰一听，像触了电似的。他愣了几秒钟，拉开门往外瞅瞅，将门重新关好甚至上闩之后，才回到沙发上，上身前倾，盯着对方。

“苏先生，我带来了丁小姐对你的问候。”赵久真望着苏冠兰，声音不高。

苏冠兰呼吸急促，额上汗津津的。过了十几秒钟，他回过神来，结结巴巴：“请问，丁小姐——”

“你该叫琼姐吧？”赵久真莞尔一笑。

“哦哦，是的，是的。”苏冠兰连连点头，“琼姐她，她，她……”

“半年前，我和洁琼从上海同船赴美国。凌云竹教授托我沿途照顾她。帮洁琼在加州安顿好之后，我本来很快要回中国，不料西海岸一些地方出现地震前兆，我应邀参加考察，延长了逗留时间。不然，会提前几个月来你这儿的。”

“哦，这个这个，咳，谢谢，谢谢。”苏冠兰仍然有些手足失措。他想了一阵，低声说：“您稍微等一等。”

苏冠兰回实验室交代了一下工作，拎上提包，到更衣室取了大衣、围巾和帽子：“赵先生，咱们走。”

苏冠兰把客人领到住处。他仍住芝兰圃原来的屋子。

大雪漫天飞舞。地下积雪足有半尺厚。苏冠兰拨开煤炉的炉门，屋里迅速暖和起来。赵久真一面掸去身上的雪花，一面打量这间不大的屋子："你原来有个伙伴，叫朱尔同……"

"他被开除了。"

"为什么？"

"还能为什么。"

"你现在还受监视吗？"

"如果他们知道大洋彼岸来人来信，是不会放过的。"

"所以我不说从美国来，而说从北平来嘛。"

苏冠兰把水壶放上煤炉，轻叹一声，眼巴巴地望着客人："赵先生，琼姐——"

"别急，先谈谈你的近况。"

"我天天泡在实验室里。校长特别助理是虚衔，领薪水的。"

"薪金够用吗？"

"够的，跟教授差不多。"

"令尊不怕你买了船票跑出国去？"

"跑不掉的。外交部和美英使领馆都听他的。"

"日常生活怎么样？"

"日常生活，您都看见了：卧室，实验室，哦，还有图书馆，饭厅。"

"叶小姐呢？"

"您说的是叶玉菡吧？毕业后到北平去了，听说在协和。"苏冠兰说着又眼巴巴地望着赵久真，"先生，琼姐——"

格陵兰号邮轮从上海起航，历时二十天，经横滨、夏威夷抵圣弗朗西斯科。上岸后，赵久真和丁洁琼乘火车到洛杉矶，再乘长途汽车到帕萨迪纳。美国的铁路和公路交通都非常方便。

丁洁琼带着三口箱子。其中一只藤箱里装着十几个捆扎得整整齐齐的牛皮纸包，还有一个纱布裹着的小包，小包中全是某种草根。在整个航程中，她经常小心翼翼地拾掇、清理那些草根。通风，喷水，保持湿润。

“这是什么植物？”赵久真问。

“兰，也叫兰草，兰花。”

“兰草，兰花，美国有吗？”

“反正我带的这些在分类学上属于中国兰科兰属。”

兰花一般用分株法繁殖，结合换盆进行。春季开花的秋季换盆，秋季开花的春季换盆。兰根为假鳞茎，取出后须经过冲洗、阴晾、剪切和涂药等精细处理。

“现在已是秋季，所以我带的是春季开花的几种兰。”丁洁琼说，中国从唐代开始栽培兰花。在传统文化中，兰被视为高洁、典雅的象征，地位在松、竹、梅之上。“竹有节而无花，梅有花而无叶，松有叶而无香，唯兰独并有之”，因称“四君子”。孔子自鲁返卫，见空谷幽兰，喟叹曰“兰当为王者香”，“芝兰生于深谷，不以无人而不芳”，后人因称兰为“王者香”，或“国香”，或

"香祖"，或"天下第一香"……

"嗬，有这么多讲究呀。"博士讶然，"你怎么如此喜爱兰花？"

"您忘了？"丁洁琼笑笑，"我的爱人、恋人、情人，名叫苏冠兰。"

"啊！"博士一拍脑门子，"不过，航程这么远，它们能一直活着吗？"

"相信我的爱能够感动上苍。"姑娘指指那十几个扎得紧紧的、沉甸甸的牛皮纸包，"这是五年来冠兰给我的全部信件，一共四百二十七封呢，还有几十张照片。"

听着赵久真的叙述，苏冠兰泪流满面。

"当时，我听着心里都难受。"赵久真轻叹一声，"嗐，换个话题吧。"

赵久真把丁洁琼领到加州理工学院院长弗雷格博士的办公室里。

弗雷格是物理学家，五十岁出头，又高又瘦，沉默寡言，生就一副冷漠、僵硬的面孔。当年在哥廷根大学，赵久真是他的学生。弗雷格的额头习惯于略微前倾，这就使他必须两眼上翻才能看见别人，也就使得他的两颗褐色眸子显得突出而犀利。现在，他离开写字台，在一张沙发中落座，同时指指另外两张沙发，发出一个音节：“唔。”又瞅瞅对面墙上一口挂钟：“十五分钟。”

在弗雷格的字典里，这是“谈话限于十五分钟内”的意思。说着，他用那样的两颗眸子瞥了一眼丁洁琼，目光像是带了电似的，使姑娘哆嗦了一下。

“丁小姐是凌云竹教授的学生，毕业于中国南京金陵大学物理系。”赵久真介绍道，“她刚被录取为贵院研究生，专业方向原子核物理学。”

“知道。”弗雷格面无表情，“她是破格录取的。”

“太感谢了。”赵久真说，“考试那几天不巧丁小姐病得很厉害……”

“这不关我们的事。”弗雷格耸耸肩，“破格录取，是因为有人推荐了她。你知道，我们这里像西点军校，接受权威人物的推荐。”

赵久真望着弗雷格，感到错愕。

“你当然知道苏凤麒博士。他给我们写了信。一般自费留学必须有两位名教授联名推荐，公费留学则纯粹看考绩。但苏博士是个例外，有他的一封推荐信就够了，还可以按公费生录取。”弗雷格起身，从写字台抽屉里取出一个很大很厚的信封，扬了扬，“喏，是托外交信使带来美国的，不然，肯定会误事。里面装着丁小姐大学五年的全部考绩和学士学位证书。我们学校有不少数学家、物理学家和天文学家，很好，现在又有了舞蹈家。”弗雷格转向丁洁琼，“顺便问问，小姐，你怎么结识苏博士的？”

“我不认识他，从来没有见过他。”

“哦，是吗？”弗雷格显然感到意外。他瞅瞅对面墙上的挂钟：“我还想提一个问题，你将来想做什么？”

“做大学教授呀。”

“不，”弗雷格拖长声音，口气含蓄，但很坚定，“你不能做教授。”

“为什么？”丁洁琼紧张起来。

“你可以在实验室工作，从事研究，等等，但不能上讲坛。”

“博士，丁小姐懂好几国语言呢。”赵久真急了，“您已经听出来了，她的美式英语说得简直比美国人还好。”

“是的，”姑娘鼓足勇气自我辩护，“我的口才也，也挺不错的。”

“对不起，那就更不行了。”弗雷格说着，起身送客。

两人无可奈何，告辞出来。但是，赵久真在校园里走着，想着，竟笑了起来。

“您还笑！”丁洁琼愁容满面，“凌先生也曾建议我将来从事实验物理或技术物理而不要钻研理论物理，但他也并不像弗雷格这样……”

“弗雷格怎么样？”

“认为我在物理学领域没有前途呗。”

“什么这个物理那个物理，弗雷格根本不是这个意思。”

“那他是什么意思？”

“别看他老是板着面孔，其实他很幽默，是在跟你开玩笑呢。”

丁洁琼站住，望着赵久真。

“记得吗？洁琼，”博士认真打量姑娘，“我在船上说过，你很漂亮，非常漂亮。”

“您说这，是，是什么意思？”

“古希腊有过一位容貌异常美丽而口才也非常好的女教授玛尔蕾斯。因为当时的大学生都是男子，玛尔蕾斯又太漂亮，以至她讲课时男生们老是神不守舍。”

丁洁琼听着，睁大眼睛。

“法院只得禁止玛尔蕾斯上讲坛，除非她戴上面纱。”

姑娘的表情像听天方夜谭似的。

“弗雷格的意思是，你也必须戴上面纱。”

“瞧您说到哪儿去了！”丁洁琼脸红了。

苏冠兰笑起来，简直有点骄傲了：“是的，琼姐确实非常漂亮。”

“你也很帅。”赵久真打量了一下年轻人，掏出一封信，“喏，洁琼捎给你的。上帝保佑，我算是当面亲手将信送到了。”

白色横式信封没封口。上面用紫色墨水写着优美流畅的汉字，一看就知道出自琼姐的手笔。第一行是“托赵久真先生面交”，第二行写着“苏冠兰”三字，下面用英文写着：

Ding（丁）

Pasadena, California（加利福尼亚，帕萨迪纳）

U. S. A（美国）

苏冠兰心慌意乱：“我现在可以看吗？”

“不仅可以，而且必须。”赵久真笑道，“不然，我怎么复命呢？”

“复命？”

“洁琼等着回音呢。”

苏冠兰取出厚厚的、折叠得很精致的信瓤，掂在手里打量、琢磨了一下，会心一笑。他想起了朱尔同当年的“学问”，知道这种折叠信纸的方式叫热吻式。

冠兰，我亲爱的弟弟：

时间消逝得多快啊！一转眼，我来到大洋彼岸已近半年。加利福尼亚常年阳光灿烂，但最近气候反常，帕萨迪纳竟飘起了雪花，有点像我在南京每年冬季见到的那种雪花。湿冷，细碎，容易融化，但它仍然使大地变得一片银白。很多人兴奋不已，特别是孩子们。我也非常高兴！我由此产生了一种吉祥的预感，即这封信一定能顺利送达你手中，咱俩从此将恢复联系。你现在哪里，你所在的地方也在下雪吗？瑞雪兆丰年。如果你那里也在下雪，乃至大雪纷飞，那就预示着我们的爱情必然丰收！

读到这里，苏冠兰瞅瞅窗外。可不，雪花漫天飞舞。他会心地笑了笑。

像从来那样，丁洁琼的信有一半左右的篇幅是用外文书写的，多用英文德文，也穿插几个拉丁文单词——她早就说过，她觉得这样在抒发感情时更加自在，更加淋漓酣畅。她谈到从北平失望而归，大病一场，却在庚款会考中意外地被录取；谈到太平洋上的二十天航程和赵先生对她的关心呵护；谈到西海岸、加利福尼亚、帕萨迪纳和加州理工学院的美好；谈到面容刻板而实际上不乏幽默感的弗雷格博士；谈到当获知是苏凤麒的亲笔推荐信才使她得以被破格录取时的震惊和惶惑……

真的，我不懂是怎么一回事。你在来信中多次说到你父亲有一双可怕的、有力的、无形而又无所不在的巨手。我早就体会了它的“可怕”，又体会到了它的“有力”和它的“无形而又无所不在”，现在又感觉到了它的不可思议。

物理学近几年发展很快，突出的成就是从宇宙线中找到了正电子，还有很多重大发现即将接踵而至。加州理工学院新建了一座专门探测和研究来自宇宙空间的粒子的实验室，物理学的一个新分支“粒子物理学”刚在我们这里诞生。我就在这个实验室，已经开始潜心研究改进计数器和电离室，加强对相关数学工具和计算技术的掌握与运用。我对前途充满信心。我的导师、实验室主任罗曼·奥姆霍斯博士被公认为美国最优秀的青年物理学家之一。有意思的是，第一次见到奥姆霍斯时，他竟很认真地问我“满了十六岁吗”？中国人，特别是中国女人，往往比同龄的白种人显得年轻。我告诉他，我已经二十四岁了。我说在中国，这个年龄的女人很多都早已是几个孩子的母亲。他紧接着问：“那么，你呢？”我说我还没有结婚。他赶快说他也没有结婚，理由是美国人崇尚晚婚。另外，晚婚适于核物理这个职业。因为这种研究要经常接触辐射，对身体机能，特别是对男性生育机能和孕妇体内的胎儿有害……你看，他想到哪儿去了。他又劝我说，别像迈特纳[1]那样终身不婚。

我说，迈特纳还在世，怎么就知道她将终身不婚呢？奥姆霍斯摇头说她都五十六岁了，希特勒又把德国弄成那样，她还会结婚吗？

1　迈特纳（1878—1968），犹太女物理学家，原籍奥地利。1938年为躲避纳粹迫害逃往瑞典，1960年移居英国剑桥。1939年，迈特纳与德国科学家哈恩共同提出了核裂变的理论基础，后者因此于1944年获诺贝尔化学奖。

捎带说说，奥姆（对了，我经常简称他“奥姆”）——“罗曼”是他的名，“奥姆霍斯”是他的姓，这个姓氏起源于英格兰一个古老的望族。我不仅把他姓名的全称省略了，还把先生、博士、教授、主任等尊称和头衔统统省略了。我问可以这样称呼他吗？他说当然可以，完全可以，只要是我叫他，叫什么他都高兴！

“奥姆霍斯博士……奥姆霍斯……奥姆……”苏冠兰轻声叨念着，半闭上眼睛，“赵先生，您见过奥姆霍斯博士吗？”

“见过呀。”

“他，怎么样？”

“他很有才能，很好，很可爱……”

“哦哦，那太好了。”

真是奇迹。我带来的十二棵兰，居然都栽活了！

在中国，从小寒到谷雨有八个节气二十四候，每候都有一种花卉绽蕾。花信风，就是每种花开时节吹来的风。我给你写这封信时，正值大寒至立春之间；这个时节的花信，恰是兰花。这里的冬季本来不冷，我的室内更是温暖如春，加之我精心养护，从国内带来的四棵墨兰和四棵春兰先绽蕾了！天气更暖后，还有四棵蕙兰将接着开花。即使花期都过去了，兰草那高洁、典雅的身影仍将天天伴随着我，就像你时时在我的身边。总之，我觉得这是幸运和幸福的好兆头！

你能理解我的心情吗，冠兰弟弟？当我写这封信的时候，我的感觉是你就在我面前，近在咫尺，甚至相互拥抱着，耳鬓厮磨，你就这样倾听着我的诉说。我日日夜夜、时时刻刻都在思念你，眷恋你。我之所以在学业上发奋上进，是希冀有朝一日聚首之际，配得上你。我毫不怀疑，你我一定能踏平人生大海中的惊涛骇浪，重新聚首并相互拥有。一旦那个幸福时刻降临，我会怎样呢？也许我会哭，会笑，会兴奋得手足失措，会死死地拽住你，不许你再离开一步。我已经为漫无际涯的离别受够了痛苦，流够了眼泪！

不要以为我还是一个天真少女，在抒发自己的稚气和热情。不，我已经完全是个成人了，将成为硕士、博士和教授，可能还将成为院士和科学大师——即使那样，又怎么样？即使那样，我也要说：我在你面前只是个女人，一个属于你并且只属于你的女人！

苏冠兰紧闭上发烫的眼睛，内心深处感到羞愧——刚才还对奥姆霍斯博士多心了呢！琼姐若是知道了，会多么委屈啊，甚至会藐视他的。

他使劲止住泪水，睁开眼睛——

为什么半年多来你毫无音讯？我有过几十种、几百种猜测。如果是由于老头子们捣鬼，那不算什么，我们一定能挺过去。不管怎样，未来属于我们，而不属于他们。我一定要找到你，而且也一定能找到你！

如果……万一你不在人世了，我将终身不婚。我愿意相信神的存在，因为这样我才可以在另一个世界与你重聚。

当然，还有一种可能，就是你变了心。那么你就不必回信了。请口头告知赵先生，他会尽快转达给我的。而如果不是这种情况，那么，你一定要立即动手给我写信，要亲自写，马上写。哪怕只写一句话，只写“我爱你”，也会使你的琼姐成为世界上最欢乐的人——不，成为幸福女神！

苏冠兰又一次紧闭两眼，但泪水仍然夺眶而出。赵久真博士戴上帽子，拿着皮包和大衣起身：“我要告辞了，苏先生。”

苏冠兰这才想起还有一位客人。他睁开眼，可是，糟糕，泪眼模糊，什么也看不清。

“谁给洁琼写信呢，”赵久真面带微笑，“你，还是我？”

“我写！我，我……”苏冠兰也站起来，结结巴巴，“走，走，咱们下馆子，一起喝点。”

“雪还在下，而且起风了。”赵久真望望窗外。

“这是花信风！”

风萧萧兮

加州理工学院拥有世界上最先进的实验室和一大批顶尖级的数学家、物理学家、化学家及工程师。丁洁琼在这里崭露头角，研制出新型“云室”，被物理学界称为“威尔逊-丁云室”或“丁氏磁云室”。这种新型设备很快使宇宙线探索有了重大突破，丁洁琼因之名声大振，在她抵达美国半年后就获得硕士学位和美国物理学会奖金。几乎与此同时，丁洁琼对辐射探测仪做了重大改进，新一代的在科学界、医学界、工业及地质探矿领域得到广泛应用，被称为“丁氏正比计数管”或“丁氏管”。

女科学家提出了快中子与慢中子的划分理论，编制出中子剂量标准“丁氏系数表”，设计并制造出中子谱仪。她还在人工放射性核素的合成研究方面取得成功，相关论文一九三六年十月发表后得到很高的评价。因此她在一九三七年春，实足年龄二十六岁时获博士学位并晋升为副教授。不久，丁洁琼又发表了论文《隧道效应与核衰变的数学模型》，她的理论被称作“丁氏模型”。学院为此专门举行了一次学术报告会，拟参会者为五十至六十人，而能容纳一百五十人的梯形讲演厅里竟挤了几百人，其中绝大多数人根本不是物理学界的。克鲁因教授说："这些家伙之中能听懂的不到十分之一。"理查德教授呼吁对讲演厅加强管理。卡蒙博士说："这里离好莱坞不远，他们多半是把丁小姐当成电影明星了。"弗雷格院长耸耸肩："我早有预言。"奥姆霍斯开起了玩笑："琼，你真得戴上面纱了。"

丁洁琼笑而不答。奥姆霍斯没能看出她笑意中的一丝凄凉和惨淡。她知道自己的美丽，也知道这种美丽将会随着时间而衰退乃至枯萎，更知道女人的美丽是为爱她并被她所爱的男人而存在的。可是，那个爱她并被她所爱的男人，却远在天涯海角！她还知道，女人长久保持美丽的最好的办法是享受爱情，可是……

丁洁琼每天都在计算：到美国三年，就意味着与冠兰的分离又延长了三年。当初，南京与济南相距不到三百英里，就已成功地阻隔了她与冠兰，在长达整整五年的时间里竟使他俩连一面也没能见上。而帕萨迪纳与济南远隔太平洋，相距一万英里！这使她想起古诗里说的"盈盈一水间，脉脉不得语"。

还有，丁洁琼至今猜不透苏凤麒为什么要举荐她赴美留学。弗雷格跟苏凤麒的关系到底有多深，是否负有查路德那样的使命？苏老头子仍然很有权势。在这种情况下，如果她想回中国去，哪怕只是为了见冠兰一面，都将冒很大的风险，一不小心可能连她自己也出不来了。她还猜想，苏凤麒让她出国多半是基于一种假设，即她镀金后会主动离弃冠兰。而如果苏凤麒发现这种假设落了空，则肯定会使出别的手段……

不管怎样，与冠兰的聚首变得更加遥遥无期。这使丁洁琼深陷迷惘和痛苦，而身边又没有一个可与之倾诉的人，包括最亲近的奥姆霍斯。博士儒雅，正派，学问渊博，风度翩翩。加州理工学院所有的人都喜欢他，她当然不例外，何况她是奥姆的学生兼助手，长期在奥姆身边工作。可是，偏偏奥姆几乎从一开始就爱上了她并坚持追求她，这就使关于苏冠兰的话题完全无从说起。

奥姆成了丁洁琼的又一个心事。

奥姆比丁洁琼年长十岁。这并不是问题。许多少女不喜欢少男，而倾心于成熟的中年男子。奥姆体质较弱，身躯单薄。这也不成问题。很多情况下，这甚至更容易博得女性的怜爱。问题是她从来没有对奥姆动过心。她尊敬奥姆，钦佩奥姆，感谢奥姆，喜欢奥姆，但所有这些加起来也还不是爱情。她知道，如果从来没有遇到过苏冠兰，那么她多半会接受奥姆。然而事实是她已经有了冠兰!

丁洁琼无数次下决心要将真实情况告诉奥姆，免得这个痴心男人为一个无法实现的梦想空耗时间和忍受煎熬，也免得自己有意无意地欺骗奥姆。但每次她都知难而退。她没有忘记苏凤麒的存在。那双可怕的、有力的、无形而又无所不在的魔手早已伸过太平洋，如影随形地跟着她到了加州，到了帕萨迪纳，到了理工学院。她想，千万不能把冠兰的名字和身份，特别是自己与冠兰的爱情关系告诉奥姆，千万不能。爱情的本质是排他的。即使不考虑这一切，奥姆也可能在闲聊中有意无意地说给弗雷格听，而弗雷格也许会将其写在给苏凤麒的信中——事情一旦到了这一步，灾祸恐怕也就“指日可待”了。

为了让奥姆死心，丁洁琼曾经信誓旦旦，表示自己致力于学业，在获得博士学位之前绝不恋爱。她以为这一拖五六年或更长时间，奥姆会挺不住的。不料，两年多后自己就获得了博士学位。奥姆说：“琼，你下一个借口是什么呢，在获得诺贝尔物理学奖之前绝不恋爱吗？我继续等待。我相信你获得这个奖只是时间问题。”奥姆说：“我希望与你在同一项目中同时荣膺诺贝尔物理学奖。”奥姆还大度地说：“不过，琼，只要事实证明你爱上了另一个男子，我绝对放弃！”

丁洁琼深感无奈，但她决定坚持下去。她编出种种借口，说自己生性冷漠，说课题任务太重以至疲乏不堪，说受辐射影响导致经常头疼，说自己自幼受某种宗教的熏陶对男女之情怀有偏见……连她自己也觉得无法自圆其说。有一段时间，只得尽力躲着奥姆。最后，奥姆说：“琼，也许你有心事，有顾虑。那么，好吧，我不再纠缠你。但我要说，我爱你，我等着你。我相信，总有一天，你会被感化，会主动投入我的怀抱，会像我爱你一样地爱我。”

奥姆说话算话，从此确实不再“纠缠”丁洁琼。至少从表面上看，他俩完全恢复了正常的师生关系和工作关系。女科学家松了一口气，起码是暂时松了一口气。但是，不久，中国国内形势的急转直下却揪住了丁洁琼的心。

一九三七年七月七日，日军在河北省宛平县卢沟桥进攻中国驻军。十一日，日军进攻北平、天津。三十一日，北平、天津陷落。十一月，日军侵占上海。十二月九日进攻南京，十三日占领南京并疯狂地烧杀、奸淫、掳掠，对平民和放下武器的士兵进行了长达六周的血腥大屠杀。

在长达半年的时间里，特别是整个十二月份，丁洁琼对实验室全无兴趣，每天悉心听广播和看报纸。北平、天津、上海和南京有很多各国外交官、商人、记者和传教士，他们对日本人的暴行感到震惊和愤怒，公正地报道和揭露了日本军队的野兽行径。最为惨烈的是南京：几十万中国军民被集体枪杀并抛尸长江；千百名大中学生被活埋；一些日本军官提着东洋刀开展杀人比赛，拎着被砍下的中国人的头颅拍照留念；成千上万的中国妇女遭强奸后又被杀害，甚至被剖腹，暴尸街头……

丁洁琼想起了“五三”惨案：被日本人严刑拷打、挖眼割耳舌后乱枪扫射致死的中国外交官蔡公时，遭轮奸被挖出眼珠、割掉乳房而惨死的小学女教师黄咏兰……准确的统计数字早在一九二九年已经得出：中国人被杀六千一百二十三人，受伤一千七百余人——

天哪，我们要这样的“准确”干什么？这样的“准确”只意味着耻辱！“五三”惨案发生时丁洁琼在上海，是从各国通讯社的大量报道中获知情况的；苏冠兰后来给她的书信也有详细叙述。从“五三”惨案发生至今，九年过去了；从一八九四年中日甲午战争至今，四十三年过去了；从一八七四年日本进攻台湾至今，六十三年过去了——为什么中国一直积贫积弱，一直遭到侵略和欺凌，中国人一直在被宰割和屠杀，情况毫无改变？她最感痛苦和悲愤的是中国人死得太多太惨，动辄被杀几千人几万人，甚至是十几万几十万人！

这是一九三八年七月的一个中午，丁洁琼在给苏冠兰写信。她写道：“我的心时时在淌血！我胸中千百次发出呼唤，中国啊中国，咱们的中国啊，你什么时候才能强大起来？我天天回忆凌老师的嘱咐——你一定要以优秀物理学家的方式报国！我越来越经常地向往出现一种新式武器，一种运用物理学手段的神奇武器，一种我亲自参与研制的武器，以彻底埋葬那伙野兽！”

正写到这里，房门被敲响了。她将没写完的信收好，打开门。她的感觉没错，是奥姆，不过他身边还挺立着赫尔。

“欢迎你，中尉。”丁洁琼伸出右手，笑得很甜。

“你好，亲爱的琼。”赫尔是奥姆霍斯的弟弟，比乃兄小五岁，比丁洁琼大五岁，今年三十三岁。每次见到丁洁琼他都毕恭毕敬，一丝不苟：立正，敬军礼，然后握手。坐下之后也总是将双手搁在双膝上，脊背笔直，胸脯高挺。无论当面还是写信，他的开场白总是“亲爱的琼”。赫尔少年时放浪形骸，经常酗酒，还专门进过舞蹈学校。到头来他竟成为新墨西哥州一所军事学院的学员，毕业后加入陆军航空队，成了飞行员，由少尉升为中尉。他的部队驻亚利桑那州威肯堡基地，他休假时常来帕萨迪纳。丁洁琼早就说过：“你比哥哥帅气！”

赫尔知道罗曼爱上了丁洁琼。赫尔认为，丁洁琼无疑也是喜欢罗曼的，只是在竭力保持东方女性的矜持而已。赫尔决定帮助哥哥。他选择的方法是使他们尽力摆脱枯燥的校园生活，摆脱实验室和图书馆，多出去走走，以营造气氛。休假时他经常开着车来帕萨迪纳，邀上罗曼和丁洁琼一起出游。若是遇上理工学院放寒暑假，时间就更充裕了。他们游遍了大半个美国：黄石公园，科罗拉多大峡谷，尼亚加拉瀑布，圣海伦斯火山，大盐湖，圣奥古斯丁城，萨姆特要塞，纽约自由女神像，圣弗朗西斯科郊区森林中的杰克·伦敦故居，新罕布什尔州的白山风景区，对了，还有费城。

就美国那短暂的历史而言，费城算得上“古色古香”了。它是美国早期的首都，有建国初期的历史遗迹独立厅、哲学厅、自由钟和社会山，还有美国最大的市区公园费尔蒙特公园。丁洁琼想去费城还有一个原因，即她在金陵大学时代的老师卜凯夫人已经于一九三四年回到美国，定居费城附近的一处农庄。不过卜凯夫人已经跟卜凯离婚，并于一九三五年跟记者理查德·华尔士结了婚。但丁洁琼并不因此改叫她华尔士夫人，而是称她“珍珠老师”，因为她的中国名字叫“赛珍珠”[1]。这一对年龄相差十八岁的师生在费城郊区的农庄重逢之后，久久地相互拥抱，亲热之极，情同母女。

丁洁琼还跟奥姆霍斯兄弟一起到过加拿大、墨西哥、和古巴。赫尔有时还带着女朋友。但无论到了哪里，住宿时丁洁琼总是坚持独住一屋。这在美国是不可思议的。对此，赫尔又感慨，又钦佩，又无奈。他同时也为哥哥感到悲哀。罗曼身边并不缺少既可爱又美丽还特别喜欢他的女人，可他偏偏爱上这样一个中国女子！但赫尔又寻思，唯其是这样一个中国女子，才值得罗曼那么痴心地、全心全意地爱吧。

赫尔还忆起十几年前梦想当舞蹈家时读过的一篇小说。作品的主人公是一对年轻夫妇，两人因受某种宗教观念的影响，视男女关系为不洁，因此虽然结了婚却无亲密接触，双双外出旅游时也总是各住一室。这引起了房东老板娘的疑心，夜半偷窥。两间房有门相通，从两边都可随意推开门扇。但这对夫妇却各住一室，且都在各自房间里认真读书。读着读着，那位妻子大概是遇见了什么疑难，起身要去问丈夫，忽然发现自己因为一直歪在床上读书，弄得发型

1　赛珍珠（1892—1973），美国女作家，1938年诺贝尔文学奖得主。自幼随传教士父母长期生活在中国，曾在中国大学任教。一生中的许多作品都取材于中国。

和睡衣都不大整齐了。她立刻回身梳妆打扮了一番，换上一套整整齐齐的外衣，这才款款走向两个屋子中间的那扇门，伸手轻敲。那位丈夫也如礼如仪，从沙发上起身，走过来拉开门扇，很有礼貌地对妻子点头招呼，行吻手礼，然后做个“请进”的手势……

“不管怎样，他俩毕竟是合法夫妻。有了这个，别的都好办。”每当想到这里，赫尔总是忍不住摇头叹气，“可罗曼和琼这算什么呢？”

一九三八年七月的这个中午，当奥姆霍斯兄弟到来时，丁洁琼还以为他们又要邀她出游呢。而自七七事变发生，中国的抗日战争全面爆发之后，丁洁琼就从不外出旅游了。不料赫尔说：“亲爱的琼，今天我来辞行。”

“辞行，去哪儿？”

“中国。”

“你说什么？”丁洁琼瞪大眼睛，“是怎么一回事？”

“赛珍珠女士不是翻译了一部中国古典小说《四海之内皆兄弟》[1]吗？”赫尔仍然挺立着，语气不慌不忙，“我要像那书上的好汉们一样，投奔宋江。”

“你的宋江，是谁？”丁洁琼愕然。

1　即《水浒传》，赛珍珠借鉴了《论语》中的名言“四海之内，皆兄弟也”，将其译为“All Men Are Brothers”。

“陈纳德[1]。”

当年，中日关系日趋紧张，全面战争随时可能爆发。日本针对中国部署了上千架作战飞机，而当时中国空军能作战的飞机只有九十架……

中国政府名义上的航空委员会秘书长、实际上的空军总司令宋美龄给陈纳德写信，聘请他为中国空军顾问。

陈纳德一九二〇年成为美国陆军航空兵飞行员，一九三七年退役。他接受宋美龄的邀请，一九三七年四月一日乘总统号邮轮从圣弗朗西斯科出发，五月抵上海，旋即赴南京。

陈纳德在中国逗留期间，七七事变发生。七月二十七日，陈纳德毅然接受中国政府的聘请，并立即指挥弱小的中国空军投入战斗。然而南京终于陷落，日军节节推进。陈纳德曾招募了美英法荷等国的一批退役飞行员，组织了国际志愿队，但很快被消灭殆尽。

陈纳德辗转几处地方，终于在昆明建起一所新的航校。他想回美国招募一批教官，但困难重重。美国政府声称对中日战争“严守中立”，严禁船舶运载军火来华，使中国不能得到抵抗日寇的武器。相反，却把汽油、轻重武器和军用物资大量卖给日本。陈纳德

1　陈纳德（1890—1958），美国空军军官，1937年来华任中国政府的航空委员会顾问，组织美国志愿航空队即飞虎队，支援中国抗日。

是在非常困难的条件下，不远万里来到中国的。他几乎是单枪匹马地开始了拼搏，支持中国的抗日大业。陈纳德的勇气和选择，他对中国的感情，一直使丁洁琼感动。

“赫尔，”丁洁琼终于听明白了，“你要去参加这个陈纳德的事业？”

“是的，亲爱的琼。”赫尔虽然已经落座，上身仍然笔挺，两眼直视前方，“他比我年长十五岁，是我学飞行时的老师，也是我的好朋友。他给我的每封信都谈到日本军队的残忍和中国人民的悲惨。他在国际志愿队的战友们全部战死了。他说他感到孤独，工作压力和精神负担特别沉重。他说他知道我是一个出色的飞行员，希望我支持他，支持中国，支持人类正义事业，前往助战。他说他还给另外一些美国飞行员写了信。但所有这些人之中，只有我是现役军人。我读信后立刻就做出决定，办妥了退役手续。现在，亲爱的琼，我特地来向你辞行。”

“赫尔，你刚才说，”丁洁琼沉吟，“国际志愿队的战士们全部战死了？”

“是这样的。”

“那么就是说，你……”

“是的，我也可能战死。这正是我特地来郑重当面辞行的原因。”赫尔语气凝重，“亲爱的琼，如果发生这种不幸，希望你记住：我爱你，跟罗曼一样爱你。我是为你做出这个决定的，中国是你的祖国。”

“赫尔，我也爱你。”丁洁琼哽咽道。她望着赫尔，说不出话来。“中国”“祖国”，这些平时听起来很寻常的字眼，现在显得那么富有分量，压在丁洁琼的心上沉甸甸、暖烘烘的。

奥姆伫立一旁，两手抄在背后，动情地注视着眼前的一切，默然无语。

“亲爱的琼，我们一起驾车出游时，你教了我们那么多中国古代诗词。你译得真好，听起来简直像拜伦诗歌的原作。”

丁洁琼望着中尉。

“你教的中国诗词，我都能背诵下来。”赫尔接着说，“你知道吗？最近因为要去中国，我特别经常地想起其中一首，是最短的一首——”

“哪一首？”

“风萧萧兮易水寒，壮士一去兮不复还！”

“不，赫尔，你不能这样说，我不许你这样说。”女科学家扑上去拥抱赫尔，泪水夺眶而出。她伏在赫尔宽阔的胸膛上，泣不成声：“我跟我苦难深重的祖国和同胞一起谢谢你，谢谢你，谢谢你了！你会回来的，赫尔，你一定会回来的。我们都爱你，我们一起等着你！”

U委员会

“我抵达中国后的第一封信就写给你，亲爱的琼！”赫尔从大洋彼岸来信了，“在这片土地上看到的一切，亲历的一切，都使我想起你。我简直时时在思念你。”

为了能尽早赶到中国，我乘坐军用飞机途经印度和缅甸直飞中国昆明，在这里见到了陈纳德上尉，并被安排在昆明巫家坝航校任教。我们要为中国空军训练飞行员。可是我们一共只有三架破旧的教练机和三架伤痕累累的战斗机。我们努力争取将大批作战飞机运进中国，用于打击日本人。我们还要在这里大规模培养地勤人员。

我现在经常背诵的是你教的另一首古诗：“关关雎鸠，在河之洲；窈窕淑女，君子好逑。”罗曼多么爱你，多么爱中国！他没法亲自到中国去，就希望我代替他，参加中国的抗日战争。你的“好逑”在哪里呢？为什么不能是罗曼呢？我比你大五岁呢，可是在你面前总是毕恭毕敬，因为我把你当作未来的嫂嫂，盼望你成为奥姆霍斯家族的一位新成员。

自日本侵华战争爆发以来，宋美龄不断撰写文章和通讯，对美英两国发表广播讲话，谴责这两个国家特别是美国，面对日本暴行采取的所谓中立政策。她指出，中国军民浴血奋战，顽强抗击法西斯，做出了重大牺牲，在保卫人类世界的同时也保卫了美国。中国在毫无外援的情况下孤军奋战，并没有亡国，也绝不会亡国。她断言日本一旦侵占了全中国，就会将中国的辽阔领土和丰富资源转化为军事力量，进攻美国！

一九四〇年，日军占领越南并企图切断滇缅公路。日本的疯狂侵略使美国感受到了威胁。陈纳德不失时机地返回美国奔走呼号，要求组建援华志愿航空队。美国政府于一九四一年三月通过法案，向抗击法西斯的国家提供援助，同时批准美国飞行员以平民身份赴中国参战。就这样，美国空军一百二十架飞机连同两百多名空、地勤人员一起“退役”，成为陈纳德成功招募的第一批志愿飞机和人员。一九四一年八月一日，“中国空军美国志愿援华航空队”在重庆正式成立，陈纳德任总指挥。

然而兵力太少了。赫尔受命从事招募活动，于一九四一年十一月底动身返美，十二月五日途经火奴鲁鲁做短暂逗留。

被宋美龄不幸而言中了。日本尚未侵占全中国，就迫不及待地对美国下手了。一九四一年十二月七日凌晨，日本海空军偷袭珍珠港，美国太平洋舰队几乎全军覆灭。

火奴鲁鲁也遭到袭击。赫尔逃过此劫，好不容易返回美国本土。他预定在美国空军现役和退役的军官、军士中进行七场讲演，介绍中国抗日战争的惨烈壮阔和中国军民的艰苦卓绝，动员有资格前往中国的踊跃参加。他有意把最后一场讲演安排在圣弗朗西斯科，为的是能看看罗曼和丁洁琼。

“我说，赫尔，你开车不能慢一点吗？”

“你忘了我是一名优秀飞行员。”

“这不是在天上，是在公路上。”

“哈，能开飞机还不能开汽车吗？”

“这段公路以车祸之多闻名。”

“放心，罗曼，每次测试都证实，即使是在战斗机飞行员中，我也具有最好的视力和最敏捷的反应能力。”

“我忘了你还是个舞蹈家呢。”

“什么意思，怕我像跳舞那样开车吗？”

奥姆霍斯博士一九三八年十月到加州大学任教。半年后，丁洁琼也于一九三九年四月到了那里，再度成为奥姆的同事。

加州大学分设十几所学院，校部在伯克利。奥姆和丁洁琼供职的文理学院与校部在一起，这里的核物理研究水平在美国首屈一指。

罗曼·奥姆霍斯开着他的黑色雪佛兰轿车来圣弗朗西斯科迎接弟弟，回伯克利是由赫尔开车。哥俩一路闲聊。

“有一次，在贵州上空，我的座舱盖被敌机打出好几个窟窿。”赫尔显得兴致勃勃，“你知道当时的高度是多少吗？海拔九千英尺。不过离地面只有六千英尺，因为贵州本来是高原。但气压是由海拔高度而不是距地面高度决定的，所以舱内气压急剧下降，负二十华氏度的气流以每小时几百英里的速度猛灌进来，冲击力简直像机关枪子弹。这时，嗨，我又想起了那首诗，‘风萧萧兮易水寒，壮士一去兮不复还’！”

“我还记得琼扑上去拥抱你的情景，她伏在你胸上泪流满面。”罗曼回忆道，“你知道吗？为这，我多忌妒你。”

“应该是我忌妒你。琼当时说‘我们都爱你’‘我们一起等着你’。我们指谁，不就是她和你吗？”说到这里，赫尔想了想，“唔，罗曼，你跟琼的事，怎么样了？”

博士的表情阴郁，一声不吭。

“你呀，不行。”赫尔转过脸来瞅了哥哥一眼，“你是教授，博士，知识分子……”

“教授、博士、知识分子不行，什么人才行？”

“这个，喏，比方说吧，像我们，我们军人，飞行员，”赫尔斟酌字句，“或者说，我们美国人，只要是男人，你知道，为了爱情，哪怕是真正的爱情，嗨，有时就得来点蛮的。”

“怎么个蛮法？”

“比方说，搂住，搂得紧紧的，强行接吻，一下又一下，别松开，让她喘不过气来！时间长了，嘿，她受不住了，就会融化在你怀里。”

“可琼是中国人，中国女人。”

“你听我说完。有时，雄性的魄力很重要，真正的女人，喜欢这个！”

“这个，我不行，你也不行。”

“是吗？”

“琼是练过功的，别让她踹断了颈椎。”

“不，不。女人需要温柔，知道吗？温柔……”

“我很温柔，但也不行。”

“那么，她，喜欢美国吗？”

“非常喜欢。”

“那就好办，只要她永远留在美国……”

“不行。她说了，学成之后，一定要回中国去。”

“她，琼，”赫尔蹙起眉头，“在中国，或在美国，有男朋友吗？”

“不知道，她没说过。”罗曼摇头，“她从来不谈这个。”

“你可以问呀。”

“我问过，琼只是笑笑，不说有，也不说没有。”

"你的判断呢？"

"判断什么？"

"她有没有男朋友。"

"可能有，也可能没有。"

"废话！"赫尔瞪哥哥一眼，"你呀，哼，都七年多了。"

可不，从丁洁琼一九三四年秋抵达加州理工学院，成为奥姆霍斯博士的学生和助手算起，到现在确是七年多了。

说话间，黑色雪佛兰已经开到一处三岔路口。不远处一片红杉林边，错落有致地矗立着几栋两三层的小楼。罗曼说："这里住着加州大学的几位教授。"又指指其中一座带花园的暗红色两层小楼："喏，到了。"

赫尔鸣了两下喇叭，暗红色的两层小楼中没有反应。但花园铁栅门是虚掩着的，一推就开了。兄弟俩沿着卵石铺砌的小径往里走。小径两旁栽满各种兰草。

"这房子是琼用新型云室和计数管的专利买的。"罗曼说，"她说，喜欢这房子是因为它带有花园，可以用来种兰。"

"琼知道我们要来吧？"

"知道，但不知道是今天，我想让她有个意外的惊喜。"奥姆侧耳听听，终于听见轻柔的乐曲声。他判断了一下方位，摆摆手："走，她在练功呢。"

小楼后面有一座宽敞的平房，铺着深黄色地板，安装着两条一般被称作把杆的扶手杠，屋子一端搁着三角钢琴和健身器。乐曲是从录音机中传出的。奥姆霍斯兄弟来到一道走廊上，透过玻璃墙朝大厅里一瞅，两人都愣住了：眼前的丁洁琼他们似乎从来就没见过——不，不是似乎，而是确确实实没有见过。

丁洁琼的美丽除了在于容貌、身材和肤色外，还在于装束和气韵：平日常将栗黑色长发披在肩上，或束成一把马尾，或梳作一条大辫垂在背后。在实验室、会议室里则盘成圆髻。配上她那鹅蛋形的面庞和长长的、白皙的脖颈，格外楚楚动人。她平时的穿着与一般女性无异，只是无论穿什么和穿成什么样都别具魅力。在庄重的场合往往是一袭贴身剪裁镶着花边的深紫色旗袍——高领，高开衩。再略配几件首饰。全身每一根线条都轻柔优美，显得她高贵典雅，仪态万方。研究湍流的克鲁因博士说，丁洁琼的全身都在“流动”。卡蒙教授是众所周知的弗洛伊德弟子，他对身着旗袍的丁洁琼的评价是“勾魂摄魄”！

奥姆忽然觉得悄悄进入别人屋里不大礼貌，想叫一声，嘴虽张开，却没喊出声来。这时赫尔已经看出丁洁琼穿的是一种练舞专用的紧身服，近似体操服，露着一截柔软纤细的腰肢。在舞蹈中给人的感觉确是“流动”。她在跳舞，跳的不是探戈、狐步和华尔兹等交际舞，而是一种独舞，看似陶醉在某种梦幻般的境界中。

“俨如又一个邓肯。”赫尔目不转睛，声音很轻。

“你说什么？”罗曼问。

“婚礼……”赫尔喃喃道。

“什么婚礼，谁的婚礼？”

“我说，琼跳的舞名叫《婚礼》。这是一个著名舞剧，一九二三年首演于巴黎。”

原剧是群舞。表现了热烈的婚礼和喜筵，还表现了洞房花烛夜和男女情爱。眼前正在独舞的丁洁琼只能扮演新娘，她在尽情表现着新娘的喜悦、羞涩。她经常孤独地舞蹈，在舞蹈中排遣时光，用舞蹈寄托对恋人的思念和对爱情的渴望。确实，她跳的是《婚礼》，在舞蹈中享受梦幻，想象自己披上婚纱，成为新娘；想象自己的出嫁和冠兰的迎娶；想象与冠兰的拥抱、亲吻和欢合；想象两个肉体的重叠、两个灵魂的融合乃至新生命的躁动……

丁洁琼走向录音机，另选了一支乐曲。那是一支大提琴独奏曲，旋律缠绵悱恻。随着乐曲，她双臂交错似波浪涌动，胳膊和脊背上的肌肉都痛苦地抽紧，修长的脖颈艰难地延伸着。她变成了一只大鸟，一只受伤的鸟，浑身战抖，在孤独而痛苦地挣扎着，将头伸向水面，开始啜饮。最后，她全身松弛，瘫软在地板上。

“死了。”赫尔轻声道。

“谁死了？”罗曼一惊。

“天鹅死了。”

丁洁琼久久伏在地板上，纹丝不动。她用“天鹅之死”表达自己的心境。与冠兰漫无际涯的分离，使她难以忍受，痛苦不堪。她甚至产生了一种不祥的预感，感到此生此世将与冠兰永远分离。《婚礼》中的一切，那无比幸福的情境，永远不能实现！有朝一日，她会像那只美丽而高傲的白天鹅一样，在孤独中默默地、无可奈何地死去。

她不是纹丝不动，而是在哭泣，肩膀发抖，身躯抽搐。

奥姆霍斯兄弟在一刹那间产生了错觉或幻觉，乃至同时喊出声来："琼！"

"天鹅"略微动弹，似乎有点苏醒。

"琼，琼，是我们，罗曼和赫尔啊！"哥俩敲打窗玻璃。

丁洁琼终于从梦魇中清醒过来。她举目望望这边，透过玻璃看见了奥姆霍斯兄弟。她不失端庄，擦擦泪眼，不慌不忙地起身，朝他俩点点头，取了搭在木质扶手杠上的几件衣衫，上楼去了。

"她让我们到客厅去。"罗曼说。

丁洁琼洗浴完毕，款款下楼。她浓密的栗黑色长发蓬松地盘在头顶，单薄的水红色内衣紧贴着苗条的身躯，同样是水红色的腰带斜系着，轻盈的步伐如莲花摇曳。她首先走到赫尔面前，伸出右手："中尉，你瘦了，黑了，也辛苦了。"

"还有几次差点死了。"赫尔照例立正，敬礼，一丝不苟，"前几次在中国，最近一次在火奴鲁鲁。"

经历过战阵的赫尔，嗓音和肌肤都粗糙多了，整个地成熟了。

“谢谢你，赫尔。”

“为什么谢谢我？”

“你是跟法西斯野兽英勇作战的英雄，这样的英雄当然受到人们的感谢和爱戴。”

“亲爱的琼，你知道什么是感谢我的最好方式吗？”

“当然知道，如果你不怕罗曼吃醋的话。”丁洁琼笑盈盈地说着，用双手捧住赫尔的面颊，左边亲了一下，右边又亲了一下。

“很好，现在应该我感谢你了。”赫尔乐呵呵的，“另外，亲爱的琼，我不再是中尉，而是上尉了。”

“那太好了，祝贺你，上尉。哦，你不是早就退役了吗？”

“刚刚恢复军籍和晋升军衔，前几天。”

“珍珠港改变了一切。”丁洁琼拽拽赫尔的衣袖，“别老是那么毕恭毕敬的，坐下，给我说说中国的情况。你信中说过，常在贵州上空飞行。”

“是的。”

“贵州是什么样子？”

“贵州没有我们的基地。因此，我虽然经常在贵州上空飞行，却从未踏上过那里的土地——除非被日本人击落，但我不希望发生那样的事。”

“我更不希望。”丁洁琼又笑了，“那么，从天空看下去的贵州呢？”

“那就难说了。听说，贵州以穷山恶水出名，有世界上最典型的喀斯特地貌。现在很多地方遭到轰炸，当然就更惨了……”

丁洁琼认真倾听。

“咦，琼，”赫尔有点奇怪，“中国那么大，你为什么老盯着贵州问？”

“贵州有我的亲人。”

“什么样的亲人？”

丁洁琼好像没有听见这句话。

七七事变后平津沪宁相继沦陷，济南形势危急，也于一九三七年底被日军侵占。齐鲁大学校长查路德已有一九二八年五月的经验，这次便表现出足够的远见，从一九三七年十月开始将大部分师生、员工及其家眷内迁至大西南。第一批内迁的是医学院的大部分和理学院的全部。在送别内迁师生时，校长流着热泪发表演说：“安排你们先走，是因为你们这批物理学家、化学家、药学家和医生是民族的栋梁，国家的精英。你们的知识和才能，为战争所急需！”

苏冠兰是随理学院撤离的。临走前，他问：“您打算怎么办，校长？”

“我不走。齐大留在这里的部分，要继续开课。”查路德摇摇头，“我们这些洋人的面孔和皮肤，直到现在还管点用。”

“我这校长特别助理，总不能扔下校长不管吧。”

“那你就协助我管点事。”校长苦笑，“药学系主任威廉·裴克博士回英国去了，看样子不会再来了。从现在起，你代理药学系主任。”他知道苏冠兰与父亲向少联系，又说，“令尊不想从政了，已经提出辞呈，并推荐一位叫赵久真的博士继任国家观象台台长。”

“赵久真？”

“是的。哥廷根大学出身，学地球物理的。国家观象台除天象外，也管地磁、地震、水文和气象，他是合适的。”查路德不知道苏冠兰很熟悉赵久真的名字，自顾自地往下说，“令尊则想回到天文历法的本行上来，正押运着几十辆卡车内迁紫金山天文台呢。”

“紫台迁往哪儿？”

“昆明凤凰山。地点是令尊亲自选定的。”

齐大两所学院内迁成都持续了几个月，沿途备极艰辛。抵达后向华西协合大学协商借读一年，然后与内迁的其他教会大学共同复课。苏冠兰在非常困苦的条件下组织教学，后来又把重点转移到战争急需的药物研制方面，组织师生员工参加实验室工作和工厂生产。设备器材极端缺乏，他就蹬着一辆破自行车到处采购，跑旧货摊，翻废品堆，找替代品，向其他学校和医院求助。他还开了清单寄去美国，丁洁琼则用自己的薪金和专利收入采购器材运往中国。

战场形势更加严酷了，中国军民伤亡惨重，药品缺口越来越大。苏冠兰决定另辟蹊径，到大西南的辽阔山野中寻找天然药用资源。为此，他组织了几位化学家、植物分类学家、药用植物学家和技师。恰好此时贵阳医学院有意聘请苏冠兰为该院药学科主任，他们便将目的地定为贵州。做出这个决定的一个重要原因是中国南方气候炎热，疟疾肆虐。与此同时，抗疟药进口渠道中断，国内储备药物告罄，疟原虫抗药性也明显增强。苏冠兰掌握的资料证明，有不止一种的中国传统药物可用于抗疟，而这类药用植物最大的资源宝库就在贵州一带的崇山峻岭中。于是，苏冠兰一行从贵阳出发，向东北方向行进。

丁洁琼支持苏冠兰的选择，还购买了一批适合在简陋条件下进行分析、测定和合成的化学实验器材，参考资料和发电设备，万里迢迢空运到昆明，再通过公路送往贵阳。

就这样，贵州有了丁洁琼的“亲人”。

“赫尔，你这次回国，任务完成得还好吗？”

“比预定的还好一千倍，亲爱的琼。”

“哦，是怎么一回事呢？”

“很简单：不用招募志愿兵了，政府直接派遣军队。”

“那太好了。”

“琼，你说得对，珍珠港改变了一切。”

一九四一年七月一日，德国和意大利决定承认南京汪伪政权。七月二日，中国政府与德意断交。珍珠港事变次日即一九四一年十二月八日，中国对日德意宣战，英美对日宣战。十一日，德意对美宣战——第二次世界大战由此全面爆发。

日本此前已经占领越南，现在猛烈进攻英美在亚洲的殖民地缅甸、新加坡、马来亚和菲律宾等。英美在中国沦陷区的产业一律被日本没收，包括所有学校，如上海圣约翰大学、南京金陵大学和金陵女子文理学院、北平燕京大学和协和医学院、济南齐鲁大学等。齐鲁大学校舍成为日军营房，齐鲁医院成为日军伤兵医院。包括校长查路德牧师在内的全体传教士都成了战俘，被转押至山东潍县集中营。

“亲爱的琼，我这次回国的原定任务是更多地招募志愿人员。”赫尔接着说，“可是，现在连我都不算志愿人员了，恢复了现役军人身份。我们也不用再打中国空军的旗号，一律改用美国空军的标志和番号。”

“太好了！”丁洁琼拍手，“美国这么强大，加上中英苏，很快就能打败日德意。”

“你错了，”一直沉默不语的罗曼插嘴了，“没那么容易。”

“你为什么泼冷水？”丁洁琼转脸看奥姆。

“不是泼冷水。”奥姆霍斯博士说，“不管你高兴不高兴，事实就是德国和日本还足够强大。”

“强大到什么地步，能打败美国吗？”

“那倒不至于。美国是强大和无敌的，能打败美国的国家还没有出现。但可以使美国多死几十万到几百万人，使我们的盟国和世界各国，包括我们的敌国，多死几千万人。”

“哦？”丁洁琼睁大眼睛。

“要避免如此大规模的死亡，我们就必须采取一切必要手段尽早摧毁法西斯，结束战争。这就需要我们掌握并运用一种空前的和极其可怕的武器，震慑敌人，必要时消灭敌人。只有让他们意识到自己面临彻底毁灭，他们才会投降。”

“空前的和极其可怕的武器——”丁洁琼沉吟片刻，“你说的是原子弹吗？”

“你，你怎么知道的？”奥姆大吃一惊。

“你忘了我是一位原子核物理学家。”

“但……”

“但这是顶尖级的国家机密，是吗？”丁洁琼早就沏了一壶印度红茶，现在，她在每人面前搁上一杯，“哟，只顾说话，茶都凉了。”

“我，我可从来没有对你透露过什么呀！”奥姆的眼睛睁圆了。

“这还需要透露吗？”丁洁琼仍然笑着，“我到伯克利不久，就发现你经常出差，而且每次都守口如瓶，绝口不谈任务和地点。这说明，你身负某种秘密使命。我认真回想了一下，你委托我做的某些设计、实验和计算，还有你提出的某些理论问题，都导向一个唯一的结论。”

丁洁琼是一九三九年四月到加州大学的。奥姆想了想，自己确实是从那以后不久开始肩负“某种秘密使命”的……

“有一次，你无意中提起出席U委员会会议，还说会上争论得十分激烈。”丁洁琼啜了一小口红茶，双肘搁在沙发扶手上，往后靠了靠，以使自己坐得更舒服一些，“当时，我想，U委员会，多么古怪的名目。”

奥姆目不转睛地看着女科学家。

“U是什么？铀的元素符号。铀，锕系元素，化学性质极其活泼，原子序数92，银白色，具放射性。有234、235和238三种天然同位素，共生于沥青铀矿或其他含铀矿石中。它没有多少用处，一直以来只被钟表和陶瓷行业用作涂料。”女科学家交叠着两条修长的腿，双手放在膝上，神态从容，口气平静，“还有什么？对了，还可用以制造原子弹，也就是你所谓的空前的和极其可怕的武器。三种同位素之中只有铀235可以发生链式反应，从而可用以制造原子弹。但铀235只占天然铀的百分之零点七，而且它与铀238的分离极为困难。当然，什么样的困难都得解决，空前的和极其可怕的武器必须制造出来——我想，所谓U委员会，就是干这个的。”

“琼！”奥姆倒吸一口冷气，站起来。

赫尔看看哥哥，又瞧瞧丁洁琼，不懂他们在说些什么，更不知道正在发生什么和即将发生什么。

“别紧张，亲爱的奥姆。我不是间谍，但从你的历次谈话中，很容易推论出某些东西。”女科学家依然端庄美丽，脸上依然荡漾着迷人的笑意，“你给我提供过金属铀和氧化铀的样品，虽然数量很少，但够用了。我对铀的研究已有两年，只是多数研究成果还没写成论文，也没来得及跟你说。”说到这里，丁洁琼也站起来，摊开双手，“奥姆，这方面，我能为你们做些什么吗？”

大洋两岸

一九三二年二月，科学家发现中子。一九三三年十月，物理学家西拉德[1]便指出：只要能找到一种元素，它的核在遭受一个中子轰击时能发生裂变并发射出另外两个中子，就可能实现链式反应并释放出巨大能量。一九三五年西拉德已经预言了核研究的危险后果，一九三九年他更指出可能“制造出对人类有极大威胁的原子弹”。

丁洁琼支持西拉德的观点。她刚到美国就盯上了中子研究，刚到伯克利又盯上了铀研究。奥姆霍斯博士明白丁洁琼目光犀利，她在寻找可以释放原子能的元素和手段。

能引起链式反应的元素是什么？一九三四年秋，意大利科学家

1 西拉德（1898—1964），出生在匈牙利的犹太物理学家，后加入美籍，对核物理学的发展和核反应堆的建造做出过重大贡献。

费米[1]用一系列重金属元素做试验，在罗马首先用快中子做炮弹轰击铀核，没有取得效果。但是，一九三八年十二月，德国科学家哈恩和施特拉斯曼按照女物理学家迈特纳的建议，在柏林用慢中子做炮弹轰击铀核时，却发生了奇异现象。

迈特纳是犹太人，当时已经逃出德国到了瑞典。一九三九年一月，她对哈恩和施特拉斯曼不久前发现的“奇异现象”做出解释：铀核分裂成了两大碎块，大量能量得到释放，核裂变已经实现。

灭犹政策迫使一大批优秀科学家逃出德国并先后到达美国，其中包括九位诺贝尔奖得主。一九三九年三月，美国政府代表会见五位著名科学家征询铀研究对美国的利害时，奥姆霍斯博士是五人之中唯一的非犹太裔科学家。他们警告：如果希特勒抢先造出原子弹，那将是全人类的灾难。

西拉德于一九三九年八月二日起草了一封信，交爱因斯坦检阅并签名，后由白宫顾问萨克斯于十月十一日面呈罗斯福总统。这封后来被称为“二十世纪最重要的信”指出：“铀元素在最近的将来可能转变为一种重要的新能源。”“一种新型的威力极大的炸弹可以由此制造出来。”还指出法西斯德国正在进行铀研究，这意味着希特勒可能先发制人。

1　费米（1901—1954），意大利物理学家，后加入美籍，对现代理论物理和实验物理学有重大贡献。1938年获诺贝尔物理学奖，同年年底，因受法西斯迫害威胁逃亡美国。1942年主持建成世界上第一座核反应堆。

罗斯福警觉起来。一个相关机构随即成立，即U委员会。它最重要的工作内容是掌握铀矿资源，准备研制原子弹。美国采取果断措施，于一九四一年十月将一千二百五十多吨刚果铀矿石分装在两千只铁桶中运往纽约；一九四二年三月，又将这批矿石转移到国家黄金储备重地诺克斯堡国库。

奥姆霍斯来看望丁洁琼，坐在客厅里侃侃而谈，已经谈了很长时间。

“你看，琼，铀矿石本来一钱不值，它的全部价值只在于共生在里面的那点镭。”奥姆感叹，“居里夫人当年发现镭，像哥伦布发现了新大陆似的。可镭有什么用呢？不错，它放射性强，是铀的一百万倍，说是可以用来治疗癌症。然而，就是这放射性使居里夫人和她实验室的好多人患上并死于癌症。哦，还可以用作钟表仪器上的发光涂料，如此而已。是哈恩这家伙，使铀成了无价之宝！”

花架上那盆兰花朝四面八方伸出十几根茎，每根茎上有十来个浅黄、绿色花朵，花瓣和花萼上撒满紫红色斑点。这是一盆建兰，跟其他品种的兰不一样，开放的时间不是春天而是盛夏，发出的不是淡香而是浓香。

丁洁琼端坐在花架旁听任奥姆谈天说地，很少插话，偶尔起身往茶杯中续水。现在，她终于看看手表，打断对方：“谢谢你，奥姆。我们谈得真愉快，就像每次交谈一样。”说着，她微微一笑：

“不过，已经谈了三个半小时，你却一直没有触及主题。”

“主题？”

“就是说，你今天来我这里的目的。”

“琼，为什么一定要有目的呢？我常来看你，喜欢跟你聊天。”奥姆忽然口吃起来，“就像剑桥大学的下午茶：教授们喝茶，吃点心，交谈，热烈争论。很多有意义的思想，天才的灵感，划时代的发现，往往是这样碰撞而来的。”

“不，奥姆，现在不是喝下午茶的时候，即使在剑桥也不行，因为德国人的飞机和飞弹天天都在轰炸大伦敦和英格兰。”丁洁琼微笑着摇摇头，“我觉察到你有话要说，却一直不说出来。即使是求婚，你也不会表现得如此胆怯的。”

“唉，琼，你总是如此聪明和敏感！”奥姆不禁笑了，而且也摇摇头，“是的，我今天来你家有个目的，不，应该说是使命，非常重要的使命——”

“说吧，奥姆，你是我最尊敬的老师和朋友。”丁洁琼专注地望着博士，“如果我能为你做些什么，将深感荣幸。”

“琼，是这样的，”奥姆斟酌了一下词句，“我想请你出山。”

“研制原子弹？”

“是的。”

“相关的理论和技术问题你曾多次跟我讨论，我都无保留地提供了意见。”

“不，我是希望你直接参加到‘曼哈顿工程’中来。”

“不叫U委员会了？”

“是的，要大动干戈了。”

“怎么个直接参加？”

“就是说，列入工程编制，在工程安排的地方上班和领薪金，服从那里的安排和调遣，直至原子弹研制成功并炸在希特勒头顶上。”

“曼哈顿——我必须住到纽约去了？”

曼哈顿在纽约，是地球上最著名、最重要、最繁华的都市行政区。

“不，‘曼哈顿工程’是个代号。因为‘曼哈顿’众所周知，比稀奇古怪的名目好，不容易引起敌人的警惕。工程非常庞大，参加者可能将达几十万人，将动用几十亿美元，运用今天世界上最尖端的科学和最先进的技术，参与的大学、研究所、军队和企业，所涉及的能源配置以及行政区域将遍布全国甚至远及海外。但是，我想，不会把任何一个项目摆在纽约的。”

“嗬，‘曼哈顿工程’……”丁洁琼吟味着。

“这代号是佩里将军取的。”

“佩里将军？”

“亚伦·佩里，早年毕业于西点军校，非常能干，主持建造过很多重大工程，一年经手几十亿美元。他最大的优势是擅长看人和用人。”

“所以他就看中了书呆子奥姆霍斯博士。”

“他怎么看中那个书呆子的我不知道，”奥姆又笑了，“但我知道陆军部是因此看中他的，让他负责整个‘曼哈顿工程’，并因此将他从上校晋升为一星将军。”

丁洁琼沉默了一下：“你向他提到了我？”

“是的。我负责推荐和组织科学家。”奥姆点头，“都是诺贝尔奖得主和一流的科学家，必须是在原子弹研制的理论、实验和生产三个领域不可或缺的，最优秀、最富有潜力和创见的物理学家、化学家和工程师。”

丁洁琼又沉默了一会儿：“你怎么会想到我的呢，奥姆？”

“我当然会想到你！”奥姆喊道，“琼，在整个北美，我是最了解你的人。”

从U委员会到“曼哈顿工程”，一切都是为了抢快，抢先，抢在法西斯德国前面。这就需要雄厚的经济实力、强大的工业、发达的科学技术和优越的组织策划，其中最重要的是人才。奥姆受命推荐科学家，他想到了丁洁琼。他是经常来看望丁洁琼的，即使在参加U委员会后异常忙碌的这段时日也是如此。到丁洁琼这儿来聊天，跟她一起品茶，吃点心，交谈，热烈争论，这往往能使两人迸发出灵感的火花。有时甚至预示了理论或技术领域的某些重大突破。譬如，丁洁琼是从事反应堆研究的科学家之一，别人考虑的只是用反应堆获取能量，她却考虑到用它激活元素，使之获得放射性，从而利用反应堆源源不断地大规模生产放射性同位素，应工业和医学之需。人类第一颗原子弹连影子都还没有呢，她却想到了原子弹在地下爆炸时产生的高温高压能使石墨变成金刚石。她甚至一面饮茶一面就用计算尺算出了反应堆生产的放射性同位素的价值收入甚至超过了反应堆生产和运转的经费投入，原子弹爆炸所产金刚石的价值收入甚至超过了原子弹试验本身的经费投入！

还真有点像剑桥大学的“下午茶”。不过参与者不是一群教授，而是奥姆和丁洁琼两个人。从前谈的多是相对论、引力理论、量子力学和基本粒子，近来谈的则多是反应堆、加速器、铀的分离法和原子弹爆炸的当量。今天，还第一次谈到佩里将军，谈到“曼哈顿工程”……

“告诉我，奥姆，”现在，丁洁琼平静地问，“你到底希望我怎么做呢？”

“我刚才说了，希望你直接参加到‘曼哈顿工程’中来。”

“这一点你已经说清楚了，我也已经听清楚了。不明白的是，要做到这一点，我应该履行哪些手续。”

“琼，这样说吧，哦，你能否履行这样一个手续——加入美国国籍？”奥姆吞吞吐吐，“这不仅是佩里将军的意思，也是我的意思。不，还不只是他和我的意思，而是战时法律的规定。”

“多年之前，你就提过这样的建议，要我申请加入美国国籍。”

女科学家凝视着自己的老师和朋友，“你记得我当时的态度吗？”

“琼，你，当时，你拒绝了。”

“我什么时候表示过可能改变这个态度吗？”

“没，没有。”

“既然如此，你作为整个北美最了解我的人，为什么这样不尊重我的人格和意愿呢？”

“你听我说，琼，”奥姆直搓双手，“这次，这次跟以往不一样。”

“怎么个不一样？”

“这次是为了战争的胜利，为了彻底打败法西斯，这是人类最神圣的事业……”

丁洁琼打断对方：“赫尔现在哪里？”

“在，在，在中国。”

“是的，在中国。”女科学家一字一顿，“所以他知道，你我知道，全世界都知道，多少年来，千百万中国军民是怎样为抗击日本法西斯而前仆后继，浴血奋战的，付出了何等惨烈的代价。你们为什么不要求他们先加入美籍，再赐予他们为战争的胜利，为彻底打败法西斯，为人类最神圣的事业而奋斗的权利呢？”

“琼，别，别误会。你应该能理解‘曼哈顿工程’的特殊性质。它是在美国本土进行的，是绝密的，必须加强安全审查。世界上任何一个国家面临这种情况都不会例外。按照战时法律规定，必须拥有美国或英国国籍，才能参加这个工程。英国政府正是按照这个规定，派来二十八位科学家的……”

“如果将来的事实证明，‘曼哈顿工程’中的叛徒和间谍都是美国人，是那二十八个英国人中的某一个或某几个呢？”

“这种可能性极小，而且这，这，这是另外一回事。”奥姆吞吞吐吐，忽然，他转换话题，“琼，你，哦，你不是非常尊敬爱因斯坦吗？”

“这跟我们现在谈的话题有什么关系吗？”

“爱因斯坦是一九四〇年加入美籍的。即使是他这样的伟人，也还是按照美国的移民法和归化法，在住够年头之后才取得美国国籍的。”

“住够年头，”丁洁琼直视对方，“多少年头？”

“五，五年，是的，五年以上。”

“住够年头之后呢？”

“提出申请，经审查批准，在地方法院履行宣誓效忠手续……”

“效忠，效忠于谁？”

“当，当然是效，效忠于美，美，美国。”

丁洁琼直视奥姆，不说话。

“还有，比方说费米，他不是犹太人，但他妻子劳拉是犹太人。”奥姆避开丁洁琼的眼光，“希特勒一九三七年下令禁止德国公民领取诺贝尔奖，但墨索里尼还没有这样做，于是，一九三八年底，费米全家在赴斯德哥尔摩领奖之后逃到了美国。你也许不知道吧，费米现在是U委员会和‘曼哈顿工程’的顶梁柱。可即使如此，他至今并未取得美国国籍，而且从法律上说他甚至还是‘敌国侨民’，所以他至今不能拥有望远镜、照相机和短波收音机，出差不能乘飞机，因为总统禁止敌侨做任何飞行或升入空中。每次出差必须提前七天向居住地的美国地方检察官提交一份报告，收到并持有美国地方检察官的批准书后他才能动身……”

“奥姆，”丁洁琼又打断对方，“中国与美国，是敌国还是盟国？”

“不，琼，请听我说完，好吗？”奥姆有点气喘，“费米能理解，理解这一切，首先理解美国是个法治国家。他很好地遵守着有关规定。最近他问我，什么时候能取得美国国籍。我算了算，告诉他，得等到一九四四年夏天。”

“别说了，奥姆！”女科学家目光如炬，再度打断对方，一字一顿，“我不是爱因斯坦，不是费米——”

奥姆怔怔然望着对方。

“如果你忘记了我的名字，那么我再说一遍：我叫丁洁琼。”

“琼……”

“对不起，奥姆，我累了。”丁洁琼面色苍白，深陷在沙发中，双眶渗出泪花。她用左手支着额头，轻声道：“我想单独待一会儿。”

“那，那好，”奥姆起身，他忧心忡忡，有点手足失措，“不过，琼，你脸色不好，我，我不放心。”

“我送送你，奥姆。”丁洁琼也站起来。

两人默默步出小楼，穿过花园，走出铁栅门。奥姆钻进黑色雪佛兰。丁洁琼回身打开信箱，取出一叠报纸和一封信。在乳白色的暗淡路灯下，她瞥瞥信封，连连招手喊道：“回来，奥姆，赫尔来信了，赫尔！”

赫尔很长一段时间没有来信了，丁洁琼忧心忡忡。好了，她悬着的心现在可以放下了。

亲爱的琼：

在最近一次空战中，我的飞机掉了下来。我身负重伤，躺在昆明附近一家简陋的战地医院里。现在，我歪在病床上，用一块木板代替桌子给你写信。

丁洁琼读赫尔的信，只要奥姆在场，就总是自己读完一页再递给奥姆一页。这次也不例外。丁洁琼牵着奥姆的手跑回客厅，裁开信封，取出信纸，从第一页开始阅读。赫尔的身负重伤虽然使她的心脏猛跳了一下，但并未使她惊慌失措。赫尔还能写信，这就说明事态还不算特别严重。

丁洁琼轻轻擦拭着湿润的眼睛，深深舒一口气。

我的身体会留下些残疾，不能再驾驶飞机，甚至要退伍并返回美国。不过，亲爱的琼，即使这样，我也感到骄傲。对军人来说，战伤比任何奖章勋章都更加光彩夺目！

一九四一年六月，第一批美国军用飞机——一百架P-40战斗机陆续运抵昆明巫家坝机场，它们是中国空军美国志愿援华航空队即飞虎队的武器。陈纳德是飞虎队的司令。飞虎队队员们将机头画作张开的鲨鱼嘴，嘴的上方画着凶恶的眼睛，将两侧机翼画成一双翅膀——呼应“飞虎”。一九四一年十二月二十日，十架飞临昆明上空的日本三菱Ki-21双引擎轰炸机，被飞虎队一举击落九架！从此，日机轰炸中国任何地方均如入无人之境的状况一去不返。

一九四二年七月，飞虎队改编为美国空军第十航空队第二十三战斗大队，陈纳德任司令并被授予准将军衔。从此，飞虎队才由名义上的中国空军变为实际上的美国空军，从志愿军变为正规军。但飞虎队这个称呼一直没变。

美国决定向中国提供十三亿美元的战争援助。陆上海上的交通线已全部被日军掐断，大量物资的运输成了难题，唯一的办法是飞过去。一九四二年十月，按照陈纳德的建议开辟了从昆明经缅甸到印度的航线，全长五百多英里。从此，几百架C-46、C-47和C-54运输机在这条航线上穿梭，每月运量从开始时的八十多吨增至一两千吨。他们把中国远征军运往印度，把汽油、枪炮弹药和机器设备等战争物资运往中国。印缅、中缅边界和云南西部一些山峰的高度超过一万五千乃至一万八千英尺，给飞行带来很大的困难。

更大的危险是经常遭遇从缅甸起飞的日本战斗机的拦截。为了躲避日机，我方运输机被迫向北绕了一个很大的弧形，不仅航线大大延长，还必须飞越二万三千英尺至二万七千英尺高的“世界屋脊”喜马拉雅山脉。而当时的飞机，特别是满载的运输机续航能力有限，升限仅一万八千英尺或更低，因此我们的运输机必须在深山峡谷中曲折起伏地穿行，这条航线因此被称为“驼峰航线”。飞虎队每月都要在这条航线上损失十几架飞机和数十名飞行人员。航线下方宽约五十英里的地带散落着的无数铝质残片在阳光下闪闪烁烁，竟可作为“航标”。

在杳无人迹的高原雪山上，飞机残骸和人的尸骨根本无法寻觅。即使飞行员能跳伞逃生，着地后也难免冻馁而死。机舱内与外界空气相通，爬升越高我们越感到寒冷彻骨和极度缺氧。崇山峻岭黑黢黢的，虎视眈眈，像魔鬼一样簇拥在飞机两侧。它们的顶端，一座座雪山冰峰绵延起伏直插青天。我们胆战心惊，万分紧张，汗流浃背。每当平安穿越峡谷或飞越山脉，在放下心来的同时，浑身的汗水立刻结成冰霜，冻得发抖。山口的气流震荡特别厉害。这种地方往往还是无线电信号的盲区，飞机最容易失去控制或迷失航向，机毁人亡。这条航线因此又被说成“死亡航线”或“制造寡妇的航线”。我一直不结婚，从前是为了潇洒，现在是为了不害那个肯将终身托付给我的女人。

丁洁琼深吸一口气，闭上两眼。她觉得自己此刻正伴随在赫尔身旁，跟他们一起飞行，穿过峡谷，越过皑皑雪山。而航线下方，是中国的大西南，是西藏、云南、贵州和四川。那里有千百万同仇敌忾的中国军民，苏冠兰就是其中之一——他也在奋斗，在拼搏，在过着极其艰苦的生活，和他的同事们一起全力寻找和制造药物，以支持前线将士。

过了好几分钟，丁洁琼才重新睁开眼，接着往下看。她必须往下看，奥姆在等着呢。

赫尔接着写到，驾驶运输机固然重要，他却更愿意驾驶战斗机，因为这样可以直接打击日寇！他为此专门找了陈纳德将军本人。他成功了，从印度来到中国，改飞战斗机，在安徽、湖北、湖南、广东、广西、贵州、四川和云南等省上空作战，最近的重点作战空域则是云南。

昆明有一座凤凰山天文台，它经过改建，成为飞虎队的导航台。我们亲热地称它“指南台”，日本人则视它为克星。从凤凰山发射的电磁波甚至可以消除盲区，让我们的飞机在深山峡谷中准确判定方位和辨别航向，不再迷路，最大限度地降低了失事率。听说，这种技术是一位名叫苏凤麒的中国科学家发明的。

啊，苏凤麒！丁洁琼久久凝望着这个过分熟悉的名字，无声轻叹：世界真是太小了！

日本人千方百计要拔掉这颗克星。这次，他们出动了十架三菱轰炸机、二十架零式战斗机和十八架东条战斗机，滚滚而来。飞虎队以十架“野马”和十六架“鲨鱼”起飞迎击，粉碎了敌机对市区和凤凰山的攻击，一举击落十九架日机！空战不能持久，这次也不例外。飞虎队三五分钟内就取得了巨大胜利，仅损失了两架战斗机，包括赫尔那条“鲨鱼”。

在此前的战斗中我已经击落过五架敌机，早已够本了吧。这次空战，我的子弹打光了，两架日机仍缠住我不放。机关枪弹冰雹似的嗖嗖擦过。我的飞机弹洞累累，机身剧烈摇摆，左机翼开始冒黑烟。已经不可能飞回基地了，但我不愿退出战斗，而是想找个对手同归于尽。于是我朝一架“零式”直撞过去！

赫尔的“鲨鱼”右翼尖折断；“零式”却打着圈坠落，猛烈撞击地面并化作一团烈火浓烟！赫尔一次次拉起机头，每次都是刚拉起来又耷拉下去。他被迫盘旋下降，最后坠落在昆明东边的杨林海。这里离岸很近，水深仅一两米，垂直尾翼还竖在水面上。机身大半没入水中并发生断裂，赫尔被卡在座舱里，右下肢骨折，多处受伤，血流不止，昏迷过去。

医护人员和当地农民把受伤的飞虎队队员当作英雄，视为亲人。献血的人蜂拥而来。可是随着时间流逝，输血并未进行。相反，赫尔觉察到医护人员的忧心忡忡和交头接耳，急救室内外充斥着某种不祥的气氛。军人的血型印在军服内。赫尔是B型血，这种血型的人不少啊，发生了什么情况？他越来越虚弱，意识开始模糊。不知过了多久，他苏醒过来，发现旁边加了一张病床，上面躺着一个病人，他似乎病得很重，昏迷不醒。赫尔不知道发生了什么事，只看到医护人员围着那张病床忙忙碌碌。

> 过了一阵我才得知，不是他，而是她。她不是病人，而是医生——还不是一般意义上的医生，而是来为我会诊的专家，甚至还是为我献血的人！但输血之后，她却奄奄一息，也成了必须被救治的病人。她被挪到别的病房去之后几天，我和她终于见了面，并得知她名叫叶玉菡。

丁洁琼忽然感到一阵强烈的晕眩。她闭上眼，摇摇头，喊出声来："天哪，世界岂止是太小了！"

长空飞虎

云贵高原地域辽阔，长期闭塞，贫穷荒凉。抗战以来许多军事单位涌入，大批机关学校内迁，成千上万的难民流落至此，这里才变得热闹喧嚣起来。

一辆木炭车像老牛般哼哼唧唧地爬行在贵阳通往昆明的公路上。这种汽车的侧面或后面安装着一个炉子，利用炉内木炭不充分燃烧产生的一氧化碳代替汽油驱动，开得很慢，爬坡更慢。必须经常停车给炉子添炭和鼓风。

这是一辆破旧不堪而又满载货物的道奇牌汽车，驾驶室里有两个人，一个是司机老田，一个是苏冠兰。这辆车居然在世界上最简陋的公路上爬行了一两千里，真是奇迹。苏冠兰就是这样学会驾驶汽车的。

刚随学校内迁到成都，苏冠兰便向民间中草医讨教，跟药用植物学者合作，从南方野生植物中提取原料，制备了多种麻醉药、镇痛药、抗菌消炎药和能提高免疫力的药物。而他最重要的成就是在抗疟药物领域。

疟疾是人类的一种古老疾病，也是典型的热带病。欧洲人到达南美洲后，发现印第安人能用一种名叫“金鸡纳树”的树皮煎水治愈疟疾。后来从这种树皮中找到了具有抗疟功效的生物碱奎宁。此外，南美洲还有好几种同属同功效植物。总之，南美洲是有天然抗疟植物的。那么，中国有没有？苏冠兰发现古代典籍记载了青蒿的抗疟功效，而这种野生植物遍布从东北到西南的中国大地。可是对来自辽阔地域的几百个标本进行测定的结果显示，大多数青蒿并无抗疟功效；少数标本有低微药效，但无法提取有效成分。只有两个来自川、鄂、黔交界的深山中的标本表现出明显的抗疟性。

苏冠兰组织了七个志同道合者，带着琼姐从美国寄来的设备和器材出发了。先是乘坐破旧汽车，后是人扛马驮，在三省交界的崇山峻岭中出没，搜集青蒿样品进行分析测定。迷路遇险，风餐露宿，雨雪围困，虫蝎叮咬，猛兽袭击和饥渴折磨成了寻常事，也取得了可喜成果：在某处山谷中发现的一种奇异青蒿，叶片和茎秆明显呈紫色，其提取物具有强大的抗疟功效，且没有发现毒副作用，与奎宁盐类的化学结构和作用机理也大不相同。苏冠兰将这种新型抗疟药命名为“蒿紫”。

此时，战场形势正在发生着变化：日军占领仰光，乘胜北进，企图包抄中国的战略后方。一九四二年一月，盟军中国战区成立，中国派十万远征军赴缅甸作战，重创日军，但自身伤亡亦达五六万人。缅甸气候炎热，森林沼泽密布。随着溽暑雨季来临，条件更加恶劣，大批官兵感染疟疾，而药品的运输和供应非常困难。

正常情况下，一种药物从初始研究到临床使用要经历几年或十几年，但现在不能这样。苏冠兰小分队遵照大本营指令，雇用农民对“奇异青蒿”进行粗加工后大量制备蒿紫运往前沿和疫区。眼前这辆木炭车上满载的就是蒿紫。苏冠兰负责押运，同时要把贵阳医学院和小分队的几十份标本及样品送西南联大进行检验或鉴定，他还想顺便看望妹妹和父亲。

内迁重庆的国家观象台由赵久真继任台长。内迁昆明的紫金山天文台改称凤凰山天文台，由黎濯玉任台长。德高望重的苏凤麒仍是国家观象台特聘“首席科学家”和凤凰山天文台“首席天文学家”，他还兼着西南联大教授。凤凰山设备简陋，生活艰苦，只能勉强维持太阳黑子常规观测等研究。在极其困难的战时条件下，六十三岁的苏凤麒披挂上阵，带领一批科研人员长途跋涉数千公里，远赴甘肃临洮，成功进行了我国第一次现代日全食观测，并拍摄了世界上第一部彩色日全食影片。随后发表的《日机轰炸下的日食观测》轰动了国际天文学界。

女儿珊珊已十八岁，随父亲辗转来到昆明后，刚考入云南大学医学院。苏冠兰跟父亲的关系一如既往，从不和父亲通信也不见面，但可以从妹妹的来信中了解父亲近况。苏冠兰在得知苏凤麒的临洮之行和读到《日机轰炸下的日食观测》一文后，情绪发生了变化。

早在七七事变前夕，格林尼治天文台就请苏凤麒回去任职并让他仍兼剑桥大学教授。后来，即使在战争期间，也还有加拿大多伦多大学、美国哈佛天文台、匹兹堡大学阿利根尼天文台和博尔登高山天文台先后邀请过苏凤麒，还让他带女儿去。但均被他谢绝。以他的资望在那些地方将养尊处优，生活起居和治学条件都比国内好得多。还有一个很现实的问题是，美加两国没有威胁生命的空袭。即使在英国，这种威胁对他而言也并不实际存在。珊珊在给哥哥的信中写道："我想跟爸爸一起出国。他当初就是因为去英国才有成就的，我也渴望这样。但他坚持不肯。我问爸爸为什么。问多了，他终于喟然长叹'山河破碎，羞对世人'。沉思良久之后又望着我说——廉颇老矣。但廉颇就是廉颇，国难当头，宝刀不老！"

人们很快就看到了这把"宝刀"。

苏凤麒不仅是著名天文学家和数学家，还是优秀的光学精密仪器专家。他运用天文导航原理，对已拥有当时最新技术的雷达做了重大改进。打破原有的非自主式导航台必须设在机场或航线上的局限，以凤凰山为中心建立起高效率的和稳定的信号网络，为我方飞机航行和空军作战指挥提供了更坚实的保证，大大降低了失事和被日机击落的概率，乃至凤凰山被美国飞行员们盛赞为"指南台"。

日寇决心摧毁这座"指南台"，多次派飞机前来侦察和轰炸。

一次空袭，苏凤麒藏身的防空洞洞口坍塌，通风管堵塞，使老教授差点窒息而死。苏冠兰闻讯后大为震惊，这才意识到那毕竟是他的生身之父！他想起已经八年没见过父亲，想起济南事变中父亲把他救出后送往上海，想起父亲这把年纪还要照顾十八岁的妹妹……

想起父亲和妹妹，就不能不想起叶玉菡。

叶玉菡从齐鲁大学医学院毕业后赴北平，在协和微生物科从事细菌和病毒学研究，也做临床医生。一九三五至一九三六年她被派往美国进修，先后在哈佛大学医学院和洛克菲勒医学研究所从事病毒学研究，并取得博士学位。一九三六年十月回到中国。一九三七年北平沦陷，燕京大学和协和医学院成为日本人包围下的两座“孤岛”。叶玉菡不辞而别，从北平辗转天津乘船取道河内前往昆明，在那里见到苏凤麒和珊珊。

从珊珊的来信中苏冠兰得知，叶玉菡先在云南大学医学院教微生物课，经常去看望爸爸和照顾妹妹。后来日军空袭加剧，军民伤亡激增。她先后在几家医院当内科和血液科医生。工作地点很远，她来昆明的机会就少了。远征军赴缅作战后急需医护人员。叶玉菡于一九四二年二月随军入缅参加救护。临行前，又黄又瘦、憔悴不堪的叶玉菡来向老教授辞行：“爸爸，我本来应该留下来照顾您的，可是……”

“快去吧，菡子，前线将士对医护人员的需要比我大一千倍！”苏凤麒激动了，“只是你身体太弱……”

“没关系，”叶玉菡苍白的脸上泛出一丝微笑，“我还能撑一段时间。”

苏冠兰读妹妹的信，看到“我还能撑一段时间”时，心脏紧缩了一下！

苏冠兰紧抓方向盘，身体随着汽车颠簸，心里很乱。他偶然瞅了瞅后视镜，看见自己胡子拉碴的脸。瘦削、黝黑和难看就不说了，须发还白得厉害，而他才三十二岁呀。这样想着，苏冠兰不禁摇摇头，下意识地闭上眼……

老田一声断喝，苏冠兰在猛踩脚刹的同时扳住手刹，道奇车惨叫着突然停住。苏冠兰吓出一身冷汗，原来他开着车差点轧死人了！他和老田赶紧跳下车去，但见一队人马拿着各种工具正在穿越公路，汽车保险杠碰倒了他们之中的一个人。还好，伤势很轻，只是皮肤擦伤和腿部青肿。苏冠兰问了问，得知前面不远便是嵩明县的嵩阳镇。三天前，三十八架日本战机与二十六架美国战机在昆明上空激战一场。一架美国P-40迫降在嵩明县境内的杨林海，负伤飞行员已被救起，飞机尾巴还翘在水面上。这些横穿公路的人员就是去打捞飞机的。

苏冠兰一摆手：“前面就是嵩阳镇？第一批药品就送到那里，走。”

嵩阳镇外有一处古迹法慈寺。法国传教士当年在这里办了一家医院，因缘际会就叫“法慈医院”。抗战以来改为战地医院，但院名未变。道奇车上的部分药品是被指定送到法慈医院的。苏冠兰和老田找到了这家医院，但见院里院外气氛异常，医生护士进进出出。院外还停着两辆美军吉普，只见几名美军军官在交头接耳。卸货时苏冠兰打听了一下，得知那名负伤的美国飞行员被就近送来法慈医院，已经抢救了两天。因伤势严重，中美两国的军医都觉得回天乏术。

苏冠兰对老田说：“我去看看。”他流利的英语和满口的行话派上了用场。一间急救室里摆着两张病床，一张床上躺着个白种人，他双眼紧闭，双颊深陷，面色惨白，显然就是那名美国飞行员。另一张床上躺着一个——像是个女人，对，就是个女人，中国女人。奇怪的是，这女人竟也双眼紧闭，双颊深陷，面色惨白。似乎被抢救的不是一个人，而是两个人。这是怎么一回事？苏冠兰蹑手蹑脚地进入急救室，凑近处于昏迷状态的两位伤病员。他打量那个中国女人，奇怪，竟似曾相识。他心中产生了一种强烈的不安之感。恰好一位医生走到女病员床边，一面给护士吩咐什么，一面翻开病历夹。苏冠兰探过头去，看见病历上写着女病员的姓名：Yuhan Yeh。

苏冠兰一愣，接着像触电似的：“啊，叶玉菡！”

追降在杨林海的美国飞行员赫尔是B型血。这本是一个很普通的血型，但赫尔的B型血在做体外交叉试验时，却总是与库存的和采自献血者的B型血或O型血发生凝血。这种情况下输血必然导致赫尔死亡！

这时，有人想起了刚从缅甸前线护送伤病员回到昆明的叶玉菡。

叶玉菡在协和微生物科时已经开始了血液学和输血机理的研究，探索病毒、细菌、激素、抗体、微量元素、放射线和化学物质对血细胞的影响，先后发现过“ABO系统”的两个亚型和该系统外的一种新血型。听取对赫尔病情的介绍后，她断定这位美国飞行员不是纯粹的B型血，而是它的一个亚型。她在协和时发现并报告过这种血型，并将其命名为“Bh-1型”。拥有该血型的人在B型血蒙古人种中的占比不到十万分之一。直到今天才在白种人中发现了这种血型。

叶玉菡在协和时已发现Bh-1型与B型、O型和其他任何血型都不合，但都只是就体外试验而言。应用于输血会怎么样呢？恰好她本人是B型血，就在自己身上做试验。虽然发生了强烈的输血反应，但没有危及生命。而且，之后她血液中的红细胞便同时具有了B和Bh-1两种抗原。就是说，她从此可以接受O型、B型和Bh-1型血的输入，也可以给B型血和Bh-1型血的伤病员供血。叶玉菡大感惊异，同时也想，遇到一个Bh-1型血的人的概率未免太低了。

Bh-1型血的人确实极少，却又确实被叶玉菡碰上了。法慈医院按照叶大夫的“医嘱”，用她的血与赫尔的血做交叉试验，发现二者相容。这意味着输血可以进行。可是院长犯愁了：瘦弱的叶大夫能有多少血啊？更何况她刚从前线回来，征尘未洗，疲惫不堪，形容憔悴。

叶玉菡要求在赫尔旁边摆一张病床，自己躺上去，捋起袖管，露出细小的左臂：“不能再耽搁了，抽吧，一百毫升。”

医院院长急了：“只是要促使伤员体内产生抗原，抽那么多血干什么！”

女大夫说：“多一些原始抗原，对伤员有好处。”

急救室里的人们，包括飞虎队两位在场的美国军官，眼睛潮润了。

叶玉菡太瘦弱了。抽血到五十毫升时，她已面色惨白，陷入虚脱。

停！院长下令立刻对叶医生实施抢救，同时将从她体内抽出的五十毫升鲜血输给赫尔上尉。

这五十毫升新鲜的Bh-1型血发挥了起死回生的作用。一天之内它改造了赫尔的血液，使之获得了对O型和B型血的相容性，而这两种血源都很容易找到。赫尔上尉终于得救了！

赫尔现在靠在病床上，用一块木板代替桌子，给远在美国的一位他非常熟识也非常爱慕的中国女性写信——

叶使我获得了第二次生命，可是却不愿意听我说感谢的话语。她说自己是一个医生，是在尽她的天职，做她该做的事。她说，她和所有同胞一样，感谢飞虎队为中国抗战做出的牺牲和贡献。

叶在一周前出院了。她来辞行时说：后会有期。一位鬓发银白的长者乘坐一辆纳喜轿车从昆明来接她。老人是中国人，却很气派，活像欧洲某国的一位子爵。我问了问，得知老人名叫苏凤麒。我想起来，他不正是那位发明了最新导航技术的中国科学家吗？叶原来有这么一个显耀的家世！老人还特意来看望了我，他非常和蔼、慈祥和博学，用英语跟我交谈。我听见叶叫他“爸爸”。

叶走后，我内心充满迷惘和感伤。我很想念她，不知道是否真的后会有期，又企盼与她后会有期。罗曼被你迷住了，而我可以说是被叶迷住了。我说不清这是一种什么感情，是哪一类感情。她和你都是中国女性，她和你都那么美丽！

丁洁琼再度闭上眼睛，深深吸一口气，竭力使自己平静下来。赫尔的内心充满迷惘和感伤，她的内心何尝不是如此。

“琼。”奥姆望着她，轻声喊道。

女科学家没吱声。她手中还剩下最后三页信纸。她将刚读完的两页递给奥姆，自己读最后一页。

亲爱的琼，还有一件事摆在最后谈：我认为自己发现了你的秘密，即你内心深处隐藏着一个男子，一个你真心所爱、唯一所爱的男子。你天天思念他，天天期盼着与他重聚。

那次，我跟罗曼来看你，无意中看到了你在独舞。科学家中有不少富于艺术天赋的人。爱因斯坦喜欢拉小提琴。弗里什是舞蹈家兼演奏家，他那古典派色彩的钢琴演奏才能恐怕仅次于艾伦·泰勒。现在又出了你这位兼有舞蹈家身份的核物理学家，你还能弹钢琴和拉提琴！

我当时看出你跳的是《婚礼》，虽然你做了即兴改编。我看出你在舞蹈中享受梦幻，想象自己披上婚纱，成为新娘；想象自己的出嫁和他的迎娶；想象与他的拥抱、亲吻和欢合；想象两个肉体的重叠、两个灵魂的融合乃至新生命的躁动……

我什么也没对罗曼说，可内心涌动着莫名的凄楚。我赞成你坚持你的爱情。这是你的权利，也证明着你极端地纯洁与忠诚。但我更希望出现另一种奇迹。我了解自己的兄长。我敢说他确实是今天世界上最富有天才和最高尚的人，我希望他得到你的爱，希望你赐予他幸福。

下面还有几行字，丁洁琼没能读完。她额头冒汗，心慌意乱。

她的视线与奥姆的视线无意中碰撞了一下，赶快避开。奥姆端坐不动，正在老老实实地等着读这最后一页。

“奥姆，”丁洁琼起身，“你该走了，我送送你。”

“琼……”

“哦，这页纸上没写什么，你别看了。”

平安之夜

按规定，除非发生了特别紧急的情况，参加“曼哈顿工程”的优秀科学家一律不得乘坐飞机。

所以，一九四二年十二月二十四日深夜，当丁洁琼接到奥姆从芝加哥打来的电话，说马上专程飞来时，她就明白一定发生了特别紧急的情况。今天可是平安夜呀。

前年即一九四〇年，美国全面启动了研制原子弹的前期工作，十二月进入高潮。奥姆霍斯直到平安夜仍然忙得不可开交，直到午夜时分才抽时间走出会议室给丁洁琼打电话致节日的问候。

去年即一九四一年的平安夜正值太平洋战争爆发不久。科学家们这时已经发现铀238虽然不能发生链式反应，但它在受到中子轰击后可以转变为钚239，而钚239是可以发生链式反应的。此外，还找到了从母体铀中提取钚239的途径。十二月，开始在芝加哥大学建造钚厂。奥姆日夜待在那里，是在一大堆图纸和模型旁度过平安夜的。午夜时分他给丁洁琼打电话，叹息道：“你这么优秀的物理学家，却不能跟我们一起工作……”丁洁琼简单答道：“会有那一天的。”

平安夜与中国阴历的除夕夜相似，是团圆、欢聚之夜。在过去许多年中，经常是奥姆霍斯兄弟，有时还加上其他几个朋友陪丁洁琼共度这个夜晚的。但是，一切都随着战争形势发生了变化：赫尔到中国去了，奥姆和他身边的人们也都投身于越来越紧张的工作，丁洁琼是第三次在孤独中度过平安夜了。啊，并不孤独，冠兰又来信了！冠兰不喜欢用贺卡。他宁肯写信，写长信，写很长的信。显然，冠兰极力想让她恰好在圣诞节的当天收到信。但信件漂洋过海，迢迢万里而来，从来就没有准时过，有的信件还丢失了，她和冠兰称之为“失事”——可能是运载邮件的轮船飞机被击沉击落了。唯独眼前这封信例外，是十二月二十四日下午收到的。女科学家已经反复读了七八遍。夜里接听完奥姆的电话，又将来信反复读了几遍，然后在信纸上亲吻了几下，照原样折叠好放回信封，藏进书房。丁洁琼曾经想过，战乱年月，苏凤麒对儿子的控制力肯定削弱了，冠兰是否能趁机来美国呢？她立刻又打消了这种念头。来美国，怎么来？无非乘坐船舶飞机。万一那艘船或那架飞机也“失事”了呢？

想了冠兰，又想奥姆。丁洁琼算了算，奥姆足有两个月没来她这儿了，连电话也很少。可以看出他异乎寻常地紧张忙碌。也由此，丁洁琼觉察到了自己内心深处对奥姆的眷恋和对他的事业的牵挂。

芝加哥距圣弗朗西斯科三千公里。奥姆说要飞行十个小时。下飞机办了些事后已是中午，换乘汽车赶到丁洁琼的小楼时太阳已经西斜。

丁洁琼果然在太阳西斜时分听到铃声。她穿过满地落叶的花园，打开铁栅门，看见斜阳下林荫道旁停着两辆一模一样的、深蓝色的加长劳斯莱斯轿车。

“嗬，这么阔气的车呀。”丁洁琼向奥姆伸出右手。

“公务用车。”奥姆回头瞥瞥。

“还用两辆？”

“哦，一辆是卫士车。”

“你快当上副总统了？”

“不，是为了‘曼哈顿’。”

奥姆步履匆匆，还显得疲惫不堪和心事重重。他步上台阶，跨进小楼，一迭连声，赞叹西海岸的晴空万里，咒骂东部糟糕透顶的冬季。

“奥姆，”丁洁琼纠正道，“芝加哥不在美国东部，而在中部。”

“中部偏东！”

丁洁琼笑笑，将奥姆让进暖洋洋的客厅。落地大窗上洒满斑斑点点的金色阳光。小桌上摆着茶点和水果。

美国各名牌大学的物理系和化学系几乎被淘空了。著名科学家们通过各种渠道悄无声息地被集中到“曼哈顿工程”中来。必须建造一座试验性“原子锅炉”，让可控链式反应从理论成为现实。锅炉是现代工业中的常见设备，上面是锅，下面是炉，炉子一烧，锅中沸腾，就有了压力，就能驱动机械运转。原子锅炉也是这样：利用核裂变产生能量，供人类使用。当然，这种锅炉远非上面是锅下面是炉那么简单。

轰击铀核的中子不是快中子而是慢中子。要使快中子变成慢中子，必须使用减速剂。试验证明石墨和重水都是很好的减速剂，试验还证明石墨更好。

科学家们设想将材料分层叠放：完全是石墨的各层与嵌入铀块的石墨层相互交叠，堆积起来。因此，后来也有人将它称为“原子反应堆”，简称“反应堆”或“堆”。锅炉是个庞然大物，因为如果它太小，中子就会在引起链式反应之前逃逸到周围空气中去。锅炉应有的最小体积，叫作“临界体积”。这个临界体积该有多大，却无人知晓。虽已确定用铀做燃料，可到底该用金属铀、氧化铀还是浓缩铀，氧化铀的成分是哪些，浓缩铀的浓缩度该是多少，也都不知道。当时的人们甚至连金属铀的熔点也没有掌握。

然而不管怎样，一九四〇年四月，大批纯石墨运抵纽约哥伦比亚大学物理楼。在一间实验室内开始建造世界上第一座原子锅炉。但是失败了，因为实验室太矮，锅炉不能达到临界体积。

必须寻找更高大的室内空间，建造新的锅炉。一九四一年底选定了芝加哥大学足球场西看台下的室内网球场作为新址。锅炉是边建造边设计的，外形为圆球状，顶部呈平台状。从安放第一块石墨砖算起的六个礼拜之后，一九四二年十二月初的一天上午，一座大型锅炉建造完成，总重量达一千四百吨。其中，金属铀和氧化铀总量达五十二吨，完全是石墨的各层与嵌入铀块的石墨层相互交叠成五十七层。

三位青年科学家受命待在顶端平台上；万一锅炉失去控制，他们就立刻灌注便于渗入每条缝隙的液态镉——镉能大量吸收中子，制止链式反应。青年物理学家罗穆尔待在锅炉下面，操纵一根横置堆内的镉棒。一旦接到指令，他就把这根镉棒抽出，使裂变反应发生；而如果反应强度太大，就将镉棒插回反应堆里去。

试验开始了，佩里和科学家们登上网球场北端看台。将军跟几位科学家交换了一下意见，抬腕看看手表，举目环顾整个网球场，气定神闲地吐出几个音节："开始。"

上百根竖置的镉棒从锅炉顶端被徐徐抽出。各类计数器发出咔嗒咔嗒的声响。仪表自动描出一条渐高的曲线。锅炉中开始发生核裂变。终于，竖置镉棒被全部抽出，只剩下罗穆尔那根横置镉棒。炉体直径二十六英尺，他控制的那根镉棒长度也是二十六英尺。佩里下达了指令。罗穆尔开始往外抽出镉棒。一英尺，又一英尺，直到抽出一半即十三英尺。

各种类型的计数器加快了咔嗒声。每多抽出一点，咔嗒声就响得更快。仪表上一支描笔在自动绘制一条指示辐射强度的指数曲线。

罗穆尔掌握的那根镉棒终于被完全抽出。

指数曲线高昂。锅炉输出功率大于输入功率。增殖系数为一。一切都证明可控核裂变开始自动进行。

三个年轻人手持液态镉灌注设备，屏气凝神，严阵以待。罗穆尔也不例外，他掌握着那根镉棒，随时准备插回锅炉中去。科学家们和佩里将军都屏住呼吸，一声不吱地注视着各类监测仪器，似乎能听见几十颗心脏在怦怦跳动。

但是，什么意外都没有发生。

时间一分一秒地过去。奥姆霍斯博士抬腕瞅瞅手表，嗬！地球上第一次人工控制下的链式反应已经足足进行了二十八分钟！他满面笑容地向佩里伸出右手："请接受我的祝贺，将军。"

佩里的右手与博士相握，左手举起一瓶白兰地。一个年轻人像变戏法似的捧出一摞纸杯，给每人分发一只，倾入琥珀色的酒汁。然后，将军走到每个人面前，握手，碰杯。每位在场者都在酒瓶的标签上签名。佩里将军大声说："它将被送进博物馆，作为人类跨入原子时代的见证！"

"真为你们高兴。"丁洁琼一直在认真倾听，"祝贺你，奥姆！"

“也祝贺你，琼，只有我知道你在此中的功劳。”

“是吗？”女科学家笑笑。

“关于锅炉临界体积的计算表，是你给我的。”

“开始出数据了吧？”丁洁琼换了个话题。

“是的，源源不断。”

“当量测定怎样？”

“可控反应，一克铀所产生的能量相当于三吨优质煤，或二百千克航空煤油。”

“不可控反应呢？”

“用以制造原子弹，每克铀的当量相当于二十吨梯恩梯。”

“很可观，可惜还远不及爱因斯坦的预言。”丁洁琼说着起身，“你知道，根据他的公式，一克物质内部的核能释放出来，可以把一百万吨重物往上推举六英里。”

玻璃柜中摆着几十瓶各种各样的酒。丁洁琼取出其中的几瓶，摆上银制调酒器、方冰块、柠檬汁、橙汁、绵白糖、牛奶、橘皮等一大堆东西，还有两只精美的高脚水晶杯。从背后看去，她的动作小心翼翼。一会儿，她笑盈盈地回过身来，双手擎着两只高脚杯，将其中一只递给奥姆。水晶杯中插着吸管，酒液分成三层：下层是接近无色透明的淡绿，中层是橙色，上层为深红，浸着一颗穿着牙签的红樱桃，漂浮着两三片白中透黄的花瓣。

“琼，你什么时候学会调制鸡尾酒的？”奥姆也站起来，“我竟一直不知道。”

“女人总有自己的秘密。”

丁洁琼其实更想当个家庭主妇，或至少同时是个家庭主妇。她经常想象跟冠兰结婚之后，为两人的生日，为孩子的满月和周岁，为亲友的来访，为任何想得到的原因，每年举行几次家宴或野宴，用她亲手制作的美食佳肴和她亲手调制的各式鸡尾酒款待宾客。

“我再说一遍，”丁洁琼与奥姆碰杯，“祝贺你！”

“谢谢，琼！”奥姆小口饮酒，细心品味，赞不绝口，“滋味非常醇美，非常别致，比我们在锅炉旁喝的酒味道好多了。”

“那是什么酒？”

“基安提尼。”

“岂可相提并论？”丁洁琼笑起来，指指晶莹剔透的酒杯，“喏，上层是‘丁氏’，中间是‘马丁尼’，下层是‘曼哈顿’。”

“曼哈顿？”奥姆对这个字眼反应敏锐。

“对。用威士忌调配的鸡尾酒叫‘曼哈顿’，我特意用这种酒来表示对你和你们伟大事业的祝贺。”

“谢谢！”奥姆深受感动，“‘丁氏’呢，因为是你发明的吧？”

“对，我用窖藏了半个世纪的上科西嘉利勒鲁斯红酒调配的。在中国，红色象征着吉利。”

“很昂贵吧？”奥姆睁大眼睛。

“关键不在于钱，而在于我是三天前跑遍了圣弗朗西斯科所有的大商场才买到的。”

“平时你可是滴酒不沾的呀，琼。”

“不，我往往独自饮酒，就像我喜欢独自跳舞一样。不过，买这么昂贵的酒不是为我，而是为你，奥姆。”

“三天前你就知道我会来？”

“是的，我知道你们会成功，知道你会来向我报喜，还知道——”丁洁琼思忖着，沉默下来。少顷，她双臂交抱在胸前，往后靠去，以使自己坐得更舒服一些：“告诉我，奥姆，成功之后呢？”

“成功之后——”

“是的，原子锅炉运转成功之后。”

“琼，你，你的意思——”

“我是问，”女科学家直视奥姆，“是否发生了自动停机现象？”

“琼，怎么，你，”奥姆神情错愕，“你怎么猜到的？”

“不用猜，这种情况肯定要发生。”

“确实，确实……”奥姆怔怔然望着丁洁琼，喃喃道。事实上，他正是为此而来，只是没料到会被丁洁琼点破。

屋角的座钟一下一下地敲响了，不慌不忙地连响了十二下。

然而奥姆置若罔闻，毫无反应，像是仍旧沉浸在某种思考中。自一八八二年五月美国国会通过第一部排华法案，半个世纪以来美国一直在移民和入籍方面歧视和排斥华人。美国为“曼哈顿工程”动员了十五万名科学家和工程师，却偏偏容不了一位即使在全人类中也堪称出类拔萃的中国女性……

“奥姆。”丁洁琼的声音很轻。

“哦哦。”奥姆有些出神。

“已经很晚了。”丁洁琼提醒。

“哦哦，是的是的。”奥姆仿佛从遐想中清醒过来。

“我本来想请你一道吃饭，但又想到你的随员一直在车上。”

“我的……随员？”奥姆没反应过来。

“外面停着两辆劳斯莱斯。”

“哦哦，对对。”奥姆仓促地看看手表，“怎么样，琼，咱们一起出去，找家中国餐馆……”

“你们去吧，我想单独待着。”

“可是……”

“可是原子锅炉自动停机的问题还没解决。”

“是的，”奥姆眼巴巴望着丁洁琼，“是这样的。”

“那就先解决这个问题吧。你的同事们怎么看待这个问题？”

“有一百种说法，一百种解释，七嘴八舌，莫衷一是。”奥姆仰望天花板，“当然，问题终归能解决的，不过要动员几十位科学家，做几百次实验，多花几十上百万美元，以及半年以上的时间。大批人马上阵是小事，大把花钱也是小事，但耽搁了工程，延长了战争，多死伤十几万美国士兵，多死伤几百万人类，却是大事啊！”

女科学家凝视对方。

“琼，你猜到了我的来意，甚至预先知道我要来。这说明你掌握了解决问题的方法和手段。”

“是的。”丁洁琼点点头。

“我知道你遭逢了太多的不公正……”

“也有过很多公正。”

“不管怎么样，琼，为了打赢战争，今天，希望你帮助我们，帮助美国。”

“我会的，奥姆。”

“琼，亲爱的琼。”奥姆兴奋起来，“动身之前我就对他们说了，你能解决这个难题。”

“你是整个北美最了解我的人嘛。”女科学家又笑了笑，“这个问题我早就觉察到了，也早就研究过并解决了。我称之为原子锅炉的‘窒息效应’，还写了一篇论文，已经在书房里搁了一年多。”

“窒息……效应？”

“打个比方吧：用薄胶皮袋套住一只哺乳动物的头部，会有什么后果？”

“时间长了，它会，是的，它会窒息。”

“窒息的机理是什么？”

“是因为二氧化碳……”

“这二氧化碳从哪儿来的？”

“是动物通过呼吸自行产生的——”奥姆一拍脑袋，好像恍悟。

“镭在蜕变过程中会释放氡。那么，铀和其他放射性元素是否会有类似现象？”

“肯定会有！”

“这类气体积累多了，会发生什么事情？”

“它们会吸收中子，使反应停止……”奥姆喊出声来，“对，就发生了窒息！”

“懂了窒息机理，也就有了消除窒息的方法。所有这些，都在我那篇论文中。”丁洁琼往后靠去，口气和神态都不慌不忙，“不过，奥姆，除非亚伦·佩里本人出面，不然谁也不能看到这篇论文，更不能带走它。”

“为什么？”

“请原谅。”丁洁琼的双腿笔直而修长。现在，她将左腿叠放在右腿上，轻声道：“你好像忘了战时保密规定，我可没忘。”

“最亲爱的琼，”奥姆几乎流泪了，“快换上衣服，咱们去！”

“我说了，我想单独待着。”丁洁琼举目看看座钟，“哟，都午夜了。我原想做点夜宵，咱俩一起吃，但又想到你的那些随行人员……不然，请他们进来一起吃吧？”

“什么也不吃，咱们马上去找佩里将军。”

“这么晚了，飞芝加哥？”丁洁琼抬头瞅瞅。落地大窗外，夜色如墨。

“不，佩里将军就在外面……”

“哪个外面？”

“外面不是停着两辆劳斯莱斯吗？后面那辆！”

丁洁琼刚走出小楼，便被笼罩在一团迎面扑来的冷气中。她打了一个寒噤。奥姆霍斯紧跟上来，将自己的大衣往她身上一披，随手拢紧，挽着她穿过花园。还未打开虚掩着的铁栅门，就已经看见两辆深蓝色劳斯莱斯仍然无声无息地停在原处，车身闪烁着黯淡光泽。他俩刚跨出铁栅门，后面那辆轿车副驾驶一侧的门便被推开。一个身着军便服的中年人钻出来，朝女科学家挺直身子，右手往船形帽上碰碰，吐出一串铿锵的音节：

“亚伦·佩里。陆军准将。”

“久仰，将军。”丁洁琼伸出右手，“您难道一直待在车里？”

“是的，六个半小时了。”将军上身前倾，接过女科学家的右手吻了吻。在丁洁琼原来的想象中，这位指挥几十万人马的将军必定魁梧高大，风度儒雅。现在一看，大相径庭，原来是个五短身材、年近半百、皮肤暗沉、粗犷结实的汉子，铁块般的鹰钩鼻上架着一副黑框眼镜。

“您一定很饿了。”丁洁琼歉然。

“主要是渴，”将军答道，“还有点冷。”

丁洁琼的口气中带点责备：“您应该跟奥姆霍斯博士一起进屋的。”

“还是叫奥姆吧，我喜欢这个称谓。”佩里微笑道，“我本想跟奥姆一起进屋的，但是怕丁小姐不予接待。”

“怎么会这样想？”

“对丁小姐曾经遭遇过的不公正，我负有主要责任。”说着，将军再度上身前倾，“我特地来向您道歉，并郑重邀请您参加‘曼哈顿工程’。”

丁洁琼略微沉默，转向奥姆：“你为什么不说佩里将军来了？”

“这是将军的命令。”奥姆也脚跟并拢，俯了俯上身。

“快，快进屋！”女科学家笑起来，目光忽然掠过两辆劳斯莱斯，“车中还有谁？一起进屋。”

“车中还有几名特工，”佩里答道，“待在车上是他们的任务。他们要保卫这幢小楼和里面的人们。”

三人走进小楼。进入门厅后，奥姆为丁洁琼脱下身上披着的大衣，裹着淡红色居家服的匀称体形露出来。佩里打量了她一眼说：“丁小姐，早就听说你身材很高，今天见面，果然如此，比我还高。但是跟奥姆一比，你还是典型的东方女性，娇小玲珑。”

丁洁琼盈盈一笑：“多说些好听的，您就‘公正’了。”

进入客厅之后，佩里将军吸溜着鼻子四下张望，瞅见那两杯没喝完的鸡尾酒："你俩在庆贺什么呀？"

"为芝加哥锅炉开始运行。"女科学家为两位客人沏上茶，独自上楼去了。

"怎么样，博士？"佩里压低嗓门。

"我们又成功了，"奥姆介绍了过去几个小时里跟女科学家的对话，"跟我预料的一样。"

"太好了。"佩里深深舒一口气。

"琼的卧室和书房都在楼上。我想，她是取那篇论文去了。"

丁洁琼早就开始了对铀的研究。在奥姆的帮助下，她得到了尽可能多的金属铀和氧化铀，还有了更好的实验室和助手。奥姆知道，丁洁琼曾经有过一个极具天才的实验设计，在加速器上用中子、质子和其他几种粒子对铀核进行轰击，结果获得了好几个放射性系列，所得照片达十二万张，数据近百万个，照片判读和数据计算处理的工作量巨大。为此，她整整两个月没跨出过实验室大门，每天喝矿泉水，啃三明治。几位助手也必须起早贪黑，没日没夜。两个月后她走出大楼时已经站立不住了，大病一场，住进医院……

丁洁琼是先从理论上认识到"窒息现象"必然存在的，又通过实验证明了这一点。此项研究历时近一年，于一九四一年春天完成。只是按照规定，一切直接间接与战争有关的实验结果都必须在战后才得发表，而她又被排除在U委员会和"曼哈顿工程"之外，所以她的这个成果无人知晓。

停机发生后，奥姆想到丁洁琼也许能解决这个问题，但没想到她已经解决了这个问题。一九四一年春天，世界上第一台原子锅炉连踪影都没有呢，而丁洁琼已经预见到它在运行中必然出现窒息！

停机发生后，奥姆霍斯不慌不忙地对佩里说："从理论上说，我们能解决这个问题。但是需要一大笔钱，需要几十位科学家、工程师和计算机操作员，还需要至少半年以上的时间。"

"半年以上的时间？"将军喊道，"你疯了？不行，这绝对不行。"

"还有另一种解决方法——"博士拖长声音，稍作停顿。

"我知道，"将军盯着博士，"你又会提出去找丁小姐。"

"是的。"

"如果找她，成功的概率是多少？"

"百分之八十吧。"

"百分之十就值了！"佩里兴奋起来，"哎，我说博士，你这百分之八十是怎么来的？"

"从您那里来的。"

"我？"

"您忘了？您曾经特许我跟丁博士保持来往，特许我在来往中跟她讨论与'曼哈顿工程'直接或间接有关的理论的、实验的或技术上的问题……"

“特许？不，那顶多算是默许。”

“就算是这样吧。”奥姆霍斯晃悠了一下身躯，“我记得，在讨论中她有过相关的观点或论述。”

“我们一起去吧。”佩里把手伸给博士。

“去哪里？”

“当然是去伯克利，去丁小姐那里。”

“什么时候？”

“立刻。”

“什么意思？今天可是平安夜。”

“没错，”佩里一挥手，“走！”

神秘信箱

丁洁琼一眼就看出亚伦·佩里的肩章、衣领和船形帽上的金星都从一颗增为两颗了，笑着递过右手去："哟，可恭可贺，可恭可贺！什么时候的事，怎么不告诉我？"

"奥姆没跟你说吗？"将军咧开大嘴，笑容可掬。他轻轻捏住女科学家修长而白皙的手指，抬起来轻轻一吻。

"我跟他都很忙，两礼拜没见面了。"

"我晋升少将也是这两个星期内的事。"

"什么时候请客呀？"

"你呢？你升了教授。"

丁洁琼在副教授位置上待了七年，不久前刚升为教授——这是她参加"曼哈顿工程"的结果，也是佩里干预的结果。将军叹息一声："琼，论水平和贡献，你早该是教授了。"他接着说："这样吧，琼，为庆贺咱俩的升迁，我和你共同举办一个鸡尾酒会，好吗？我管出钱，你管调酒。听说你能调一百多种鸡尾酒呢。"

“出钱也归我吧。我一个人，钱多得用不完。”

“你没钱。你的钱都买了东西送往中国了。”

“您怎么知道？”

“我当然知道！你忘了，‘曼哈顿工程’拥有一个庞大的情报系统。”佩里指指远处，“喏，赫尔来了。”

几辆吉普车开过来。第一辆在将军和女教授跟前停下。满脸堆笑的赫尔·奥姆霍斯少校从驾驶座上跳下来，先敬军礼，接着是握手。

“身体怎么样了？”将军打量赫尔。

“你看我从车上跳下来的动作，难道不像一头美洲豹吗？”少校立正，挺胸，精神抖擞。

“我看你有点做作。”将军耸耸肩。

“怎么会呢？”赫尔双手一摊。

“你就安心干地勤吧，”将军挥挥手，“不要再做上天的梦。”

赫尔求助似的望着丁洁琼。女教授一面登车一面劝慰道：“先把伤彻底治好再说吧，赫尔。”

赫尔在中国住了十个月医院，先后做了三次手术，出院时仍然有多处伤残。穿上衣服后虽然勉强可以捂住体表的疤痕，但不能消除体内的痛楚；动作也明显变得笨拙了。他得到了奖章，被提升为少校，但代价是不得再驾驶任何飞机。赫尔只好在昆明巫家坝航校任教并做些地勤工作，同时坚持治疗和锻炼，做梦也想着有朝一日重上蓝天。但是又一次打击降临：他奉命于一九四四年二月返回美国。等待着他的将是退役。万般无奈之中，他想到了哥哥。他知道罗曼认识很多大人物，包括总统、陆军部长、海军部长和陆军参谋长等等。

罗曼拉上丁洁琼找了佩里一次，事情就解决了。随着“曼哈顿工程”的迅速推进，陆军拨了一支航空兵归佩里指挥。佩里批准赫尔到这支部队继续服役，但规定少校只能从事地勤工作。

“戴上茶镜，琼，加利福尼亚的阳光太厉害了。”佩里怜爱地瞅瞅丁洁琼。赫尔驾驶的第一辆吉普车首先开动。其他几辆尾随着，排成一列朝停机坪尽头一架双引擎飞机疾驰而去。

因为“曼哈顿工程”日趋紧张，佩里开始鼓励乘坐飞机了。眼前就是这样，他要了一架专机，邀请丁洁琼从伯克利一起飞往田纳西州的橡树岭，随员是一位上校和两名上尉。到美国十年了，这是丁洁琼第一次乘坐飞机。佩里拉她一起坐在前舱。飞机不大，前舱只能容下两个人。从这里能看清驾驶舱，看见飞行员的操作，拥有最广阔的视野。

“我把这里命名为‘将军舱’，只允许我自己享用。今天是第一次破例，琼。”为了压倒飞机的轰鸣，佩里使劲抬高嗓门，“你懂吗，琼？这是我们男人的通病，喜欢跟漂亮女人待在一起。”

“我懂。”

“太好了。”

“其实，将军，女人也是这样，喜欢漂亮男人。”

“是吗？”佩里顿时神情沮丧，“咳，瞅我这副尊容！”

这是一九四四年八月底的一天，丁洁琼得到特许证，正式参加“曼哈顿工程”已经一年零八个月了。这段时期中，她仍像从前一样在实验室或计算室里工作，大部分时间在伯克利，也到斯坦福大学、加州理工学院、哥伦比亚大学和杜邦公司去。这些大学和企业承担了“曼哈顿工程”的许多理论研究、实验和制造项目。参加此项伟大工程的十五万名科学家工程师之中女性极少，非美英国籍者更只有丁洁琼一人。对了，非美英国籍者本来还有个费米，但费米于一九四四年七月十一日在芝加哥地方法院宣誓后，也成了美国人。

特许证是佩里亲自签发的。对女科学家的国籍问题，他只字不提，而且无论在哪里遇见丁洁琼，他都特别热情。一九四四年八月底的这天，佩里来伯克利看望丁洁琼，对女教授说：“你在伯克利待得太久了，我陪你出去逛逛。”

不是逛风景名胜，而是逛“曼哈顿工程”。美国全国有上百所大学和上千家企业为原子弹研制提供服务和支持，但关键地点只有三处基地，代号分别为X、W和Y。佩里陪着丁洁琼逛的，他想让女科学家参观的，就是这三处基地。参观方式是先乘坐那架小飞机俯瞰整个基地——小飞机的好处是可以低飞慢飞，把该看的一切看得清清楚楚。然后，乘坐汽车实地查看某一两座工厂。

第一个地点是X基地，位于田纳西州橡树岭。

“从前这里没有地名，‘橡树岭’是我给取的名字。你喜欢吗，琼？”

“喜欢，”丁洁琼由衷赞扬，“很有诗意。”

橡树岭基地的使命是提取铀。为建设这个基地，美国政府征购了四万五千英亩[1]土地，先后投入人力四十万。从飞机上往下看，丁洁琼感觉这里已经是一座城市了，而且是一座不小的城市。她注意到密集的铁路网和川流不息的列车。佩里说：“大型设备数量达到了天文数字，都是用火车运来的。足足运了两个星期，光是电气设备就有一百二十八车皮！”

橡树岭基地的一个特点是大。一座电磁分离厂就占地八百多英亩，一座辅助工厂长五百四十三英尺，宽三百一十二英尺，等于两个足球场大小。X基地大量用铜，战争也大量用铜，怎么办？美国政府决定凡能采用白银之处一律改用白银。于是，在橡树岭连磁铁线圈都用白银绕制，而那些线圈的大小都同巨型卡车轮胎一般。佩里说：“用银量从五千吨到一万吨又到一万四千吨，而政府为此准备的全部白银达四万七千吨！必要时还可追加。”丁洁琼问：“如果必要，美国政府会不会动用黄金绕制线圈？”

1　247.1英亩等于1平方公里，45000英亩约为182平方公里。

“黄金的导电性能不如白银。”将军点头，“不然，早就那么做了。”

丁洁琼从空中、地面和工厂内部都看见了大量人群。佩里说：“是的，很多人，很多很多！参加‘曼哈顿工程’的共有几十万人，在橡树岭的只是其中很少一部分。电磁分离厂用工总量已达五千多万人时，到原子弹造出来时用工总量会达七千万人时。”将军还说，建厂仅一年，今年三月，第一批浓缩铀已发送Y基地。当时浓缩度不高，但可供那里的紧急实验之用。现在的浓缩度已经大大提高……

“多少，”丁洁琼很注意这个话题，盯着对方，“现在的浓缩度？”

“百分之八十五至百分之九十。”

“够了。”女教授舒一口气。

“什么够了？”

“这个浓缩度已经够造原子弹了。”

“这种武器还没出世呢。”

“我可以判断它的‘预产期’。”

在橡树岭逗留一天后，佩里将军陪着丁洁琼直飞W基地。

下飞机后，女教授一眼就看见前来迎接的十几个人中有一个非常熟悉的身影。

丁洁琼立刻奔过去抱住奥姆。

奥姆是接到佩里电令后从外地赶来的。他轻声说："琼，明白了吧，美国政府为什么会挑选佩里这么一个'粗人'充当本世纪最伟大工程的总指挥。"

"现在我算是明白了，完全明白了。"

"完全明白了？"奥姆沉吟道，"还没呢。"

W基地的使命是提取钚。它位于美国西北角的华盛顿州，从田纳西州飞往那里要斜穿美国本土的大半。比起橡树岭来，这里的征地面积扩大了十倍以上——五十万英亩。

铀238在原子锅炉中受中子轰击可转变为钚239。而钚是可以用化学方法使之与母体铀分离的。一九四二年底，丁洁琼博士参加"曼哈顿工程"之后的第一个研究项目便是"钚的应用前景"。她几乎是在一九四三年的最初几天便拿出了结论：根据当时的工艺水平，钚的工业化生产成功率为百分之九十九，而用钚制造原子弹的成功率为百分之九十。——这个结论，甚至比包括奥姆在内的其他几位物理学家的预测更为乐观。

"上帝！"佩里闻讯后跳了起来，马上拍板建造生产钚的W基地。

佩里拉着女教授下了飞机马上登上汽车。前方一条沥青大道宽阔笔直，八条车道直指一座充满神秘色彩的新兴城市。

W基地仅房屋的施工量便相当于新建一座四十万人口的城市。

工地上最多时有四万五千人同时工作。修筑了一百五十八英里铁路和三百八十六英里公路。供电量从十万千瓦递增到五十万千瓦。接踵而来的是五十多英里长的二十三万伏输电线路和四座变电所，以及数百英里的配电线路。

每座锅炉中随着钚的形成而产生强烈的辐射，其能量相当于几百吨镭。钚还是世界上最毒的物质，一克钚可以毒死一百万人！万一发生泄漏或爆炸，其后果非常可怕。即使在正常运转的情况下，也必须严防放射性物质渗漏并随大气和水流扩散。原来考虑用水、重水、空气或氦气做锅炉冷却剂。关键时刻，丁洁琼对“窒息效应”的研究再度引起注意，氦的放射性问题被提了出来。最后的决定是用水做冷却剂。幸运的是哥伦比亚河的水质很好，过滤后可以直接用于锅炉，每座锅炉每分钟需用冷却水二万五千加仑。这些水循环使用，以免污染哥伦比亚河。六座锅炉每座热功率二十五万千瓦，占地一平方英里。每两座锅炉间距为六英里。原计划建八座化学分离厂，后改为六座，又改为四座，最后定为三座，厂间距四英里。为屏蔽辐射，每座锅炉都被一英尺厚的铅、七英尺厚的混凝土墙和十五英尺厚的水包裹着。铁路网络将工厂内外交织成一片。钢轨和车皮都带有放射性，一律用潜望镜和机械手遥控操作。到处都是人，训练有素的工人和技师，千百个起重工、管道工、焊接工、薄板工、电工、木工和操作人员像钟表机件一样在紧张而有条不紊地工作。

W基地规模太大，参观主要设施就花了三天。最后一天的黄昏时分，佩里和丁洁琼乘坐汽车回到基地招待所。这里远离生产区，四周是林荫道、喷泉、水池、草地、花园和温室。

“琼，你现在懂了吧，为什么通往外界的大路多达八个车道。”佩里从神态到口气都充满信心，“基地内常态下有六万人。万一发生事故，人们必须尽快地、有条不紊地撤离。”

“将军，”女教授想了想，“我有个问题。”

“别说一个问题，”将军满面笑容，“十个都行。”

“从工人到哥伦比亚河中的鱼类都是您爱护的对象。可是您考虑过没有，这炸弹扔下去，将毁灭多少生灵？”

“你说的生灵，”将军收敛了笑意，“也包括希特勒和裕仁吗？”

看着佩里的表情，女教授紧张起来。

“这两个家伙也够格称为生灵？”将军望着丁洁琼，像是望着一个素不相识的人，“不，他们是该死的魔鬼，禽兽，该死上一万遍！”

“可是，”丁洁琼鼓足勇气，有点口吃，“民众是无辜的。”

“民众？你忘了希特勒是靠民众选票上台的吗？你忘了日本民众对天皇的狂热崇拜和绝对服从吗？那些滋养并造就了魔鬼的，使其组成了强大的法西斯军队和刽子手群体的人能是民众，能是无辜的？”佩里说着，忽然换了一种声调，“可敬的女慈善家，在你发明出能辨别坏人和好人的武器之前，请不要在我面前再唱这类高调！”

丁洁琼嘴唇翕动，想说什么。奥姆悄悄拽了一下她的衣角。于是她瞅着地面，沉默下来。在场的人们面面相觑，谁也不吭声。

“对不起，我得立刻飞华盛顿。总统本人正在等着听取汇报。诸位，再见。”将军抬腕看看手表，然后与在场的人们一一握手。他最后把手伸给女教授：“小姐，很庆幸与你有四天相处的机会。你接下去的行程，由奥姆霍斯博士陪同。”

佩里将军的飞机升空之后，送行的人们登上各自的汽车。丁洁琼上了奥姆的车。轿车开动很久，两人也默然无语很久之后，奥姆才轻声道：“琼，现在你才明白了吧，美国政府为什么会挑选佩里担任‘曼哈顿工程’的总指挥？”

“我现在明白了，”丁洁琼一字一顿，“现在！”

“冠兰，我亲爱的弟弟！”

多少年来，丁洁琼给苏冠兰写信一直是这样开头的。今天又是这样。说起来真是悲哀！除了写信，她和冠兰没有别的办法更加亲近。她想过，如果通电话或见面，肯定会出现别的情形，她将会换上别的称谓。可是，没有通电话的机会，更没有见面的机会，甚至，还有没有这样的机会？每当想到这里，她往往不寒而栗。

我从X基地来到了W基地。现在参观完毕，在下榻的招待所，在灯光下，给亲人写信。战争越打越残酷，我们也越来越忙。明天一大早便直飞Y基地。

两个小时之前，我跟佩里发生了一场不大不小的不愉快。他其貌不扬的面孔上总是荡漾着和蔼的笑容，起码对我是这样。可是我终于第一次看见他发火了，居然连面孔和声音都扭曲了。这种冲突，这场冲突，迟早会发生的，那么，发生了也好。

原子弹的爆炸当量无论是几千吨、几万吨还是十几万吨，一旦投掷和爆炸必将造成十几万乃至几十万生灵的毁灭！我的同事们对此或多或少都有同感。但是对佩里来说，他似乎只担心一件事，即战争在原子弹使用之前结束。

回到招待所后，奥姆还在丁洁琼的房间里坐了一阵。

“你了解，佩里的，情况吗？”奥姆有点吞吞吐吐。

“我不想了解他的任何情况。”

“某些情况，还是知道一点为好。”

“你想让我知道什么？”

“比方说，他的亲人们……”

“他的亲人们跟我没有什么关系。”

“是这样的，”奥姆小心翼翼，斟字酌句，“他的独生子死在珍珠港。”

“什么时候？”女教授的心悸动了一下，“怎么死的？”

“约瑟芬·佩里少尉，从西点军校——也就是他父亲的母校毕业后，被派往珍珠港服役。”奥姆轻叹，“他抵达基地的第四天，正是当地时间一九四一年十二月七日……”

“原来如此！”丁洁琼站起来，在房间里踱来踱去。良久，她望着奥姆问：“他，亚伦·佩里，还有什么亲人？”

“还有妻子。失去儿子之后，她疯了，两年多来一直住在长岛一家精神病院里。”

“天哪，”丁洁琼喃喃道，“你怎么不早说！”

我到美国整整十年了，除奥姆外，这位佩里可能是给我印象最深刻的美国人。他仿佛不是军人，而是心理学家。譬如因保密之故，计算中心几百名操作员和数学家不知道工作目的，导致他们精神涣散，效率低下。于是佩里下令把真相告诉他们，让他们知道在制造原子弹，让他们先算一道题：一颗原子弹能消灭多少“野兽”？此举竟使计算中心工作人员的精神面貌大为改观，工作效率猛增百分之三十！有一天，佩里听说妇女营区的碎石子路不便行走，还很容易硌坏皮鞋。第二天他便调来机械化筑路队，筑路队两三天内就铺设好了平整的沥青路面……

基地有成千上万的妇女充任办事员、秘书和速记员，或从事其他服务工作。基地环境闭塞，服务设施和物资供应很差。

妇女们的消极情绪阻碍了工程进度。佩里在抓紧完善设施的同时向妇女们发表了一次讲话，关键的话是这么几句：“你们之中的大多数都有深深所爱的人在军队中，他们正在前线艰苦作战和英勇牺牲。你们的工作就是对他们的爱情。因为你们的工作将缩短战争，使胜利早日到来，使你们的爱人尽早回到美国，回到你们的怀抱！”

佩里讲这段话时，妇女们喧哗了，激动了，很多人还流泪了。

佩里这段话不仅当时就使绝大多数妇女安下心来劲头倍增，而且使同是女人的丁洁琼怦然心动！将军显然懂得，爱情是男人生活的一部分，却是女人生活的全部。哪怕对女科学家来说也不例外。丁洁琼最向往的是爱情，她渴望做一个真正的女人，一个完全拥有并充分享受爱情的女人！所以，听到佩里的话后她立刻想到了自己深深所爱的人……

佩里是个爱国者，他非常爱美国。他的聪明智慧，他的殚思极虑，他所做的一切，都是为了美国，为了美国的最高利益。原来我认为，他只是邀我外出散散心，或请我协助解决若干理论上技术上的难题。后来得知不止如此。直到刚才，奥姆才告诉我：佩里希望我通过参观基地对美国的富足和强大形成深刻印象，希望我像他那样爱美国，像他那样一切为了美国，为了美国的最高利益！佩里认为像我这样的人如果永远留在美国，不仅对美国有好处，而且对人类、对科学和对我自己有好处，甚至对中国也有好处——就像居里夫人虽然加入了法国国籍，她的祖国波兰仍在为她感到骄傲一样。将军要求奥姆帮助他达到这一目的。他说没有任何人比奥姆更适合担负此项任务。他知道奥姆爱我，而我和奥姆也很亲近。他说奥姆在“曼哈顿工程”中做了突出贡献，但如果能让我永久留在美国，那才是最大的贡献！

将军知道我喜欢奥姆，却不知道我心中还有个奥姆不能比拟的男子，不知道我的追求是让自己的祖国也变得富足和强大！

壁钟敲响了。女教授一瞥，嗬，已是凌晨三点。她想，不能再写了，应该睡睡，只睡一两个钟头也是好的，一大早还得赶飞机呢。可是，转念一想，还是把这封信写完吧，写完。

学成之后一定要回到中国来——我的这个初衷从来没有变化，正如我对你的爱情从来没有变化一样。

真的，冠兰，我亲爱的弟弟，任何情景和事物都在引起我对你无尽的眷恋。电磁的工作流程需要足够数量的和达到足够浓缩度的铀，想要获取就必须大量运用化学手段。气体扩散流程一直没能找到适用的薄膜材料，而材料的本质是化学。钚239从母体铀中的分离，用的完全是化学方法。锅炉冷却水的去离子过程也要运用化学。而工人多达六万的W基地，本质上就是一座化学工厂，美国最大的化学工厂……我这个物理学家总是想起化学，不就因为我的爱人是一位化学家吗？原子弹制造过程中必须运用化学的环节很多。我天天、时时在想，要是你能在美国，能在我身边，能和我一起参加“曼哈顿工程”，该多好呀！

丁洁琼将刚写满的十几张信纸全看了一遍，不折叠，也不置入信封，而是捧起来紧贴在面颊上，久久地、紧紧地贴着，贴着。与此同时，她的眼睛尽管紧闭着，泪水还是扑簌簌直落。

又过了十来分钟，女科学家终于起身，到盥洗室擦了一把脸，将满面泪痕仔细擦净，然后踱到壁炉前，在一张高背椅上落座，将这叠厚厚的信纸整整齐齐地摆进炉膛，划着一根火柴，点燃。

丁洁琼的研究涉及铀和核，所以，她的一举一动早已被反间谍机关纳入视线，参加“曼哈顿工程”后更受到严密监视。与工程有关的一切人，除总统、陆军部长、海军部长、陆军参谋长和佩里将军外，在这一点上都不能幸免。只是对她这个“曼哈顿工程”中唯一的外国人，唯一的非英美籍科学家，一个受尽欺凌宰割的穷国弱国的核科学家，监视得更加周到而已。不错，佩里将军和他手下那些上校上尉们对她非常客气，但那是表象，正常的监视是须臾不停的。奥姆劝她忍耐，劝她从长计议，说这在所有国家和所有社会形态中都是不可免的，一切为了战争胜利，一切为了打败法西斯，等等。她呢，既然参加了“曼哈顿工程”，退出来已不可能。为了正义的事业，也不应该退出来。此外，她也没什么可怕的，外出不怕跟踪，打电话不怕窃听，没有怕别人知道的事情。唯一的问题是通信，跟冠兰的通信。

通信是她跟冠兰联系的唯一渠道。他俩经常通信，而且会写很长的信，在一封封书信中互诉衷情，每一封信都是情书。他俩一个是物理学家，一个是化学家，除爱情外，科学是维系他们的最好纽带。除缠绵的情话外，书信中谈的最多的便是科学。可是自参加“曼哈顿工程”后，丁洁琼发现连通信自由也没有了。从前丢失信件总以为是飞机船只出事，现在才知道还另有原因。不仅不能谈科学，连爱情也不能谈了。专门对科学家们放映的一部故事片中说了：叛卖的突破点无非两个，一是金钱诱惑，二是情爱诱惑。而且，爱情总是含着羞涩和隐秘的，它的美丽、魅力和尊严，也正在这里，全在这里。谁愿意让自己的爱情暴露在一伙特工面前呢？尤其令人气闷的是所有这些还不能在信中写明。不能向对方暗示已经没有了通信自由。否则呢？否则信件就寄不出去，就会失踪，从美国任何地方投寄都概莫能外。

特别令丁洁琼担忧的是，冠兰看出她的信越来越简短，越来越枯燥无味，连口气都变冷淡了，明显是在应付。冠兰感到困惑，甚至感到焦虑和痛苦，来信追问。女教授苦于无从回答。有时她甚至只能寄望于原子弹早日制造出来并付诸使用。真相大白于天下之后，总可以解密了吧？那她才可能摆脱这种难熬的尴尬。

但是她一直坚持给冠兰写信，像过去一样写很长很长的信，从未间断。只是所有这些信件都不曾投寄。写完之后，她会认真看上一遍，不折叠，也不置入信封，而是双手捧着贴在面颊或胸脯上，在沉默中让它们被自己的泪水浸透。就那么过上好一阵子，然后置入壁炉，划着火柴……

“不，今后决不再烧了！”现在，丁洁琼一面抚摸着因被泪水浸蚀而发涩发疼的面颊，一面凝视着炉膛中的股股蓝火和缕缕青烟，“今后我要把所写的信都留下来，留下来，留在手头，作为爱情的信物，作为这段非常时期的见证，有朝一日当面交给他！”

房门轻响了两下。女科学家一时反应不过来：“谁？”

“奥姆。”

“什么事？”丁洁琼仍然没反应过来。

“你没看窗外吗？天亮了，要动身了。”

“哦哦，奥姆，”丁洁琼如梦初醒，“你回屋去，我马上来。”

她说着，匆匆给冠兰写信。这是一封公开投邮的信，待会儿就投在招待所邮箱里。她马上要去Y基地，还要在那里待很久。到底待多久她也不知道，只有一点她是知道的，即一定要住到原子弹问世！

冠兰，我要去外地从事一项宇宙线观测的工作，那里是空旷的荒漠地带。项目的时间很长，地点也不固定。由于太忙，今后不能给你写长信，甚至可能很长时间不能给你写信。你来信可寄：

美国，新墨西哥州，第1779号信箱

姜孟鸿小姐

香格里拉

美国有五分之一国土位于干旱和半干旱地区，西部有大片荒漠和半荒漠草原。其中科罗拉多、亚利桑那、新墨西哥和犹他的部分属于科罗拉多高原，雨量极为稀少，荒漠和沙漠面积更大。奥姆霍斯和丁洁琼从W基地起飞，一直往东南方向飞行，先后飞越俄勒冈州和爱达荷州。进入犹他州和科罗拉多州上空时，看下去全是灰蒙蒙的大地和大片带有风沙地貌特征的“黄色海洋”，一望无际。科罗拉多高原是一片辽阔的台地，起伏着几条海拔一万英尺以上的山脉。飞行数小时后，沿一条大河出现了绿洲和水库，俨如翡翠雕琢的玉带或串珠。

“格兰德河，新墨西哥最重要的河流。”奥姆指点道，“这个州的主要城镇都分布在它的沿岸。”

飞行高度降低。可以看见荒漠上枯黄的小草稀稀拉拉地生长着，点缀着一些小灌木丛和仙人掌。

“这地方谁看中的，”丁洁琼笑笑，“也能叫香格里拉？”

“香格里拉”是Y基地的别名，意为世外桃源。

“作为原子弹的组装和试验基地来说，这地方其实满不错的。”奥姆也笑了，“降雨虽少，但空气清新，没有风沙，室内几乎见不到灰尘。”

“那就好。”女教授对环境很敏感。

“给你安排的住处是半幢别墅，有五六间屋子。其中一间最大的，可以供你练舞和弹琴。佩里将军说了，Y基地妇女不少，但都是家属，女科学家只有你一位。”

飞机在阿尔布开克机场降落。两人登上一辆吉普，朝那座被铁丝网和高墙围着的“小镇”驶去。

科罗拉多高原地貌险怪，崖高谷深，沟壑纵横。阿拉摩斯是高原上一块人迹罕至的台地，海拔七千二百英尺，四周被峡谷切割包围，峭壁上的地层红褐分明，台顶上一片灰绿，像是被风沙所覆盖。那里原有一所牧场子弟学校，距新墨西哥州首府圣菲四十五英里，距最近的铁路六十英里，有简易的山区公路相通。一九四二年十一月确定在阿拉摩斯兴建Y基地，学校被征用，作为第一批来到基地的科学家和军人们的住房。佩里虽然是造房子的专家，但他也算不出需要多少房屋。奥姆估计，三十位科学家，加上他们的家眷，共一百人，差不多了吧。但事实上到了第二年，即一九四三年就达到了一千人，今年即一九四四年已是三千五百人，而且人口还在迅速增多。除几百位科学家及其家眷外，还有后勤、保安人员和军队，于是形成了眼前这座“小镇”。

“很好，我也成了阿拉摩斯的市民！”丁洁琼有点兴奋。

“不，”奥姆摇头，“这里没有市民，也不会有。”

“你刚才不是说这里已有三千五百人，而且人口还在迅速增多吗？”

“那是事实上的存在，不是法律意义上的存在。”

“什么意思？”

“新墨西哥州地图上找不到这个地方。州的行政区划中没有这个地方。这里没有Y基地，没有阿拉摩斯，没有地名，没有公民，没有人或人口，也没有选举权和离婚权……”

“连‘丁洁琼’都没有了吗？”

“是的，只有‘姜孟鸿’。”

离开W基地前，奥姆说按照保密规定，在目的地的所有科学家都使用化名。丁洁琼懂得他的意思，便按照母姓给自己取了个化名。奥姆说：“很好，到了那里，物理学家丁洁琼就消失了，只有一位女工程师姜孟鸿。”

“再说一遍：那里没有阿拉摩斯，没有Y基地。如果你有时在口头上不得不提到它，”奥姆想了想，“对，就称它‘香格里拉’吧。”

也是为了保密，在“香格里拉”禁止提到物理学这个字眼，也不能有物理学家、化学家和数学家，顶多只有工程师或技师。此外，全美国的广播报纸一律不准使用“原子能”一类词汇，不准谈到铀和钚，甚至不得提起跟铀和钚也许沾得上边的钇。

“欲盖弥彰。”奥姆抗议道，“聪明的间谍能从我们刻意回避的东西里嗅出某些东西。”

佩里摆摆手：“他妈的就这么办吧！”

三千五百人之中竟有这么多科学泰斗，包括十三位诺贝尔奖获得者，因此这里又被称为“诺贝尔奖得主的集中营”。外国外地的亲友不得跟这里的人们直接来往，来信只能寄往“新墨西哥州第1779号信箱”。所有信件一律经过检查，特工不满意的会退回勒令改写或干脆没收。

还好，科学家们都很自觉。他们之中凡是带了家眷的，谈到自己的工作性质或会议内容时都对妻子说假话，而且编得活灵活现。将军和上校们更别说了，传递信息全靠当面交谈，不用电话，不留字迹。绝密公文由陆军军官传递。他们一般乘坐火车，待在锁闭的车厢里，带着隐蔽的肩挎手枪，装着文件的橡皮袋用带子绑在胸前。距“香格里拉”最近的城市是圣菲。人们可以到那里购物和消遣，甚至在旅馆里住上一夜，但那里所有的服务员全是特工。电话一律被窃听。办公室、住宅和厕所一律安装了秘密录音机。部门之间交流情况必须得到批准，首先是负责军官的批准。重要的科学家都配备了卫士，是些全副武装的彪形大汉，他们如影随形，像看守一般。

“我不是重要科学家，”丁洁琼担忧起来，“这一条可以免了吧？”

“我对佩里说了，如果给你派卫士，就派个女的。”

“他怎么说？”

“他说，什么，给琼派卫士？不，要派就派个博士。”

“是奥姆霍斯博士吗？”

“你猜得真准！”奥姆讶然。

Y基地是原子弹的总装厂和试验场，设理论物理、实验物理、爆炸物理、爆炸化学、冶金技术、军事作战和统筹规划七个研究室。每室下设若干研究小组。每组有几名到十几名科学家不等。丁洁琼是理论物理室一个小组的成员，又是实验物理室一个小组的首席科学家。

“你在理论物理和实验物理两个领域兼有专长和建树。”奥姆解释说。

“奥姆，你说了，”丁洁琼犹豫起来，“部门之间交流必须得到批准。”

“是的，有严格规定。”

“这就是说，理论物理室的姜孟鸿想跟实验物理室的姜孟鸿探讨问题，也要得到批准。”

奥姆大笑：“从理论上说，确实是这样的！”

基地初创时条件艰苦，住房紧缺。盖了很多预制板房，还拉来很多拖车式活动房屋。后来建起了一些公寓，但那些板房和活动房并未拆掉，新式建筑与破旧板棚混杂在一起。街道没有铺砌，冬天下雪或夏天落雨时街上一片泥泞。一段时间里，基地仅有附近林场提供的一条电话线和一部手摇式电话机。干洗店、理发店、商店和餐馆都远在圣菲……

丁洁琼给苏冠兰的信中写道——

姜孟鸿到来时，阿拉摩斯的情况已经大为好转。有了洗衣店和其他店铺，有了一家幼稚园和一所小学，有了一点花草树木。像个新兴小镇了。我被安置在半幢别墅里（另一半住着卡内基理工学院院长科林斯·布朗博士和夫人）。这里确实有一间较大的屋子，可以跳舞，还摆着一台钢琴。此外，卧室、书房（里面没有书，但有书柜，有打字机和计算尺，还有纸张和其他文具）、餐厅和厨房虽然都不大，却一应俱全，这在“香格里拉”是很令人羡慕的。Y基地的科学家住房分两种，一种住单身汉，一种给带家眷者。姜孟鸿独自成了第三类——单身女郎。她因此受到破格优待。

转眼又是几个月过去了，我仍然像过去那样，天天想你。

我用两个方式寄托对你的思恋，一是写这种无法投寄的信，一封又一封地写；二是种植兰草。室外太干燥，冬季又很冷，我就在室内养兰，每个屋里都摆一盆。我在这片小天地中走来走去之时，走到哪里都能看见你！

阿拉摩斯的科学家们实际上是自由自在的。各类住房隔得很近，混在一起。年轻人都说英语，来往方便，所谓化名根本用不上。著名物理学家们早已彼此认识，无名物理学家们在这么个小地方很快就能和其他人混熟。于是大家仍然相互称呼真名实姓。化名只在逛圣菲时用一下。在圣菲连博士、教授等头衔也得收起来，以免居民起疑：沙漠小城怎么会一下子来这么多身份显赫的学者？

具有博士、教授身份而仍被称为小姐的，在阿拉摩斯只有丁洁琼一人。小姐是对未婚女性的通称，一般来说也是尊称，但对丁洁琼来说却不是那么回事。女人年龄大了仍不结婚就会有麻烦，特别是漂亮女人，在中国是这样，欧美何尝不是如此。大学校园是净土。如果说在加州时对此尚无明显感觉，在阿拉摩斯可不同了。除丁洁琼外的科学家们虽然只有美英两种国籍，但血统和原籍却五花八门。其中有很多单身汉，他们年轻，精力充沛，富于好奇心，喜欢唧唧喳喳。

有人做证说，从帕萨迪纳到伯克利又到阿拉摩斯，奥姆霍斯对丁小姐追求了整整十年！有人推测说，奥姆霍斯把这么好的房子分配给丁，是为了便于幽会。还有人说，他亲见奥姆霍斯只要没离开基地，就每天夜间去丁那儿……

我只是付之一笑。确实，整整十年了！整整十年还不能证明的事，恐怕就无法证明或无须证明了。

我对佩里谈到这事。不料将军哈哈大笑，答非所问："物理学家们血管里流的从来是高压电——琼，自你来到阿拉摩斯后，他们血管里开始流淌热血了！"

我不懂将军的意思。问奥姆，他说他也不懂——冠兰，我的爱人，你懂吗？

丁洁琼在半幢小楼里独自跳舞和弹钢琴，也出门走走。阿拉摩斯的科学家们有年龄和资历的区别，却没有老师和学生的区别，全是同事和同行。他们彼此来往很方便也很频繁，几乎每个周末都聚会。几个人弹钢琴，搞小提琴和中提琴二重奏，有时还加入大提琴，搞三重奏；另外几个人则在热气蒸腾的厨房里切肉洗菜。音乐演奏和品尝佳肴交替进行，各种酒类和酒具也摆上桌面，觥筹交错，笑语喧哗。

我弹钢琴，也参加二重奏或三重奏，更多的是跳舞。大家知道我原来是"舞蹈家"。我跳伦巴、桑巴、芭蕾，或爵士舞片断，高兴起来随心所欲，乱跳一气。无论怎么跳，人们都喜欢看，有时还跟我对舞，他们之中至少包括八位诺贝尔物理学奖或化学奖得主。他们一般都带着夫人，有时还带着孩子。在世界上其他任何地方，人们都会瞪大眼睛仰视他们，但在这里却不。他们跟一般人的区别，只是跳舞或滑雪时比较笨拙而已。他们也喜欢饮我调制的鸡尾酒，吃我做的“中国菜”——我调的鸡尾酒确实不错，但并不会做中国菜。不过这里只有我一个中国人，我做的菜当然就成了“中国菜”。我乐意参加这类活动，它可以发泄我内心的积郁，也多少可以消除一点疲劳。但这样的日子已经一去不返，因为大家都越来越忙。原子弹原料源源运到，理论上和实际上却还存在大量悬而未决的难题。大家都在埋头苦干，工作中的风险和危险也越来越大。我经常每天在实验室里操作十七个小时，在那几十台加速器（有回旋加速器、静电加速器、高压倍加速器、串列加速器和质子直线加速器等等）中出没，或在一堆大小、形状和成分各异的铀235、铀238和极其稀有的铀234之间出没。

奥姆在全国飞来飞去，不过回到阿拉摩斯时总要来看我。每次见面他都满面倦容，肤色灰暗，形容消瘦，身躯单薄。我担心他支撑不了多久就会病倒。三天前他又走了，先到华盛顿，向总统、陆军部长和国防研究委员会报告情况。还要去X基地、哥伦比亚大学、芝加哥大学、杜邦公司和克累克斯公司……

铃声响了，丁洁琼抓起电话听筒。可是响的不是电话铃而是门铃。她走到门边，拿起对讲机："喂——"

"琼！"传来一个过分熟悉的声音。

"奥姆，你在哪里？"

奥姆笑了："我能在哪里？我只能在你的楼下。"

"太好啦，我马上来给你开门。"丁洁琼喜出望外，"你说过要走一个礼拜的，才三天就回来了。有什么特别重大的急事吗？先给我说说。"

"确实有特别重大的急事。我专程提前赶回来就是为了当面给你说的！"

"先说几句，"丁洁琼急了，"哪怕只是一两句。"

"赫尔的事，赫尔。"

丁洁琼将没写完的信收起来，匆匆下楼。

一九四五年四月十二日，罗斯福总统因病逝世。当晚七点零九分，杜鲁门宣誓继任总统。整个仪式只用了一分多钟。接着杜鲁门主持就职后的第一次内阁会议。散会时，陆军部长要求留下来，报告一个"最重要的事情"。于是杜鲁门第一次听说了"曼哈顿工程"，听说了原子弹。

四天后，一九四五年四月十六日，杜鲁门对国会发表讲话称：

“日本必须无条件投降！和平晚实现一天，都意味着很多人会丧失生命。”

总统讲这段话时，全体议员起立。

四月二十五日，杜鲁门在白宫接见陆军部长和佩里将军，听取关于“曼哈顿工程”的详细汇报。之后，工程进展进一步加快。六月，第一颗原子弹在阿拉摩斯完成组装。陆军部长、佩里将军和奥姆霍斯博士到白宫报告：一切准备就绪。试爆时间请总统定夺。

总统问：“把握怎么样？”

“把握很大。”部长回答，“不过，归根到底要看试爆结果。”

杜鲁门起身，轻轻捏弄着深蓝色双排扣上衣的一颗纽扣，走到一个大窗前朝外眺望。良久，他缓缓回身，望着大写字台上摆着的一个长长的棱形木条。陆军部长、佩里将军和奥姆霍斯博士都顺着总统的视线看去。

棱形木条上写着一行字：The buck stops here.（决定必须在这里做出。）

总统终于抬起右手，食指对着天花板，一字一顿：“试爆时间，一九四五年七月十六日凌晨四点。”

然后，杜鲁门双手抄在身后，等待送客。

佩里两脚并拢，挺了挺胸：“报告总统阁下。”

杜鲁门打量佩里。

“是这样的，总统阁下，这位奥姆霍斯博士……”

“还是叫总统先生吧。”杜鲁门说着，朝博士笑笑，“早就认识了，我们的功臣嘛。”

“是这样的，总统先生，”佩里不顾陆军部长用目光制止他，一口气往下说，“奥姆霍斯博士的一个兄弟是飞行员，不，曾经是飞行员，并受过伤……”

“看来要谈的是两点。”总统看看手表，“一、你们希望我做什么；二、我能否做到。”

“是这样的，总统先生，赫尔·奥姆霍斯少校……”

“你是说赫尔·奥姆霍斯少校吗？”总统注意起来。

“赫尔·奥姆霍斯少校曾经是飞虎队队员，战斗机飞行员，在中国负伤后回到国内。因已不适合飞行，经我批准转入‘曼哈顿工程’下属航空队从事地勤服务。”

总统面无表情，但在认真倾听。

“现在，”佩里接着报告，“赫尔少校要求重上蓝天。”

“你刚才说了，他已经不适合飞行。”

“他不适合驾驶战斗机，”佩里提高声调，“但他想上轰炸机。”

“他想驾驶轰炸机？”

“不，他想当投弹手。”

“不过，将军，”杜鲁门望着佩里，“这事，赫尔少校想重返战场的事，为什么要找总统呢？”

“‘曼哈顿工程’航空队归我指挥，但进攻日本的空军不归我指挥。”

“你是说，归总司令指挥。”

“不。空军至今是陆军的一个兵种，军事决策、拨款和人事等方面的问题由陆军部长处理。”

“那为什么不请示陆军部长呢？”

“请示了，他不同意。”

肃立一旁的陆军部长目不斜视，一声不吭。

“是吗？那么，佩里将军，请你将总统本人的以下决定转告陆军部长。”总统用右手食指在胸前画了一个圈，“曾在中国荣获飞虎奖章的英雄赫尔·奥姆霍斯少校，军衔晋升为中校，编入第五〇九航空队。”

“是！”佩里啪的一个立正。

身着便服的陆军部长也来了个立正。一战时他当过炮兵。

总统也是刚听说第五〇九航空队的。这支航空队的使命是直接对日本实施原子弹轰炸。

“说实话，琼，当时，我很激动，都快流泪了！”奥姆告诉丁洁琼，“真的，我曾经认为，要满足赫尔重上蓝天的要求，比造原子弹还难。赫尔找过我，我两手一摊，摇摇头。他还求过佩里，也被拒绝了。其实佩里是同情赫尔的，为这事还专门找陆军部长说情，可是也被拒绝了。然而，你看……”

女科学家听着，默然不语，两眼发热。

“赫尔是个老兵，四十岁了还没结婚，却已满身伤残。就这样，他还要求重返战场。他是我的亲兄弟，很有正气。我希望他的愿望得到满足，我真为他高兴。”奥姆说着，声音低沉，“他说了，所有这些，都是为了你，为了中国。”

“奥姆，”丁洁琼把脸贴在奥姆胸上，泣不成声，“我知道，知道，知道！”

“男孩”诞生

原子弹的重量和体积超过所有类型的普通炸弹。美国各型轰炸机中只有B-29可装载原子弹，但必须经过改装。从一九四四年秋到一九四五年初，Y基地一直在进行假原子弹的设计和生产。假原子弹与真原子弹在重量、体积和外形等方面完全相同，内装普通炸药。第五〇九航空队的B-29机群用假原子弹对日本进行了无数次轰炸，为投掷真原子弹做准备。

原子弹按爆炸原理可分枪式和内爆式两种。枪式采用铀做核装料，在一根“枪管”内置放两个或两个以上小于临界值的铀块，它们碰撞在一起时便会超过临界值而发生爆炸。内爆式采用钚做核装料，球壳般的普通炸药爆炸时从四面八方将粉末状钚挤压到核心部位，使其超过临界值而发生爆炸。因此，枪式瘦长，又被称为“瘦子”，或“小男孩”；内爆式滚圆，又被称为“胖子”，或“大男孩”。

第一颗原子弹是颗钚弹，试验代号“三位一体”，简称“三一”。有人说这是暗喻第一批原子弹共有三颗。距阿拉摩斯几十英里的印加沙漠上有个空军靶场，现在被用作“三一”试验场。爆心地区被称为“零区”，置放原子弹的地点被称为“零点”。越是临近试验，气候越刁钻古怪，六月和七月一连几周没下过一滴雨。每天烈日当空，沙漠里的石头和沙砾全像是从火炉里刚掏出来的。从任何方向刮来的风也都像是从火炉里吹出来的，草被熏枯了，树叶被烤干并几乎掉光了。经常发生山火。阿拉摩斯镇上唯一的水源是一处小小的蓄水池。现在，池里的水勉强够饮用，人们洗澡都有困难，医院的护士有时只能用可口可乐刷牙。

但是，试爆计划不变。

第一颗原子弹只是一个爆炸装置，不具有炸弹外形。七月十二日和十三日，即周四和周五这两天，装载这组爆炸装置所有部件的车队，沿着阿拉摩斯沙漠中的一条公路缓缓行驶。

零点处早就建起一座一百英尺高的钢架。爆炸装置准备置放在钢架顶端。临近试验之时天气却有所变化，雷电频频。前不久一颗装着普通炸药的假原子弹刚刚安装上去，就因遭遇雷击而发生爆炸。为避免雷击，只能在试爆前一刻才把原子弹安装上去。

七月十四和十五日雷雨大作，但科学家们仍从X基地和W基地陆续飞来，还有一些科学家则就近从Y基地各处赶来。十五日下午稍霁，科学家们被集中起来开会，他们得知很快就要进行第一颗原子弹的试爆。会后，载着科学家们的车队驶上一条沥青公路，朝印加沙漠开去，驰驱四小时后抵达试验场。奥姆霍斯博士和其他几位一直坚守在第一线的科学家在苍茫暮色中迎接他们，并陪同他们分别进入各个地堡、掩体和壕沟。

电话铃又响了。

奥姆说：“我敢打赌，是陆军部长本人打来的。”

“不用打赌，我也知道。”佩里说着，看看手表：凌晨三点。他抓起听筒：“是的，部长先生。不行，看来不行。干旱了几个月，这几天忽然雷雨不断。现在雨虽停了，但空气仍很潮湿，弥漫着水汽和雾气。雨水会使放射性尘埃集中降落在一小片地区，后果堪虑。就眼前而论，会影响许多技术参数的测定，更有造成电线短路，使试验毁于一旦的危险。我正要给您打电话呢，请求推迟，看这天气，恐怕得……是吗？好，遵命，谢谢。”

将军撂下听筒，瞥瞥博士，叹一口气：“部长同意了，推迟一小时。”又瞅瞅女科学家：“怎么样，琼？我还是那句话，请你到二线去，用我的车送你，好吗？”

“不好。”

“请别误会，琼，”奥姆也来帮腔，“将军只是尊重和照顾女性，这是一种礼貌和善意。”

“现在的我不是女性。”

“不是女性是什么？”

“是物理学家，”丁洁琼昂起头，“血管里正流着高压电。”

在场的科学家们先是面面相觑，继而哄笑，用笑声缓解地堡里的紧张气氛。

在以零点为圆心、以十五英里为半径的一条弧线上分布着许多地堡、掩体和壕沟，被称为“二线”。从各基地来的大批科学家、工程师和军人在那里观察原子弹试爆。而“一线”距爆心十英里，这里有一个庞大、坚固和结构复杂的地堡群，试爆的中心指挥所便设在这里。直到十五日午夜时分，佩里、奥姆、其他二十多位重要科学家和将军才从零区撤离，来到位于一线的中心指挥所。他们不再往后撤，要在这里完成人类历史上第一次核爆炸的全部程序。一线与二线只相距五英里，安全系数却相差一百倍。

时间一分一秒地过去，转眼又快到凌晨五点了。天气有所好转，雨算是停了，但对原子弹试爆仍不适宜。佩里主动打电话给陆军部长，再度要求推迟试爆时间。对方沉吟片刻：“推迟多久？”

“很难说，看来今天不合适。”

“你的意思是要等到完全放晴？”

“是的。”

“哪一天才能完全放晴呢？”

“几天内吧。”

“要是过十天半月仍不放晴呢？”部长口气严肃，“你们的气象专家预报近日晴朗，实际上怎么样？你凭什么相信他们的下一次预报呢？”

佩里无言以对。

“佩里，你别老盯着脚下的阿拉摩斯，要像总统那样，看到太平洋对岸，看到全世界。”部长稍作停顿，口气意味深长，“总统选定这个日子，有着我目前不能告诉你的某种非常深刻的含意，它是跟一系列即将震撼世界的大事连为一体的。”

“就是说，我们必须顶着上？”

“是的。既不能推迟一两天，也不能推迟一两个小时——一两个小时后天就亮了，还有那种绚丽、壮观的效果吗？别忘了，它是我们庆祝战胜日本强盗的第一束礼花，而礼花是只能夜晚燃放的。”

“好吧。那么您的意见……”

“再给你半小时。”陆军部长斩钉截铁，“公元一九四五年七月十六日清晨五点半钟，准时试爆。”

“是！”

骑兵这个古老兵种在阿拉摩斯重新派上了用场。试验场内外广袤的沙漠荒原上坑坑洼洼，没有道路，车辆不能行驶。于是士兵们骑着高头骏马巡逻，并因此发现距零区两三英里外有一群羚羊。

另一种巡逻兵是飞机，能将地面的一切尽收眼底。当晚，它们看见了地平线上的闪电并向基地报告。这使指挥官和科学家们大为担忧。因为这说明天空潜藏着雷雨，试验不能进行。

七月十六日清晨五点，守卫在钢塔脚下的四名士兵和爆炸化学家基斯蒂科夫分乘三辆吉普车做最后撤离。即使三辆车中的两辆坏了，剩下的一辆也足够五个人用；即使三辆车全坏了，三十分钟的时间也足够他们跑出几英里，跑到相对安全的地带了。他们撤离前开亮了十几盏大灯，灯光从四面八方照射着钢塔，给观测机做标志，也使一线的指挥官和科学家们可以从望远镜中看见它。

清晨五点之后，天空转晴。即使不转晴，试验的进行也将不再取决于天气而是取决于总统命令。一颗巨大的“胖子”即钚爆炸装置缓缓升上一百英尺高的钢塔顶端。许多高音喇叭分布在一线和二线，多数时间里它们在播放舞曲或进行曲。但播音不时中断，报告最后阶段准备工作的进行情况。播音员的男中音忽然变得像汽笛般尖厉嘶哑，在沙漠荒原上空回荡：“现在距试爆还有二十分钟！”然后每分钟报一次，“十九分钟”“十五分钟”“十分钟”……

二线的几百位军官和科学家开始往脸上涂抹油膏，以防炽烈的光线灼伤皮肤；还开始戴黑色防护镜，因为直视爆炸可能导致失明。

一线的人数少得多。奥姆霍斯博士等二十一位科学家和将军聚集在主控室的一张大平台旁。控制屏上排列着几百个仪表，无数指示针在不停地跳动，无数红色或蓝色的曲线在忽高忽低地延伸，无数或大或小的各色显示灯在闪烁明灭。奥姆扭动一个旋钮，开启了自动计时器。卡蒙博士紧盯住一排显示灯，一旦控制系统发生故障，这套报警器便会发出信号，以便及时采取措施。更多的人守候着潜望镜和其他观测设备，准备在爆炸时先睹为快。

“亲爱的邻居，”说话的是卡内基理工学院院长科林斯·布朗，他由于紧张而有点气喘，“听说两万吨当量是你的得数？”

“是的。”丁洁琼答道。

“万一小数点算错了两位……”

“二百吨？”女科学家说，“有一位同行就是这么算的。”

“不，我说的是往右两位……”布朗拖长声音。

“二百万吨。那又怎么样呢？”

“卡内基理工学院就得换一位院长！”

大概是为了让绷紧的神经放松一点吧，奥姆转过脸来问：“琼，你知道这‘倒计时’的来历吗？”

“这还有个来历？”丁洁琼好奇地望着博士，“真的，我不知道，连想都没想过。”

奥姆侃侃而谈。

二十世纪初美国莱特兄弟发明飞机。一九二六年世界上第一枚液体燃料火箭在美国马萨诸塞州奥本市发射成功。一九二七年德国成立“太空旅行学会”，出版了《宇宙航行》杂志，创刊号封面上画着一艘宇宙飞船，印着“一个半小时绕地球一周”字样——耸人听闻而又新鲜刺激。德国乌发电影公司抓住时机，拍了一部科幻片《月球少女》。导演朗格在火箭发射场面中采用了“倒计时”程序：

……四，三，二，一——点火！

“是从电影里学来的？”丁洁琼简直不相信。

“这堪称科学家向艺术家学习的典范。火箭专家们认为，电影中这个设计是正确的。倒计时符合心理学原则，简单明了，清楚准确，促使人们聚精会神，每秒钟都想着准备时间即将完毕，发射即将到来。”奥姆侃侃而谈，眼睛却一直没有离开自动计时器。说到这里，他提醒道：“轮到你了，琼。”

计时器指着五点二十七分。最后三分钟由丁洁琼掌握。所谓掌握就是目不转睛地盯着控制屏，下达相关指令，在发现任何异常动静时第一时间采取相应措施。

女科学家的第一道指令发给播音员：“从现在起每十秒钟报时一次。”

播音员的嗓音仍然像汽笛般尖厉而嘶哑，在沙漠荒原上传得很远很远：“两分五十秒”“两分四十秒”“两分三十秒”……

二十双焦虑的目光聚焦在丁洁琼秀美而冷峻的面庞上，没有任何人吭一声。最后的两三分钟简直没有尽头。每个人都陷入沉思。除了能听见丝丝的呼吸声外，甚至还能听见人们的心跳声。

丁洁琼仰靠在高背转椅中，用专注的目光扫描着控制板上无数的显示灯和刻度盘。随着“叮当”一声，自动计时器像闹钟那样响了一下，时针指向五点二十九分十五秒——

丁洁琼下达第二道指令："从现在起，按秒报时。"

她随即扳动主控开关。由此刻起，自动引爆系统进入"倒计时"。精密的电子仪器开始按微秒时序运转，第二级和第三级链式传动器启动。

"四十四，四十三，四十二，"播音员不紧不慢地大声报时，无数高音喇叭中传出的声音像滚过大地的雷鸣，"四十一，四十……"

费米突然大声说："也许不会爆炸了，那就证明我们全错了。"

佩里瞪了费米一眼。

"会成功的，"基斯蒂科夫冲费米摇头，"因为是我的发明！"

出身"白俄"的基斯蒂科夫是哈佛大学教授，著名化学家，内爆式原理和结构的发明人。从钢塔下撤离后，他风尘仆仆，刚赶回中心指挥所。

"十，九，八……"高音喇叭仍在吼叫。它确实符合心理学原则，简单明了，清楚准确，促使人们聚精会神……但并不像奥姆刚才说的那么简单。

"七，六，五……"

无论一线还是二线，科学家们和军人们都爬出了地堡、掩体和壕沟，以免万一混凝土崩塌被活埋。他们来到空旷的地面上，一律俯卧着，脸朝下，脚朝钢塔。

“四，三，二，一——引爆！”

清晨五点三十分整，配备了重重保护装置的高速摄影机远距离拍下了那一刹那的情景：一团火苗凌空而起，一个刺目的火球迅速膨胀，几倍、几十倍、几百倍地膨胀，膨胀……

没人直接看见第一道闪光。所有人都脚朝钢塔，能看见的只是前面沙丘和远方天空的反光。沙丘和天空像陡然燃烧起来了似的，一片火红！

第一道闪光之后，一线和二线所有的观察者都立刻戴上防护镜，翻身坐起，一些人还站了起来。

火球蹿上天空，在空中膨胀得更大，整个沙漠被照得一片白茫茫的。沙土被吸进一个橙红色的、旋转着的圆柱里；这圆柱越来越高，颜色也越来越深，忽地又拦腰升起一个较细的烟柱，在高空扩散成蘑菇状。四周翻腾着巨浪般的滚滚白烟，闪耀着幽灵似的蓝光——这是离子气。

主控室地堡中，潜望镜前的科学家们都愣住了，好一会儿才意识到正在发生什么事情。他们负责掌握与潜望镜配套的照相机和电影摄影机，但现在一切都顾不着了。大家兴高采烈，相互拥抱，欢呼雀跃，热泪滂沱。

佩里的身边是费米和基斯蒂科夫。他们三人几乎同时从地面爬起来，同时戴上防护镜回头眺望，同时进入热血沸腾的状态。但他们三人跟那些年轻人不同，他们都在努力克制着感情冲动，将三双手默默地而又使劲地握在一起。

“战争结束了——”费米满面笑容，“是吗，将军？”

“这得等我们把它扔到日本人头上之后！”佩里却收敛了笑意。

奥姆霍斯不见女科学家的踪影。他立刻往地堡外走，不料刚登上地面便差点被狂风吹倒！他好不容易站稳脚跟，用目光四下搜索，眼前的一幕使他愣住：丁洁琼站在混凝土浇筑的地堡顶端，松开了脑后的发髻，满头栗黑色浓密长发在狂风中闪闪发亮，散乱飘舞，足有两三英尺长。她的身躯微微前俯，头部倾斜，目光专注。远处原子弹的光芒还在持续闪耀，投射在女科学家身上，使她成了一尊闪烁的镀金的青铜塑像。

“上帝！”奥姆喊出声来。十一年了，他还从来没见过丁洁琼的这种造型。她是习惯于把满头栗黑色长发在脑后盘成一个圆髻的，那样显得非常端庄典雅。奥姆从没想到丁洁琼长发飘飘的样子是如此别具风韵。

“奥姆，是你！”丁洁琼用双手撩起满头长发，从地堡顶端走下来，满脸欢笑，“知道吗？我的计算是对的。”

“什么计算？”

“我预言过这次爆炸的当量为二万吨。”

“是呀。”

“测量证实了这一点。”

“你用什么仪器测量的？”

“哦，用头发，我的头发！”

传播速度最快的是光，其次是核爆炸的冲击波和声波——冲击波的传播速度可以超过声速，这是奥姆没有想到的。根据丁洁琼的计算，以本地的海拔高度和目前的气温条件来看，冲击波将在四十七秒后到达一线。于是她在看见第一道闪光时启动秒表并立即跑出地堡。随后发生的事实证明了她的预见。她一面登上地堡顶端，一面动作熟练地松开脑后的圆髻。满头栗黑色浓密长发在随即袭来的狂风中飘舞。

“我事先测量过自己头发的长度、密度和比重，甚至用风洞做过试验，取得了相关数据。”丁洁琼笑盈盈的，“刚才我头发的飘舞角度，证实了我对爆炸当量的预言。”

“琼！你……”奥姆很激动，一把抱住对方，却什么也说不出来。

狂风袭来一阵之后，出现了可怕的怒吼，不知是强烈而持续的声波还是地壳的震颤。

“走，咱们下去。”丁洁琼挽着奥姆往地堡里走，“瞅我这披头散发的样子，我得去收拾一下。”

奥姆被谁拽了一把。回头一看，科林斯·布朗在大声发问：“你的琼在说些什么啊？”

“哦，她说爆炸强度确实很大，”奥姆回答，“只是还没大到让卡内基理工学院换一位院长。”

汹涌翻腾、色彩混沌的巨大蘑菇云团升腾到平流层，高度约为四万英尺。蘑菇云变黑，变灰，战抖着，扭动着。科学家们远远观看它，欣赏它。蘑菇云终于消散之后，人们发现钢塔不见了，十多万摄氏度的高温将它蒸发殆尽！

以“同心圆”方式，按不同距离在爆心周围安装的几十组测量仪器全部被震坏了。

爆心温度高达一亿摄氏度。原来矗立着钢塔的地方出现一个巨大的、直径二百五十英尺的圆坑，坑中沙砾被冲压成一张白热的玻璃盘。方圆一英里内的一切动植物毁灭殆尽，连影踪都没留下。几英里外的那群羚羊消失了。十几英里外一个盲女子大叫自己看见了光。几十英里外的村镇房屋剧烈震动，玻璃破碎。一百英里外可以听见巨响。二百英里外的锡尔弗城有窗玻璃被震碎。整个美国西南部都能感觉到这一爆炸。人们惊恐不安，议论纷纷。有人以为发生了大地震，有人以为是火山爆发，甚至有人以为是世界末日降临。

历来冷静的费米，试验成功之后居然开不动汽车了，不得不请一位同事代劳，而费米是从来不让别人碰他的汽车的。事后他说，像腾云驾雾似的，汽车是“跳”回住地的。

丁洁琼在给苏冠兰的信中写道——

离开试验场前，佩里回头凝视还飘着淡淡烟雾的零区，轻声对我说：“琼，日本完蛋了！”

我觉得他的男低音真好听。一个老军人由于沙漠气候和过于劳累而变得嘶哑不堪的声音，能好听吗？我产生那样的感觉，是因为他说出了世界上最美好的话语：日本完蛋了！

杜鲁门总统乘奥古斯塔号巡洋舰横渡大西洋，七月十五日抵达波茨坦。七月十七日波茨坦会议开幕当天，他收到一份只有一句话的密码电报：The little boy was born successfully!（“小男孩”胜利诞生！）七月二十六日，《中美英三国促令日本投降之波茨坦公告》发表。

我天天在想你，时时在想你。我知道你的误会——这种误会是不可避免的，也是战争造成的。我更深知这种误会给你带来的长时间的、巨大的痛苦和煎熬，我所忍受的痛苦和煎熬其实更甚于你。早知如此，我肯定会拒绝参加“曼哈顿工程”。听了佩里的话，收听了《波茨坦公告》全文，我兴奋极了，我在呐喊：好啊，日本完蛋了！日本要无条件投降了——让这一切尽早成为现实吧，我也要尽早离开阿拉摩斯，动身返回中国，投入你的怀抱！

血海深仇

丁洁琼又在写信，仍是那种无法投寄的信：“冠兰，我亲爱的弟弟！给你的上封信是三天前写的……”

佩里那句“日本完蛋了”，曾经被我认为是世界上最好听的话语。可是短短一周之后我的情绪发生了根本变化。随着试爆现场观测结果不断传来，我渐感不安。冲击波使一切物质结构粉碎，高能光辐射使一切有机物直接炭化。核爆炸产生的放射性物质中半衰期最长的竟达几十亿年。这样一种具有斩草除根的毁灭力的武器，怎能用来对付同为人类的另一国民众？

在阿拉摩斯，物理学家罗尔德姆带头反对使用原子弹。成立了一个名为“科学家起义”的团体，现已有一百多人参加，我也参加了。

门铃响了。丁洁琼停下笔，打开对讲机：“哪位？”

“亚伦·佩里。”

看看座钟，眼前正是晚七点四十五分——老军人历来非常准时。丁洁琼只顾写信，竟忘了约定的时间。

“对不起，将军。请稍等。”丁洁琼略事收拾一下，匆匆下楼。将军见了她，礼貌地点点头。在轿车后座，两人都面无表情，直视前方。汽车开了很远，丁洁琼终于忍不住了，嗓音很轻但吐字清晰：“将军。”

“请说。”佩里口气冷淡。

“我有一个感觉，您，您……”

“往下说。”

“您跟科学家们的矛盾，恕我直言，根子在于您太记私仇。”

“什么意思？”

“您的独生子不幸牺牲在珍珠港……”

“你知道了？”

“还有您的夫人……”

将军仍然直视前面，默然无语。

“我们都爱戴您，同情您，深深悲悼那位英勇的青年。但是，面对历史，面对全人类，面对如此规模、如此复杂的世界大战，面对波谲云诡的国际形势，您……”丁洁琼口吃起来，“您怎么能从一己私仇出发看待问题，做出决断呢？”

“我的决断很多，你说的是哪一个或哪几个，”佩里仍然直视前方，“是对日本使用原子弹吗？”

“是的。”

“这是个很大的事，大到我无权决断。”

“但您可以对决策者施加影响。”

“你希望我对决策者们施加什么样的影响？”

“当然是反对对日本实施原子弹轰炸。”

“是否使用原子弹，总统、部长和参谋长们从来没有征求过我的意见。我是军人。一旦他们做出决策，我只能服从，不能反对。”将军瞥了丁洁琼一眼，“而且，我为什么要反对？凭什么要把美国人民多年辛勤劳动的成果沉入海沟？凭什么要把高达几十亿美元的巨额财富变成垃圾？如果我们奉行这样的价值观，如此亵渎人类文明，今天的美国是不会这么强大无敌的。”

“亵渎人类文明，”丁洁琼感到愤怒，“亏您好意思这样说！”

“研制原子弹就是为了使用它，造出原子弹而不使用它的唯一前提是日本无条件投降了。”将军的面孔和嗓音都又冷又硬，“我们敦促它投降。我们一再敦促了，最近一次敦促是发布《波茨坦公告》，公告的三个签署国之一就是你们中国。我们做到了仁至义尽，但是日本投降了吗？没有。它不仅拒绝投降，而且至今还在杀人，每天都在杀人，杀得最多的就是你们中国人。我再说一遍：研制原子弹就是为了使用它。造了而不用，不用于轰炸日本以强迫日本投降，我们就会沦为日本人的共犯，就会沦为每天都在发生的战争和反人类行为的帮凶。”

“可是日本没有原子弹，我们至少不应该对没有原子弹的国家使用原子弹。”

“中国没有先进武器，可是拥有大量先进武器的日本并不因此就认为不应该侵略中国，它甚至也不认为不应该进攻远比它强大的美国。”

丁洁琼无言以对。

“还有，你想拿着白手套，做出绅士风度，等到日本人也造出原子弹来再跟他们在对等条件下决斗？”将军说着，淡然一笑，“不，他们一旦拥有了原子弹就会不宣而战，抢先让你瞬间灰飞烟灭。别忘了，日本人对此轻车熟路。”

基地俱乐部快到了。他俩都看着前面，不再说话。

随着“曼哈顿工程”接近尾声，反对使用原子弹的呼声日益高涨。

早在一九四四年八月，诺贝尔物理学奖得主、科学大师玻尔先后游说罗斯福和丘吉尔，劝他们不要使用原子弹。均遭拒绝。

萨克斯曾在一九三九年十月将“二十世纪最重要的信”面交罗斯福，同一个萨克斯却在一九四四年十二月向总统提交备忘录，反对贸然使用原子弹。

西拉德在一九三九年八月为爱因斯坦代笔写出“二十世纪最重要的信”，同一个西拉德却在一九四五年春原子弹即将问世之际，说服爱因斯坦给罗斯福写信，反对使用原子弹。

一九四四年五月，盟军情报表明德国没有能力制造原子弹。一九四五年五月八日德国投降后的调查也证实了这一点。而日本更没有能力制造原子弹。很多科学家据此认为美国可以不造原子弹了，但是佩里的回答斩钉截铁：“日本有没有能力制造原子弹是另一回事。只要日本拒绝无条件投降，我们的原子弹就一定要扔到它头上！”

熟悉佩里的人都说，其实他最怕的就是日本投降，因为那样就失去了使用原子弹的机会。

一九四五年六月，一批科学家递交请愿书，反对用原子弹轰炸日本。

X基地、W基地、芝加哥大学、哥伦比亚大学和加州大学的很多科学家观看了一九四五年七月十六日的核试验，深感震惊。他们串联，签名，聚会，发表宣言，组织“科学家起义”。陆军部则针锋相对地主张尽早对日本实施原子弹轰炸，主张对那些周围有大量容易被炸毁和烧毁的民用建筑物的军事目标实施轰炸，以显示威力。

代表军方起草这份建议的，是佩里少将。

最使丁洁琼感到忧愤的是军方决定采用她的研究成果：关于核

爆炸当量与爆炸时最佳高度函数关系计算表。她在从事这项研究时开创了一门全新的科学学科——核爆炸大气动力学。将军们兴高采烈地谈论计算表中诸如此类的文字："如果原子弹在低于最佳高度百分之四十或高于最佳高度百分之十四的地方发生爆炸，地面受到的严重破坏将减少百分之二十五。"将军们拍着大腿嚷嚷："太好了，一定要为每颗原子弹的爆炸都设定准确的最佳高度，以便最大限度地发挥其破坏力和杀伤力。"在女教授听来，这就像刽子手叫嚣"杀人""多杀人""杀更多人"一样！所以，当罗尔德姆教授和布朗博士前来游说时，女科学家义无反顾地在宣言上签名：姜孟鸿。

佩里为此很不痛快，但跟女教授仍然保持来往。将军受政府和军方委托要跟十多位"起义者"举行座谈时，还邀请丁洁琼出席并亲自来接她。

俱乐部楼上的一间会议室灯火通明。像是开圆桌会议，但没铺桌布，没有鲜花和其他任何摆设，每个人面前也没有文件纸笔饮料。十二名"起义者"中最引人瞩目的是刚从芝加哥专程赶来的西拉德。到场的还有未参加"起义"的费米和奥姆霍斯。加上佩里和他的助手贝尔纳斯准将和格里芬上校，与会者共十七人。佩里说是奉陆军部长之命前来跟科学家们开个座谈会，尽力相互谅解和沟通，但他的行事方式却令丁洁琼和所有在场者瞠目结舌。

“我先提一个问题。”将军板起面孔先声夺人，“你们之中谁有亲人正在参加对日作战？谁有亲人死在对日作战的战场上？”

嗡嗡嗡的会议室忽然变得阒无声息。

“是的，没有，一个都没有。”将军平抬的右臂像机关枪管，阔大的嘴巴吐出子弹般的一连串铿锵的音节，“可是这一时期，每天都有千百个美国青年死于对日作战。不错，他们不是你们的亲人，但是我请求你们，呼吁你们，不要忘记他们，不要忘了是他们在前线的流血牺牲保卫了我们的安宁和幸福，使一些人有了在后方一面饮着咖啡美酒一面满口说胡话的可能性。这些人说什么样的胡话我不管，但是，如果他们假模假样，装得那么超脱潇洒，反对对日本使用原子弹，从而使战争延长，继续把更多的美国青年推向死亡，我就要痛斥他们是日本人的帮凶，是杀人犯！”

会议室里的气氛紧张起来。

“请问西拉德先生，罗尔德姆先生，卡蒙先生，诺伊曼先生，甚至还有费米先生，”佩里目光如炬，环顾会场，“你们是德国人、奥地利人、匈牙利人和意大利人，你们为什么要背井离乡，到美国来？”

被点名的几个人都不吱声，有人避开佩里的目光。

“我代替你们回答吧：你们或是犹太人，或有犹太血统，或有亲属是犹太人。你们因此成了希特勒的种族灭绝对象。你们之中几乎每一位都有亲人惨死在纳粹集中营。美国接纳你们，帮助你们，使你们不仅得以逃脱死亡，还过上了优裕的生活，创造了辉煌的事业。可你们之中一些人充分利用美国自由民主的政治制度，指手画脚，自以为是，批评和反对美国，特别是反对美国反击法西斯和拯救人类的正义之战。如此所作所为，连起码的是非感和判断力都谈不上有，连最基本的人性和人道主义精神都不具备，有什么权利装出悲天悯人的模样，假仁假义地喋喋不休？听任千千万万人日日夜夜惨死在法西斯日本的屠刀下而无动于衷，这样做实际上是伤天害理的。”佩里略作停顿，放缓语气，“希特勒被消灭了，德国投降了，某些人就忘记了还有亚洲，还有远东，还有中国。他们对日本人恨不起来。他们忘记了日本对中国和东南亚的侵略和占领，忘记了日本对印度尼西亚、菲律宾、缅甸、新几内亚、法属印度支那人民的残酷统治和血腥屠杀，忘记了日本人还在那些地方日夜折磨和杀害十几万英美荷澳籍战俘——当然，不是真的忘记了，而是极端自私，缺乏人性，对别的人群、别的民族的灾难和死亡铁石心肠，熟视无睹。”

丁洁琼听着，心脏怦怦直跳，因为佩里提到了……

“各位先生，我刚才提到了中国。而今天恰好有一个中国人在座，她就是我们都很熟悉、都很喜欢也都很尊敬的丁小姐。她跟你们不同的是，她至今没有加入美籍。但这是另一回事。不管怎样，因为丁小姐的缘故，今天在这个场合，关于中国和中国人，我想多说几句，说一点点你们之中一些人也许不知道的事实。”

科学家们都望着将军的黧黑的脸庞和阔大的嘴巴。

“大家知道希特勒是奥地利人，因此在奥地利被法西斯德国吞并之后，那里的灭犹政策特别疯狂。唯一能帮助犹太人摆脱死亡的途径是离开奥地利，前往那些愿意接收他们的国家。但在希特勒的淫威下，设在维也纳的五十多个国家的使领馆都不给犹太人发放签证。其中包括美国领事馆，理由是美国接收奥地利人的名额已满。英国政府为避免引起阿拉伯人反弹，干脆拒绝接收犹太人。就是在这种情况下，一位中国外交官[1]顶住压力，冒着危险，不分日夜地大量发放签证，帮助千千万万犹太人成功地离开了奥地利。一万八千多名犹太人抵达中国上海，还有十多万人中途转向其他国家，他们因此获得了第二次生命。从三十年代前期到四十年代初，上海先后接纳了三万多犹太人，中国的哈尔滨和天津也接收了成千上万的犹太人。他们得到中国人的同情爱护和友好接待，他们在中国安身立命和成家立业。千百名犹太婴儿在灾难如此深重的年代平安降临人世，幸运地诞生在中国——我说这些是什么意思？意思很简单：人要有良心！”

说到这里，将军戛然而止，环顾了一下会议室。

大家屏住呼吸，面面相觑。有几个人眼里还闪烁着泪光。

1　此指时任中国驻维也纳总领事的何凤山（1901—1997）。2005年，联合国誉何凤山为“中国的辛德勒”。2007年，以色列授予何凤山“荣誉公民”称号。

“还有，不要忘了，二战以来，正是中国以辽阔的领土，以千百万人的奋战和牺牲为代价，牵制并重创了大量日本军队。不然，就不会有今天已经可以看得见的和很快就要到来的胜利。”说到这里，佩里起身摆摆手，口气冷峻而果断，“不管你们之中一些人说些什么和做些什么，都不可能阻碍美国政府的决策，不可能动摇我们彻底打败日本法西斯的决心。我今天来到这里只是力图做到仁至义尽而已。你们可以起义，还可以做你们想做的很多事，但请记住：一是美国自由民主的制度给了你们这种权利，二是战时法规和军法审判是管用的——够了，散会！”

与会者们默然无语，纷纷起身离席。丁洁琼听见佩里低声道：“琼，请你留下来。”

将军吩咐招待员把窗户都打开，送两杯茶来。说完，领着丁洁琼走到一排单人沙发前坐下，捧上一个很大的牛皮纸包：“琼，我带来一些资料，你看看，就在这儿看吧。我有点别的事，过一会儿再来。”

佩里说完，瞅一眼手表，匆匆离去。

佩里经常请丁洁琼看资料。一般是技术情报和研究报告，分门别类用卷宗夹着，有时还要求丁洁琼尽快拿出口头意见或书面意见。这次又是如此吧。从牛皮纸包中取出的一份份卷宗，摞起来超过半英尺厚。在丁洁琼的记忆里，将军还从来没有哪一次带这么多资料让她看过。她上身前倾，但见最上面一份卷宗的封皮上写着 Ryojun · Port Arthur（旅顺 · 亚瑟港）。翻开卷宗，一本旧书出现在眼前，《旅顺的陷落》：一八九六年牛津版；作者詹姆斯 · 艾伦是英国商人，在印度、马来亚和中国经商多年。一八七四年日本侵略台湾时，他正在嘉义，二十年后，一八九四年日本侵占辽东半岛时，他又正在旅顺——丁洁琼忽然意识到，从一八七四年至现在，日本竟持续侵华七十一年！

《旅顺的陷落》记载，日军一八九四年十一月二十一日攻占旅顺实施屠城，四天后全城一万五千多居民仅幸存三十六人。詹姆斯 · 艾伦是白种人，因此幸免于难，也因此才得以亲睹那番人间地狱：他出门时找不着路，因为都被中国人的尸体、断肢和血水掩盖了。日军逼着老百姓往池塘里跳，断头的、腰斩的、穿胸的、剖腹的尸体搅作一团。一个妇女抱着孩子浮出水面，往岸边爬来，日本兵一刀就捅穿了她的胸脯，第二下刺着那小孩，往上一挑，挑在枪头上。在另一个地方，他看到十个日本兵，捉住许多难民，把辫子捆在一起，一个个凌迟，砍断手、臂、脚，割耳，挖眼，斩首……

书中配了十几幅照片，一律惨不忍睹。其中一个画面是地下横陈着许多支离破碎的尸体，旁边围满身着黑色军服的日军，他们一个个凶相毕露，手持战刀，刀尖都插在尸身上。

丁洁琼觉得透不过气来。文字和图片盈积而成的尸山血海从四面八方挤压她，使她窒息。她把《旅顺的陷落》合上，好一阵才重新睁开眼睛，喘息着将目光投向第二份卷宗。这份卷宗的题目是Taiwan · Formosa（台湾 · 福摩萨），卷宗内附有台湾地图及英文简介：

> 台湾自古为中国领土。中国古籍称之为岛夷；汉魏晋南北朝时称夷洲；南宋属福建路；元明设巡检司；清初置台湾府，属福建省；一八八五年（清光绪十一年）建台湾省。十六世纪始被欧洲人称为福摩萨。中国在甲午战败后，于一八九五年据《马关条约》将台湾本岛连同澎湖等附属岛屿和辽东半岛割让给日本。

台湾人的反抗从未停止过。卷宗内第一幅照片上有个大土坑，坑边站满日本兵，坑里全是横七竖八的尸体和被砍下的人头及残肢。说明文字：一八九五年反抗日本占领的台湾义军被残杀。其他的照片和文字说明大抵如此。其中有一张照片，画面下方的三分之二摆满了密密麻麻的人头，乍一看还以为是拥挤的人群。“人头阵”后面或蹲或坐着一群日本军警。说明文字：一九三一年四月二十五日，第二次雾社事件后，被砍下的台湾人首级和杀害他们的刽子手。从一八九五至一九四五年这半个世纪，台湾全岛不满五百万居民，被日本人屠杀了约六十万。

该卷宗最后一份材料的标题为PRESS COMMUNIQUÉ（《开罗

宣言》）。《宣言》是中美英三国一九四三年十二月一日公布的，但时至今日丁洁琼看了仍然心跳加速。她的目光找到了那段每次阅读都使她热泪直流的文字——

剥夺日本自从一九一四年第一次世界大战开始后在太平洋上所夺得或占领之一切岛屿；在使日本所窃取于中国之领土，例如东北四省、台湾、澎湖群岛等，归还中华民国；其他日本以武力或贪欲所攫取之土地，亦务将日本驱逐出境；……

……我三大盟国将坚忍进行其重大而长期之战争，以获得日本之无条件投降。

第三份卷宗封面上写着Tsinan（济南）。

丁洁琼知道冠兰在济南生活过十年。就凭着这一点，她也要认真看看济南。卷宗被翻开，一张照片赫然映入丁洁琼眼中：一个十二岁左右的男孩被蒙上眼睛，反缚双手，系于树上。一名日本兵对其高举战刀。

照片背面的说明文字：一九二八年五月日军占领济南后，一个卖糖果的小孩被日军劈杀前的瞬间。

女科学家产生了幻觉：喷涌的鲜血突然覆盖了她面前的画面！

丁洁琼不自觉地惊叫一声，大睁两眼，满脸冷汗，茫然四顾。过了好一阵子，她多少冷静一点了，将那些厚薄不一的卷宗摆到面前茶几上，慢慢地、一份一份地审视封面上标注的英文：Northeast · Manchuria（东北 · 满洲）、Pingdingshan Massacre（平顶山惨案）、Panjiayu Massacre（潘家峪惨案）、Pingyang Massacre（平阳惨案）、Jehol（热河）、Peking & Tientsin（北平和天津）、Shanghai（上海）、Guisui & Taiyuan（归绥和太原）、Chekiang（浙江）、Anhui（安徽）、Süchow（徐州）、Canton（广州）、Wuhan（武汉）、Hainan Island（海南岛）、Nanchang（南昌）、Amoy（厦门）、Hokchew（福州）、Hong Kong（香港）、Shanghai（Concession）（上海租界）、Henan（河南）、Hunan（湖南）、Kwangsi（广西）……

丁洁琼知道，所有这些都是日本军队实施侵略和制造各种惨剧的地点。她不忍心翻看卷宗内容，而且不看也明白那些地方发生过一些什么样的事。她将这些卷宗叠放起来，不料几份卷宗掉在地上，几张照片从某个卷宗滑出。

女教授俯身拾起照片，但见第一张照片上横陈着一些下身裸露的女尸。第二张照片上那个妇女死得很惨：肚子被剖开，肠子翻了出来，两眼朝镜头这边鼓暴。

照片背面的说明文字：被日军先奸后杀的中国妇女。

第三张照片上是个被杀害和肢解的女子，尸块被胡乱堆放在镜头前。

照片背面的说明文字：一九四三年秋，河北阜平县平阳镇罗峪村青年妇女刘耀梅被日军轮奸后杀害并碎尸，日军还割下她大腿上的肉包饺子吃。

丁洁琼将照片都放到茶几上，继续收拾掉在地毯上的卷宗。最上面一份卷宗封面上写着的字样引起她的注意：Nanking（南京）。

女科学家是在南京度过大学时代的，到美国后也听说过南京的浩劫。对她来说南京是不可回避的。于是她坐回沙发上，使劲按捺住猛烈跳动的心脏，翻开卷宗夹。资料多是从日本报刊上剪下来的。

一九三七年十二月十三日《东京日日新闻》的报道《百人斩超纪录》。

新闻图片：两名军官拄着军刀。

说明文字：参加“百人斩”比赛的两位英雄——第十六师团十九旅团第九联队野田毅少尉（右）和向井敏明少尉。

报道文字：“百人斩”是向井和野田在从上海向南京进攻途中展开的杀人比赛，看谁先杀满一百人。十日，二人都提着砍缺了口的军刀在紫金山下相会。野田称杀了一百零五人；向井称杀了一百零六人。因为确定不了谁先达到一百之数，所以决定重新对决，看谁先杀满一百五十名中国人。十二月十一日起，比赛继续进行。

一种日本报纸上的新闻图片：宫冈和野田两位英雄手提军刀的合影。杀人军刀上镂刻着的“南京之役杀一百零七人”字样。

说明文字：野田左手提军刀，右手拎着一颗中国老妇人的头颅。

一种日本报纸上的新闻图片：三个日军坐在台阶上擦刀。

说明文字：三个参加杀人比赛的日军坐在台阶上，正在拭去刀上的血迹。

“南京之役”照片：一条壕沟内满是尸体。

“南京之役”照片：一口池塘里的尸体横七竖八地堆着。

“南京之役”照片：日军的铁丝网上摆着一个中国士兵的头。

“南京之役”照片：一个日军高举战刀，三个日军喜笑颜开地围观一个即将被砍头的中国士兵。

“南京之役”照片：两个中国人被绑在树上，两名日军正以他们为靶子练刺杀。

“南京之役”照片：被侮辱、强奸和残杀的中国妇女。

“南京之役”照片：几个中国人正在被活埋，大坑旁围满看得津津有味的日军。

“南京之役”照片：活埋，砍头，肢解，腰斩，阉割，将活人悬挂起来烧烤至死，用铁钩穿舌或钩住下巴将人悬挂起来，已经司空见惯。还有，使人上身赤裸，下身埋入土中，然后让德国狼犬猛扑上去，直至将其撕成一副骨架。

西方报纸对“南京之役”的报道：有些遭日军强奸的中国妇女被剖开肚腹，割去双乳，阴道被插入玻璃瓶或一两尺长的竹签。

……

丁洁琼凝视面前的卷宗，大汗淋漓，咬紧嘴唇，因透不过气来而使劲抠自己的脖颈。Nanking好像在翻腾和扭动。紧接着，Northeast · Manchuria、Pingdingshan Massacre、Panjiayu Massacre、Pingyang Massacre、Jehol、Peking & Tientsin、Shanghai、Guisui & Taiyuan、Chekiang、Anhui、Süchow等都不再是文字符号，而变成汹涌无边的尸山血海，化作无数幽灵从四面八方呼啸而上！女科学家脸色惨白，汗流如雨，身躯震颤，眼神迷茫，泪水充盈两眼，涔涔冷汗浸透衣衫，窒息得无法忍受。她站起来抠着喉咙大喊，竟没能发出一丝声音！

“琼，琼。”一阵急促的脚步声使丁洁琼从梦魇中惊醒过来。睁眼一看，啊，是佩里，还有赫尔。他们瞪大眼睛，几乎是同时发问：“你怎么啦，琼？”

女科学家张了张嘴，却嗓子干涩，仍然不能说话。她使劲摇摇头，连连吞咽，这才发现连一星唾沫都没有。

“琼，琼。”将军马上端起已经凉透了的茶。丁洁琼一仰脖子，喝了下去。将军端起另一杯，她又喝了下去。将军这才搀着她轻声道：“来，坐下，坐下。”

“不，就，就，就这样。”丁洁琼终于能发出声音了。她抬腕看看手表，时针竟指着七点；举目瞅瞅窗外，天已大亮。

“你，赫尔，怎么来了？”丁洁琼很久没见到中校了，但是知道他一直在太平洋上参加原子弹投弹训练。

“琼，将军让我专程从前沿来看看你。”

“谢谢，”女科学家哽咽，“谢谢你们！”

“我们的训练已经结束，”中校挺了挺胸，“即将远征日本，执行任务。”

“赫尔，赫尔，”丁洁琼喃喃道，“赫尔呀！”

赫尔默默看着女教授。

佩里从凌乱的卷宗上收回视线，凝视女科学家，语调深沉，一字一顿：“是的，我没忘记珍珠港，但我没错，错的是你，琼，你忘记了南京。”

女科学家的泪水夺眶而出。

“琼，你有一双多么美好的纤手啊！”佩里突然间转换话题，声音也变得满含温情。他伸出两只粗硬的、铁铸般的手，捧起对方那双白皙、修长而柔软的手，带着欣赏的目光：“可是，它们又是世界上最有力量的手，它们在洗雪一个伟大民族所蒙受的深重耻辱！”

“将军……”

“琼，如果日本仍然拒绝投降，我们那颗炸弹，那颗含有你心血的炸弹，绝对会用于轰炸日本，并将造成少则几千或几万人，多则十几万或几十万人的死亡。”佩里掏出手帕，为女科学家轻轻擦拭满面泪水，“琼，告诉我，这件事情一旦发生，现在的你会怎样评价它？”

丁洁琼伸展双臂紧紧抱住佩里，任由泪水沿着面颊扑簌簌直流。她仍然闭着两眼，但她的怒吼传出窗外，撕裂了那血染似的云霄：

“恶——有——恶——报！”

恶有恶报

“我的意见，”乔治·马歇尔环顾了整个会议室一眼，面容和蔼，语调平静，“轰炸目标必须选定在日本西海岸，还必须是城市。”

将军有六英尺多高，站在一群坐着开会的人面前更显得鹤立鸡群。在座的军人和学者们都一言不发。他们知道，五星上将的意见就是命令。他不是连说了两个“必须”嘛，只有下达命令才会是这种口气。

“听懂了吗？”佩里朝身边的奥姆霍斯转过脸去。

“懂了什么？”

“乔治为什么盯上了日本西海岸的城市？”

“哦，我没想过这事。”

“乔治说过，侵略中国的日本军队，日本的飞机军舰，都是从西海岸港口开拔的。”

“是吗？”

“一九二四年，乔治·马歇尔中校带着妻子和岳母到中国赴任，职务是驻中国天津第十五步兵团代理团长。此后他在天津生活了三年，至今能说一口流利的中国话。他说，那是一个让人不能忘怀的国家。”

“原来如此。”奥姆轻声道。

原子弹的轰炸目标必须是城市，轰炸城市才能产生巨大的震撼力。马歇尔、陆军部长和佩里将军都明白这一点，所以他们建议的每个目标都是城市，总统批准的每个目标也都是城市。从一九四五年九月开始，美国每月能产一百公斤铀235和二十公斤钚239，这意味着每月能制造好几颗原子弹。随着时间的推移，产量还将迅速提高。这些原子弹一旦制造出来就立刻用于轰炸日本——如果它仍然拒绝无条件投降的话。

五星上将继续侃侃而谈。

一九四五年四月美军进攻冲绳，阵亡一万二千人，这在美国朝野引起极大震动。日方则有十一万官兵和七万五千名非军事人员丧生。

美军原定一九四五年十一月一日开始进攻日本九州，投入兵力六十五万、船舰二千五百艘和战机五千架。日本则在九州部署了五十四万兵力，计划投入五千架神风自杀式战机。决战将空前残酷。预计第一阶段九十天的战斗美军伤亡将达到十万人。第二阶段进攻拟于一九四六年三月一日开始，进攻东京和本州，预计美军伤亡最少超过十五万。

一九四五年初，佩里已知几个月后将制造出几颗原子弹。他报告了陆军参谋长，建议组织一批高级军官针对原子弹的问世和美军接下来的行动进行讨论研究。马歇尔耸耸肩：“你还不知道该怎么办吗?！”

第一次原子弹试验成功之后，科学家起义问题被反映到杜鲁门那里。争论焦点集中在是否对日本实施原子弹轰炸。总统花十五分钟听取汇报，然后用半秒钟做答：“炸！”总统接着明确指示：轰炸必须在八月三日以后的第一个星期内实施。

“总统认为按照原本的计划，美军在付出伤亡二十五万人的惨重代价之后，要到一九四六年十一月才能使日本投降。”马歇尔接着说，“对美国来说，最重要的是人的生命，何况这是多达二十五万美国青年的生命。总统甚至认为，美军牺牲的总人数最终可能达到五十万至一百万。要尽早结束战争，要拯救这几十万至一百万美国青年的生命，要把数以亿计的亚洲各国人民从日本的暴虐统治下尽早解救出来，唯一的办法就是使用原子弹。”

总统这么认为，陆军部长和海军部长也这么认为——这就够了。其他人怎么认为无关紧要，甚至可以暂时对他们隐瞒一切。国会根本就没听说过“曼哈顿工程”。军方除陆军参谋长外也没人听说过“曼哈顿工程”。政府内也只有两三位阁员以“总统朋友”身份知道这事，甚至连国务卿都蒙在鼓里。

必须使用原子弹，会议对此没有争议。接下来的问题，是原子弹往哪里投。佩里首先发言：“我推荐吧，广岛。”

“推荐？”马歇尔体味这个字眼。他看看挂在墙上的大幅日本地图，回过头来一笑：“谈谈理由。”

佩里指出，广岛是重要军运港口和海军基地，还是本州到九州的交通枢纽。公用事业和市内交通发达，军事工业密集，许多中小型工厂和几乎全部的家庭作坊都在生产军火和军用物资。广岛驻有日本第二陆军司令部和二万五千人的军队。市区人口三十万，人口密度每平方公里一万二千三百人。广岛地势平坦，前一段时期受破坏不大，加之市区均为密集的木质房屋，已有三周没下雨，一旦受到轰炸容易引起熊熊大火。

“熊熊大火……”

“这样可以尽可能多地烧死日本人。”

“还有理由吗？”

“偷袭珍珠港和摧毁了几乎整个美国太平洋舰队的日本海空军，大部分是从广岛出发的。”

“还有一条理由你没说，可能是因为你不知道。”马歇尔望着佩里，“一八九四年六月，明治天皇在广岛大本营召开御前会议，部署侵略中国的甲午战争。”

会议确定的第二个目标小仓也在日本南端的西海岸。那里建有日本最大的兵工厂，还有大批与之成龙配套的机器厂、零配件厂和发电厂，战争期间那里疯狂生产各种杀人武器和军事装备。第三个目标长崎位于九州岛西端，是距中国最近的重要军港和商港，工业发达，有日本最大的舰船制造中心，大量生产海军装备。第四个目标新潟较远，位于本州中北部，也面向中国，是一座海港城市和钢铁、化工重镇，也是火药和炸弹炮弹生产基地。

从一九四四年下半年起，特别是跨入一九四五年之后，美国空军对日本各大中城市进行长期的地毯式的狂轰滥炸。但是，上述四个城市却没有被轰炸过。因此有人说，美国是有意把广岛等四座城市留作原子弹试验场的。

“真是这样吗，”丁洁琼问奥姆，“把上述四座城市作为试验场？”

“我不知道，”奥姆欲言又止，“也不想知道。”

“为什么？你历来是个喜欢寻根究底的人。”

“别说了，琼。”奥姆打断女科学家，“往下看吧。”

一群科学家和工程师正在看幻灯。丁洁琼教授坐在放映室的边角处，奥姆站在她背后。银幕上是广岛、小仓、长崎和新潟四个城市的空中侦察照片。这些照片虽经过精选，但数量仍达几百张，看一遍得几个小时，但是没人中途离席。大家都目不转睛地盯着银幕，也都在沉默中思索：这些城市在遭到原子弹轰炸之后会变成什么模样？

奥姆在华盛顿开完会后立即飞回阿拉摩斯。夜里，他陪着丁洁琼到俱乐部来看幻灯。观看之后他们有责任对即将进行的轰炸提供意见，以求尽力提高轰炸效率。他们的意见会以最快速度传递到前沿，除此之外他们更重要的责任乃是事后对轰炸效果进行分析、计算和评估，使下一阶段的原子弹造得更多，当量更大，投弹方式更好，破坏力和杀伤力更为可怕。

奥姆赶回阿拉摩斯就是为了这个：等待对日本实施原子弹轰炸的消息，主持更大规模的原子弹制造。

第一批原子弹共三颗。一颗钚弹已用于一九四五年七月十六日的试验，还有一颗铀弹和一颗钚弹。科学家们围着这两颗炸弹喋喋不休，分歧集中在爆炸力上。多数人认为“小男孩”即铀弹为五千至一万五千吨当量，“胖子”即钚弹为七百至五千吨当量，也就是说铀弹的威力远在钚弹之上。丁洁琼没有参加争论。好在已经根据她创建的核爆炸大气动力学原理研制出一种与炸弹一起投掷的装置，可以将轰炸冲击波的数据传送到飞机上。最后的结论指日可待。

“总统不是决定在八月三日后的第一个星期内对日本实施轰炸吗？”丁洁琼问奥姆，“今天已经是八月三日了，可是两颗炸弹还躺在阿拉摩斯。”

“那是样品，”奥姆淡然一笑，“实弹早就送走了。”

一九四五年七月十四日，一颗原子弹的组件被运到阿拉摩斯机场，装上三架大型DC-3运输机，往偏西北方飞行，在圣弗朗西斯科汉密尔顿机场降落。七月十五日，被装上印第安纳波利斯号重型巡洋舰。七月十六日早晨八点，即世界上第一颗原子弹在阿拉摩斯成功试爆之后两个半小时，印第安纳波利斯号从圣弗朗西斯科起碇。紧接着，两架C-54重型运输机载着核心组件，即几百公斤铀235和其他零部件，经夏威夷飞抵美国在西太平洋的重要海空军基地提尼安岛。

印第安纳波利斯号于七月二十六日到达提尼安岛并“卸货”。之后该舰不幸于七月三十日上午十时零五分被从广岛起航的日本潜艇击沉。与此同时，美军作战部门以广岛为第一目标，决定于八月六日实施轰炸。

西太平洋提尼安岛上的美国空军基地有一千架可装载七吨炸弹和两百多公斤燃烧弹的B-29重型轰炸机，外号“超级空中堡垒”，它们以十五秒钟的间隔从六十条跑道上不分日夜地起飞，对日本各大中城市实施地毯式轰炸。但这里却有一支从来不参加作战的特殊航空队，它的四周受到铁丝网和轻重机枪的重重保护，它的神秘之处是总能看见科学家的身影。这个航空队所配备的“超级空中堡垒”从不出击，却经常起飞，对某几个荒岛进行轰炸。

“你说的是第五〇九航空队，”丁洁琼喊道，“赫尔所在的部队！”

“是的。”奥姆点头，“刚刚拨给佩里将军指挥。”

“第一个轰炸目标已经锁定广岛？”

“是的。”

“就是一八九四年六月明治天皇召开御前会议、部署侵华战争的那个广岛？”

“是的。”

“就是一九四一年十二月日本海空军由之开拔偷袭珍珠港，一九四五年七月日本潜艇由之起航击沉印第安纳波利斯号的那个广岛？”

“是的，是的，就是那个该死的广岛！”

一九四五年八月五日，提尼安岛当地时间下午三时三十分，重达四吨半的“小男孩”被吊装到拖车上。执行轰炸任务的B-29重型轰炸机“女神号”机长是巴勒茨上校。

另外还出动了六架B-29。一架先飞往硫磺岛——万一“女神号”出了故障，它可以随时取而代之。两架为“女神号”护航至目标附近。其中一架负责摄影；另一架负责空中实验，届时用降落伞投下三组仪器，记录和发回测量数据。还有三架是气象侦察机。半夜吃完早餐，举行了宗教仪式。“女神号”和两架护航机的机组人员乘坐卡车刚抵达起飞地点，便被弧光灯、泛光灯、发电机、摄像机、摄影师、电影导演以及到处乱窜的记者们围了个水泄不通。

当地时间凌晨一点三十分，三架气象侦察机首先同时起飞。

两点三十分，最后一张合影拍摄完毕，十二个机组人员一个接一个爬上飞机。劳伦斯准将在舷梯旁送行。忽然，他冲赫尔摆摆手，示意中校止步。

赫尔一时蒙了，十分紧张。难道将军看出了他的腿部有毛病？是否会把他临阵撤下？但劳伦斯问的是：“你的手枪呢？”

“哦哦，这个这个……”

赫尔松了一口气。机组人员都配备了手枪并带着氰化钠胶囊。如被击落并遇到日本人，可在两种“方法”里任选一种。

赫尔带了胶囊，却忘了手枪。

“唔，拿着。”劳伦斯将军解下腰间的手枪，连同皮套一起递给赫尔，“回来还给我。”

这是一支小巧玲珑的勃朗宁。一起递过来的还有将军热烘烘的手。

两点三十七分接到起飞命令。两点四十五分，巴勒茨上校下令出发。

重达一百五十吨的“女神号”缓缓向前滑行。跑道全长三英里，而滑行距离已经超出两英里。机组人员面面相觑。在这之前，已经有许多架满载的B-29从跑道尽头栽进大海！

飞机继续前行。眼看跑道将尽，就在黑色的大海直扑过来的一刹那，巴勒茨猛拉机头，B-29终于挣扎着，狂吼着，剧烈震颤着，机腹几乎是擦着海面升了起来。

鉴于这次飞行任务的特殊性，赫尔中校除担任投弹手外还被赋予一个重要使命，即用录音机同步记录飞行和作战的全过程。若安全返航，录音带原件存档，录音内容将形成文件并最终送交总统、国会、军方和“曼哈顿工程”指挥机构。

赫尔想把录音带复制一盘送给丁洁琼，让她知道对日本实施原子弹轰炸的全过程，让她快慰和高兴。

早在B-29的四台引擎开始转动之前，赫尔已经进入工作状态，对着录音话筒报告情况。飞机升入黑漆漆的夜空后，此项工作继续进行。

三点，开始炸弹的最后装配工作。

三点十五分，装配完毕。

机组避开小笠原群岛南面的大片云层，在闪烁着星光的天空中平稳飞行直到天亮。

“女神号”从马里亚纳群岛所在偶数时区进入日本国所在奇数时区，但是机组继续使用马里亚纳时间。

六点零五分，在硫磺岛上空约定位置与两架僚机会合，以V字形编队飞行，“女神号”为“刀尖”，绕了个大弯朝西北方向的日本列岛飞去。偶有缕缕白云掠过，天空蔚蓝一片，没有发现敌机。

此时机组仍不知道将要对三个目标城市广岛、小仓、长崎中的哪一个实施轰炸。越临近战区机组人员越紧张，几乎没人说话。

七点三十分，装入红色插头。这是一种引信，保证原子弹投掷后的爆炸。

七点四十一分，开始爬升并飞入本州上空。气象侦察机发回报告：第一目标广岛和第三目标长崎地区天气良好，第二目标小仓地区天气不好。电子工程师进入炸弹舱，接通了起爆器的最后一个电路。

八点二十五分，气象侦察机发回报告，广岛上空所有高度的云层覆盖率均低于百分之三十，建议“优先考虑”。

机长宣布：“注意，我们很快就要向日本投下世界上第一颗原子弹了。”

八点三十八分，我们在三万二千七百英尺，即一万米高度飞行。

八点四十七分，检查电子引信，确认情况良好。

九点零四分，开始向西航行。

九点零九分，一座城市在望。自动控制系统启动。巴勒茨上校通知大家：“注意，下面就是广岛。”

所有机组人员都透过薄薄的云层看到了地面上那座城市的轮廓。巴勒茨上校下令：“各就各位，准备投弹。戴上护目镜。”

赫尔跟大家一起，把护目镜戴上额头。天气很好，又是早晨，能见度高，可以不用雷达，靠目测就能取得很好的投弹效果。

“女神号”略微降低了高度，但仍有三万多英尺。赫尔目不转睛地注视地面。这是一座布局齐整、运转正常的中等城市，从望远镜中能看到蚂蚁般的人群。居民们对几架“过路的”美国飞机并不太在意，绝大多数人该做什么还在做什么——这会使伤亡人数剧增几倍或十几倍。

九点十三分三十秒，一切开始围绕轰炸运转，由投弹手指挥飞行操作。赫尔比别人更仔细地研究过每一张空中侦察照片，熟悉广岛的每一个细部，特别是市中心的相生桥。现在，他用瞄准镜套牢那座T形桥，镜头正中的十字线飞快往前推进。接着，他的眼睛轮番投向瞄准镜和计时器。九点十五分十七秒，他把目光从计时器移向瞄准镜，将右手拇指伸向红色投弹按钮。此时的赫尔想起佩里对丁洁琼说过的话：“是的，我没忘记珍珠港。但我没错，错的是你，琼，你忘记了南京。”赫尔紧盯住瞄准镜中的一切，在使劲按下红色按钮的同时热泪和喊声迸溅而出：“珍珠港——南京！”

炸弹舱门突然打开。“小男孩”横着下坠，随后自行调整。弹头始而斜指下方，继而直指下方。飞行在三万一千六百英尺高空的B-29由于突然减轻了四吨半的重量而猛烈摇晃，急剧飘升。巴勒茨上校赶紧让飞机做了个六十度俯冲和一百五十八度右拐弯，以最快速度撤离爆炸区域。全体机组人员也赶紧戴上深色护目镜，回头往下看。“小男孩”坠落到离地面一千八百五十英尺“最佳高度”的刹那，一小块铀235像枪膛内的子弹一样，以每秒零点九三二英里的速度射向前方，与一块较大的铀235相撞！

“女神号”的右拐弯还没有做完，机组人员便透过护目镜看到一个紫红色小亮点。一团夺目的闪光猛扑过来，将整个飞机照得雪亮。不到一毫秒的工夫，小亮点就陡然膨胀为直径约零点五英里的紫色火球，整个沸腾着，翻滚着。红紫相间的熊熊大火腾空而起，一圈一圈的灰色浓烟围绕这根巨型火柱。升到一万二三英尺高度时，激腾的火焰往外翻滚，形成一朵蘑菇云。火柱底部的烟尘扩展至几英里外，把零区周围的市区全部吞没。全部可燃物都化为灰烬。在四五万英尺的高空，出现了第二朵蘑菇云。

杜鲁门在乘坐奥古斯塔号巡洋舰返国途中得到对广岛成功实施原子弹轰炸的报告。五分钟后，舰载无线电台开始播送预先录制好的白宫公报和总统声明。公报称这颗原子弹“比两万吨梯恩梯更厉害”，“如果日本不立刻投降，美国将投下更多的原子弹！”

消息传到前线，美军官兵一片欢腾，激动得像疯子般又是哭泣又是狂喊，把啤酒拿出来喝了个精光，朝天鸣枪，在一排排的帐篷间彻夜狂舞，庆幸自己可以活下去了！

原子弹的诞生地阿拉摩斯。丁洁琼住处的电话铃响了。她从窗前回到桌前抓起话筒：“哪位？”

“你怎么过这么久才接我的电话？”

“哦，您好，将军。我听不见电话铃声呀，耳朵都快被震聋了。”

“什么声音那么强烈？”

“同事们在疯狂燃放礼花呢！”

“礼花，好看吗？”

“四面八方都绚烂夺目，流光溢彩；砂岩山峰一片通红，像是无数跳跃着的火炬。”

“好像还有什么声音？”

“所有的收音机和高音喇叭都在播送美国总统的声明。杜鲁门讲话几乎是在全文宣读您起草的对广岛成功实施原子弹轰炸的战报。大家都拿出威士忌、杜松子酒、白兰地和伏特加，整个阿拉摩斯在沸腾！”

八月八日下午，天皇裕仁在皇宫地下室指示东乡外相：想办法尽早结束战争。

同一天，苏联对日宣战。

八月九日，B-29在长崎上空二万九千英尺处投下第二颗原子弹。同日，苏联红军进入中国东北，对日军实施最后一击。

八月十日，裕仁决定由瑞士和瑞典代转送致中、美、英三国的照会，接受无条件投降。

八月十一日晚，合众社瑞士伯尔尼电：日本政府提出无条件投降。

裕仁十四日晚发出的《终战诏书》称："敌新使用残虐炸弹，频杀无辜，惨害所及，实难逆料。若仍继续交战，不仅终将导致我民族之灭亡，亦将破坏人类之文明。"

八月十五日十二时，裕仁发表广播讲话，正式宣布无条件投降。

广岛在八月六日上午东京时间八点十四分时还生机勃勃，拥有三十四万人，到八点十六分就突然死去七万八千人，后来又有几万人陆续死掉。爆心温度高达数百万摄氏度。万分之一秒后其直径扩大到九十二英尺，温度达三十万摄氏度。十秒钟后其直径达一点二英里，温度达三千至四千摄氏度。屋顶的砖瓦像蜡烛般熔化，花岗石内的石英熔化，一切石头都碎裂、迸溅和变白了。树木或是直接汽化，或是成了焦炭。远处的大树、古树竟从内部开始燃烧，有的只剩下外壳。沥青路面上留下了栏杆、小推车和人的影子。离爆心较远的柏油路面爆裂时在过路者身上留下黑色烫痕。数百名妇女身着的印花和服，深色部分被烧掉，浅色部分完好如初，花布图案原封不动地烙印在皮肤上。

原子弹在距广岛市中心那座T形桥约九百英尺处的居民区上空爆炸，高温和冲击波使活人蒸发，木制房屋一律炭化焦化成为灰烬，一切坚硬物体都成了碎片。后来从废墟中发现一只瓷碗，使用它的家庭像瓷碗上的釉一样挥发殆尽。高热之后的猛烈震撼摧毁房屋，折断水管，在河流中掀起巨浪，吞噬了许多劫后余生者。时速五百英里的狂风把许多建筑物扫荡无余。到处是尸体，这些尸体和房屋、树林都冒着烟。

广岛市区的百分之六十，即一点七平方英里的区域被彻底摧毁。四小时后广岛仍被浓烟笼罩，四面八方都有大火在熊熊燃烧。广岛市政府被炸毁，市长和所有官员都死了，总数为二百八十人。大量尸体被直接炭化。有轨电车中挤满了人，个个都站立着，但都是死人。五六辆电车被掀了顶并烧得半焦，里边是成堆的尸体，还冒着白烟。堆着沙袋的防空壕里有成排的尸体，衣着完整，没有伤痕。近处有几具尸体，两个倒在地上，第三个仍坐着，茫然睁着眼睛，眼珠则慢慢熔成蜡汁状，淌在肿胀发红的脸上。远处那一堆尸体，全身闪着褐色光泽，就像一堆无性别的模特衣架；消防队员正用消防钩堆垒他们。东练兵场满是尸体，有时一脚踩下去才听见有人惨叫。

沟里躺着一个妇女，乳房裸露，已经断气。她怀里的女婴抓着母亲的乳头，朝过路者笑。一处大约百米见方之所横陈着四十来具粉红色尸体，有男有女，也有小孩，全都一丝不挂。一个年轻母亲脸朝下仆倒，婴儿蜷伏在她的胸前，他们看上去更像是蜡像而不是人。

草垫上排满了妇女、孩子和老人，一个个看上去都像泥塑，也都几乎一丝不挂，从头到脚都抹了一种面粉状的药膏，闪着灰白色的光泽。他们被抬上担架时，手臂烧伤的皮肤因碰撞而整片地脱落。军医给伤员们做检查，一人用不了一分钟。死人用草垫覆盖，然后拖去火化。一名女学生被严重烧伤，面部完全熔化了，躺在广岛红十字医院的一个草垫上，几天后死去。一个男子的面部因肌肤瞬间焦化而不得不从此保持扭曲和极端痛苦的表情，另一个男子的背部肌肤则肿胀、溃烂，但比起那些被汽化的人们来说，他们还算幸运的。成千上万人瞎了，许多幸存者的眼窝只剩下两个黑洞。驻军被消灭了一万五千至两万人。一处营房里几具尸体倒在地上，什么伤痕也没有，全身赤裸，像是有人把玩具娃娃放在地上围成一圈，只有从脚上的靴子才能看出他们是士兵。一些士兵虽然还活着，但是没有了脸，眼睛、鼻子、嘴都被烧没了，耳朵似乎也熔化了，分不清脑袋的正面和反面……

爆炸次日的广岛成了一座无人走动的、满是尸体的城市。

爆炸四周后美国记者报道，幸存者以每天上百人的速度死于灼伤和感染，日本医生对此束手无策。到一九四五年底，死亡人数达十四万：其中百分之二十死于冲击波造成的外伤，百分之六十死于光辐射和灼烧造成的烧伤，还有百分之二十死于辐射病。专家们认为，辐射造成的病症有二十多种，弄清其全部影响需要七十五年，一个可以预见的恶果是将产生数代畸形儿。

长崎的情况大体相同。从废墟中和断肢上找到的无数钟表都定格在八月九日东京时间十一点零二分，标志着爆炸发生的时间。爆心附近所有瓦片的表面都被烧熔了，两家大型兵工厂被炸得粉碎，城市的百分之四十四被摧毁。估计当场死亡六万人，伤亡者占全城二十四万人的一半。有人形容：一切都不存在了，没有熔化的残肢断臂是这次灾难的幸存者。长崎要塞司令部的一幅“壁画”后来闻名于世：爆炸发生时强烈的光辐射使一名哨兵和他身后那架木梯瞬间消逝，只在墙上留下了影子。当时，哨兵正端着上了刺刀的步枪站在那里，他敞着衣服，尚未扣好纽扣。墙上的影子后来被人用粉笔勾画出来，成为二十世纪最为惊心动魄的“名作”！

……

“亲爱的琼，”佩里给丁洁琼打电话，“听见裕仁的屁话了吗？”

“他的什么话？”

“哼，他的所谓《终战诏书》嘛，野兽也谈起人类文明来了。不过诏书也指出一个事实，如果没有‘残虐炸弹’及其‘频杀无辜，惨害所及，实难逆料’，也就是说，如果没有伟大的‘曼哈顿工程’，就没有日本今天的无条件投降。”

H弹、G弹

对广岛、长崎实施轰炸的各种参数，源源不断地传到了阿拉摩斯。丁洁琼奉命离开核爆炸大气动力学，到军事作战室研究这类情报。她今天就是在办公室里给苏冠兰写信的。毕竟是四月中旬了，荒漠高地上的耐旱植物都已经挣扎着冒出新绿。转眼间，轰炸广岛、长崎已是八个月之前的事情。

战后军队开始复员。阿拉摩斯的科学家们作为平民只需办个简单的手续便可离开，于是他们开着汽车，带着妻室儿女和鼓鼓的腰包返回大学校园。这里现在流行的口头禅是：把阿拉摩斯还给沙漠的狐狸！

可是我却不能离开。佩里和奥姆都出面挽留。他们说大批科学家走了，我就更加举足轻重了。我不喜欢听奉承话，但是我觉察到，“原子城”的迅速萧条使我能接触到很多见所未见、闻所未闻的东西，包括一些原来属于高度机密的场地、设施和文件档案等等。我意识到它们至关重要。我要把这里的一切都牢牢记住，带回中国去。我意识到，我的国家很快就用得上它了！

阿拉摩斯是个地图上找不到、法律上不存在的地方。这里没有人和人口，没有居民和公民，也没有相关法律和法定权利。这里没有丁洁琼，只有姜孟鸿。这个人在阿拉摩斯无须证明其身份，在阿拉摩斯以外又无法证明其身份。

科学家们纷纷离开阿拉摩斯，丁洁琼这才想起自己是侨民，而护照驾照都已在一九四四年过期。她想亲自去华盛顿或圣弗朗西斯科续签，基地当局闻讯后派两名军官取走了她的所有证件，说是为她代办相关手续。几天后听说两名军官所乘飞机失事了，机上乘员无一生还。女教授只好搁置此事，不料一搁就是七八个月。现在能证明她身份的只有“接触军事机密特许证”，持证者是姜孟鸿。不过这个证件却不是到处能用的，凭它甚至走不出阿拉摩斯。好在丁洁琼每天只到军事作战室上班，有时到各实验室和生产厂走走。

我现在的本职工作是运用核爆炸大气动力学模型，计算和分析广岛、长崎的轰炸后果。这样，我每天都被迫直面人类历史上最残忍、最大杀伤性的武器所造成的惨状，还要找出使今后的轰炸变得更残忍、更大规模的方法。我相信很多同事是在得知这些惨状后决定离开阿拉摩斯的。其中一位科罗夫特博士，是纽约大学的物理学家，从U委员会到“曼哈顿工程”，他全程参加了原子弹研制。到Y基地之后，他在实验物理室与我共事，轰炸之后又在军事作战室与我共事，还曾共用一间办公室。科罗夫特没有参加过“科学家起义”，而且是主张对日本使用原子弹的，但在轰炸之后源源不断的情报面前，他越来越沉默。终于，昨天，他带着全家人走了。

广岛和长崎遭受轰炸后，美军采集了从地面到高空的上千份空气、水、尘埃、土壤、微生物和其他各类物质的标本。所有这些都被送来阿拉摩斯。通过所有这些加上核爆炸大气动力学模型的计算，发现投掷到长崎的“胖子”效率仅为百分之二十一，六点二公斤钚只裂变了一点三公斤。投掷到广岛的“小男孩”效率更低，仅为百分之二，六十公斤浓缩铀只有一点二公斤参加了反应。对此，白宫主人说，不行，要改进原子弹构造，使前者的爆炸效率提高到百分之五十至六十，后者提高到百分之二十至三十。佩里扳着手指头，兴奋地喊道：“当初要能达到这个水平，广岛和长崎就不会剩下一个活人，那该多好啊！”

战争结束了，原子弹狂热却持续升温。W基地和X基地的“订单”都在猛增，大批钚和铀源源不断地生产出来。去年九月初即轰炸之后不到一个月，美国就在桑迪亚山脉下动工兴建新的工厂，准备大批生产当量更大、效率更高的新型原子弹。

我向你谈起过艾伦·泰勒。他是犹太精英之一，聪明绝顶，性格偏执，是物理学界著名的鬼才，科学家中罕见的“鹰派”。一九三八年他就指出太阳和恒星的能量来自核聚变，一九四二年他开始思考在地球上实现核聚变，一九四三年初他刚到阿拉摩斯就开始研究核聚变武器H弹即氢弹。根据泰勒的计算，核聚变必须在上亿摄氏度下才会发生，而只有原子弹爆炸才可形成超高温。换句话说，没有原子弹就没有氢弹，有了原子弹就可能有氢弹。

去年七月十六日原子弹的试验成功使艾伦·泰勒狂热起来，他声称有把握在一九四七年即明年夏季造出氢弹。奥姆和很多学者讨厌他，说他是“疯子”和“战争狂人”。奥姆还从行政方面限制泰勒的权力、经费、人手、实验条件和研究计划。但我知道泰勒会成功的，因为他所说所做的一切迎合了美国政治家和将军们惧怕苏联的心理，以及称霸全球的欲望。

广岛、长崎遭轰炸后，一些科学家发起了一个“良心与责任协会”。协会写文章，办讲座，征集签名，上书总统，发行小册子，游说国会议员和政府官员，反对制造新型原子弹，尤其反对研发氢弹等，但影响不大。原子弹摧毁日本并导致战争胜利的伟绩仍然使多数美国人兴奋不已。丁洁琼在“良心与责任协会”章程上签了名，但无暇参加协会的实际活动。

“曼哈顿工程”结束之后，佩里有时还回阿拉摩斯来，而奥姆霍斯回来得更多。这里毕竟是他们的发迹之地。奥姆最近又来了。他在参加完一个会议之后，开着车和丁洁琼一起逛圣菲。傍晚，他们把车开到郊区，走进一家雅致的餐馆，在僻静角落里找了一处临窗的座位。奥姆点了头盘和主菜，还要了一瓶“银城”白葡萄酒。

丁洁琼说：“战争结束了，佩里和你反而都更忙了。”

“是的，都更忙了。我在国内忙，忙着研制毁灭力更可怕的核武器。他去国外忙……”

“国外，哪里？”

“德国和日本。”

“去那些地方做什么？”

德国投降前夕，按照美国政府和军方指令，进入德国的美国军队和特工开始全力搜寻纳粹在飞弹、喷气推进、地震、气象、毒气、细菌武器、核物理领域的青年专家，不惜一切手段控制他们，把他们连同妻子儿女一起弄来美国并使其尽快入籍。对他们过去的罪行不闻不问，给予优厚待遇，提供很好的工作条件，使他们的家属特别是子女对美国产生感情，尽早融入美国社会……

丁洁琼问："地震是自然现象，把地震专家弄来做什么？"

"请注意，在我的叙述中，紧接在地震后面的是气象。"奥姆说，"氢弹的出现只是时间问题。白宫和军方并非只想简单利用氢弹的爆炸功能，而是企图扩展这种功能，控制气候，诱发地震，人工制造海啸、暴雨、洪水、风暴和冰雹，使高原冰川和两极冰山融化，甚至使地壳定向开裂，让大量涌出的岩浆、大量溢出的毒气覆盖地面，毁灭敌方。捎带说说，为了达到这个目的，他们已经注意到了你开创的核爆炸大气动力学，并已由此拟定了'气象战争'和'核反应大地动力学'的学科名目。"

丁洁琼睁大眼睛。

战后不久，一九四六年二月，世界上第一台电子计算机在美国诞生。白宫和军方马上想到了其军事用途，用它来计算核爆炸大气动力学中从前根本无法解决的方程式，企图以点阵状的或定向的核爆炸激起强烈的大气涡流或海洋湍流，从而获得毁灭性更大的武器。为此，他们正在得克萨斯州达拉斯和佛罗里达州大沼泽地分别建立两座基地，安装了大批风洞、水洞、爆炸洞、水工设施和大型计算机……

"这些，他们一个字也没跟我说呀。"丁洁琼有点喘不过气来。

"你连美国人都不是，他们能跟你说吗？"奥姆耸耸肩，"唔，还有细菌武器……"

细菌武器的最早战例可追溯到一三四九年。鞑靼人围攻克里米亚半岛上的卡法城时，把鼠疫死者的尸体抛进卡法城，结果使城内许多士兵和居民染上鼠疫，被迫弃城西逃。

一七六三年，英国人在北美遭到印第安人的顽强抵抗，将天花病人用过的被子和手帕作为“礼物”送给印第安人，结果导致天花在印第安人中大流行并使其丧失战斗力，英军不战而胜。

一战中的德国曾派间谍携带鼻疽杆菌和炭疽杆菌培养物潜入协约国，秘密地投放到饲料中，或用毛刷接种到马、牛和羊的鼻腔里，使协约国从中东和拉丁美洲进口的三万四千五百头驮运武器装备的骡子感染瘟疫，部队战斗力大大削弱。

“纳粹德国在二战中虽然没有使用过细菌武器，却一直在研制细菌武器。”奥姆接着说，“于是这方面的德国专家也被弄来一批，分别安置在犹他州和印第安纳州两座细菌武器基地。”

“怎么，”丁洁琼愕然，“美国有细菌武器基地，还有两座？”

“岂止？在马里兰州和密歇根州还有另外两座。当初为研制原子弹设立了U委员会，后来又增设了研制细菌武器的G委员会，还造出了一批G弹即细菌弹。一九四五年如果没能及时造出原子弹，美国就准备动用G弹了。要是那样，日本死于细菌弹的人将比死于两颗原子弹的人多出十倍以上，甚至更多！”

欧洲国家密集，细菌病毒随水流、气流、尘埃或动植物扩散时极易危及地处中欧的德国自身，因此德国不敢做试验，更不敢进行实战，细菌武器研制水平也就始终不高。G委员会对此很失望，转而盯上了日本。

“秘密研制细菌武器的国家很有几个，以日本最为先进。”奥姆不慌不忙地说，“日本以中国作为细菌武器研制基地，又以中国作为细菌武器试验场。中国与日本远隔重洋，有着细菌病毒无法跨越的天然屏障。中国幅员辽阔，是日本人眼中最好的试验场；数以亿计的中国人，是日本人眼中用之不竭的实验动物。”

丁洁琼咬住嘴唇。

“此外，关键的一点是历史已经证明，特别是近代日中关系史已经证明，中国是个‘弱大民族’。”奥姆继续侃侃而谈，“无论日本怎样侵略中国，中国都没有报复能力，更没有跨越大海去摧毁日本的能力。中国统治阶级一团漆黑，腐烂透顶，颟顸愚昧，全部看家本领就是对内残害忠良，镇压人民，对外屈膝投降，割地求和。真的，今天这个世界上，到哪儿去找这么好的试验场，这么庞大的实验动物群呢?！”

丁洁琼仍然不吱声。

“不管怎样，战争结束了，日本投降了，中国惨胜了。在相当一段时间内，至少就日本而言，是不可能再对中国使用细菌武器，再把中国人当作实验动物了。”奥姆像是自言自语，又像是感叹，“但是，琼，要警惕别的国家。”

“你这话是什么意思？”丁洁琼终于吱声了，目光炯炯。

旁边桌上来了两位顾客。

“我们走吧。”奥姆起身。

“石井四郎呢，七三一部队那些家伙呢？”在汽车上，丁洁琼换了个话题，“怎么没听见再提起他们，战犯名单里也没有他们？”

“七三一部队全体成员，包括石井四郎，在战争结束时都经朝鲜逃回日本了。美国人没有逮捕他们，更不打算审判他们，还一直跟他们保持接触。”

“什么叫保持接触？”

“就是讨价还价，收买他们当年研制细菌武器的数据资料。”

“何不干脆像对待纳粹德国的专家那样，索性把这伙日本细菌战犯也弄到美国来，用七三一部队的人才和技术武装美国呢？”

“日本人跟德国人在形貌上很不同，在美国太显眼。此外，德国人终究是科学家，德国从未实际使用过细菌武器。而这批日本人无一例外，都是战犯和野兽，都罪恶滔天，够判二十次死刑。因此，为避免在国际国内造成麻烦，就不把他们弄到美国来。”奥姆一面开车，一面不紧不慢地说，“采用三种手段进行赎买。一是操纵远东军事法庭，使他们逃脱审判。二是在战后日本建筑物大量被炸毁烧毁，物资极其匮乏的情况下，向他们提供金钱、食品、住房、礼物和各种款待。三是，怎么说呢，讲实话，在细菌武器研制上，日本一直并不比美国先进。日本只在一个方面远远超过美国，那就是拥有大量的人体实验数据。被七三一部队用作活体实验动物的除大量中国人、朝鲜人外，还有俄国人、犹太人和专门从太平洋战场送来的美英战俘。因此，七三一部队的数据资料从人种学意义上说也是相当丰富的，对美国的细菌武器研制来说价值非凡——所以，三是向石井四郎和七三一部队成员购买全套数据资料。”

丁洁琼面无表情地望着前方。偶有野兔、麂子、獾、蜥蜴和蛇在被车灯照亮的路面上匆匆掠过。足足沉默了半小时，她才重新启齿，语调冷静：“奥姆，现在，咱们回到那个话题上来。”

“哪个话题？”

“要警惕别的国家，哪个国家？”

奥姆突然惊呼：“琼，旁边可是万丈深渊！”

山中公路在暮色中显得特别起伏盘曲，奥姆格外小心。在一处岔路口，他转上一条荒废了的简易公路。车身猛烈颠簸着，往前开了十多英里之后，到了公路尽头。陡峭石壁下有几座废弃的营房，东倒西歪，残破不堪。左边是一条干涸的河沟，河床上乱石狰狞；右侧的峡谷深不可测，令人毛骨悚然。夜幕笼罩山野，猛兽的嗥叫此起彼伏。奥姆将汽车停下，熄了火，掏出一支香烟，凑在鼻孔前闻了闻。良久，他深深吁一口气，轻声说：“好了，终于到了可以确保不被窃听的地方。说白了，琼，我这次回阿拉摩斯，名义上是参加会议，实际上是为了看你，跟你认真谈谈。”

“你这次来，开的什么会议？”

“你坚持拒绝加入美籍，不然也会邀请你参加的。”奥姆说，

“会议的主题是讨论氢弹研制。”

丁洁琼问：“你一直反对氢弹啊？”

“我反对不了，泰勒占着上风。他后面有佩里，更有杜鲁门。”

“氢弹，讨论什么呢？”

“湿弹怎样变干弹。”

“哦——”女科学家一听就明白了。

按当时的设想，用液态氘和液态氚装料的，称“湿弹”。但即使制造出来，大小如同楼房，重量起码百吨，也无法用于实战。而且由于氚的半衰期极短，一颗氢弹造成之后必须在半年内使用，否则即失效。在这种情况下，艾伦·泰勒等人倾全力研究将装料由液态改为固态，要制造所谓“干弹”。如果成功，可以使氢弹的重量、体积大大减轻和缩小，只比原子弹略大。

“太好了！”丁洁琼说，“这样就能用于实战，一次杀死几百万、几千万乃至几亿人了，也许还能毁灭全人类。”

“是的，还可以结合核爆炸大气动力学乃至更新式的核反应大地动力学，控制气候，诱发地震，人工制造海啸、暴雨、洪水、风暴和冰雹，使冰川融化，使地壳定向开裂，让大量涌出的岩浆、大量溢出的毒气覆盖地面，毁灭敌方。”

丁洁琼沉默了。

“琼，你我的想法是一致的，但我们的想法是不会起作用的。”奥姆轻声道，“哪怕再加上请愿呀，呼吁呀，起义呀，‘良心与责任协会’呀，都统统不起作用。”

“你的意思是，我们最好都当哑巴？”

“我的意思是，美国的政治家和将军们企图垄断原子弹秘密，阻止别国拥有核武器，是不切实际的想法。世界上几个最发达的国家，可以在几年内各自独立地造出原子弹。接着，某些不发达的国家也能在十几年后或二十几年后造出原子弹。”

丁洁琼目不转睛地望着奥姆。

“真要这样，”奥姆的声音变得更轻，但吐字更清晰，“哼，倒是好事。”

“为什么？”

“谁能保证美国在垄断了核武器之后不会穷兵黩武、独裁专制和称霸世界，使人类世界倒退回奴隶时代？”奥姆环顾了一下四周，表情和语气都很平静，“真要爱美国，忠诚于美国，就要防止这种情况发生。”

“你说要警惕别的国家——这别的国家就是指美国？”

“是的。”

“你说要防止美国在垄断了核武器之后穷兵黩武、独裁专制和称霸世界——怎样防止呢？”

“让美国以外的国家也拥有原子弹，形成制衡。”

女科学家哆嗦了一下。

“你冷，是吗？”奥姆伸手为丁洁琼拢紧风衣。

“是的，我冷。走吧，奥姆。”

我觉得手中这支笔沉重如椽，握不住，拿不起，写不动，心力交瘁。但是我要写，哪怕写得很慢，哪怕一封信要分好几次才能写完。

我现在知道了，我血管里流淌的从来不是高压电，而是满含爱情的殷红热血。我现在明白了，说到底我还是女人，神往美满的婚姻。当然是与你结婚，成为你的妻子，与你组成家庭。我常常想象，婚后的我一定会被公认为一位美丽出众、仪态万方而又智慧超群的好妻子。作为家庭主妇，我服饰华贵，热情好客，能熟练地运用好几种语言在各种领域中跟朋友们谈笑风生。我有着高超的烹饪手艺，特别是能调制各式色彩斑斓、滋味可口的鸡尾酒，供客人们品尝并博得他们的称赞。

赛珍珠身上笼罩着令人眼花缭乱的光环，可是她并不想当“圣女”。在金陵大学时，她就神秘兮兮地对我说起过她的多次恋情。她向往的是做普通女人，过女人的生活，尽女人的天职。她企盼充分享受爱情并怀孕、生育和哺乳，亲手抚养一大群孩子。可是她很不幸。第一任丈夫卜凯隐瞒了家族病史，给她留下一个长不大的弱智女儿卡罗，还使她产后失去了生育能力。她后来收养了十多个孤儿。我常想我比她幸运，我有孕育能力（肯定是这样的），更能做一个真正的女人，更能过好女人的生活，尽女人的天职。我会在充分享受你的爱之后怀孕、生育和哺乳，跟你一起抚养我俩亲生的孩子们，他们也许是两三个，也许是五六个，反正我想多生几个，我不会嫌孩子多，我想你也不会嫌多的。我俩喜洋洋地听儿女们叫你“爸爸”，叫我“妈妈”！

有成就的女人照样可以有美好的爱情。赛珍珠仅在中国就有过不止一个恋人情人。其中一位是她在镇江教中学时的学生，另一位是大名鼎鼎的诗人。前一段因男方父亲的反对而被迫分手，后一段因诗人“轻轻地消逝在云彩中”而以感伤告终。玛丽·居里也是实例。她在结识居里先生之前有过初恋，在居里先生逝去之后有过一位相爱甚笃的情人[1]。我有时想：玛丽·居里真是非凡，真是幸运，找一个情人也那么伟大！

可是，我呢？我一无所有，没有婚姻，没有丈夫，没有情人，没有孩子。我痛苦而矛盾地怜爱着奥姆，也拒绝着奥姆，已经十二年；我痛苦而孤独地深爱着你，也执著地等待着你，已经十七年。天哪，还要这样煎熬多久呢？

早知今日，我当初肯定不会出国。可是我做出了另一种选择。我是这样想的：有了事业和成就我才会变得有力，才可

1　指杰出的法国物理学家保罗·朗之万（1872—1946），他是法国共产党优秀党员，反法西斯的英勇战士。1948年，朗之万的遗体移葬巴黎先贤祠。

能重新找到你，并且在找到你之后配得上你。可是十几年过去了，我算是有了事业和成就，但并没有因此变得有力。我不仅没有重新找到你，你我甚至连普通人之间互通音问的权利都失去了。我比过去任何时候都更加孤独、寂寞和无助。别人可以步行或蹬自行车，可以乘汽车、火车、游艇、轮船和飞机在全世界优哉游哉，可是我呢，连离开脚下这片沙漠都不可能！

丁洁琼写着写着，突然觉得心脏部位阵阵痉挛。她在桌上伏了很久才又抬起上身，缓缓擦净满面泪水，心想不能再写这些，不能再写跟爱情，跟感情，跟冠兰相关的文字了。写什么呢？写政治、军事或诸如此类的事物吧，这样也许可以最大限度地减少一些惆怅和痛苦。

前天夜里在那条阴森可怖的山沟里，奥姆把很多事实真相告诉了我。譬如关于美国的细菌武器研制，有的细菌弹如果达到预期效果将灭绝全人类。原子弹和必将出现的氢弹如果达到某种总当量，可以将全人类屠杀好几次。特别是回头一看，从飞弹到毒气弹，从原子弹到“最佳爆炸高度”，从H弹到G弹，从电子计算机到核爆炸大气动力学和核反应大地动力学，从地震、海啸、暴雨、洪水、风暴、冰雹到冰川融化、地壳开裂、熔岩滚滚和毒气弥漫，这些魔鬼竟时时处处在跟我发生联系！

奥姆说要防止美国在垄断了核武器之后穷兵黩武、独裁专制和称霸世界，说要让美国以外的国家也拥有原子弹，形成制衡。美国以外的哪个国家？他指的是苏联。但我更知道把原子弹机密提供给苏联的严重后果。而且在我看来，苏联头目从来就不以良好的政治操守著称。苏联有了原子弹不一定能形成制衡，倒可能先发制人，形成对美国和对全人类的威胁！

所以，每次触及这个话题我的内心都矛盾重重，经常不寒而栗。天哪，我怎么陷进了这么个怪圈？我该怎么办啊？

应该感谢这八个月的情报研究，它使我的眼光突破了物理学和数学，增长了见识，学会了深思和反思。战争是什么？从直接意义上说，它是实力的较量，而不是正义与否的较量。一九三九年九月一日凌晨德国以五十八个师、二千多辆坦克和两千多架飞机突然进攻波兰，这在当时被称为“坦克与战马的搏斗”。波兰也许拥有正义，但德国却在兵力上占压倒优势。这种搏斗能有什么结果呢？几天后波兰亡国。

库尔斯克会战后苏军西进，集结兵力一百三十万，火炮二万多门，坦克三千四百辆，飞机二千一百架；其预备队兵力竟超过二百万，坦克多达五千辆。之后围攻柏林的苏军更多达二百五十万，火炮和迫击炮四万一千六百门，坦克和自行火炮六千二百余辆，战机七千五百架。进攻的第一天苏军发射炮弹一百二十三万发，出动飞机六千五百架次，把十几万吨铁和火倾泻在敌人头上。尽管柏林城内有德军一百万，火炮和迫击炮一万余门，坦克和自行火炮一千五百辆，战机三千三百架，但苏军比它更强大。这里，使苏军获胜的不是正义，而是它在数量质量上占压倒优势的兵员和火力。

诺曼底登陆再度证实了这个真理。一九四四年六月六日凌晨，盟军一千二百多架运输机从英格兰的几十个机场起飞，将五个师空投在诺曼底。二千五百架重型和中型轰炸机在诺曼底投下一万多吨炸弹。一千多艘战列舰、巡洋舰、驱逐舰、登陆舰和其他各类舰船共达五千艘，浩浩荡荡的舰队分为十列，横排成阵，宽达三十二公里，载有作战部队十万人，英吉利海峡因之改变了颜色。

改变了颜色的是人类世界！正义战胜了法西斯，它靠的是实力，是数量质量占压倒优势的兵员、大炮、坦克、军舰和战机。如果没有这些，结局就会相反，正义就会被法西斯扼杀。

中国战歌赞美的“血肉长城”，象征的是一种可贵的民族精神；但无论是历史上的砖石长城还是今天的血肉长城，都只是防御工事，不能用于进攻。而最可靠、最有力的防御恰恰是强大的进攻。二战中世界居民共死亡约七千万人，其中中国人占了一千八百万。中国人若想不再惨遭杀戮，中国就必须强大起来，必须像美国、英国和苏联那样拥有强大的军事能力，必须拥有数量质量都极具优势的兵员、火炮、坦克、军舰、战机、飞弹、原子弹和氢弹！

今天的我终于学成。我一定要回来，献身于促使祖国强大起来的事业。我要尽早动身，立刻动身。一切都不顾了，什么都不要了，开上车，带上那几株在阿拉摩斯伴随我多年的兰，还带上我写给你的这一百多封信……

小姑居处

叶玉菡头晕得厉害，还有点气喘，出虚汗。她用一支薄荷锭在额上抹了几下，刚将上身伏在诊桌上，便听见有人推门而入。此人穿着皮鞋，步伐有力，踏在地板上发出响亮声响。在诊桌对面落座时，椅子都嘎吱作响。

“这能是个病人？”叶玉菡寻思，“倒像个角斗士。”

战后，叶玉菡于一九四五年十月从昆明回到北平，参与协和复校工作，同时应美国一个科学基金会的聘请筹建实验室。半年之后实验室建起，她到同仁医院当了医生。今天下午看了很多门诊病人，感到非常累，觉得自己也病了似的。快到下班时分了，已有十多分钟没人来就诊。刚在桌上趴了一会儿，就又有人来了。

叶玉菡直起上身，看见来人体格壮实，皮肤黝黑，脸庞宽阔，浓眉下嵌着的两只眼睛炯炯有神，年约四十。这人头戴军帽，军服笔挺，金色领章的中心凸起一颗三角星徽，嗬，还是个将官呢。他没人陪同，也不自诉病情，坐下之后端坐不动，只是注视着叶玉菡，嘴角似乎略带笑意。

女医生避开对方的目光，问：“哪儿不舒服？”

“大夫，我不是来看病的。”

“不看病，来这儿干什么？”

“来找人。”

“找什么人？”

“找恩人。”

“恩人，”叶玉菡往后一靠，蹙起眉头，投去冷冷的一瞥，“你的恩人是谁？”

“我的恩人，名叫叶玉菡。”

女医生睁大眼睛。

“你不认识我了吗，玉菡？”军官仍然直视女医生。

“你，你……”

“我是鲁宁呀。”军官不慌不忙地站起来，啪的一个立正，将右手举向帽檐。

“什么，鲁，鲁宁？”女医生不相信自己的耳朵和眼睛了。她绕过诊桌，微微眯上眼睛，细觑着连声喊道：“啊，是的，你真是鲁宁！”

“玉菡，玉菡啊！”军官的两眼闪烁泪光，“十七年了，我总算找到了你，有了当面谢恩的机会。”

“瞧你说些什么呀，鲁宁。”

“我说错了什么吗？”鲁宁用自己两只有力的大手，紧握住对方那双瘦骨嶙峋的柔软小手。

“那一次你能平安脱险，就是最大的好事。”女医生万分感慨，“确实，十几年了，我常想起你，惦念你，不知道你后来怎么样了。啊呀，你要把我的骨头捏碎了！”

是的，十七年了。

那是一九二九年暑期刚结束的一天，凯思修士跑到医学院来，让叶玉菡马上去看望刚到齐大的苏老先生。叶玉菡径直往杏花村去，她知道老人每次来都住在那幢小楼上。在杏花村花园里，她碰上领着一名军官和一名警官的卜罗米。三个人步履匆匆，神色紧张，嘴里还唧唧喳喳的。女学生仿佛从唧唧喳喳中听见“鲁宁”这个名字。齐大是英美教会学校，校园里从来不见中国军警的踪影。因此叶玉菡觉得奇怪，事情涉及“鲁宁”尤其使她感到不安。她与鲁宁是医学院的同学，对鲁宁印象很好。她也耳闻过所谓“赤色学生”“共产党嫌疑”的说法，但不知道也不想知道这些说法有多少真实性，只是不愿让鲁宁遇到危险。

叶玉菡熟悉杏花村。卜罗米领着两名军警从小楼正门进去，她便从一道侧门溜了进去，寻声找到他们隔壁一间屋子。两屋之间隔着一道木门。她终于听清楚了：军警本来是要进入校园抓捕鲁宁的，但被查路德拒绝。校长暗示，到“纯粹的中国地界”他就管不着了。这就意味着只能把鲁宁弄出学校再动手。卜罗米牧师和军官警官就是专门来商量这件麻烦事的。听军警的口气，校外已经三面合围，鲁宁插翅难逃。

叶玉菡大吃一惊，急忙离开杏花村，在图书馆找到了鲁宁。

“三面合围，”鲁宁一听，非常紧张，“剩下一面是哪里？”

“小姑居处。”女学生简单答道，“快，跟着我走。”

“小姑居处”是齐鲁大学一处女生宿舍院门匾额上写着的古怪字样。这里住着医学院的几名女生。这里围墙特别高，墙外坡地上满是荒草杂树灌木林。叶玉菡找来两张凳子摞起来，帮助鲁宁攀上墙头翻了出去。叶玉菡听见了他落地的扑通声，接着是跑动声，脚步和草木的沙沙声响越来越远。

“鲁宁，”女医生问，“那次，你翻墙出去不久便响起了密集的枪声，是怎么一回事？”

“他们还是发现了我。”

“是吗？”女医生紧张起来，仿佛又回到了当年。

“多亏我是从‘小姑居处’翻墙出去的，争取了时间。”鲁宁仿佛也回到了当年，“我跑出两三里路之后，你猜我劈头碰见了谁？嗨，苏冠兰。”

叶玉菡望着鲁宁，不说话。

“哦，玉菡，”鲁宁忽然想起了什么，“他，苏冠兰，现在，怎么样了？”

“抗战期间在四川和贵州，胜利之后到了南京，听说要到一个学校当校长。”叶玉菡倒是心平气静，“你就说碰见了他之后又怎么样了吧。”

“他跟我换了衣服，还给了我一笔钱，然后朝另一个方向猛跑，把追兵引开了。”

女医生深深舒一口气，打量鲁宁，指指他那套笔挺的戎装：“这是怎么一回事？”

鲁宁瞅瞅自己全身：“我是来北平参加军调部工作的，公开身份是八路军少将参议。”

“那就是说，”叶玉菡笑起来，“当年抓你这共产党，还没抓错。”

“是的，没错。”

“军调部，不就在协和吗？”

“是呀，所以我很容易就打听到了你的消息。”

珍珠港事件发生次日，日本人即强占协和。抗战胜利之后，协和复校工作艰难。美国人居中调停，国共举行谈判，三方的军事调处执行部办公地点就设在协和。

“下班了，我们走吧。”叶玉菡看看手表，站起来。

“我请你吃晚饭。”鲁宁也起身。

“好的。”

“另外，玉菡，我能去你的住处看看吗？”

“可以。”叶玉菡做个手势，“你先走。我去洗手，更衣，给他们交代一下。”

过了一会儿，两人并肩走出医院。不远处停着一辆崭新的军用吉普车，司机是一个佩戴上士领花的年轻人。车头前端缀着一颗硕大的红五角星，标志着车主人的军阶。鲁宁指了指：“这是我的车。”

女医生瞥了一眼：“让司机回去吧。没多远，咱们走走路。”

协和宿舍分别在北极阁和外交部街。战前叶玉菡在协和工作时住外交部街，战后回到北平仍然住在那里，从同仁医院步行过去确实很近。

院落中有一些别墅，还有一幢三层楼房，原是棕色的砖头已经发黑，墙上爬满绿藤。女医生住的是二层的一套小房间，由一间十五六平方米的客厅，一间五个多平方米的起居室，一小间厨房和一小间盥洗室组成。这里原是单身教职员宿舍。

鲁宁踱来踱去，四处打量：一张小圆桌，两把靠背椅，一只床头柜，一张书桌，一张单人钢丝床上堆着洁净的被褥枕头，透过一个书柜的玻璃门可以看见里面塞满了书籍。

墙上的镜框引起鲁宁的注意：里面嵌着叶玉菡的一幅正面头像，一幅穿白大褂的半身照，两幅也穿着白大褂的实验室工作照。

两张风景图片，分别是秋色和冬景。此外，还有一张照片上有一位须发皆白、打着丝质领结、穿着笔挺黑色燕尾服的长者，挺着胸，双颊深陷，面容严肃冷漠，蓄着上翘的西式胡须，目光如炬地与人对视。

“这位老人是谁，”鲁宁问，“你父亲？”

“我叫爸爸。”叶玉菡将两杯热茶摆上小圆桌，“他的名字是苏凤麒。”

“哦。”鲁宁恍然大悟，“老先生现在哪里？”

“回南京了。”

鲁宁终于做出了判断：叶玉菡既没与苏冠兰结婚，也没跟其他男子结合。他微微皱起眉头：“玉菡，十七年了，你这里还是‘小姑居处’？”

“这有什么不好吗？”女医生淡然一笑。

“当然不好。”

“说说你吧，鲁宁。”

“我？玉菡，说白了，我今天找到你为两件事。一是为了当面感恩，二嘛——”鲁宁看看手表，“去吃晚饭吧，边吃边说。”

两人步出外交部街时，天色已晚，到处亮起电灯。两人在东四一家饭馆里找了个雅座。鲁宁翻开菜谱，边看边说：“你让我说说自己，说什么呢？我结婚了。”

“她呢？”

“她在延安。”

“什么名字？”

“柳如眉。”

“好名字。”

“名字好，人更好。不过我在家里只叫她的乳名：阿罗。”

阿罗原在离上海不远的一家小小的乡村教会医院当护士，养父是那家小医院的院长兼医生。民国二十一年（一九三二）初发生“一·二八”淞沪抗战，老院长带着全院一共五名医生护士参加战场救护，支持十九路军。结果五人中牺牲了四人，小医院也被日本海军陆战队炸毁了。只阿罗一人活下来，战后随十九路军到福建，后来又经历无数风云变幻，总算都挺了过来，一直当随军护士。民国二十六年（一九三七）八月随部参加淞沪会战，后退入内地，在日机空袭中受了伤，被留在老百姓家。恰好当地是新四军活动区，伤愈后她便参加了新四军，仍然当护士。后被派到延安学习，结业后留在八路军一家军队医院……

“苏冠兰怎么样了？”鲁宁又问。

“你怎么老是说到他？”

“他曾经是我的好朋友，而且也援救过我。”鲁宁停了停，“不过，如果你确实不愿触及这个话题，那么不谈也罢。”

酒菜上齐，热气蒸腾。鲁宁斟满两杯红葡萄酒：“来，碰杯！

玉菡，为我们久别重逢。”

叶玉菡一饮而尽，苍白的面孔立刻泛起红晕，还轻咳起来。

“哦，玉菡，我想起一个事。我想，这事也许应该让你知道。”鲁宁深深看了女医生一眼，“不过，抱歉的是，我还得谈到苏冠兰。”

叶玉菡默不作声。

“我刚才说了，阿罗在上海远郊一家小医院当过护士。”

叶玉菡注意地倾听。

有一次，阿罗对丈夫说起，她在那家小医院时曾经遇见过一个名叫苏冠兰的大学生。接着，当然，鲁宁便知道了苏冠兰当年与一个名叫丁洁琼的姑娘在黄浦江上和松居医院的相逢相识。

“显然，”鲁宁说，“苏冠兰就是那一年从上海回到济南时碰见并搭救了我的。”

叶玉菡仍然不说话，脸色发白。

“我了解苏冠兰。”鲁宁接着说，“他不是登徒子，不容易对女孩子产生兴趣，哪怕是很漂亮的女孩。他就那么离开了松居医院，一去不返，只从上海寄去一包衣服和一些钱，甚至没有留下真实地址。也许在那女孩的心目中，苏冠兰是什么人，到哪里去了，永远成了一个谜。”

“确实是个谜……”叶玉菡声音很轻，神情迷惘，久久凝视虚空中的某处。良久，她像从梦中醒来似的重新望着鲁宁：“你不是说今天找我有两件事吗？说说第二件吧。”

鲁宁看看周围。

“这里不好说？”叶玉菡说，“那么，到我的住处去吧。”

两人走出餐馆，并肩漫步。街巷狭窄，行人稀少，路灯黯淡。鲁宁在一处路灯下停住脚步，掏出一支香烟叼在嘴上，用打火机点燃，吸着，好像漫不经心地瞥瞥四周，问道：“玉菡，你在北平认识不少美国人吧？”

“当然。我是‘老协和’嘛。”

“你认识的美国人之中，有个托马斯·惠勒吗？”

叶玉菡讶然：“托马斯·惠勒博士？”

“在北平，恐怕没有第二个名叫托马斯·惠勒的美国人了。”

“我跟他，不只是认识。”

“这个人，怎么样？”

“这就是你要说的第二件事？”叶玉菡注意地看着鲁宁，“我倒是想问问，北平的美国人很多，你为什么唯独问起托马斯·惠勒？”

鲁宁深深吸一口烟，不再说话。

叶玉菡也不再说话，只是将头轻轻一甩，意思是咱们走。

两人回到屋里，叶玉菡推开窗扇，拿来一只小瓷碟摆在小圆桌上：“我这里没有烟灰缸，就用这个代替吧。”

鲁宁将两手一摊：“我知道你不吸烟，在院门外就把烟头掐灭了。”

“不吸也好，人本来就不应该吸烟。你还是学医出身的呢。”

“唉，战争中养成的坏习惯。”

叶玉菡重新沏了两杯热茶摆上小圆桌，接着拿来一本影集，翻开。

影集中的一张照片上是美国一处海滩。远方是深蓝色的海洋，条条白浪翻滚着，扑打着。一个三十多岁的白人男子伫立在阳光照射的海滩上。这个男子满面笑容，戴着墨镜，双手叉腰，敞开的衬衣领口露出健壮而黝黑的脖颈。

叶玉菡指着照片说：“喏，托马斯·惠勒。这是他十年前的照片。他比我年长七八岁吧，当时三十多岁。”

“现在四十多岁。”鲁宁凝望照片，由衷赞叹，“他很帅！”

“本人比照片上更帅。”

惠勒的照片很多。翻过一页后，连着几页上嵌着惠勒的十多张大大小小的工作照和生活照，都显得健壮、潇洒而沉稳。

照片上的惠勒或在大学讲坛上执教鞭讲课，或在微生物实验室中操作显微镜，或在化学实验室中察看试管，或在用打字机写文章，或在打棒球，或在打垒球，或在跳台上正准备跃入水中。

“他，托马斯·惠勒，很有学问。”叶玉菡声音轻淡，但每个字都说得很清楚，“他是哈佛大学医学博士，又在牛津大学专攻生物化学，得到第二个博士学位。”

“嗬，两个博士学位。”

“如果他愿意或者他觉得有必要，拿三个、四个博士学位也不成问题。”叶玉菡的声音仍然轻淡，“我从齐大毕业后在协和微生物科和血液科都待过。一九三五至一九三六年我去美国进修时，惠勒指导过我的实验设计，还主持了我的博士论文答辩。”

“这么说起来，他跟你有师生之谊。”

“可以这样说吧。”

影集中还有很多惠勒与叶玉菡在一起的照片。

一张照片上，惠勒与叶玉菡都穿着白大褂，在微生物实验室里；另一张照片上，叶玉菡在动物室里满脸笑容地逗弄一只小白兔，惠勒在一旁开心地笑着。还有一张照片上，开着敞篷汽车兜风的惠勒满面春风，戴着茶镜的叶玉菡在副驾驶座上，露出微笑。

有一张照片上人很多也很热闹，是惠勒和叶玉菡在参加朋友的生日晚会。另一张照片上的惠勒像是在教叶玉菡驾驶游艇。还有一张照片上，惠勒和叶玉菡像是在游览途中走累了，停下小憩，正在喝饮料。

“看上去，惠勒和你似乎不只是师生……”鲁宁谛视照片，欲言又止。

“差一点就不只是师生了。”叶玉菡很坦然。

“这话我怎么理解？”

“他追求过我，”叶玉菡仍很坦然，“甚至向我求婚。”

“我说了，他很帅。”

“人也很好。”这一次是叶玉菡欲言又止了，“不然……”

“不然，他是不敢追求你更不敢向你求婚的。”鲁宁目不转睛地望着叶玉菡，“你俩后来为什么没能结合呢？”

“你忘了吗？”叶玉菡瞥了鲁宁一眼，“我是别人的未婚妻啊！”

“玉菡，”鲁宁沉默良久，叹息一声，“十七年前你像水晶般纯净透明，十七年后的你，还是这样。”

叶玉菡不吭声，只是重新凝望一张照片。

鲁宁顺着她的视线瞅去，是那张惠勒和叶玉菡像在游览途中走累了停下小憩、正在喝饮料的照片。

那张照片好像活了起来，当年的情景仿佛又回到女医生眼前。

当时，拍摄这张照片之后半小时，在一个僻静处，惠勒使劲摇着头说：“不，不，叶，我不相信！”

叶玉菡问：“你不相信什么？”

“不相信你会是别人的未婚妻！”

“我说的是实话。我确实有未婚夫。”

“他在哪里？”

“在中国。”

“在中国？”惠勒更加使劲地摇头，“那至少你该带着他的照片吧，可是我从来没看过。不然，今天回去之后你拿给我看？”

“你看了会很高兴，”叶玉菡瞥了惠勒一眼，“是吗？”

惠勒哑然。

“未婚夫的照片是给自己看的，”叶玉菡轻声道，“不是给别人看的。”

“你们为什么一直不结婚，都这个年岁了？”

“这是我和他两人的事情。”

“就是说，”惠勒将信将疑，“真有一个他存在。”

叶玉菡看着惠勒，不吱声。

惠勒追问：“你爱他吗？”

“当然，爱。”

“用什么来证明这一点呢？”

“我很快就要回中国去，这就是证明。”叶玉菡的声音总是很轻，“而我本来是可以留在美国的。”

“是的，我知道你可以留在美国，却要回中国去。”惠勒一听，流露出迷惘和苦涩的神情。良久，他低声道：“不过我说了一百遍，现在再说一遍吧——我爱你。”

叶玉菡又沉默了。惠勒略作思忖之后，以果断的口气大声说：“你不是要回中国去吗？我也去！”

叶玉菡惊讶地扬起眉毛，望着惠勒。

“你回去吧。你回去后，我会专程到中国来找你的。”惠勒的口气和表情都很执拗，“如果事实证明并没有一个他存在——”

叶玉菡凝视惠勒。

“或虽然确实有他的存在，但是你俩如果因故不能履行婚约，不能结成夫妇——”惠勒一字一顿，“那么，我会再向你求婚的。”

叶玉菡仍然沉默，也仍然凝视惠勒。

“叶，现在就这样回答我，”惠勒目不转睛地盯着对方，“那时，你一定接受我的求婚！”

叶玉菡避开对方灼人的目光，低下头去。

但是，她那双瘦弱的、柔软的小手被紧攥在惠勒两个发烫发抖的巨掌中，用尽了力气也抽不出来。

一九三六年秋季的一天，一艘停泊在圣弗朗西斯科港的邮轮发出沉闷的低鸣。

码头上，惠勒不顾一切地紧紧拥抱和频频亲吻叶玉菡。

叶玉菡在美国的一年半里，这是惠勒第一次和最后一次如此放肆。这一次，女医生没有拒绝，也没有回报，她甚至没有表情。对叶玉菡来说这也是生平第一次如此忍受着，感受着，体验着，遭逢着，享受着来自一个血气方刚的男人的热和力！这时的她，在美国土地上的逗留时间只剩下最后十五分钟。

十五分钟后，汽笛嘶鸣。叶玉菡站在舷梯边俯视码头上的人群，朝惠勒招手。

邮轮起碇，惠勒朝叶玉菡使劲抛着飞吻。

女医生没有做这类动作，她甚至没有任何动作，只是泪水夺眶而出。

叶玉菡合上影集，擦擦眼角，端起茶杯小口啜饮。

鲁宁深沉凝视叶玉菡。

“抗战结束，他真的来了。”叶玉菡回忆道，“我在昆明就接到他的电报，让我尽早赶回北平。”

“他是以什么名义来中国的？”

“他不是说过要来向我求婚吗？他说为此专门辞去教职，加入了一个民间科学团体S学会，申请到一个来中国的名额和一笔经费。他说如果我答允求婚，他会长期住在中国，在中国进行最重要的研究并把我列为合作者。他说此项研究如果成功，很可能获得诺贝尔奖。”

鲁宁讶然：“是吗？”

“我知道这项课题，确实属于诺贝尔级。惠勒有这个实力，剩下的问题就是机遇了。”

“所以你就尽快赶回北平了。”

“我尽快赶回北平是因为希望协和尽早复校，而我能参加复校工作，当然我也乐意成为惠勒的合作者。此外还有一件事，即惠勒想请我在北平主持建造一座微生物实验室，我对此很有兴趣。”

“玉菡，”鲁宁沉吟，“原谅我的冒昧……”

“我明白，你想知道十年之后的也就是今天的托马斯·惠勒。”

惠勒和叶玉菡在黄昏的天坛公园散步。突然，惠勒站住了，直勾勾地看着叶玉菡。

“记得吗？我说过，”惠勒热切地盯着叶玉菡，“我会到中国来找你的。”

叶玉菡避开惠勒的视线，望着远处。

“十年后的今天，喏，我来了！”惠勒大声说。

叶玉菡仍然望着远处，默然无语。

“事实已经证明，”惠勒的眼光更加热切，声音也更大，“并没有一个他存在。”

叶玉菡微微低下头去，若有所思似的。

惠勒喊道：“所以，十年后的今天，我再次向你求婚！”

叶玉菡转过脸来，看着惠勒。

“叶，答允我，答允我！”惠勒一把抱住对方，抱得很紧很紧，娇小的叶玉菡简直透不过气来，“现在就答允我，说你接受我的求婚。”

附近游人投来惊讶的目光。

“惠勒，听我说，再等三年，再给我三年时间，好吗？”叶玉菡尽管有点透不过气来，神态和口吻却仍然冷静，“三年，三年之后。”

惠勒大声叫喊："为什么？为什么还要等三年？为什么是三年？为什么不是两年或四年，而是三年？"

"连我都觉得不可思议。"鲁宁以探究的目光看着叶玉菡，"为什么不是两年或四年，而是三年？"

"你知道苏冠兰和我是未婚夫妻，但你不知道，他跟我订婚是民国十八年的事，他定下的婚期是二十年后。"

"什么？"鲁宁以为自己听错了。

"三年之后就是民国三十八年。"

鲁宁睁大眼睛。

"鲁宁，很抱歉。"叶玉菡说着，轻叹一声，"久别重逢，谈的却是这样的话题。"

"应该是我抱歉，玉菡。"鲁宁只得连连摇头。

"你不是问托马斯·惠勒嘛，接着说他吧。协和复校的事一直拖了下来，我也就一直没能回去。不过，惠勒托我建造的实验室却顺利建成了。因为是S学会下属的实验室，于是就叫'S实验室'。"

"S学会。"鲁宁轻声重复这个字眼，"这个学会，你了解吗？"

战后S学会抢先登陆北平，热心资助燕京、清华、协和、汇文等一些原来就是美国资产或与美国有密切关系的大中学校和医院。S学会称其主要开发对象是生物制剂，为此要加强基础研究，并以接受其资助的学校和医院的名义购入或租用地盘房产，以兴建研究所和实验室。

“这个S实验室在哪里？”

“不远，东厂胡同。”

“确实不远。”

“那里据说原是明代宦官刘瑾的一处宅第，所以通常叫作刘家花园。刘瑾死后那里成为东厂巢穴，清代是刑部审理诏狱的所在，沦陷时期成为日本宪兵队机关。”

“嗬，都那么可怕！”

“所以那里又被叫作‘恐怖花园’。院子被灰色高墙围着，里面除花园和小院外，还有十几栋房屋。美国人把它全买下来了，用以建S实验室。”

“S实验室的宗旨是什么？”

“惠勒说，用于寻找、分析和研究中国特有的微生物，为探索和研制新的抗生素药物服务。”

“实验室建好了，没留你在那儿工作？”

“我也没打算留下，我还是想回协和去。惠勒也不让我留下，说要从美国选派一批身体强壮、结过婚、有孩子的男性科学家来。”

“身体强壮，结过婚，”鲁宁琢磨这些字眼，“有孩子，男性……”

“就是说这个实验室对人体有潜在威胁，可能损害生殖功能，有致癌因素，可能诱发遗传变异，等等。”

“实验室建成后，移交给美国人了？”

“是的。”

“移交多久了？”

“一个月吧。”叶玉菡想了想，“准确地说，到今天是三十三天。”

“如果你现在想回S实验室看看，能进去吗？”

“我连钥匙也没留一把。不过，是我主持建造的实验室，如果我要回去看看，他们是不会不让的。”

“我的意思是，”鲁宁斟酌字句，“你能不经美国人同意，甚至在不被他们知晓的情况下，进入S实验室吗？”

“我能。”叶玉菡想了想，点点头，然后目不转睛地望着鲁宁，“不过，现在，我想重复一下刚才那个问题：北平的美国人很多，你为什么唯独问起托马斯·惠勒？还有，发生了什么情况，以至于你好像很希望我在不被美国人知晓的情况下进入‘S实验室’？”

鲁宁举目看看墙上，月份牌显示今天是公元一九四六年十月三日，礼拜四。他又转脸瞅瞅小圆桌，桌面上那只闹钟嘀嗒嘀嗒不慌不忙地走动着，指向夜里十一点二十分。他站起来，轻声说：“你听说过吗，玉菡，托马斯·惠勒还是一位美军上校？”

“什么，惠勒是上校？”叶玉菡愕然，“战后在美国，军人身份很吃香，可是我从来没听说过他是军官。”

鲁宁走到窗前，抬头眺望黑沉沉的夜空。良久，他回过头来："我得告辞了，玉菡。"说着，他掏出钢笔，拿起小圆桌上的拍纸簿写了些字递过去："喏，这是我办公室和住处的两个电话号码。有什么事，随时可以给我打电话。"

恐怖花园

叶玉菡刚走出抢救室，一名护士立刻迎上来轻声道："叶大夫，您的电话。"

叶玉菡走进办公室，看看窗外漆黑的天空，抓起电话："喂。"

"你好啊，叶。"

"哦，惠勒先生。"

"叶，看你，"惠勒带着责备的口气，"总是称我先生！"

叶玉菡不说话。

"你总是如此吝啬。你从没来过我的住处，也不允许我去你的住处。你一直称我惠勒先生，从来不肯略微变换一下称谓，哪怕叫一声亲爱的。其实我知道你是爱我的。东方人的含蓄掩饰不了你对我的爱意，或者说你内心深处的感情，爱情……"

"惠勒，你怎么得出这个结论的？"

"从你的三年之约！"惠勒很兴奋，"叶，知道吗？我一直掐着手指算日子。你是十个月前许下这个三年之约的，十个月来我成了世界上最有幸福感的男人。我面前摆着的台历显示，今天是公元一九四六年十月五日，礼拜六。准确地说，再过两年零两个月，我就成为世界上最幸福的男人了，亲爱的叶！”

“惠勒，很抱歉，我累了，非常累。”叶玉菡没说假话，“参加抢救危重病人，连着忙了六七个钟头，连水也还没顾得上喝一口呢。”

“那就先说到这里吧。叶，记住：我爱你，非常爱你！我敢说我是世界上最爱你和唯一真正爱你的男人。”

“谢谢。”

“有你这句话我就够了，叶。”惠勒一迭连声，“我太幸运了，叶！应该是我感谢你，感激你，叶！”

叶玉菡刚放下话筒，铃声又响起来。她重新抓起电话。听筒中响起另一个男子的声音：“请问叶玉菡大夫在吗？”

“啊，鲁宁，我正要找你。”

“我也急着找你呢。”鲁宁口气很急，“不过你先说吧，什么事找我。”

“我想去东厂胡同看看。”

“这个这个……”鲁宁显然大感意外，“你想什么时候去？”

“今天晚上。”

“再考虑一下吧，好不好？”鲁宁犹豫起来，“也，也让我考虑考虑……”

“我只是一个女人……”

“不，不，玉菡，听我说，我不是这个意思，真的不是。”

“但我是个上过战场的女人。”

“玉菡，玉菡！”

叶玉菡搁下电话，洗手，更衣，挎上小包，离开医院。她回到住处，做了一碟煎蛋和一小碗青菜，沏一杯热咖啡。她将鱼子酱和果酱抹在面包片上吃着，啜了两口咖啡。一片面包还没吃完，她便走进卧室，拨通电话。听筒中传来一个粗糙、低沉、含混的声音：“喂。”

叶玉菡轻声道：“老笨吗？我是叶大夫。”

“您好，叶大夫。有事吗？”

“我想回来看看。”

“回这儿，东厂胡同，S实验室？”

叶玉菡点点头：“是的。”

老笨说：“我也正想请您回来看看。”

“有事吗？”

“没什么，叶大夫，您是好人。”老笨一字一顿，“这里有些东西应该让好人看看。”

叶玉菡放下听筒，沉思了好久。

东四一条小街，行人稀少，路灯昏暗。一辆洋车停下来，叶玉菡下车之后朝四周扫了一眼，往一条胡同中走去。

胡同两侧都是黑色和灰色的平房，大门紧闭，屋檐厚重。一座大院的外墙被抹成深灰色。两块包着铁皮涂着黑漆的厚重门扇关得紧紧的，上面开着一扇供人步行通过的小门和一个巴掌大小、可以开合的瞭望孔。大门旁高墙上开着一扇小门，也包着铁皮涂着黑漆，里面显然是门房。叶玉菡本能地回头瞅瞅，伸出一只手正要敲门，小门却无声无息地打开了。

叶玉菡默默跨入门房。

很少有人知道老笨的真实姓名。他在光绪三十五年（一九〇九）十八岁时成了协和护校第一届毕业生，当了拖辫子的男护士。他沉默寡言，口齿木讷，看似笨拙，所以得了个绰号“老笨”。加之家境清贫和相貌丑陋，一直没成家。叶玉菡在协和时常接济他。日军强占协和后把他赶了出来，因为全家人都病死饿死了，他迫不得已做了点苟且之事，后被捉住打成残废——弯腰驼背，还折了一根胫骨。叶玉菡回北平后找到了他，雇他在S实验室看守工地，尽可能给他多发薪金，还打算在复校后建议协和重新接收这位资格最老的“老协和”。

门房里悬着电灯，墙上挂着月份牌，桌上搁着电话，马蹄表指着深夜十二点半。女医生问：“我走了一个多月，这里情形怎样？”

“从您离开这里的第三天起，美国专家们就陆续来到，先后有十几个，与他们同时到来的是大批设备。”老笨并不笨口笨舌，相反，叙事有条不紊，“看得出他们之中半数左右的实际上是熟练工人和技师，负责设备的安装调试。有人除礼拜天外每天都来，有人工作几天或十几天后就不再出现。”

叶玉菡问：“惠勒博士呢？”

“美国人每礼拜休息两天，但惠勒博士除礼拜天外每天都来，礼拜六也不例外。有时还带一两个或两三个人来。”

“今天是礼拜六。”

“已经过了午夜。因此，今天是十月六号，礼拜天。”老笨接着说，“设备的安装调试已经完成，他们正在加紧为实验室正式运转做准备。昨天礼拜六，周末，惠勒博士照例在这里待了一整天，还带来另外五位美国专家一起干，下班也是一起走的。”

“他们住在哪里？”

“听说是六国饭店和燕京招待所，每天上下班有专车接送。有两位博士是前天刚从美国来的，听口气还有几十个科学家和工程师会陆续到达。”

“他们没人在这里值夜？”

“他们也知道这里叫‘恐怖花园’，像这种地方，不会有人来偷来抢的，所以不太防范。白天我看大门，夜里也只有我一个人，打着手电到处转转。”

叶玉菡想了想：“老笨，咱们去看看。”

“您想怎么看呢？”

“你认为该怎么看就怎么看吧。”

老笨走出门房，来到院内，随手揿动门旁一个开关，青砖铺设的道路两旁，铸铁灯柱顶端古色古香的灯盏便都亮起来。院子笼罩在昏黄的光线中。举目望去，大院被黑压压的高墙围着，一座座房屋的黑色身影沉浸在黑暗中，又被远远近近的暗淡灯火抹上一层幽光，若隐若现。弥漫着阴森、肃杀的气氛。

老笨拄着手杖，握着手电筒，驼着背，瘸着腿，步履艰难。昏暗的路灯和手电筒光不时映亮他苍老、瘦削、黝黑、满是深深皱纹的面庞。

“老笨，”叶玉菡边走边问，“你和那些美国人相处得怎么样？”

“谈不上相处。我像机器似的只有动作，没有表情，更不说话，有时几天都不说一句话。”

“你是‘老协和’，英语流利，还懂德语日语。”

“他们不知道这些，可能把我当聋哑人了，也可能不屑于跟我说话，有事就做个眼色或手势。我跟美国人打了四十年交道，知道美国人并不都一样。”

“怎么个不一样？”

“协和那些美国人来中国是治病救人，传播现代医学的，而东厂胡同这些美国人……”

“东厂胡同这些美国人怎么样？”

“他们对您的设计布局倒是赞不绝口：发电房、高压锅炉房、软水房、制冰房、汽车房、电工机修房、水塔和煤气发生炉等无一不备。发电房深藏地下，悄没声息，还要输出一百一十伏和二百二十伏两种交流电。前者供照明，后者供驱动凉水泵、热水泵、深水泵、实验用泵、饮水泵、制冷罐和排除污水的气动电动两种专用泵。连管道也分为冷水、热水、冷饮水、冷咸水、煤气、压缩空气、真空、消毒蒸汽、暖气和排污共十种，甚至连动物棚和动物尸体焚烧炉也没落下。”

大院中原有的房屋都是一栋栋独立的二层或三层小楼。叶玉菡照协和的方式按英文字母A、B、C、D的顺序命名这些楼房。美国人没有改变这个设计。老笨说着，用手电照亮一座两层楼房高墙上标着的白底黑字的A：“不过，他们把原来安装的门锁全都换了。先看这里吧，A楼。”

老笨踏上台阶，揿动开关，檐廊亮起电灯。又用钥匙打开厅门，跨入，亮起大厅里的电灯。叶玉菡问：“他们给了你一套钥匙？”

“没有。只让我保留了大门和门房的钥匙。”

“那，你是用什么钥匙打开A楼的？”

老笨晃了晃手中两三个形状怪异的金属物件：“这叫‘万能钥匙’，能打开他们安装的所有门锁，甚至能打开全北平所有的门锁。”

叶玉菡面露疑惑。

“我不是做过贼吗？”老笨回身望着叶玉菡。

叶玉菡略微迟疑了一下：“你怎么能这样说呢！”

“这是事实。”

“老笨，不要这样，不许你这样说。过去已久的事，很多人都忘了，我也忘了，你还这样！”

老笨双眼闪烁着泪光，扭过头去。

叶玉菡的注意力突然被什么吸引住了：“咦，什么气味？”

说着，她立刻发现大门内侧地面上搁着的一只钢制汽油桶。她赶紧上前几步，发现竟是满满一桶没有盖紧桶盖的汽油。叶玉菡很生气：“谁干的？不是有汽车房和油库吗？怎能把汽油搁在楼房里呢？”

“是有意搁置的，”老笨语调平淡，“而且规定了要放在要害位置。”

“要害位置？”

“就是说能最快彻底烧毁整座楼房的位置。”老笨依然语调平淡，“除A楼外，B、C、D、E、F等所有栋也都搁着汽油。”

“为什么要这样做？”叶玉菡大惑不解，“简直是疯了！我得去问问惠勒。”

“是按照惠勒博士本人的指令这样做的，而且就是昨天，十月五日下午开始实行的。”

“为什么要这样做？”

“博士说下一步应该在整个花园里安装电动控制的爆燃装置。”老笨答非所问，“他对别人比画着说，就像火焰喷射器那样。”

“我再问一遍：为什么要这样做？”

“先看吧，看完再说。”

叶玉菡忽然想起鲁宁的话：“你能不经美国人同意，甚至在不被他们知晓的情况下，进入S实验室吗？你听说过吗，玉菡，托马斯·惠勒还是一位美军上校？”

女医生瞥了老笨一眼，不再多话，只是跟着前行，仔细察看A楼内部布局。随着他俩的移动，一楼各个房门上的铭牌一一掠过：Printing Room（文印室），Drawing Office（制图室），General Affairs Department（斋务室）。接着是二楼，各个房门上的铭牌又一一掠过：Office（办公室），Archives（档案室）、Library（图书室）……

看来，A楼被用作行政楼。楼房内的门锁全都换了，木门也全都换成了铁门。老笨在档案室外停下来，掏出“万能钥匙”，打开门，揿亮室内电灯。他显然熟悉这里的一切，而且动作麻利，很快便从各式各样的档案柜中找出一些文件，放在一个卷宗夹里，然后关了电灯，退出来。

来到图书室门前，老笨照例用“万能钥匙”打开铁门，亮起电灯。室内陈列着十来个书架，上面堆满了凌乱、陈旧的卷宗档案。一个书架上方用图钉钉着一张很大的白色硬纸片，上面用粗大、潦草的英文写着Archives of Japanese Biological Warfare（日军生物战档案）。这个书架上码放着的一堆堆卷宗，大小不等，厚薄不均，各堆夹着的纸条上面分别写着Unit 1855 · Peking（一八五五部队 · 北平）、Unit 731 · Harbin（七三一部队 · 哈尔滨）、Unit 100 · Changchun（一〇〇部队 · 长春）、Unit 1644 · Nanking（一六四四部队 · 南京）、Unit 8604 · Canton（八六〇四部队 · 广州）、Unit 9420 · Singapore（九四二〇部队 · 新加坡）等字样。

“这是些什么东西？”叶玉菡内心涌起一种不祥的预感。

“四十年代日军在中国各地上百次投放细菌弹，杀伤大批中国军民。”老笨语音低沉，“日军各细菌部队的档案，凡保存下来并能被美国人搜集到的，都被送到这里，由S实验室负责管理和研究。”

“原来如此！”叶玉菡的声音轻得几乎听不见。

还有一些卷宗档案，各堆之间夹着的黄色纸条上分别写着Yiwu，Chekiang Province（浙江省，义乌）；Ningpo，Chekiang Province（浙江省，宁波）；Chuchow，Chekiang Province（浙江省，衢州）；Changteh，Hunan Province（湖南省，常德）；Western Shandong Province（山东省西部）……

“我也是看到这些秘密文件后才知道，美国有过一个U委员会，是研制原子弹的。”老笨语音低沉，“还建起一个G委员会，G

指germ即细菌，您听这名目就知道它的宗旨了。U委员会早就撤销了，因为原子弹早就造出来并且付诸实战了。G委员会却至今存在，看样子还要无限期地存在和运转下去，因为微生物本身是变化无穷的。喏，这是G委员会化学作战部主任约翰·巴克少将给他麾下托马斯·惠勒上校的一封信。”

“什么，”叶玉菡语气急切，“托马斯·惠勒上校——他确实是军人？”

“确实？”老笨瞥了女医生一眼，接着翻了翻卷宗夹，找出一封英文打印信件，落款签名是约翰·巴克。叶玉菡细看老笨指出的一段内容：

> 二战中使用过细菌武器的国家只有日本，遭受过细菌武器摧残的国家只有中国。你们要充分注意这个基本事实。必须宽赦和保护石井四郎等细菌战战犯，从他们手中得到经验和资料，以节省我们的时间、金钱和其他一切有形无形的资源。要让中国人无法制裁日军当年的罪恶，建好我们在亚洲的第一个生物战桥头堡S实验室，尽早在原子弹之外增加一种对付苏联人的手段，以保证打赢明天的战争。

老笨小心翼翼地从书架上抽出《一八五五部队·北平》。卷宗记载着昭和十八年即一九四三年，日军一八五五部队在北平水井大量投放霍乱菌的战绩：九至十一月霍乱大流行，截至十月底共发现霍乱患者二千一百三十六人，死亡一千八百七十二人。

天皇裕仁是生物学家，对微生物有着特殊的兴趣，他亲自下令在中国研制、试验和使用细菌武器。档案所附一八五五部队呈送天皇报告的副本可以从一个侧面证明这一点："北平霍乱试验死亡率高达百分之九十点六二，足以证实这种武器惊人的杀伤力，亦足以证实陛下的英明圣断。"该档案所附一八五五部队花名册内均用毛笔和日文书写着姓名和职务，其中一个是"石井四郎，技术指导"。

老笨两只粗糙的手在继续翻寻，指点。若干照片被取出，展示在桌面上，照片后面的日文说明下都有英文翻译。

一张黑白照片拍摄的是一台生化实验设备，照片背面写着petri dishes with cholera bacteria（霍乱菌培养皿）。老笨告诉女医生："您知道我懂日文，我看过这台设备的文字说明。设备高二米，长一点五米，宽零点八米。按他们自己的说法，里面培养着的霍乱菌足以一次杀光全世界的人！"

一张照片上是几枚各式各样的炸弹，有的弹体打开，展示着内部结构。照片背面写着Ishii bomb（石井式炸弹），即细菌弹。

一张照片上，一个男子被五花大绑地置于手术台上，一个穿白罩衫、戴黑框眼镜和胶皮手套的军医正准备对其下刀。照片背面写着to carry out vivisection to the Chinese apes（对"中华猿"实施活体解剖）。

叶玉菡凝视这张照片。

“用作实验动物的中国人被称为‘中华猿’。”老笨解释，“第一步是对活人剥皮以供日军治疗烧伤，之后将尸体供给在中或在日的外科军医、医学生练刀和做解剖学教材。档案证实被活体解剖的‘中华猿’总数为三千七百零七‘只’。”

A楼的灯光次第熄灭，楼房融入四周的夜色。两侧的铸铁灯柱顶端，古色古香的灯盏发出黯淡的光芒。两人轻缓的脚步踏在大院中青砖铺设的路上。老笨用手电照亮一座小楼上标着的B字，步上台阶，用“万能钥匙”打开厅门，亮起里面的电灯。

“B楼的原设计没有改变，仍是标本室，地下室用于保存菌种和毒株，地面上是实验室。”老笨说着，用“万能钥匙”打开一间实验室，里面摆满了生化实验设备和检测设备，甚至有最先进的电子显微镜。叶玉菡审视着一切，又和老笨一起来到地下室。这里必须保持恒湿恒温，空气负压，自动净化，自动消毒；必须能抗猛烈震动，一旦发生最恶劣的情况能自行发电供电。到处能听见隐约的水流声、气流声和嗡嗡的电流声。

地下室入口处也搁着两桶汽油。叶玉菡现在明白了，这就是要害位置，如果从这里把两桶汽油倾进地下室，绝对能很快彻底烧毁整座B楼。

老笨揿动开关，地下室亮起灯光。沿着墙排列着大大小小、各式各样的液氮罐和装着玻璃门的冷藏柜，这里也到处能听见与实验室相同的声响。液氮罐和冷藏柜上分别插着标签：鼠疫杆菌、〇三三培养基（牛血粉）、石井型培养基（人血粉）、麻疹病毒、霍乱弧菌、流感病毒、天花病毒、蓖麻毒蛋白、肉毒杆菌、大肠杆菌〇〇九、伤寒杆菌、斑疹伤寒立克次体、炭疽杆菌、生化酶、口蹄疫病毒〇一三三、膨润土……

叶玉菡逐个审视这些液氮罐和冷藏柜，脸色越来越苍白，也越来越凝重。血粉是跳蚤的饲料，而喂养跳蚤的唯一目的是制造鼠疫。可是女医生只知道牛血粉，没想到还有人血粉！麻疹的可怕之处在于它跟天花一样可以通过空气传染，它比天花更可怕的是可以使人丧失免疫力。麻疹在十九世纪曾让斐济减少了四分之一的人口，还和天花一起侵入中南美洲并杀死了上千万印第安人，使许多部落灭绝。至于霍乱弧菌，已知在北平水井中投放致死率可以高达百分之九十点六二。叶玉菡还知道，结束于一九一八年的一战使一千万人死亡，开始于一九一八年的西班牙流感却在美国和欧洲造成了三千万人的死亡；知道二十世纪还没过去一半，天花已经杀死了两亿多人，相当于同期死于战争人数的三倍。知道蓖麻毒蛋白和肉毒杆菌都有世界上最毒的毒素，前者每七毫克能杀死一个成年男子且没有解药，后者每一克竟能杀死十万人！知道生化酶一般无毒，但它们可用以模拟炭疽等病菌，这就使得它们成为研制细菌武器不可或缺的利器。此外，某些生化酶如沙林和VX是有剧毒的……

老笨指着一份文件说："日本人认为，理论上说一克炭疽孢子即可杀死二分之一的美国人，只是可惜实战中无法取得这个效果。他们还认为以盎司或公斤计的炭疽孢子在大城市一次杀死几十上百万人易如反掌。"

叶玉菡神情严峻，仍不吱声。老笨说："叶大夫，我也是'老协和'，算得上见多识广了，却还从来没听说过更没见过这膨润土。"

叶玉菡瞥了那罐灰色粉末一眼："bentonite，膨润土，或者叫斑脱土，是一种矿物，活性很强，与细菌孢子混合后经飞机或喷雾器施放可长时间悬浮在空气中。"

"就是说，细菌战专用。"老笨点点头，从一个卷宗夹中取出另一份文件，"喏，这是G委员会发出的一份备忘录。"

叶玉菡接过文件来，立刻注意到这样一段文字——

上百种杀人的菌株、毒株休眠在从艾治渥德到普拉姆岛几百间实验室数不清的冷藏箱和液氮罐里，随时可能逃逸出去。角岛和普拉姆岛实验室附近地区多次出现的怪异疾病、居民暴亡和大量畸形死胎及畸形早产儿是怎么一回事，我们是心中有数的。炭疽杆菌芽孢对外界抵抗力极强，几乎可以永远休眠，永不死亡！绝不能让这种危险因素长期威胁甚或杀死我们。

因此，为了美国的安全，我们急需寻找一个替代的国家或地区。中南美洲显然不行，因为细菌和病毒很容易沿大陆桥传播到北美。最适宜的候选地应该是南亚次大陆和中国。那里地域辽阔，纬度跨越大，温暖潮润，地貌复杂，战乱不断，人口密集，人种进化程度和人的文化素质均低下，是难得的试验场和天然的菌种及毒株资源库——你就是为这个目的前往亚洲的。

女医生额上冷汗涔涔，面色苍白。

老笨急问："叶大夫，您怎么啦？"

"老笨，我们走吧，走，离开这里，离开这种地方！"

东厂烈火

叶玉菡行走在青砖铺砌的小路上，步履踉跄。不管怎样，有老笨紧跟在旁，她心里踏实多了。不然，这种地方连她也会觉得恐怖的！

老笨的手电光照亮一座屋子墙上的英文字母C。

“他们把这里派作什么用场了？”女医生问。

“这里安装了几台离心机和烘干机，”老笨答，“都是从美国运来的。”

“离心机和烘干机是制造细菌孢子，特别是炭疽孢子粉末的设备。”

“他们还往C楼运来很多铅板和铅罐。”

“微生物实验用这些东西做什么，”女医生疑惑起来，“是不是想用辐射诱导微生物发生基因变异？”

老笨说：“昨天他们还弄来几具新鲜尸体，也冷藏在C楼了。”

“你说什么，”叶玉菡愕然，“新鲜尸体？”

“死婴和死胎。他们的要求是，越‘新鲜’越好，即死亡时间越短越好。我在协和几十年也没见过这种事。”

“可能还是用于辐射研究吧。”叶玉菡困惑不解，“新鲜尸体，特别是刚死的胎儿和婴儿，其细胞对辐射可能具有接近正常生命体的敏感度。”

“他们每次进入C楼都穿着很严实的防护服。”老笨建议，“我们没有那套东西，就不进C楼了吧。”

“好的。”叶玉菡举目仰望C楼黑沉沉的身影，“接着该看哪儿？”

“连着的几座屋子，”老笨说，“C楼、D楼和E楼都跟B楼一样，是实验室。”

“那就不用看了，大体上都明白了。”叶玉菡说，“实验室之外有什么比较特别的东西吗？”

老笨不吱声，一瘸一拐地走着。女医生随老笨前行，终于来到又一栋楼房前，老笨用手电照亮墙上标着的英文字母F。

大院里多是古旧而结实的平房和两层楼房，只有F楼是日本人占领期间建的三层楼房，较大，带地下室和专用小花园，离实验室、锅炉房和动物室都较远。按照叶玉菡的设计，F楼的功能是供工作人员午间和夜间休息的。

F楼一个窗户被手电光照亮，可以清楚地看见窗外安装着铁栅栏。随着手电光柱不慌不忙地移动，可以清清楚楚地看见F楼的每个窗户外都安装着铁栅栏。

“为什么要弄得像牢房似的？”叶玉菡问。不待老笨回答，忽然听见从什么地方传来嘤嘤哭声。叶玉菡侧耳倾听，满脸惊疑：“老笨，这是怎么一回事？好像有哭声，孩子的哭声，而且就是从这个楼上传来的。”

老笨不吱声，只是踏上台阶，让檐廊亮起电灯。现在可以看见了，F楼一层的铁门外也安装着一层铁栅门，旁边搁着两桶汽油。

老笨用“万能钥匙”打开并摘下铁栅门外挂着的大铁锁，将铁搭子掀起，把沉重的铁栅门拉往一旁，发出哗啦啦的声响。

叶玉菡在旁边注意着老笨的所有动作，也注意到随着铁栅门发出哗啦啦的刺耳声响，楼上的嘤嘤哭声戛然而止。

老笨又用“万能钥匙”打开内层的铁门，走进去，亮起大厅里的电灯。

叶玉菡才发现通往二层的楼道口也安装着铁栅门，往四周看看，所有房门都安装着铁栅门。

“他们把F楼用作什么了？”女医生问。

“病房。”

“整个大院都是实验室和库房，到处都是有害物质，设什么病房！”叶玉菡激动起来，“就算是病房吧，为什么到处安装着铁栅栏，像囚室似的？”

消失了的嘤嘤哭声忽然又响起来。

叶玉菡忽然意识到什么，不再吭声，只是以探询的目光看着老笨。

“但事实就是他们把F楼变成了病房。起码，他们说是病房。”老笨说，“他们还让教士、修女们帮着到处找病人，找流民乞丐中的残废、傻子、疯子和孤寡老人，说是已经找到七八个，要免费给他们治病。”

“哭的还是个孩子吧，也是他们找来的病人吗？”

“是的，前天深夜送来的，一个小女孩。孩子的父母都是从农民沦为难民和乞丐，最后死于病饿的。您知道，这种事在中国天天发生着。”

“领我去看看。”

登上二楼，揿亮电灯，可以看见所有房间也都安装着铁栅门。老笨用“万能钥匙”打开一间病房，又揿动安装在门外的一处开关。从房门上方的亮格可以看见里面亮起电灯。

随着屋内灯光亮起，哭声再度戛然而止。老笨朝叶玉菡做了个手势。叶玉菡会意地点点头，伸出一只手敲了敲房门，用非常轻柔的嗓音说：“小丫头，乖孩子。”

屋里仿佛略有动静。

叶玉菡将耳朵贴在房门上倾听了一会儿，略微抬高声调：“孩子，你还好吗？不要怕。你不是来治病吗？阿姨是大夫，来看你，阿姨最喜欢小孩。”

叶玉菡缓缓推开房门。老笨跟随在女医生身后，一声不吱。

一个年约十岁、满脸泪痕、头发蓬乱的小女孩从被窝里钻出头来，畏葸的目光跟随叶玉菡移动。女医生走过去，和蔼地微笑着，抚摸小女孩的双手，亲吻她的额头和面颊。见小女孩还算平静，叶玉菡举目四顾：屋子里摆着一张钢丝床，一张小桌，一个衣架和两把椅子，带有一个小卫生间，一切显得很洁净。这些都是她原来的布置，美国人接管后没有变动。

钢丝床上的卧具也都干净。枕头旁边还搁着一套带条纹的病号服。小桌上摆着面包、饼干、巧克力、肉松和饮用水。

“好像不缺什么。”叶玉菡轻声道。

“是的，”老笨点点头说，“连床头卡也没缺。”

叶玉菡这才注意到床头卡。她先是一瞥，继而细觑，发现“病人姓名”一栏用钢笔填写着……ape!

叶玉菡脸色陡变，将床头卡一把撕掉！之后她背过身去轻轻喘息，过了好一会儿才重新回过头来，露出微笑，将面庞贴近小女孩……

小女孩睁大着、忽闪着两只圆圆的眼睛，一直紧盯住女医生。

叶玉菡和蔼地微笑着，用潮润、温热的嘴唇久久地亲吻着、抚摩着小女孩的额头和面颊。之后，女医生正要在床沿坐下，忽然听见一个稚嫩的叫声：“妈妈……”

叶玉菡愕然，这是谁在叫？在叫谁啊？她举目四顾，看见小女孩闪烁泪花的眼睛，那两颗又大又圆的眼睛仍在紧盯着自己。不错，应该是这个孩子在叫她，不，确实是这个小女孩在叫她！

叶玉菡有点手足失措。

恰在此时，女医生耳畔响起老笨的声音："孩子在叫您呢。叶大夫，您跟孩子的母亲肯定长得很像。"

叶玉菡又惊又喜，口吃得厉害："孩，孩子，你，你……"

突然，小女孩的泪水夺眶而出，沿面颊扑簌簌流下，大声哭喊："俺看错了，俺叫错了！你不是俺妈妈，俺妈妈已经死了！"

小女孩转动脸庞，朝四周和上方张望和探寻，似乎试图在空虚中找到妈妈的身影，小嘴还不停地嘟囔着，啜泣着："妈妈，妈妈，妈妈呀……"

叶玉菡下意识地应了一声："唉！"

小女孩一愣，停止了哭泣，泪眼朦胧地望着叶玉菡。

叶玉菡先是哽咽，接着泪如泉涌。她就这样连声喊道："好孩子，叫吧，就这么叫，就这么叫，叫妈妈，妈妈，妈妈！"

也许如同老笨所说，叶玉菡跟小女孩的母亲长得很像；也许因为年纪太小却经历了太多磨难，孩子产生了幻觉。不管怎样，女孩哭喊着扑到叶玉菡怀里！

叶玉菡一把抱住孩子，泣不成声："好孩子，叫妈妈，叫妈妈，妈妈！"

"妈妈，妈妈，妈妈呀！"

叶玉菡抱着小女孩，步履踉跄，穿过黑暗的大院。一瘸一拐走在前面的老笨抬头看看天空：“快，快点，快要天亮了。”

叶玉菡忽然站住，望着老笨。老笨也站住了，回过头来急道：“叶大夫，怎么啦？快走啊。”

“我们走了，你怎么办？”叶玉菡立定脚跟。

“叶大夫，您就别管我了。”

“我怎么能不管你！”

“你们走了我也走。”老笨有点气喘，“北平这么大，中国这么大，总有我可去的地方。”

抱着孩子的叶玉菡重新迈开脚步。

叶玉菡刚跨进门房，老笨正要拉开通往外面胡同的小门，大门外响起汽车的刹车和关门声，墙头和门缝中还透进汽车的灯光。

老笨和叶玉菡都怔住了。

女医生更紧地抱住小女孩，用自己的嘴唇和面颊在她的小脸上不停地亲吻，摩挲。孩子也更紧地依偎在叶玉菡怀里，恐惧地瞪大眼睛，本能地屏住呼吸。

门房里响起蜂鸣般的电铃声。

老笨和叶玉菡面面相觑。

电铃声不响了，大门上响起拍击门板的声音，同时响起惠勒博士的喊声，是发音很不准确的中国话：“捞本，捞本！”

老笨对叶玉菡轻声耳语："是惠勒博士，叫我呢。"

女医生压低嗓门问："怎么办呢？"

老笨想了想："惠勒有门房钥匙。不过我把门反锁了，他打不开。"

拍击大门的声音持续响着，气氛愈加紧张。叶玉菡与老笨互视了一眼，那意思是：该怎么办？叶玉菡很快镇静下来，有了主意，贴近老笨耳边轻声说："这样吧，你带孩子先藏起来，我去对付惠勒。"

"叶大夫！"

"惠勒显然还不知道这里发生的事情，不然情况就不是这样了。"叶玉菡说着，把小女孩放在老笨怀里，然后连连推搡，催他离开，"放心，我跟他太熟了，自有办法对付他。"

老笨笨拙地抱着小女孩，消失在黑暗的大院里。

叶玉菡回身揿亮门房里的电灯，突然拉开朝着东厂胡同的小门大步迎了出去，并立刻看见大门外停着一辆黑色小汽车。

惠勒正很纳闷又很烦躁地抬腕看手表，却忽然看见叶玉菡出现在面前，一时反应不过来，目瞪口呆。女医生快步迎上去，连声喊着，甚至拍着巴掌："惠勒，你来得正好，简直太好了，太好了！"

"咦，是你。"惠勒结结巴巴，"叶，你、你、你……"

"惠勒，他们说这里有个小病人，小女孩，病得很重，让我来看看。”叶玉菡打断对方话头，“我是大夫，又熟悉这儿，所以我就急着赶来了。”

女医生说着，一把将惠勒拉进门房：“惠勒，你来得正好。快，快，快跟我来！”接着一把锁上小门，拖着惠勒往大院里跑。

惠勒被叶玉菡强拉硬拽着，跌跌撞撞地往前跑。但是女医生却跑不动了，紧张的心情和剧烈的动作使她面色苍白，气喘吁吁，先是蹲下来，接着又坐在地下，使劲抚揉心区。惠勒把别的一切全抛在脑后，趁机一把抱住她瘦弱的身躯，满怀爱怜地频频亲吻她的面颊、脖颈和肩膀，甚至将嘴唇凑上来压在她的嘴唇上！叶玉菡无力推拒，像重病患者那样浑身瘫软，不能动弹，仍在一口口地吁气。

良久，叶玉菡终于推开惠勒，使尽全身力气，挣扎着要站起来。

惠勒帮助叶玉菡起身，小心翼翼地搀扶着她，一迭连声：“叶，亲爱的叶，最亲爱的叶，告诉我，发生了什么事，到底发生了什么事？”

叶玉菡没有回答，没力气回答。她仍然抚揉着心区，一步一步往前挪，尽力想走快些。惠勒搀扶着她，殷殷地问这问那。女医生则显得疲惫不堪，坚持紧闭嘴唇一声不吭。

终于可以看见F楼了，那里灯火通明。

惠勒流露出错愕的神情，但没有停下脚步，仍然充满怜爱地搀扶着叶玉菡，唠唠叨叨：“叶，亲爱的叶，告诉我，这是怎么一回事，发生了什么？你怎么来这儿的，谁跟你说了什么？”

F楼的灯光越来越亮地投射在两人身上脸上。叶玉菡一步一步地走着，走着，一直保持沉默，神情中流露出决断和冷峻。两人终于踏上台阶，叶玉菡走在前面。F楼的大门是敞开的。女医生在跨入的同时以命令般的口气喝道："惠勒，快，快，快上楼！”

“好的，好的。”惠勒手忙脚乱，连连点头，“叶，我的叶，我最亲爱的叶，你的话就是命令！”

惠勒快步上前，往楼道口奔去。

惠勒刚踏上楼梯几步便产生了异样的感觉，也觉察到身边没有了叶玉菡，还听见金属摩擦、碰撞时发出的刺耳声响，不由得停下脚步。惠勒回头的同时，忽听得哗啦，哐啷！铁栅门被叶玉菡从外面拉上，女医生还立刻将铁栅门一端的铁搭子放下，挂上铁锁。

惠勒在惶惑中显着惊恐，大声喊道："叶，你在做什么？这是什么意思？”他不仅叫喊，还回身跑过来。但是，一道铁栅门已经横亘在他与叶玉菡之间。他用双手抓住铁栅门使劲摇动，但是除了发出哗啦哗啦的巨大声响外没有别的作用。

叶玉菡做完这一切，隔着铁栅门直视惠勒，但仍然面色苍白，喘息不已。

惠勒用双手紧抓住铁栅门全力摇动并发疯般地叫喊："叶，叶，告诉我，告诉我，你在做什么，你这是做什么？”

叶玉菡喘息着，口气尽量平稳："惠勒，应该是你告诉我，你来中国做了些什么。”

惠勒一时说不出话来，满脸困惑、不解、委屈的模样。叶玉菡从衣兜里掏出那张床头卡，隔着铁栅门递给惠勒。

惠勒接过床头卡一看，大为惊惧。

叶玉菡直勾勾地看着对方，一字一顿：“惠勒，这是你的字迹。”

“叶，听我说，听我说！这是误会，误会！”惠勒结结巴巴，“我不知道小女孩的名字，也没有必要知道她的名字，为了省事就沿用了日本人的做法。”

“日本人的什么做法？”

“日军细菌战部队用人做试验，并且确实把其中的中国人称作中华猿。”

“所以S实验室甚至没落下动物尸体焚烧炉。”

“不，不，我不是这样的意思！”

“你是什么意思，你找个合适的地方去说清楚吧。”

“这可不行！叶，你听我说啊……”大惊失色的惠勒狂喊着，冷不防竟从铁栅门中伸出一只手来抓住叶玉菡的左腕，使劲往铁栅门里拽，拽！

叶玉菡的左臂被完全拽进铁栅门。她挣扎，叫喊，这条胳膊已经快要折断了！惠勒很容易就能一把拧断叶玉菡的左臂，甚至一下把她弄死，但是他没有这样做，至少没有急于这样做。他牢牢地控制住女医生后，喘息着说：“亲爱的叶，真的，我是因为对你的爱情才不远万里来到中国的。别这样做，别，真的，这样做对谁都没有好处。”

然而惠勒尚未说完便发出一声惨叫，用双手捧住鲜血四溅的脑袋，趺趺撞撞地往后退去。

原来是老笨悄悄来到F楼，将一根铁棍伸进铁栅门，朝惠勒的脑袋狠狠砸去！

不料惠勒踉跄几下之后不仅站稳了，还从后腰掏出一支手枪。

砰！一声枪响，老笨扑倒在檐廊上。

惠勒随后多次扣动扳机，手枪却只有咔嗒、咔嗒的空响，不能发射子弹。

叶玉菡大声叫喊着老笨，回身扑到他身上。

老笨胸上喷出的鲜血溅在叶玉菡的身上和手上。

惠勒摔掉手枪，像没头苍蝇般乱钻乱转，最终从不知什么地方找来一把大铁锤，朝铁栅门上一下下猛砸，猛砸，猛砸！火星四溅。铁栅门上的铁条在连续猛力砸击下很快便弯曲和折断了。

在声声砸击和火星四溅中，铁栅门上出现了一个洞，只是洞还不够大，形状也很不规则。惠勒抡起大铁锤继续砸击，洞在扩大，扩大，扩大，几乎可以容一个成年人钻过来了。

叶玉菡惊恐地看着眼前的一切。大铁锤像是砸在她心上，铁锤砸击发出的火星迸溅在她的脸上头上身上和老笨的尸体上。

叶玉菡忽然瞥见旁边地面上搁着的两桶汽油。

她看看汽油桶，又瞅瞅四溅的火星，愣了一下，迅即爬起来跑到汽油桶前，旋开桶盖，使尽力气拎起来，往即将被摧毁的铁栅门下泼去。

火星四溅。几颗火星溅在地面的汽油上。

轰的一声，烈火熊熊。

惠勒惊恐后退。地面的汽油迅速往屋内流淌；从门洞涌入的气流推波助澜，朵朵火焰很快充斥大厅。惠勒身上的衣物也溅上汽油并轰然燃烧起来。他扑打身上的火焰，惨叫着满地打滚，但为时已晚，他迅速被烈火吞噬了。紧接着，烈火蔓延并吞没了整个F楼！

叶玉菡被烈焰逼着后退，后退，后退，直到双腿被什么东西绊住。她低头一看，原来是那个小女孩。孩子被火光烤得通红的脸蛋紧贴着叶玉菡的腿，两眼泪光闪烁，正仰面望着她。

叶玉菡蹲下来，一把将小女孩抱在怀里！

在烈焰的爆烈声中，夹杂着孩子的叫声："妈妈，妈妈！"

叶玉菡一面连声应着，一面用嘴唇和面颊安抚孩子，热泪直淌："唉，唉，我的好孩子，好女儿！"

"恐怖花园"临街的两扇大门敞开并歪倒了，警笛狂鸣，到处是声嘶力竭的叫喊，到处是军警，还有消防车和消防员以及看热闹的人群。

可以看见一栋栋房屋被引燃，整个大院里烈火腾腾。

叶玉菡抱着小女孩从大院里往外跑，但刚出大门就被几名军警挡住。简单盘问了几句什么后，军警便从两边挟持住她和小女孩，穿过人群朝某处强拉硬拽。女医生喊道：“你们想干什么？放开我，混蛋！”

然而无论叶玉菡怎样咒骂、踢打和撕咬都不管用，她像是落入虎爪的兔子。小女孩紧紧贴在她怀里大声哭叫：“妈妈，妈妈，我要妈妈，我要妈妈呀！”

鲁宁突然出现了，发出一声断喝：“住手！”

几名军警果然住手，但还挟持着女医生和小女孩。

眼前的鲁宁穿着一身笔挺的美式军服，左胸佩戴着几排勋表，肩章上那颗金色将官星徽熠熠闪光。他板着面孔，浓眉紧皱，双手抄在背后，两脚分开约半尺，神像般矗立着，威严地注视着几名军警。

那辆车头上缀着一颗红色“将星”的军用吉普车停在旁边。驾驶座上，上士用手按住腰上的枪套，伺机而动。

军警们赶快立正，敬礼，松开叶玉菡和小女孩。

鲁宁翘起右手拇指，朝他们身后指指：“把人交给我。”

几名军警面面相觑，支支吾吾：“这个这个……”

上士从车上蹦下来，使劲拍着腰上的枪套：“快点！”他身手敏捷，一把将叶玉菡和小女孩拉上吉普车。

鲁宁刚上车，汽车便开动了。

情深如海

清晨的北平，旭日照亮了东华门城楼。

鲁宁办公室。月份牌显示今天是民国三十五年（一九四六）十月六日，礼拜日。

办公室旁边是一间小屋，摆着一张单人床。小女孩在熟睡，身上盖着一条毛毯。叶玉菡坐在床沿上目不转睛地望着孩子，用手指小心翼翼地为孩子弄弄额发，掖掖毛毯。房门被推开，鲁宁探头看看。叶玉菡轻轻走出小屋，在写字台前落座。

鲁宁说："他们正在到处找你。"

"刚才为什么放过了我？"

鲁宁指指自己那套将官军服和领章："不是因为这个嘛！"

"还抓别人。他们自己做的那些事……"

"正是因为那些事，他们很紧张，很被动，要掩盖事实真相。"

"那，你的意思是——"

"他们处置这类事情的惯例，一是杀人灭口，二是敷衍了事，有时两种手段都用上。我们最要防备的是前者，你必须避避风头。”

叶玉菡点点头，轻声道：“好吧。”

“我们可以送你去延安或哈尔滨。”鲁宁想了想，“不过，如果你自己有更合适的地方——”

“我去南京吧。”

“投奔苏老先生？”鲁宁沉吟，“好主意。我派人把你送出北平。”

叶玉菡眼巴巴地盯着鲁宁：“我只有一件事放心不下——”

“为小星星吧？”

小星星是那女孩的乳名，她的真名是金星姬。

“是的，我老想着这孩子……”

“你这一辈子总是想着别人。”

“我这是逃亡，带着小星星很不安全。她这么小小年纪，已经经历了太多的苦难，不能再出事了。”

“你当然不能带着个孩子！”鲁宁口气断然，“玉菡，放心，女儿就先交给我们吧。”

叶玉菡若有所思地体味着这个字眼：“女儿，女儿……”

“我听见孩子叫你妈妈。”

“鲁宁。”叶玉菡欲言又止。

“说吧，玉菡。”

“我将独身过一辈子，但我想有个孩子。”女医生哽咽，“所以，小星星……”

“瞧你，说些什么呀！”鲁宁生气了，“为什么要独身过一辈子？你怎么就知道自己会独身过一辈子？”

叶玉菡默然无语。

鲁宁也不说话了，转脸望着窗外。良久，轻叹一声：“玉菡，有些事以后再说吧。不管怎样，小星星交给我们你完全可以放心。”

“还有一件事……”

“你是说老笨吧？”鲁宁回过身来，“现场有两具烧焦的尸体，已经完全不能辨认。后来从一具尸体内发现了手枪子弹的弹头，可以由此判定那就是老笨。”

叶玉菡听着，泪流满面。

“玉菡，老笨是个好人，大好人！”鲁宁带着安慰的口气，“你放心，我们会记住此事，会处理好的。我要求必须鉴定和区别两具尸体，就是这个目的。”

叶玉菡走到窗前，久久仰望着东方初升的太阳，仿佛能从红色云霞中找到那位残疾老人的身影。

南京沦陷后紫金山天文台遭到日本人疯狂破坏，满目疮痍，遍地荒芜，现在只能在外观上略作修葺，全台观测任务由一台二十厘米折射望远镜支撑着。山麓一片树林边，一座被竹篱围着的小院内，坐落着一栋粉墙灰瓦、颇为雅致的平房。这是苏凤麒的别墅。老教授身边平时只有一个仆人陪伴，非常寂寞孤独。这时的他已经老态龙钟，皮肤上满是皱纹，清癯的面庞更加瘦削苍白。大概因为无暇或无力涂抹须蜡吧，连上翘的胡子也耷拉下来，有点像个中国人了。对抗战的重大贡献使他又多了几个头衔和几道光环，但毕竟六十八岁了，做不动也不想做多少实事了。他开始显得淡泊，不再像从前那样桀骜锋利，热衷追逐权力。他不能放下的是几个孩子。

南京国立药学专科学校，即南京药专，坐落在风景如画的玄武湖畔。抗战期间该校内迁四川，战后回迁南京。该校一直注重中草药和药用植物的研究和开发，在葎草抗结核、麻黄素治疗支气管哮喘、中药缩宫和驱蛔等方面很有名气。战争期间，苏冠兰在从中草药和野生植物中提取麻醉药、镇痛药、抗菌消炎药、抗疟药物、代血浆和能提高免疫力的药物方面卓有成绩。因为这些缘故，他被任命为南京药专校长。他和父亲虽然都在南京，但关系依然冷淡，只偶尔通个电话。

珊珊毕业于云南大学医学院，抗战后期结婚，战后留在昆明。叶玉菡回到了北平。可是这天黄昏，瘦弱不堪、风尘仆仆的女医生忽然出现在紫金山麓的苏凤麒别墅。仆人连忙把她让进客厅。

老人拄着手杖，颤巍巍地从里屋出来，在一张藤椅上缓缓落座。

“爸爸。”叶玉菡叫了一声。

“坐，坐。”苏凤麒略微做了个手势，仆人端上咖啡。客厅中静悄悄的。良久，叶玉菡放下咖啡杯：“爸爸，我离开了北平。”

苏凤麒低声说：“我都知道了。”

叶玉菡一愣：“您，您知道？知道什么……”

“知道那场大火。”

“爸爸，不，很多事情您并不清楚。”叶玉菡瞪大眼睛，“有的美国人简直没有人性。”

“我怎么不清楚？所以我一直更喜欢英国人，一直不喜欢美国佬嘛。但政治这东西太复杂，太险恶，太肮脏，太难理解……”

苏凤麒还没说完，便猛烈地咳嗽起来。叶玉菡赶紧起身为老人捶背。仆人端上痰盂。折腾一阵后，室内恢复原状。

“爸爸，您好像病了。”

“有你们这些事，”苏凤麒瞥她一眼，“我能不病吗？！”

“家里有血压计和听诊器吗？我给您检查一下。”

“不用检查了。你活着来到我面前，我的病就好了大半。”苏凤麒摇头，“既来之，则安之，非礼勿动，修身养性。你能这样过上一段，我的病就会全好了。”

“您放心，爸爸。”

“待风声过去，你也不必回北平了，就留在南京。”

“留在南京，做什么呢？”

“到南京药专教书吧。”

“南京药专——冠兰不是在那里当校长吗？”

“这是两回事。”

“这不是两回事，爸爸！”

“为什么？”

“您应该还记得丁洁琼……”

“往下说，菡子。”

“战争结束了，丁洁琼会回来的。今天没人能阻拦她回来，也不应该阻拦。”叶玉菡静了静心，接着说，“她跟冠兰是真心相爱的，我不愿再妨碍他俩，我决心独身度过此生此世，作为女儿侍奉和照顾您。”

“你说什么，”苏凤麒目光炯炯，“丁洁琼要回来？”

“是呀。”

“不，”老教授往后靠去，望着天花板，一字一顿，“她永远不会回来了！”

苏凤麒给儿子打电话：“听你说过，学校要建一座实验室。”

“是的，生物制剂实验室。”

“你还说了，一直没找到适合的主任人选。”

“是的。这位主任必须精通业务，要兼任实验室首席科学家……”

“找到没有？”

“还没有呢。”

“我推荐一位。”

“是吗？”

“哈佛的博士。”

“那太好了！”苏冠兰喜出望外，“什么时候我能见见？”

“不用见了，我跟部长和次长都说好了。”

“那，那……”

“我马上陪着过来一下。”

这是一个雨雪纷飞、寒风刺骨的下午。苏凤麒打完电话之后很快来到南京药专校长室。苏冠兰没注意到父亲身边有个瘦小女人，更没想到这个女人就是叶玉菡。即使他当时细看了，也不会认识的。也难怪，自一九三四年叶玉菡从齐鲁大学毕业后赴北平，他们已经长达十二年没见过面了，这是怎样的十二年啊！

“喏，介绍一下。”父亲朝双方点点头。没待苏冠兰反应过来，苏凤麒身边那个瘦小女人已经伸出右手：“叶玉菡博士。”接着礼貌地点点头，轻声道：“您好，苏校长。”

声音很轻，还略显嘶哑，但在苏冠兰耳畔却有如晴天霹雳！他足有好几秒钟脑子转不过弯来，怀疑自己听错了。大体上弄懂面前正在发生的事情之后，他瞠目结舌，浑身冒汗。父亲双手抄在身后，冷冷注视着眼前的一幕。更使苏冠兰内心震撼的，是叶玉菡的平静和从容。

苏冠兰握握对方的手，也礼貌地点点头：“哦哦，您好，叶叶，叶……”

“从前人们叫我叶大夫。”叶玉菡尽管落落大方，却同样避开目光的对视，“现在就叫我叶老师吧，这里是学校嘛。”

苏冠兰与叶玉菡就这样成了同事。叶玉菡对眼前的使命很满意，立刻就开始筹建实验室，而且像从来那样沉默寡言，埋头工作，经常放弃节假日，往往带上面包罐头开水在实验室和图书馆里一泡就是十几个钟头。人们还注意到这位女科学家有一个特点：她不像某些人那样为了续聘而巴结校长，从来不去校长室，迎面碰见苏校长时顶多只是点点头，更多情况下甚至是视而不见。很多人因此反而更加敬重叶玉菡，实验室的同事和下属们也都喜欢她。

苏冠兰却时时如芒在背。如果早知道事情会是这样，他会辞职甚至不辞而别的。当然现在也可以辞职，不过在叶玉菡以这种方式出现之后，这样做就不合时宜了。而且辞职之后到哪里去？他身在南京，知道眼前这个政权已经混乱腐朽到了何种程度，必不可免地面临崩溃。教育和科学研究经费无从谈起，数量本来就少得可怜的知识分子连吃饭都很困难。比起他们来，苏冠兰的校长身份和那点薪金是很可贵的。一旦失去这些，他很快就会陷入窘境，更无法帮助那些需要帮助的人了。加之父亲对他的控制已持续了几十年，父亲在南京如鱼得水近二十年，这里上上下下从蒋委员长到五院院长没有他不认识的，若是再被他整治一把，麻烦就大了！

苏冠兰悲哀地发现，几十年过去了，好像什么变化也没有。画了一个大圆圈之后，又回到起点。当然，不是“起点”，早已青春不再。他苍老多了，精力大大衰退，而作为同龄人的叶玉菡何尝不是如此，苏冠兰竟几乎不认识了。琼姐想必也不例外。琼姐虽然天生丽质，但毕竟岁月不饶人啊。想到这些，苏冠兰往往忆起苏轼的名句“纵使相逢应不识，尘满面，鬓如霜”。当年东坡先生经历了十度寒暑就已变得“尘满面，鬓如霜”，那么经历了十几年离别之苦和烽火战乱的苏冠兰又将如何？如果遇见阔别十七年的琼姐，会不会像同一首词中写的那样，“相顾无言，唯有泪千行”呢？

苏冠兰意识到自己苍老了，颓唐了，甚至是衰朽了。当年他对父亲的抗争虽然软弱无力，但他毕竟抗争过。可是，现在，连那种软弱无力的抗争也无从谈起了。当年激励他抗争的是琼姐，是他与琼姐的爱情，是他与琼姐共同的辉煌前景；可是，现在，所有这些作为动力的东西都已经没有了。

远在昆明的苏珊娜来南京看望过父亲。她特意抱着孩子来的，为了让老人看看小外孙。珊珊与父亲有过这样一段对话——

“爸爸，哥哥跟菡子姐姐，怎么样了啊？”

“你不都看见了吗？”

“不能老这样，他俩都是年近不惑的人了。”

老人摇摇头，不吱声。

“爸爸，你当初是怎么想的，把哥哥留在国内，把丁洁琼弄去美国？”

“丁洁琼是个非凡之才，其天赋甚至在我之上，当然更远在你哥哥之上。”苏凤麒思索片刻，认真回答，“世界上所有的名牌大学一旦发现了她，就都会争着要她。既然如此，还不如从我的角度出发，由我选择最佳的时间和方式把她送出国去。出国之后的丁洁琼，身份和地位会迅速变化，将很快摆脱少女的幼稚和纯情，博士、教授、院士和大师之类的头衔对她来说唾手可得，有朝一日她必将光焰四射，真正意识到自身的价值和尊严……”

“你是说丁洁琼一旦功成名就，”珊珊打断父亲的话，“就会变心，就会抛弃我哥哥。”

“女性因为年龄的关系，会等不下去的。”苏凤麒自顾自地往下说，“还有，丁洁琼非常漂亮，这就注定了她会遇见许多狂热而执著的爱慕者和追求者，其中肯定不乏出类拔萃，远比你哥哥出色的男子……”

“你要把变心的机会和责任，推给丁洁琼。”

“只有丁洁琼变心了，你哥哥才会死心。”老人白了女儿一眼，“他死心了，才会发现菡子的好处。待他跟菡子结婚之后，两人一起出国深造，我就放心了。”

“爸爸，你说女性因为年龄的关系，会等不下去。”苏珊娜沉默了一会儿，“可菡子姐姐就是女性，她不是一直等到现在了吗？”

“丁洁琼做不到这一点。”

“哦，丁洁琼，她怎么样了？”

“她不会回来了。”

“她真的变心了？”奇怪，苏珊娜觉得惘然若失。

“是的。”苏凤麒仿佛想起另一件事，“对了，这事应该告诉你哥哥。”

“这事他还不知道？”

“你打电话叫他来，就说我要跟他谈谈。”老教授口气果断，“珊珊，你可以在场旁听，但不准插话。”

礼拜天下午，苏冠兰来到父亲住处。

“冠兰，”苏凤麒单刀直入，“妹妹把丁洁琼变心的事情告诉你了吗？”

“什么，”苏冠兰以为自己听错了，“告诉我什么了？”

“丁洁琼变了心，”苏凤麒加重语气，“抛弃了你。”

“珊珊怎么会知道的？”

“我说的。”苏凤麒悠悠然点燃一支雪茄。其实因为年事渐长和支气管炎，他已经很久不吸烟了：“我前天告诉珊珊的。”

苏冠兰望着父亲，等着老人往下说。

“说实话，亲爱的儿子，这事我已经瞒了你很久，不想刺激你。”苏凤麒喷出一口烟雾，往后靠去，晃悠着二郎腿，“我跟珊珊聊天时不经意间泄露了一些情况，而妹妹是关心你的，肯定会把我的话告诉你。既然如此，我想，不如我们父子当面谈谈吧。”

“有证据吗？”

“什么证据？”

“丁洁琼变心的证据。”

“这是多大的事，还用得着证据？”苏凤麒耸耸肩，淡淡一笑，“男人变心或女人变心，这种事情自地球上出现人类以来就日日夜夜发生着，数以百万千万亿万计。它们不是为证据而发生的，而是与人类的生物学本性共生的。”

苏冠兰沉默不语。

“要说证据，证据就在你心里。”苏凤麒望着儿子，一副气定神闲的模样，“丁洁琼赴美之后，你俩一直保持热恋，鱼雁传情，通信频繁，每封信都是情书，都写得很长，还都感人肺腑，简直令人耳热心跳——这不是事实吗？”

难道父亲当年便看见了那些信，这怎么可能呢？但不管怎样，苏冠兰的心情紊乱了。

“从大约三年前的某个时候开始，丁洁琼给你的来信便急剧减少了，越来越少。信也写得很短了，越来越短——这不是事实吗？”

尽管苏冠兰不吱声，但是从父亲嘴里吐出的每个字，每个音节，都在撞击他的心扉。

“丁洁琼的理由是要出远门，从事这种那种观测，辗转不定，联系困难。她还常称自己太忙，忙得不可开交，因此不能再给你写长信。而你是多么地希望看到她的来信，特别是长信，就像你写给她的那些信一样啊。”

苏冠兰脊背上全是汗水。

“她不再使用伯克利那个通信处，而改作茫茫沙漠上的一个什么信箱。她甚至连姓名都改了，变成姜孟鸿，而且不说明改名的原因。最后，索性连这个子虚乌有的姜孟鸿小姐也消失了——这不是事实吗？”

苏冠兰呼吸急促，脉搏加快，大汗淋漓。他不回答父亲的问题，父亲显然也无意让他回答，只是让他听着，听着。

“你不是傻子。你看得出丁洁琼的来信不仅越来越简短，还越来越枯燥无味，连口气和称谓都变得那么冷淡，明显是在搪塞你。你困惑，焦虑，痛苦，连连写信去，去探询，质问。而她很少回信，回信也支吾其词，不说明真相，不做任何实质性的解释。这种情况一直持续到战争结束，而战争结束也就意味着你跟她长达十几年的罗曼蒂克或幻象，或梦境，或童话，或天真烂漫，或自欺欺人，怎么说都行，反正意味着一切都收场了——这，不是事实吗？”

“爸爸！”一声哀求，是珊珊发出的。她不忍看着哥哥忍受煎熬。老人立刻瞪了她一眼，这使苏珊娜想起谈话前的约定：只许她旁听，不得插嘴。

“您接着说吧，爸爸。”倒是苏冠兰显得冷静了。父亲说的是事实，是苏冠兰亲身经历过并因而痛不欲生的事实。父亲的数落和挖苦使他很难过，但比起当初感受来自琼姐的疏远和冷落，直至最后失去琼姐所遭逢的痛苦来，这就不算什么了。

“很好，儿子。”苏凤麒赞许道，“是的，丁洁琼可能是病了，但人哪有一病几年的？即使真是病了，在病榻上也可以写信或打电话嘛，战后打越洋电话是很方便的事。”苏凤麒端起咖啡来啜了一口，接着侃侃而谈，“当然，她也可能是换到了另一所大学或研究所。这就更简单了，比在病榻上更容易写信或打电话，如果她仍然爱你的话。”苏凤麒瞅瞅已经熄灭的雪茄，不慌不忙地搁在烟灰缸上，“丁洁琼也可能是出了意外，譬如遭遇车祸或其他事故。但她不是一般人，而是教授，是名教授；像她这样的人物若有差池，报纸会报道的。此外，别忘了她是公派人员，若出了事两国官方之间会有通报，我能不知道吗？别忘了我还是中华民国外交部的顾问呢。”

“爸爸，那，那么，”苏珊娜懵懵懂懂，又忘记了只许她旁听的约定，“到底是怎么一回事呢？”

“丁洁琼变心，抛弃了你哥哥。”苏凤麒转向女儿，“她也觉得于心有愧，于是拖延时间，支支吾吾，逐渐降温，好歹让你哥哥有个适应过程。而你哥哥那些火热的长信呢，她则照收不误，然后统统塞进壁炉，付之一炬。”

“是吗？”珊珊震惊。

“不然，你哥哥后来寄给‘琼姐’那么多信，何以连一封回信都没见到呢？就算收信人去世了、失踪了或搬迁到什么地方去了，邮政局也会说明情况并将信退回来呀。”苏凤麒把视线从女儿脸上转到儿子脸上，“你们知道我历来喜欢英国人，不喜欢美国佬。但事实上我也有不少美国朋友，其中很多人地位显赫，举足轻重。所以，我有条件知悉丁洁琼在美国的几乎所有情况。不是说证据吗？我是掌握了很多第一手证据的，只是今天和今后都不会拿出来而已。”

“为什么？”珊珊瞪大眼睛。

“称为证据的东西，应该用以证明比这重要千百倍的事物。不然，我还够格被尊称为科学泰斗吗？岂不成了小市民！”

“她，丁洁琼，”良久，珊珊又提出一个问题，“她现在怎么样了？”

“她结婚了。”苏凤麒重新点燃雪茄，吞吐烟雾，神情像是在回忆或思忖，“算起来有两年了吧，哦，不，快三年了。听说她很幸福，还有了孩子。平心而论，她应该还是爱你哥哥的，毕竟是初恋嘛，而且持续那么多年。但事情是会起变化的，婚姻又是非常具体的事，人类是社会动物，要考虑两性的结合和感情的契合，更要考虑到金钱、身份、地位和声望等等。咳，不管怎么说，对丁洁琼而言，是弃旧图新，摆脱了感情困扰，过上了女人该过的日子。而对你哥哥来说，则是，怎么形容呢，‘终被无情弃’了吧！”

苏冠兰忍受着煎熬，一声不吭。

“丁洁琼跟一个什么人结了婚？”珊珊又忍不住发问。

“对了，那人名叫——罗曼·奥姆霍斯。”

“啊，果然是他！”苏冠兰脑袋中轰然一声。

“他，罗曼·奥姆霍斯，先是丁洁琼的老师和同事，后来成了恋人、爱人。他也是一位物理学家，而且是很优秀的物理学家。”苏凤麒自顾自地往下说，“是的，同事之间，朝夕相处，容易产生感情。结婚之后，他们就到海滨别墅过上了隐居生活。这是对的——累够了，钱够了，名气也够了，不去隐居，更待何时？此外，我想，还有一个原因。”

“还有一个什么原因？”苏珊娜追问。

“丁洁琼怕你哥哥跑去美国纠缠不休，于是索性隐居起来，让他找不着。这样过上几年，才可以彻底摆脱……”

苏冠兰推开藤椅，站了起来，但是身躯随即猛烈摇晃，眼前涌起一团黑雾。珊珊失声惊叫：“哥哥！”

苏冠兰病倒了，住进医院。

苏冠兰在中学和大学时代经常练习书法和研读旧体诗词。战争时期顾不上这些了，战后工作太忙也顾不上这些。直到这次卧病才算有了一点闲暇，于是找来几本涉及古典诗词的书籍阅读和抄录，借以排遣。但这种排遣方式既是享受也是折磨，既欣慰也痛苦。

其中的《放翁诗词三百首》特别能引起苏冠兰的回忆和遐思。

它的选编者朱予同是朱尔同的哥哥，当年在济南任教时曾长期帮助苏冠兰和他的琼姐。此书从选编方式到书名都模仿蘅塘退士的《唐诗三百首》，别致的是朱予同在序言、正文和注释中突出了陆游与唐婉的悲剧。

陆游，字务观，号放翁，宋越州山阴（今浙江绍兴）人。绍兴十四年（一一四四）二十岁时与表妹唐婉结婚，婚后感情甚笃。但不久即为陆母所逼，被迫离异。开头陆游还在县城租了房子安顿唐婉，常去幽会。可很快陆母发现，前往取闹。虽然两个年轻人及时回避了，但关系终于无法维持了。后唐婉改嫁同郡赵士程，陆游另娶王氏。

十一年后，绍兴二十五年（一一五五）春天，三十一岁的陆游重游禹迹寺南沈家花园。这里曾是他与唐婉夫妻恩爱时常来踏青之地。不料就在这里，他与赵士程、唐婉夫妇不期而遇。沈园景色依旧，而唐婉已为人妇，陆游也已另娶。他俩相互认出来了，充满痛苦、悲哀和无奈。不是说“相顾无言，唯有泪千行”吗？而他俩连这点权利也已失去，泪水只能往心底流。

赵士程听唐婉说远处那个独自徘徊的男子就是陆游时，遣家童送上一份酒肴以致意。陆游一饮而尽之余叫园丁送来笔墨，在粉墙上挥就千古绝唱《钗头凤》——

红酥手，黄滕酒，满城春色宫墙柳。东风恶，欢情薄，一怀愁绪，几年离索。错、错、错！

春如旧，人空瘦，泪痕红浥鲛绡透。桃花落，闲池阁，山盟虽在，锦书难托。莫、莫、莫！

绍兴二十八年（一一五八），三十四岁的陆游开始了“上马击狂胡，下马草军书”的军旅生涯。但他并没有忘记前妻，每次回乡总要再游沈园，登楼凭吊，怀念唐婉。

这首《钗头凤》在中国家喻户晓，同名戏剧还在戏台上演出了几百年。苏冠兰这次从《放翁诗词三百首》中重新读到此词，别有一番感触。天哪，这不是他和琼姐关系的真实写照吗？陆游是不幸的，但又是幸运的。他是诗人，才得以写出爱情的赞歌兼哀歌《钗头凤》来，感动了一代代中国人；才得以把一出生活悲剧演绎成不朽的诗篇，使他与唐婉的爱情从中得到永生！

陆游有生之年多次回到故乡，致仕后又返乡定居，多次重访沈园，凭吊旧迹，缅怀唐婉。庆元五年（一一九九）春，陆游回山阴时已七十五岁，写下七绝《沈园》二首。八十一岁时还梦魂萦绕，写下《十二月二日夜梦游沈氏园亭》二首。

一九四六年底的一天，苏冠兰以南京药专校长身份应邀出席金陵大学校庆。看到校园里高高的钟楼和一幢幢红墙碧瓦的楼房，看到杨柳依依、绿草如茵和小桥流水，他忆起琼姐当初在书信中对学校景物的描绘，意识到这里是琼姐的母校！他由此联想到《沈园》

的诗意——

> 城上斜阳画角哀，沈园非复旧池台。伤心桥下春波绿，曾是惊鸿照影来。
>
> 梦断香消四十年，沈园柳老不吹绵。此身行作稽山土，犹吊遗踪一泫然！

《沈园》写于一一九九年。陆游是一一五五年在沈园与前妻不期而遇的，而唐婉读罢《钗头凤》不久即郁郁而殁——确实是“梦断香消四十年”。

苏冠兰在住院半月、稍有恢复之后，独自前往上海。他先到圣约翰大学访问两天。近二十年前，一九二八至一九二九年，在这里度过的一年改变了他的一生。在那场可怕的暴风雨中，他遇见了琼姐！

圣约翰大学派了一辆汽车送这位校友重返高桥。这里比起十八年前来已经大大改变了模样，最遗憾的是那个游泳场完全没了踪影，连准确的方位都难以确定。看来，当年暴风雨后没人试图修复它；河汊也改道了，自然冲积和人工填埋使那一带变成了荒野和台地。

离开高桥，沿途不断停车问路，下午两点钟到达目的地松居。

过去十八年中这一带多次沦为战场，眼前但见一片荒草杂树和残垣断壁。苏冠兰找到了松居医院废墟，在那里久久徘徊，仿佛又看见了那栋粉白的两层小楼：天花板和墙壁是白的，门和窗棂也都是白的，到处都是白晃晃的，简直有点刺眼。从窗口望出去，院子被一圈竹篱围着，篱内绿影婆娑，几十棵古柳簇拥在楼房四周，篱外墨绿色的松林郁郁葱葱……

啊，琼姐，琼姐！苏冠兰最初是在松居医院与琼姐相识的，现在又选择到这个地方来与琼姐诀别。所谓“诀别”，就是他将忘却琼姐。他知道自己并不怨恨琼姐，忘却只是试图少受一些痛苦。在漫长岁月中，他俩毕竟真诚相爱过，琼姐给过他很多帮助；他甚至相信，琼姐至今也还是爱他的。也许发生了某种情况，使琼姐与他确实无法欢聚和团圆；也许正是在这种情况下，为了尽量减少他的痛苦，琼姐才悄然离开，无声无息地消失在茫茫人海中。

那片蓊郁的松林没有被战火摧毁，依然在海风吹拂下发出阵阵喧哗声。松林中也依然蜿蜒着一条小径。十八年前他就走过这条小径，今天他走得更远。不是说“离恨恰如春草，更行更远还生”吗？那就走下去吧，走到没有春草缠膝的所在。苏冠兰终于惊讶地发现，竟走到了一处海岸。惨白的月光一泻万里，海面上波光粼粼。大概是正逢涨潮吧，一条条浪花咆哮着，沸腾着，争先恐后地扑往岸上。

苏冠兰知道，面前就是东海，西太平洋的一部分。跨越这片浩瀚的波涛，往前，再往前，跨越整个太平洋，就是琼姐的所在……

苏冠兰在一块石头上坐下，坐了一个钟头又一个钟头，直到露水润湿鬓发和衣衫，直到汹涌潮水直扑到他的脚下。他终于明白了，此生此世不可能忘却琼姐，也不应该忘却。他站起来极目眺望东方。他力图压倒海涛的怒吼，泪流满面地大声呼唤：

"琼姐，琼姐，琼姐啊，你在哪里？"

妈妈！妈妈！

一九四九年五月中旬的一天上午，南京药专校长室内，苏冠兰正带着两名秘书大汗淋漓地埋头在满桌满地的公文卷宗堆里。连电扇都不能用，以免纸张乱飞。四月二十三日，南京被中国人民解放军占领。他这“国立”学校校长每天都在清理档案文件，准备交接。

忽然，秘书冲校长使个眼色。苏冠兰一抬头，办公室门口正站着两名解放军军人。苏冠兰面带微笑，迎上前去点点头，伸出右手，伸给站在前面的那个皮肤黝黑、脸庞宽阔的军人。对方也伸出了手，但不只是右手，而是两臂笔直地将双手一齐伸了过来；也不是握住苏冠兰的右手，而是一下子抓住他的两只手，直拉到胸前，攥得紧紧的！

苏冠兰定睛细觑，失声喊道：“啊，老鲁！”

鲁宁使劲拥抱苏冠兰，连连拍打他的肩和背。好长时间之后，他俩才彼此松开，又把对方推远一点，以便看得更加清楚。教授泪花闪烁地问道：“老鲁，咱们都老多了！多少年没见面了？”

“二十年。”鲁宁一字一顿。

“可不，”苏冠兰想了想，“那是一九二九年。”

“喏，我的爱人。”鲁宁朝身后那个军人做个手势，“需要介绍吗？”

老鲁身后站着一位女军人，只因头发很短，军服式样土朴，皮肤又黧黑粗糙，以至于苏冠兰把她当成了警卫员。这次辨认的时间更长，足有一两分钟。终于，他结结巴巴：“你，你，会不会是，是，是阿，阿罗？”

“正是我，苏校长。”阿罗敬了个军礼，“都说贵人多忘事，可您还是认出了我。”

“那时你才十几岁吧？那之后的二十年是女人变化最大的年龄段。”

“别解释了，”阿罗嗔道，“直截了当说我老得认不出来了就是。”

“可是我认出来了。”

“是呀，”鲁宁打趣妻子，“这说明你还很不老嘛。”

“老鲁，阿罗，”苏冠兰大为感慨，“真没想到，你俩会碰在一起，成了夫妻。”

“有道是无巧不成书嘛。”阿罗笑盈盈的。

鲁宁是野战军后勤部副部长，在行军中负伤，恰好部队途经江苏，他便暂时留下来，当了南京市军事管制委员会委员，负责接管大专院校和科学机构，并亲任几所学校和研究所的军管代表。在一所野战医院任护士长的柳如眉被留下来照顾丈夫。由鲁宁担任军管代表的高等院校中有个南京药专，他发现药专的校长竟是苏冠兰，药专教授名单中居然有叶玉菡的名字！他拉着妻子跳上吉普车：“走，咱们去药专。”

在校长室谈了一阵之后，鲁宁起身拍拍苏冠兰的肩膀：“走，参观一下学校，我想先看看生物制剂实验室。”

三人沿着林荫道走了一段，路旁树林中的石桌石凳引起了鲁宁的兴趣，提议到那里坐坐。坐定之后，他赞叹道：“嗬，景色不错，比当年齐大还好。”

“这里是江南，”苏冠兰说，“‘荷花十里桂三秋’的江南嘛。”

鲁宁掏出香烟，点燃吸了两口，然后望着苏冠兰：“直说吧，我和老婆来药专，一是看看我的任所，二是看看你，三是看看玉菡——她不仅是我的老同学，还有恩于我。”

“有恩于你？”

“二十年前那次遇险，你救了我，玉菡更救了我。之所以说更，是因为当时若没碰见你，我会有很大的危险，却仍有可能逃脱；但是若没有玉菡，我就死定了！”

鲁宁很动感情地回顾了那段往事。

“苏冠兰，你知道我当时是揣着枪的。”鲁宁说着，使劲吸了几口烟，竭力控制自己的激动情绪，“我决不会让他们活捉。我会把最后一颗子弹留给自己。若是那样，不错，会很悲壮，但会死而有憾。毕竟当时我还太年轻，还应该为革命做很多事情。起码，今天不能与你相逢和跟你在这里谈笑风生了。”鲁宁说到这里，话锋一转，“告诉我，苏冠兰，你跟玉菡的关系，怎么样了？”

“同事关系吧，”苏冠兰避开鲁宁的眼光，“正常的同事关系。”

“同事关系，”鲁宁拧起眉头，“正常的同事关系？”

阿罗抻一下丈夫的衣袖。军管代表想了想，再度转换话题：“还有一件事，你大概不知道，但是必须告诉你，就是玉菡早就做了妈妈。”

“她什么时候结婚的？”苏冠兰胸中如突然打翻了五味瓶。

“不，她没有结婚。”

“你说什么？”苏冠兰以为自己听错了。

“我说，玉菡一直独身生活，没有结婚。”

鲁宁侃侃而谈。谈起一九四六年的北平，谈起东厂胡同和S实验室，谈起那个被当作“ape”的小女孩，谈起那场烈火和美国人惠勒，谈起老笨……

一旁的阿罗听到老笨之死时流泪了。这个故事她已经听了好多遍，每听一遍都会流泪。

苏冠兰一字不落地听着，听得心惊肉跳，直听到鲁宁结束叙述："是的，就这样，玉菡就这样做了妈妈，有了女儿。"

鲁宁轻叹一声，接着谈叶玉菡被迫离开北平前留下的那句话："我只有一件事放心不下……"

"为小星星吧？"两眼湿润的苏冠兰问。

鲁宁深深看苏冠兰一眼，点点头。

"那，那，"苏冠兰望着鲁宁，目不转睛，"小星星，这孩子，后来呢？"

"我们派人把孩子送到延安，送进一所专收烈士后代和干部子女的学校。阿罗常去看她，休息日带她回家。我每次从前线回来，也总要带点礼品给小星星。"

苏冠兰笔直地伸过右手去："阿罗，谢谢你！"

"不谢谢我吗？"鲁宁朗声笑道，"若论功行赏，我可该排在阿罗的前面。"

"当然也谢谢你，老鲁。咦，小星星在学校里怎么样？"

"功课总是班上的前几名。"

"跟你们在一起时，她喜欢说些什么？"

"她总是问起妈妈，想早日见到妈妈。孩子说的妈妈，就是玉菡。"

苏冠兰默然无语。

"还有点情况，捎带告诉你吧。"鲁宁又想了想，沉思道，"玉菡是个坚强的女子，在我面前却流了一次泪。"

鲁宁谈起一九四六年那个不寻常的夏季，在东华门的办公室里，叶玉菡曾经哽咽着说：“我将独身过一辈子，但我想有个孩子。所以，小星星……”

苏冠兰盯着鲁宁问：“你当时怎么回答的？”

“我很生气。我打断她的话说：瞧你，说些什么呀！为什么要独身过一辈子？你怎么就知道自己会独身过一辈子？”

苏冠兰听着，不吱声。

鲁宁与妻子交换了一下眼色，起身道：“好了，咱们到生物制剂室去。”

一座陈旧的三层楼房坐落在绿树簇拥之中。楼房大门口挂着一块简单的白底黑字木牌，竖写着“药学专科学校生物制剂实验室”字样。鲁宁、阿罗和苏冠兰三人刚走近楼房大门口，叶玉菡便从门内迎了出来，面含微笑，朝鲁宁伸出右手。

鲁宁快步上前，伸出双手笑道：“你好啊，玉菡。知道我们要来？”

“校长室彭秘书来了电话。”

“玉菡，真所谓‘人生不相见，动如参与商’呀。我记得很清楚，从一九二九年到一九四六年，咱们十七年没见面。从一九四六年到现在，又是三年。”

“加起来就是整整二十年。”叶玉菡说着，把手伸向阿罗，

“这位该是你的夫人，柳如眉女士吧？”

“哎呀哎呀，什么夫人呀女士呀！”鲁宁打哈哈，“她是我的爱人，老婆，媳妇，婆姨，婆娘，伴侣，同志，战友，怎么说都行，就是别叫夫人，女士。我说玉菡，你就直呼她阿罗吧。”

“好的。”叶玉菡转向阿罗，“三年前就听鲁宁夸你名字好，人更好。百闻不如一见，果真如此。”

苏冠兰一直跟在鲁宁夫妇身后，不吱声。叶玉菡伸过右手来与苏校长握了握，但很快便转脸望着军管代表：“鲁宁，我的孩子呢，小星星呢？”

“我刚才跟老苏说了，我们两口子今天来药专，一是为了看看自己的任所，二是为了看老苏，三是为了看玉菡。”鲁宁满脸笑容，“而看你的主要内容，就是将小星星的情况告诉你。”

鲁宁一直在前线，护士阿罗后来也上了前线。随着战线南移，小星星所在的学校离开延安辗转华北，最后进入变换了政权的北平。学校解散，学生和教师们分别被安排到几所小学和工农速成中学。由于这些变化，也由于战场迅速向南推进，战局瞬息万变，鲁宁和阿罗在一段时期内跟小星星联系不上……

“哎呀！”叶玉菡跺了跺脚，“你快说清楚，小星星到底怎么样了？”

“看你，亲妈也不会比你更急！”鲁宁笑起来。他和阿罗留在南京后，两口子一齐出马，还花费了很大一番气力才打听到小星星正在一所工农速成中学——北平育才中学就读，身体和学业都很好。

“这就好，这就好。”叶玉菡深深舒了一口气。

“不然我敢来见你吗？”鲁宁深深舒一口气，“玉菡，你可以先跟小星星通信。往后有机会去北京开会，你去看看孩子。小星星放假时，也很方便来南京看你。”

鲁宁、阿罗和苏冠兰在叶玉菡引导下，来到实验室一楼。先在更衣室换上白色工作服。

两扇玻璃门上方的亮格中写着Antibiotics Unit（抗生素组）字样。

叶玉菡推开玻璃门，领着三位客人沿过道前行。各间实验室里的研究人员都穿戴着白大褂、拖鞋和工作帽，有的人还戴着大口罩，裹着防护衫；全都在埋头工作，甚至没有任何人抬头瞥一眼客人们。

“药物的发展分为三个阶段，也自然形成三个门类，即天然药物、化学合成药物和生物制剂。”叶玉菡有条不紊地叙述，“顾名思义，本实验室是专攻生物制剂的，分设抗生素、疫苗和酵素三个组。现在看到的就是抗生素组。”

英国科学家于一九二八年最早发现青霉菌能杀灭葡萄球菌、白喉菌和炭疽菌。十几年后，青霉素终于在二战中被研制出来。它还是猩红热和梅毒等很多疾病的克星。一九四一年十二月美国参战时，青霉素被列为优先制造的军品，与原子弹和雷达并列为二战中的三大发明。之后，一九四三年发明链霉素。目前各国正在研制很多新的抗生素，一门新的学科——抗生素学已经出现。

“我们的这个工作室很小，因此只有两个研究课题。”叶玉菡介绍，“一是探索青霉素的杀菌机制，二是研究从广东找到的一种灰黑色放线菌，因为从中提取到的一种物质能抑制金黄色葡萄球菌、溶血性链球菌、肺炎双球菌和流感病毒。”

离开抗生素组后，叶玉菡领着鲁宁、阿罗和苏冠兰登上二楼。那里也是两扇玻璃门，上方亮格中写着Vaccine Unit（疫苗组）。她推开玻璃门，领着鲁宁、阿罗和苏冠兰沿过道缓步前行，查看一间间工作室，介绍其中的研究人员和实验设备。

“疫苗是用细菌和病毒制成的生物制剂。一般将细菌或螺旋体制成的称为菌苗，病毒或立克次体制成的视为狭义的疫苗。我们这个组目前专攻脊髓灰质炎疫苗。”叶玉菡不慌不忙地说，“脊髓灰质炎简称脊灰，通常叫作小儿麻痹症。此病多发于儿童，但也能发于成人，美国前总统罗斯福就是一个实例，他是而立之年患上此病并残疾的。中国是脊灰高发区，因患此病而终身致残者随处可见。疫苗一旦研制成功，意义重大。”

叶玉菡又引领鲁宁、阿罗和苏冠兰登上三楼。玻璃门上方亮格写着Enzyme Unit（酵素组）。酵素组组长由叶玉菡本人兼任。这个组跟抗生素组和疫苗组一样，各实验室气氛严谨，研究人员交谈时都轻言细语，也一律穿戴着全套操作服。叶玉菡解释：“酵素，也叫酶。”她指着实验室中的某些设备，“酶是生物体产生的蛋白质，是一切生化反应的催化剂，可以用作生化反应中的knife——刀。”

鲁宁问：“knife——刀？”

“对，刀。病毒形体极小，结构简单，反映了最初的生命形态。它们没有细胞结构却含有遗传信息，因此，可用它们的遗传信息置换细胞或细菌的遗传信息。这个实验过程就像一场外科手术，需要一种knife。”

“用这把knife，这把‘刀’，对细胞和细菌进行‘加工’，在适当部位插入病毒的遗传信息。”

“你的理解很正确。”

“可是，用什么材料做knife呢？”

“中国南方是一座庞大而奇特的菌种库和毒株库。我们实验室的人员在江南搜集到几千份标本，从一株根瘤菌的衣壳中找到一种活性程度极高、性质极为特殊的酶。我将它称为刀酶，英文名字定为knife enzyme，简称k-enzyme。”

“k-enzyme——刀酶，”鲁宁显得饶有兴味，“像刀一样的或可以当刀使用的酶？”

“是的。”叶玉菡说，“在从事此项研究的同时，我写了一篇题为‘Knife Enzyme’的论文，译成中文也就是你说的‘刀酶’，寄往英国。”

鲁宁问：“什么时候寄出的？”

“一九四九年一月底，农历春节期间。算起来，有五个月了。”

“寄给英国的谁了？”

“*Probe*。”

“*Probe*……是什么？这个词我忘了，也可能我根本没学过，没见过。”

“是一家学术杂志。probe既可以做名词也可以做动词，其含义可以理解为探针吧。”

“《探针》？”

苏冠兰在一旁解释：“这是一份国际上很权威的实验生物学杂志，牛津大学主办。”

“‘约翰牛’说起话来往往形象性很强。”叶玉菡笑道，“譬如英国一种外科学术期刊叫作*The Lancet*——《柳叶刀》，其实柳叶刀是一种手术刀。同样，在微生物学、细胞学和胚胎学研究中经常会使用一种针状器械，它可以在高倍显微镜引导下深入细胞内部操作，probe即探针就是指这种针状器械。”

叶玉菡一面陪同参观，一面继续讲解。

“我在‘Knife Enzyme’中写道，我们找到了一种奇异的，到目前为止最为得心应手的工具酶，用血清型大肠杆菌做试验时取得了突破性成果——消除了它的毒性，改变了它的遗传性状。我们还对另外几种细菌进行了切割、拼接和重组，都取得了明显效果。”

鲁宁兴味盎然地问：“你的这篇‘Knife Enzyme’，发表了吗？”

“不知道。但*Probe*编辑部曾经来电话，让我寄照片去。”

“这么看来，他们准备发表。”

叶玉菡摇摇头：“不一定。”

“为什么？”

“他们后来又打电话，让我尽快提交一份刀酶标本，还说可以就近让英国驻华使馆转交，由大使馆派专人送回伦敦。我没答允他们的这个要求。”

“为什么？”

“刀酶目前仅见于中国，且尚未得到充分研究，因此在可以预见的将来，它的任何标本都必须保存在中国。”

“你就是这么说的？”鲁宁问。

“我就是这么说的。不久后发生了‘紫石英号事件’[1]。接着是解放军攻占南京，中英关系日趋复杂紧张，英国与中国解放区断邮，*Probe*编辑部与我之间也断了联系。”

参观结束，客人们告辞。叶玉菡送到生物制剂实验室大门外，抬腕指指自己的手表，意思是“我还在上班，不能远送”。

1　1949年4月，中国人民解放军与英国海军紫石英号护卫舰在长江镇江段发生炮战。

苏冠兰陪着鲁宁和阿罗，沿林荫道往回走。

鲁宁问："玉菡的研究，生物制剂实验室的工作，你都知道？"

"当然，我是校长嘛。"

"玉菡说，他们还对几种细菌进行了切割、拼接和重组。"鲁宁想了想，"你知道是哪几种细菌吗？"

"他们使用了伤寒杆菌、霍乱弧菌和斑疹伤寒立克次体，准备实验的还有肉毒杆菌、鼠疫杆菌和炭疽杆菌。"

"效果如何？"

"除大肠杆菌外，沙门氏菌的试验效果也非常明显。"

"效果非常明显是什么意思？"

"降低甚至消除了它的致病能力，改变了它的遗传性状，使它变得几乎不像原来的沙门氏菌了。"

"大肠杆菌和沙门氏菌是杆菌，"鲁宁停下脚步，嘴里叨叨，"肉毒杆菌、鼠疫杆菌和炭疽杆菌也都是杆菌……"

"你觉察到了这一点。叶主任的报告说，细菌也是生命的最初形态，某些细菌之所以形成杆状，可能是因为有着共同的生命发生史，形成了相同或相似的基因结构。这就成了用刀对之进行切割、拼接和重组的最好材料。"

苏冠兰和鲁宁回到校长室，各坐一张藤椅，继续交谈。

两位秘书不在。阿罗在一旁翻阅报纸。

"肉毒杆菌，鼠疫杆菌，炭疽杆菌等，可都是恶性程度极高的病菌啊。老苏，我还想提个问题。”鲁宁流露出深思的表情，拖长声音，“改变细菌的遗传性状，降低甚至消除它的某些特性，使之变得几乎不像原来的细菌——这样做的目的是要制服这些恶性程度极高的病菌。但是这种手段能不能用来改变细菌的遗传性状，从而加剧它们的恶性程度呢？”

“老鲁，”苏冠兰伸出大拇指，“你懂行。”

“好歹上过几年大学，后来又干过多年军医。”

“从理论上说，这种手段确实是双刃剑，有可能使病菌毒性加剧。不过目前还没有这样的实例，叶主任也从来没想过朝这个方向探索。”

“那么，会不会有别人朝这个方向探索呢？”

“别人？这，这个，”苏冠兰一听，犹豫起来，“我没想过这个，没想过这一点，不过……”

鲁宁直视苏冠兰：“不过怎样？”

“不过除了叶主任，没有其他任何人能从事此项研究。”

“欧美拥有许多一流的生物学家。”

“但是只从中国南方某一棵植物的根瘤菌中找到了那个特殊毒株，只能从那个毒株中分离出刀酶。至少在今后相当长一段时期内，只有这一种酶能用作改变细菌遗传结构的刀。”

鲁宁听了，沉默不语，像是陷入沉思。

一九四九年十一月的北京前门车站，到处是熙熙攘攘的人群。

鲁宁、阿罗和叶玉菡从一列刚停稳的客车上下来。两名军队干部在车门前迎接，立刻接过他们手里的大包小包，用一辆军用吉普车把他们送往育才学校。他们三人进了校门，沿着一条林荫道往里走。远远地看见一个女学生跑过来。叶玉菡将手中的提包往鲁宁怀里一塞，快步迎上去。

母女俩紧紧拥抱在一起，脸贴在一起，泪水流在一起。

鲁宁夫妇走过来，看着眼前的情景满含欣慰。阿罗一遍遍轻轻擦去眼角的泪花。

小星星笑着，说着，蹦蹦跳跳，一手牵着叶玉菡，一手牵着阿罗，还不时抬头招呼鲁叔叔。她一面领着大人们往校内走，一面朝两边比比画画，介绍自己的学校。他们在校园内一座凉亭里坐下。

叶玉菡从鲁宁和阿罗手里接过大包小包，打开，从中取出衣裤、鞋袜、围巾、帽子、奶粉、糖果、水果，一件一件塞给小星星，直到堆了个满胸满怀。鲁宁夫妇在一旁看着，微笑着，指点着，偶尔插嘴说几句什么。

小星星被那一大堆东西弄得有点不知所措，笨手笨脚地收拾着。

“小星星，还需要什么，还缺什么？”叶玉菡的动作终于缓下来，停下来，直勾勾地望着小女孩，“都跟妈妈说。”

小星星抬起头来，不慌不忙，像是专心思考了一会儿，然后问道：“妈妈问我还缺什么，是吗？”

“是呀是呀！”女教授连连点头，“趁着妈妈在北京，赶紧给你办齐。”

小星星的神情有点迷惘，一字一顿：“我还缺个爸爸。”

叶玉菡听了一愣，不知该说什么才好。

鲁宁夫妇也面面相觑。

小星星举目看着校园中远远近近正在嬉笑玩耍的男女同学们，稚嫩的脸蛋上流露出羡慕。她伸出一只手指指他们：“他们都有爸爸妈妈。每到周末爸爸妈妈就会来接他们，接他们回家。我现在有了妈妈，可是还没有爸爸。”小姑娘说着，充满渴望地昂起脸来望着叶玉菡：“妈妈，我就缺个爸爸了，我想像同学们一样有爸爸。每到周末我也回家，回到爸爸妈妈身边去！”

叶玉菡默然无语地抱住小星星，抱得很紧很紧。

夜半枪声

一九五一年一月的南京，雨雪纷纷。

鲁宁和阿罗的住处只有一间屋，陈设也很简单：床铺，书桌，茶几，衣架，书架，煤炉，几把椅子凳子，等等。都很陈旧，还有点凌乱。

建国伊始百废待兴，各种工作纷繁复杂。东南沿海还是炮声隆隆，而朝鲜半岛复又硝烟弥漫，大家都特别忙。加之经济困难交通紧张，人们出门很不容易。于是叶玉菡和小星星母女重逢后也很难见上一面。不久前叶玉菡赴京送审一个科研课题，于是鲁宁夫妇找由头陪着到首都走了一趟，三人又一起去看望小星星，今天才同回南京。

鲁宁夫妇推门进屋，放下简单的行李，一面说说笑笑，一面开始收拾。阿罗捅炉子升火，鲁宁打开公文包寻找什么。

墙上挂着一个简陋的镜框，里面嵌着鲁宁和阿罗在延安宝塔山下一张放大的合影。另一个镜框中嵌着上次即一九四九年十一月鲁宁、阿罗和叶玉菡在北京拍的两张照片，一张是鲁宁夫妇与小星星的合影，另一张是鲁宁夫妇与叶玉菡小星星母女的合影。背景都是秋季的北海。

鲁宁从公文包中找出两张最近在北京拍摄的照片，与墙上的相框并排放着：一张是鲁宁夫妇与小星星的合影，一张是鲁宁夫妇与叶玉菡小星星母女的合影，背景换成了冬季的白塔寺。

夫妇俩一面干家务一面闲聊。阿罗说："我一直觉得遗憾。小星星说缺个爸爸，想和别的孩子一样有爸爸。但是一年多过去了，我们却没能给她找到爸爸。"

"是呀，这事很难。"鲁宁沉吟，"玉菡是一位女教授，给她介绍对象可不容易。"

"假设是你关心女教授叶玉菡，要给她介绍对象，你介绍谁呢？"

"苏冠兰。"

"我猜你就会这样想。"

"苏冠兰如果跟叶玉菡结婚，那么，他在成为丈夫的同时也就成了小星星的爸爸。这是好事。他很关心、很喜欢小星星。"

"苏校长和叶主任早就是未婚夫妻。"

"却是全世界最难办的一对未婚夫妻。一九二九年之前的事不说了，一九二九年八月那次约定的婚期是二十年。就这样算吧，一九四九年八月也该期满了。可现在是什么时候？一九五一年一月。”

“我觉得他俩还是会结为夫妻的。”

“你有什么根据？”

“我没有根据，只有直感。鲁宁，女性的直感往往很准确。”

鲁宁想了想，叹息一声：“但愿如此。”

阿罗停下手中正在干着的家务活，抬起头来，很认真地看着丈夫：“不过，鲁宁，我心中一直有个解不开的疙瘩。”

鲁宁也停下手中正干着的家务活，迎视妻子，等着她往下说。

“那就是——琼姐怎么办？”阿罗一字一顿。

“你，你说的是，丁，丁洁琼？”鲁宁有点口吃。

“是的。”

鲁宁避开妻子的眼光。

“鲁宁，你没见过丁洁琼，可是我见过。”阿罗仍然直视丈夫，“而且，岂止是见过！”

“是的，你说过，多次说过，她美丽非凡。”

“不，”阿罗轻轻摇头，“远不止美丽二字能形容的。”

“一个女人如此由衷赞美另一个女人的美貌，非常罕见。”鲁宁瞥了妻子一眼。

“我再说一遍，”阿罗又轻轻摇头，“丁洁琼所具备的，不只是美貌。”

“问题是存在于苏冠兰与丁洁琼之间的，是人们常说的真正的爱情。这种爱情据说可以战胜一切。”

“对。面对这种情况，你说该怎么办？”

“好办。”鲁宁耸耸肩。

阿罗有点惊讶，望着丈夫。

“让苏冠兰与叶玉菡之间的封建包办婚姻让位于苏冠兰跟他的琼姐之间的真正的爱情。”

阿罗困惑地望着丈夫。

“让苏冠兰跟他的琼姐结婚吧。”鲁宁像是在认真思考，“他俩同龄，那就是说，现在至少都是满四十岁的人了。”

阿罗更加困惑了。

“阿罗，我不说话，你说吧。”鲁宁专注地看着妻子，“你说，四十岁对一个正常的男人和对任何女人来说，意味着什么？”

阿罗望着丈夫，不吱声。

“不错，四十岁的男人和四十岁的女人仍然可以结婚。我说了，让苏冠兰跟他的琼姐结婚吧。可是，四十岁的琼姐在哪里呢？有什么证据表明她能回到苏冠兰的身边？甚至，有什么证据表明，丁洁琼仍然活在人世间？”

阿罗的表情说明她无奈，无话可说，不知该说什么。

“怎么办呢？”鲁宁说着，滔滔不绝，“人类历史上出现过很多关于爱情的传说。所有关于爱情的传说的共同特点是很美丽，其中，悲剧比喜剧多得多，也美丽得多。那么就让苏冠兰、叶玉菡和丁洁琼三个人都终身不婚，重演这么一出美丽无比的爱情悲剧吧。”

阿罗失声：“不，我可没有这么说过！”

鲁宁仍然看着妻子，现在轮到他闭口不言了。

恰在此时，电话铃响了起来。桌上摆着一红一黑两台电话机，是那台黑色电话机在响。阿罗放下家务活，擦擦双手，走过去看了看，抓起黑色机的听筒“喂”了一声。

“阿罗吗？我是玉菡。”听筒中传来叶玉菡的声音，“你和鲁宁刚进家门吧。”

阿罗连忙点头：“玉菡大姐呀，我们刚进家门，你也是吧。”

“我哪有家呀。我在实验室。”

“您连住处都没回就进了实验室？”

“你知道，我在办公室里摆了一张床，多数时间我住在这里，工作起来方便。”

鲁宁从阿罗手中接过电话：“玉菡，你这么急着回实验室？”

“近期的工作非常重要。”

“我知道，刀酶的意义非同寻常。”

“但是对我来说还有更重要的事情。”

“你说的是小星星？”

“是的，鲁宁。第二次离开北京，比一年多前第一次离开北京更难受，更惦记小星星，心里简直一刻也放不下了。”

“玉菡，我和阿罗完全理解你。你说吧，我们能为你做点什么？”

“我想让孩子到我身边来。”

“让小星星来南京？”

“是的。”

鲁宁手捏话筒，略作停顿。阿罗目不转睛地望着丈夫。

“玉菡，北京育才学校条件优越，在国内是拔尖的。南京目前还找不到这么好的学校。”

“不，鲁宁……”

“你听我说，玉菡，我的设想，不是让小星星来你身边，而是让你去到小星星身边。”

听得出叶玉菡的意外：“啊，是吗？！”

“新中国要大力发展科学技术，发展的速度和规模远不是你在旧中国所见过的。已经在北京建起国家级的、设备和人才都属第一流的医学科学研究机构。”鲁宁语气沉稳，“玉菡，你基础扎实，是个多面手，在细胞、胚胎、血液、内分泌、抗生素、微生物、病毒和疫苗等广泛领域都有造诣，首都是需要你的。”

“我是‘老协和’，”叶玉菡很兴奋，“能回北京工作当然太好了。”

“我一直在促成你回北京工作，在北京跟女儿团聚。”

“鲁宁，你真是有心人。我感谢你！”

“办成之后再感谢吧。”说到这里，桌上那台红色电话机也响起来，“哦，玉菡，对不起，我得接另外一个电话了。”

鲁宁放下黑色电话机的话筒，抓起红色电话。

“鲁宁同志吗？”听筒中传出一个声音。

鲁宁皱了皱眉头：“唔，穆政委。”

穆政委的嗓门很大：“鲁宁同志啊，请你马上到我这儿来一下。”

鲁宁从窗口望望外面，已近黄昏，仍然是阴霾天气，雨雪纷飞。

阿罗一面帮丈夫穿上军大衣，一面嘀嘀咕咕：“什么事这么急？已经是吃晚饭的时候了。”

鲁宁看看手表：“在保密电话里都不说，肯定是特别重要的事情。”

穆政委的办公室较为阔大，摆着几张沙发、茶几和一张大写字台，墙上挂着毛主席和朱总司令的画像。从玻璃窗望出去，已是夜间。

穆政委与鲁宁握手，寒暄，请他在单人沙发上落座，接着递了一支香烟给鲁宁，还帮他点燃。然后从写字台上拿了几份材料递过去，自己坐在一边也吸起烟来。

几份材料的封皮上都加盖了“绝密”戳。鲁宁神态凝重，一面吸烟，一面阅读《敌情通报》，每读完一份便搁在茶几上，还摆得很齐整。读完之后，他思忖着说：“就是说，药专内有潜伏特务，境外敌特机关也盯上了药专。”

“是呀，而药专是由你负责的。”穆政委的神态也很郑重。

“情报内容更具体些就好了，”鲁宁仍在思忖，“如药专内的潜伏特务具有什么样的公开身份，境外敌特机关盯上了药专的哪项工作和哪个部门，等等。”

“情报往往就是这样，就是一点线索，一点蛛丝马迹，要靠你自己思考，去调查，去顺藤摸瓜，深挖细找。”

“是这样的。”鲁宁颔首。

“你要求更具体些，很好。这样吧，你看看另外一份材料。”穆政委说着，起身从写字台上拿起一个卷宗，回到茶几前。他翻开卷宗夹，露出一个从国外寄来的大号信封；又打开信封，取出两本外国期刊。鲁宁将英文期刊和大号信封一并接过来，一看，是两本一九五〇年第一期的*Probe*，封面图片是一幅显微照片，一根探针正刺入细胞壁，指向细胞核。

*Probe*被翻到目录页。目录中有用红笔框出的论文标题“Knife Enzyme”、作者的中文名字叶玉菡和英文名字Yuhan Yeh。作者名字后面括号中印着的The School of Pharmacy, China（中国·药学专科学校）也用红笔框出。

鲁宁继续翻阅*Probe*，终于翻到载有相关论文的那一页，论文标题和作者署名也都被红笔画出。

标题旁印着作者叶玉菡一张身穿白大褂的工作照。正文附有报告实验进行情况的坐标图，各式图表，电子显微镜下各种细菌、病毒的照片，和高倍显微镜下各种蛋白质结构的照片……

鲁宁将期刊合上，重新审视封面并用右手食指关节在“一九五〇年第一期”的字样上敲了敲：“穆政委，这上面的红框框是谁画的？”

“问这干什么？”

“为什么要画这些红框？”

“突出重点，起提示作用嘛。”

“这期*Probe*是去年一月份出版的，怎么到现在才看到？”

穆政委有点结结巴巴了：“这本，这本什么扑、扑、扑虏伯……”

鲁宁瞥了他一眼：“中文刊名叫《探针》。”

“对，对，探，探针，探针。”穆政委仍然结结巴巴，“这个这个，这个东西去年三月就寄到了南京，引起了我们的怀疑。是我下的命令，暂予扣留。”

“为什么扣留？”

“我说了，因为怀疑……”

“什么怀疑，怀疑什么？”

“因为这本探、探、《探针》，是来自帝国主义营垒的嘛！像药专这样的学校，甚至，从旧中国过来的所有大学中，很多所谓教授、博士、知识分子都是帝国主义精心栽培的，我们提高一点警惕性不会错。”

“那么，你让我看看这本*Probe*，是什么意思呢？”

“不只是让你看看，而是交给你，让你带回去，去调查研究，顺藤摸瓜，深挖细找，发现敌情，主动进攻。我们请教了精通英文的专家，他说是‘扑虏伯’含意很深，很复杂，甚至，很阴险！”

鲁宁望着对方，带点鼻音：“唷？”

“可不。专家说，这个词在英文里做名词时有探头、探测之意，做动词时有调查、侦察之意。”穆政委说着连连摇头，啧啧感叹，“你看你看，明目张胆到了何等地步！”

“这本*Probe*被‘暂予扣留’了一年，时间不短了，查出什么问题来了吗？”

“虽然暂时还没查出什么严重问题，但药专一位女教授在帝国主义办的杂志上发表文章，这就是不正常的。联系最近的敌情通报，很多迹象是发人深省的。”

鲁宁瞥了一眼穆政委，深深吁一口气，从沙发上欠身而起：“没有别的事，我就告辞了。这两本外国期刊，我就带去调查研究吧。”

穆政委抬眼看看迎面墙上的挂钟，眼下是夜里十一点。他正要说什么，电话机响了起来。他走过去抓起话筒：“是的是的。哦，鲁宁同志正在我这儿。好的，我马上转告他。”穆政委转脸对鲁宁说：“这么晚了还让你赶去军区参加一个会议。”

军区会议室里灯光明亮，烟雾缭绕，三十来人坐在长条形会议桌四周。会议在进行，一个人正在主持人位置上指手画脚高谈阔论。鲁宁坐在自己的座位上，心不在焉，神情恍惚，主持人说了些什么他根本没听进去。过了一阵子，他像惊醒过来似的，看看手表，起身离开会议室，沿着过道一间间屋子看过去，终于看见一间门敞开着的办公室，屋里一张办公桌上搁着一门电话。

鲁宁在跨进这间屋的同时举目瞥瞥墙上挂着的钟，此刻正是午夜十二点。他走到办公桌前，抓起电话机拨号："喂，是药专吗？我是鲁代表，请给我接生物制剂室叶主任。什么，她病了，什么病？那么，请接苏校长。"

鲁宁把听筒夹在腮帮下，掏出一支香烟叼在嘴上，找出火柴点燃，深深吸入一口烟。他一面做着这一切，一面紧皱眉头，陷入深思。终于，听筒中传来电话接通的声响。他对着话筒说："老苏，对，是我，老鲁。我在外面开会。这么晚了从会议室里溜出来打电话，是因为有个特别重要的事情给你说。明天我就要他们给药专派一支警卫部队来，起码得两个班。从明天起，要特别加强对生物制剂实验室的保卫。"

"老鲁，发生了什么情况？"

"明天再跟你谈。我现在要说的是，你马上去看看叶主任，对，叶玉菡，现在就去。我的意思是几秒钟后就去，放下电话马上就去。看来你不知道玉菡病了，那么你现在已经知道了，知道了就立刻去看她！”

会议室一端墙上挂着的钟已经指着凌晨一点半了，鲁宁仍在自己的位置上，紧皱眉头，焦虑不安。

一位军人走来，贴近鲁宁耳边嘀咕了几句。鲁宁听着，大吃一惊。他问了几句什么，起身随来人下楼，登上已经等候在那里的一辆军用吉普。

叶玉菡在病床上睡得很沉。一位护士正在查看她的输液情况。

苏冠兰轻轻走进病房。护士一见，刚要招呼，苏冠兰轻轻摆手。他绕床走了一圈，细看病人，又审视这间病房中的陈设。

医生过来了。苏冠兰接过病历认真翻阅。然后走出病房，来到值班室，继续看病历，不时向医生护士问点什么。凌晨一点他才离开医院，走回校长室。已经推开了校长室的门，却又停下动作，因为他耳边响起了鲁宁刚才的话：“有个特别重要的事情……明天我就要他们给药专派一支警卫部队……从明天起，要特别加强对生物制剂实验室的保卫……马上去看看叶主任……现在就去……几秒钟后就去，放下电话马上就去。”

苏冠兰回过身来，重新走进茫茫夜幕。

这里是校园一隅。远处不时传来猫头鹰的惨叫，草丛中不知是什么小动物窜过，轻风掠过树梢时发出窸窣声响。一弯残月躲在乌云后面，忽隐忽现，偶尔洒下几束清辉。一条蜿蜒小路，两侧林木葱茏，在暗夜里显得黑黢黢的；路灯暗淡稀少。

小路接近尽头时，生物制剂室那座三层楼房黑魆魆地出现在苏冠兰眼前。他略略一怔，停下脚步。

忽然，三楼上的某处位置仿佛有黯淡的光闪了闪。苏冠兰怀疑这是自己的错觉。他揉揉双眶，定睛细觑。那光非常黯淡，若隐若现，飘忽不定。他紧张起来，想了想，抬起左腕一瞅，夜光表指着凌晨一点半钟。他定下心神，小心翼翼，蹑手蹑脚，继续朝黑黢黢的楼房走去。他穿着一双软底皮鞋，走起路来可以做到悄没声息。尽管悄然无声，但他的目光时时紧盯着那座楼房和三楼上的那处位置。

神秘光亮仍然时隐时现，并未消失。

生物制剂室一楼大门较宽，由两张嵌着玻璃的门扇组成。苏冠兰伸手摸了摸，又凑近细觑，发现那把锁门的铁锁竟已被打开，撂在一旁地下；推了推，两扇门是虚掩着的。他推门进入一楼，蹑手蹑脚地前行。到处都黑黢黢的，外界一丝黯淡天光从几扇玻璃窗透进来。他沿着梯道摸上二楼、三楼，又摸索着推开两扇玻璃门中的一扇，贴着墙壁往前移动，终于来到酵素组一间最大的实验室门外。他已经判断出异样的黯淡光亮和轻微声响来自这间实验室。略加思索之后，苏冠兰做出决定，他后退几步，然后以全身的力气朝前猛烈冲击。

一阵惊心动魄的声响，两张门板轰然倒塌。

苏冠兰抢进屋里，往左一闪，凭触觉找到门框旁边的电灯开关，轻轻一扳。偌大的实验室里，十几支荧光灯顿时亮起！他紧贴墙壁四下扫视，发现所有的窗帘都被拉得严严实实，实验室一角有个黑衣人，两人之间隔着大半个屋子。黑衣人正弯着腰，好像在寻找什么。灯光的突然亮起使黑衣人大吃一惊，猛然站直身子回过头来。他的手电筒前端蒙着布，这样能使发出的光线非常暗淡。

苏冠兰与黑衣人都紧紧盯着对方。黑衣人先认出了他，在判断出他是单独一人后，轻声地、清晰地说："是你，苏冠兰。"

苏冠兰在认出对方的同时失声喊道："卜罗米！"

卜罗米非常冷静："是的，是我。你我这可是久别重逢。"

苏冠兰绕过实验台，一面朝卜罗米走近，一面问："你到这儿来干什么？"

卜罗米掏出一把手枪轻声喝道："站住！"

苏冠兰站住了。两人之间隔着一张摆满各种器皿设备的实验台。

卜罗米目不转睛地盯住苏冠兰，身躯和枪口都纹丝不动："事到如今，实话实说吧，咱俩得做一笔交易。"

苏冠兰也目不转睛地盯着卜罗米："做交易，为什么不找我本人，半夜三更跑到这里来？"

"不能找你，咱俩的关系从来不好，但眼前的场面改变了一切。我来这个实验室寻找一种东西，而你突然闯进来了……”

“什么东西，找到了吗？”

“很好，找到了。”

“我再问一遍，是什么东西？”

“苏校长，依我看，你不问为好，少很多麻烦。”

苏冠兰打量卜罗米，他身边摆着的一台冷藏柜和一只液氮罐上都贴着标签：k-enzyme。

苏冠兰恍然大悟，紧张起来！

卜罗米立刻捕捉到了苏冠兰的神情变化，说：“苏校长，咱们现在就做交易，你保证我安全离开这里，我送给你一件贵重礼品——”

卜罗米右手平端着手枪，一直直指苏冠兰，左手从衣兜中掏出一只精美的首饰盒，放在实验台上，打开。盒内嵌着一颗光彩夺目的硕大钻石。卜罗米将那颗钻石捏起来，抬高并变换位置。现在可以看清楚了，那是一颗硕大的、无色透明的钻石，闪射着夺目的异彩！

卜罗米一字一顿地轻声道：“校长先生，你是化学家，所以一眼就能看出这颗宝石非常贵重！它的名字叫作Vega（织女星）。”

苏冠兰一声不吭。

卜罗米接着说：“你听，多么美丽的名字！你知道，国际上凡十五克拉以上的钻石都要命名，而Vega重达十五点八克拉，就是说，它位居世界级贵重宝石之列。而令尊那颗著名的Cometa仅三点三五克拉重，还是因为所谓“伊丽莎白金冠奖”之故才得以命名的。Vega的价值超出Cometa上千倍！”

“我能得到一颗贵重钻石，”苏冠兰终于开口了，“你能得到什么呢？”

“我可以活下去。”

“如果我拒绝你，不放你走呢？”

卜罗米微微抖动了一下手枪：“我仍然可能活下去，而你却绝对活不了。”

苏冠兰依旧盯着卜罗米，不吱声。

卜罗米也许是不耐烦了或紧张了，抬腕想看一眼手表。

趁卜罗米低头看表的刹那，苏冠兰大吼一声：“抓特务呀！”

卜罗米手忙脚乱地将枪口对准苏冠兰。就在此刻，一个人影从漆黑的门洞飞奔而入，同时，一只广口瓶朝卜罗米飞去！广口瓶在距卜罗米约一米远处破碎了，一种液体喷溅而出，刺鼻的烟雾顿时弥漫开来。

卜罗米扣动了扳机。飞奔而入的人扑上去抱住苏冠兰。一声枪响。卜罗米强忍住脸上、手上的灼痛，一把抓过搁在实验台上的钻石往兜里一塞，转身夺门而逃，消失在黑暗中。

苏冠兰紧紧搂住怀中那个迅速瘫软下去的身躯，声嘶力竭地大叫：“玉菡，玉菡，玉菡啊！”

生物制剂实验室楼房外，沉沉夜色中传来叫喊声和枪声。

“彗星”陨落

南京药学专科学校附属医院。快到下午下班时分，一辆军用吉普开到医院大门口停下，鲁宁和阿罗下了车往里走，走到住院部的一间病房外。病房门张开约半尺，可以看见里面站着几个人。鲁宁朝病房努努嘴：“都是谁呀？”

“市长和市委书记。”护士赶忙回答，“他们听说苏老病重，专程赶来的。在看望苏老之前，先上二楼外科病房看望了叶主任。”

“唉，”鲁宁叹息一声，“一家两个重病号。”

鲁宁来到医生办公室，坐下，问一位医生：“这两天还有谁来过？”

“前天北京来人，是国家科委和中国科学院的。”那位医生一面翻阅日志一面回答，“昨天是北京大学、山东大学、徐家汇观象台和青岛天文台的。今天上午，刚从昆明赶来的凤凰山天文台潘台长是由紫金山天文台黎濯玉台长陪着一起来的。”

“老人的病情，怎么样了？”

“已经是倒计时了。生命接近衰竭，但是多数情况下头脑还算清醒，听觉也还好，可以做点简单交流，但要注意，别让他多说话，更别使他激动。我们一般不让人探视，非见不可的特殊客人，我们都反复交代这些注意事项。”

“好的，我会遵守纪律的。”鲁宁想了想，“苏老是听说叶主任负伤后一病不起的，这么算起来有七个多月了。我们也是看他一次算一次了。”

说话间，医生办公室的门被推开，附属医院院长走进来招呼军管代表。

“客人们走了？”鲁宁起身与院长握手。

“刚走。”

“我说了，我会遵守纪律的。”

“什么纪律？”

“在跟苏老的谈话中，注意不要让他多说话，不使他激动，等等。”

“那是客人们的纪律，而你是主人，药专的军管代表啊。”院长笑起来，“你还帮助了我们的治疗。因为苏老特别高兴见到你，跟你谈话，而你也几乎每天都来看望苏老。”

“您言重了。我没法每天都来，昨天和前天就没来。”鲁宁说着，指指阿罗，“倒是她每天都来，算是鲁代表的代表吧。哦，市长书记等领导对咱们这里有什么指示和要求吗？”

“他们倒没说什么，但是看得出他们嫌咱们医院小了一点，不大适宜收治苏老这样德高望重的人物。我们说明这是病人的意愿。苏老说了，孩子们在药专供职，他愿意离孩子更近些。”

一行人走出医生办公室，边走边谈。

“苏老很有个性。”鲁宁问，“他对医院有什么特殊要求吗？”

“有一点，”院长想了想，“不知道算不算特殊。”

鲁宁停下来，望着院长。

“前两天，他说希望夜里能到露台上待一阵子，看看天空。”

“什么，看天空？”

“苏老刚住院时还能拄着手杖走几步，后来只能坐轮椅，近一个月已经不能起床了。为了满足他的要求，让他能到露台上去，我们改装了病床，改造了露台门。这两天夜里我们派人把他的病床推上露台，待他看够之后再推回来。”

鲁宁沉吟良久，问道：“你们知道老人在看什么吗？”

“他没说，我们也没问。”院长摇摇头，“就知道每天夜里他都仰望夜空，一看就是几十分钟。”

一名护士上前，为鲁宁和阿罗披上白大褂。

身上插着各种管子的苏凤麒瘦得厉害，面色苍白，憔悴不堪，但神态安详，盖着一条毛巾被，默默凝视天花板。看见鲁宁夫妇进屋，他将眸子转过去，又动了动露在毛巾被外的一只手，算是打招呼。

护士长搬来两张椅子，放在病床前。鲁宁小心翼翼地抚摸着老人露在毛巾被外的那只手，在椅子上坐下。阿罗没坐，绕着病床看这看那，以内行的眼光审视着，偶尔动手拾掇一下什么。院长、主任、医生和护士都悄然退出。

“苏老，今天向您报告一下案情。”鲁宁轻声说，“为避免影响您的治疗，也因为案件一直在紧张调查之中，我们一直不多谈这事。现在案件审理已经接近尾声，应该将真相告知您了。”

苏凤麒听了，不吱声，只是专注地看着鲁宁。

鲁宁问：“苏老，您想必还记得一个叫作卜罗米的人物。”

“杂种修斯。”

“是的。”

“他怎么样？”

“他早年给张宗昌当密探，捕杀过共产党员，也捕杀过国民党人和北伐军官兵。珍珠港事件后又沦为日本人的奸细，害死了几位被关在潍县集中营的美国传教士和飞行员。战后他潜藏在上海一家外文图书馆里当管理员，惶惶不可终日。他的名字和踪迹始终被大洋彼岸的一个机关掌握着。他们终于找到了他，说好吧，你去南京把刀酶弄到手咱们就前嫌尽弃，还可以帮助你逃离中国大陆并支付给你一大笔报酬。”

叶玉菡关于刀酶的论文发表在英国《探针》杂志一九五〇年第一期。她本人尚未意识到这篇论文的特殊意义呢，远在大洋彼岸的一个“战略勤务办公室”的几位微生物学家却已经觉察到了。他们立刻开始了行动。在南京药专，而且是在叶玉菡主持的实验室，安排了长期潜伏的一名代号Satan Mouse（撒旦鼠）的特务，其公开身份是疫苗组实验员。卜罗米从上海潜至南京，跟这名特务接上了头。撒旦鼠绘制了生物制剂室和各楼层实验室所在方位的地图，标明了所有房间的装置、设备和功能，复制了所有可能用得上的钥匙……

盗取刀酶只能在夜间。而唯一住在生物制剂室那幢楼房中的是主任叶玉菡，她还经常在夜间加班，有时通宵达旦地工作。这对特务的行动造成障碍。于是撒旦鼠窃取伤寒杆菌投放在叶主任的水杯里，使她突然病倒住院，为卜罗米的行动提供了时间和空间条件。

“一九五〇年第一期《探针》我们迟至一九五一年二月才见到，这给了敌人可乘之机。”鲁宁感叹，“情报虽然指出可能有敌特盯上了药专，但情报来得不够及时，也不够具体，使我们未能防患于未然。”

“我想知道那天夜里出事的全过程。”苏凤麒沉默片刻，吃力地问，“我都这个模样了，再不知道就没有机会知道了。”

“怎么这样说呢？”鲁宁安慰道，“我今天来，也是为了向您报告一下这件事。”

那天夜里，一位护士看见躺在病床上的叶玉菡醒了，凑上去说："叶主任，您恢复得不错，再有几天您就可以出院了，但您的体质太虚弱，出院后也别急着工作。"

"你知道我在想什么吗？"叶玉菡若有所思。

"您在想什么啊？"

"我生病不是怪事，但怎么也不会是伤寒杆菌引起的伤寒啊！"

"是的，苏校长也说这事蹊跷。"

"苏校长什么时候说的？"

"刚才说的，"护士指指小桌上那只指着凌晨一点十五分的座钟，"一刻钟之前吧。"

叶玉菡追问："在哪儿说的？"

"苏校长来看您，走出病房后说的。他仔细询问您的病情，又说你们实验室藏有伤寒杆菌，但是那种东西在一般情况下不可能跑出来侵害人啊。"

"他，苏校长，去哪儿了？"

"往生物制剂室那边去了。"

叶玉菡讶然："是吗？！"

她思索片刻，穿上衣服，披上厚厚的病号大衣往外走。走过值班室时，她朝值班护士点点头："我出去遛遛，呼吸点新鲜空气。"

一位护士为叶玉菡拢紧厚厚的病号大衣："叶主任，捂紧点，小心着凉。"

另一位护士叮嘱："叶主任，外头太冷，早点回来。"

叶玉菡沿着小路往前走，有点喘息。一弯残月躲在乌云后面忽隐忽现，偶尔洒下几束清辉。终于，小路接近尽头，生物制剂室的楼房出现在眼前，三楼上一间实验室的窗帘从内部被电灯光照亮。

叶玉菡抬起左腕看看，夜光表指着凌晨一点五十分。她朝楼房走去，悄然无声地上到三楼，立刻看见那间最大的实验室大门洞开，两扇门板东倒西歪……

就在苏冠兰大吼一声“抓特务呀”的同时，叶玉菡抓起一只广口瓶朝卜罗米摔去，一种液体喷溅而出，刺鼻的烟雾顿时弥漫开来。

在卜罗米扣动扳机的同时，叶玉菡扑到了苏冠兰身上！

苏凤麒听完了，仰望天花板。

“玉菡的伤势已经大为好转，她的彻底痊愈只是时间问题。”鲁宁说完了，仍在抚摸老人的一只手，“大家都希望您和玉菡早日康复。”

“说点别的吧，”苏凤麒想了想，轻声道，“说说天文学。”

“好呀，这也正是我今天特别想跟您谈的话题。”鲁宁仿佛也成了天文学家，开始滔滔不绝，“苏老，您放心，新中国的科学事业包括天文学事业，一定会有一个全新的面貌！”

在原中央研究院和北平研究院的基础上，一九四九年十一月成立了中国科学院。在原中央研究院天文研究所基础上，一九五〇年五月成立了中国科学院紫金山天文台。原属紫台的简仪、圭表、漏壶等古物都已重新安装，被日本人严重破坏的浑仪和六十厘米反射望远镜已列入修复计划。紫台今后将统一管理全国各地天文台站，成为全国天体物理研究、方位天文和实用天文观测的中心，参与制订国家天文发展规划，负责在几所大学创立天文系，在南京、长春等地建设天文观测仪器研制基地。在苏凤麒教授当年创办的塘沽观潮站旁，准备新建天津纬度站……

“倾注了您的大量心血，对抗战胜利做出过重大贡献的凤凰山天文台准备扩充建设，占地要从几十亩扩大到几百亩。”鲁宁继续滔滔不绝，“您曾经梦寐以求的香山天文台已被纳入远景规划，而且规模更大，水准更高，将来可能定名为‘首都天文台’或‘北京天文台’。特别要告诉您的是，射电天文学也已被纳入新中国天文学的发展规划……”

苏凤麒虽然躺着不能动，表情和语气却激动起来：“啊，射电天文学！”

“它的出现有十年了吧？我知道它一直是您梦寐以求的科研方向！”鲁宁说着，也兴奋起来，“您是老一辈天文学家，您当年在凤凰山研究无线电导航技术时已经预见到无线电在天文观测领域的应用。”

“鲁代表，你对我研究得很透。”苏凤麒居然流露出一丝笑容。

鲁宁也笑起来，笑得很开心。苏凤麒思忖了一会儿，接着说：“可是，射电望远镜，特别是它的天线阵，规模很大，精密度极高，得花很多很多钱呢。”

“苏老，我再一次请您放心！为了祖国的复兴，为了中华民族的强盛，该花的钱我们会大把地花，决不吝啬。发达国家拥有的所有尖端装备，世界上一切最先进的科学技术设施，我们全都要拥有，我们也一定会拥有！”

苏凤麒困难地点点头：“好，好，可惜我来日无多……”

“不，您是优秀的科学家，第一流的天文学家。”鲁宁说着，为老人拭去眼角的热泪，“您对人类科学事业，对我们伟大的祖国，对中国人民的抗战大业，都做出了卓越贡献。大家都对您充满期待。您好好治病，早日康复，出院后回到我们中间来，跟我们一起工作和奋斗。”

苏凤麒不吱声，仿佛在沉思什么。有顷，他说：“鲁代表，请你到，到，到我左边来。”

原来坐在苏凤麒右边，一直在抚摸老人右手的鲁宁起身换到苏凤麒左边，上身凑近苏凤麒。

老人吃力地说：“请，请把我的左手露出来。”

苏凤麒的左手插着管子，上面盖着毛巾被。阿罗帮着把毛巾被掀开，露出老人瘦骨嶙峋的左手。这时可以看见，那只左手的无名指上戴着一枚戒指。那是一枚镶着一颗硕大的淡紫色钻石的白金戒指，在灯光下熠熠生辉。鲁宁捧起老人的左手，谛视戒指，白金指环上刻着1917、Elisabeth Golden Crown和Cometa……

“啊，伊丽莎白金冠！”鲁宁仍然捧着老人的左手，“我久闻其名，但还是第一次看见。”

“请，请，”苏凤麒说得很慢，很费力，“请帮我把这枚戒指摘下来。”

鲁宁小心翼翼地从老人左手的无名指上摘下戒指。哪怕是很微小的动作，苏凤麒做起来也越来越慢，越来越费力了。他将原来手背朝上的左手翻过去，使手掌勉强朝上。鲁宁将钻戒放在老人掌中。苏凤麒用变形扭曲的左手无力地攥了攥钻戒，又摊开掌心：“鲁代表，请，请你接过去。”

鲁宁以探究的眼光看了看老人，从他掌心中拿起钻戒，也攥了攥，再摊开掌心：“苏老，它还带着您的体温呢。”

“它，伊丽莎白，Cometa，”老人凝视鲁宁，话语断断续续，声音低微，但吐字清晰，“伴随了我三十多年。”

“苏老，它不是一枚普通的戒指，它是一种荣耀，一种精神。”

“现在，鲁代表，”苏凤麒说着刚才没说完的话，“我想通过你，把它献给国家。”

“苏老！”鲁宁掏出一方洁净的手帕，将戒指放在上面，郑重地、小心翼翼地搁在床头柜上，然后捧起老人瘦骨嶙峋的左手继续抚摸。

“这枚戒指总还有点价值吧。”苏凤麒继续说着，“如果换成钱……”

鲁宁激动起来：“我们国家无论怎么困难，也不会这样做的。”

“我说的是如果——如果换成钱，我的意思，也许可以给紫台或凤凰台买一两件精度较高的观测仪器。”苏凤麒淡淡一笑，打断鲁宁的话，“或者，摆在博物馆或陈列室里，作为古董或史料，可能也还有点意义，因为国际上早就有人将伊丽莎白金冠奖誉为天文学的诺贝尔奖了……”

“新中国成立前夕您能坚持留在大陆，这一点也得到国家的高度评价。”

“谢谢。”苏凤麒将眼珠转过来，望着鲁宁，点点头，“鲁代表，你是我非常信赖的人。我还想跟你谈谈家事，我家的事。”

“好呀。”鲁宁微笑颔首，“这方面我比起别人来具有明显的优势，认识您的全体家庭成员。”

“菡子是冠兰的救命恩人。”

“是的。现场勘验证实，如果没有玉菡躯体的阻挡，那颗罪恶的子弹就会射入苏冠兰的心脏。”

“即使当时在实验室里的不是苏冠兰而是别人，菡子也会这样做的。”

“她的人格之高尚，正在于此。”

“冠兰与菡子历来的关系，你当然是知道的。”

“是的。”

“他俩现在的关系，怎么样了？”

“这样说吧，”鲁宁说得很慢，看得出他在认真斟酌每个字句，“他俩，苏冠兰和叶玉菡，在南京药专曾经长期是同事，今后将不会再是这样了。”

“我相信你为这做了很多事情。鲁代表，谢谢你！”苏凤麒颔首。之后一直躺在病床上，仰望天花板默不作声。鲁宁夫妇一直陪伴在旁。终于，老人又开口说话了，非常费力，喘息，声音很低，而且断断续续。一位护士将耳朵贴在老人腮旁，算是听清楚了：“苏老说，他想到露台上待一会儿。”

医生、护士和护理员来到病房，连院长、主任也都来了。他们打开通往露台的四开玻璃门，然后跟鲁宁夫妇一起，小心翼翼地将病床推到露台中央。苏凤麒躺在病床上，平静地仰望夜空。

医护人员们离开露台。院长和鲁宁夫妇留在病床旁边。突然，苏凤麒面色发青，喉咙里发出古怪声响，脖颈部肌肉强烈抽搐。鲁宁急忙凑近喊道：“苏老，苏老，您怎么啦，您很不舒服？”

苏凤麒已经不能说话，只是两眼越睁越大。

阿罗领着苏冠兰、叶玉菡和珊珊匆匆赶来。

苏凤麒的视线在苏冠兰、叶玉菡和珊珊的面孔上停留片刻，然后凝视南边夜空中的某个位置。他的表情和眼神都迅速凝固，散大的、固定的瞳孔仍然死死盯着天穹上的那个位置。鲁宁和苏冠兰的视线也投向天空中的那个位置。

无声无息的夜空，群星灿烂。

一颗又大又亮的流星从“轩辕十一”[1]的位置急速坠下，在夜空中划过一道又长又亮的金色弧线……

鲁宁和苏冠兰从天空收回视线，互相看了一眼。

主任领着几名医护人员赶到病床边。

叶玉菡和珊珊发现老人已经逝世，泪如雨下地叫道：“爸爸，爸爸！”

隔着半个地球，阴雨绵绵的伦敦。泰晤士河默默流淌，教堂钟声好似呜咽。《泰晤士报》上一条加黑框的消息配有苏凤麒早年在剑桥大学留学时的一张照片，和一张“伊丽莎白金冠”钻戒的特写照。消息的标题是：Royal Society and University of Cambridge Send The Message of Condolence for Dr. Fengqi Su（皇家学会和剑桥大学电唁苏凤麒博士逝世）。

另一份外国报纸上，一条加黑框的消息配有苏凤麒回到中国后的一幅照片，背景是南京紫金山。消息的标题是：The Half British Going Completely Back to The Divine Land（“半个英国人”彻底回归神州）。

1　星座名，是狮子座的一颗恒星，有狮子座流星群的辐射点。

还有一家英文报纸上，一条加黑框的消息配有苏凤麒早年在格林尼治天文台的一张工作照。消息的标题是：The Comet Falling Down（“彗星”陨落）。

此恨绵绵

过道一头的磨砂玻璃门上写着“外科病室”。臂戴黑纱的苏冠兰挎着篮子正往里走。在一间办公室前，外科主任招呼道：“苏校长。”

苏冠兰点点头：“早就不是校长了。”

“叶主任身负重伤几十天昏迷不醒，后来又因连续手术几个月不能动弹，是您日夜守护。”外科主任满含感慨，“您每天往叶主任病房跑三四次，令尊逝世后这种情况还持续了一个多月，别弄得叶主任还没出院呢，您也住到这儿来了。”

“没事，没事，我体质很好。”

外科主任伸手揭开苏冠兰拎着的篮子，露出一只陶罐。又揭开罐盖，凑近细嗅，伸出大拇指：“嗬，这顿是人参鸡汤！”

苏冠兰来到叶玉菡病房门前，敲了敲，轻轻推开，蹑手蹑脚走到床前，把篮子和陶罐轻轻置于小柜上。叶玉菡穿着一套单薄的条纹服，身体左卧，呼吸缓慢均匀，睡得很熟，额上有一层薄汗。

苏冠兰瞅了瞅病房一角摆着的一台立式电扇，想了想，走出病房。须臾，他拿来一把蒲扇，掩上病房门，站在床边，大幅度地缓慢挥动蒲扇。轻缓的风阵阵拂过，叶玉菡鬓角和额头上的细小发丝微微颤动……

怎么，玉菡像是呼吸停止了似的？苏冠兰疑虑起来。他想了想，将自己的手指伸到玉菡鼻孔前，可是，奇怪，感觉不到对方的呼吸。他又将耳朵凑上去，竟也听不见丝毫鼻息。苏冠兰的面孔离叶玉菡的脸庞很近，非常近，也许只隔着一两寸，可是仍然觉察不到任何动静。

苏冠兰试着隔远一点细看。半尺，一尺，一尺半，两尺，奇怪，随着距离的拉长，他视野里的叶玉菡好像由左卧变成了仰卧，甚至好像变成了一尊冷冰冰的、闭目仰卧的白色大理石雕像。

苏冠兰惊恐起来！反复谛视之后，他发现这是幻觉。玉菡不是仰卧而仍是左卧，不是一尊白色雕像而仍是一个脸色苍白的女人。为了不再产生幻觉，为了看得真切一点，他小心翼翼，屏气凝神，贴近些、贴更近些看。他的面颊要碰着叶玉菡的鼻尖和嘴唇了，这才终于感觉到丝丝微弱气息。

苏冠兰放心了，直起上身，稍稍后退。少顷，他复又凑近些，细看叶玉菡，看见叶玉菡的鬓角掺进很多白发，看见叶玉菡的脖颈皮肤出现很多皱纹，看见叶玉菡的手背和手腕青筋暴露……

苏冠兰忽然产生了强烈的悲怆感，几乎要流泪了。是谁使叶玉菡变得如此苍老憔悴、伤痕累累？是的，用今天常见的说法，是万恶的旧社会和旧制度造成的，是罪恶的封建主义和帝国主义造成的……可是，难道他苏冠兰就没有责任？

苏冠兰好像是生平第一次发现，眼前这个女人有着多么高贵的人格。多少年来，她总是把困难和痛苦留给自己，把幸运和希望让给别人；每逢生死攸关的时刻，她总是挺身而出，用自己的死亡换取别人的生存。苏冠兰啊，这样一个出类拔萃的女性，你了解她吗？几十年来你是怎样对待她的？你给她造成过多少痛苦和伤害？你真是个瞎子！

苏冠兰终于喊出声来，声音哽咽、嘶哑而战抖："玉菡，玉菡……"

但是，叶玉菡毫无反应，仍在熟睡。

苏冠兰的面孔和嘴唇再度贴近叶玉菡，但是还没碰着叶玉菡呢，他的热泪已经夺眶而出，无声滴落在叶玉菡的面颊上。

叶玉菡似有感觉，迷迷糊糊地睁开眼睛。好几秒钟之后，她好像终于意识到眼前正在发生什么事情。她默然无语，静静地凝视着苏冠兰。

苏冠兰泪流满面，伸开双臂喊道："玉菡，玉菡，我的好玉菡啊！"

叶玉菡很平静，只是显得非常疲劳。她重新闭上眼，依偎在苏冠兰怀抱中喃喃道："冠兰……"

正在这时，病房门被推开了。苏冠兰觉察到动静，赶紧回头。

叶玉菡也抬起头来，朝门口投去淡淡的一瞥。

出现在门口的是鲁宁和阿罗，他俩相互瞅瞅。鲁宁先开口了：“嘿嘿，本来想让你们惊喜一下的。”

阿罗拍拍身边一个孩子的头：“叫啊，快叫。”

叶玉菡和苏冠兰这才看见鲁宁夫妇之间站着个亭亭玉立的少女。

叶玉菡的两眼忽然闪烁泪光。她推开苏冠兰，从病床上起来，连拖鞋都来不及穿好便光着脚跑过去，一把搂住女孩子。少女哭了，扑在叶玉菡怀里喊道：“妈妈，妈妈，妈妈呀！”

叶玉菡连声应道：“唉，唉，小星星，妈妈的好孩子，好女儿。”

过了好一会儿，这一对母女才恢复常态。鲁宁拍拍小星星的头，朝苏冠兰指指。少女挺直上身，冲苏冠兰恭恭敬敬地鞠了一个躬，亲热地叫道：“爸爸！”

一九五一年深秋，玄武湖波光潋滟，湖畔的树叶被染成红色、黄色、赭石色，针叶林则一片墨绿。临湖一处有着水榭曲廊的酒楼里，一间大厅的红色横幅上缀着金黄色的大字：热烈祝贺苏冠兰先生、叶玉菡女士喜结良缘。

一台带大喇叭的留声机在播放《婚礼进行曲》。

新郎苏冠兰和新娘叶玉菡穿着漂亮的礼服，并立在大厅门口，对来宾们鞠躬致意，并一一握手。黎濯玉身着西服，扎着红色领带，胸佩红色证婚人胸花。鲁宁穿呢质军便服，胸佩红色主婚人胸花。宴席十几桌，宾客上百位。席间有人走动，交谈，都是满脸笑容，一派喜气洋洋。

新郎新娘到各席向来宾们敬酒。席上，来宾们七嘴八舌。

“这场婚礼规格真够高的，证婚人是紫金山天文台台长呢。”

“主婚人是一位指挥千军万马的将军，他还是一位成功的红娘。”

“我参加过的婚礼不下百场，以新婚即新郎新娘都是初婚论，他俩是年龄最大的一对——四十一岁！”

“也是最传奇、最感动人的一对。”

鲁宁上台。他摆弄了一下麦克风，大声说：“还有一位嘉宾刚下火车，大家鼓掌欢迎。”

十几桌宴席上的上百位宾客纷纷将目光投向一位圆脸少女。她款款上前，首先向新婚夫妻深深鞠躬并捧上一大簇鲜花，接着向大家鞠躬。待她直起上身时，双眶泪光闪烁。她静了静心，露出满面笑容，嗓音却有点哽咽：“我叫小星星，今年十六岁，正在北京上中学，是向学校请了假专程赶来的，来参加妈妈叶玉菡和爸爸苏冠兰的婚礼。我热烈祝贺亲爱的爸爸妈妈今天喜结良缘，终成眷属。我要像爸爸妈妈一样，成为这个世界上最好最好的人！”

听了小星星的话，全场起立，热烈鼓掌。穆政委来到鲁宁身边，轻声道：“我说鲁宁同志啊，包括你这位主婚人在内，今天共有六位致词者，数这小姑娘讲得最好。”

鲁宁笑起来：“这就叫月圆花好。月圆指新郎新娘终成眷属，花好指他们结婚时已经有了这么大的女儿。”

穆政委直翘大拇指：“哟，你这话讲得更好！”

一年之后。一九五二年深秋的一天。南京药专一套宿舍房中，苏冠兰腰系围裙，正在忙着做饭菜，厨房里热气蒸腾。叶玉菡在摇篮边忙着。房门响了，叶玉菡去开门，招呼走进门来的鲁宁并与阿罗拥抱。

鲁宁大步跨进房间放下一大包东西。他指指那一大包东西说：“到北京出差，昨天晚上刚回来。喏，在北京买的，婴儿吃的奶粉、炼乳和蜂蜜，给玉菡的肉类罐头、鱼子酱和鱼肝油。”

阿罗从摇篮里抱出一个婴儿，高兴地转了几圈，在孩子脸蛋上亲了几口。然后解开一个包袱，一面往外抖搂旧衣服布料，一面叨叨：“玉菡大姐，这些旧衣服都很软和，有的可以做尿片，有的可以改成婴儿穿的小衣服。”

鲁宁关心的是另一个事：“取好了名字没有？”

苏冠兰说：“昨天刚想好了，但是还没最后决定。”

鲁宁和阿罗几乎是齐声问道：“什么名字？”

叶玉菡抢先回答：“苏甜，甜蜜的甜。”

“苏甜，甜蜜的甜？”鲁宁笑起来，“好，好，这是姓苏的女孩能取的最好的名字。”

“睡得多香啊，”阿罗仍在亲吻怀中熟睡的婴儿，“这么抱她亲她她也不醒。”

叶玉菡说：“有了孩子之后，生活都变得更甜蜜了。”

“是这么个含义呀。”鲁宁打哈哈，“好，这就更好了。”

“来，吃饭了。”苏冠兰从另一间屋走出来，“尝尝我的手艺。”

鲁宁说：“我们想看看小天使，没想在你们这里吃饭的。”

“赶上了就一起吃吧。”苏冠兰晃了晃手中的一瓶茅台酒，“嘿，还有这个呢。”

“茅台？那好，那好。”鲁宁馋得直咂嘴，“阿罗，咱们就在这儿吃。我不是还有些话要跟老苏和玉菡谈吗？那就边吃边谈。”

于是，就着一桌简单的饭菜，一瓶茅台，苏冠兰夫妇和鲁宁夫妇围着一张方桌吃饭。叶玉菡与阿罗谈得起劲，鲁宁和苏冠兰碰杯之后都一饮而尽。鲁宁咂着嘴说：“老苏，玉菡，有一件事，今天要告诉你们。”

一瞅鲁宁那副郑重其事的神态，苏冠兰和叶玉菡都停止了吃喝。

“是这样的，老苏，玉菡，组织上已经决定让我转业。”

苏冠兰的口气不无遗憾：“不当将军了？”

“不当将军了，但在今后的岁月里，在工作和斗争中，我的作风还会像个将军。”

“转业后做什么工作呢，当市长、省长？”

“到国家卫生部任职。”

“要当京官啦。到卫生部做什么呢？”

“可能做副部长，分管科研和教育。”

“很好，这跟你一直期望的当外交官或到科学院工作差不多。”

叶玉菡插嘴问：“阿罗呢？”

鲁宁答：“她也去，中华护理学会副秘书长。”

苏冠兰很高兴：“好啊，阿罗当了一辈子的白衣天使，又回到本行上来了。”

叶玉菡叮嘱：“你们到了北京，要代我们多去看看小星星。”

“母爱如此伟大。”鲁宁感叹，“你看玉菡，添了小甜甜，还惦着小星星。”

“放心，跟当年在延安一样，”阿罗的话让人感到温暖，“我们家就是小星星的家。”

鲁宁说：“老苏和玉菡到北京工作之后，也可以天天见到小星星了。”

苏冠兰和叶玉菡望着鲁宁。

“我到卫生部后准备筹组中国医学科学院，目前设想的是下设十个所和若干个系。”鲁宁接着说，“老苏可以到实验药物研究所，玉菡可以到病毒系，也可以回协和微生物科，最好是两边兼顾。现在我代表组织正式征求你们的意见，是否愿意去北京工作？”

阿罗一听，冲苏冠兰和叶玉菡直拍手：“这样一来，老朋友就能天天见着了。这事鲁宁还一直瞒着我呢。你俩快拿个意见吧，到了北京我就催着鲁宁去办，天天催他。”

苏冠兰和叶玉菡笑起来，相互看看。恰在这时，摇篮里的婴儿哭起来。叶玉菡刚起身，阿罗抢过去一把抱起婴儿又摇又亲。鲁宁轻轻一拍前额：“对了，未来的中国医学科学院还应该有托儿所和幼稚园。”

鲁宁说着，起身从阿罗手中接过婴儿，一面哼着听上去很别扭的儿歌，一面晃动身躯。他又仔细看看小甜甜，也把面庞凑上去亲了一下，不料婴儿竟大哭起来。

阿罗抢上去夺过婴儿：“哎呀哎呀，你的胡子！”

一九五三年春，苏冠兰教授奉调首都，任中国医学科学院实验药物研究所副所长、研究员。叶玉菡随之进京，任《病毒学报》专职编委，主要工作是审阅论文和译稿。大家本来都以为，苏冠兰夫妇也以为，这么大年岁不会有生育能力了，生的孩子“质量”也不会好，但是继一九五二年秋他们的女儿苏甜在南京出世之后，儿子苏圆也于一九五四年夏在北京出世。两个孩子都健康聪明。夫妇俩高兴，大女儿金星姬也高兴得要命，一放假就往爸爸妈妈那里跑，家中很热闹。

一九五三年，金星姬从北平育才中学毕业。一九五八年从北京医学院药学系毕业，被安排在中国医学科学院实验药物研究所药理室任研究实习员。报到当天她跑到副所长办公室，一面推门而入一面高兴地喊着“爸爸”。正在埋头工作的苏冠兰抬起头来，但并未说话，只是往后靠靠，看着小星星。

“爸爸，向您报喜。我刚到所人事科报到了，从今天起就是一名科研人员了。”姑娘连声喊道，“您知道我一直梦寐以求的就是像妈妈和您一样成为科学家啊！”

“好啊，祝贺你！”苏冠兰略加思忖，态度郑重地说，“不过，孩子，有一点我得提醒你……”

小星星茫然。

“今后我和你就是同志，同事，上下级了。”苏冠兰斟酌着词句，“至少在所里是这样。”

小星星更加茫然：“爸爸，那，那又怎么样呢？”

“你我都得注意，不要把亲属关系带到单位来。”苏副所长边想边说，“你别再叫爸爸，至少在所里不这么叫。”

“爸爸，啊，不，不叫爸爸，那，那么，叫什么呢？”

“这个这个，叫冠兰同志、苏冠兰同志？哦，不好，不适合。”苏冠兰面露难色，“不然，这样吧，像大家一样叫苏副所长，或者苏教授、苏先生，哦，都不好。这样吧，叫苏老师。”

小星星想了想：“那，怎么叫妈妈呢？”

“还是叫妈妈。”

办公室的门被轻轻敲响了。苏冠兰说：“请进。”

办公室孙副主任递过一纸介绍信来。原来是中国新闻社一位记者前来采访，想了解和报道从药用植物和中药里提取有效成分的工作。苏冠兰接过介绍信来瞥了一眼，随手放在写字台上：“记者哪天来？”

“已经来了，在会客室。”

苏冠兰看看手表：“请记者来我的办公室吧，谈半小时。之后，你们派一位懂业务的同志陪他参观一下相关实验室。”

“好的。”几分钟后，孙副主任陪着一个记者出现在门口。苏冠兰迎上去。孙副主任刚要介绍，记者已经满面笑容地开口了：“我该称您苏副所长、苏教授、苏先生，还是该直呼你苏冠兰呢？”

苏冠兰一愣，觉得面前的客人确实有点面熟：“我们见过面？您是，对不起，您……”

客人仍然望着苏冠兰，笑而不答。

苏冠兰从写字台上拿起介绍信来再看，上面填写着的记者姓名是“朱尔同”。他激动起来，一把抱住对方，左看右看，大声感叹：“哎呀哎呀，朱尔同呀朱尔同！”

苏冠兰和朱尔同到公园散步。

朱尔同被齐鲁大学开除是二十多年前的事了。他说：“这事你别在意，苏冠兰。你我当时并没做错什么，后来我也没有因此失去什么。”朱尔同说，他后来进了上海美专。因为在齐大好歹混了五年，真本事还是学到了不少的，所以到上海美专很快就拿到文凭，去了法国。一九五一年回国后在中国新闻社当了美术编辑兼摄影记者。

苏冠兰点头：“听你这么说，咳，我心里还舒服一点。”

两人进了一家餐馆，边吃喝边谈。朱尔同问：“还记得我哥哥朱予同吗？”

苏冠兰答：“记得，他当时在山东省立师范当教务主任。我后来还读过他编注的《放翁诗词三百首》，写得很好。”

“他后来到了北平，一直在北京师范大学当教授。”

“予同先生是位忠厚长者，回头我要去看望他。”

“我陪你去。哦，你们家在北京，住的怎样？我问的是房子好不好。”

苏冠兰说：“我们从南京迁来几年了，全家四口一直挤住两小间屋子。”

“是吗？争取换个环境吧，咱俩一起去看房子。”

朱尔同领着苏冠兰来到前门外一条小巷深处。那一带全是平房，灰砖灰瓦灰色地面，冷落单调但干净齐整。朱尔同看中的是一座四合院，有大大小小八九间房子，长着几株枝繁叶茂的西府海棠，果实挂满枝头。

“这样吧，苏冠兰，”朱尔同说，“你要乐意跟我做邻居，咱俩就把它买下来。”

两家把这座四合院买了下来。朱家住南房，檐廊上摆着十几盆菊花；苏家住北房，檐廊上摆着十几盆兰草。这天朱尔同问：“玉菡去哪儿了？”

“到学报社参加编委会。”

“我说老苏啊，有件事在我心头憋了很久，一直没好意思开口问，今天趁着玉菡不在家，想问问你。”

苏冠兰望着朱尔同不吭声。

“你到底还是跟玉菡结婚了，我真高兴。你是幸运儿，得到了世界上最好的女人。”

苏冠兰仍然看着朱尔同，不吭声。

朱尔同犹豫再三，终于问道：“告诉我，老苏，你命运中另外一个世界上最好的女人呢？”

苏冠兰的呼吸仿佛变得困难了，胸脯深深起伏。他不说话，闭上眼睛，不着痕迹地摇了摇头。朱尔同一直目不转睛地盯着苏冠兰，发现苏冠兰紧闭的眼睛中竟渗出泪水！

苏珊娜带着儿子到首都旅游，住在前门外哥哥一家的新居中。自苏冠兰与叶玉菡成婚后，珊珊对菡子姐姐便改称“嫂嫂”了。珊珊是哥哥生命历程中某个重大转折点的见证人，甚至是当事人，从某种意义上可以说是她改变了哥哥的命运。因此这么多年来，好像总有个事情隐约悬在她的心头。

旅游结束，苏珊娜要带着儿子离开首都了。叶玉菡留在家中照顾两个孩子，只苏冠兰到前门车站送行。一列客车的每节车厢上都挂着写有“北京—昆明”字样的牌子。苏珊娜和儿子拎着行李登上车厢找到铺位之后，从车窗探出头和手来。

“珊珊，”苏冠兰有点哽咽，“过几年再来，全家都来。”

“你也到昆明走走，”苏珊娜泪流满面，“抗战中你是到过云南的。”

“有机会一定来。”

“嫂嫂对云南更是很熟悉，很有感情。”苏珊娜鼓足勇气，望着苏冠兰说，“哥哥，还有一件事，我想当面问问。”

苏冠兰凝视妹妹。

“哥哥，你跟嫂嫂的关系，到底怎么样了呀？”

“放心吧，珊珊。”苏冠兰双手攥着妹妹的手，紧闭眼睛，以免泪水夺眶而出，“现在的你哥哥和你嫂嫂，是相依为命了！”

机车嘶鸣，列车启动，发出轰隆轰隆的声响，渐行渐远。

苏珊娜流着泪隔着车窗向哥哥招手。

苏冠兰拭净泪水，目送列车远去。

相依为命，就是两人生活在一起，两人的精神融为一体，永不分离；就是谁也不能离开对方，都扎根在对方的生命里，你中有我，我中有你；就是如果一人幸福另一人也会欢乐，一人逝去另一人也无法长久存活。——是的，这就是苏冠兰叶玉菡夫妇关系的真实写照。

但是，相依为命更多地意味着良心、责任和忠诚，而并不一定意味着、并不一定完全意味着爱情。苏冠兰终于意识到了，他并没有忘记自己命运中另一个世界上最好的女人，而且永远不可能忘记！随着时间推移，苏冠兰对琼姐的牵挂和思念越来越绵长深沉。

新中国成立后，很多留学欧美的科学家放弃优越的生活环境和工作条件，历尽艰险，踏上万里归途。苏冠兰默默关注着这方面的一切信息。可是年复一年，琼姐始终音讯杳然。莫非真如父亲所说，琼姐在美国结婚后跟丈夫到海滨过起了逍遥日子，而他苏冠兰却只落得个“终被无情弃”？然而有什么事实和证据，哪怕是一丁点的事实和证据，能证明父亲说的是真话啊?！

苏冠兰从来不去颐和园，因为琼姐当年在颐和园东宫门苦苦等了他三天，为此身患重病，几乎酿成终身悲剧。

凌云竹教授先是在外地一所著名大学当校长，在北平研究院任院长，后来担任了中国科学院副院长。虽然同在北京，同在科学界，苏冠兰却避免在任何场合遇见凌副院长，因为老教授是他与琼姐当年相识相爱的见证人，他必须小心翼翼地避免触碰灵魂上的伤疤。万一凌副院长向他问起琼姐，问起他与琼姐之间这些年来发生过什么，他该从何说起啊！

一次，苏冠兰外出开了三天会，深夜回到家中不见玉菡踪影。他走进书房，但见叶玉菡在台灯下忙活，地板上搁着一只破旧皮箱，箱盖张开，里里外外撂着一些凌乱的纸张之类。苏冠兰走到妻子身后，探头望去，不禁一愣：写字台上堆满了丁洁琼旧日的书信和照片，其中一部分已经分别被整整齐齐捆扎成包，置放在一口崭新的皮箱中。

在过去的年代里，丁洁琼所有的书信照片，苏冠兰一直带在身边，哪怕是在颠沛流离的战乱年月里。但是他却从来不敢打开那只箱子。他用这种方式，把只有自己能体味的迷惘和痛苦深埋心底。

玉菡轻叹一声："多年来你一直随身带着这口皮箱，我知道里面肯定收藏着琼姐的信件。前天我发现皮箱已被虫咬有霉变，于是专门买来干燥剂、抗氧化剂和这口新箱子。"玉菡指指箱中十来个捆扎整齐的大包小包，"我把琼姐的照片和信件全都整理了一遍。今后就放在书柜顶端吧，那里最干净，也最干燥。"

苏冠兰拥抱叶玉菡，抱得紧紧的，默默流泪。

苏冠兰教授一直记得自己当年对琼姐说过的话："从此，我在南京又有了一个亲人，这个亲人就是你！”

每逢佳节倍思亲。特别是在除夕之夜，当神州大地千家万户阖家团圆，吃团圆饭，守岁，放礼花，看焰火，沉浸在幸福和喜庆里时，苏冠兰往往彻夜不眠，神情恍惚，独自蜷缩在书房沙发中，深思和回忆……

这种迷惘和痛苦，只有苏冠兰自己能体味吗？不，还有他的妻子。每逢这样的夜晚，苏冠兰的不眠之夜，叶玉菡何尝能入睡。她从不打扰苏冠兰，只是彻夜伴随着丈夫，在无声中表达着她的理解和忠实，还有她大海般的善良和爱意。

苏冠兰教授有时会离开北京，到全国各地参加学术会议或出国访问。一九五八年秋他第一次较长时间离开北京，率领中国医药专家组赴越南民主共和国工作。虽然长期的战争在越南造成的人员伤亡是巨大的，但是在这个热带国家，疟疾造成的减员更严重。中国在大量提供抗疟药物的同时，更想帮助越南就地取材研制抗疟药物。苏冠兰教授在抗日战争期间从中国南方蒿类植物中提取抗疟药的经验受到重视，他就是在这种背景下前往越南的。

三十余位中国专家分批到越南工作，逗留时间一般为几十天或几个月，只有组长苏冠兰教授待了整整一年。中国专家们在越南找到了可供提取高效抗疟药的野生蒿类，并就地培训人才，建起药厂。之后，苏冠兰教授和专家组最后六位成员乘火车回到南宁，又转乘飞机返回北京。

对苏冠兰而言，长期繁重的工作起码有个好处，即可以冲淡精神上的迷惘和痛苦。可是没想到在返回北京的当天晚上，看似愈合的伤疤就被狠狠撕开了！琼姐美丽依然，而且回到了祖国。她当年是怎样失踪，今天又是怎样回来，怎样来到前门外那条小巷深处的？在杳无音讯的漫长岁月里，到底发生过一些什么事情？

苏冠兰教授终于明白了，过去的事情并未永远过去，甚至，从某种意义上说，永远不会过去！

无形钢锯

叶玉菡拨通了实验药物研究所所长的电话："老申吗？"

"哦，是玉菡。"申以哲一下就听出来了，"夫妻团聚，特别高兴吧。哦，有什么事吗？"

"是这样的，老苏想来上班。"

"上班，"申以哲一愣，"什么时候？"

"现在。"

"老苏昨天刚回北京，他需要的不是上班而是休假呀。"申所长看看手表，现在是下午两点。

"但是，他现在想上班。"

"这个……"

"老申呀，"叶玉菡压低声音，"老苏昨晚在沙发上闭着眼睛坐了一整夜，天亮后才上床，昏昏沉沉躺了一阵，中午以后才爬起来，脸色很不好，却说要上班。"

"摄食呢？"

“几乎没吃什么。”

“玉菡，”申以哲认真起来，“发生了什么事吗？”

“这，以后再说吧。我的想法是，老苏想上班，就让他上班吧。”

“这个这个，唉，就这样吧。还是让赵德根来接他。”

申以哲放下电话，想了想，抓起另一台电话：“请金星姬同志到我这儿来一下。”

金星姬来了。

“小星星，交给你一项任务，重要任务。”申所长说，“是这样的，苏副所长要上班……”

“苏老师昨天刚回国呀。”

“可是他偏要上班。”申以哲摇摇头，“那就上班吧。而你的任务，就是去苏副所长家里接他，今天全天陪同苏副所长。以后的几天，如果需要，也由你陪同苏副所长。所谓陪同，就是尽量时时刻刻跟他待在一起，照顾他，精心照顾。”

“太好了！”小星星拍手。

“别只顾高兴，金星姬同志。”申以哲的语气中带着少见的郑重，“事情并不是很简单，不然，我会说是重要任务吗？”

一小时之后，苏冠兰来到所长办公室。老申与他热烈握手，然后两人落座，交谈。申以哲昨天到机场参加欢迎式时，只注意到老苏瘦了黑了，白发成倍增多；现在才又看出来老苏脸色发青，眼皮浮肿，显得疲惫不堪。

“老苏，看得出你很累，怎么样，还是去休假吧？”

“先上班吧。”苏冠兰答道，“休假的事，以后再说。”

“好，上几天班也行。先让他们汇报一下所里这一年的情况。谈完也就下班了，我陪你下馆子，喝花雕。然后，由小星星陪你去开一个会。”

“开会？”

“别紧张。我忘了通知上怎么说的，反正是个很轻松的会，今晚七点半在首都科学会堂开。你就去放松一下吧。”申以哲笑了笑，“要我们派一个有教授或研究员头衔并主管业务的所领导参加，这就非你去不可了。可以带一个随员，最合适的当然是小星星啦。”

苏冠兰副所长听完汇报恰好是下班时分。申以哲拉上他和小星星，到附近一家烤鸭店吃晚饭。餐桌上申所长谈笑风生，不断询问越南的风土人情。餐后走回研究所，司机赵德根把车开了过来。申所长悄悄拽一下姑娘的衣袖：“小星星，记住我的话。”

棕红色华沙牌小轿车缓缓开出研究所大门。途中经过多处繁华地段，车开得不快。赵德根一面开车一面跟小星星说说笑笑。苏冠兰看得出这丫头在谈恋爱了，其实他昨天已经看出了这一点。教授算了算，姑娘已快二十三岁，该谈恋爱了，甚至该结婚了。这一年自己在国外，小星星先后来过十几封信，怎么只见她谈工作，谈所里情况，从来不见她谈个人问题呢？玉菡来信中好像谈过这事，但苏冠兰在越南工作实在太忙，生活条件实在太差，于是没顾上这些……

教授忽然意识到男女青年们似乎都有点怕他。小星星在他面前算是最大胆的了，但遇到有些事也躲躲闪闪。在研究所，不仅青年们不敢在苏副所长面前谈论男女之情，连中年人也这样。苏副所长给人的印象是正派、严肃、刻板、孤僻和冷漠。现在，苏冠兰开始无声地谴责自己：我怎么也成了“冷血动物”，像我那位父亲？这可不是好事。教授开始思索：爱情确实是永恒的主题，只要人类存在，爱情就会存在，人类本身就是爱情的产物，爱情是不应该也不可能回避的。苏冠兰决定改变自己的形象，马上就做。于是他清了清嗓子说：“小星星，你可以谈谈对爱情的看法吗？”

金星姬和赵德根都愣了：怎么，苏副所长居然谈论起爱情来了！

“我，我吗？苏老师，我的恋爱观，爱情观，我认为……”小星星愣了一会儿，终于说话了。像当时多数青年干部一样，她倾向于把问题理论化。只是由于意外，由于兴奋和紧张，她有点口吃：“我认为，爱情是婚姻的必要前提，而婚姻是爱情的必然结果。”

“不对。”苏冠兰打断对方，“爱情可以是婚姻的前提，但并非必要前提；婚姻可以是爱情的结果，但并非必然结果。就是说，爱情和婚姻是可以，并且事实上往往是各自独立存在的。”

教授刚说完就有点后悔了，他本是为了修正自己的形象，为了跟年轻人沟通才进行这番谈话的，可是刚开始谈就显露出了自己的专横和武断。他想了想，决定把道理说透，说透了就不会显得专横和武断，就会有说服力……

“我不懂，苏老师……”小星星有点茫然。

“爱情的前提是性爱。”苏冠兰说，“但是自从人类进入阶级社会以来，爱情更要受阶级关系、政治因素和社会习惯势力的支配。在这种情况下，以性爱为基础的爱情通常并不能走向婚姻，而合法的婚姻则通常不是爱情而是阶级关系、政治因素和社会习惯势力的产物。”

“您的意思是说，”姑娘眨巴眼睛，“在阶级社会里真正的爱情不会成功，或不一定会成功？”

“我的意思是说，真正的爱情一定会成功，但不一定走向婚姻。”

姑娘望着老师，大惑不解。

“这要看怎样理解成功。”苏冠兰解释，“打个比方吧，梁山伯与祝英台之间是真正的爱情，所以他俩的故事十分美好，在中国家喻户晓。他俩并没有结婚，完全是以悲剧收场，但是他俩的爱情获得了永恒的成功，留下了不朽的美。”

“哦，是这个意思。”

“反之，皇帝纳千百个嫔妃，一些老富翁娶少女为妻，此中有什么爱情呢？还有一个实例是陆游与唐婉……”

“《钗头凤》！”小星星和赵德根几乎同时喊出声来。

“陆游与唐婉的婚姻是失败的，他俩的爱情却是成功的，这才留下了千古绝唱《钗头凤》。”

“苏老师，”金星姬讶然，“真没想到，您平时从来不谈这种事，一旦谈起来却很深刻。”

“恕我冒昧，苏副所长，”司机小赵也插嘴了，“依我看，您显然有切身体会。”

苏冠兰不吱声。

“赵德根说得有道理。苏老师，我也想问问，您在青年时代是否经历过那种未能终成眷属的真正的爱情？”小星星兴味盎然，“还有，您跟玉菡妈妈的婚姻是阶级关系、政治因素和社会习惯势力的产物，还是爱情的归宿？你俩结婚那么晚，甜甜和圆圆年龄那么小，不能不让人有所猜想。”

苏冠兰望着华灯初上的街区，意识到自己低估了今天的年轻人。

“苏老师，依我看，爱情与婚姻不能统一是旧时代特有的现象。”小星星沉思道，“现在不再是封建皇帝在统治，老富翁不再能霸占少女，父母也不再能干涉子女的婚恋。祝英台外出求学再无须女扮男装，她跟梁山伯生活在今天一定能幸福结合。总之，我们这一代和我们以后的青年，爱情与婚姻是可以统一的。”

“不，实际情况比你想象和期望的要复杂得多。”苏冠兰又想了想，认真地说，“我读过一个外国短篇小说，其中有这么一段话，大意是说，人的初恋由于年轻和涉世不深，由于单纯、无知和感情用事，由于缺乏必要的精神积累和最低限度的物质基础等，而总是以分手告终，不能通往婚姻的殿堂。”

“初恋总是以分手告终？”小星星重复道。

“这是一个规律。”

“不！”姑娘喊道。

“怎么啦，小星星？”

“不，这不是事实，这是那些不忠实者的遁词。”姑娘使劲摇头，“反正，若是我的初恋以失败告终，我就终身不嫁！”

“这怎么行？”苏冠兰一惊，“不行，不行！”

“您愿意我也成为不忠实的人吗？”

“世界上很多事物是复杂的，不是用忠实或不忠实可以说得清楚的。”

“可我就是这么认为！”姑娘嗫嚅道，“而且，我也害怕……”

“害怕什么？”

“男儿爱后妇，女子重前夫。如果我初恋失败而跟别的男子结合后，仍会时时怀念最初的恋人，”姑娘说着，双眼竟渗出泪花，

“那么，我的心会被一把无形的钢锯锯成两半！”

“无形的钢锯——”苏冠兰咀嚼着这个字眼，觉得心脏痉挛。

“苏老师，”姑娘泪眼朦胧地望着教授，“我还想提一个问题。”

“什么问题？”

“苏老师，您的心，是不是也被锯过？”

“小星星，”苏冠兰闭上眼睛，往后靠去，“我有点累了。”

姑娘忽然想起申所长叮嘱她精心照顾苏副所长。申所长说话时表现出不同寻常的郑重：“事情并不是很简单，不然，我会说是重要任务吗？”姑娘急得要哭了：“苏老师，我太多嘴了。您哪儿不舒服啊？”

“没什么，没什么。”苏冠兰连连摇头，仍然闭着眼睛。在一片混沌幽暗之中，他似乎看见一位身材高挑、体态匀称、步履轻盈的女郎正缓缓向他走来……啊，琼姐！恍惚中教授觉得确有一把无形的钢锯正在锯着，锯着，锯着……自己的心脏正被锯成两半，胸口剧痛，血如泉涌。

华沙轿车提前十分钟抵达首都科学会堂，在一块草地旁停下。深秋季节，暮曛浓重，广场上华灯齐放，照亮了庄重的乳黄色主楼。喷泉上方的水雾在清风吹拂下纷纷扬扬，霓虹灯和彩灯又使它平添了某种奇幻感。

大院里停放着几十辆各式大小的轿车，人们三三两两朝主楼走去。小星星找出会议通知兼入场券，凭此进入主楼。会场不在大礼堂，而是设在一间能容纳三百来人的梯形报告厅内。一般的会场总是主席台位置较高，这里却是听众席位置较高。讲坛被改装成主席台，铺上红地毯，鲜花簇拥。主席台前那排铺白布的长桌上搁着麦克风，沿桌摆了十一把椅子。苏冠兰和小星星进入大厅时，扩音器正在播放进行曲《歌唱祖国》。记者和纪录片摄制者们已经在主席台两侧的空当和大厅过道架起了他们的照明、摄影和录音设备。

大厅后方高墙上的大红横幅中嵌着四个金黄色大字“祖国万岁”。主席台上方的大红横幅上也嵌着金黄色的大字“热烈欢迎丁洁琼教授海外归来”。苏冠兰几乎是在进入会场的第一时间便看见了这些立体大字的，他的心脏像是被猛攥了一把！但是，从昨天傍晚直到此刻，一天一夜的辗转反侧和痛苦煎熬已经使他有了一定的精神准备和承受能力。他和小星星刚落座，灯光和乐曲声忽然变亮、增大，大厅中响起热烈的掌声。

“苏老师，您看，”小星星望着主席台使劲鼓掌，“周总理来了，周总理！”

周恩来从侧门进入大厅，登上主席台。所谓主席台，其实只是一个比地面约高二十公分的平台。周恩来身着深色中山服，步履稳健。总理左侧是中国科学院副院长凌云竹，总理右首是今天大会的主角……

“啊，丁洁琼！”

“丁洁琼教授！”

“丁洁琼教授回来了！”

学术报告厅内的三百双目光凝聚在丁洁琼教授身上，响起一片啧啧惊叹。

“啊哟，苏老师，”小星星失声喊道，“您看，丁教授真漂亮，简直是女神，美神！”

周恩来、凌云竹和丁洁琼在主席台正中位置就座。国家科委和中国科学院的其他领导人在他们两侧就座。乐曲声止息。凌云竹副院长摆弄了一下面前的麦克风，宣布“首都科学界热烈欢迎丁洁琼教授海外归来”大会开始：“全场起立，奏中华人民共和国国歌《义勇军进行曲》。”

金星姬有点异样的感觉。她参加过的大会很多，奏国歌的场合也很多，但完整地宣布“奏中华人民共和国国歌《义勇军进行曲》”的却只此一次。还有一点不同寻常之处是播放的不是交响乐而是大合唱，于是每句歌词和每个音节都像滚滚海潮冲击着金星姬的和每个与会者的听觉神经——

起来！不愿做奴隶的人们！

把我们的血肉，筑成我们新的长城！

中华民族到了最危险的时候，
每个人被迫着发出最后的吼声。
起来！
起来！
起来！
我们万众一心，
冒着敌人的炮火前进！
冒着敌人的炮火前进！
前进！
前进！进！

《义勇军进行曲》激越的旋律和悲壮的歌词当年曾响遍燃烧着抗日烽火的神州大地，召唤千百万中国军队、游击队、爱国志士和人民群众为保卫祖国而前仆后继浴血奋战。还曾通过无线电传遍全球，使世界各地的中华儿女心潮澎湃，使身在美国的丁洁琼教授激动不已。此刻很多人发现，主席台上的丁洁琼教授倾听国歌《义勇军进行曲》时挺胸肃立，双眸闪烁泪光。

国歌播放完毕，全体落座。凌云竹教授微笑道："相信大家跟我一样，对周恩来总理出席大会感到特别高兴。"

全场鼓掌。周恩来向人们颔首致意。

凌副院长介绍了在主席台上就座的其他负责同志和著名科学

家之后说："我特意把欢迎大会的主人公丁洁琼教授安排在最后介绍。今天的与会者都是科学工作者，包括物理学工作者，但即使是他们，可能也只听说过丁洁琼教授早期的工作，不了解她近十几年的经历，特别是她从四十年代中后期至五十年代的遭遇。"

大厅中的人们静静倾听。

"丁洁琼教授是著名物理学家。"凌云竹接着说，"她当年出国之时已经立定志向：学成之后一定要回到中国来，将全部智慧和才能献给自己的祖国和人民。四分之一个世纪的漫长岁月过去了，丁洁琼教授不改初衷，在历尽种种艰险，冲破重重阻挠之后，她终于万里回归，不久前抵达北京。今后，她将生活和工作在我们中间，为祖国的强盛，为民族的复兴，跟我们一起奋斗和前进。"

大厅里响起热烈掌声。

凌云竹宣布："下面，请周恩来总理向大会，向首都科学界，介绍丁洁琼教授和她的生平。"

周恩来总理起身与女科学家亲切握手。

"朋友们，同志们，现在请大家跟我一起热烈欢迎丁洁琼教授，欢迎她回到伟大祖国的怀抱！"周恩来环顾会场，首先介绍女科学家的家世，"丁洁琼教授的祖父母和外祖父母都是爱国华侨和同盟会会员，追随孙中山先生，支持推翻清王朝的革命大业。她的父亲丁宏是中国近代音乐的先驱，留学法国时与女舞蹈家姜燕结为夫妇。他们热爱故土，几度回中国居住、演出和办学，资助革命斗争。他们的独生女儿丁洁琼一九一〇年出生于无锡。

“一九二七年一月，丁宏夫妇放弃在欧洲开创的艺术事业返回中国，参加了上海工人第二次和第三次武装起义。大革命失败后丁宏夫妇被捕，于一九三一年二月英勇牺牲。

“丁洁琼于一九三四年毕业于金陵大学物理系。同年进入美国加州理工学院，二十六岁获博士学位。她在辽阔的领域里对现代物理学，特别是对原子核物理学的发展做出了重要贡献，是本世纪以来最优秀的物理学家和最杰出的女科学家之一。”

会场中响起热烈掌声。三百双目光兴奋地凝聚在丁洁琼教授美丽、端庄的面孔上。

“丁洁琼教授是在大洋彼岸经历第二次世界大战的。

“美国研制世界上第一批原子弹的‘曼哈顿工程’先后动员了五十多万人参加，其中科学家和工程师达十五万名，丁洁琼教授是其中唯一的非美英国籍者。她辛勤工作，解决了一系列理论上和技术上的难题，为原子弹的成功研制和‘曼哈顿工程’的顺利进行做出了贡献，在此过程中还开创了全新的核爆炸大气动力学和核反应大地动力学。原子弹的使用使战争至少提前一年多结束，上百万美军和上千万日本人由此避免了失去生命，中国战场也减少了数以百万计的军民伤亡。”

丁洁琼静静倾听。十四年前的情景好像回到了她眼前。

一九四五年八月对广岛和长崎实施原子弹轰炸之后，她经常斟满一杯红酒，把好几台收音机摆在四周，收听各种语言的广播，听的最多的是来自中国的短波广播。不同语言从不同角度播送着同一个消息：日本投降了，我们胜利了！丁洁琼经常强忍着心脏的怦怦乱跳，任热泪沿着面颊扑簌簌滴落在玻璃杯里。她就这样一面收听广播，一面一口口啜饮掺着泪水的红酒。

一家电台回顾罗斯福总统的话："假如没有中国，假如中国被打垮了，试想会有多少日本师团将被调往其他战场？日本人可以在最短时间内毫不费力地打下大洋洲，占领印度，席卷中东！"

一家电台这样给罗斯福的话做注脚："九一八"事变以来的十四年里，中国军民伤亡达三千多万人。七七事变以来的八年里，中国战场牵制了日本陆军百分之六十和空军百分之五十的力量。日军在中国战场上共死伤一百五十余万人，战争结束时在中国战场上投降的日军达一百二十八万人。中国战场是作战时间最长、规模最大的战场，中华民族是世界反法西斯战争中受害最深重、贡献最伟大的民族！

电台报道：八月十五日的中国各地，特别是上海和重庆，人们拥上街头，欢呼跳跃，相互祝贺，尽情饮酒，干了一杯又一杯，完全沉浸在浓烈的节日气氛之中。人们家中的所有收音机和街头的所有喇叭，都在一遍遍播送蒋委员长的胜利演说！

电台报道：八月二十一日的湖南芷江，机场上搭起一座座彩色牌楼，所有牌楼上都竖着巨大的V字，中、美、英、苏四国国旗迎风飘扬。下午四时，日本中国派遣军总参谋副长今井武夫，向正襟危坐的中国陆军总参谋长肖毅肃将军毕恭毕敬地双手呈递投降书。

电台报道：八月二十二日上午九时，长春原关东军演习场，关东军总司令山田乙三，向苏军华西列夫斯基元帅双手呈递投降书和关东军的编制、武器、人员名单。

电台报道：九月二日的日本东京湾，停泊着美国战列舰密苏里号。上午八时半，乐声大作，联合国代表团开始到达。首先到达的是中国徐永昌将军一行六人，接着是英国、苏联、澳大利亚、加拿大、法国、荷兰和新西兰等国代表团，盟军最高统帅麦克阿瑟和美军将领等二十多人最后到达。九时，在“一·二八”淞沪抗战中被炸掉一条腿的日本外相重光葵，和参谋总长梅津美治郎分别代表日本天皇和日本政府、日本帝国大本营，按照麦克阿瑟的要求在投降书上指定的地方签字。

电台报道：九月九日，在南京黄埔路中央军校礼堂举行中国战区日军投降签字仪式。上午九时，日本中国派遣军总司令冈村宁次，向中国陆军总司令何应钦将军鞠躬并双手呈递投降书……

一九四五年九月起，东条英机等一大批甲级战犯相继被逮捕。

一九四六年一月十九日，远东国际军事法庭成立。二月十五日，确定由中、美、英、苏等十一国法官组成该法庭。三月十九日，远东国际军事法庭中国法官梅汝璈飞离上海，前往东京，清算血债。

中国国内，中国政府一九四六年二月分别在南京、上海、北平、汉口、广州、沈阳、徐州、济南、太原和台北成立军事法庭，对侵华日军战犯两千多人进行审判。他们之中一些罪大恶极者后来在各地刑场被执行枪决。

丁洁琼一面啜饮掺着泪水的红酒，一面反复播放赫尔寄来的录音带："琼，我的眼睛轮番投向瞄准镜和计时器……现在，九点十五分十七秒，我把目光从计时器移向瞄准镜，正在将右手伸向红色的弹舱控制电钮……琼，我的右手拇指已经按在红色电钮上。琼，我使劲按下了红色电钮。琼，你说得好，恶有恶报！琼，我听见了、感觉到了弹舱轰隆一声打开！"紧接着，录音机中涌出赫尔的怒吼："珍珠港——南京！"

"青年时代的丁洁琼曾立定志向，要以一位优秀物理学家的身份和方式报效祖国。十几年之后，她实现了这个抱负。"周恩来环顾全场，语音洪亮，"所有的中国科学家在整个战争期间都保持了节操，忠于民族和国家。但是，他们之中直接参加过'曼哈顿工程'，以这种方式为人类反法西斯战争的伟大胜利，为中国人民抗日战争的最后胜利做出卓越贡献的，只有丁洁琼教授一人。"

全场起立。热烈的掌声和欢呼声如滚过苍穹的雷声。

金星姬一遍遍地擦眼泪，可是怎么也擦不净。忽然，姑娘看见朱尔同一面沿着过道走过来，一面在四下寻觅什么。她喊道：“朱叔叔。”

“哟，你们在这里。”朱尔同搂住苏冠兰，“老苏，你看，你看，琼姐，是琼姐，原来是你的琼姐呀！”

苏冠兰教授可能是全场唯一没有起身的人。他紧闭两眼，紧抓着朱尔同的手，任泪水簌簌直流。

小星星望望朱叔叔，又看看爸爸，不明白眼前正在发生什么事情。

“可是，”周恩来略作停顿，表情和语气凝重起来，“丁洁琼教授却在战争结束后受到迫害，失去自由。”

会场沉寂下来。人们擦净眼泪，怔怔然望着主席台。

周恩来平抬两臂做了个手势，大家重新落座。

朱尔同和金星姬看见，苏冠兰满脸惊疑地望着主席台上那位女科学家，而丁洁琼也正以深邃的目光默默注视着苏冠兰。

巴士底狱

电话突然断了，丁洁琼冲着话筒“喂喂”了一阵，毫无反应。她去找话务员，但那位小姐只是神情古怪地望着她，一声不吱。丁洁琼领悟到了什么，付费之后走出邮政局，开着自己那辆旧奔驰车回住处。战后的阿拉摩斯越来越冷落，夜间路灯昏黄黯淡，车辆稀少，行人更是几乎绝迹了。

丁洁琼是偶然从中国短波广播里获知凌云竹教授担任了北平研究院院长的。那则报道说在凌云竹教授执掌下，北平研究院增设了为核研究服务的研究所，中国各主要大学或开设了原子核物理学课程，或加强了该学科的建设。

在阿拉摩斯，科学家们从住处是无法拨打也无法接听长途电话的。私人的长途电话和越洋电话只能到邮政局去拨打。于是丁洁琼就开着汽车上邮政局。几个小时之后电话才接到凌云竹家里。双方都非常高兴，足足谈了一个钟头，还想往下谈。丁洁琼忘了这里是邮政局，忘了整个阿拉摩斯都被特工控制，只顾高兴地对着话筒倾诉，诉说她想到的和她知道的一切，从U委员会说到G委员会，从原子武器说到细菌武器。她说自己终于学成了，近期一定要回到中国来。她说中国一定要拥有强大的工业和经济，拥有强大的军队，拥有世界上最先进的火炮、坦克、军舰、战机和飞弹，还要拥有原子弹和氢弹！

凌云竹教授动情地回答："回来吧，洁琼，我们天天都在想你！"宋素波抢过话筒刚问了一句"洁琼，苏冠兰呢"，电话就突然中断了——而这正是丁洁琼接着就要谈到的话题。她想向老师和师母打听冠兰的下落，还想托他们寻找冠兰，捎话给冠兰。

丁洁琼回到住处立刻收拾行李。绝大部分东西都得扔掉，但必须带上她那无法投寄的一百八十七封信。这些信每封都写得很长，都被整整齐齐地放置在各自的信封中，紧紧捆扎之后还有厚厚一大包。接着，从全部二十六盆兰草里挑了五盆，还带上赛珍珠送给她的签名本 *All Men Are Brothers*，少许不可或缺的书籍、文具和生活用品。小睡一会儿天就亮了，丁洁琼略事梳妆，没跟任何人告辞便驾车离开了住处。跟谁告辞啊，昔日的同事们早就离开了这片沙漠。

今日是礼拜天，军事作战研究室楼房内外静悄悄的。丁洁琼最后一次来到这里，留下一封辞职兼辞行的信，信封中装着她持有的"接触军事机密特许证"，接着便驾车驶向圣菲。沿碧绿的格兰德河南下，在该州最大的城市阿尔伯克基向西转，在平坦的州际公路上疾驰。沿途是点缀着耐旱植物的荒漠，由红色砂岩组成的平缓山丘，整齐洁净的小镇，缓慢移动的牛群，跨在马上棕色皮肤的牛仔。奔驰车一路往西，往西，终于接近新墨西哥与亚利桑那的州界了。

天色已暗。就在奔驰车高速驶入亚利桑那州境的同时，像突然从地底下钻出来似的，两辆鸣着警笛的警车迎面而来。丁洁琼不得不停下来，这才发现后面和右边也上来了几辆警车。她猜警察一定是在追捕逃犯，这一带的荒漠常有逃犯出没，警察的到来反而使她产生了安全感。她下了车。一名警官绕着奔驰走了一圈，然后指指车头和车尾哼道："怎么一回事？"

"什么事？"丁洁琼问。

"牌照。"

"这辆车从来就没有牌照。"

"为什么？"

"阿拉摩斯的汽车都没有牌照。"

"那么，驾照。"

"在阿拉摩斯不用驾照。"

"就是说，驾驶汽车必需的证件你一样也没有。"警官蹙起眉头。

"阿拉摩斯，"另外一名警官上来了，"什么阿拉摩斯，在哪里？"

"那是新墨西哥州一座新建的城镇，在圣菲以西。"

“新墨西哥州新建的城镇，我们怎么不知道？圣菲以西不是一望无际的高地荒漠吗？”警官的口气严厉起来，“别说在新墨西哥州，全美国都没听说过什么阿拉摩斯。而且，美国的任何一座市镇都绝不会允许行驶的汽车不挂牌照。”

警官没错，法律上确实是这样的。女科学家无话可说。

“女士，其他身份证件。”

“我是中国人。”

“那么，护照。”

“我目前没有护照。”

“没有护照？”警官们警惕起来。

“你们可以到华盛顿中国大使馆或旧金山中国领事馆去……”

“我们不会到任何地方去。”警察们气势汹汹，“现在，是你必须跟我们去。”

丁洁琼沉默以对。

“女士，从现在起，请您按照我们的要求行事。”两名女警官忽然悄无声息地出现在丁洁琼身旁。

“好吧，”丁洁琼终于意识到，一切都是安排好了的，“说出你们的要求。”

“请上车。”一位女警官做了个手势。

女教授被请上一辆警车的后座，两名女警察坐在她的两边。由四辆警车和一辆旧奔驰组成的车队启动了，奔驰由一名警察驾驶。

车队沿着州际公路朝偏东北方向疾驰，开了三天才抵达纽约。

女科学家就这样被捕了，没有经过任何司法手续。押送她的全程中，男女警官都只称她女士或小姐，从没叫过她的名字，也不称她教授或博士，仿佛都不知道也不想知道她的姓名和身份。

丁洁琼被押送到位于曼哈顿南区的联邦拘留所，这里是专门用以羁押候审的重要案犯的拘留所。给女科学家安排了一间干净舒适的牢房。没人问话，不填写任何表格，也不履行任何司法程序。过了一个多月，她又被解往同在纽约的图姆斯监狱。负责陪同丁洁琼的是高大健壮的女狱警洛丽塔。丁洁琼到图姆斯监狱的当天，洛丽塔紧跟在她身后从一层和二层的甬道走过，边走边说："我们这里又被称作'美国巴士底狱'，专门关押被判长期徒刑和终身监禁的囚犯，以及正在上诉的死刑犯。"

甬道两侧排着一间间牢房，很像用钢栅制成的一个个鸽子笼，每间囚室只有几平方米，通风不良，肮脏污秽，臭气熏人。洛丽塔说，按人种算这里十分之九的罪犯是黑人，按性别算则十分之一的罪犯是女人。有些罪犯还戴着脚镣手铐，身上伤痕累累；有些还被打掉了牙齿或打豁了嘴，头顶上缝着针或裹着绷带。这是一些有自杀倾向或伤人之举的家伙，身上的伤是自残或相互斗殴的结果。洛丽塔说，这座大楼十层以下全是这样的牢房，只有第三层除外。

丁洁琼问："第三层是做什么的呢？"

洛丽塔说："参观一下吧。"

洛丽塔领着女科学家走上第三层，那里的走廊特别阴森，顶上嵌着一盏盏昏暗的电灯，两侧紧闭着一个个大铁门。丁洁琼喃喃道："三层显得更加可怕。"

女狱警瞥了丁洁琼一眼说："您的感觉很敏锐。"洛丽塔说着，在一个铁门前停下，掏出钥匙，打开锁，推开厚重的铁门。丁洁琼探头一看，屋内一团漆黑。洛丽塔跨进去，扳动某处的照明电闸。屋内亮起来，但也亮不到哪里去，因为四周墙壁、天花板和地板全是铁灰色的，像是镶满了钢板似的。屋里连一个窗户都没有，陈设很简单，只在正中地板上固定着一把大铁椅，围绕大铁椅安装了很多电缆、电线、电器和造型奇特的金属器具。

丁洁琼站在门外，望着里面的一切，感到困惑和惊恐。

洛丽塔盯住女科学家，问："见过这样的设备吗？"

"好像……好像在电影里……"

"想得起来是哪部电影吗？"

好像是一部黑白片……

随着沉重的金属的碰撞、摩擦、挤压声，一扇大铁门被打开。

一名行刑人员向屋内跨了一步，拉了一下开关，黑洞洞的屋子顿时亮起来，一览无余。

正是这样的，整个屋子连一个窗户都没有，正中安装着一把大铁椅。

几名行刑人员押着一个戴着镣铐的黑人进入屋子，强迫他在大铁椅上落座，将他的两只手腕固定在大铁椅的两个扶手上，将大铁椅上方那像半个西瓜皮般的金属电极降下，紧扣在他的头顶。

一侧墙上挂着一只电钟，正在不紧不慢地走时。

丁洁琼耳边响起洛丽塔的声音："到了这里的囚犯，生命就进入倒计时了。"

眼前这间屋里和那部黑白片里的一样：墙上安装着三把电闸，每把电闸前站着一名行刑人员，他们都面无表情地目睹着眼前的一切。

不知是洛丽塔的声音还是电影里的解说词："三名行刑人员，三把电闸。这是为了让行刑人员得到一点安慰，不让他们知道哪一把电闸是通电的。"

突然，银幕变得漆黑一团。

漆黑一团中响起沉重的喘息、疯狂的嚎叫和模糊的挣扎声。

甚至响起某种嗤嗤声，像是在燃烧什么似的。

不知是洛丽塔的声音还是电影里的解说词："执行死刑时什么稀奇古怪的事情都发生过。有一个罪犯通电多次才死去。还有一个罪犯，好像有特异体质似的，通电四十多分钟，全身滚烫，但居然还活着！一个死囚受刑时头发燃烧起来，火苗和浓烟直往上蹿。还有一个死刑犯，通电之后始终微闭两眼，面含微笑，镇静自若，把周围的人们都惊呆了。后来人们才发现，他整个人都被烤熟了！"

现在可以分辨出是女狱警洛丽塔的声音："咦，您怎么啦？"

丁洁琼靠着墙壁，紧闭两眼，一手按着心脏部位，身躯有点摇晃。

洛丽塔赶紧关闭行刑室里的灯光，接着又关上行刑室厚重的铁门，转身搀扶丁洁琼。但是，丁洁琼把她推开，缓缓睁大两眼，直视洛丽塔，一字一顿："是他们让你这样做的吧？"

洛丽塔点点头："您猜对了，是他们。"

"他们想达到什么目的？"

"让您恐惧和屈服。"

丁洁琼仰起头来，环顾四周："还要让我看什么？"

"他们让我领着您，把这座大楼从一层到十层都看一遍。"

丁洁琼冷冷注视洛丽塔，不吱声。

洛丽塔耸耸肩："这样吧，从第四层到第十层就不看了，跟一二层一样，全是牢房。除了肮脏和恐怖，没有任何别的东西。我做主吧，咱们直接到第十一层。不乘电梯，因为电梯里的空气太污浊。"

洛丽塔跟在丁洁琼身后，两人继续沿着楼梯往上走。转弯处标着的阿拉伯数字不断变化……从第十层通往第十一层处有专门的警卫室，两名警察持枪把守在那里。他们与洛丽塔点头招呼，很礼貌地把她和丁洁琼让进去。

正在丁洁琼情绪恶劣、头疼欲裂之际，她们登上了第十一层。这里豁然开朗，干净亮堂，空气清新，排列着一个个套间，每个套间只住一名犯人。这里设施齐备，十分舒适，带卫生间，每几名犯人还可共用一套健身房、电影室和阅览室。洛丽塔说，经过批准，犯人还能在这里会见亲友，甚至跟情人共度良宵。只有窗外的铁栅栏和每个套间门上的监视孔，在默默提醒着这里确是监狱。住在第十一层的犯人必须是重案犯，必须有某种特殊身份，还必须跟当局合作——才得以享受优待。因此，这里又称“优待室”或“告密室”。

在被“美国巴士底狱”关押了两个月之后的一天上午，洛丽塔打开牢门对丁洁琼说：“请吧，博士，今天对您进行第一次提讯。”

审讯室也在十一层，很像一间装饰典雅的客厅。墙上挂着画，沿墙摆放着盆花，两排棕色真皮沙发面对面摆在屋子中间，每排沙发前都有茶几。其中一排沙发的正中位置上端坐着一位年约六十五岁的长者，他旁边的沙发上是一个二十多岁秘书模样的女子。

丁洁琼步入这间屋子。老人和年轻女子瞅着她，没有起身，但是指了指对面的沙发。女教授坐下，往后靠去，把左腿搁在右腿上，又把双手交叠着放在左膝上。她面前的茶几上摆着一瓶矿泉水。

偌大的屋内一共只有三个人。除老人和年轻女子外，就是丁洁琼了。这样营造出来的气氛很宽松。丁洁琼跟老人之间的直线距离不过三四米，乃至目光锋利的她能清清楚楚看见对方面孔上的白色毛发和深深皱纹。双方对视了十几秒钟之后，老人开口了，神情和蔼，吐字清晰：“您是丁洁琼教授？”

女科学家大吃一惊！因为老人说的是中国话，而且不带丝毫方言口音，是纯粹的“国语”。在美国多年，丁洁琼很少有说中国话的机会，特别是在阿拉摩斯的几年，根本听不见更无法说中国话。所以，此刻，在这种地方，突然听见有人说中国话，顿时使她心乱如麻。她费了很大力气才平静下来，点点头，也用中国话答道：“是的，丁洁琼。”

“知道这里是什么地方吗？”

“图姆斯监狱。美国巴士底狱。”

“知道为什么让您到这种地方来吗？”

“反正不是因为我的汽车没有牌照，也不是因为我没有护照、驾照。”

“是的，确实不是为了这些。”

“那，为了什么呢？”

“不管怎么说，您没有受到任何虐待，或哪怕只是不礼貌的对待。”

“把好人关进监狱，让她参观行刑室，不是虐待而是礼貌对待？”

“事实是您给自己制造了很大的麻烦，为此您得付出代价，甚至是生命。”老人略作停顿，“于是，我们对您采取了某些保护和防范措施。措施之一，就是把您请到这种地方来。不错，这里是美国巴士底狱，是监狱，图姆斯监狱，但第十一层不是。”

“先生，您是受命前来的，既然如此，审讯最好尽快切入正题。”

“对您没有审讯。今天不是审讯。”

“不是审讯是什么呢？”

“是沟通，是谈话，”老人放慢语速，“是促膝谈心，是推心置腹，是‘共剪西窗烛’，是‘夜半虚前席’，是‘我意独怜才’，是‘他乡遇故知’，是‘相逢何必曾相识’……怎么说也不过分。”

“好，就算是沟通，是谈话吧。我给自己制造了很大的麻烦，为此我得付出代价，甚至是生命——请问，我到底犯了什么罪，以致身陷如此险境？”

老人凝视丁洁琼。良久，他掏出一份文件，戴上花镜，一字一顿道：“一、根据《美国法典》第十八篇第七百九十四款，对向外国势力传递秘密情报者的司法追究，不受时效限制。二、根据一九一七年间谍法，对间谍活动的同谋者，可判处三十年以下徒刑或死刑。”

“您说这些是什么意思？”丁洁琼挑战似的望着对方。

“就是我所宣读的法律条文中的那些意思。”老人说着，摘掉眼镜。

“是的，我参加过‘科学家起义’和‘良心与责任协会’。这是我的权利。今后有机会，我还要参加的。”

“哦，只是这些吗？”老人做了个手势。丁洁琼看见，女秘书揿了揿茶几上摆着的录音机。很快，录音机中传出丁洁琼与凌云竹的对话，还穿插着宋素波的声音，那是两个多月之前，丁洁琼在阿拉摩斯邮政局与凌云竹夫妇的通话。女教授尽情倾诉她想说的一切和她知道的一切，从U委员会说到G委员会，从原子武器细菌武器，说到她企盼回国，企盼中国拥有世界上最强大的军队，企盼中国拥有世界上数量最多质量最好的火炮、坦克、军舰、战机和飞弹，特别企盼的是中国也能拥有原子弹，拥有氢弹……

不是全部播放，只是播放了一些片断，一些经过选择的片断。断断续续播了十几分钟后，录音戛然而止。

“下面的，我想，就不用播放了吧。当时，如果不是电话被及时掐断，真不知您还会给自己制造多大的麻烦，还要为自己的生命增添多少危险。”老人说着，又做了个手势，“喏，还有呢。”

丁洁琼靠在沙发上，面色苍白，一声不吭。女秘书打开一只鼓鼓囊囊的黑皮包，从中取出许多东西堆放在茶几上。

“这是您亲笔写的信件，共计一百八十七封。”老人看着女教授，“这个数目，没有错吧？”

丁洁琼仍然不说话，但额头上已汗津津了。

“教授，”老人打量对方，“您紧张了。”

“不，我只是替你们的卑鄙感到汗颜。”

“什么意思？”

“这些都是我写给爱人的……”

“我们从来不干预您的私人感情，我们只关注这些信件中涉及美国国家安全的部分。情书，为什么不寄出？即使在当时的条件下，真正的情书还是被允许寄出的。情书就谈爱情嘛，为什么尽谈政治，谈原子弹和氢弹，谈‘曼哈顿工程’的工作进程和内部机构，谈W基地和X基地，谈Y基地阿拉摩斯的布局和生产流程，谈美国的全球战略和核政策？”

“我还谈到美国在研制细菌武器！”

老人不吱声。

“我写的是私信，信中的一切是写给自己看的。”丁洁琼迎视对方，“而且你们知道，这些信件不可能投邮，不可能送出美国。”

“不，”老人打断女教授，“用缩微胶卷或密写方式，再通过偷渡者，它们是有可能被送出国境的。”

“这些缩微胶卷、密写件和偷渡者在哪里？”

“您是不需要缩微胶卷、密写件和偷渡者的。教授，您具有超常的记忆力。在北美，甚至在整个西半球，能背诵圆周率直到小数点之后一千三百零七位的，只有您一人。”

丁洁琼睁大眼睛。

“您会把所掌握的一切机密都刻在大脑里，”老人吐字清晰，“带回中国或您想去的任何地方。”

“说吧，先生，”丁洁琼沉默了很久，把右腿换到左腿上，略微挪动了一下身体，“你们打算对我怎样运用《美国法典》和一九一七年间谍法呢？”

“不，您错了，教授。”老人微微一笑，“我们不仅不打算惩办您，反而要感谢您和更加优待您。”

女科学家眉毛往上一扬，重新举目直视对方。

“您的这批信件，帮助我们掌握了很多重要证据。”

“什么证据？”

“譬如，关于奥姆霍斯博士，我们原来一直以为他才华横溢，对美国忠心耿耿……”

丁洁琼失声喊道：“啊，奥姆！”

女科学家忆起那个可怕的深夜，那处崎岖的山沟，奥姆那些令她不安乃至惊恐的说法，特别是要让美国以外的国家也拥有原子弹……

审讯后回到“优待室”，窗台上竟摆着她从阿拉摩斯带出来的五盆兰草。这些兰草显然一直得到很好的养护，翠绿色叶片都很滋润。时值秋季，其中那盆建兰绽出许多浅黄绿色的花朵。建兰也叫秋兰，一些花瓣上洒着紫红色斑点，整个房间充溢着这种兰花特有的浓香。

“这是怎么回事？”丁洁琼心一热。

“查尔斯博士让人送来的。”洛丽塔答道。

“查尔斯博士是谁？”

“就是刚才审讯您或者说跟您谈话的那位老人。”

“这样做是什么意思？”

“他说这些兰不一般……”

“怎么个不一般？”

“他，唔，他说您远在中国的爱人，名字就叫‘兰’。”洛丽塔竟有点哽咽，“不管怎么样，我也是个女人，所以我一听……”

“他，查尔斯博士，”丁洁琼大惑不解，“是什么官职？”

“他是国务院中国事务顾问。您看，派了个大官来审讯您！他名叫路德·查尔斯，是个‘中国通’，听说还有过一个中国名字……”

“查路德！”

丁洁琼并未因此原谅查路德，她对查路德仍然充满痛恨，她甚至不知道下次与那个老家伙相遇会发生什么事情。但是，查路德对她的第一次审讯也是最后一次。她在“美国巴士底狱”第十一层又被关押了三年，虽多次跨进过那间审讯室，却再未见过查路德。

还好，丁洁琼能读到不少报纸期刊和书籍。除《纽约时报》《华盛顿邮报》和《巴尔的摩太阳报》外，还有《物理学通报》《理论物理通讯》《粒子物理学报》《数学季刊》和《应用数学》等学术刊物，以及数学、物理学、无线电与射电天文学、化学和生物学领域的很多专著，甚至还有音乐、舞蹈、历史方面的书籍和好几种工具书。除阅读外，丁洁琼还得到了计算尺、计算机、打字机和大量纸笔。洛丽塔说，所有这些都是在国务院中国事务顾问的授意下提供的。

有一点显然更是在国务院中国事务顾问的授意下发生的，即五盆兰花一直陪伴着丁洁琼，且葳蕤多姿。女狱警帮着浇水、施肥和换土。五盆兰花分别为墨兰、春兰、蕙兰、建兰和杜鹃兰，它们花期不同，一年四季轮番盛开，很少间断。连洛丽塔都说："教授，您的屋里和身上总有一股兰花的馨香。这是个好兆头，它意味着您的爱人和他对您的爱情一直伴随着您！"

在图姆斯监狱的三年里，女科学家跟女狱警成了好朋友。因此，一九四九年九月十日，当丁洁琼被通知收拾东西离开这里时，彼此都恋恋不舍。觑着旁边没别的人，丁洁琼握住洛丽塔的手轻声道："你可以去看看赛珍珠吗？"

"她是世界名人，会接见我吗？"

"会的。你说出我的名字，"丁洁琼说着，拿出赛珍珠亲笔签名的 *All Men Are Brothers*，"把这本书交给她。"

"明白了。"女狱警压低声音，"今后一定要多加保重啊！在图姆斯监狱您的案件由司法部和国务院管，到了那边可就归联邦调查局过问了。"

"联邦调查局？"

"是的，胡佛本人！"

原子间谍

哈德逊河的入海口是纽约港的主要构成部分，那里浊流滚滚，烟波浩渺，一望无际。相形之下，爱丽丝岛就像一片漂浮在水面上的树叶。丁洁琼是被一艘快艇送上这个小岛的。这个岛由移民局和联邦调查局管理，用于秘密囚禁那些身份特殊即有间谍嫌疑和国际黑帮背景的移民、侨民和偷渡者。全岛看上去很像一座小公园，有一条环岛林荫道。在林荫道上眺望相邻的自由岛，“自由女神”清晰可辨。

岛上建有十几栋不显眼的平房，每栋平房分成十几套相互隔离的牢房，每套牢房配有一个放风用的小院，每个小院都有一面是朝着水面的栅栏墙。现在，丁洁琼站在小院里，透过被栅栏划成碎块的苍茫暮色远望纽约市区。十九年前她从中国来到美国，十四年前从帕萨迪纳到了伯克利，十年前从繁华的加州远赴新墨西哥州那片神秘荒漠，八年前原子弹摧毁日本后她继续留在阿拉摩斯，接着是七年前被捕。从图姆斯到爱丽丝，她一直没有见到任何司法手续。她要求通报中国政府。可是他们说，中国政府在忙着打内战呢，中国快要没有政府了；中国政府全靠美国的金钱枪炮支撑着，敢得罪美国吗？他们说中国政府完全了解她的处境，但是让美国人“看着办”。他们说她成了没人管的孤女，还是让美国政府管吧。说她并没有被采取任何措施，所以从法律上说仍然是个合法侨民，而且在美国早就住够了年头，可以申请加入美籍呀。说她的申请肯定会很快得到批准，那时什么都好说，她就可以作为美国公民享受美国的法律保护了……

丁洁琼坚持对这一切予以拒绝，于是她“失踪”了七年！

原子弹并没有增强美国统治者的自信力，相反，他们越来越胆战心惊，生怕苏联人窃取原子弹机密。种种迹象表明，美国人的恐惧并非没有来由。一切甚至从美国成功试爆第一颗原子弹之前就开始了。

一九〇八年成立的美国司法部调查局，于一九三五年扩大为联邦调查局（FBI），由埃德加·胡佛局长掌管。后来的二三十年间，美国总统、副总统、国务卿和参谋长联席会议主席换了一任又一任，联邦调查局局长却从来没挪过窝。一九四五年五月二十二日，联邦调查局决定对全国二百万公务人员和与“曼哈顿工程”有关者逐一进行审查。六月六日，美国国务院中国事务顾问谢伟思[1]因涉嫌泄露原子弹机密首先被捕。继任者为路德·查尔斯。以后五年中，联邦调查局对一万名“重点嫌疑对象”进行了审查——九千零七十七人遭到指控，一些人因此失业或自杀。参加过“科学家起义”和“良心与责任协会”的科学家，乃至参加过“曼哈顿工程”的科学家全部受到调查。丁洁琼不仅是工程中唯一的外国人即非英美国籍者，还与工程总管奥姆霍斯和中国国内长期保持特殊关系——这就不可能不被盯上了。在联邦调查局的强硬要求下，佩里将军不得不在“曼哈顿工程”结束后以各种借口将女科学家滞留在阿拉摩斯。

通过深入调查还发现，奥姆霍斯在一九三六年西班牙内战时反对过佛朗哥，一九三七年支助过反法西斯组织，早年留学德国时结交过自由派知识分子和共产党人。另外，他还一直跟住在圣何塞的一个旧情人麦莱保持关系，而麦莱跟苏联驻圣弗朗西斯科副领事有秘密往来。

使事态急剧恶化的是丁洁琼打给凌云竹教授的那个电话。在联邦调查局的黑名单上，凌云竹一直是中国知识界的左派人物，可能还是中共秘密党员，而丁洁琼竟向他泄露了那么多美国的最高机密！紧接着便是丁洁琼的被捕和发现了她写给苏冠兰的一百八十七

1 谢伟思（1909—1999），美国外交官，出生于中国成都。抗战后期曾访问延安。二十世纪五十年代遭受麦卡锡主义迫害。

封信。那批信件尽管未曾投邮，但内容却已经构成了很系统的核情报和国家政治情报，这些情报有可能通过某种方式传递给敌国。信件更证实了奥姆霍斯企图以“形成制衡”为由向美国的敌人提供原子弹机密，而丁洁琼则是他的同谋。于是联邦调查局以“行政调查”为由剥夺了奥姆霍斯的人身自由。同时，在联邦调查局的鼓励下，许多人纷纷揭发他。艾伦·泰勒控诉说，如果不是奥姆霍斯的打击和压制，美国的第一颗氢弹早在一九四七年就试爆成功了！

由于无法证实奥姆霍斯和丁洁琼确实向苏联人提供了原子弹机密，案子一拖就是三年。三年之后形势发生剧变：一九四九年八月二十九日凌晨四点，苏联成功试爆了代号RDS-1的第一颗原子弹！情报表明，RDS-1简直就是美国第一颗原子弹的复制品。

美国政府大为震惊，但是所有证据加在一起，仍不能证明丁洁琼和奥姆霍斯的叛卖。特别是从一九四六年六月至一九四九年八月，在这均没有人身自由的三年间，他俩是不可能进行叛卖勾当的。于是日历就得往前翻，调查范围必须扩大，还必须更加不择手段。因此，丁洁琼在苏联第一颗原子弹成功试爆后的第十二天，从图姆斯监狱转到爱丽丝岛。

胡佛似乎比任何一位美国总统都更加忠诚于美国。历任总统都成了他的监视对象。在胡佛的施压下，杜鲁门总统于一九四七年三月颁布法令，勒令政府雇员和原子能工作者一律履行“忠诚宣誓”，由警察特务对他们实施全面的监督和调查。这一年还成立了中央情报局（CIA），替代了1945年解散的战略情报局，白色恐怖笼罩全国。

原子弹的泄密证明这一切还不够，于是参议员麦卡锡跳了出来。

一九五〇年二月，麦卡锡宣称有二百零五名共产党人渗入国务院。于是，五月开始加强对苏联原子间谍的侦查和逮捕。六月朝鲜战争爆发，“麦卡锡主义”愈演愈烈，开明知识分子受到大规模迫害。一九五二年底，麦卡锡出任参议院常设调查小组委员会主席，发起了查找“共产党颠覆者”运动，对五百多名“可疑者”进行了一系列传讯。

胡佛与麦卡锡的联手大获成功。一方面是大批无辜者遭到迫害，一方面确实有很多苏联间谍被发现。譬如，是奥姆霍斯指名让二十八名英国科学家之一的克罗斯·莫耶博士在“曼哈顿工程”中担负重要职责的，这个莫耶却把原子弹情报交给了苏联外交官。情报涉及X基地用扩散法生产铀235的技术，但是莫耶本人从未到过X基地，访问过X基地并详细了解生产流程的是在阿拉摩斯跟莫耶“过从甚密”的丁洁琼！

莫耶向苏联人提供的情报内容有铀弹和钚弹的研制进展，相关的数学演算和设计图纸，钚弹内爆装置模型草图，两座反应堆和一处钚化学厂的资料，空气冷却和水冷却两种铀反应堆的对照分析资料，建造节省原材料的同位素分离工厂的计划，Y基地总布局草图和雇员人数，Y基地科学家和工程师名单，氢弹原理示意图和制造氢弹的理论资料，等等。

被揭露的原子间谍还有二十八位英国科学家中的纳恩·梅和马尔克，美国科学家伯恩斯，以及其他几位科学家和工程师。更可怕的是还有几名隐藏很深的间谍，一直没能被查明和抓获。

参议院常设调查委员会、众议院非美活动委员会、联邦调查局和中情局反间谍人员在审查所获得的材料时，一个个目瞪口呆，汗流浃背。苏联人那么快就造出了原子弹一点也不令人感到奇怪，他们要是再造不出原子弹倒是咄咄怪事了。

早在一九四三年，艾伦·泰勒就开始构思氢弹。一九四五年九月，杜鲁门下令在阿拉摩斯修建包括氢弹在内的新式核武器的生产基地。一九四六年，美国选定太平洋马绍尔群岛最北端的比基尼岛为包括氢弹在内的新式核武器的试验基地。一九五〇年一月，杜鲁门正式下令制造氢弹。一九五一年五月，美国在比基尼岛成功试爆代号“乔治”的第一颗试验弹。但因为它过分庞大笨重，所以不能用于实战。间谍的叛卖使苏联人轻而易举地就追了上来。他们不仅造出了原子弹，情报显示，他们可能比美国更早造出可供实战的“干式”氢弹！

美国政府愤怒已极。克罗斯·莫耶已经返回伦敦，在那里被英国政府逮捕。多名英籍和美籍间谍在美国被联邦调查局逮捕，他们都是科学家。经过深入侦查，联邦调查局终于擒获了最重要的原子间谍朱利叶斯·罗森堡和他的妻子埃塞尔。罗森堡夫妇控制着一个间谍网，直接服务于苏联情报机关。“曼哈顿工程”期间，他们派出手下的间谍按约定时间前往圣菲，而科学家中的间谍也以休闲名义从Y基地带着情报去到圣菲。两伙间谍在这里按约定方式进行交接。

罗森堡夫妇于一九五〇年八月被捕，一九五一年三月被判处死刑。尽管在以后的两年多中，死刑的执行一波三折，但并未改判。总统和法院均拒绝让步。

“间谍嫌疑人”中最重要的两位是奥姆霍斯和丁洁琼。被关押在爱丽丝岛上的丁洁琼不断接受审讯和心理测试。

每天的报纸都由女特工克蕾送来。她三十多岁，有心理学学位。只要某天的报纸跟原子间谍案沾上一点边，女特工就要长时间跟丁洁琼聊天谈论，并注意捕捉丁洁琼的每句话和每个表情。

女科学家在爱丽丝岛待了已近四年，联邦调查局仍然无法证明她认识罗森堡夫妇，无法证明她确知克罗斯·莫耶等人的间谍行径，无法证明她是同谋。从理论上说丁洁琼还可能认识那几名因隐藏太深而一直没被查明和捕获的间谍，可能确知他们的间谍身份，甚至她本人可能就是其中之一——问题是所有这些都没能找到证据证明。

胡佛咬牙切齿地表示：必须找到证据，也一定能找到证据！

原子间谍多被判以长期徒刑，最长刑期达三十年。一九五三年二月二十六日，当局决定在三月份的第二周内对罗森堡夫妇执行死刑。但是，第二天决定延期执行。

五月二十五日，美国联邦最高法院撤销了延期执行令。决定于六月十八日晚十一点对罗森堡夫妇执行处决。这一天恰好是他俩结婚十四周年纪念日。但是，六月十七日上午再度延迟执行。

从二月二十六日至六月十七日，政府代表一直在跟罗森堡夫妇“讨价还价”。据说，可以考虑免除这对间谍夫妇的死刑，但条件是他们必须跟政府合作。罗森堡夫妇拒绝合作的一个可能的原因是，也许他俩认为即使这样做了也不能保住性命。

一九五三年六月十九日下午，克蕾照例送来当天的报纸。女科学家一面接过报纸一面问：“罗森堡夫妇，怎么样了？”

女特工一声不吱，认真看着对方。

六月十八日，最高法院以六票对三票裁决撤销延期执行死刑的裁定。

罗森堡夫妇向总统递交了赦免申请书。

艾森豪威尔总统声明：“我的儿子和其他成千上万美国青年一起，正在朝鲜前线服役。罗森堡夫妇的所作所为使苏联人比预期早好些年制成了原子弹，从而鼓励了共产党人发动这场侵略战争，造成了朝鲜战场上五万多美国人的伤亡。更为严重的是，今后的日子里，也许还会有上百万无辜者为罗森堡夫妇的背叛付出生命的代价。”

总统义正词严："罗森堡夫妇行使了法律赋予他们的所有上诉权，但在历经直至最高法院的四次复审之后，法院依然维持了原判。我身为总统，不能违背立法原则，不能背弃美国人民的信任，不能无视美国的根本利益，因此，我不能批准此项赦免。否则，我就会像罗森堡夫妇那样，背叛自己的国家，危害美国人民和世界和平。"

丁洁琼瞥了克蕾一眼，默不作声。

国家安全委员会会议刚结束，副总统和国防部长等十来位官员一个个起身，夹着公文包从会议室鱼贯而出。艾森豪威尔总统和杜勒斯国务卿坐着没动。接着另外一批人步入会议室，总统和国务卿欠身致意。艾森豪威尔下个月就满六十八岁了，仍然腰背挺直；已经年满七十的杜勒斯则有点精力不济。

为了对付日益增强的苏联威胁，美国在一九四七年将原是陆军一个兵种的航空兵升格为新的军种——空军，成立了中央情报局和以总统为主席，由副总统、国务卿、国防部长和其他重要官员组成的国家安全委员会。到一九五八年九月，这个美国国家安全的最高决策机构已经运转了十一年，历经杜鲁门和艾森豪威尔两任总统。

如果说杜鲁门和艾森豪威尔的一大心病是苏联的话，另一大心病就是中国了。杜鲁门一九五〇年六月出兵介入朝鲜战争，武力封锁台湾海峡。艾森豪威尔于一九五三年十月签订了美韩《共同防队最高司令。

艾森豪威尔跟职业军人出身的陆军将领巴顿和麦克阿瑟等不同，与农夫出身、只当过士兵的政治家杜鲁门也不同。他深谋远虑，含蓄果断，刚柔相济，既富有政治手腕也颇有政治风度，这才得以于一九五二年五月再度退役后当选总统。

“首先，第一个问题，”总统望着联邦调查局局长，“丁现在哪里？”

“她一直被软禁在爱丽丝岛。”胡佛连看都不看艾森豪威尔一眼，表情和口气都很强硬，“其中有一年，我指的是一九五五年十一月至一九五六年十一月，不是软禁而是囚禁。”

“囚禁？”艾森豪威尔似乎没听懂。

“就是关押在真正的牢房里。”

“真正的牢房？”总统好像又没听懂。

“就是图姆斯监狱除第十一层外其他各楼层的那种牢房，就是我们用来关押三K党、黑豹党和杀人犯的那种牢房。”

“为什么不在别的时间，”艾森豪威尔提出新的问题，“而是在一九五五年十一月把她关进了真正的牢房？”

“因为当时发生了一件令我震怒的事：苏联有了可供实[illegible]弹，而美国却没有。”

[illegible]氢弹？”

“把丁关进真正的牢房，美国就有[illegible]我让人向丁提出，她

“当时还发生了另外一[illegible]

可以恢复自由，到某个研究所或大学供职，继续从事理论研究，条件是她在未经批准的情况下不得离开居住地，还必须每月向当地移民局汇报两次。”

“这是我们对问题移民的通常做法。”

“可是她断然拒绝了。她说要是那样，宁肯被关进真正的牢房，一直到死！”

“于是你就把她关进了真正的牢房。”艾森豪威尔望着胡佛，“这真正的牢房在哪里，新新监狱，还是图姆斯？”

“不，爱丽丝岛上就有这种牢房，是一种狭窄、潮湿、暗无天日的地下室。”

“一九五六年十一月之后呢，”总统仍然望着胡佛，“丁离开了狭窄、潮湿、暗无天日的地下室？”

“是的。”

“恢复了原来的软禁形式，是不是指让她回到在爱丽丝岛上住过的比较普通的房屋中？”

“是的。”

“为什么要让丁回到原来囚禁她的比较普通的房屋中？”

“她病了。”

……窄、潮湿、暗无天日的地下室使之生病的？”

胡佛……

与会者们再次不吱声。

片刻，总统问道：“为什么要把一个女人关进狭窄、潮湿、暗无天日的地下室？”

“女人？哼，总统先生，她可不是一般的女人！”联邦调查局头子抬高声调，“她正是您说的那种具有刚强、执拗的性格的女人。”

“我确实这样评价过埃塞尔。”艾森豪威尔仍然凝视胡佛，“但是，埃塞尔是因为具有某种性格而被关进新新监狱并判处死刑的吗？”

胡佛板着宽大的面孔。

“在罗森堡夫妇间谍案中，埃塞尔是间谍，而且是主谋。”艾森豪威尔略作停顿，“丁是什么？”

“大量证据证明了她有间谍嫌疑……”

“间谍嫌疑，就等同于间谍吗？”

胡佛又不吱声了。

“我想问问，”总统接着说，“联邦监狱管理局是否知道爱丽丝岛上有这种真正的牢房，这种狭窄、潮湿、暗无天日的地下室？”

胡佛坚持不说话。他知道，如果继续纠缠这个问题，就麻烦了，因为可能涉及联邦监狱管理的法案，甚至跟黑牢和私刑挂上钩。

“我想捎带提醒大家，”总统的语气不轻不重，“有色人种的权利问题已经成为我们国家一个非常敏感的政治问题。”

胡佛从来敌视黑人运动，这跟五十年代中期以后美国的社会政治潮流很不合拍。一九五五年黑人青年埃米特·蒂尔被白人绑架杀害后，胡佛竟拒绝查处，此举激起黑人抗议怒潮，造成全国性动乱。接着，一九五七年九月初，阿肯色州首府小石城的中央中学宣布接收九名黑人学生，但该州政府以防止暴乱为由，派遣国民警卫队阻止黑人学生上学。九月四日，白人种族主义者包围学校，殴打在场的四名黑人记者并暴力驱赶九名黑人学生。接着，全市各处和南方多个州陆续发生袭击黑人事件。艾森豪威尔总统震怒了，对阿肯色州一万名国民警卫队采取断然措施，派遣美国陆军第一〇一空降师“武装占领”小石城，保护九名黑人学生入学。此举严厉打击了种族主义者的嚣张气焰，有力地伸张了正义，甚至感动了全世界，被誉为艾森豪威尔一生中的第二个“诺曼底登陆”！

现在，总统把丁案也列入了有色人种问题。显然，他在运用政治手腕，有意使问题敏感起来。

胡佛坚持闭着嘴巴。其实，现在，总统就是希望他闭上嘴巴。

胡佛跟历任总统关系都不好。远的不说了，就说在一九三三年当选总统并连任四届的罗斯福吧，胡佛讨厌他的“新政”，就盯着他的“生活不检点”，抓住了他跟好几个女人偷情的证据。罗斯福的继任者杜鲁门不近女色，胡佛就从政治方面刁难和打击他。一九四七年三月二十一日，杜鲁门颁布了“忠诚调查令”，三月二十五日胡佛就在众议院非美活动调查委员会的听证会上攻击总统

“敷衍了事”，几乎要把杜鲁门也列为共产党人了。至此，身为总统的杜鲁门竟完全失去了对胡佛和联邦调查局的控制力。

艾森豪威尔不同于历任总统。他冷静从容，喜怒不形于色，胸襟宽阔并擅长交际，博得了广泛的好感，获得了事业上的成功。从政以来，特别是当上总统之后，他尤其注意控制感情，特别是很好地掩饰了对胡佛的厌恶，妥当处理跟这家伙的关系。而胡佛也发现，自己虽然对艾森豪威尔的一系列决策和举措非常不满，却一直无从干预。这位总统战功累累，威望极高，私生活无可挑剔，政治手腕圆滑，胡佛算是遇上了一个不好对付的总统……

“现在，请查路德牧师先说说。”总统不慌不忙地说，“据我所知，在座诸位中，牧师跟丁女士的关系最为久远。”

“是这样的。”查尔斯点点头，“不过，请问，第一，谈什么？第二，谈的目的是什么？”

“谈丁的相关历史情况，可以从您个人的角度对她做出评价。”总统吐字清晰，“至于目的，正如我一再指出的，我国是一个法治国家，因此，对丁要么判罪，要么释放，反正不能无限期关押下去。诸位的意见将作为最高当局决策时的参考。”

这个“最高当局”，无疑指艾森豪威尔自己。

“牧师没有提出第三个问题：丁的案子已经拖延了十多年，为什么直到今天才提出来？”总统略作停顿之后，接着说，“这个，会议结束时将一并解决。”

良知做证

“确实，相较于在座诸位，我跟丁的关系最为久远。”牧师昂首望着远处的天花板，“然而这个话题却不是那么好谈的，因为它跟那个令人窒息的年代紧密相联。”

会议室里人们的视线都集中在查路德脸上。

“我当年从中国回来后，接替谢伟思当上了国务院中国事务顾问。我也跟谢伟思一样，被认为是个‘中国通’。尽管谢伟思后来并未以‘间谍罪’被起诉，但不难想见，我在那个位置上所承受的压力之大。”查尔斯略作停顿，显出回想的神情，“当时的我能怎么办？我在中国生活了四分之一个世纪，非常了解中国，有很多中国朋友，这是一笔财富，也是一大累赘。如果我不想陷入谢伟思那种处境，我就得小心谨慎，还必须做些违心的事。我必须承认，我并不坚强如钢。我在中国屈从过苏凤麒，因为我想保住齐鲁大学校长的位子。我在战俘营里屈从于日本人的淫威。为了不被狼狗撕成碎片，为了能吃得饱些，我对每个日本兵都点头哈腰奴颜婢膝。

回到美国后，我仍然不得不屈从于某些势力。今天的人们谈到白色恐怖时，指的是麦卡锡主义。其实早在那之前，白色恐怖已经初露端倪。”

胡佛听着，脸色铁青。当年司法部未按他的旨意以“间谍罪”起诉谢伟思，也未按照他提供的名单逮捕一众政府高官。凡此种种都深深激怒了他，也成为他跟总统和司法部长结怨的原因之一。现在，查尔斯这秃子居然阴阳怪气含沙射影起来。麦卡锡主义是从一九五〇年二月开始盛行的。早在那之前已经出现的白色恐怖指什么？他妈的不就是指联邦调查局和他胡佛嘛！

查尔斯连瞥都不瞥胡佛一眼，侃侃而谈。

“苏和丁是一对金童玉女，都那么聪明漂亮，出类拔萃。如果他们相爱并得以结为夫妻，堪称天作之合。可是我……”查尔斯说着，神情黯淡，“我不仅有牧师身份，而且确实信神，相信上帝存在和末日审判。因此，在我年已七十，身体也很不好的今天，理应把一切说出来，对自己曾经的错误尽量做些弥补，对国家决策也希望有点帮助。从某种意义上说，这也算忏悔吧。”

查尔斯说，丁洁琼是一九四六年六月的一天，在驾车离开阿拉摩斯打算返回伯克利的途中，被Y基地特工部门和联邦调查局联手逮捕的。其实他们早就盯上她了。但丁是中国人，而胡适先生任中国驻美大使期间对丁洁琼有很高的期许，离任时特别嘱咐美国方面给予关照，因此事情处理起来比较微妙。查尔斯就是在这种背景下，代表国务院参与丁案的。白宫还要求国务院牵头，防止事态在外交层面上进一步升级，避免被动。

在跟亚伦·佩里将军商量之后，查尔斯决定：一、就现有证据看，丁跟罗森堡夫妇的情况很不一样，因此不能公开逮捕和审判她。所以在可以预见的将来，最佳选择是让她“失踪”。二、应该让失去自由的丁生活上比较优裕，有良好的阅读条件，可以从事数学和理论物理研究。这种做法在政治上比较富有弹性，美国将来可以把这说成是软禁而非囚禁，甚至可以说成是丁的“隐居”。这样做迟早会被证明对美国有利。三、丁是个非凡的天才，要继续感化她，争取让她入籍美国。四、最好的、根本的办法，是将丁的爱人苏冠兰也弄到美国来。

“恰好我在国务院任职，又专管中国事务，具备某些条件。”查尔斯接着说，“我知道丁和苏早在青年时代就企盼一起来美国深造。我们在为他俩提供美好环境的同时，还可以为美国留住一位杰出的物理学家，并增添一位优秀的化学家。”

“弄到美国来，”杜勒斯插话，“怎么弄呢？”

“我想让苏以访问学者身份来美国。”

查尔斯是一九四八年想出这么个好主意的。他为此派了一位克拉克参赞专程到中国去。在这位克拉克看来，邀请一位名叫苏什么的中国化学教授访问美国，不是小菜一碟吗？因此，他跟司徒雷登大使面谈此事时完全没有在意在座的一位眉须皆白、面目冷峻、气势威严、能说一口流利英语的中国老人。

“不巧，那位老人正是苏冠兰的父亲苏凤麒教授！他一直坚决反对儿子与丁的感情关系。”查尔斯摇头叹息，“随着国民党政府的极端腐败，杜鲁门总统憎恶和摒弃蒋介石的倾向越来越明显，我的计划越来越难于实现。好不容易挨到一九四九年四月，我为此事再度派去的人刚到香港，南京就被中共军队占领了。”

“就是说，”艾森豪威尔微微一笑，“您曾经想让丁、苏都定居美国并共结良缘？”

“是的，总统先生。”

“您当证婚人？”

人们笑起来。

“听起来像是童话，”胡佛哼了一声，“不然就是梦话。”

查尔斯有条不紊地往下说。丁洁琼自参加“曼哈顿工程”起，就失去了与苏冠兰的正常通信自由。这给她造成了巨大的痛苦。丁曾经这样辩解：她给凌教授打电话，一个很大的目的是想打听苏冠兰的消息，但是还没谈到这里电话就中断了。她给苏冠兰写信是为了排遣内心积郁，这些信是无法投寄也无法带出海关的。查尔斯认为丁的说法符合事实。“曼哈顿工程”安全部门派人调查过。丁待过的基地、公司和大学的特工和侍员都做证说，多次发现丁教授在所住房间里书写并焚烧什么——壁炉里的灰烬和偶然发现的残余纸片上的字迹证实很像是书信。查尔斯接着说，丁洁琼有间谍嫌疑的另一依据是给凌云竹打的那个电话，但电话是从邮政局打出的，有话务员在场，而丁知道他们的特工身份。

“您说这些是什么意思？”胡佛问。

“我的意思是，一切都是被我们逼出来的。”查尔斯瞥了胡佛一眼，“我伤害过少女时代的丁，对她一生所遭逢的痛苦和不幸负有责任。但是，我们国家更负有责任！”

会议室里的人们屏气凝神。

“既然我们邀请丁参加‘曼哈顿工程’，我们就应该允许她在工程结束后跟其他千百位英美科学家一样离开阿拉摩斯。又因为她是中国人，而中国是我们的盟国，所以我们还应该允许她回到中国去，就像英国科学家们战后返回英国一样。”查尔斯侃侃而谈，“可我们是怎么做的？我们骗去丁的护照和驾照，然后对她实施绑架，接着是无限期的秘密监禁。不错，丁确实了解‘曼哈顿工程’的一些机密，但这是我们造成的。不是她要求参加‘曼哈顿工程’，而是我们邀请她参加的。我们主导了一切，却捏造了罪名强加在一个无辜女子头上，这说得过去吗？”

胡佛恢复了铁青的脸色，但没有说话。

在场的人们也都不吭声。

“谢谢。”总统朝查尔斯点点头，转向大家，“牧师刚才的谈话，很多跟亚伦·佩里将军有关系，那么就请将军谈谈吧。”

“我赞成牧师的意见。”佩里回忆道，“当初，‘曼哈顿工程’特工部门对美国人尚且进行严密监视，更何况对丁这样的外国人？所以，我们早就知道她在中国有一位恋人，知道那人名叫苏冠兰，是一位药物学家。丁的收入很高，可是她却没有几个余钱，就是因为全买了实验器材等运回了中国，帮助她那位心上人研制新药，支持中国的抗日战争。这跟间谍活动根本不沾边。”佩里说着，冷冷一笑，“哼，间谍，间谍，谁是间谍？丁早就说过有朝一日事实会证明叛徒和间谍正是美国人和英国人——不幸被她言中了！”

“将军，”胡佛正颜厉色，“您凭什么做出这样的断言？”

“凭什么？”佩里的目光和语气都很平静，“凭联邦调查局的无能。”

胡佛瞪大了眼睛。说联邦调查局无能，等于说他胡佛无能。谁敢这么说呢？佩里之前只有过一个杜鲁门。日本人偷袭珍珠港之前，联邦调查局就已经得到了相关情报，却没能做出正确判断。时任参议员的杜鲁门为此直斥联邦调查局无能，而胡佛最早就是因此恨上杜鲁门的。

“曼哈顿工程”刚开始，间谍的触角便伸了过来。可是直到苏联成功试爆第一颗原子弹之后的一九五〇年，联邦调查局才抓到第一批间谍。接着，联邦调查局又与麦卡锡联手，无限扩大调查范围，佩里手下的几名军官也被牵连进去，甚至连佩里将军本人也受到质询，追问他为什么要重用奥姆霍斯和丁洁琼，为什么他麾下的科学家之中竟出了好些间谍……简直是一些混账问题！但在白色恐怖时期，它们却足以糟蹋人的形象；佩里认为，不然，自己本来是够格成为、也完全可以成为四星将军即上将的。很多人都说“曼哈顿工程”的功劳盖过“诺曼底登陆”。

奥姆霍斯是佩里点名任用的。奥姆霍斯历史上的“污点”，档案里全有记载，但所有这些并没有妨碍佩里坚持重用他。佩里当初就大声宣称：“必须打破常规擢用人才，不这样就不能尽早造出原子弹——我这人总是对的！在这个问题上也不例外。”直到原子间谍们暴露后，佩里仍然叫嚷：“科学家中的间谍都不是我引进的，而是奥姆霍斯推荐的，但现有的全部证据都不能证明奥姆霍斯事先知道他们的间谍身份，更不能证明奥姆霍斯跟他们是一个间谍网中的同伙——他妈的这就够了！”

丁洁琼也是奥姆霍斯推荐并由佩里亲自拍板破格任用的。所谓破格，指她是工程中唯一不具有美英国籍者。现在，佩里说：“丁跟奥姆霍斯一样，有间谍嫌疑。什么叫有间谍嫌疑？即不是间谍。我同意查尔斯先生的说法，丁写那种信件，打那个电话，是出于迫不得已，确实，一切都是被我们逼出来的！此外，我还认为，即便是两人真有间谍嫌疑，也是有区别的。”

包括总统在内，人们的目光都凝聚在佩里脸上。

“请大家注意一个事实，即几乎所有苏联间谍，包括罗森堡夫妇和克罗斯·莫耶在内，都不是为了钱，而是为了自以为是的正义，为了所谓的劳动者，为了在全世界实现苏维埃。他们把人类的前途和希望，寄托在苏联人身上。”佩里指出，奥姆霍斯就是一个实例。此人已经滑到了叛国的边缘，但他也不是为了钱，而是企图让苏联人拥有原子弹以形成制衡，防止美国穷兵黩武和独裁专制。他甚至认为，这才是真正的爱美国和忠诚于美国。

“奥姆霍斯已经滑到了叛国的边缘，丁洁琼的情况却迥然不同。她的档案里找不到对苏联人的认同，只有对中国的深沉感情，而中国是她的祖国。当然，还有她对苏冠兰的强烈爱情。无疑，如果我们不加阻拦，丁一定会返回中国，而且一定会把她所掌握的一切秘密毫无保留地奉献给她的国家。但是，对此，美国截至目前的法律对策只是‘滞留五年’，可实际上我们已经拘禁了她十二年。”

“谢谢，将军。”总统看看手表，然后环顾整个会议室，“刚才，我们充分讨论了丁的情况，知道了她仍在爱丽丝岛上。显然，如果我们无法在今天判她十二年以上有期徒刑或终身监禁，我们就必须释放她，还得为多年来对她的软禁和囚禁准备好一整套外交辞令，更得为今天释放她找到恰如其分的借口。在刚刚过去的一个半小时里，诸位谈到了丁并对她做了评价。情况和判断应该说已经相当完整而准确了，给政府的相关决策提供了依据。很好，谢谢。”

会议显然快要结束了。人们的目光凝聚在总统脸上。

“这是赛珍珠女士给我的信。”艾森豪威尔戴上花镜，从面前的卷宗里取出一份材料说，“她要求我把她的朋友、学生和女儿丁洁琼还给她。”

“又是赛珍珠！”胡佛咬牙切齿。

“怎么啦？”总统从花镜上方打量联邦调查局头子。

“她根本就不够格获诺贝尔文学奖！”胡佛一字一顿。

“这跟我们这个会议有什么关系吗？”

胡佛板着脸，不说话。

“但是，一九三八年诺贝尔文学奖得主确实是赛珍珠女士而不是任何其他人。”艾森豪威尔扶了扶眼镜，“一个事实是，她已经得知丁被关押的确切地点是爱丽丝岛。在历经多年之后她很不容易地终于证实了这一点，不然她就不会给我写这封信。她说，如果我不给予明确答复，她就要在报纸上公开发表这封信。这使我想起了一九五四年那个事件。”

胡佛昂着脸宽肉厚的脑袋，气哼哼的。

其他人彼此交换着眼色，默不作声。

中国女作家王莹偕丈夫一九四二年赴美国留学期间得到过赛珍珠很多帮助。一九五一年麦卡锡主义甚嚣尘上之际，联邦调查局查出王莹和丈夫都是中共秘密党员，指控他们为“国际统战间谍”并加以逮捕。一九五四年，赛珍珠终于查找到了秘密关押王莹及其丈夫的地点，挺身而出，仗义执言，在报纸上发表文章予以揭露，痛斥了麦卡锡、联邦调查局和移民局的胡作非为。此举激起轩然大波。恰逢当时麦卡锡制造的白色恐怖在美国横行多年后已惹得天怒人怨，由此掀起了全国性的反麦卡锡主义高潮。艾森豪威尔因势利导，策动参议院弹劾麦卡锡，成功使麦卡锡在一九五四年十二月初垮台。此举在砍掉联邦调查局一条胳膊的同时，也给总统本人抹上了一道“人权卫士”的亮色。

这就是总统刚才仿佛漫不经心似的提到的“一九五四年那个事件”。现在，他不紧不慢地说：“如果赛珍珠女士这样做了，对联邦调查局来说恐怕不是什么好消息。她的举动可能把全美国乃至全世界的无数视线吸引过来，千百万人会因此关注哈德逊河口外那座小岛上曾经发生过的事情。”

王莹和丈夫终于获释，并得以在一九五五年返回中国。当然，很少有人知道艾森豪威尔总统在幕后发挥的作用。

很少有人知道的事，胡佛却是知道的。他还知道，“对联邦调查局来说恐怕不是什么好消息”绝非危言耸听。

“还有一个情况。”艾森豪威尔说着，从卷宗里抽出另一份文件。

一九五四年四月至七月的日内瓦会议上，中华人民共和国代表团团长周恩来提出几份留美中国学者的名单，出示了这些学者要求返回中国大陆的确凿证据。美国政府被迫让步。名单上的很多科学家后来都陆续返回新中国。

其中一份名单上写有丁洁琼的名字。中方要求美方交代其下落。

“可是，”艾森豪威尔说，“当时连我也不知道这位女科学家在哪里。”

室内静悄悄的。

“四年过去了，周恩来并没有忘记这件事。”总统摘掉眼镜，看着人们，语气郑重，“最近在华沙会谈中，中方再次提出这个问题，甚至指明这位女科学家长期被囚禁在爱丽丝岛上。据中国代表透露，周恩来本人在直接过问此事。中方有两点特别要求，一是保证丁的生命安全，二是尽早恢复丁的人身自由。”

“中共怎么知道丁在爱丽丝岛上？”佩里问国务卿。

“这恐怕不能问国务院，只能问联邦调查局。”杜勒斯笑笑。

“中共有什么资格提出这些要求？”胡佛发问。

“他们说了，丁洁琼一直保持中国国籍，是中国公民，中国政府当然有保护她的责任和权力。”杜勒斯耸耸肩，“别忘了，我们还有一批飞行员和空投间谍一直被关押在中共的监狱里。幸运的是，其中没有胡佛家族成员。”

“中共提出了让丁返回中国大陆吗？”胡佛怔了一会儿，又问。

“没有。”还是杜勒斯做答，“他们知道我们的政策：留美中国学者必须本人确实要求返回中国大陆，美国才有可能放行。”

艾森豪威尔总统再次看看手表，然后摆了摆手：“关于丁的问题，可以做结论了。我的命令即将下达，诸位可以提前一个小时得知内容——据现已掌握的全部证据，丁的行为不构成间谍罪，应立即予以释放。但是，她的个人资料凡涉及美国国家机密而又未解密的部分，不予发还本人。恢复人身自由后的丁应当继续享受合法侨民待遇。”

“可是总统先生，如果丁出狱后要求返回中国大陆呢？”布雷·麦克特问，“别忘了共产党执政的中国是我们的敌国。”

总统将视线投向联邦原子能顾问委员会主席：“您怎么看这个问题？”

“这不是可能，而是肯定。我跟丁相识多年，在阿拉摩斯时还是邻居，我太了解她了，她绝对会要求返回中国。”布朗耸耸肩，“但这是我们无法阻挡的事情。既然无法阻挡，就不要强行阻挡。一九五〇年之后的几年里美国允许上千名留美中国学者返回了中国，丁不应该是个例外。但不管怎么说，丁是个非凡人才，如果她重获自由后返回中国，对美国来说是个重大损失，日后甚至还可能对我们构成严重威胁。”

“刚才就在这里召开了国家安全委员会例会。我们这个会议，所讨论的实际上也是国家安全问题。”艾森豪威尔略作停顿之后，语气凝重、一字一顿地说，“维护国家安全靠的是什么？我历来认为，归根结底靠的是经济的繁荣，生活的富裕，科学的先进，人民的团结，社会的平等，法律的公正，决策的正确，国力的强盛等等。而这一切，永远是民主制度的产物。我们不是经常高歌‘上帝保佑美利坚’吗？是的，我们的上帝，我们的无畏和无敌，我们的力量和我们必胜的信念，正在这里。”

说着，五星上将站起来。他虽然已经六十八岁，但他挺拔的身材、凝重的表情和自信的口气，使在场的人们忆起了十几年前欧洲战场上那位叱咤风云的盟军统帅。会议即将结束，人们随之起立，倾听总统的话。人们也都不由自主地挺起胸脯，目光前视，像军人一样。

“此外，我不认为美中之间会永远是敌对关系，因为那样对双方乃至对全世界都只有坏处，没有好处。美中关系正常化的使命似乎不能在我任上完成了，但我相信今后美中两国政治家的智慧，也相信历史会赐美中两个大国以机遇。”说到这里，总统抬腕看看手表，然后将目光投向联邦调查局局长，一字一顿，“在我们这个会议之前举行的国家安全委员会例会上已经就相关问题做出了决定。现在请将手表跟我的调校一致：此刻是华盛顿时间下午六点十一分。局长先生，请联邦调查局跟移民局合作，务必在从此刻开始的二十四小时之内，让留美中国女科学家丁洁琼教授离开爱丽丝岛，恢复她作为合法侨民的一切权利。”

“呃，是。”胡佛坚持板着面孔。

总统又望着杜勒斯：“应该及早让周恩来知道这一点。”

“当然。”国务卿点头。

“哦，”艾森豪威尔将视线挪回胡佛脸上，“不需要再派空降兵了吧？”

胡佛像没听见似的，板着面孔，望着远处的天花板。

总统将目光移回到佩里的面孔上：“当年参加‘曼哈顿工程’的总人数是多少？”

“先后共五十三万九千人。”对此，将军连想也不用想。

“不对，应该是五十三万九千零一人。”总统纠正道。略作停顿之后，他环顾全场：“还有一位——丁洁琼博士。”

所有人的视线都集中在艾森豪威尔脸上。

“哪怕只有一个丁洁琼，我们也不能说当年参加‘曼哈顿工程’的全都是美国人和英国人。”艾森豪威尔加重语气，“哪怕只有一个丁洁琼，我们也不能忘记她身后那个伟大的民族！”说到这里，总统做了个手势，“散会。”

待与会者们都离开屋子，杜勒斯扭头笑笑：“祝贺你，总统。”

“为什么？”

“你攻克了第三个‘诺曼底’！”

彼岸永诀

“您一定恨透了美国吧，博士？”克蕾专注地望着前方，双手稳稳握着轿车的方向盘。

“你怎么想出这么一个问题？”丁洁琼沉默片刻，反问。

“您迄今全部生命的一半时间是在美国度过的，而在美国的岁月竟有一半是在监狱里度过的。”克蕾想了想，轻声道，“胡佛那样残害您……”

丁洁琼默然无语。通往机场的马路被千百盏电灯照得雪亮，她那大理石雕像般的面孔也被镀上一层闪闪烁烁的光泽。

“我的青春时期也有一半是在美国度过的，”丁洁琼又沉默了一会儿，嗓音也很轻，“而青春总是与人生最美好的一切相伴相随的。”

克蕾仍然专注地望着前方，像在体味女教授的话。

“记得爱丽丝岛吗？”丁洁琼略作停顿，“我在那里被秘密囚禁了整整九年。”

“我和您就是在那里认识的。”

“那种地方……可是，要跟你分手时，我流泪了。”

“我更是泣不成声！”克蕾回忆着说。

“人总是有感情的。”

丁洁琼离开爱丽丝岛后，回到伯克利。她恢复了在加州大学的教职，找到了新的住处，补办了护照驾照，官方也没忘记给她补发多年来她应得的专利费。加州大学对丁洁琼教授很客气，薪金照发，但是没让她上讲坛，不给她安排实验室、助手、课题和经费。丁洁琼除了去费城看望过一次赛珍珠外，深居简出，很少打电话和写信，只是在家中读书籍报纸期刊，听听广播，看看电视，练习提琴、钢琴和舞蹈，精心养护兰花。唯一与她保持日常来往的是克蕾。这位女特工每一两个月都要因公飞来圣弗朗西斯科一次，每次都要看望丁洁琼。从某种意义上说，克蕾的后面就是美国政府。所以当克蕾问起丁洁琼，若是西欧某国的一所大学或研究所邀请您去讲学，您是否会乐意前往的时候，女科学家就明白可能要发生什么事情了。

两个月后，意大利那不勒斯理论物理研究所邀请丁洁琼教授讲学。几乎是同时，移民局同意丁洁琼博士前往那不勒斯进行为期三个月的学术访问。

丁洁琼只能随身携带很少的钱物。她不动声色地在一大摞文件上签了字，办理了非常繁琐的手续，然后从圣弗朗西斯科直飞纽约。全美国只有十来个人知道她将一去不返。女科学家飞抵纽约后，克蕾陪着她逛了逛。入夜，克蕾驾着那辆黑色轿车送女教授前往机场。

万千灯火把纽约国际机场的停机坪和大楼内外照得如同白昼。女特工开着车绕来绕去，朝那些警官和便衣微笑点头。终于，轿车缓缓驶入一处灯光暗淡的院落，在一座两层楼房前停下。

"这是什么地方？"丁洁琼问。

"为特殊旅客服务的候机室。"

"我们是否来得太早了？"

"几位朋友要为您送行，这得耗些时间。"

"什么样的朋友？"

克蕾还没来得及回答，一辆轿车已经悄没声息地停靠在旁边。丁洁琼看清楚了，那是一辆车身很长的劳斯莱斯，熠熠闪耀着带金属感的蓝色光泽。蓝色轿车一侧的前门被推开，一位上了点年岁的男子下了车。

"啊，将军！"女科学家一眼就认出来了。

"是的。亚伦·佩里。陆军中将。"将军的语言和神态，使丁洁琼恍如回到十七年前那个平安夜，他俩第一次见面的时候。佩里伸出两只石头般粗硬的大手，一面跟女教授紧紧相握，一面吐出一串同样铿锵的音节："琼，我来为你送行。"

“谢谢，将军。”

佩里身后忽然发出某种声响。就在他回过身去的时候，丁洁琼也本能地将目光投了过去，并且惊讶地睁大眼睛：蓝色劳斯莱斯的后座门被推开了，一个老人正弯着腰，很吃力地往外钻。他终于钻出来了，却好像是个驼背，怎么也站不直，还直喘气。

“哟，牧师，”佩里踅过去搀住老人，“我还没来得及搀扶您，抱歉。”

丁洁琼举目看去，不禁一怔：那不是查路德吗？

丁洁琼最初听说查路德还是在一九二九年，整整三十年了！第一次见到查路德本人也已是十三年前的事了，在纽约图姆斯监狱第十一层审讯室里。眼前的查路德刚过古稀，可比一般同龄者衰老得多，弯腰驼背，有气无力，显得病恹恹的，干枯的皮肤上刻满皱纹，看上去足有八十岁。

查路德双手拄着一根手杖，吃力地往前挪了两步。看样子再也挪不动了，便站在原地，勉强直起身子，深陷的眼窝里两颗褐黄色眸子呆呆地凝视着丁洁琼，似乎还深深地点了点头。

“琼，这大半年来，查尔斯牧师病得很厉害。”佩里像是解释似的，“但是他坚持要来机场。我说，那就搭我的车吧。”

“是，是的，”查路德又点了点头，“是这样的。”

女科学家面无表情，伫立不动，双手插在衣兜里，冷冷迎视着两米开外那位风烛残年的老人。

克蕾站在丁洁琼身旁，默默看着眼前的一幕。

“琼，你已经知道了，”佩里有点口吃，“在白宫那个决定你命运的会议上……”

天哪，事情怎么会变到今天这步田地？无论查路德做了什么样的“好事”，丁洁琼最不愿意想起的人就是他。回到伯克利这一年，她已经成功地忘记了这个人物的存在，这个被她切齿痛恨的家伙，这个毁灭了她一生幸福的魔鬼！看他那副模样，很像是病入膏肓，来日无多了。也许他真的信神，相信天堂和地狱的存在，所以在生命临近终点之际，他挣扎着来到这里，来到这位天使般美丽纯净却被他残忍伤害过的女人面前。

“丁小姐，我到这里来，”查路德气喘吁吁，嗓音嘶哑，“一是为你送行，二是希望得到你的宽恕，哪怕你只有一句话。”

停着两辆轿车的院落里，远远近近的暗淡灯光下，几个人的灰色影子散乱地投射在脚边。牧师目不转睛地凝视着丁洁琼，似乎企盼从她那里听见天使的声音。事到如今，他仍然不是为了任何人，而是为了他自己！他希望得到宽恕，以求得内心的平静和灵魂的解脱。

佩里将军不再吱声。他望望女教授，又看看牧师。

查路德仍然眼巴巴地凝视丁洁琼。

女科学家依旧同大理石像般伫立不动，面无表情，双手插在衣兜里，冷冷迎视着他。

就这样过了一两分钟，不，也许有四五分钟吧，丁洁琼终于上前几步，默默伸出右手。

丁洁琼随克蕾走进特殊候机室。偌大的大厅中摆着几套挺豪华的沙发茶几，可是只坐着一个人。那是一个身躯单薄、肤色黄黑、须发蓬乱的男子，显得跟这间候机室很不相称。克蕾领着丁洁琼走过去，直走到那人面前。男子抬头打量她俩，之后，缓缓站起来。丁洁琼这才看清楚，这男子衣着陈旧，又高又瘦，显然患有某种或某几种疾病，全身似乎有点颤抖和摇晃，眼窝、嘴巴、脸颊和胸部都深深塌陷，表明了牙齿脱落和体质极端虚弱。

细觑之余，丁洁琼认了出来！她惊叫一声，扑上去，泪水随即夺眶而出。她捧起对方的头和脸一下又一下地使劲亲吻着，亲吻着，泣不成声：“啊，奥姆，奥姆，你是奥姆！”

克蕾与佩里相互瞅瞅，默默走出去。

丁洁琼继而紧抱住奥姆，脸颊紧贴对方瘦骨嶙峋的胸脯，紧贴对方须发蓬乱的腮帮，失声痛哭。良久，女科学家由痛哭转而呜咽，啜泣，但一直紧紧拥抱着奥姆，任眼泪湿透对方胸前的衣服。

奥姆轻楼着丁洁琼的腰肢，双手在她的背部、肩胛和后脑勺上久久抚摸，微微眯上的眼睛却从她的头顶望过去，望过去，眼神专注而迷惘，像是在凝视或探究暗夜中某个遥远的星座。他的两颗深陷的眸子中终于渗出几滴清泪，沿着深黯的、满是皱纹和须发蓬乱的面颊落下；瘦削的肩膀和喉结猛烈战抖着，却始终沉默不语，活像一块石头，一段枯树。

当年，奥姆从一开始就被拘禁在海军陆战队切萨皮克湾一处半岛形的基地内，那里距华盛顿和巴尔的摩都很近，以便联邦调查局、中情局、五角大楼、陆军部、海军部、司法部、参议院常设调查委员会和众议院非美活动委员会等，随时对他实施行政调查。

丁洁琼是外国人，因此联邦调查局给她安排了“失踪”。奥姆霍斯是美国人，且声名显赫，举足轻重，让他“失踪”势必遇到很多麻烦。于是索性以有间谍嫌疑为由采取公开措施。这一招果然有效。军队的牺牲和战争的胜利使美国人民的爱国激情空前高涨，大家对背叛国家的行径恨之入骨。为罗森堡夫妇说话的人多为外国人、新移民和自由派知识分子；但是所有为他们说话的人都不认为他们无罪，顶多只是认为证据不足或量刑太重而已。罗森堡是第一代俄国移民的后裔，克罗斯·莫耶则本来就是英国共产党员，其他几个间谍也有类似情况，因此从某种意义上说，他们给苏联传递情报多少情有可原。奥姆霍斯就不同了。他这样纯正的美国人怎么能背叛美国呢？太岂有此理了！

于是，奥姆霍斯成了“叛徒”或者说“叛徒嫌疑”的代名词。安全部门工作人员和当年参加过“曼哈顿工程”的人们在提到他时，那态度即使不算唾弃，起码也是鄙夷。特别是已被尊为“美国氢弹之父”的艾伦·泰勒，更是从一九四五年起便十多年如一日地斥责、揭发和咒骂奥姆霍斯。

行政调查对奥姆霍斯越来越不利。他被证明跟几名原子间谍都有非同寻常的关系，与他们讨论过或向他们提供过他们不应该得知的情况。他还被怀疑是那几名隐藏很深，却一直没能被查明和抓获的间谍中的一个。原来认为是丁洁琼向克罗斯·莫耶提供了X基地的技术情报，后来证实这也是奥姆霍斯干的，方式也是与莫耶讨论他不应该得知的技术细节。还有，奥姆霍斯跟居住在圣何塞的那个女人麦莱长期保持暧昧关系。他刚被捕，麦莱就在苏联外交官的帮助下取道加拿大逃跑了，随后的调查证实麦莱确系苏联间谍。

在联邦调查局眼里，奥姆霍斯处心积虑，城府很深，从事间谍活动却又不落把柄。但总统的态度使问题复杂化了。总统认为罗森堡夫妇案中的罪证不足不是因为缺少证据，而是因为某些证据不能在审判中使用；而“奥案”的证据不足是因为证据本身就不足。“奥案”和“罗案”都历经了杜鲁门和艾森豪威尔两任总统，两任总统都持同一观点。胡佛对此尽管恨得牙痒痒，却无可奈何。

联邦调查局虽然不能证明奥姆霍斯的间谍活动，却能证明他有这方面的犯罪动机。其证据则来自丁洁琼写给苏冠兰的一百八十七封信，奥姆霍斯本人对信件中涉及他的一切叙述直认不讳。但是仅凭动机还不能定罪，必须有犯罪事实和相关证据。胡佛历来认为，想找到的证据是不会找不到的，而这一找就是十几年。奥姆霍斯本来瘦弱单薄，“曼哈顿工程”期间肺结核复发，失去自由后更是近乎精神崩溃，健康几乎被彻底摧毁。

对大案重案，胡佛事必躬亲。他在奥姆霍斯博士面前摆上了那一百八十七封信，按时间顺序摆满一张大写字台。博士一封封地读着，始而大汗淋漓，坐立不安，继而冷汗涔涔，浑身发抖，终于面色由蜡黄变为惨白，伏在桌上咯了一大口血！

其实奥姆霍斯早就猜到丁洁琼在中国有一位恋人，否则很多事情无法解释，特别是作为一个年轻、健康而美丽的女人，丁洁琼何以能在美国长期坚持独身生活。但正因为丁洁琼是个年轻、健康而美丽的女人，奥姆霍斯到头来仍然无法解释她何以能在美国长期坚持独身生活。奥姆霍斯知道无论男人女人都很难做到这一点，他本人首先就做不到！更主要的是，他不明白为什么要这样做。博士有时想，也许这就是东西方两种文化、两种历史和两种民族的差异。赫尔也早就暗示丁洁琼在中国肯定有一位恋人，丁洁琼本人也从来没有对此予以否认，奥姆却始终不往心里去，实际上是不敢往深里想。人们常说“只隔着一层纸”，谁都明白“纸”的那边是什么，但这层纸却必不可少。眼前这一百八十七封情书岂止捅穿了那层“纸”？它们简直像从四面八方扎入奥姆霍斯心脏的一百八十七根钢针，刺透了他的胸膛、脊背和灵魂！使他剧痛的不是导致他被捕的那些“非美言论”，而是女科学家对远方恋人的情深意切。奥姆霍斯读到这样的倾诉："说到底我还是女人，神往美满的婚姻。当然是与你结婚，成为你的妻子……婚后的我一定会被公认为一位美丽出众、仪态万方而又智慧超群的好妻子。"奥姆霍斯还读到这样的话语："我……更能做一个真正的女人，更能过好女人的生活，尽女人的天职。我会在充分享受你的爱之后怀孕、生育和哺乳，跟你一起抚养我俩亲生的孩子们，他们也许是两三个，也许是五六个，反正我想多生几个，我不会嫌孩子多，我想你也不会嫌多的。我俩喜洋洋地听儿女们叫你'爸爸'，叫我'妈妈'！"

胡佛倒不是想在感情上伤害奥姆霍斯，他还不至于那么下作。他只是想找到涉及国家安全和"非美活动"的那些东西。他达到了目的。奥姆霍斯坦率承认了丁洁琼在一百八十七封信中谈到的与他有关的一切，特别是他所说的为了防止美国因拥有核武器而穷兵黩武、独裁专制和统治全世界，应该让美国以外的国家也拥有原子弹，以形成制衡。

胡佛目光灼灼："美国以外的哪个国家？"

奥姆霍斯回答："苏联。"

但事实是奥姆霍斯并未把原子弹机密提供给苏联，只是动过这种念头。然而这就够了。随着调查的深入，暴露的问题越来越多。一九五三年六月二十四日，即罗森堡夫妇被执行死刑后的第五天，奥姆霍斯正式被起诉。

奇怪的是，起诉没了下文，只有无休止的软禁。一九五六年八月，奥姆霍斯病情加重，肺结核病灶有癌变迹象。据说是在总统的干预下，他才住进了医院，得到很好的治疗——动手术切除了一叶肺，止住了严重的咯血。据说也是在总统的干预下，半年后他在出院时得以不再返回软禁地点。但与此同时，他被要求使用化名，采用另一套公开的履历，保持沉默低调和深居简出，定期向联邦调查局汇报等等。奥姆霍斯接受了这一切条件之后，在巴尔的摩远郊的一所供膳学校当上了图书管理员。

凡此种种都是克蕾到伯克利看望丁洁琼时谈到的。她说，随着冷战势头的减弱，总统决定逐渐改善奥姆霍斯的处境，最后可能还会以某种方式为他恢复名誉。毕竟他对“曼哈顿工程”有过重要贡献，重要到历史将永远记住他。至于他对苏联，对美国，对核武器的看法，毕竟只是看法而已，至今并未找到他从事间谍活动的确凿证据。而且奥姆霍斯所知道的那些东西已经足够陈旧了，更为关键的是，总统想为自己留下一个好名声……

丁洁琼昂首凝视着对方，双手捧起对方黝黑瘦削的面庞，呜咽道：“奥姆，我对不起你！”

奥姆的泪水已经干了，面颊上仍沾着斑斑泪痕。他迷惘的眼神凝聚在丁洁琼脸上，毫无表情。

“可是我没有办法。我的祖国在东方，我的心早就许给了别人。”丁洁琼的泪水又夺眶而出，“我是一个极端忠实的人，这就决定了我决不会违背自己的承诺和誓言，也就注定了我会在感情和精神上备受折磨。原谅我，奥姆，你知道我尊敬你，爱你，但是你也知道，我学成之后是一定要回中国去的，我从来没有对你和对任何人隐瞒过这一点。在美国的十几年有很多男子追求我，有些人简直到了狂热的地步。他们几乎全都那么出类拔萃，大概是觉得不这样就不够格向我求爱吧。这些男人中最杰出和我最喜欢的当然是你，但我从未对包括你在内的任何男子做出过任何允诺。我在口头上和举止上都从未跨出过那一步。我给很多男人造成了痛苦，其实我自己何尝不是在无止境地忍受煎熬，因为我是一个健康女人啊！你已经知道了他的存在和他的名字——苏冠兰。一想到我与他的初恋，想到我的誓言，想到他为我做过和付出过的一切，想到他是那么优秀，想到他为苦难深重的祖国一直在艰难奋斗，想到他一直苦苦支撑着和等待着我，想到他的异常苍老憔悴……总之，一想到这些我就提醒自己：一定要把自己的爱情完美无缺地带回中国，奉献给他！”

奥姆仍然不说话，仍然直直地望着丁洁琼。

“如果我的生活中从来就没有出现过苏冠兰，我一定会选择你的。或者，如果爱情的属性中没有专一，爱情像其他物件一样可以分割，那么，我也会……”丁洁琼的话语戛然而止，再次把脸紧贴在奥姆胸前。过了一会儿，她抬起头来，用噙着泪花的眼睛凝视奥姆：“我错在没有及早把真相告诉你。今天的你大概已经明白了，那是因为我害怕。我，还有他，这一生可被害苦了！可是，到头来，我又如此害苦了你。而你是我到美国后的第一位老师，是我在异国最好的恩师，也是我攀上科学顶巅的导师……”

“不，琼，亲爱的琼。”奥姆终于开口了，从蓬乱的胡须中透出嘶哑的声音，不仅像个风烛残年的老人，还是个十足的病人。他刚一张嘴就猛咳起来，咳得简直喘不过气来，整个身躯都摇摇晃晃的。丁洁琼不知怎么才好，急得要命，抱着奥姆又是揉胸脯又是捶背。过了好几分钟，奥姆才停止了咳嗽，用手帕擦净嘴巴，反过来安慰丁洁琼：“没什么，没有大毛病，早就不咯血了，咳一阵子就好了，就好了。琼，别总是那样说了，真的，你没有任何地方对不起我。你确实是一个极端忠实的人，对爱情，对祖国，对事业，都是如此。我因你而常常想起歌德的话——永恒之女性，指引人类升华。在未来的岁月里，直到我离开这个世界之前，哪怕是弥留之际，我都会为自己曾经结识过、曾经挚爱过、曾经深深眷恋过你这样的女人而感到满足，感到庆幸。”

“奥姆！”

“不久，你将实现自己的誓言，回到祖国，回到爱人的怀抱。就是说，在美国历经多年的痛苦和不幸之后，你很快就会成为世界上最幸福的人。”奥姆吃力地往下说，“琼，到了那边，不要忘记奥姆，不要忘记他对你和你的爱人的祝福。”

“谢谢你，奥姆。”丁洁琼泪流满面，“谢谢你来为我送行，谢谢你的祝福，谢谢你的一切！”

“还有，”奥姆犹豫片刻，鼓足勇气，结结巴巴，“你听说麦莱了吧？”

“是的，他们告诉我了。这没什么，奥姆。”

“哦？”

“怎么说呢，真的，我甚至应该感谢她。”丁洁琼说得很慢，“在长久的年月里，是她给了你，你所渴望和需要，你应该得到也有权利得到，而我始终没能给予你的……”

“不说这些了，琼，让我再看看你。”奥姆哆哆嗦嗦，双手捧起丁洁琼的脸庞，深情端详着，温柔抚摸着，“我真羡慕赫尔！他到过中国，所以他知道那片河山和那个民族的美丽非凡。我真想有生之年到中国去一次，像赫尔那样去看看那片河山和那个民族，看看那美丽非凡的一切，看看它们怎样创造和抚育了同样美丽非凡的你！”

“啊，是的，”丁洁琼的声音和表情突然变得异样，“赫尔呢？”

奥姆的话头忽然止住了。

“告诉我，奥姆，赫尔呢，赫尔呢？”丁洁琼攥住奥姆的衣服使劲摇晃，“他在哪里，他怎么样了？”

“他，赫尔，他不能来了。”

“为什么？”丁洁琼盯着对方，“告诉我，为什么啊？”

“我差点忘了，赫尔托我捎了一封信给你，琼。”

“哦……”丁洁琼略略松了一口气。

奥姆颤巍巍地掏出一封信。

丁洁琼打开信封，取出几张信纸，摊开。奇怪，不是赫尔的亲笔信，而是用打字机打的一封信。开头的字迹立刻映入眼帘——

亲爱的琼！

当你看到这封信的时候，我可能已经不在人世了。

丁洁琼惊叫一声，闭上眼睛。她总算稳住了心神。赫尔说的是可能不在人世，那也就可能还活在人世。丁洁琼重新睁开两眼往下读，往下读。读着赫尔的信，她的双眶再度湿润了。

我多想活下去啊！我才五十四岁，还远远没有活够。如果还能宽限我几年就好了，那样我就有可能再去看看中国；哪怕只给我几个月也行，那样我就有可能再跟你见上一面。

丁洁琼很喜欢赫尔。他不像罗曼那样有学问，有身份，但他健壮，粗犷，生命力旺盛，颇具阳刚之气，更像个男子汉。

我的生命只能再维持十天，即使出现奇迹，也不会超过十五天。这是一位医学权威的预言。其实他不说我也明白，我有预感，自觉日渐衰竭，极度衰竭，一天不如一天，仿佛已经能听见死神走近的脚步声。作为一个曾经出生入死的老兵，我并不畏惧死亡，只是觉得留下了太多的遗憾——对我深深眷恋的中国，对我同样深深眷恋的你。

我浑身插满了导管，躺着不能动，更不能执笔，于是我口述。这样做也很累，力不能支，说每句话都要用很长时间，说一两句话之后就得喘息一阵。但是，无论如何，这封信必须写出来，要让你在离开美国前能看到。

当年丁洁琼和奥姆的先后被捕必然地牵连到赫尔。但在联邦调查局眼里，赫尔是个粗线条的家伙，他们没能抓住他任何把柄，因此没有实施逮捕，而是采取严厉措施，将他加以隔离和监视。

大批钚和铀源源不断生产出来，被运往阿拉摩斯，储存在桑迪亚山脉地层深处的仓库里。赫尔被指定带领一个小分队守卫这种特殊仓库。为了防止泄密，他被勒令不得离开地下仓库和地面电网圈定的范围。赫尔终于吃了粗线条的亏，待在最危险的库区而不自知。即使懂得辐射的危害也毫无办法，他们不会允许他到任何别的地方去。女友也弃他而去，而他俩原本约定在一九四七年元旦结婚。赫尔写道："这不能怪她。她连我去了哪里都不知道啊。"

在恶劣环境里，赫尔始而患急性放射病，继而转为慢性放射病，各项身体指标也愈来愈糟。头晕，头痛，无食欲，关节肿痛，记忆力明显减退，失眠和脱发严重，白血球减少，腿伤也越来越严重，但他仍然兢兢业业，每天拄着拐棍走来走去，辗转在到处充斥着氡气的地洞里。后来他得到“优待”，准许他每天只下洞两次，其他大部分时间可以待在地面建筑物里。这种极其艰难痛苦的境况居然持续了九年，直到一九五五年麦卡锡垮台后才有所好转。他被调离地下仓库，但仍驻阿拉摩斯。不过这时的他已因长期暴露于放射性物质中而被确诊为癌症。他总算“重获自由”，住进圣菲的医院，两三年来一直在绝症的折磨下呻吟，再没离开过病房。

一九五七年，获释后的罗曼从巴尔的摩远郊给赫尔寄来一张明信片。这对难兄难弟在相隔十一年之后，在奄奄一息之中恢复了联系。他俩后来的通信都用明信片，都只有寥寥数语，因为都不知道该谈些什么，也不知道被允许谈些什么。此外，也因为都写不动了，他们每天都在变得更老，病得更重。

前些天，一位名叫克蕾的女士突然来到圣菲，到医院看望赫尔。她自我介绍是丁洁琼教授的朋友，同时受国务院和司法部的委托做事。她说丁洁琼马上要离开美国前往欧洲，最终目的地可能是中国大陆，可以安排罗曼和赫尔兄弟一起到纽约机场送行。看到赫尔病情严重，克蕾改变主意，建议由赫尔口述一封信，让罗曼带到机场面交丁女士。女特工借来打字机，坐在病床旁亲自敲打这封信。

你很快要回到中国了。这使我浮想联翩，百感交集，忆起太多的往事。战争中我当过战斗机飞行员和轰炸机投弹手，得到的是满身伤残和满胸膛的勋章奖章。在那些勋章奖章中，我最珍爱的是中国政府授予我的飞虎奖章。向广岛投下第一颗原子弹尽管惊心动魄，但对我这个老兵而言，生命史上最为壮怀激烈的是在中国的岁月。

赫尔的老战友们能活着回到美国的，这些年来成立了“中国—缅甸—印度飞行员协会”和“飞虎队队员协会”等组织，当年参与对日本实施原子弹轰炸的军人则成立了“五〇九协会”。他们不约而同，都希望赫尔加入，多年来一直在寻找他。直到赫尔住进圣菲的医院后，“飞虎队队员协会”的两名老兵才终于打听到消息，到圣菲来看望他并征集史料。三位老战友回首沧桑往事，感叹欷歔：想当初飞虎队刚成立时，曾以二十架战机与一千多架日本飞机对抗。在三十一次空战中击毁日机二百一十七架，而自己仅损失十四架。飞虎队改为第十四航空队后，仅一九四三年七月二十日一天就在汉口、广州和衡阳等地上空击落“零式”等敌机一百五十三架！战争结束时，我们共击落敌机二千六百架；击沉击毁敌商船总吨位达二百三十吨，军舰四十四艘，内河船只一万三千艘；击毙日军六万六千七百名。我们曾有五百多架C-46、C-47和C-54在驼峰航线上穿梭飞行，每月运量最多时达八万吨。从一九四二年四月至一九四五年八月，为中国空运战争物资达六十五万吨。而我们损失飞机四百六十八架，平均每月十三架，牺牲和失踪的飞行员和机组人员达一千五百七十九人！

雅尔塔会议上，中国成为联合国常任理事国一事遭到斯大林反对，但美国坚持了这个主张并最终使之成为事实。更早，一九四二年元旦，罗斯福总统就请胡适大使转告蒋委员长："我们欢迎中国为美、英、苏、中四强之一。"同年十月十日，在美国推动下，美英两国宣布废除根据历史上的不平等条约取得的在华特权（英国拒绝放弃香港九龙），同时宣布给中国追加五亿美元贷款并提供大量战争物资。一九四三年二月十八日，宋美龄应邀在美国参众两院发表演说，引起轰动。罗斯福总统不失时机，推波助澜，于翌日宣布给予中国最大的援助；紧接着，美国国会宣布废除执行了长达六十一年的《排华法案》，通过了对华友好亲善的新法案……

我回顾这些是什么意思？我的意思是：在疯狂的岁月里，美国连对罗曼和我这样纯正的美国人都不放过，何况对你呢？我的意思是：我作为美国人，知道美国给你造成了深重伤害；但是，同样，我作为美国人，希望你原谅美国，不忘两国之间风雨同舟的过去，更想想两国之间将要出现的美好将来！

丁洁琼再度闭上眼睛，十几秒钟后才稳定了情绪，重新往下读。

琼，你要走了，仿佛把我的心也带走了！我多么想再回中国看看啊，到我战斗过的地方再走走：云南，贵州，四川，广西，广东，江西，湖北，湖南，安徽，还有跨越巍巍喜马拉雅山、高黎贡山和横断山的驼峰航线。不知航线下方五十英里宽的地带散落着的无数铝质残片是否还在阳光下闪烁，是否还能找到我当年战友们的遗骸？

琼，回去之后，代我多看看中国吧。若有可能，还请你代我去看看我曾经飞行、作战的那些地方。特别是昆明巫家坝，我们的航校和我们最大的基地都在那里。你能不能去一次，捧一把那里的泥土，日后有机会带来美国，培在我的墓旁？那样，我会觉得自己还在中国，中国仍和我在一起。

只剩最后一页信纸了。丁洁琼再度稳了稳心神，足足过了几十秒钟，才重新抬起眼帘——

琼，在这封信即将结束之时，请接受罗曼和我的衷心祝福。请转告你的爱人，罗曼和我是多么羡慕他。

另外，琼，我说过一位中国女医生救过我的命，我的第二次生命是她赐予的。我说过我被她迷住了，说不清那是一种什么感情。她很瘦弱，憔悴，但在我的心目中却美丽超群。当年她对我说过“后会有期”。我一直希望有朝一日再到中国去，原因之一就是想再见到她。现在你要回中国去，拜托你了，找到她，一定要找到她，找到那位坚强而沉静，温柔而忧郁，平凡而非凡的女医生。告诉她，十几年来我始终感激她，怀念她，深深地爱着她！不知你是否还记得她的名字：叶玉菡。

“登机时间到了。”克蕾轻声提醒，“要跟奥姆霍斯博士辞别了。”

丁洁琼注意到了，赫尔在信件末尾签下的是十天前的日期。眼下赫尔怎么样了，是否还活着？他生命的最后时日一定忍受着癌症的煎熬，异常痛苦吧？他在弥留之际还说了些什么？丁洁琼想问，但又不敢问。她双眶发烫，却已无泪可流，因为泪水已经熬干了，流尽了！她咬着嘴唇，最后深深地看了奥姆一眼。奥姆沉默不语，浑身猛烈战抖着，目不转睛地迎视着她。

“该登机了，博士。”克蕾再次提醒。

丁洁琼再一次扑上去，紧紧抱住奥姆，不停地亲吻奥姆。他俩都知道，这就是永诀！

“博士。”克蕾看看手表，再次催促。

丁洁琼终于转身，随克蕾朝一张很大的玻璃门走去。她没有放慢脚步，更不敢回头张望，不然她的决心就会动摇。她肯定会回身跑过去重新扑进奥姆怀里，紧紧地抱住奥姆，紧紧地抱住，紧紧地……再也不分开！

物是人非

学术报告厅里回响着周恩来的声音："就这样，丁洁琼教授在历经种种艰难险阻之后，万里回归，于不久前抵达北京。"

热烈的掌声打断了女科学家梦幻般的回忆和遐想。她蓦然反应过来，对人们报以轻轻的鼓掌，微笑和颔首。

是的，就是在那个深沉午夜，一架四引擎客机轰鸣着飞离纽约国际机场跑道，不断爬升，很快消失在黑漆漆的大西洋上空。

那不勒斯理论物理研究所所长范范尼教授到罗马国际机场迎接丁洁琼博士。范范尼陪同女科学家换乘意大利国内航班飞赴那不勒斯。丁洁琼幼年曾随父母到过这座世界著名的旅游城市。入住酒店后她辞谢了一切采访和拜会，也不踏足名胜古迹，甚至不外出散步。生活起居和学术活动都由范范尼博士安排。所以，当一天深夜电话铃响起时，丁洁琼以为又是范范尼。抓起听筒一听，却是一个说中国话的男子："丁洁琼博士吗？"

“您是哪位？”女教授感到意外。

“你是洁琼，我听出来了。”对方很高兴，“洁琼啊，你也听出我是谁了吗？”

“挺耳熟的……”

“赵久真。”

“哎呀，赵老师！”丁洁琼喜出望外。

一九三四年秋天，是赵久真博士带着刚走出大学校门的丁洁琼登上格陵兰号邮轮，从上海远赴美国的。三年之后的一九三七年秋天，赵久真又到美国，参加在纽约召开的一个学术会议。丁洁琼专程赶去看望了他。七七事变后赵久真留在国内参加抗战，在极其困难的条件下主持国家观象台的工作，并在战争期间继任了台长职务。战后，赵久真于一九四八年三月被遴选为中央研究院院士，同年在赴欧洲考察期间留居英国，后成为皇家学会会员并在欧洲十一所大学、学院、研究院和科学院拥有院士、教授和名誉博士等头衔。赵久真于一九五七年四月赴香港讲学，原拟结束讲学后即返回大陆定居和任职。其间，老同学凌云竹曾专程赴港与他晤面深谈。但在港盘桓达数月之久后，赵久真最终返回英国并申请加入英籍。一九五八年，丁洁琼住在伯克利时从媒体上得知，赵久真是在香港“近距离观察‘反右运动’”后做出如此抉择的。

丁洁琼问：“赵老师，您在哪里？”

“在牛津镇的家里。”

“您知道我到了那不勒斯？”

“不然我怎能如此准确地往你的住处打电话？”

“赵老师，您在英国还好吗？”

“很好，全家都很好。”

“您，您有什么事吗？”

“是皇家学会会长和好几所名牌大学的校长们让我给你打这个电话的。邀请你来英国定居。他们之中有一位是当年参加‘曼哈顿工程’的二十八个英国科学家之一，在阿拉摩斯与你同过事，深知你的才气和你的突出贡献。皇家学会会员头衔，还有别的很多荣誉都在恭候你，英国政府也很欢迎你……”

“不，赵老师。”

“为什么，洁琼？”

“赵老师，我头疼……”

“是吗？洁琼，立刻请大夫来看看。我认识范范尼。”

“不，不必。谢谢您，赵老师。”丁洁琼心慌意乱，她已经放下了电话，却还在喃喃道，“对不起您，赵老师，我谢谢您了，谢谢。”

事情发生得太突然，乃至丁洁琼一时竟忘记了赵久真先生是她与冠兰爱情关系的见证人。英国与新中国很早就建立了外交关系，赵久真与国内应该一直有联系。在女科学家失去自由的漫长岁月里，他很可能知道苏冠兰的情况，今天甚至可能主要就是为此给丁洁琼打电话的，不料……

丁洁琼看着已被挂断的电话机，心里发空。

丁洁琼在那不勒斯理论物理研究所做了一场学术讲演，参加了两次座谈会。令这里的同行们大为惊讶的是，女学者竟是用流利的意大利语讲演和与人们对话的。

不久，一个东南亚国家邀请丁洁琼前往讲学。女科学家接受了邀请并在该国驻意大利大使馆协助下迅速办妥手续，从罗马登机往东飞行。途经一些国家的大城市——开罗、巴格达、卡拉奇和加尔各答——做短暂停留时，中华人民共和国驻当地的外交官员到机场看望并慰问她。对话虽然很少，但丁洁琼通过对方温暖的语言和亲切的笑容可以感觉到离祖国的宽阔胸膛越来越近。

终于飞抵那个东南亚国家的首都。中华人民共和国大使和其夫人伫立在舷梯前，向刚踏上地面的丁洁琼教授满面笑容地伸出双手。

丁洁琼在中国使馆小住三天。一次午餐时分，大使说："博士，一路上很辛苦，您到北京后先休整一下吧。请问，您希望在北京有什么样的居住环境呢？"

"僻静一些的吧。"

"您从前到过北京吗？"

丁洁琼的嘴略略一张，却什么也没说出来。一九三四年的北京还叫作北平。那次北京之行改变了她的一生。

大使没有追问，只是跟夫人一起陪丁洁琼聊天，通过这种方式向她介绍国内各种情况。一个风和日丽的早晨，在这个友好国家首都北边的一个机场，丁洁琼由中国大使夫妇陪同，登上一架机身上标有五星红旗图案的客机。飞机起飞后朝正北方飞行。

地面仍被浓绿色的热带丛林和弯弯曲曲的河流覆盖着。西北方天际隐约出现了横亘的高山。远远看去，起伏绵延，冰雪披挂，若隐若现，山顶直入云霄，山体呈现出黑色或深灰色。

飞机转弯，沿着一条蜿蜒在深山峡谷中的江河往东边飞行了若干时间后，再度翱翔在陡峭的山地和碧绿的丛林上空。高个子机长走过来，右手碰了碰帽檐道："博士，请允许我告知您，从现在起，专机开始在我们祖国的领空飞行。"

机长说着，面露微笑，指指自己左腕上的手表。

女教授摘下手表，将时间调校到中华人民共和国所在偶数时区的北京时间。然后，她回味和咀嚼着机长的话：祖国，祖国的领空，在我们祖国的领空飞行……

西边和北边天际出现了崇山峻岭。远远看去，那里许多山峰裸露着黑色或深灰色的岩石，锯齿般险峻的山顶冰雪皑皑，直插云霄；而陡峭的山腰下和峡谷中植被浓密，满目葱绿。

机长说明："那是横断山、高黎贡山和怒山。"

丁洁琼忆起一件事："横断山……二战期间，那里是否有过一条重要航线？”

“是的，驼峰航线。”机长答道，“今天航空界之外很少有人知道它了。”

“刚才看见飞机下方深山中盘曲着一条河流……”

“那是怒江。”

驼峰航线和怒江河谷是赫尔和他的战友们殊死拼搏过的战场，也是上千名美国飞行员长眠的墓场。女科学家忆起赫尔的嘱咐——琼，回去之后，代我多看看中国吧……我多么想再回中国看看啊，到我战斗过的地方再走走：云南，贵州，四川……

丁洁琼双眶湿润了。

大使夫妇和机长都觉察到了女科学家的感伤，他们都保持沉默，不打扰她。

在昆明上空，飞行高度再次降低，距地面仅一千余米。昆明市的城郭、街区、湖泊乃至河流都清晰可辨，历历在目。丁洁琼想问：巫家坝机场在哪个方位？她默默叨念：赫尔，你还活在人世吗？我正在昆明上空，正在想你，我一直在想你啊！赫尔，我会尽早再来昆明的！我一定会亲至巫家坝机场，代你再看看那里。我会在那片土地上久久徘徊，凭吊，寻辨你的身影。我一定会满足你的愿望，捧起那里的泥土……

想到这里，女科学家掏出手绢，捂住眼睛。

大使夫人将茶杯放在丁洁琼面前，语气轻柔：“教授，喏，龙井茶。”

良久，女教授抬起头来，眼圈红红的，默默望着窗外。

专机从昆明上空掠过后缓缓爬升，朝偏东北方平稳飞行。一条山脉出现在航线前方，山势嵯峨逶迤。白云和乌云被撕扯和搓揉着，披挂并涌动在高耸的山体上。湍急的水流像条条白练穿插、飘舞在峡谷间。

丁洁琼问：“这是乌蒙山脉吗？”

“对，”机长答道，“乌蒙山脉。”

一座黑黢黢的山峰突然出现在航线左侧，山顶有积雪。山峰刺破云层，直指蓝天。

“喏，乌蒙山主峰石岩尖，海拔三千八百零六米。”机长俯视下方，“这条航线就是当年驼峰航线的延伸，从昆明至重庆。但我们今天直飞北京，中途不停留。”

下午，专机在首都西郊一个机场降落。

飞机刚停稳，丁洁琼远远就认出了欢迎人群里前排一对上了年岁的夫妇。她步下舷梯后快步跑上去，伸开双臂一把搂住凌云竹和宋素波，泪如泉涌。她只喊了老师和师母一声，就再也说不出话来了。凌云竹夫妇拥抱丁洁琼时同样泪如雨下，也只哽咽地叫出一声“洁琼”。

两名男女少先队员跑上来向丁洁琼教授敬献鲜花。凌云竹向归国女科学家一一介绍前来欢迎的国务院秘书厅、国家科委、国防科委、中国科学院和高等教育部的负责同志们。

离开西郊机场之后，凌云竹副院长和夫人陪同丁洁琼教授前往友谊宾馆。隐藏在一片庞大建筑群中的若干小院掩映在绿树丛花中，因相对封闭而特别幽静。

丁洁琼住进一个小院。她只提出一个额外要求：请摆放几盆兰花。这个要求立刻得到了满足。

科学院给归国女科学家派来一名女秘书姚慧梧。小姚三十岁了，北大物理系毕业后留校任教三年，调中国科学院物理学数学化学部工作四年。小姚为能在丁先生身边工作而非常高兴。

凌云竹教授让丁洁琼先在这座小院住一阵，给她安排的“任务”是：一、休息和调养精神。二、由小姚陪同去协和医院全面检查身体。三、先看看由学部送来的材料，了解国内高教界、科学界、物理学界和核技术基础研究领域的情况。凌副院长说：“四、生活上也由小姚照顾你，有事可以向她提出。为你配了一辆车，可以由小姚陪着到北京各处多走走，多看看我们的科研设施，特别是原子能设施，尽快熟悉首都环境。你不是乐意在北京工作吗？”

“是呀。”

“很好，洁琼，你应该留在北京工作，北京最需要你。”凌云竹说着，略作停顿，“唔，还有……”

丁洁琼望着凌副院长，可老师的目光从她脸上移到小姚脸上，又若有所思地瞅瞅沉浸在夜色中的花园，也没说出到底还有什么。

几天后的一个下午，姚慧梧的丈夫来电话说孩子病了。丁洁琼催促小姚赶快回家。吉姆车回来后，女教授决定乘车到市区逛逛。这是她第一次没有小姚陪同单独外出。司机小刘太熟悉北京了，车上还有一张北京地图，可以边走边看。

太阳落山时分，黑色吉姆车穿过天安门广场西侧，在正阳门下稍停。丁洁琼下车，到售报亭买了一份晚报。她递过去一张十元面额的人民币。

“您没有零钱吗？”女售报员为难了。一份晚报才四分钱呀。

“真对不起，没有。”这是丁洁琼回国后第一次自己花钱。

“好吧，请您等一下。”女售报员打量了女科学家一眼，回头手忙脚乱地在那一大堆纸币硬币中翻找。

丁洁琼回过身去。下班时分，满街是川流不息、熙来攘往的大小汽车、电车和自行车，车辆因为拥堵而行驶缓慢。

一辆棕红色华沙牌轿车从她面前驶过，不仅开得很慢，还因堵车而停住了。轿车后座上那位系蔚蓝色丝质领带，着黑色西服，外穿浅灰色风衣的男子引起丁洁琼的注意，因为在当时的中国西服几近绝迹。那男子上了点年岁，面孔瘦长，眉目清癯，额头宽阔，鼻梁高而长，肌肤呈古铜色，微微闭着眼睛，显得十分疲惫。看得出，他的身材肯定瘦削挺拔……

棕红色华沙牌轿车重新启动，往前开去。

啊，冠兰，一定是冠兰！一道闪电从女科学家心头划过。跟冠兰离别整整三十年了，但她一直记着冠兰当年的模样，也时时猜想冠兰今天的模样。她赶紧坐进吉姆车对司机说：“小刘，喏，看前面那辆棕红色的轿车。”

“华沙？”

“对，”丁洁琼目不转睛，有点气喘，“跟着它。”

吉姆车开动了。

“喂，喂，同志，同志！”女售报员追了出来，“钱，钱，还没找您钱呢。”

女科学家从车窗伸出一只手，朝后摆了摆。

棕红色小轿车从彩绘一新的正阳门和箭楼西侧驶过，自北而南驶上前门大街。这里行人如织，车水马龙，各种商店栉比鳞次，霓虹灯闪闪烁烁。华沙车更加放慢速度，驶入东面一条小街，最终停在一处巷口。这一带全是平房，灰砖灰瓦灰色地面，冷落单调但干净齐整。

吉姆车悄没声息地停在街边。丁洁琼端坐车内，默默注视着几十米开外的前方。那里，但见华沙车后座门被推开，身着西服的男子钻出来。他捋了捋灰白的长发，挺挺胸脯，深深吸一口气，舒展了一下双臂和腰肢。现在看得很清楚了，他确实身材很高，瘦削挺拔。

“是的，就是他……”丁洁琼虽然没有动作，没有表情，也没有声音，胸中却波澜汹涌，“冠兰，是冠兰，肯定是冠兰！”

丁洁琼下了车，朝前门外的那座四合院走去……

丁洁琼神情恍惚、步履蹒跚地回到车上，蜷缩在后座一角，用低沉的、战抖的、微弱得几乎连她自己都听不清楚的声音说：“回，回去吧。”

然后，女科学家合上眼皮，脑海中一片空白，不知道自己是怎么离开前门外那条暮色重重的小街的。过了不知多久，她偶然侧过脸去一瞥，好像到了魏公村一带。她轻声道：“停车。小刘，你回去吧。”

“丁先生，”年轻的司机靠马路边停了车，“您……”

“我自己散散步。”

“可是，丁先生，”小刘结结巴巴，“领，领导交代了我……”

丁洁琼只是摆摆手，不发一言，推开车门看了看。确实是魏公村路东口。她下了车，神情迷茫地望着友谊宾馆方向，小心翼翼地跨出第一步，接着是第二步，第三步，然后，就这样独自缓缓走去。司机小刘犹豫不决，久久凝望女科学家的背影。良久，索性熄了火，下了车，悄悄地、远远地跟随在丁先生身后，直到看见她孤零零的身影消失在宾馆院中。

丁洁琼回到住处，走进客厅，揿亮一盏淡绿色壁灯。她浑身发冷，冷得打哆嗦。于是，再度把自己蜷缩起来，蜷缩在一张松软的大沙发里。她恨不得让自己缩小，缩小，那样也许才会略感温暖；她甚至觉得最好缩小到无影无踪，从这个世界上彻底消失，从空间和时间的意义上彻底消失，那样才能彻底摆脱苦痛。

女科学家这样思忖着，心绪紊乱，气息微弱，浑身冰凉。她摸了摸自己的额头、面颊和双手，麻木到了几乎没有知觉的地步。她环顾四周，发现房间太大、太高、太多了，空空荡荡的，使她倍感孤独。她是喜欢安静的，但如此阒无声息，却使她难以忍受。

丁洁琼后悔了，不该让司机把车开走。不然，她可以继续深陷在轿车后座，在偌大的北京城到处走走。无论是怎样的深夜，首都的广场、马路和街道上总还有行人，总还有自行车和汽车在行驶，总还有生气……

教授想起了年轻的秘书姚慧梧。小姚学业好，能力强，善解人意，热心细致。自到女科学家身边工作后，她几乎连家也不回了。丁洁琼真愿意像往常在小院度过的每个夜晚那样，有小姚陪着自己。但是，不行，起码今晚不行。人们常说孩子是爱情的结晶。小姚是个女人，她得到了女人应该得到的：她有丈夫和家庭，还有了世界上最可爱的"结晶"。也许在小姚本人看来一切都很普通，普通得就像所有别的女人所拥有的一样。她不会觉察到，这最普通的一切就意味着幸福，就足以令人羡慕，令丁先生羡慕！

丁洁琼也是女人，她也曾神往婚姻的神圣殿堂，自信会成为一位美丽出众、仪态万方而又智慧超群的好妻子。她渴望做真正的女人，过女人的生活，尽女人的天职，在充分享受丈夫的爱之后怀孕、生育和哺乳，跟丈夫一起抚养两人的孩子，也许是两三个，也许是五六个！她千百遍地想过，想多生些孩子，她决不会嫌孩子多，丈夫一定也不会……

丈夫，丈夫是谁？丁洁琼爱了几十年，苦苦等待了几十年，为之消磨了大半生的这个男子是谁？只能是苏冠兰。可到头来怎样？苏冠兰给她带来的不是爱情，不是婚姻，不是家庭特有的天伦之乐，不是久别重逢之后的欢乐、拥抱和结合，而是痛苦、绝望和灭顶之灾！丁洁琼当年在一封信中说过她自己一无所有，没有婚姻，没有丈夫，没有情人，没有孩子……不过，当时至少还有期盼，还有希望。而现在，连这也失去了！

离开美国时，除了极少量美金和随身衣物外，丁洁琼的全部个人财物都被扣留。她参加“曼哈顿工程”后写给苏冠兰的一百八十七封信，出狱时也并未退还给她。甚至连一九三四年她赴美时携带的、她在中国时苏冠兰给她的全部四百二十七封信和几十张照片，还有一九三四年之后苏冠兰给她的另外几百封信和上百张照片，也都被扣留了。理由是由于这些东西长期保存在她这位核物理学家身边，所以至今仍在不停地放出射线，敌方可能通过对其中的放射性尘埃和射线本身进行分析而得到核情报。甚至连她亲手栽培、精心呵护了二十多年的兰草也被禁止带出美国，理由是违反植物检疫法和为了保护美国稀有物种资源。

丁洁琼没有抗议，她知道任何抗议都毫无作用。此外，她真正的目的地并非那不勒斯，而是北京。为了达到这一目的，她可以付出一切代价！

克蕾的话正中女科学家的心坎："与您交往使我也喜欢上了兰花。您放心，我会养护好它们的，还会到处向人们介绍和推荐它们。中国兰科兰属的植物成了美国稀有物种资源，从某种意义上说并非坏事。如果有朝一日因此在美国形成了'兰文化'，那这将是您此生最大的功绩之一！"

只有与苏冠兰的爱情，是丁洁琼截至目前的一生中所拥有过的最珍贵、最刻骨铭心的无可替代的瑰宝，是她生命的支柱。然而，她现在已经一无所有，没有一件东西能证明那段爱情曾经存在过。今天，此刻，只剩下丁洁琼独自一人，面对自己被无情糟践的忠实与纯洁，面对那无可挽回的一切！

丁洁琼绝望了。她埋头于沙发一角，肩膀抖动，开始吞声啜泣，接着又哭出声来，继而失声痛哭。像发生了雪崩，她被深埋其中，寒彻肺腑，通体僵硬，透不过气来！

良久，丁洁琼打着寒噤，苏醒过来。她发现自己嗓子嘶哑，肌肤麻木，眼前朦朦胧胧。伸手摸了摸，能感觉到满脸泪痕，胸前衣襟湿漉漉的。试着挣扎了几下，能够动弹了。过了一会儿，她仿佛终于从深埋她的积雪中爬了出来，气喘吁吁，浑身发软，仍然昏眩窒息。

丁洁琼想起小姚为她准备了一些常用药品，包括安眠药，有水剂也有片剂。离开那不勒斯后她一直夜不能寐，抵达北京后失眠日趋严重，但是从来没有服用过安眠药。现在，她踱到茶具柜前，取出一种安眠药——一瓶略带紫红色的液体。看看瓶签，药量足够服好几天。又取出另一种安眠药，药片装在一只未开封的深棕色小玻璃瓶中。丁洁琼凝视着，思忖着，深深舒一口气，摇摇头。这时她又开始觉得头疼，全身关节也疼，身体酥软摇晃，气闷难耐之感在加剧。她走到落地大窗前，推开两樘窗扇，尽力吸一口气，再徐徐吐出。清凉的夜气拂拭着她的面庞，使她多少舒适一点了。丁洁琼下意识地探出上身，视野和精神都立刻沉浸在黑黢黢的夜色里。她似乎产生了某种错觉或幻觉，觉得自己身处摩天大楼顶层，周围是万丈深渊，到处充溢着黑色的、黏稠的空气，如同熔融的沥青。她真想采用某个舞姿一跃而出，扑向那无边的空间和无尽的时间，跟宇宙合为一体，化为永恒！然而正当丁洁琼试图这样做的时候，视觉器官已经适应了黑暗，她辨认出了窗外地面上朦胧的花木。有几株海棠的树梢高过窗台，室内溢出的黯淡灯光映在树枝上，像一幅幽暗的、充满神秘色彩的油画。她恍悟到自己这套公寓式居室其实位于大楼的一层，即使纵身跃出也不能如愿以偿。

然而，黑色的、浓稠的、沥青般的夜色，还有那幽暗的、充满神秘色彩的画面，也许还有那清凉的夜气，吸引了丁洁琼。她茫然地想了想，熄了室内的电灯，款款踱到院中，在草木气味和深秋寒意中独自徘徊。南迁的雁阵在高空掠过，发出此起彼伏的凄清鸣叫。此情此景，使她油然忆起某位古人的词句：

“雁过也，正伤心，却是旧时相识。”

哪位古人？哦，李清照。当年在美国，丁洁琼曾选译过十几首李清照词作，不是用以发表，而是用来教赫尔。那时的赫尔对中国古典诗词如醉如痴，还一直认为丁洁琼的译笔真好，好得“简直像拜伦诗歌的原作”。丁洁琼想起来，冠兰也喜欢李清照。他熟谙古典诗词，还熟悉作者身世。大学时代他曾在给丁洁琼的一封信中说过：我们结婚之后，会像赵明诚、李清照那样情趣相投，美满幸福。丁洁琼心中一惊：什么不好比，偏要比赵明诚、李清照！她立刻回了一封很长很长的信：不，我们跟他们完全不同，我们远远好过他们！他们国破家亡，颠沛流离，夫妻相处仅二十年，没有儿女，且赵明诚早亡，李清照晚景凄凉。而我们将白头到老，儿孙满堂。我们的爱情将被载入历史，写成诗歌小说，谱成美妙乐章，为后人世代吟诵传唱，被当作忠诚的象征，成为美丽的代称……

可是，而今，不祥的预感终成现实。她的命运甚至远不如李清照。李清照毕竟还享受过床笫之欢，与赵明诚有过二十年的恩爱生活，而她丁洁琼呢?！

天哪，怎么又想到了冠兰，想起了那些不堪回首的往事。大量事实证明了预感的准确。在她离开美国之前寓居伯克利的那一年里，甚至更早些时候，在被囚禁于爱丽丝岛的岁月中，她对一切已经有所预感。回国途中，特别是回到北京之后，这种感觉更加强烈。她猜想冠兰还活着，猜想冠兰仍然从事药物学研究，猜想冠兰会在北京而不是中国别的任何城市供职，猜想会在北京跟冠兰相逢，猜想冠兰已经成家，成为另一个女子的丈夫……

为什么，为什么，为什么事情会变成这样？冠兰反复说过，此生此世只爱琼姐。冠兰信誓旦旦，一定等琼姐从大洋彼岸归来。如果一直不见她回来，就等她到永远。他还表示，如果琼姐发生了不幸，他就终身不婚！

丁洁琼也有过这样的承诺和誓言。她用三十年的时间证明了一切，可是冠兰却没能做到。为什么，为什么啊？丁洁琼是个极端忠实的人，这极端忠实太难做到了，绝大多数人根本做不到，但是她做到了。可是，她得到了什么样的报偿呢？

一阵冷风袭来，枯叶在地面窸窸窣窣。丁洁琼也浑身哆嗦了一下。随之而来的一阵猛烈的晕眩使她踉踉跄跄，几乎跌倒！

相见时难

丁洁琼刚住进友谊宾馆的第二天下午，小姚就按照她的嘱咐送来一批材料，近一米高，几十斤重。

“小姚，”丁洁琼问，“你知道云南高山站吗？”

“知道呀。”姚慧梧答，“全称‘中国科学院云南高山宇宙线实验室’，是原子能研究所下属单位。”

女科学家指指那一堆材料：“这里面有高山站的材料吗？”

“没有，您的意思是——”

“我想了解一下这个高山站的情况。”

“哪方面的情况？”

“所有的情况。”

宇宙线是来自宇宙空间的高能粒子流。一部分宇宙线被阻挡在大气层外，另一部分宇宙线则能穿透大气层，甚至能深入水下和地层。还有一部分如电子和光子穿透本领较小。宇宙线与太阳和某些恒星活动及各种地球物理现象密切相关，能引起许多无法用人工实现的核反应和粒子转变。宇宙线研究的意义重大。

丁洁琼当年赴美攻读，也重点研究过宇宙线和粒子物理。当时因为过于危险，已经按照奥姆霍斯的建议停止了乘气球进行高空探测，改为到高山上进行观测。此项工作饶有兴味，像出门旅游似的，很使丁洁琼着迷：一辆宿营车，里面洗浴、餐饮、娱乐和书写阅读等设备一应俱全，几个人挤着住在里面，挺热闹也挺有趣。一辆观测车，顾名思义，里面满载发电设备和观测仪器。两辆汽车离开帕萨迪纳后便沿着内华达山脉朝偏西北或正北方行驶，三百多公里外是海拔四千四百一十八米高的惠特尼山。再往前是风景如画的约塞米蒂国家公园，地势也很高。有时离开帕萨迪纳后奔正北，到内华达州境内高达三千六百多米的杰斐逊山去；偶尔还开到犹他州或科罗拉多州，那一大片辽阔台地上高达三四千米的山峰比比皆是。汽车在海拔两三千米高处的公路边找个平地停下，科学家们便可开始工作。

宿营车的唯一缺点是设计时只考虑了男性。实际上参加这种野外作业的通常也只有男子，丁洁琼是个例外。她是经奥姆霍斯批准参加此项工作的，弗雷格院长特别交代她必须“戴上面纱”。一个女性，特别是一个年轻漂亮的女性，在连续十天半月的长途颠簸、风餐露宿中，绝对会使身边的“牛仔”们心乱如麻，但也能使他们干劲倍增。奥姆霍斯告诉弗雷格院长，自从有了密斯丁的参与，捕捉到的奇异粒子都多了好几倍！好在观测车有一个庞大的双排座驾驶室，后排可做卧铺，入夜那就成了丁洁琼的“闺房”。

二十世纪四十年代末至五十年代初，美英两国开始在高海拔地区建立固定的高山宇宙线实验室即高山站。日本和几个欧洲国家也有这种意向。因为宇宙线能引起许多人工无法实现的核反应和粒子转变，所以由此形成了当代物理学最活跃的前沿学科之一——宇宙线物理学。因此拥有高山站成为国家尖端科学技术发达的象征。也因此，当丁洁琼一九五八年三月从美国物理学会《宇宙线通讯》季刊上见到涉及云南高山站的简短报道时，心潮起伏。

新中国科学技术领域的很多状况是对外严格保密的。一九五七年七月至一九五八年十二月，“国际地球物理年”跨过科学计划启动，其使命之一是研究日地关系，该课题对人类生活有很大影响。同时，这也是研究太阳活动对银河宇宙线调制的好机会。新中国参加了此项国际合作，而云南高山站的任务是对宇宙线强度进行观测与研究，其成果公开发表并被《宇宙线通讯》摘录。

大概因为中国方面提供的信息有限，《宇宙线通讯》对云南高山站的介绍很简单，只有“地处乌蒙山脉海拔三千余米处”等寥寥数语，但已足以引起丁洁琼的深思和激动。赫尔当年从中国的来信中多次提到过乌蒙山。无论驾运输机还是开战斗机，乌蒙山都是他经常飞过的地方。现在，新中国又继美、英之后建起了自己的高山站，地点便在乌蒙山。在许多西方人眼里，中国是个谜；而在丁洁琼眼里，乌蒙山和这座高山站也是谜。而人类的本性总是倾向于揭开谜底的。

姚慧梧足足忙了五六个小时。那天深夜送来一个很厚的卷宗，卷宗封面书着她那手一丝不苟的毛笔字：中国科学院云南高山宇宙线实验室（云南高山站）。

中国科学院副院长凌云竹早在一九五二年就建议设立高山站，很快得到周恩来总理批准。一九五四年，高山站在乌蒙山脉海拔三千一百八十米处的一条山沟里建成，面积二百二十平方米。一座平房内分四室，其中两间是宿舍，共可住五人；另外两间被隔为图书资料室、胶片室和实验室。实验室安装了一套专用立体投影仪、多板云室、磁云室——材料对“D型磁云室”用中文做了如下简短注释：

即“丁氏磁云室”，为中国女物理学家丁洁琼博士于三十年代留美期间所创制，至今在世界高能物理学界得到广泛应用。

丁洁琼的眼圈发红了。祖国一直没有忘记她！“丁氏磁云室”和此前的“威尔逊-丁云室”一样，当年都是加州理工学院院长弗雷格命名的。可是，一九四六年丁洁琼被秘密逮捕后其名称便不知不觉变换了。接着，“丁氏管”“丁氏丝室”“丁洁琼系数表”和

“丁氏模型”等一切以丁洁琼命名的科学仪器和数学模型等都悄悄地被更改了名称，即使在她一九五八年已经重新成为美国的合法侨民之后，那些名称也没有得到恢复。

丁洁琼接着往下看。云南高山站在建站伊始的一九五四年便按计划进行了几种奇异粒子以及高能强子与物质相互作用的研究，取得可观成果。一九五七年该站在“国际地球物理年”中的表现受到关注，也因此被大洋彼岸的丁洁琼所知晓。

云南高山站地处高海拔低纬度地区，相较国外一些高海拔高纬度地区的高山站而言，每年的积雪期较短，是我们的一个优势。高山站附近的矿区有水源、电源和公路。一九五八年高山站迁到九公里外的一座山头上，海拔更高，占地面积、建筑物数量和仪器设备数量都扩大和扩充了十几至几十倍，称新站，而原站址则被称为老站。中国科学院原子能研究所宇宙线组的青年科研人员开始分批到新站工作。他们意气风发，齐心协力，为今后开展更深入的高能天体物理研究积极做准备。

云南高山站的成绩和我国宇宙线观测的前景使丁洁琼感到兴奋。卷宗尚未看完，原子能研究所在北京郊区的设施遇到重大故障，请求帮助。她带着小姚亲赴现场。回到宾馆当天下午，小姚就因孩子生病回家了，女教授独自乘车外出。

从前门外那条深巷中返回后，丁洁琼经历了从未有过的激烈的情绪波动。深夜，她在小院中独自徘徊了很久，终于回到屋里。

入睡是不可能的了，于是她强迫自己想别的事情，并忆起还有一份材料没来得及看。那是以高山站名义递交给中国科学院和国家科委的《情况汇报》。姚慧梧在介绍这份材料时说："本来可以不送您的，因为没有必要，但您既然说要了解所有的情况，那么也附上这个，您可以看看。"

《情况汇报》注明发于一九五八年十二月五日，即将近一年之前。丁洁琼越读越发现，她看这个材料不是没有必要，而是太有必要了。

> 其他国家的同类实验室多处相对干旱少雨和地形平缓的高海拔台地，便于施工和交通运输，较少有自然条件造成的困难。而乌蒙山系金沙江与北盘江两大江河的分水岭，山势巍峨险峻，地质结构很不稳定，筑路架桥困难重重，常为塌方、滑坡和泥石流所困扰。一次洪水暴发，数公里外半架大山突然崩塌，形成几十米高的堰塞湖，瀑布状泥浆、巨石滚滚而下，声闻数里，惊心动魄。一次运送实验设备，汽车前方路面塌陷，后方山坡垮塌。当时车上只有司机和一名青年科研工作者，两人被困在阒无人迹的深山里，入夜，豺、豹、野猪和黑熊在汽车四周出没嗥叫，两人手持木棍摇把坚守五天五夜，粒米未进。

丁洁琼早年在美国参与宇宙线探测工作时像旅游一样，加利福尼亚州、内华达州和犹他州经常万里无云碧空如洗。汽车探测为高山站观测替代后，除云南这座高山站因保密关系而绝少为外界知晓外，各国高山站的分布和运转都是公开的。稍加对比就可看出，世界上没有任何一座别的高山站处于如此恶劣的环境之中。

然而在丁洁琼的视野里有艰难，更有壮丽，这是一种只在中国，只在云南存在的壮丽！女科学家深深舒一口气，接着往下读。

从北京至昆明须从广西柳州北上绕道金城江、贵阳和遵义等，仅在黔滇山间公路上就要颠簸一周左右，一路上换乘火车和长途汽车，最后抵达昆明，总计历时半月。物资有时只能绕道越南经小火车运往昆明，再换乘汽车沿土公路北上三百公里运到乌蒙矿务局，再找便车走更土的公路——几小时只能走几十公里。这个路段反复下深沟上高山，垂直高差几千米，车毁人亡的事故经常发生。夏季几乎天天下雨，还经常是暴雨……

一九五七年参加“国际地球物理年”时，暴雨洪水使公路中断达两个月，物资被困在离我站数十公里处，而观测任务上马在即。我们下山请了几十个民工，雇了几十头驴。三名青年科研人员打开包装箱，将上百件仪器和数以吨计的磁铁、铅块和铝块取出分类和重新打包。精密易碎者由人扛，不怕损坏者用驴驮。譬如铅块的体积形状类似砖头，但一头强壮的毛驴只能驮四块。这支特殊的“马帮”沿着崎岖陡峭的羊肠山道艰难跋涉了两三天，露宿林边崖下，吃着雨水泡饭。途中穿过一座悬崖中腰时，一头毛驴失足坠下百米深谷，转瞬便被咆哮的急流吞没！一个民工随之坠落，因被崖下树枝挂住才幸免于难。我们硬是在如此艰难的条件下提前完成了运输、组装和调试任务，接着又提前完成了观测和研究任务，在国际上引人瞩目。

丁洁琼没有想到，云南高山站的条件原始到了如此地步，这在西方世界简直不可想象。

我站无力自行修筑公路，只得借用因长期被汽车碾压而很多路段都破烂不堪的矿山公路。公路终端距我站还有一公里的陡坡。运送来的物资经常重达几吨或几十吨。有一次运来磁铁二百二十吨，全由我们的同志靠人力搬上去。我们之中无论中年还是青年，无论炊事员还是科研人员，都自觉当起了搬运工。

这里虽然没有雪线，但冬季还是降雪的，有时积雪很厚，常现猛兽足迹。空气又稀薄，又要全靠人力把几吨、几十吨甚至几百吨物资搬上一公里的陡坡，所以很多同志患有眩晕、指甲外翻、肠胃痉挛等高山病，不下山就无法治愈。老站的几株小树还是一九五三年凌副院长亲自来选址时栽下的，六年过去了，在常年强风的催折下，小树竟未长高一厘米，反而被吹变了形，像一把被撕破的蒲扇。这里水的沸点是低于一百摄氏度的，我们喝着永远半开的水，吃着永远夹生的饭，因此患有多种疾病。

材料接着写道：

尽管如此，到高山站工作却与在北京的研究所里上班待遇相同，既无出差补助也无高原津贴，但大家都任劳任怨。每人每月交相同的伙食费，吃同样的饭菜。大家利用房前屋后的空地开荒种菜，收获的土豆白菜等一律交给食堂，共同享用。口粮是国家供应的未经加工的原粮，如小麦、玉米等，从十公里外的粮站扛回来之后还要自己用石磨碾磨，磨完后自己动手过筛。为了争取看书的时间，经常是一手推磨，一手捧书……

老站常年驻站工作人员有五六人。新站常年驻站人员增为十多人，绝大多数为未婚青年，结了婚的也夫妻分居。高山站只有一对夫妇，男方是管行政的副站长，女方是临时工，炊事员。他俩养的母鸡居然还下蛋。在这似乎与世隔绝的地方，全站倒有一种温馨的家庭气氛，大家乐乐和和的，绝对平等。连鸡下的蛋也要凑够每人都有一个了再一起吃……

看到这儿，丁洁琼的眼圈和心窝都热乎乎的。她擦了擦眼睛，接着往下看。

我站有几个困难问题希望上级能够尽早帮忙解决：一、请求代购几只高压锅，解决常年喝半开的水，吃夹生的饭的问题。二、请求调拨或代购一批治疗高山病的药物和防治其他疾病的常备药品。三、请求拨款修筑从矿山到我站的最后一公里公路。因为，有时走完这最后一公里比走完前面的几百、几千公里还难！四、请求拨款供我站购买若干手推车、毛驴和驴车，以提高我们搬运设备的效率。五、请尽早将动力变压器送来。目前我站只能使用民用照明电源，有时连一台云室的一千瓦压缩机都启动不了，经常需要人用手帮着拉动皮带才能启动。而正常情况下需要平均每小时启动一次。六、我站因缺乏资深科学家，一些稍纵即逝的奇异现象往往不能得到及时的捕捉和处理，在科学研究上可能造成损失。青年们求知欲旺盛，但都是大学刚毕业就到了我站，亟需经验丰富的老同志传帮带。所以大家期盼每年能安排一两位著名科学家或资深研究员在天气晴好的季节来一两次，每次哪怕只小住一两星期也是好的。有他们指导工作，现场研究稀有衰变实例，对任劳任怨、长期在这种蛮荒之地献身于祖国尖端科研事业的青年们将会是很大的激励……

“朋友们，同志们，现在，请大家再次用最热烈的掌声，欢迎这位杰出的爱国者和优秀的物理学家，回到我们伟大祖国的怀抱！”

一阵暴风雨般的掌声把丁洁琼从对乌蒙山的遐思中拉回现实。她这才发现自己置身于“首都科学界热烈欢迎丁洁琼教授海外归来”大会的主席台上。她的身旁，周恩来总理的讲话进入尾声：“就像凌副院长刚才说的那样，今后，丁洁琼教授将生活和工作在我们中间，为祖国的强盛，为民族的复兴，跟我们一起奋斗，一起迈向辉煌的明天！”

全场起立。暴风雨般的掌声经久不息。

丁洁琼教授面含微笑，向人们报以轻盈的挥手和鼓掌。她的双眸像冰雪之水般清澈。她几乎是在登上主席台后第一眼就看见了在大厅后方一侧落座的那个额头凸出、面目清癯、鬓发灰白，古铜色皮肤的男子……

丁洁琼有预感。苏冠兰是科学家，极可能在北京工作，这就意味着他或许会出现在这个会上，再度进入她的视野。果不其然！只是昨天的苏冠兰身着黑西服，系蔚蓝色丝质领带，外穿浅灰色风衣，眼前的他穿着一身深灰色呢质中山装，这是今天中国男子最常见的服式。

丁洁琼看见，在全场近乎沸腾的热烈气氛中，苏冠兰一直神情憔悴，闭着眼，低着头。终于，他捂着额头，起身离席。他身躯摇晃，有点步履踉跄。他身边有个满脸惊恐的女孩子，像是秘书或助手。还有个秃顶胖子，像是昨天傍晚见过的他那位邻居。他们小心翼翼地搀扶着他，一面急切地嘀咕什么，一面朝会场外移步。

苏冠兰教授头疼欲裂，面色苍白，冷汗涔涔。他本来想走出去直接上车的，但是身躯摇晃得厉害，几乎连步子都迈不动了。他只得一手撑着墙裙，慢慢挪到会场旁的走廊上，在小星星和朱尔同搀扶下走进一间休息室。他闭着两眼，浑身酥软麻木，深陷在沙发中，右肘靠着沙发扶手，右手支撑着低垂的额头。

“苏老师这是怎么啦？怎么说病就病了！”金星姬要哭出来了。

“去弄杯水来，小星星。”朱尔同吩咐。

金星姬很快端来一杯热茶。与此同时，朱尔同解开苏冠兰的衣领，轻声道：“老苏啊，事已如此，你要冷静一些，冷静一些啊。”

小星星在一旁听着，听不懂。

朱尔同掏出手帕为苏冠兰擦拭额头、面颊和脖颈上的汗珠，还使劲掐他的人中，几乎掐破了皮。小星星又急起来了：“您这是做什么呀，朱叔叔？”

“去，把窗户打开。”朱尔同说，“我去找大夫。小星星，你哪儿也别去，陪着苏老师。”

“朱叔叔，您快回来啊！”

朱尔同与小星星的对话，苏冠兰都听见了；但是他的眼皮像挂着铅块似的，不能睁开，胸腔和喉咙仿佛被棉花堵着，不能出声。

刚才，苏冠兰在大厅一角端坐不动，一直半闭着眼睛似睡非睡，不像其他几百位与会者那样热情和激动。

小星星看见朱尔同走过来，从后面搂住苏老师的肩，激动地说着什么。

小星星看见大家起立时，苏老师是全场唯一没有站起来的人。但见他紧握住朱尔同的手什么也不说，只是闭着两眼任泪水沿着面颊簌簌直流。

苏冠兰听见了周总理的介绍：一九四二年底丁洁琼教授应邀参加“曼哈顿工程”后，前往位于新墨西哥州阿拉摩斯沙漠、代号1779号信箱的Y基地长期工作，主要从事原子弹最后组装阶段的各项重要实验和理论计算，并按照美国战时法规的要求化名姜孟鸿。她承担了繁重的研究任务，长时间遭受辐射之害，经常处在核事故威胁之下，一切通信通话联系和言谈举止受到严密监视。

二战结束之后，参加“曼哈顿工程”的科学家们大批复员，纷纷离开阿拉摩斯。而丁洁琼教授则被美国当局以种种借口长期滞留阿拉摩斯，后又遭到秘密逮捕。从一九四六至一九五八年，女科学家先后在纽约图姆斯监狱和爱丽丝岛被非法囚禁长达十二年。特别是在爱丽丝岛期间，胡佛本人曾指示将女科学家关押在狭窄、潮湿、暗无天日的地下牢房里一年，使丁洁琼的身体受到严重摧残！

面对女科学家的卓越表现和美国进步人士的抗议声援，在中华人民共和国政府的坚持努力下，白宫被迫于一九五八年决定释放丁洁琼教授，恢复了她的合法身份。

周恩来有一段话特别使人心潮澎湃："在美国居留长达二十五年，丁洁琼教授始终独身生活。她把自己的全部智慧、精力和热爱，奉献给了科学，奉献给了人类正义事业，奉献给了自己的祖国。"

欢呼和鼓掌伴随着周恩来的话语，如同阵阵滚过的雷声。很多人一面专心倾听，一面不停地擦眼泪。

苏冠兰想起了琼姐多次提到的，本世纪最优秀的女科学家之一迈特纳。她是核裂变的主要发现者，却被排除在诺贝尔奖得主之外。她端庄美丽，却从来没有结过婚。她是犹太人，遭纳粹迫害而颠沛流离。一位科学家、一位美丽女性和一个人所能遭逢的最大不幸，竟一齐降临在她的身上！一本迈特纳传记写道："她把自己的全部感情和热爱，献给了物理学。"

苏冠兰知道迈特纳是琼姐心目中的偶像。他没有料到的是，迈特纳的命运竟会如此在琼姐身上重演！苏冠兰这样想着，泪水无声地往灵魂深处流淌。苏冠兰的心脏在胀痛，绞痛，剧痛，痛得他喘不过气来。直到今天，此刻，他才知道，"终被无情弃"的不是自己，而是琼姐。正是苏冠兰在琼姐最孤独、最痛苦的岁月里，离弃了她！

“小星星。”苏冠兰仍然闭着眼睛，但微微挪动了一下身躯，轻声道。

“唉，苏老师，您……”金星姬赶快凑拢来。

“你，你去，让小赵来一下。”

司机赵德根待在外面停车场上。

“苏老师，您的意思——”

“我，我很不舒服，好像病了。请你和他，搀我一下。”

“可是苏老师，朱叔叔已经找大夫去了。”

“不，不等他了。”

“那，那……”姑娘犹豫不决，手足失措。苏冠兰脸色惨白，而且满面冷汗，似乎还在发抖。

“去吧，”苏冠兰确实是病了，是某种突发症。他虽然在低声说话，在发出声音，但一直没有抬起眼皮，肢体纹丝不动，仍然深陷在沙发中，用手支撑着沉重的额头。

“好，那好。”小星星说，“我，我去。”

但是，奇怪，姑娘的声音戛然而止，连时间都停顿了似的。还没听见小星星迈开步子，两三秒钟后却听见她叫出声来，是那种因意外和极度兴奋而发出的声音，嗓音战抖：“苏老师，苏老师，苏老师！”

苏冠兰还没反应过来，已经感觉到身躯在晃动。小星星一面叫他，一面抓住他的袖管又拽又摇，结结巴巴：“苏老师，苏老师，您醒醒，您醒醒啊！您看，您看啊！丁，丁，丁教授，丁，丁洁琼教授！是她，她来了，她走过来了，她来到您面前了，她来到我们跟前了！”

苏冠兰一惊，使劲睁开眼睛。可不，小星星没有看错，没有说错——是的，是丁教授，是丁洁琼教授。

哦，不，是琼姐，确实是琼姐！琼姐步履从容，缓步走来，静静伫立在苏冠兰面前。琼姐俨如一尊大理石雕像，无声无息，却依然仪态万方。组成她全部轮廓的千百根线条仿佛都在波动，在飘舞。像当年那样，她的面庞呈椭圆形，五官富于雕塑感，嘴唇线条优美，大而明亮的眼睛高高挑起，只是不再将浓密的栗黑色长发梳成长辫或扎成马尾巴，而是在脑后盘成圆髻。她的身材本来很高，站在苏冠兰面前就更加显得高挑；柔软白皙的双手十指交叉贴在胸下，左肘挎着一只精致的鳄鱼皮小包。高领下别着一枚红宝石胸针的深紫色旗袍在电灯照耀下发着幽光，衬托出她窈窕而优美的体态。

琼姐就这么静静地伫立着，面无表情，俯视仍然深陷在沙发中的苏冠兰。她的面庞、脖颈和双手洁白中掺着苍白，眼睛像雪山中的湖泊般深邃、清澈、黯淡和沉静，流露着此生此世不变的爱恋，也渗透出此生此世无尽的痛苦和哀怨。

苏冠兰像遭到电击般浑身麻木，思维停滞，陷在沙发里不能动弹。

小星星望望丁教授，又看看苏老师，目瞪口呆，手足失措，不知道眼前正在发生什么事情；但她多少回过神来了，因为她瞅见了朱叔叔，就像瞅见了救星一样！不过朱尔同并未找来大夫，而是陪着凌云竹副院长走进这间休息室。紧跟在他俩身后的是天文学家黎濯玉。然而眼前的场面显然使凌副院长和黎教授大感意外，他们的表情和动作在刹那间都凝固了。

丁洁琼仍然如大理石雕像般面无表情地俯视苏冠兰。

“苏老师！”小星星再次轻声喊道。姑娘不知道眼前正在发生什么事情，但是知道发生了某种非同寻常的事情。她看见苏冠兰的身躯动弹了一下，显然是想起身。他也该站起来了。姑娘正要上前搀扶，忽然回首，瞪大了两眼：周恩来总理，是周恩来总理，是周恩来总理出现在休息室门口！总理讶然地看着室内，却默然无语。总理身边还有好几位刚才在主席台上就座的首长。小星星扭头，但见苏冠兰摇摇晃晃，正挣扎着起身。她赶紧上前搀扶。

苏冠兰教授终于站了起来。他使劲挺直身子，迎视琼姐，泪流满面。

庄生晓梦迷蝴蝶——在漫长的三十年中，苏冠兰经常在梦境中与琼姐相逢。但是，奇怪，梦中的两人总是隔着一段距离，几米或十几米。苏冠兰每次都先是错愕，欣喜，接着便扑向对方。就在相握相拥前的一刹那，一切却又倏然消失得无影无踪。苏冠兰千百遍地想过，琼姐的梦境中想必也千百遍地出现过同样的情景吧！眼前发生的事情，又是梦幻吗?

苏冠兰显得非常吃力。他一面向琼姐挪动步子，一面缓缓伸出双手。

然而，随着一团黑雾的突然笼罩，苏冠兰踉跄了一下，笔直地往后倒去!

为了忘却

苏冠兰笔直地往后栽倒。幸亏身后是松软的沙发，加之小星星一直盯着他，使尽全力扶住他，总算没出大乱子。

会务组的医生护士们富有抢救经验。现场诊断为强烈的精神刺激引起了突发性心肌缺血，导致脑血管痉挛和脑缺血。血压和心电图检查都证明了这一点。氧气和硝酸甘油派上了用场。苏冠兰教授被抬上救护车，送往医院。专家们说，苏教授还算年轻，身体素质尚好，除血压偏高外尚无其他器质性病变，这次突然晕倒也没有造成颅脑创伤，总之是万幸。

苏冠兰在病床上躺了好几天。他憔悴不堪，沉默不语，鬓发蓬乱，斑白如霜雪。他想尽早出院，但是，不行，全身虚弱无力，肌肤麻木，头痛晕眩。叶玉菡和小星星每天都来医院，但是都不谈那天夜里发生在首都科学会堂的事情。不断有人来看望苏冠兰教授，也闭口不提那天发生的事，都只以关心的口气稍微谈谈话，放下水果鲜花就起身告辞。

苏冠兰的感觉好多了，检查证明身体各项指标基本恢复正常。第六天上午准备出院，吃了早点，脱掉条纹服，换上平常的衣着。叶玉菡办理出院手续去了，小星星在病房中收拾东西。恰在这时，鲁宁夫妇陪着一位女青年来到病房。

“今天出院？”鲁宁打量苏冠兰，“玉菡呢？”

“她办手续去了。”

“小星星，”鲁宁说，“去找你妈，请她马上过来。”

“鲁宁，阿罗，”恰在此时，叶玉菡推开了病房门，“啊，你们来了。”

“老苏，玉菡，我来介绍一位客人。”鲁宁朝女青年做了个手势，“姚慧梧同志，中国科学院物理学数学化学部主任办公室秘书，近期还兼着丁洁琼教授的秘书。你们可以叫她小姚。”

几天来，这是第一次出现“丁洁琼”的名字。叶玉菡盯着小姚，神情紧张地问：“琼姐怎么样了？”

“丁先生身体很好。”姚慧梧显得很平静。

“放心，放心。”鲁宁插嘴，“丁教授在协和做了体检，身体很好。”

但是，苏冠兰夫妇似乎仍不放心。

“真的，琼姐身体很好。”阿罗插话了，还微微一笑，“别忘了我是中华护理学会秘书长呢，是说话算话的。还有，别忘了我还是这个世界上最早叫她琼姐的人。”

阿罗像历来那样开朗。病房中的气氛松弛了很多。

一张屏风隔出两个空间，一边搁着病床，另一边摆着沙发。阿罗像主人般张罗道："来，大家坐下，坐下谈。小星星，沏茶。"

"小姚同志啊，请问，"叶玉菡仍然不放心，有点气喘，"丁洁琼教授，琼姐，她，她到底……"

苏冠兰和小星星都目不转睛地望着姚慧梧。

小姚说："我就是专程为这事来的。"

欢迎大会之后，夜已经很深了，姚慧梧陪丁洁琼教授回到宾馆。那天在会场上，小姚是紧跟在黎濯玉教授身后走进那间休息室的。

回宾馆的路上和回到住处之后，丁先生都很平静，几乎看不出什么表情。姚慧梧也只是默默陪伴着她。夜深，丁先生让她先去就寝，并用淡淡的口气吩咐："小姚，明天，请你抽时间了解一下，苏冠兰教授在哪里任职。"

小姚立刻回答："苏冠兰教授是中国医学科学院实验药物研究所副所长，研究员。"她想了想，接着说："苏冠兰教授是化学家，而我在物理学数学化学部工作，有关情况掌握得比较充分。"

"哦。"女科学家颔首不语。

"不过，我并不认识苏教授本人。"小姚犹豫了一下，"丁先生，我冒昧地问一句，是您在科学会堂遇见的那位学者吗？"

“是的。”丁洁琼望着别处，声音很轻。

“看得出他年轻时挺帅的。”小姚脱口而出。想了想，又轻声道：“其实，他现在也很帅。”

女科学家不吱声。

“这件事上，”小姚试探道，“我能为您做些什么吗？”

“我担心他的身体……”

“放心，我会随时了解情况并告诉您的。”

姚慧梧接到学部、院部、凌副院长、中科院院长和更高层领导的指示：必须更加关心丁洁琼教授。可以考虑增加她身边的工作人员，特别是服务人员和医护人员。可以安排专人陪同她外出参观游览或赴苏联东欧考察访问，等等。

所有这些都没有成为事实。丁洁琼教授不同意增加身边的工作人员，说有一个小姚已经很好了。她更毫无旅游或出访的念头。看不出女教授的生活和情绪有明显反常之处。她只是说话很少，用小姚的话说，甚至连表情都很少。她还谢绝除凌云竹夫妇之外几乎一切的来访，绝大部分时间埋头于阅读科学院送来的材料，随手摘录些什么。此外，每天认真听小姚介绍苏冠兰教授住院治疗的情况，但默然不语。

女科学家看材料速度很快，还不断开列清单，索要新的材料。一天，小姚为这事到院部，凌副院长把她请进办公室，详细询问丁洁琼近几天的生活起居，然后轻叹一声："记得吗，小姚？丁教授回到北京的当天夜里，我和夫人很晚才离开宾馆。临走时，她和你一起把我们送到车前……"

"记得，记得。"

"当时，我对丁教授认真说了五点……"

"您说了四点。"小姚纠正道，"第五点您没说出来。"

"小姚，你知道我没说出来的第五点是什么吗？"

"我猜，是关于丁先生个人问题的。"

"对了。可是，你知道我为什么没说出来吗？"

"这，我没想过。我无从想起。"

"就是你刚才说的个人问题。"凌云竹沉吟道，"多年来，我们习惯于滔滔不绝，夸夸其谈，不停地谈革命，谈政治，谈人民，谈运动，谈工作，谈干劲，就是不谈爱情和婚姻，蔑称它们为个人问题，而事实上……"

姚慧梧听着，不吱声。

"事实上，"凌云竹喟然长叹，"如果没有爱情和婚姻，就连人类本身都没有了！"

"苏教授，我知道您已经康复，今天要出院。"小姚将目光投向苏冠兰，"我在这个时间来看望您，是因为有个情况显然应该及时告知您：丁先生已经拿到今天飞昆明的机票，预定起飞时间是上午十一点十分。”

“啊？”叶玉菡愕然，“我正准备跟苏教授一起去看琼姐呢。”

“丁教授为什么去昆明？”苏冠兰问。

“不知道。”

“什么时候从昆明回来？”苏冠兰又问。

“也不知道。我甚至不知道她还回不回来。”

“谁跟丁教授一起去昆明？”

“丁先生只买了一张机票。她说我的工作岗位和丈夫孩子都在北京，明确表示不让我跟着去。”

“听口气，琼姐是准备一去不返了。”叶玉菡喃喃道。

“不至于吧？”苏冠兰嗫嚅道。

“到底是怎么一回事啊？”小星星急了。

“不过，丁先生给苏教授写了一封信，也许在信中对一切有所说明。”姚慧梧接着说，“是昨天夜里写的，写了很长时间。据我推测，她彻夜未眠。”

“信，琼姐的信，”叶玉菡急问，“寄出了吗？”

“今天一清早，丁先生让我去投邮，但是，我看了信封之后犹豫了。我想既然收信人是苏冠兰教授，只要信件能尽早送达收信人，用什么方式不行呢，为什么不能由我亲自送来呢？我请示领导，他们立刻表示同意，还给我派了车。”

鲁宁插话：“小姚跟我们在电话中约好，一起来了。”

很大的牛皮纸信封，中间竖印着红框，左侧下方竖印着红色手写体汉字：中国科学院。

琼姐从前一直喜欢使用较小的、雪白的或浅红的横式信封，但回到北京之后她只有这种竖式公文信封，她也只能用这种信封了。不过，她习惯用的紫色墨水没变，她特有的娟秀、流畅的字体没变。

牛皮纸信封右上角贴着一张面值四分的邮票，邮票下竖写着“本埠：中国医学科学院实验药物研究所”，中间红框内写着“苏冠兰先生启”，左侧下方写着“丁缄”。苏冠兰剪开信封上端，掏出一叠信纸，信纸上方横印着“中国科学院”字样。

苏冠兰稳了稳心神，摊开信纸，开始阅读。有时太激动了，他便闭上眼睛，略作停顿，待心情平静一些，再继续往下读。他每读完一页便交给身边的妻子。叶玉菡读了之后递给鲁宁。一页页信纸在人们手中无声传递，听得见人们的丝丝鼻息。

冠兰弟弟：

让我再一次、也是最后一次用这个称谓吧。过去三十年里，这个在我笔下出现过千百次的称谓，曾经是我精神的寄托和生活的力量，是我胸中无穷无尽美丽梦想的源泉。你的名字镌刻在我心灵上，伴随我度过几乎全部的青春，度过最辉煌的一段生命历程，度过难耐的寂寞和漫长的孤独，度过漂泊异国的四分之一个世纪，度过身陷囹圄甚至面对死亡威胁的十几年。在爱情的支持下，我从一个无知少女终成一位出色的女科学家；也是凭借爱情，我才得以顽强地拒绝了那么多杰出男子的狂热追求……

可是，今天，铁铸的事实摆在面前，我还能说什么啊！黑格尔说：“爱情在女子身上显得最为美丽，因为女子把全部精神生活和现实生活都集中在爱情里面和推广成为爱情，她只有在爱情里才能找到生命的支点。如果她在爱情方面遭到不幸，她就会像一道光焰被第一阵狂风扑灭。”这段话，用在我身上是多么贴切。是的，漫长的三十年里，与你的爱情不仅是我生活和事业的支点，还是我生命的支点。因此，回到北京后所面对的现实，所遭逢的巨大痛苦和不幸，几乎使我彻底崩溃，几乎像狂风般吞噬了我的生命！

这几天我一直在冥思苦想，想了几千遍几万遍，但仍然想不出，对我这样一个极端忠实的人，命运何以如此残酷，如此不公正？我那么认真地对待生活，生活却如此无情地伤害我！我找不到答案，也不想再找答案。因为我要走了，到一个遥远的地方去，那里没有欺骗，没有背叛。

你不必多心和担心。哪怕在最痛苦最绝望的日子里，我也顽强地珍惜生命，对科学充满追求，对祖国充满热爱。这一点至今不曾改变，也永远不会改变。我只是不能再留在北京了。

一九三四年夏天我来过北京一次，待了三天。我不能留在北京，因为旧时的景物太容易引起我的惆怅和痛楚。我将永远离开北京，再也不回来。只有这样，才可能把不堪回首的过去埋藏心底，同时避免触痛和伤害另一个无辜女性……

美国政府扣留了我的全部财物，我毫不惋惜。唯独没收你我的爱情信物即多年积攒的信件和照片，还有我不远万里带去美国的兰草，使我心碎！但在知悉了事实真相的今天，我倒是平静了。爱情本身早已不复存在，爱情信物还有什么意义——要说信物，我的独身至今不是最尊贵的信物吗？！

凌老师曾建议我去杜布纳[1]任副所长，他们那里也热烈地期待我，欢迎我。可是我刚从异国回来，怎能又到另一个异国去？同时，我也不愿意给任何一位外国院士充当副职。我将致力于在中国本土建起多座远远超过杜布纳的核研究所，以及高水平和大规模的核设施。我的万里回归是为了祖国，也是为了你。远在大洋彼岸，长达二十五年，九千多个日日夜夜里，我时时在想念你，天天期盼回国。我渴望在把全部知识、经验和才能奉献给祖国的同时，将自己的爱情完美无缺地奉献给你！可是我今天终于明白了，你已经失去了接受的权利；而我，也

1　此指社会主义国家联合原子核研究所，当时由苏联科学家任所长。该研究所成立于1956年，位于俄罗斯莫斯科州的杜布纳，曾经是世界上最先进的核物理研究机构。

将再度失去你，永远失去你！

在那个遥远的地方，我会努力忘却，永远忘却，忘却你，忘却过去的一切。希望你也这样，忘记我，忘记过去吧，好好生活。那天我看见你晕倒，感到震撼。我由此看出你良知未泯，你还有真情，心中还有琼姐。从某种意义上说，我当初毕竟没有爱错人！从中也看出，我继续留在北京对你的健康不利。我永远离开北京，说到底也是为你好，为了你能更平静地生活和工作。在过去三十年中，我总是为你好的，只要对你有好处的事，我总是尽力去做。今天和今后，直到我生命的最后时刻，这个初衷也不会改变。譬如最近，我离开北京的意愿和去往的目的地都已确定，迟迟不动身，只是因为对你不放心。直到得知你行将出院，我才决定启程。

在参加“曼哈顿工程”的日子里我失去了通信自由，不能正常给你写信。于是，我给你写了很多无法投寄的信，一封封积攒起来，堆放在保险柜中。每逢为思念你而苦闷之际，我就取出那些信来，流着泪水独自阅读，久久地抚摩和亲吻。这种信一直写到我离开阿拉摩斯之前。这些信多达一百八十七封。每一封信我都认认真真地写，尽情倾诉我无尽的眷恋，好像这些信你都能收到和看到似的。现在总算能写你可以收到和看到的信了，不料，已经不再是为了幸福和团聚，而是为了永诀！

全信到此戛然而止。一些地方字迹漫漶，显然被泪水浸染过。没有签名。也许是忽略或忘记了，但也可能是有意这样做的。不是说永诀吗？那就从这里开始吧。

叶玉菡擦净眼泪，闭目沉思。过了一会儿，待人们都看完了这封信之后，她望着鲁宁："琼姐要去的遥远的地方是哪儿？"

"云南高山站。"

"你怎么知道的？"

"丁教授索要并研究了高山站的很多资料。"

"你们打算怎么办呢？"

"我们将努力挽留丁教授。第一是可能留不住。那么已经通知云南方面做好接待准备，切实保证丁教授的健康、安全和在高山站的生活及工作条件。第二是可能留住……"

"鲁宁，"叶玉菡打断对方话头，"那么艰苦的地方，那么恶劣的环境，能保证琼姐的健康和安全，能给她提供合适的生活及工作条件？"

"玉菡，你知道高山站？"

"病毒所去年准备跟高山站合作，到那里寻找新的毒株和进行宇宙线引起病毒变异的实验，两个棒小伙子上去不久就都病倒了。"

人们都睁大眼睛。

"那么，玉菡，"鲁宁凝视女病毒学家，"你看该怎么办呢？"

“我看没有两种可能，只有一种可能。”叶玉菡表情从容，语气平静，“那就是必须留住琼姐，留她在北京。”

包括鲁宁，在场的人们都很动情，但都沉默不语。

“你看呢，冠兰？”叶玉菡扭头瞅着丈夫。

“是的，玉菡，”苏冠兰使劲点头，“必须让琼姐留在北京。”

“可是，玉菡，”鲁宁目光专注，声音沉重，“怎样才能留得住呢？”

“是呀，怎么才能留得住琼姐呢？”叶玉菡沉吟道，“同志们，大家说说吧。”

姚慧梧不知什么时候悄悄走出了病房，这时踅回来轻声说：“院部和学部来电话说，丁先生已经乘车去机场了。动身前留了话，说是感谢我近期对她工作的帮助和给她的照顾。”

“这样吧，同志们，”叶玉菡一听，霍然起身，“我马上赶去机场，挽留琼姐。”

人们全都站了起来，目光凝聚在叶玉菡的面孔上。

“请同志们放心，”叶玉菡有点哽咽，但表情坚定，一字一顿，“我一定会成功的，琼姐一定会留下来的。”

“我也去……”旁边响起一个声音。

叶玉菡一看，喊出声来：“冠兰！”

情真意切

首都机场候机楼一间贵宾室中，丁洁琼伫立在落地大窗前。猩红色织锦帷幕中间留有宽约一米的缝隙，这里与窗玻璃之间隔着一层薄如蝉翼的乳白色纱帘。室内发暗，沙发、茶几、博物架、屏风、地毯、装饰画、盆景和盆花都沉浸在朦胧之中，不像上午，倒像暮曛时分。

透过纱帘看出去，像置身于高空云层里似的，眼前一片迷茫。

丁洁琼身着灰黄色风衣，随意扎根腰带，身材高挑，体态匀称，栗黑色的浓密长发在脑后盘成圆髻。她双手抄在身后，面无表情，纹丝不动，隔着乳白色纱帘看着外界，那云遮雾罩的一切。

她提前几个小时来到机场。她是第一次来到这个民航机场。黑色吉姆车抵达时，场长本人已经带着几名工作人员在候机楼前迎候，殷勤地帮着把行李拎入这间贵宾室，让服务员送来茶叶茶杯暖瓶和水果点心。场长态度恭谨，询问丁教授还需要什么。女科学家非常客气地回答："直到登机之前，请让我独处和安静一会儿。"

“好的，好的。”场长连连颔首，右手碰了碰帽檐之后离去。

丁洁琼把右手伸给司机：“再见，小刘。谢谢你了！”

年轻人眼圈红了，想说什么，但终于没说出来，只是点了点头，跟着场长和两名工作人员回身走了，边走边擦眼窝。

目送他们离去之后，丁洁琼把猩红色织锦帷幕拉上大半。然后伫立在一片昏黄之中，用迷离恍惚的眼光久久凝视外面。

女科学家对所发生的一切是有预感的。这是她回到北京的第二天下午就要了解云南高山站的原因。《情况汇报》一下子就吸引了她。是的，高山站非常艰难，但在她的眼里，那里更多的是原生态，是浑厚、雄伟和美丽。

山势巍峨险峻，垂直变化大。河流落差巨大，河道曲折，水量充沛，水流湍急。洪水、塌方、泥石流和山体滑坡频发。半架大山突然崩塌，瀑布状泥浆裹挟着巨石滚滚而下，声闻数里……

冬季积雪很厚。空气稀薄。中年和青年，炊事员和科研人员，都当起了搬运工，全靠人力把几吨、几十吨甚至几百吨物资搬上去！眩晕、指甲外翻和肠胃痉挛，喝着永远半开的水，吃着永远夹生的饭……

高山站那对中年夫妇，他俩养的母鸡居然还下蛋！而且必须等每人都有一个蛋了再一起吃……

这里的困难在美国、欧洲和日本是不可想象的：缺少压力锅、治疗高山病的药物，居然还需要手推车、毛驴和驴车！读着这些文字，丁洁琼的眼窝和心头发热。多么可爱的人们，多么尊贵的精神，多么美好的灵魂。希望每年能有一两位资深科学家或研究员来山上一两次的诉求，尤其使女科学家心潮起伏！

此刻的丁洁琼仍然很不平静，透过乳白色纱帘，她仿佛看见了乌蒙山。是的，山上非常艰苦，但她相信自己，时间久了便会适应的。宇宙线探索从一开始就是她感兴趣的，是高能物理学领域里一个奥妙无穷的分支。那里的青年们渴望老一辈科学家的帮助和指导。那里的人们都是同志，都是一家人。那里像天堂一样，远离尘世，远离痛苦、烦恼和污浊。或者，如同她离开宾馆前写给苏冠兰的最后一封信中所说：那里没有欺骗，没有背叛！

笃笃。好像有什么声响。

女科学家纹丝不动，也不吱声。

笃笃。是的，轻轻的敲门声。

不待丁洁琼有所反应，贵宾室两扇厚重的门已经被推开了，发出沙沙声响。

“丁姨……”一个女孩怯生生的声音。

女科学家纹丝不动，连头也不回，冷冷道：“服务员，我已经请求过你们了，登机之前，请让我独处和安静一会儿。”

“我不是服务员。”还是那个女孩，显得更加胆怯，“丁姨，我，我们……”

教授的双手仍然抄在背后，也仍然没有表情，缓缓回过身来。她的双眼闪出惊异的光芒。她看见了苏冠兰夫妇，还有一个二十多岁的圆脸姑娘。三位客人都站在门口，望着她。

“琼姐！”叶玉菡目光专注，首先喊道。

刹那间，丁洁琼脸上掠过难以言喻的神情。但是，一两秒钟后她便恢复了常态，面孔上浮现出从容的微笑，快步上前，落落大方地把右手伸给叶玉菡：“哦，真是失礼。刚才我还不知道是谁呢，原来是苏夫人。我们是第二次见面了。”

说话间，丁洁琼又把右手递给金星姬，同时笑问：“刚才是你叫我吗，姑娘？你叫什么名字呀？”

“我叫小星星。”姑娘脱口而出。

“小星星？”

“哦，不，我真名叫金星姬。”姑娘脸红了，“小星星是我的乳名，但老师们都喜欢这么叫我。”

“还是叫小星星好！”丁洁琼笑盈盈的，满含怜爱地为姑娘拂了拂额发，扭头朝叶玉菡说，“这孩子的两颗眼睛又大又圆，亮晶晶的，就像夜空中闪光的星星，真好看。你说呢，苏夫人？”

“是的，琼姐。”叶玉菡微笑颔首，“大家都很喜欢这孩子，真高兴你也喜欢她。”

丁洁琼似乎有些依依不舍，但在从姑娘脸上收回目光的同时收敛了笑意，将右手缓缓伸向苏冠兰：“你也来了，苏先生。”

"琼姐……"苏冠兰喃喃道，没有伸出右手。

丁洁琼看了苏冠兰一眼，在收回右手的同时，目光从叶玉菡和金星姬面孔上飘过，然后双手相握放在胸前，后退两步，语含感慨："谢谢你们，在我离开北京的时候，来为我送行。"

"不，琼姐，"是叶玉菡的声音，"我们不是来送行的。"

丁洁琼诧异地望着她。

"琼姐，确实，我们不是为你送行的。"苏冠兰说话显得很吃力，"我，我们是，是……"

他没能说下去。代替他说完的是小星星："丁姨啊，我们是赶来挽留您的。"

丁洁琼的脸色略略一变。

"真的，琼姐，我们是来挽留你的。"叶玉菡的目光和口气都很恳切，"冠兰和我，还有小星星，还有很多同志，都希望你留下来，请求你留下来，留在北京，留在我们中间。"

"留在北京吧，丁姨。"小星星的两颗圆眼睛闪烁泪光，"那天欢迎大会之后，您回国的消息不胫而走，大家都高兴得要命，特别是在科学院和各个大学……"

丁洁琼凝视小星星。

"丁姨，还有几句话，也许是不该我这晚辈说的，但我既然知道一点情况，我又到了这里，就都说出来吧。"小星星脸憋得通红，"丁姨，请您原谅苏老师吧！他是个非常好的人，是一位优秀科学家。他很爱您，爱了您几十年，也苦苦等待了几十年。为了等待，他结婚很晚，现在年已半百，可两个孩子都才几岁。”

“苏夫人，”丁洁琼一怔，但旋即朝叶玉菡笑笑，“瞧这孩子在说些什么呀。”

“不，琼姐，别再叫我苏夫人。亲友们都叫我玉菡，你也这么叫吧。”叶玉菡走上前去，挽住丁洁琼的一条手臂，带着恳求的语气，“还有，也别叫苏先生了，还是像当年那样叫冠兰弟弟吧。”

“玉菡——”丁洁琼睁大眼睛，“你是叶玉菡？”

“是的，我叫叶玉菡。”

“你就是当年……”丁洁琼震惊，“冠兰当年那位未婚妻叶玉菡？”

“是呀。”叶玉菡有点茫然。

丁洁琼不着痕迹地摇摇头，无声呻吟。

真的，丁洁琼已经知道苏冠兰结婚了，却没想到他的妻子正是叶玉菡，仍是叶玉菡，仍是当年那个叶玉菡——那个给她造成了终身的痛苦，也因她的存在而长期极度痛苦的女人。

刹那间，丁洁琼想起太多的往事，想起当年给冠兰信中的话：“天哪！在你走投无路之际，怎么就没想到我，怎么就没想到我们共同的未来呢？我还没开始恋爱呢，便已遭逢失恋！我爱上的竟是另一个女子的‘未婚夫’！”

当年丁洁琼写道：“你自以为是，给对方出了个‘二十年难题’。这也说明你不了解女性，不懂得上帝当初何以创造夏娃。女性是为爱情而存在的，正是爱情使人类作为一个物种得以生存和进化。即如我吧，别说二十年，为了真正的爱情，哪怕付出一生，付出生命，我也情愿！”

当年丁洁琼写道：“我一直避免触及她，尽量不提到她……不是出于本能的忌妒，或做作的高傲……我只是不知该说什么。实际上，我一直惦记着她，关心着你与她的关系。我几十次几百次地反躬自问，是不是我违反了道德准则？”

当年丁洁琼还写道：“我……感觉到她绝非寻常女子，而且这种感觉越来越鲜明，强烈。她有着罕见的品格，是个非凡女性。她应当得到幸福。”

前几天，在前门外那座僻静的四合院，丁洁琼对女主人说：“你多幸福啊！”

但是，直到那时，甚至直到一分钟前，她都只知道苏冠兰已经结婚，没意识到他的妻子正是叶玉菡。她从来没见过叶玉菡的照片，更没见过她本人……丁洁琼忽然忆起一件非常重要的事情，于是紧盯着叶玉菡问：“你还记得赫尔吗？”

“赫尔，”叶玉菡想了想，“当年那位飞虎队队员？”

“是的。”

“记得。琼姐，你在美国见过他吗？”叶玉菡急切问道，“他，赫尔，现在哪里？他的身体怎么样，他……”

丁洁琼忆起赫尔最后的话，关于“一位中国女医生”的话——我的第二次生命是她赐予的。拜托你了，找到她，一定要找到她，找到那位坚强而沉静，温柔而忧郁，平凡而非凡的女医生。告诉她，十几年来我始终感激她，怀念她，深深地爱着她！不知你是否还记得她的名字：叶玉菡。

“琼姐，赫尔负过重伤，血液也有毛病。”叶玉菡非常认真，“我一直牵挂他，只是苦于无从打听，如果你知道他……”

“他还好，还好。”丁洁琼有点口吃。此时此刻，她还不能说出赫尔的真情实况：“他托我寻找你，向你问好。他希望今后有机会来中国，想再看到你。”

“他还活着，那好，那就好！”叶玉菡露出一丝笑容，“算起来赫尔现在也才五十多岁，正当壮年呢。”

“妈妈，”小星星转脸望着叶玉菡，“您从来没有提起过这位赫尔。”

“你有这么大的女儿？”丁洁琼觉得诧异。

“我原是个父母双亡的乞儿。”姑娘点点头，“十三年前，女医生叶玉菡冒着生命危险把不满十岁的我从美国人的细菌武器实验室里救了出来。从那以后，我就叫她妈妈！”

“竟有这么一段传奇？”丁洁琼不禁讶然。

“连苏老师的命也是我妈妈从坏人枪口下救出来的。她还曾拖着病弱之躯在缅甸前线救护抗日将士。谁也不知道我妈妈到底救活过多少人。”

“这孩子太多嘴。”叶玉菡带着责备的口气，“我本来是医生嘛，治病救人是医生的分内事。”

丁洁琼凝视叶玉菡，想起太多的往事。特别是大学毕业前夕她写给冠兰的那封信，竟鬼使神差般地落到叶玉菡手里！想起苏冠兰与叶玉菡的青梅竹马，叶玉菡自少女时代起就对苏冠兰产生了的爱情，想起叶玉菡对爱情的忠诚、纯净和执著……

到底是叶玉菡妨碍了她与苏冠兰的爱情，还是她造成了叶玉菡身心上的创伤？或者换个提问方式：她与叶玉菡谁更痛苦，谁受到了更深重的戕害？谁毁了一代人的青春，谁之罪？

“琼姐，你从一九二九年开始寄给冠兰的信件和照片，他全都保存着。即使战乱年代颠沛流离，他什么都扔掉了，这些珍贵的书信照片也一直带在身边，它们也是你说的爱情信物啊！”叶玉菡诚恳地说，“我理解并尊重这段历史。我亲手重新整理了这些书信照片。琼姐，你回头到我们家去看吧，你可以从中看到冠兰的心，看到我的心，感受到我们从未消退过的记忆和深爱，我们对你的亲情！琼姐，小星星请求你原谅苏老师，我跟她一样也请求你原谅冠兰。他这人极重感情，绝不会欺骗和背叛……”

“玉菡！”

“请听我说完，琼姐。”叶玉菡娓娓倾诉，“每逢佳节倍思亲。喜庆的节日里，冠兰往往彻夜不眠，独自坐着沉思。每逢这种时候，我就知道他在思念你。每逢这样的不眠之夜，我何尝能够入睡。我每隔一会儿到书房看看，为他续水，添衣，备药，做做按摩，直到天亮。琼姐，历史我们无力改变，但我们可以创造全新的未来。冠兰是你的亲人，你的弟弟。今后你会发现，我也是你的亲人，你的亲姐妹。留在北京吧，琼姐，你会发现在北京有很多亲人的！”

“不，”丁洁琼觉得，再说下去她的决心可能动摇，“别说了，玉菡。”

丁洁琼已经有很长时间说不出话来了，像有一团棉花堵在心头。良久，她稍许平静了，攥住叶玉菡的双手，久久抚摩着，缓缓道：“玉菡，我更加了解你了，或者说，真正了解你了。我懂得了冠兰和你为什么能在历尽艰辛之后，最终走到了一起。我明确无误地知道了，他得到的是世界上最好的女人！我为冠兰放心了，更为他高兴。你更能使他幸福。我现在担心的是他能不能使你幸福。他应该好好爱你，爱护你，体贴你，用终身来报答你。而且，我也更加明白了，我应该离开北京……”

“琼姐！”

“丁姨啊！”小星星哭了。

“小星星，好孩子，不要再说了。”丁洁琼爱怜地摸摸姑娘的肩，“好好照顾苏老师，体贴你妈妈。他俩这一路走来太不容易。”说着，她转向苏冠兰和叶玉菡，目光和口气都满含深情，“我原本想在登机前独处和安静一会儿，但这点小小的意愿没能得到满足。不过我仍然很高兴，高兴在离开北京前能再次见到你们，跟你们交谈，得知了过去不知道的很多情形。我谢谢你们，也求求你们，别再说了，别挽留了。我爱你们，也会怀念你们，但我离去的决心不会改变。”

丁洁琼说着，走到窗前，一面擦拭满脸的泪水，一面眺望外面。透过纱帘看出去，眼前一片迷茫。

“琼姐，我做了一个决定。”叶玉菡走到丁洁琼身后，声音很轻，但吐字清晰，“如果你一定要离开北京，那么，我用几天时间处理好一切，把孩子留给冠兰，之后我也去昆明。”

“玉菡，你在说什么呀！”丁洁琼回身。

“我说，我要上乌蒙山去，到高山站去。琼姐，我是一个医生，在那里我可以陪伴你，照顾你，让你受够了创伤的身心得到一点温暖和慰藉。琼姐，北京更需要你。如果有朝一日你决定回来了，我会再陪着你……”

“玉菡，玉菡啊！”女教授的声音戛然而止，露出异样的表情。

贵宾室厚重的门扇被推开了。几个人出现在门口。

丁洁琼快步迎上前去，远远地伸出双手：“啊，老师，师母，你们来了！”

鬓发灰白的凌云竹表情凝重，默默握住女科学家伸过来的手。宋素波轻声喊着“洁琼”，回身做了个手势：“有两个朋友，恰好都跟你有点缘分，跟我们一起来看你。”

果然，两位面带笑容的中年人，看上去也是一对夫妇，随在凌云竹夫妇身后。男子年过半百，肤色较深，浓眉深目，脸膛宽阔，身躯壮实；女的四十多岁，小巧玲珑，两颗眼珠灵活有神。凌云竹说：“喏，介绍一下。鲁宁，卫生部副部长。还有，这位，他的夫人，记得吗？你当年叫她阿罗。”

“阿罗！”丁洁琼与阿罗拥抱，“阿罗，我到北京十来天了，你为什么一直不来看我？”

“我出国访问，昨天刚回来。”

“你相貌没大变，我一眼就认出来了，阿罗。”

“哪里！凌副院长说了我是阿罗，你才想起来的。”阿罗道，“整整三十年了，那时我才十五岁，现在已经是个老太婆了。”

丁洁琼打量阿罗和鲁宁：“你们——”

“我们是老夫老妻喽。”阿罗笑起来。

丁洁琼伸过右手：“副部长先生，您的名字我早就听说过，今天才得以幸会。”

“直呼我鲁宁或叫我老鲁吧。我想您最早是从苏冠兰那里听说我的，他从我还是‘小鲁’的时候就开始叫我老鲁了。”

凌云竹夫妇与苏冠兰夫妇寒暄交谈，与金星姬握手。大家在沙发上落座。两名女服务员进屋沏茶。

“洁琼啊，有些情况跟你说说。”凌云竹的嗓音有点嘶哑，显得很疲乏。但是，像所有自然科学家一样，他叙事清楚，遣词造句准确无误：“中国科学技术情报研究所、中国科学院自然科学史研究所和首都图书馆，正准备面向研究人员、大学教师和研究生开办讲座，系统讲述‘丁云室’‘丁氏丝室’‘丁氏管’‘丁氏模型’‘丁氏系数表’和核爆炸大气动力学，同时介绍随后产生的核反应大地动力学。有关部门将建议首先在我国恢复科学领域中一系列专业术语的丁氏命名，在由你创建的科学领域中确立有关术语的丁氏命名，并确定它们的译名。物理学数学化学和技术科学两个学部及几个相关研究所，准备研究你在‘曼哈顿工程’中被湮没的工作、贡献和成就，还计划跟清华、北大等院校合作，对你身陷囹圄时在理论物理、数学等领域中的研究成果进行发掘整理。当然，这些工作应该在甚至必须在有你本人参与的前提下进行。”

凌副院长说起话来不紧不慢，但他的话题出乎人们意料。苏冠兰和叶玉菡，鲁宁和阿罗，两对老夫老妻相互看看，彼此握住双手。小星星更是搂住了妈妈的脖子。

丁洁琼怔怔然望着老师，端着茶杯的双手停顿在半空中。

“哦，洁琼，”凌云竹换了个话题，“杜布纳的材料，还有原子能领域合作的材料，都看了吗？”

“看了。”

“感觉怎么样？”

“不怎么样。”

凌云竹沉默了一会儿，之后，轻叹一声：“很多事实没写出来。原协议中有安排中国科学家参观他们的气体扩散厂和钚厂的内容。这个事，先是被无限期拖延，后来干脆被单方面取消了。原定向我们提供的生产流程图纸、中间产品和原子弹样品，也被他们取消了。”

“理由呢？”

“根本不说明理由。有一次倒是说明了理由，是关于铀浓缩级联图纸的，说中国同志水平不够，差距太大，看不懂……”

“有这种事？”

“而我国特有的极品级铀矿砂和我们试制成功的离子交换树脂，我们的观测、研究成果和实验数据，却被无条件和无休止地索要。我们的实验室、工厂和矿山，也必须无条件地向他们开放。”

丁洁琼听着，蹙起眉头。

“我们拥有一批优秀的物理学家，但是直接参加过‘曼哈顿工程’的，只有你一人。”凌云竹直视丁洁琼，“我们面临很大的困难。在这种情况下，你的回归，你雄厚的理论功底和特有的实践经验，对国家来说弥足珍贵。在我国的原子能事业中，你举足轻重，有着别人不可替代的作用。”

女科学家沉思着，默然无语。

“洁琼，你当年曾经立志，学成之后一定回国，把全部智慧和才能献给自己的祖国和人民。”凌云竹一直凝望着女科学家，“回到北京之后的当天夜里你又对我和师母说过，要献身于让祖国强大起来的事业，让新中国也拥有自己的原子弹和氢弹！”

“老师，不是要组建专门的高能物理所吗？您知道，宇宙线是高能物理的研究内容，也一直是我的研究对象。”丁洁琼终于开口了，“我想到高山站去工作，希望在这个领域有新的发现。那里的青年们上进心很强，求知欲旺盛，企盼资深科学家给予指导。那里还多次发现稀有衰变实例……”

“不，洁琼，这不是你的真心话，至少不完全是真心话。怎么说呢，我和师母理解你的痛苦，但是，很多痛苦是历史造成的。我们不能改变历史，但可以创造未来。此外，从某种意义上说，痛苦正是生活和生命必不可少的组成部分，是人类感情不可或缺的成分。小星星最年轻，可是，你瞅，她满脸泪痕，多么痛苦。苏冠兰比你难受多了。那天你挺住了，他却晕倒了！他今天本来要出院的，但还没回家就直奔机场来了……”

丁洁琼用担忧和爱怜的目光深深地看了苏冠兰一眼。

“对叶玉菡，怎么说呢，如果说救人一命胜造七级浮屠，那么，她的浮屠恐怕早已高入云霄。可是，她痛苦了几十年。我不敢细想，她的一生到底享受过几天的幸福。”

“老师！”丁洁琼的声音中隐含着哀求。

丁洁琼是享受过幸福的。在跟冠兰相爱的十几年里，她因享有爱情而幸福。可是，那十几年之中的叶玉菡呢？她一直沉浸在黑暗和绝望之中！

是的，后来，叶玉菡得到了苏冠兰，结了婚，有了家庭和孩子……可是，她得到了丈夫全部的爱吗？丁洁琼知道，她没有。只是直到今天，此刻，才由凌云竹点破了而已。叶玉菡痛苦了几十年，她这一生到底享受过多少幸福？凌云竹没有接着点破的是：她丁洁琼的存在就是叶玉菡终身痛苦的根源！

凌云竹说着，双眶湿润，有点气喘，还轻咳了一阵。丁洁琼感到愧疚和不安，伸手为老师捶背。凌副院长摆摆手说："还记得二十五年前，你出国前夕，我的临别赠言吗？"

"记得，记得。"丁洁琼连连点头。其实，这正是她最害怕的话题，她甚至希望老师忘了那事。现在可以看得很清楚了，老教授没有忘记。

"我嘱咐过，你也答应过，永远不忘自己的父母。"凌云竹喘了喘气，接着说，"如果你是他们的好女儿，就会像他们一样凡事首先想到祖国。"

丁洁琼垂下头去，肩膀抽动，脸埋在两个手掌里。

泪水从丁洁琼的指缝里淌落。

"我和你师母，苏冠兰和叶玉菡，鲁宁和阿罗，还有小星星，我们都爱你。我们为什么赶到机场来？为了挽留你。你孤独地回到北京，又孑然一身地离去，这会使我们非常痛苦，因为我们会觉得对你和对国家都没有尽到责任。即使你到了高山站，也会很痛苦，因为你将认识到既对不起先人，也辜负了祖国的期望。在国家面临困难，最需要你的时候，你离开了北京。宇宙线是重要的基础研究内容，但国家现在最急需的是前沿工程，是关系到国家命运和民族尊严的核研究，而目前只有北京集中了我国在这个领域的精锐之师。你到了高山站之后还会有一个巨大的痛苦，那就是你会追悔不及，会非常想念我们，想念北京的亲人！”

一名女服务员走到丁洁琼教授身旁，轻声说飞昆明的航班已经开始登机了，是否需要她们帮着做些什么。

丁洁琼抬腕看看手表，思忖片刻，打开挎包，眼含泪水默默起身。

人们也都随之站起来。

鲁宁一直在落地大窗前徘徊，不时朝帘隙外投去一瞥。现在，他看看手表，快步走到女科学家面前，用温和亲切的声音说："琼姐——我也这样称呼你，好吗？是这样的，琼姐，请再等一下，一两分钟。"

苏冠兰略略一怔，三脚两步跨到窗前，将薄如蝉翼的白纱帘拉开。他往外一看，心脏立刻激烈跳动起来，热泪夺眶而出："啊，是周总理……周总理来了！"

相握无言

落地大窗的织锦帷幕和乳白色纱帘被次第朝两边拉开，贵宾室内的昏暗顿时一扫而光，可以看见机场的上空万里无云。原来沉浸在朦胧中的沙发、茶几、博物架、屏风、地毯、装饰画、盆景和盆花等一切陈设全都沐浴在耀眼的光亮之中。

周恩来总理出现在贵宾室门口。

丁洁琼望着周恩来总理，却一时反应不过来。

周恩来仍然身着深色中山服，也依然步履稳健，只是没有笑意，神情中更多的是深思和关切。贵宾室中的一切他尽收眼底。他专注地望着丁洁琼。一秒钟之后，他快步走入，就这样直走过来，走到女科学家面前，伸出手……

丁洁琼发现周总理伸出的是两只手。她赶紧捋了捋挎包，把左手也递过去。她立刻感到双手暖烘烘的。

“很好，洁琼，我没有迟到。”周恩来一直注视着丁洁琼。

女科学家迎视总理，默然不语。

周恩来把丁洁琼冷冰冰的双手攥在自己的大手里，有力地握了握，用右手做了个手势：“洁琼，我跟先来的同志们见见面吧。”

丁洁琼左后方是凌云竹和宋素波。总理伸出手，语气中含着很深的感情：“云竹，素波，你们先到。你们辛苦了。”

接着，总理挽着丁洁琼：“来，陪着我。”

说着，周恩来已经跨到几米外那位面目清癯、瘦削挺拔、头发灰白的中年人面前，凝视对方，声音低沉浑厚：“苏冠兰教授吗？”

“总理，”教授上身前倾，“我是苏冠兰。”

“在越南整整工作了一年，”周恩来打量着苏冠兰，“很忙，很累，很艰苦啊。”

“为人民服务！”苏冠兰回答。

“你们在越南的工作成绩很突出。”说着，周恩来招招手，把鲁宁叫了过来，“鲁宁同志，卫生部和医科院认真安排一下苏冠兰教授等赴越专家回国后的休假问题。考虑选择适宜的冬季休假地点。回头将情况告诉我。”

“是，总理。”鲁宁的派头仍然像个军人。

“柳如眉同志，”周恩来转向鲁宁身边的阿罗，“这事，你帮着我督促他。”

“总理交代的事，他从来都办得很好，这次也不会例外。”阿罗笑着挺挺胸，也像个军人。

首都机场场长匆匆走进贵宾室，来到周恩来身边，凑近总理耳畔说了两句什么。

周恩来举腕看看手表，回答了一句，还摇摇头。接着，总理的目光重新凝聚在苏冠兰教授脸上，声音清晰地说："谢谢。"然后，他把右手伸给苏冠兰身旁那位单薄瘦小的中年妇女："玉菡同志吧？"

"是的，叶玉菡。"

"谢谢你啊，玉菡！"周恩来的语气忽然有所变化，"哦，两个小孩呢？"

"一个上小学，还有一个上幼儿园。"

周恩来点点头，将面孔侧过去，露出微笑。这是他跨进贵宾室后第一次露出笑意："我想我不会认错的，这位是你们的大孩子吧——小星星同志。"

站在妈妈身旁的金星姬两眼泪花闪烁，连连点头。她不知该说什么才好，就不说话。

周恩来松开小星星的手，后退两步，两手交握放在胸前，朝大家连连颔首致意："谢谢同志们！大家对丁洁琼教授的关心，使我感到温暖，也一定使洁琼感到温暖。"

凌云竹夫妇、苏冠兰夫妇和小星星相互看看，还有跟在周恩来身后进来的人们，不约而同地鼓起掌来。

周恩来收敛了笑意，回到丁洁琼面前，望着对方，拖长声音，语气感慨："洁琼啊！"

“总理，”女科学家迎视周恩来，“我，我正想告诉您……”

周恩来望着她，等待着。

“总理，我决定不走了。”丁洁琼一字一顿。

“哦？”周恩来和周围的人们都感到惊讶。

“是的，我不走了。刚才服务员通知登机时，我就起身打开小包，打算把我的决定告知她并请她帮忙退票。”丁洁琼说着，双手端起挎包，“就在这时，您来了……”

“好啊，太好了，洁琼！”周恩来深深舒了一口气，“让我当一次机场服务员，代你这位不寻常的旅客办理退票手续吧。”

丁洁琼脸颊泛红，有些腼腆。她打开小包，找出机票。

周恩来接过来瞅瞅：“啊，昆明。”

首都机场场长再次走过来。总理把机票递给他：“喏，我缺乏这方面的工作经验，你给帮帮忙。”

“是！”场长笑起来。他接过机票，在回身走开的同时，举起右手碰碰帽檐，向丁洁琼敬了个礼：“教授同志，我真高兴，我们机场的同志们也都真高兴！高兴您能留下来，留在北京。”

丁洁琼听着“同志”这个称谓，感到惬意。

“洁琼，昆明是春城，你听这名字就知道它多么美丽！”周恩来接着说，“今后你不妨去昆明看看，去乌蒙山看看，当然也到高山站看看。我知道那里对你吸引力很大。你还可以到祖国各地看看。”说着，周恩来做了个手势，“大家都很关心你，听说我要来看望你，很多同志要求一起来。那就都见见面吧。”

总理身边有二三十人。他们之中有副总理和副委员长，有国家部委、中国科学院和其他国家级科研机构领导人，有院士和大学校长们。其中一些人是丁洁琼回到北京后结识的，也有一些人是第一次见面。在周总理的陪同下，女科学家跟他们一一握手。人丛中终于出现一个女青年的面孔，丁洁琼高兴地叫道：“小姚，是你！”

姚慧梧扑上来拥抱着女教授，好久说不出话来。过了一会儿，她哽咽道：“丁先生，今后我还跟着您，给您当秘书，当助教，好不好？”

“你应该当教授，当院士！”丁洁琼给姚慧梧拭去面颊上的泪水，“小姚，你说对不对？”

“现在当秘书，当助教，”周恩来在一旁笑道，“以后当教授，当院士。”

一个更年轻的面孔出现了，是吉姆车司机小刘。小伙子仍然有点瑟缩，似乎不敢冒昧上前。丁洁琼走过去，微笑道：“你还没走呀？”

“没出机场我就停了车，停在路旁了。”

“为什么？”

“我知道您不会走的。”

丁洁琼轻拍了一下小伙子的肩膀。

一位又矮又胖，鼻梁上架着一副眼镜的秃子摄影记者一直紧跟在周恩来和丁洁琼身旁，不停地拍照。现在他也握住丁洁琼的手，先喊了一声“琼姐”，接着说“我是朱尔同”。

丁洁琼的笑容消失了，这个名字使她忆起太多的往事。她凝视对方，喃喃道：“啊，朱尔同，你是朱尔同！”

“是的，琼姐，我是朱尔同。”

“你哥哥朱予同先生……”

“他一直在北师大当教授，”胖子一迭连声，“回头我陪他来看您。”

“不，我去看他。”

“朱尔同是优秀摄影艺术家。”周恩来对女科学家说，“来，我们拍个合影。”

周恩来与丁洁琼合影之后，做了个手势：“跟我来，洁琼。”

穿过人丛，首先看见凌云竹夫妇。丁洁琼快步上前：“老师，师母，我决定留下，留在北京。”

“太好了，太好了！”宋素波擦拭泪水。

朱尔同手里的照相机继续不停地咔嚓着，镁光闪闪。

“琼姐。”丁洁琼一看，是叶玉菡。

“丁姨！”啊，还有小星星。

女科学家展开两臂。

叶玉菡和小星星扑向丁洁琼。

三个女性先是握手，接着拥抱，搂在一起。但是她们的笑容很快就消失了，不说话，什么都不说，久久沉默不语。她们只是紧闭着嘴和眼，任肩膀抽动，让泪水从眼缝里渗出，沿着脸庞往下淌。

朱尔同端着照相机愣住了。他似乎想说点什么，做点什么，但尚未出声便被周恩来用手势和眼神制止了。

贵宾室里十分安静。

终于，三个女性松开了手，透过泪眼彼此凝视，仍然沉默不语，也仍然纹丝不动。

“洁琼。”是周恩来的声音，低沉而浑厚。

女科学家听着，不知何以心怦怦直跳。她意识到什么，便顺着总理的视线望去——

啊，冠兰!

丁洁琼回到北京后，这是第三次见到苏冠兰。

第一次，是苏冠兰从越南回到北京当天的黄昏时分。那天的他风尘仆仆，十分消瘦，皮肤黧黑，不过身躯看上去还算健康，挺拔。

第二次是在欢迎会上。从主席台上看苏冠兰，看得清清楚楚。他一直受着精神煎熬，紧蹙眉头，面色苍白，不断抚揉太阳穴。终于，他站起来了，摇摇晃晃，步履踉跄，在身边那个姑娘和男子的帮助下才勉强走出会场。

在一间休息室里，冠兰两眼紧闭，陷在沙发中，像是失去了知觉。

他睁开眼睛，看见了琼姐。他总算站了起来，还使劲挺直身子，面对琼姐，两眼饱含泪水。他想走到琼姐面前，于是吃力地迈开脚步，缓缓伸出双手。然而，他晃荡了一下，往后倒去！

眼前，是丁洁琼回到北京后第三次见到苏冠兰。他十分憔悴，满面病容，鬓发蓬乱。女科学家把右手慢慢伸过去说："你来了，苏先生。"

苏冠兰喃喃着，手足失措。看得出他很痛苦。为什么如此痛苦？毫无疑问，为了爱情，为了他与琼姐的爱情，为了他对琼姐的爱情！三十年的岁月蹉跎，并未使这种感情发生丝毫变化。

丁洁琼内心深处涌起怜惜之感，怜惜中饱含爱意。她忆起三十年来对冠兰持续不变的称谓：弟弟，亲爱的弟弟，亲爱的冠兰弟弟……

如果冠兰是自己的亲弟弟，看着他这种模样，丁洁琼心中也会涌起这种爱意，这种强烈的怜惜之情的！她会想方设法，让亲爱的弟弟不再这样被痛苦所折磨。

女科学家终于走上去，走到苏冠兰教授面前。她专注地望着冠兰，目不转睛地凝视冠兰，像在寻辨三十年前的痕迹，寻辨那久已消逝的青春，寻辨那永存和永恒的爱情！丁洁琼看得出来，冠兰也在用同样的感情和同样的目光迎视她。

女科学家在伸出右手的同时，想说点什么，哪怕只是一句话，哪怕只是几个字，或者，哪怕只是轻轻再叫一声“冠兰”，然而，她的喉咙像被堵住了，什么也说不出来，连一个音节也发不出来。

苏冠兰教授在伸出右手的同时，也沉默着。他在内心呼唤着“琼姐”，可是却哽咽着，发不出声来。他俩在泪流满面的同时默默注视对方，把双手无声地伸给对方……

握手，是人们生活中每天都要发生千千万万次的事情。可是在苏冠兰教授和他的琼姐之间，只发生过两次。第一次是一九二九年夏天，在古城南京的火车站。那时的他俩，都还青春年少。那时的他俩怎么会想到啊，他们的第二次握手竟会在整整三十年后！

尾　声

五年之后，一九六四年十月十六日下午，中国西北部干涸荒凉的罗布泊地区。缕缕金风吹拂着浩瀚沙漠，稀疏的红柳、骆驼刺和胡杨微微战栗。突然，地平线上出现了一团火光，它射出一种夺目的白光，其亮度超过千百个太阳！随着不停息的隆隆巨响，地动山摇之感迅速传向四面八方，一条火龙急剧升腾，在高空渐渐形成一个蘑菇状云朵。

无数身穿军服、便服、白色和蓝色工作服的士兵、军官、工人、工程师、科学家和干部从地下掩体中跑出来，跑上地面，跑上沙丘和高地，跑上各式地堡的顶部，拼命地欢呼，叫唤，蹦跳。在高举拳头的同时高喊口号，朝天上抛扔帽子、藤盔、衣服、书籍、报刊乃至工具，一个个热泪横流。

一位身穿白大褂的女科学家将美丽的眼睛从观测镜前挪开，轻声喊道："玉菡。"

"琼姐！"同样身穿白大褂的叶玉菡跑过来。

丁洁琼和叶玉菡都在流泪，可又都满脸是笑。

“冠兰呢？”丁洁琼问。

说话间，苏冠兰来了。他张开双臂拥抱了琼姐和玉菡，紧接着便拽着她俩回身跑上地面，跟同志和战友们一起狂欢。

中华人民共和国文化部
中国青年出版社
《第二次握手》的报导作者
编辑部
张扬 同志收
中国青年报
烦转
张扬 同志收
湖南省作家协会（长沙市）
张扬 收
邮政编码
张扬 收
地方国营宿迁工程机械厂
223800
收信人地址：北京
《中国青年报》
编辑部收
寄信人地址姓名：
收件人地址 湖南长沙《湘江文艺》编辑部
收件人姓名 张扬 同志 收
寄件人地址姓名 株洲冶金工业学校N405
《中国青年报》编辑部
中国共产党威海市委员会

张扬八十岁肖像画

中国青年出版社 1979 年初版　　人民文学出版社 2006 年版

四川人民出版社 2012—2018 年各版本

張揚先生台鉴：

我是去年夏季有机访问了貴国，在貴国停滞期间，经貴国的一位翻译工作者，介绍了先生所著的《第二次握手》。我回到日本以后，又从那位翻译工作者寄来了此贵重的书。我非常荣幸地看到了此书，并从今年四月里採为我学习中文学生的教科书了。通过教学的过程中，獲得了大家好评，并感觉到内容所含有的重大意义。他们异口同声地都说出，想把它翻译成日文。

因此向先生请教，如果先生还未答应他人日文的翻译权时，是否先生肯授予我们此权。请来函指教。若得到先生的允许时，我们尽力早日译成日文，并达到出版。

最后，在译日文过程中难免有些地方要请教先生的，希能给予指点。

谨致

塩見邦彦

1980年12月13日

日本译者来信

親愛的張揚先生，

你好！我是你的讀者。當看完你寫的「第二次握手」後，很希望寫一封信給先生你，來表達我的敬意。更希望這封信能傳達到先生的手上。

「第二次握手」是一部很激動人心弦的著作。讀後，我很感動，他能刺激廣大讀者的心臟，使人產生共鳴，激發千千万万人的愛國心和增加愛國的情操。

我和我的朋友都很喜欢這部書。我更希望這部書能被更多人所知道，如果有可能的話能否拍成一部電影，讓千千万万人观看。

我打算今年秋天（九月間）上北京旅行。很希望能往先生府上拜候，如蒙接見，請賜知尊址。

祝

身體健康！

來信請寄下述地址：
413, Block 16, Lam Tin Est., Kowloon Hong Kong.

80年8月21日收到

你的朋友
廖潔玲上
1/6/80

本组图片为作者珍藏的部分读者来信

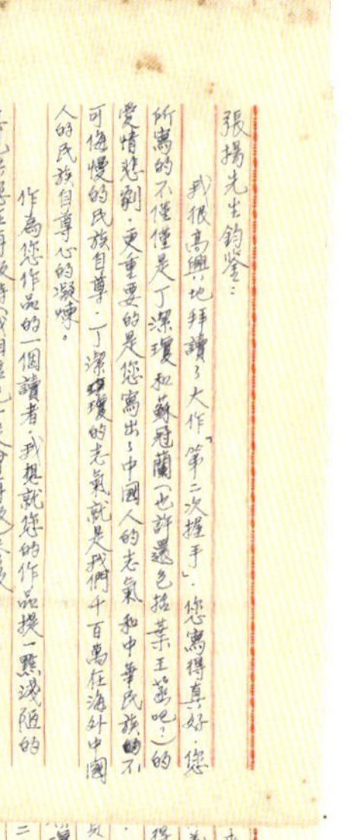

張揚先生鈞鑒：

我很高興地拜讀了大作《第二次握手》，您寫得真好，您所寫的不僅僅是丁潔瓊和蘇冠蘭（也許還包括葉玉菡吧？）的愛情悲劇，更重要的是您寫出了中國人的志氣和中華民族的不可侮慢的民族自尊。丁潔瓊的志氣，就是我們千百萬在海外中國人的民族自尊心的凝煉。

作為您作品的一個讀者，我想就您的作品提一點淺陋的

[illegible]

青年出版社总编室负责同志：

我是一个四川的残废青年。自七〇年身患[illegible]以来，我在病床上坚持学习文化，阅读了一些中外文学名著。同时，自己选了[illegible]青年，开始进行业余创作，坚持投稿[illegible]。[illegible]一部反映当代[illegible]男女青年战斗风貌的长篇小说。[illegible]，後来[illegible]出版发行了这本长篇小说《第二次握手》的消息，感到十分兴奋。[illegible]自己从来没看过这部小说，但从传说中得知[illegible]的青年读者，我便是其中的一个了。

[illegible]

张顺祥

1979.8.3.

15×20=300

尊敬的张扬同志：

您比我大十五岁，不知该怎样称呼，还是称您为同志。

首先，请原谅我的冒昧，在[illegible]繁忙的时候写这封信打扰您。可是，[illegible]的激情告诉我，非写不可。我和[illegible]对您和《第二次握手》寄予深切同情。

自《中国青年报》上连载了您的作[illegible]不释手，感慨万分。并被您笔下的人[illegible]忠贞不渝的爱情深深感动了。那些[illegible]在这部作品前是应该感到[illegible]

[illegible]，我觉得这部书太迟了，我这[illegible]毕业的"高中生"，[illegible]"四害"的[illegible]"四人帮"[illegible]的今天，[illegible]说是"绝好"的作品了（恐怕别人[illegible]

安徽省革命委员会出版发行局 (20×15=300)

[illegible]

有更好的作品问世。[illegible]

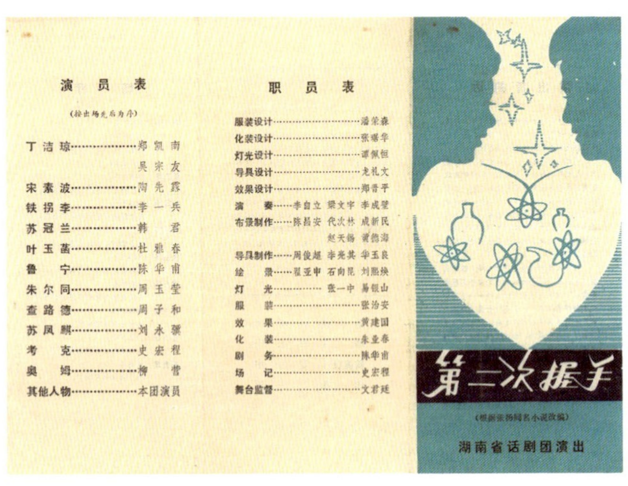

演　员　表

（按出场先后为序）

丁洁琼……………………郑凯南
　　　　　　　　　　　吴宗友
宋素波……………………陶先露
铁拐李……………………李一兵
苏冠兰……………………韩　君
叶玉菡……………………杜雅春
鲁　宁……………………陈华甫
朱尔同……………………周玉莹
查路德……………………周子和
苏凤麒……………………刘永骥
考　克……………………史宏程
奥　姆……………………柳　菅
其他人物…………………本团演员

职　员　表

服装设计……………………潘荣森
化装设计……………………张瑞华
灯光设计……………………谭佩恒
导具设计……………………龙礼文
效果设计……………………郑晋平
演　奏……李自立　梁文宇　李成璧
布景制作……陈昌安　代次林　成新民
　　　　　　　　　赵天锡　黄德海
导具制作……周俊超　李光其　华玉良
绘　景……翟亚申　石向昆　刘熙焕
灯　光……………张一中　易银山
服　装……………………张治安
效　果……………………黄建国
化　装……………………朱亚春
剧　务……………………陈华甫
场　记……………………史宏程
舞台监督……………………文君廷

第二次握手

（根据张扬同名小说改编）

湖南省话剧团演出

第二次握手

电影文学剧本

根据张扬同名小说改编

序幕

一九五六年，秋天。

第二次握手

七场话剧

一九七九年六月

根据《第二次握手》改编的电影文学剧本、话剧剧本

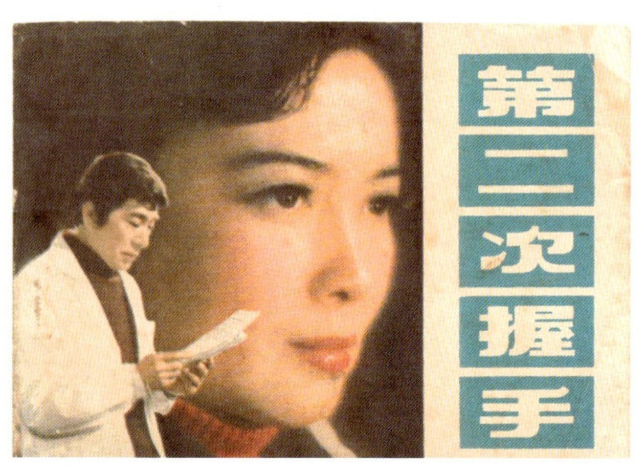

根据《第二次握手》改编的各类连环画

新湘评论

1980

文章得失众心知

《文章得失众心知》
开篇的剪贴报

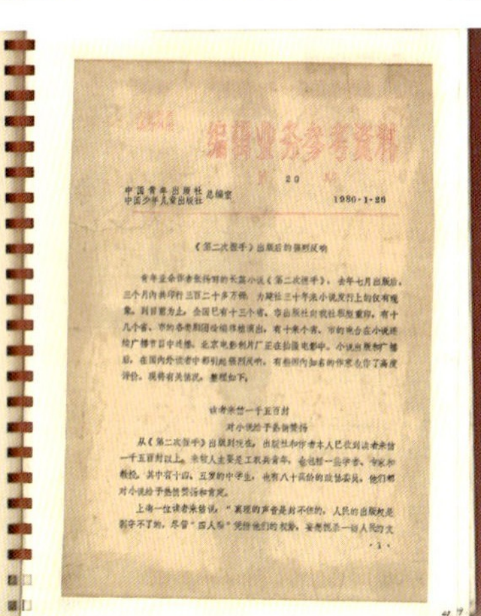

编辑业务参考资料

第 20 期

中国青年出版社
中国少年儿童出版社 总编室

1980·1·26

《第二次握手》出版后的强烈反响

关于《第二次握手》
出版后反响强烈的学习文件

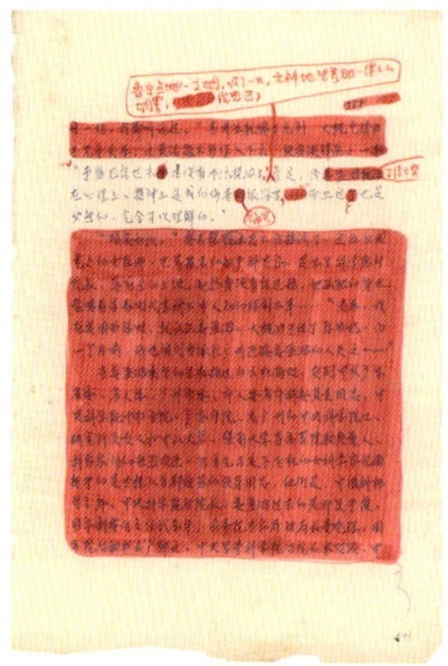

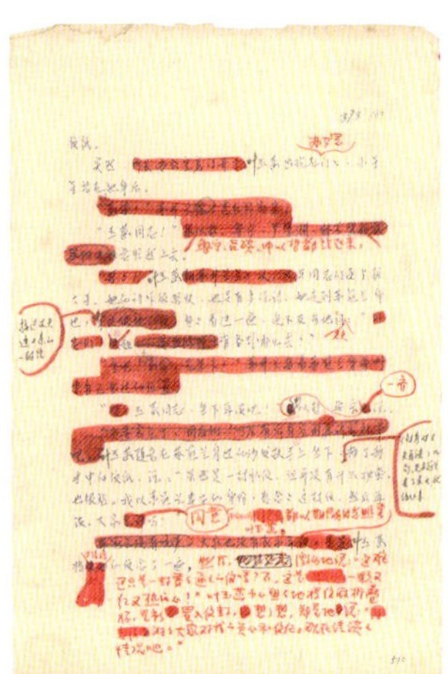

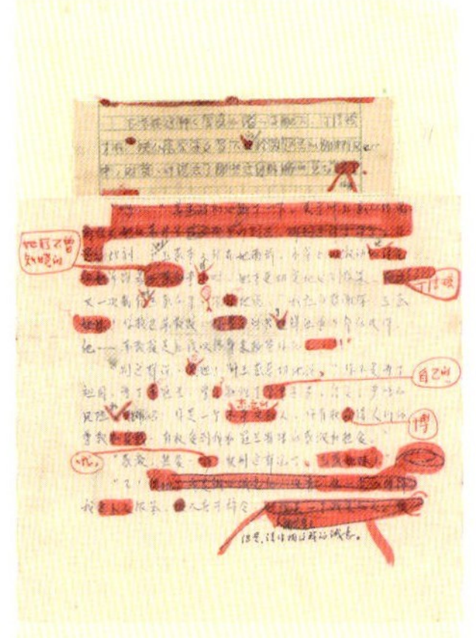

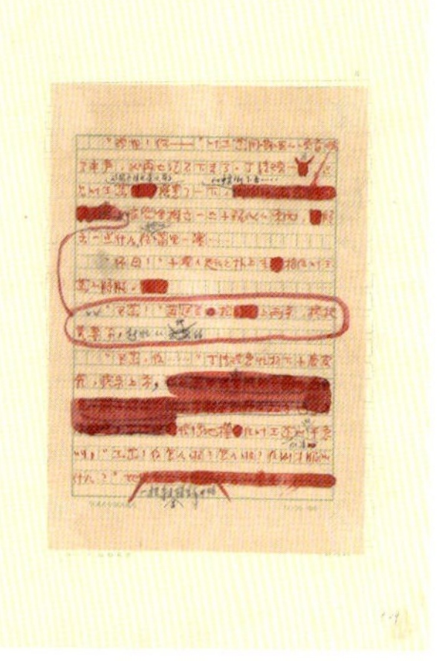

《第二次握手》正式出版前的校样

编号

会议记录本

序

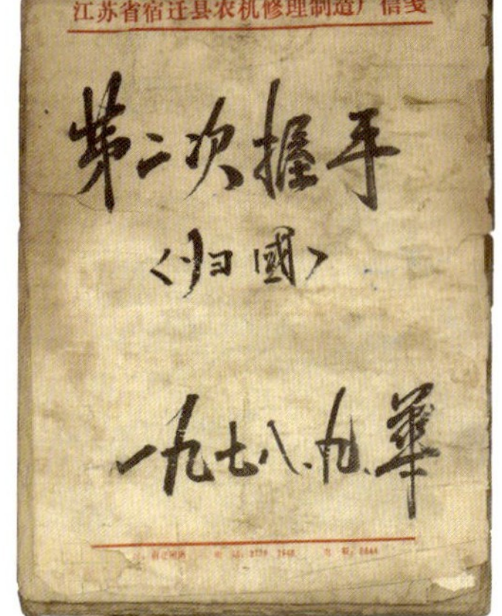

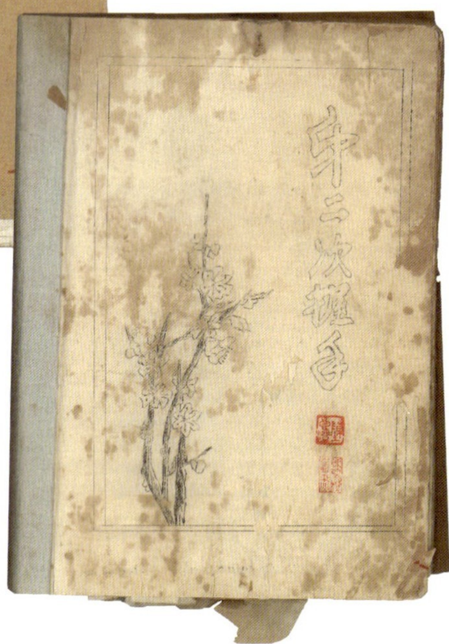

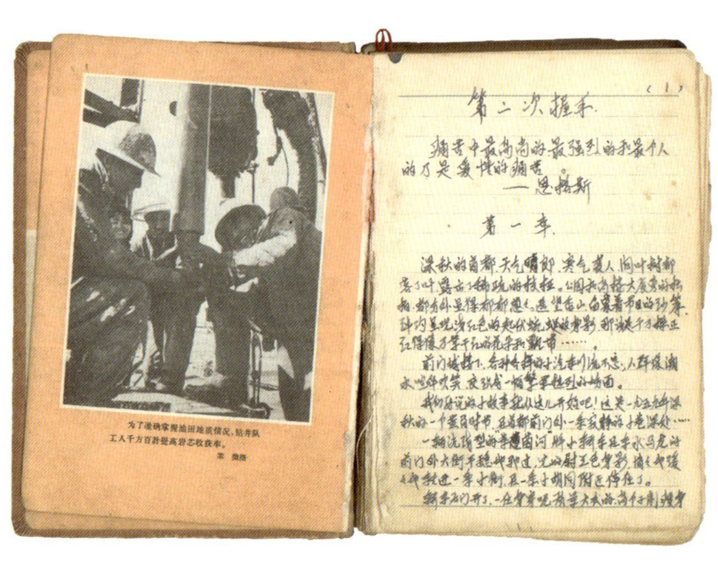

左、右图为《第二次握手》各式的读者手抄本

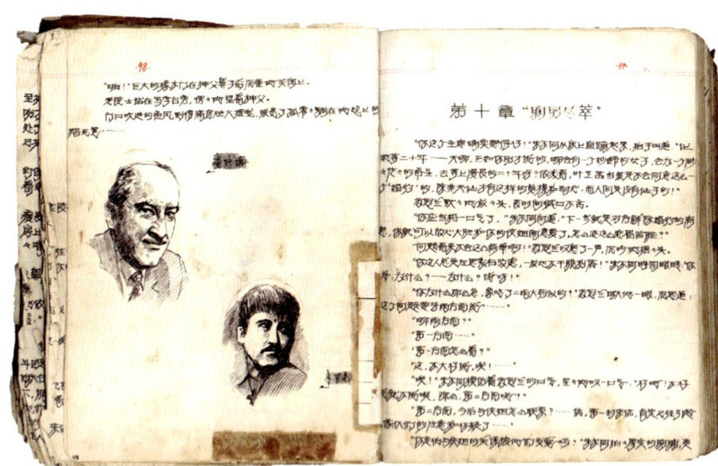

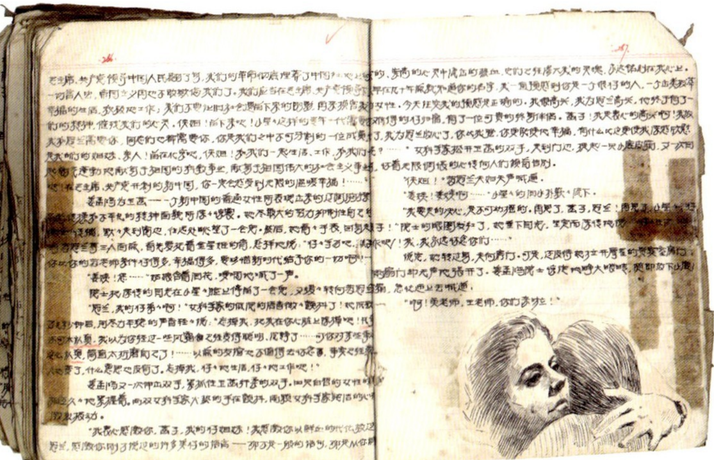

左、右图为《归来》作者手稿本

1979年春，平反出狱后的张扬在北京市肺结核病院

《第二次握手》创作出版纪事

1963 年 2 月，创作短篇小说《浪花》。

1964 年，《浪花》被改写为中篇小说《香山叶正红》。

1965 至 1969 年，小说又经历多次重写，书名由《香山叶正红》改为《归来》。

1970 至 1979 年，小说以《归来》之名和手抄本形式流传。书名在某些地区演变为《归国》等。1974 年传至北京后，因其中一本的书名页脱落，被读者取名为《第二次握手》，最终以此名和手抄本形式流传至全国。

1979 年 7 月，中国青年出版社正式出版长篇小说《第二次握手》。后由民族出版社陆续推出 4 种少数民族文本。

2006 年 6 月，人民文学出版社出版《第二次握手（重写本）》。

2012 年 9 月，四川人民出版社出版《第二次握手（2012 年终极版）》。

2016 年 1 月，四川人民出版社出版精装本《第二次握手》。

2018 年 2 月，四川人民出版社出版《第二次握手（终极版）》和《第二次握手（珍藏版）》。

2025 年 1 月，四川人民出版社推出最新版《第二次握手》。

封面题字：李锐
封面图片：作者珍藏的众多读者来信信封

第二次握手
纪念图册
中国农业银行费县支行
唐山钢铁公司
中央音乐学院
AIR MAIL
PAR AVION